Roberta Recchia

Endlich das ganze Leben

Roman

Aus dem Italienischen von
Christiane Burkhardt

FISCHER

Erschienen bei FISCHER

Die italienische Originalausgabe erschien 2024 unter dem Titel
»Tutta la vita che resta« im Verlag Rizzoli/Mondadori, Mailand.

Die Ausgabe wurde vermittelt durch die Laura Ceccacci Agency.
Satz: Dörlemann Satz, Lemförde
Druck und Bindung: GGP Media GmbH, Pößneck
ISBN 978-3-949465-15-4

Für meine Großmutter Agata

Prolog
Ein neuer Morgen, 1980

Bis an ihr Lebensende sollte Marisa Ansaldo nicht mehr vergessen, wie sie damals, Anfang August, aufgewacht war.

Als wäre es erst gestern gewesen, sah sie sich kaltes Wasser ins Gesicht spritzen und wohlig erschauern. Kein Lüftchen regte sich an diesem Morgen. Vor dem offenen Fenster der Strand und dahinter das spiegelglatte Meer. Während das Sonnenlicht über die Badezimmerfliesen kroch, bürstete sie sich langsam das Haar, bewunderte nicht ganz uneitel die gelungene Tönung in fast demselben goldenen Kastanienbraun, das sie als junge Frau gehabt hatte. Anschließend musterte sie ohne Bitterkeit die Spuren, die fast fünfzig Lebensjahre hinterlassen hatten.

In ihrem Haus am Meer stand sie auch während der Ferien früh auf. Schweigend genoss sie es, Zeit für sich zu haben, bevor sie mit den immer gleichen Handgriffen den Kaffee zubereitete, mit dem sie ihren Mann jeden Morgen weckte.

Doch als sie an diesem Tag in den Morgenmantel schlüpfte und den Gürtel um die Taille knotete, fiel ihr Blick auf die verspiegelte Schranktür. Darin sah sie den verschwitzten, noch tief schlafenden Stelvio. Zum ersten Mal seit langem verspürte sie wieder erotische Gefühle. Sie begehrten sich nicht mehr so wie früher und schoben die Trägheit auf Erschöpfung, auf die ständige Anwesenheit der Tochter, auf die stets aufmerksame, einschüchternde Mutter. Langsam drehte sie sich um. Im Halbdunkel des Zimmers hatte sie plötzlich das Bedürfnis, ihm zärtlich über den nackten Oberkörper und die Bartstoppeln zu streichen. Vielleicht lag es an den gerade begonnenen Ferien, an der intimen Stille, dass ihre Lippen beim Gedanken an seine rauen Küsse sehnsüchtig prickelten und ihr ganz warm zwischen den Beinen wurde.

Die Leidenschaft war wiederentflammt, genauso ungestüm wie früher.

Doch ausgerechnet in diesem Moment hörte sie durch die angelehnte Tür die schleppenden Schritte ihrer Mutter Letizia im Flur und lächelte wegen der verpassten Gelegenheit in sich hinein. Mit einem liebevollen Blick auf ihren Mann verließ sie das Zimmer.

Das war das letzte Mal, dass Marisa Ansaldo körperliches Begehren empfunden hatte.

Der letzte Morgen im Leben *davor*.

I
Das Leben davor

Doch wann hatte es eigentlich begonnen, ihr Leben davor?

Als sie beschloss, Stelvio Ansaldo zu heiraten, da war sich Marisa ganz sicher.

Und zwar genau in dem Moment, als sie schweigend nebeneinander durch die Via del Moro liefen und sie sich zu ihm umdrehte.

»Ich will dich heiraten! Lass uns heiraten, Ste!« Das rutschte ihr einfach so heraus, im Ton einer Frau, die ihren Freund dazu anstiften will, etwas völlig Verrücktes zu tun.

Verblüfft starrte er sie an. Unzählige Fragen brannten ihm auf der Zunge, lauter Wenns und Abers und Warums. Doch seine Verliebtheit in diese Frau mit den Lachgrübchen, mit dem lebhaften, offenen Blick, mit Augen, die einfach nicht lügen konnten, sagten ihm alles, was er wissen musste. Er nickte wortlos. Und als er sich bei ihr unterhakte und ihr die Hand drückte, begann das Leben davor.

An einem Sonntag im November 1956.

Vor der Heirat mit Stelvio hatte sie bei ihren Eltern gelebt. In ihrer Erinnerung überlappten sich Kindheit und Pubertät wie Schwarzweißbilder in einem großen Fotoalbum: Szenen, die immer mehr verblassten, während die Zeit ihre Konturen und Details aufweichte. Das waren die Jahre mit ihrer Schwester

Emma und den Eltern. Eine lange Reihe von ruhigen oder auch turbulenten Tagen, jedoch stets voller Geborgenheit, als ob der Vater sie an seinen wassermelonengroßen, stets von seiner Ladenschürze bedeckten Bauch zog.

Marisa wusste nicht mehr, wann sie Stelvio zum ersten Mal gesehen hatte. Er war in ihr Leben getreten wie ein Statist, ganz weit im Hintergrund eines flüchtig geschauten Films. Anfang 1954 vielleicht, als Ruggero, der Lieferant der Backstube Camastra kündigte, um in Turin sein Glück zu suchen. Weil sie so in ihre eigenen Angelegenheiten und die Arbeit im familieneigenen Lebensmittelladen vertieft war, hatte Marisa ihn lange kaum wahrgenommen, diesen schweigsamen jungen Mann, der nun statt Ruggero frühmorgens das Brot von Camastra brachte. Noch bevor sie aufmachten, räumte Marisa tagtäglich die Waren in die Regale, preiste sie aus und notierte, was nachbestellt werden musste, während ihr Vater in der blütenweißen Schürze die frischen Wurstwaren in die neue Kühltheke legte, sein ganzer Stolz. Stelvio klopfte, wenn er kam, zweimal vorsichtig gegen die Glasscheibe der Ladentür, wartete, bis ihr Vater ihm aufmachte, und gab ihm erst den Korb mit den verschiedenen Backwaren, mit den *ciriole* und *fruste*, und anschließend den mit den knusprigen *pagnotte*. Eilig leerte der Vater die Körbe, um sie ihm, der inzwischen zur Kasse gegangen war, anschließend zurückzugeben und die Lieferung zu quittieren. Nichts weiter als ein höfliches Guten Tag und Dankeschön, jeden Morgen bis auf sonntags wieder aufs Neue. Damals war Marisa mit den Gedanken ganz woanders, bei Francesco, ihrem Verlobten, der zwei Jahre zuvor in die Schweiz gegangen war, um im Hotel Bellevue am Genfer See als Kellner zu arbeiten. Natürlich war das nicht einfach – sie waren räumlich voneinander getrennt und mussten sich mit Briefen begnügen, aber der Blick in die Zukunft half ihnen, sich in Geduld zu üben. Um sie zu trösten, rief ihr Francesco wiederholt in Erinnerung, dass er das schließlich für sie beide tue, um das nötige Geld für die Eröffnung eines großen Cafés zusammenzusparen, und zwar direkt an der Piazza – eines, das den Vergleich mit denen auf der Via Veneto nicht zu scheuen brauchte. Wenn er es schaffte, für ein paar Tage nach Rom zurückzukehren, beschrieb er ihr, nachdem sie sich geliebt hatten, in allen Einzelheiten ihr *gemeinsames* Gran Caffè Malpighi: Tischchen und Stühle im Jugendstil, rosafarbener Marmor, Stuckdecken, hell erleuchtete, von Schmiedeeisen gerahmte Schaufenster und ab fünf Uhr nachmittags Musik. Francesco wollte, dass sie weder hinter der Kasse stehen noch bedienen musste. Dafür gebe es Angestellte. Sie würde sich nur ab und zu in einem schicken Pelzmantel zeigen, so wie es sich für die Chefin gehörte. Beim ersten Mal hatte Marisa nur gelacht und eingewandt, ihr mache es nichts aus zu arbeiten, sie sei das gewöhnt: Seit der Schule arbeite sie im familieneigenen Laden, und das gern. Außerdem könne er sich so das Geld für eine Angestellte sparen, vor allem am Anfang. Aber er wollte nichts davon wissen, denn sie sollte für das lange Warten entschädigt werden – sie, aber auch ihre Eltern, die sie endlich unter der Haube wissen wollten.

Marisa war jung, verliebt und leichtsinnig. Im November 1955, nachdem sie sich ein halbes Jahr nicht gesehen hatten, kam Francesco zur Beerdigung einer Tante mütterlicherseits nach Rom. Besonders traurig waren sie nicht, dafür war die Leidenschaft nach der langen Trennung viel zu groß, und nach Weihnachten war sich Marisa sicher, dass sie ein Kind erwartete.

Eines Morgens Ende Dezember flehte sie den Hausarzt der Familie unter Tränen an, bloß nichts zu sagen und eilte dann in den Laden, wo sie ihre Verspätung mit einer banalen Ausrede entschuldigte. Mit einer weiteren Ausrede floh sie in den kleinen Lagerraum und lief dort nervös auf und ab. Die Scham, die Angst, jetzt, wo Francesco so weit weg war … Sie erlaubte sich ein paar Tränen, war einfach überfordert. Dann kühlte sie die Lider mit kaltem Wasser, schließlich war das kein Weltuntergang. Es war durchaus möglich, in wenigen Wochen eine Hochzeit auf die Beine zu stellen, danach konnte sie Francesco in die Schweiz folgen und so lange bleiben wie nötig. Sie hatte ihm das schon oft vorgeschlagen, doch er hatte nie was davon wissen wollen. Im Grand Hotel bekam er zwar Kost und Logis, das Zimmer teilte er aber mit einem Kollegen. Auf diese Weise sparte er viel Geld, so dass er am Monatsende fast seinen gesamten Lohn, abzüglich der Summe, die er seiner Familie schickte, beiseitelegen konnte. Doch dieses Kind änderte alles: Jetzt musste es unter irgendeinem Vorwand schnell gehen – sollten die Leute doch reden!

Am nächsten Sonntag, an dem sie angeblich eine Freundin im Krankenhaus besuchte, rief sie Francesco aus einer Telefonzelle in einem Hotel in der Innenstadt an. Die Telefonistin ließ sie eine Ewigkeit warten und dann ließ sie der Portier des Grand Hotel, der zum Glück Italienisch sprach, noch einmal warten, bevor er den Anruf ins Restaurant durchstellte. Marisa flehte stumm, es möge nicht lange dauern, weil sie nicht mehr viele Telefonmünzen besaß, außerdem war sie voller Ungeduld. Endlich hatte sie Francescos Stimme am Ohr. Sie klang so schön und so besorgt, dass die Angst, die ihr seit zwei Tagen Bauchschmerzen machte, ein wenig nachließ.

»Mimì! Was ist denn?« So nannte er sie immer. Mimì. Man hörte ihm an, dass er sofort zum Telefon geeilt war.

Marisa unterbrach ihn, denn die Telefonmünzen wurden immer weniger. »France, es ist was passiert. Du musst sofort nach Rom kommen, wir müssen reden.«

»Nach Rom? Jetzt sofort? Aber was ist denn passiert?«

»Das kann ich dir am Telefon nicht sagen. Wir müssen reden.« Sie wurde leiser, Zärtlichkeit dämpfte ihre Stimme, während sie lächelnd hinzufügte: »Du musst dringend kommen, aber keine Sorge. Mir … uns geht es gut.«

Am anderen Ende der Leitung war nichts als ein Rauschen zu hören, nur durch entferntes Geschirrklappern unterbrochen. »Hast du es schon jemandem gesagt?« Er sprach so leise, dass sie ihn kaum verstand.

Marisa schüttelte langsam den Kopf, leicht verstört von der unerwarteten Frage. »Nein, natürlich nicht.«

»Nach Silvester komm ich runter, aber sag niemandem etwas davon. Wir sehen uns dann am Donnerstagabend ums sechs in der Wohnung meiner Tante. Ich warte dort auf dich.«

Noch bevor sie »In Ordnung«, hauchen konnte, hatte er bereits grußlos aufgelegt.

Marisa kehrte zu Fuß nach Hause zurück, den Wollmantel eng um sich gezogen, denn es war noch kälter geworden. Ein leichter, aber schneidender Wind ließ das Kopftuch flattern, das sie um Haare und Hals gebunden hatte. Mehr als nur einmal sauste eine Straßenbahn an ihr vorbei, doch sie ignorierte sie, obwohl ihr die Füße weh taten. Sie war dankbar, dass es schon dunkel war, so brauchte sie die Enttäuschung und Niedergeschlagenheit nicht zu überspielen, sich nicht vor neugierigen Blicken zu fürchten. Konnte es sein, dass Francesco nicht richtig verstanden hatte? Und wenn er verstanden hatte, was war das dann für eine seltsame Reaktion? Diese plötzliche Distanz, dieser offizielle Termin, als gälte es etwas Geschäftliches zu regeln. Ohne jedes

Feingefühl. Überhaupt ohne jede emotionale Regung. Marisa versuchte, Verständnis aufzubringen: Er war seit jeher ehrgeizig und voller Pläne. Auf keinen Fall wollte er so leben wie sein Vater, ein einfacher Angestellter bei der Telefongesellschaft TETI, der fünf hungrige Mäuler stopfen musste und immer knapp bei Kasse war. Und hatte ihr nicht genau das immer an ihm gefallen? So ein unerwartetes, viel zu frühes Kind brachte da natürlich einiges durcheinander. Andererseits sparte er schon lange, auch sie hatte etwas Geld auf ihr Sparbuch eingezahlt. Und dann war da noch der Anteil, den er für den Verkauf der Wohnung der Tante mütterlicherseits bekommen würde, die kinderlos gestorben war. Gemeinsam würden sie schon eine Lösung finden, ohne deswegen allzu große Opfer bringen zu müssen. Kurz bevor sie nach Hause kam, sagte sie sich, dass Francescos Kälte im Grunde nur verständlich war. Sie machte sich Vorwürfe, dass sie nicht die richtigen Worte gefunden hatte, um ihm zu sagen, dass er Vater wurde.

Die Zeit bis zu jenem Donnerstag nach Silvester kam ihr endlos vor. Um ihre gedrückte Stimmung zu erklären, täuschte sie eine leichte Grippe vor – erhöhte Temperatur und Halsschmerzen, Kopfweh, das einfach nicht weggehen wollte. Gern nahm sie die heiße Milch mit Honig von ihrer Mutter entgegen, die Ruhezeiten, die ihr der Vater verordnete. Lange blieb sie auf ihrem Zimmer, das sie einst mit ihrer älteren Schwester Emma geteilt hatte, die seit zwei Jahren verheiratet war. Vom Familienbetrieb hatte Emma nie etwas wissen wollen, mit vierzehn hatte sie in einer Näherei angefangen, da sie Modistin werden wollte. Und weil sie sich geschickt anstellte, hatten ihr die Eltern Anfang 1951 Geld für ein kleines Atelier in der Via Pinerolo gegeben. Dann hatte sie Emanuele Bassevi kennengelernt, einen jüdischen

Textilunternehmer, der aus Liebe zu ihr mit seiner Familie gebrochen hatte, es hinnahm, aus seiner strengen Welt verstoßen zu werden, ja der sogar die schmerzliche Erfahrung machen musste, vom Vater noch auf dessen Totenbett verflucht zu werden. Jetzt waren sie trotz allem ein glückliches Paar. Den Erstgeborenen hatten sie nach dem verstorbenen Vater Donato genannt, denn für Emanuele war das eine Möglichkeit, das wiedergutzumachen, was er seinem Vater angetan hatte. Bis zur Hochzeit mit Emma hatte ihn dieser inniglich geliebt und es ihm an nichts fehlen lassen. Während ihrer gesamten Verlobungszeit mit Francesco hatte Marisa von einer solchen Verbindung geträumt, die es auch mit Krisen und Enttäuschungen aufnehmen konnte.

Als der Donnerstagnachmittag gekommen war, behauptete sie, es gehe ihr besser, sie habe jetzt einen Termin bei ihrer Friseurin Clelia, obwohl sie sich die Haare bereits mehr als gründlich gewaschen und gekämmt hatte. Clelia war auch eine gute Freundin von ihr, deshalb gab sie ihr Bescheid, damit sie mitspielte, und nahm die Straßenbahn zur Porta Maggiore. Sie war eine Stunde zu früh dran, klopfte aber trotzdem, erst zögernd, dann immer energischer, woraufhin Francesco ihr aufmachte. Die Ärmel seines Hemdes waren hochgekrempelt, die obersten drei Knöpfe standen offen. Er begrüßte sie vollkommen freudlos. »Komm rein«, sagte er nur und trat zur Seite. Marisa war wie gelähmt, wagte es nicht mal, ihn zu umarmen.

In dieser Wohnung hatten sie sich in den letzten beiden Jahren bereits mehrmals getroffen, weil Tante Costantina vor ihrem Tod mehr im Sanatorium als zu Hause gewesen war. Sie trafen sich heimlich dort – seit dem Tag, an dem Marisa beschlossen hatte, sich ihm hinzugeben, damit er nicht anderswo suchte, was sie ihm geben konnte, sie liebten sich ja schließlich. Schon nach dem ersten Nachmittag im pompösen Bett Costantinas war sich Marisa sicher gewesen: Francesco war der Mann ihres Lebens. Wenn sie ihn, der nur Augen für sie hatte, so neben sich liegen sah, verlor sie jedes Schamgefühl und jede Zurückhaltung. Sie war hier glücklich gewesen, doch an diesem Abend hatte Marisa das Gefühl, von den zinnoberroten Tapeten, den Möbeln voller Nippes schier erdrückt zu werden. Sie schienen ihr jede Luft zum Atmen zu nehmen.

Francesco zeigte auf den Servierwagen. »Möchtest du ein Glas?«

Als Marisa langsam den Kopf schüttelte, bedeutete er ihr, Platz zu nehmen. Sie gehorchte automatisch und setzte sich auf das Sofa mit der hohen goldbestickten Lehne und den abgewetzten, durchgesessenen Kissen, in die sie tief einsank. Sie trug nach wie vor ihren Mantel, umklammerte mit beiden Händen die Handtaschenbügel.

Auf einmal war ihr diese männliche, schlanke Erscheinung, die trotz schwerer Arbeit nichts von ihrer Eleganz eingebüßt hatte, ja dieser Körper, den sie mit allen Sinnen erkundet hatte, vollkommen fremd. Francesco stand stocksteif da, die Hände in den Hosentaschen, und hielt bewusst Abstand. Er schaute zwar in ihre Richtung, hatte sie aber bisher nicht einmal wirklich angesehen. Wie ein Blinder starrte er sie an, ohne sie überhaupt wahrzunehmen oder besser gesagt, ohne sie wahrnehmen zu wollen. Doch statt zu verzweifeln, spürte Marisa, wie sie auf einmal eine große Ruhe überkam. Sie hatte sich darauf eingestellt, zu weinen, zu flehen, weil sie längst wusste, wie es laufen würde: Seit dem Telefonat aus der Telefonzelle des Hotels wusste sie Bescheid, auch wenn sie sich, um keinen Nervenzusammenbruch zu bekommen, etwas ganz anderes eingeredet hatte. Sie hatte all ihre Kraft zusammengenommen, um sich diesem Moment zu stellen wie bei einer Schlacht. Doch jetzt war Ruhe eingekehrt, ihre Atmung ging regelmäßig, und sie sah ihm abwartend ins Gesicht.

»Ich wollte eigentlich im Februar kommen und mit dir reden, Mimì.« Er streckte die Ellbogen ein wenig zur Seite, aber ohne die Hände aus den Hosentaschen zu nehmen.

Marisa hörte geduldig zu.

»Es hat sich so viel verändert … was soll ich sagen?« Ihr Schweigen, ihr fester Blick, mit dem sie ihn jetzt prüfend musterte, machten ihn langsam nervös. »Die langen Trennungen, die Entfernung … Ich habe dich immer geliebt, aber die Dinge ändern sich.« Sein Ton hatte sich kaum merklich gewandelt, so als beantwortete er Fragen, die sie ihm nie gestellt hatte. »So versteh mich doch, Mimì!«

Marisa atmete tief durch. »Aber das Kind ist trotzdem von dir«, sagte sie leise, tonlos.

»Ich weiß, ich weiß.« Er nickte energisch, fast wütend. Dann nahm er die Hände aus den Hosentaschen und gestikulierte, wie um seine Verzweiflung zu betonen. »Ich wollte es dir eigentlich anders beibringen, in einem anderen Moment …«

»Was beibringen?«

Da gestand ihr Francesco ohne jede Scham: »Ich habe mich in der Schweiz mit einer anderen verlobt.«

Sie gestattete sich nur ein winziges, erstauntes Blinzeln.

»Mit der Tochter des Besitzers. Hast du auch nur die leiseste Ahnung, was das für jemanden wie mich bedeutet?« Es sprudelte nur so aus ihm heraus, während er sich langsam zu ihr beugte und die Hände wieder in die Hosentaschen steckte. »Mit der Tochter des Besitzers, Mimì!«

Marisa nickte kaum merklich. »Mit der Chefin …« Ihr Mund verzog sich zu einem verbitterten Lächeln. Stille trat ein, durch nichts als das Ticken der Pendeluhr unterbrochen. Sie hatte das dringende Bedürfnis, sich abzulenken, und ließ den Blick zum runden Tischchen neben dem Sofa huschen. Neben einer Kristallvase stand eine filigrane weiße Porzellanfigur. Eine melancholische junge Dame saß für immer erstarrt auf einer Schaukel, die an einem von einer dicken Staubschicht bedeckten Blütenzweig hing. Sie empfand Mitleid mit Tante Costantina, der in all den Jahren vielleicht nur diese Nippesfiguren Gesellschaft geleistet hatten. In all den Monaten zuvor hatte sie kein einziges Mal die Einsamkeit des Alters gespürt, die dieser Raum verströmte.

»Und ich? Was soll ich jetzt machen?«, fragte sie ohne ihn anzuschauen, den Blick fest auf diese junge Dame gerichtet. Sie bekam mit, wie er eine Hand zögernd aus der Hosentasche zog.

»Hier hast du die Adresse einer Vertrauensperson in Garbatella. Wenn du an einem Donnerstagnachmittag gegen zwei hingehst, erklärt sie dir, was du machen musst.«

Marisa starrte auf das, was er ihr ungerührt, ja fast schon brutal unter die Nase hielt. Es war eine zusammengefaltete Kinokarte, auf die jemand in einer ihr unbekannten, kindlichen Schrift eine Adresse notiert hatte. Sie sah ihm erneut ins Gesicht, wie um sich zu vergewissern, dass das tatsächlich er war: der Mann, mit dem sie den Rest ihres Lebens hatte verbringen wollen, der Mann, dem sie sich so nah gefühlt und mit dem sie Mund an Mund, voller Leidenschaft gelacht hatte.

Sie machte keine Anstalten, danach zu greifen, und er beugte sich vor, um sie am Arm zu packen und ihr die Kinokarte gewaltsam in die Hand zu drücken. Das war das erste Mal, dass er sie heute anfasste. Bei der groben Geste zog sie die Hand abrupt zurück. Sie stand auf und ließ den Zettel fallen.

»Mimì, so versteh mich doch!«, wiederholte er flehend und bückte sich, um ihn aufzuheben.

»Was soll ich verstehen?«, murmelte sie.

»Du ruinierst mein Leben!«

Sie wich vor ihm zurück. »Fahr zurück in die Schweiz. Von dir will ich gar nichts mehr.«

Francesco, der sie weit überragte, packte sie am Arm – einen Groll im Gesicht, der sie noch fassungsloser machte als seine Worte. »Wenn dieses Kind zur Welt kommt, Marì, wissen alle, dass es von mir ist!«

Mit einem energischen Ruck entwand sie sich seinem Klammergriff. »Wieso denn das? Glaubst du etwa, dir kann man keine Hörner aufsetzen?« Provozierend erwiderte sie seinen Blick.

»Jetzt red keinen Blödsinn!«

»So wie ich mit dir gegangen bin, hätte ich auch mit jedem anderen mitgehen können oder etwa nicht?«

Er schnaubte vor Wut. »Aber so nimm doch Vernunft an!«, schrie er. »Meine Güte, was haben wir denn davon, wenn dieses Kind zur Welt kommt?«

Marisa hätte ihn am liebsten geohrfeigt, aber dazu fehlte ihr die Kraft. Sie nahm die Handtasche, die zwischen die Kissen gefallen war, und wandte sich zur Tür. Wieder packte er sie, zog sie so weit zu sich, dass er sich vorbeugen und etwas aus der Tasche seines über der Sessellehne liegenden Mantels ziehen konnte. Vergeblich versuchte sie sich zu befreien. Diesmal steckte ihr Francesco Malpighi eng aufgerollte, mit Zeitung und Klebeband gesicherte Geldscheine zu.

»Das sind Schweizer Franken, ich hab's nicht mehr geschafft, sie zu wechseln. Am Largo Santa Susanna ist eine große Bank, dort wird man sie dir im Nu umtauschen.« Er schwieg einen Moment, um ihr dann die Kinokarte mit der Adresse in die Tasche zu stecken, bevor er fast schon beschwichtigend hinzufügte: »Es ist ein stolzes Sümmchen. Die Frau in Garbatella habe ich bereits bezahlt, das hier ist für dich.«

Marisa betrachtete das Geldbündel. Er hatte es sorgfältig aufgerollt – vielleicht aus Diskretion oder damit es sich leichter verstauen ließ. Vielleicht glaubte er, dass sie als Kassiererin so besser damit umgehen könne. Auf einmal war ihr, als läge die ganze Erbärmlichkeit dieses Mannes, dem sie alles gegeben hatte, in ihrer Hand.

»Du bist doch eine intelligente Frau«, säuselte er wieder freundlich und lockerte langsam seinen Klammergriff, als wollte er ihr Zeit geben, wieder zur Vernunft zu kommen, bevor er sie gehen ließ.

Sie schaute ihm in die Augen. An den tiefen Schatten darunter sah sie, wie sehr ihm die letzten Tage zugesetzt hatten. Sie sah die Sorgen, die aus Angst und Feigheit schlaflos verbrachten Nächte, die Gewissensbisse, gegen die er sich nur mit Gefühlskälte zu wehren wusste. »Wäre ich wirklich intelligent gewesen, wäre ich heute nicht in dieser Situation«, erwiderte sie ruhig. Langsam zog sie die Kinokarte aus der Tasche und legte sie ihm fast behutsam in die Hand, zusammen mit dem Geldbündel. Sie ließ ihre Hand bewusst lange in seiner liegen, damit auch er Zeit hatte, seine ganze Erbärmlichkeit zu spüren. Am liebsten hätte sie ihm gesagt, er solle sich nie mehr bei ihr blicken lassen, doch sie wusste, dass das nicht nötig war.

Sie kehrte ihm den Rücken zu und spürte im Gehen seinen Blick.

Marisa ließ ihn einfach stehen – dort in der verstaubten Wohnung von Tante Costantina.

Diesmal nahm sie die Straßenbahn nach Hause. Eine noch nie da gewesene Müdigkeit überfiel sie. Sie saß am Fenster und starrte auf die Straße, die Vorstellung, einem Blick zu begegnen, war ihr schier unerträglich. Es war eher Scham statt Verzweiflung, die sie so erschöpfte. Sie schämte sich nicht für das, was sie getan hatte und auch nicht für das Kind, das, zumindest was sie betraf, aus wahrer Liebe entstanden war. Ja, sie schämte sich nicht einmal für das, was noch kommen würde, wenn sie gezwungen wäre, ihren Zustand zu beichten. Sie schämte sich für sich selbst, weil sie zugelassen hatte, dass Naivität und blindes Vertrauen in einen Mann, den sie kein bisschen gekannt hatte, zu dieser absurden Situation geführt hatten. Hier saß sie nun, Marisa Balestrieri, wie eine der Heldinnen in einem Melodram von Matarazzo, die ihre Mutter und sie so gern im Kino sahen. Sie musste wieder daran denken, wie sie diese naiven jungen Mädchen mit der Verachtung einer modernen Frau verurteilt hatte, aus lauter Fassungslosigkeit, wie man sich bloß so täuschen lassen kann. *Wie kann man nur so dumm sein*, hatte sie unzählige Male zwischen den Szenen gesagt. *Wie kann man nur so dumm sein*, sagte sie sich auch jetzt immer wieder, während die quietschende Straßenbahn sie nach Hause fuhr.

So sehr sie sich auch bemühte, wieder einen klaren Kopf zu bekommen, sie fand keine Lösung, die nicht schmerzhaft gewesen wäre. Francesco hatte ihr seine Lösung vorgeschlagen, aber was für ihn das Beste wäre, war für sie ausgeschlossen. Das war keine Frage der Moral: Sie wollte dieses Kind nicht wegmachen lassen, weil sie es liebte. Und das bereits, seit sie seine Existenz geahnt hatte. Diese Liebe war unbeirrbar – selbst als sich ihre Gefühle für dessen Vater in Luft auflösten. Sie fühlte sich wie eine dieser im Krieg bombardierten Städte: von außen betrachtet nichts als Zerstörung, aber in ihrem Innern hütete sie dieses Wesen wie einen kostbaren Schatz. Doch die Ungewissheit quälte sie. Wie ihre Familie wohl reagieren würde? Wie sollte sie nur auf den enttäuschten Blick ihres Vaters reagieren, der sie vor den Kunden immerzu stolz lobte? Mit dem Schreien und Wehklagen, ja mit den Vorwürfen ihrer Mutter würde sie schon zurechtkommen, nicht aber damit, Ettore Balestrieri dermaßen enttäuscht zu haben. Bei dem Gedanken daran zog es ihr den Boden unter den Füßen weg.

Vielleicht auch um die Blicke der Eltern noch etwas hinauszuzögern, stieg sie zwei Haltestellen früher aus, um mit raschen Schritten zu ihrer besten Freundin Maria Elena zu gehen und bei ihr Trost zu suchen. Während deren Mann im Esszimmer Nachrichten hörte, erzählte sie ihr im Flüsterton die ganze Geschichte. Am Küchentisch weinten sie gemeinsam über ihr Unglück. Die Freundin war solidarisch und verwünschte Malpighi, der ihr offen gestanden noch nie gefallen habe. Sie versprach, stets für sie da zu sein. Mehrmals wiederholte sie, dass sie sie nicht verurteile: Sie könne sich voll und ganz auf sie verlassen.

Um nicht zu spät nach Hause zu kommen, verabschiedete sich Marisa nach einer halben Stunde und ging das letzte Stück zu Fuß. Zu Hause tobte ihre Mutter wegen der Verspätung. Deshalb fiel ihr gar nicht auf, dass Marisa gar keine neue Frisur hatte. Sie schimpfte ausgiebig, während ihre Tochter irgendeine Entschuldigung stammelte, und ließ sie allein zu Abend essen – Ettore und sie seien längst damit fertig. Es sei einfach respektlos, nicht Bescheid zu geben und sie so warten zu lassen. Während

Marisa hastig ein paar Löffel der verkochten und inzwischen kalt gewordenen Suppe hinunterwürgte, stand plötzlich heimlich ihr Vater in der Tür.

»Geht's dir gut?«, flüsterte er fürsorglich.

»Aber ja doch …« Marisa lächelte. »Ich hab noch kurz bei Maria Elena vorbeigeschaut und die Zeit vergessen.«

Er nickte und verschwand.

Währenddessen erzählte Maria Elena, um ihre Verstörung etwas zu verarbeiten, ihrer Schwester Ivana, einer direkten Nachbarin der Balestrieris, am Telefon ganz im Vertrauen von der Tragödie der armen Marisa. Die ihre Situation allerdings selbst verschuldet hatte, wie sich die beiden rasch einig waren. Es war schließlich weithin bekannt, dass Francesco Malpighi vor der Beziehung mit ihr ein ziemlicher Frauenheld gewesen war. Schwer vorstellbar, dass eine so intelligente junge Frau wie Marisa das nicht bedacht hatte. Nur weil sie hübsch und aus guter Familie war, hieß das noch lange nicht, dass es ihr anders ergehen würde als ihren Vorgängerinnen. Bevor sie auflegten, seufzten sie im Chor, wie um zu sagen, dass manche Dinge einfach unausweichlich sind, wenn man sich zu sehr gehen lässt.

Keine vierundzwanzig Stunden später war Marisa, die Tochter des Feinkosthändlers, offiziell Gegenstand von Gerüchten.

Am nächsten Tag, dem Dreikönigstag, traf sich die Familie Balestrieri bei Emma zum gemeinsamen Essen. Marisa beschloss noch nichts zu sagen, damit ihre Familie wenigstens die Feiertage genießen konnte. Wer weiß, wann sie sich nach der Katastrophe, die sie sich selbst eingebrockt hatte, alle wieder unbeschwert um einen Tisch setzen konnten! Sie zwang sich, nicht allzu viel zu grübeln und überschüttete ihren Neffen mit noch mehr Zärtlichkeit als sonst. Als sie den Kleinen in sein Stühlchen hob und sich vergewisserte, dass er auch bequem saß und sich nicht weh tun konnte, war es, als wäre ihr der Umgang mit Kindern längst vertraut, ja, als verfügte sie auf einmal über ein uraltes Wissen. Sie strich dem Jungen über die zarte Haut, redete besonders liebevoll mit ihm und lächelte wie jemand, der schon voller Vorfreude ist. Ob sie wohl ebenfalls einen Jungen bekommen würde? An Francesco Malpighi würde sie jedenfalls keinen einzigen Gedanken mehr verschwenden. Obwohl ihr das eigentlich nicht weiter schwerfallen sollte, spürte sie manchmal einen solch schmerzhaften Stich in der Brust, dass sie sich zwingen musste, nicht in verzweifeltes Schluchzen auszubrechen.

Weil sie verzweifelt Unbeschwertheit vortäuschen musste, erwachte sie am nächsten Morgen nach wenigen Stunden unruhigen Schlafs voller Albträume, erschöpft und niedergeschlagen. Sie ging noch früher in den Laden als sonst und machte sich an die Arbeit, um sich ein bisschen abzulenken. Lang bevor sie aufmachten, hatte sie bereits sämtliche Waren in die Regale geräumt. Also setzte sie sich an die Kasse und blätterte in einer Zeitschrift, während der Vater sich fröhlich pfeifend um das Brot kümmerte.

»Alles in Ordnung, Signorina Marisa?«

Marisa zuckte zusammen, denn diese Worte, die ausnahmsweise mal nicht nur »Guten Tag« und »Danke schön« waren, schienen von einem Wildfremden zu kommen. Sie schaute zu Stelvio Ansaldo empor, der ihr den Lieferschein hingelegt hatte und sie leicht besorgt musterte.

Fast hätte sie kurz angebunden mit einem verblüfften *Aber natürlich* reagiert. Aber aus irgendeinem unerfindlichen Grund sagte sie: »Ja …, ich bin nur ein bisschen müde. Ich hatte die Grippe.«

»Das hat mir Signor Ettore auch schon erzählt.« Er nickte zweimal, wie um zu betonen, wie sehr ihm ihr Wohlergehen am Herzen lag.

Mit einem kaum merklichen, höflichen Lächeln quittierte ihm Marisa den Lieferschein.

Stelvio verstaute ihn sorgfältig und ließ sich dabei etwas mehr Zeit als sonst, bevor er sich mit einem »Dankeschön« und einem »Bis morgen« verabschiedete. Daraufhin murmelte sie etwas und wandte sich wieder ihrer Zeitschrift zu.

Gegen eins, kurz bevor sie zumachten, ging Marisa nach Hause, um Brot zu bringen und der Mutter wie sonst beim Tischdecken zu helfen. Doch anstatt sie am Herd vorzufinden, saß diese im Esszimmer am Kopf des Tisches – mit gefalteten Händen, als wäre sie in ein Gebet vertieft. Kein Duft kam aus der Küche, kein ungeduldiges Brodeln war zu hören. Letizia trug nach wie vor das Kostüm und die Schuhe mit Absatz, in denen sie einkaufen gewesen war.

Marisa blieb auf der Schwelle stehen, den in Papier gewickelten Viertellaib Brot fest an die Brust gepresst.

Langsam löste die Mutter ihren Blick vom Tafelaufsatz aus Capodimonte-Porzellan und schaute sie ausdruckslos an.

Marisa hielt den Atem an.

Fast unmerklich bewegten sich ihre Lippen. »Was hast du nur getan?« Schwer zu sagen, was sie mit diesem gepressten Flüstern ausdrücken wollte. Mehr als Erstaunen schwang eiskalte Wut darin mit.

»Noch heute Abend hätte ich dir alles gesagt …«, konterte Marisa ganz ruhig und erwiderte ihren Blick.

»Wem hast du bereits davon erzählt?«

»Nur Maria Elena«, beeilte sie sich zu sagen.

»Ja, weißt du denn nicht, was für Klatschbasen sie und ihre Schwester sind?« Erst jetzt wurde Letizia laut und schüttelte ungläubig den Kopf. »Wie blöd bist du eigentlich?«

Marisa blieb nichts anderes übrig als den Blick zu senken. Eine Antwort konnte sie sich sparen.

»Ich musste es von der Weinhändlerin erfahren ...« Letizia stützte die Arme auf und verbarg das Gesicht in den Händen. »Jetzt wissen es Krethi und Plethi.«

Marisa legte den Viertellaib Brot auf den Tisch und stützte sich auf die Stuhllehne. Bis vor kurzem hätte ihr der Verrat der Freundin das Herz gebrochen. Doch jetzt spürte sie nur, wie ihr die Enttäuschung alle Kraft raubte. Sie konnte nicht mal mehr Wut empfinden.

»Du warst schon immer frech«, zischte Letizia so leise, als führte sie Selbstgespräche. »Fast dreist ...« Sie machte eine Pause, um dann mit erstickter Stimme hinzuzufügen: »Aber was zu viel ist, ist zu viel!«

»Ich habe Francesco geliebt!« Marisa brachte nur diese armselige Entschuldigung heraus.

»Und jetzt?«, schimpfte die Mutter, als hätte sie nichts gehört. »Was willst du jetzt machen?«

Da sie frech und dreist war, fiel Marisa Balestrieri nichts anderes ein als diese Frage mit einem leicht erstaunten Lächeln zu beantworten. Diese bewusst provozierende Frage, wo doch ihre Mutter ganz genau wissen musste, dass sie sich schon seit Tagen damit quälte. »Ich weiß es nicht«, sagte sie mit einem Achselzucken und ließ den Kopf hängen.

»Aha, du weißt es nicht ...«, echote sie. »Darüber hast du dir wohl keine Gedanken gemacht, als du dich mit Malpighi amüsiert hast, obwohl du aus einer guten Familie stammst.«

Langsam knöpfte Marisa den Mantel auf und zog ihn aus. »Nein«, erwiderte sie, während sie ihn an die Flurgarderobe hängte. Mehr sagte sie nicht, bevor sie in ihr Zimmer ging und die Tür hinter sich zuzog.

Zunächst saß sie eine Weile auf der Bettkante. Dass ihre Mutter kein Verständnis für sie haben würde, damit hatte sie gerechnet. So war sie eben, streng und unerbittlich – mit sich und anderen. Vor allem wenn es um Sitte und Anstand ging. Marisa war es seit jeher ein Rätsel, dass ihre Eltern aus Liebe geheiratet hatten – eine Liebe, die bis heute Bestand hatte.

Ettore Balestrieri war ein gutmütiger Mensch, freundlich und gesellig. Letizia hingegen eher zurückhaltend-verschlossen und sehr auf den äußeren Anschein bedacht. Wäre Emma auch nur einen Monat vorher zur Welt gekommen – Marisa hätte gewettet, dass die beiden hatten heiraten müssen. Aber nein: Sie hatten sich über einen gemeinsamen Freund kennengelernt, Gefallen aneinander gefunden und sich verliebt. Sie ergänzten sich: Ettores Großzügigkeit linderte die Spießigkeit seiner Frau, während sie großzügig über Angewohnheiten hinwegsah, die sie bei jedem anderen inakzeptabel gefunden hätte. Wenn die beiden in ihrem Schlafzimmer direkt nebenan waren, hörte Marisa sie manchmal lachen, gleich darauf kaum vernehmbar die Stimme ihrer Mutter, die dem Vater gespielt streng befahl, leise zu sein, während dessen Gelächter immer lauter wurde.

Marisa wusste, dass ihre Mutter ihr das nie verzeihen würde. Emma würde sie vielleicht noch verstehen, vielleicht würde sie ihr ja helfen, aber es warteten schwierige Zeiten auf sie.

Spontan stand sie auf, um ein paar Sachen zusammenzupacken. Jetzt, da das ganze Viertel Bescheid wusste, war damit zu rechnen, dass Letizia sie aufforderte, sich eine neue Bleibe zu suchen, um sich wieder selbst an die Ladenkasse zu setzen.

Marisa war gerade dabei, die Unterwäscheschublade zu inspizieren, als ihr Vater ohne anzuklopfen eintrat.

»Komm«, sagte er nur. Tonlos, nicht zu interpretieren, aber ohne die Zärtlichkeit, mit der er sonst das Wort an sie richtete. Dann verschwand er, ohne auf sie zu warten.

Ohne jede Eile folgte Marisa ihm.

Sie fand ihre Eltern am Esszimmertisch vor. Seltsamerweise saß die Mutter nach wie vor am Kopfende und er zu ihrer Rechten, ein zur Hälfte gefülltes Glas Wasser vor sich, das ihm seine Frau gebracht haben dürfte – aus Angst, er könnte bei der Nachricht einen Herzinfarkt bekommen. Ständig lag sie ihm damit in den Ohren, dass er abnehmen müsse, sonst bekomme er noch einen Infarkt. Doch im Grunde wollte sie gar nichts an ihrem Mann ändern und schätzte sich glücklich, ihn zu haben.

»Setz dich«, befahl er und zeigte auf den Stuhl, ohne die Hand vom Tisch zu lösen.

Marisa nahm ihm gegenüber Platz. Die Mutter starrte weiterhin auf den Tafelaufsatz, um ihr klarzumachen, wie ungern sie mit ihr an einem Tisch saß.

Ettore nahm einen Schluck Wasser. Er hatte sichtlich keinen Durst, sondern schindete bloß Zeit. Dann stellte er das Glas ab und verschränkte die Hände wie die Mutter, ließ die Daumen mehrfach gegeneinanderprallen.

»Du sagst mir jetzt, ob du Malpighi heiraten willst«, meinte er.

Marisa verstand nicht. Sie zögerte. Instinktiv sah sie zu ihrer Mutter hinüber, als wäre Hilfe oder Rat von ihr zu erwarten.

Doch die war zur Salzsäule erstarrt. »Aber Francesco hat mich sitzenlassen, Papa«, murmelte sie.

»Das habe ich dich nicht gefragt. Ich habe dich gefragt, ob du ihn heiraten willst.«

»Er hat eine andere in der Schweiz.«

Ettore gönnte sich einen weiteren Schluck Wasser. »Mari. Wenn du mir sagst, dass du ihn heiraten willst, hole ich das Jagdgewehr deines Großvaters, nehme noch heute den Zug in die Schweiz und schaff ihn dir bis morgen her – sei es tot oder lebendig.« Er warf ihr einen vielsagenden Blick zu, in dem sie die Zärtlichkeit eines Vaters erkannte, der in diesem Moment keine Schwäche zeigen durfte, sie aber trotzdem liebte. Die Schande war ihm egal, vielleicht wusste er nicht mal, was das war. Für ihn zählte nur seine Tochter.

»Nein, Papa.« Diesmal antwortete sie ohne zu zögern. »Ich möchte Francesco nie wiedersehen.«

Letizia entschlüpfte ein hysterisches Lachen, ungläubig sah sie ihren Mann an.

»Dann müssen wir eine andere Lösung finden«, verkündete Ettore.

»Und was soll das sein?«, platzte es aus Letizia heraus.

Er atmete tief durch, um nicht die Geduld zu verlieren, die seine Frau so oft auf eine harte Probe stellte. Dann lehnte er sich zurück, verschränkte die Arme vor dem runden Bauch und sagte in einem ebenso ruhigen wie bestimmten Ton, den Marisa so noch nie an ihm gehört hatte: »Mari, die Zeiten haben sich geändert. Aber ein uneheliches Kind stürzt einen immer noch ins Unglück.«

Sie senkte den Blick, verletzt von der Härte, mit der er die unumstößliche Wahrheit verkündete.

Kurz schwiegen sie, was ihr wie eine Ewigkeit vorkam.

»Und wenn sie nach Grottaferrata zieht? Meinst du, Emanuele würde nein sagen?« Letizia sah ihren Mann erwartungsvoll an.

»Wozu denn das? Das Problem ist doch nicht der dicke Bauch?«, erwiderte er gereizt.

»Dann kann sie das Kind dort zur Welt bringen … In Rocca di Papa sind Nonnen …«

Marisa zuckte zusammen. »Ich werde mein Kind ganz bestimmt nicht zu den Nonnen geben!«, schrie sie und sprang so abrupt auf, dass der Stuhl mit einem dumpfen Knall umfiel. Mit beiden Händen stützte sie sich auf den Tisch und beugte sich zum Vater. »Ich gebe mein Kind nicht her!«

Auch Letizia stand jetzt auf, mit ihren Absätzen überragte sie Marisa um eine Handbreit. »Und was für ein Leben willst du ihm bieten, wenn sich die Leute hinter seinem Rücken das Maul zerreißen?«

»Die Leute sind mir vollkommen egal.«

»Dir ist doch alles egal!«

»Setzt euch oder ich werf euch beide raus!«, donnerte Ettore und hieb mit der Faust auf den Tisch, wobei er Frau und Tochter nicht aus den Augen ließ.

Marisa stellte den Stuhl wieder auf. Stumm nahmen beide wieder Platz.

Ettore trank sein Wasser aus. Bei einem guten Glas Wein wäre die Stimmung sicherlich besser gewesen. Ihm hatte es nie etwas ausgemacht, keinen Sohn zu haben. All die Fragen nach dem Nachnamen brachten ihn eher zum Lachen. Wären sie adlig gewesen, wäre das vielleicht etwas anderes gewesen, aber was spielte es schon für eine Rolle, ob es nun einen Balestrieri mehr oder weniger gab? Bevor Marisa Malpighi kennengelernt hatte, hatte er auf einen Schwiegersohn gehofft, der sich auch in seinen Laden verlieben würde. Die Leute kamen von weither, um bei ihm einzukaufen, weil sie wussten, dass es bei *sor* Ettore höchste Qualität gab: Er hatte einen Blick dafür, wählte für seine Kunden nur das Beste aus, war geschickt im Verhandeln mit Lieferanten und machte gute Preise. Sogar in Porta San Giovanni fragte man, wer nur dieser *sor* Ettore sei. Sein Vorname genügte, Balestrieri brauchte man gar nicht erst hinzuzufügen. Aber jetzt hätte er gern einen Sohn an seiner Seite gehabt. Jemanden, mit dem er sich ohne diese weibliche Hysterie hätte austauschen können, jemanden, der nicht darauf beharrte, über verschüttete Milch zu jammern. Jemanden, dem nur das Wohl von Marisa und ihrem zukünftigen Kind am Herzen lag, das schließlich auch ein Balestrieri war.

Noch während er das leere Glas in seinen dicken Fingern drehte, kam ihm die Idee, die das Leben seiner Tochter, aber auch seines, von Grund auf verändern sollte.

»Stelvio Ansaldo«, sagte er laut, in der festen Überzeugung, keinen Mucks von sich gegeben zu haben.

Die Frauen sahen sich instinktiv an, um sich davon zu überzeugen, dass wenigstens die andere wusste, wovon er sprach. Doch sie waren gleichermaßen ratlos.

Letizia bekam es mit der Angst. Was, wenn dieser Schicksalsschlag ihren Mann auf einmal hatte dement werden lassen? »Und wer soll das sein, dieser Ansaldo?«

»Der Laufbursche von der Backstube Camastra«, erklärte Marisa hastig mit gerunzelter Stirn.

»Was hat der denn damit zu tun?«, fragte Letizia ungeduldig.

Ettore schaute erneut seine Tochter an. Noch immer ganz in

Gedanken sagte er: »Die Besitzerin der Backstube hat mir erzählt, dass ihr Neffe Ruggero im Norden kein Glück hatte. Er fühlt sich dort nicht wohl und möchte wieder nach Hause und seine alte Stelle zurück.« Er schwieg kurz, um dann weiterzureden. »Sie meinte, dass sie Stelvio nur ungern ziehen lässt, weil er wirklich fleißig ist, kann dem Neffen die Stelle aber nicht verweigern. Deshalb hat sie mich gebeten ihr zu helfen, eine andere Lösung für den jungen Mann zu finden.«

»Ja und?« Je mehr Letizia zu hören bekam, desto weniger verstand sie.

Ganz anders Marisa, der es bereits dämmerte.

»Ich überlege schon seit längerem, einen Gehilfen einzustellen, vielleicht vorerst halbtags. An Stelvio habe ich auch schon gedacht. Er ist ein guter, ehrlicher Kerl und ein anständiger … Arbeiter.«

»Aber ich will Stelvio Ansaldo nicht!«, rief Marisa entsetzt.

Letizia sprang auf und zeigte bestürzt auf ihren Mann. »Du willst deine Tochter doch nicht etwa dem Laufburschen geben?« Hätte sie nicht befürchten müssen, dass die Nachbarn alles mitbekamen, hätte sie laut gekreischt.

Ettore breitete die Arme aus. »Sie hat sich mit einem Nichtsnutz eingelassen – und jetzt darf man sie nicht dem Laufburschen geben?«

Seine Frau schlug sich die Hand vor den Mund. »Du bist ja vollkommen verrückt geworden!«

»Dann findet ihr doch eine Lösung!« Er breitete auffordernd die Arme aus. »Dass deine Tochter schwanger ist, weiß man bereits bis zur Via Merulana – deine Worte übrigens! Ja, was glaubst denn du? Dass die Kerle jetzt Schlange stehen, um sie zu heiraten?«

Marisa brach in ein verzweifeltes Schluchzen aus, sie hatte die Arme aufgestützt und raufte sich die Haare.

»Wer ist denn dieser … Ansaldo?« Schon wirkte Letizia etwas umgänglicher. »Kennst du die Familie?«

»Was denn für eine Familie? Die Eltern sind in San Lorenzo ausgebombt worden, kamen dann in den Felice-Aquädukt-Baracken unter und sind innerhalb von zwei Jahren gestorben. Der Junge war ein paar Jahre in einem kirchlichen Heim, weil er noch so klein war. Dann haben ihm die Priester eine Arbeit vermittelt und ihn vor die Tür gesetzt. Er wohnt bei Bekannten der Camastra zur Untermiete.«

»Himmelherrgott«, murmelte Letizia. Aber nicht, weil sie das Schicksal von Stelvio Ansaldo so gerührt hätte.

Ettore stand auf, sein Stuhl rutschte quietschend über den Marmorfußboden. Er warf einen Blick auf seine von Schluchzern geschüttelte Tochter, die den Kopf gesenkt hatte.

»Dieser junge Mann verschlingt dich förmlich mit den Augen. Du hast es bloß nie gemerkt, weil er dir mit Respekt begegnet. Als Vater habe ich beide Augen zugedrückt, er hat schließlich Benehmen. Und dass du schön bist, ist schließlich nicht seine Schuld.« Er seufzte vielsagend. »Etwas anderes fällt mir auch nicht ein«, endete er. »Und jetzt gehe ich nach nebenan und ruhe mich aus, denn euretwegen ist mir jeder Appetit vergangen.«

In den darauffolgenden Stunden, in der ganzen darauffolgenden Nacht verschwendete Marisa keinen Gedanken an die vom Vater vorgeschlagene Lösung. Sie konnte kaum glauben, was er da gesagt hatte, ja, fand es absurd, dass sich ausgerechnet er, der so loyal und aufrichtig war, für solch hinterlistige Machenschaften hergeben wollte. Doch das nachmittägliche Schweigen des

Vaters, auch später beim Abendessen, sagte mehr als viele Worte: Eine andere Lösung hatte er nicht.

Ihre Mutter würdigte sie keines Blickes und redete nicht mit ihr. Sie hatte sämtliche Fensterläden geschlossen, selbst innerhalb der eigenen vier Wände fühlte sie sich vom Klatsch verfolgt. Das Radio, bei dem sie normalerweise nach dem Abendessen noch für eine Stunde im Esszimmer zusammensaßen, war aus. Jeder von ihnen ging anders mit seiner Niedergeschlagenheit um, die Atmosphäre war bedrückend, die Luft zum Schneiden.

Marisa wälzte sich hin und her. Sie tat kein Auge zu, während sie nach einer Möglichkeit für einen Neuanfang mit Kind suchte, ohne dass die Familie unter der Schande zu leiden hätte. Sie konnte weit wegziehen und sich dort eine Arbeit suchen, aber beim Gedanken, all ihre Lieben zurückzulassen, brach ihr das Herz. Außerdem wusste sie, dass sie zwar so weit fortgehen konnte, wie sie wollte: Die Schande eines unehelichen Kindes würde ihr überallhin folgen. *Was habe ich nur getan? Was habe ich nur getan?*, fragte sie sich immer wieder dermaßen wütend und verzweifelt, dass sie am liebsten ins Kissen gebissen hätte. Beim Gedanken an ihre glückliche Kindheit und Jugend, die nun für immer vorbei war, empfand sie starke Reue. Noch immer hatte sie die Rufe der Mutter im Ohr, die sie nach dem Plaudern, Jonglieren, Hüpfen und Seilspringen zum Essen rief. Das Abendessen im Kreis der Familie war sogar im Krieg beibehalten worden. Alles blieb so wie immer, nur sie veränderten sich. Emma und Marisa wuchsen heran, die Eltern alterten, was niemandem auffiel, bis Emma heiratete. Am ersten Abend hatte ihr verwaister Stuhl alle verstört. Die Mutter hielt den Blick gesenkt, während sich der Vater ein Glas mehr gönnte, um die

Nostalgie und den Schmerz angesichts der viel zu schnell verstreichenden Zeit zu betäuben. Die nahm ihm das Liebste, was er hatte. Von da an begann Marisa, ebenfalls von einer eigenen Familie zu träumen, von gemütlichen gemeinsamen Abendessen, von fröhlichen Ausflügen aufs Land, von Ferien am Meer nach einem anstrengenden Jahr. Als diese nicht enden wollende Nacht im Morgengrauen endlich vorbei war, weinte sie, aber nicht länger aus Verzweiflung über das Scheitern dieses Traums, sondern aus kindlicher Trauer.

Am Sonntagmorgen, Marisa war endlich in einen unruhigen Halbschlaf gefallen, kam ihre Mutter mit einem Tablett, darauf Kekse und Milchkaffee, ins Zimmer. Sie stellte es auf den Nachttisch und setzte sich zu ihr ans Bett, ohne auch nur ein »Guten Morgen« zu murmeln. Sie trug noch ihren Morgenrock, war aber bereits sorgfältig frisiert, Verwahrlosung war ihr ein Gräuel. Sie war die Tochter von Hoteliers, die der Erste Weltkrieg ruiniert hatte, als sie gerade in der Pubertät war. Deshalb konnte sie nichts ertragen, was sie an das damalige Elend erinnerte. Um sie aufzuziehen, sagte Ettore immer, sie habe nur deshalb einen Feinkosthändler geheiratet, um sicherzugehen, nie mehr Hunger leiden zu müssen. Letizia hingegen versicherte ihrem Mann, wenn sie allein waren, immer wieder, dass sie ihn auch geheiratet hätte, wenn er ein Hungerleider gewesen wäre: Solange sie ihn habe, brauche sie nichts anderes mehr.

»Was hat dieser Ansaldo, was dir nicht taugt?«, bemerkte sie jetzt trocken, ohne Marisa anzusehen.

Marisa versuchte wach zu werden, während sie nach einer Antwort suchte. Ihr fiel so einiges ein, aber nichts davon klang überzeugend.

»Ist er etwa hässlich?«, stichelte Letizia. »Oder ungehobelt?«

Im Aufsetzen fuhr sich Marisa durchs zerzauste Haar und strich es aus dem blassen Gesicht mit den dunklen Augenringen. »Nein …« Sie zuckte kaum merklich mit den Schultern. »Ich weiß nicht … wer kennt den überhaupt?«

»Dein Vater sagt, er ist in Ordnung«, rief Letizia ihr wieder ins Gedächtnis.

»Ja«, gestand sie nach kurzem Zögern. »Er macht einen anständigen Eindruck.«

»Was ist es dann? Ist er zu klein? Zu dick? Hat er einen Buckel?«

»Quatsch!«, schnaubte Marisa genervt. »Er ist ganz normal, so wie viele andere auch. Eben nichts Besonderes.«

Letizia atmete tief ein und schaute sie endlich mit ernster Miene an, wenn auch nicht mehr so distanziert, so als wollte sie wieder eine Art Vertrautheit zwischen Mutter und Tochter herstellen. »Na, dann musst du dich eben arrangieren, Mari.«

Marisa stöhnte laut auf. »Ansaldo? Ja, glaubst du, das ist so einfach? Was soll ich denn machen? Zu ihm gehen und ihm sagen, dass ich ein gefallenes Mädchen bin, dass ich von einem anderen ein Kind erwarte und einen Ehemann brauche?«

»Du wirst einen Weg finden müssen.« Wieder dieser kalte Tonfall. »Du hast ja gehört, was dein Vater gesagt hat: Er verschlingt dich förmlich mit seinen Blicken. Und nach Malpighi dürftest du genügend Übung haben, oder?«

Marisa senkte beschämt den Kopf. Dass diese Worte von ihrer Mutter kamen, machte alles noch schlimmer. Sie hielt die Tränen zurück, weil sie wusste, dass sie das nicht erweichen, sondern nur noch mehr reizen würde. Außerdem hatte sie sich in diesen Dingen noch nie Verständnis von ihr erwartet: Sie war schon immer eine strenge Mutter gewesen. Andererseits konnte sie auf ihre Art durchaus liebevoll sein. Sie hatte sie jedoch auf eine Art erzogen, dass klar war: Der gute Name Balestrieri durfte durch nichts in den Schmutz gezogen werden. Sie hasste Klatsch und Tratsch. Das Drama um Emmas Verlobung hatte sie nur ertragen, weil Emanuele ein anständiger Kerl war, der sich nach ihren Vorgaben für die Liebe entschieden hatte. Und tatsächlich hatte niemand im Viertel es gewagt, ein Wort darüber zu verlieren. Dass er Jude war, spielte kaum eine Rolle. Emma stand ein Leben in Wohlstand bevor, da er den Großteil seines Vermögens vom Großvater väterlicherseits geerbt hatte, der in Amerika gestorben war.

»Hast du nie etwas falsch gemacht?«, murmelte Marisa, ohne sie anzuschauen.

Letizia schnaubte verbittert und glättete sorgfältig den Saum ihres Morgenmantels, der ihr übers Knie gerutscht war, um ihre Tochter dann seufzend anzusehen. »Offenbar schon«, erwiderte sie, bevor sie sich erhob und wortlos den Raum verließ.

Gleich am Montag, als das Brot von Camastra geliefert wurde, nahm Ettore Balestrieri Stelvio Ansaldo beiseite und bot ihm eine Vollzeitstelle im Laden an. Da dieser bereits wusste, in welch unangenehme Lage Ruggeros Rückkehr seine Arbeitgeberin gebracht hatte, willigte er voller Dankbarkeit ein und drückte ihm überglücklich die Hand. Er versprach, sein Bestes zu geben und sich ins Zeug zu legen, schwere Arbeit schrecke ihn nicht. Daraufhin klopfte ihm Ettore anerkennend auf die Schulter. Sie steckte in einer abgetragenen Jacke, die er über dem Backstubenkittel trug.

»Aber gewiss doch, gewiss«, murmelte er nicht ganz ohne Scham, denn nicht einmal die Liebe zu seiner Tochter war ein hinreichender Grund dafür, ihren guten Ruf auf Kosten dieses jungen Mannes zu retten.

Marisa hatte die Szene von ihrem Platz an der Kasse aus verlegen beobachtet. Sie gab vor, Kleingeld zu zählen, verlor aber immer wieder den Faden und begann von vorn. Erleichtert sah sie, dass Ansaldo mitnichten klein war – im Gegenteil. Vielleicht sogar eine Handbreit größer als ihr Vater, wie sie erleichtert bemerkte. Zugegeben, ein wenig unbeholfen, aber gutaussehend. Mit schönen, ausdrucksvollen Augen. Die Nase vielleicht ein wenig zu groß, aber in einem Gesicht wie dem seinen, hätte eine kleinere wenig männlich gewirkt. Auf einmal wurde ihr klar, dass sie jetzt nicht mehr vom Gran Caffè Malpighi träumte, sondern nach einem Mann suchte wie auf einem Viehmarkt. Ihre Augen füllten sich mit Tränen – nicht aus Enttäuschung, sondern weil sie sich für die Arroganz hasste, mit der sie den armen Kerl beurteilte.

Genau in diesem Moment drehte sich Stelvio zu ihr, wie um seine Begeisterung zeigen. Als er ihre feuchten Augen sah, verging ihm das Lachen.

»Geht es Ihnen immer noch nicht wieder gut, Signorina Marisa?« Er kam zur Kasse, hielt aber respektvoll Abstand.

»Doch, doch, ich habe nur einen kurzen Schwächeanfall«, wiegelte sie ab.

Stelvio sah sie besorgt an. »Sie sind ganz blass.« Er schaute zu Ettore hinüber, um sich zu vergewissern, dass er das auch sah.

Ettore nickte energisch. »Genau! Weil sie so wenig isst! Der Arzt sagt, sie braucht Vitamine, um wieder zu Kräften zu kommen. Diese Grippe ...« Er machte Anstalten, seinen Platz hinter der Ladentheke einzunehmen, blieb dann aber auf halbem Weg stehen und lächelte wie über eine plötzliche Eingebung: »Hör mal, Stelvio, wieso begleitest du meine Tochter nicht auf einen schönen heißen Milchkaffee mit viel Zucker? Gleich hier in der Milchbar um die Ecke?« Er machte eine entsprechende Geste.

Marisa zuckte zusammen und riss die Augen auf.

Stelvio hob verlegen die Hände und wurde rot. »Aber … ich möchte niemandem zur Last fallen«, stotterte er.

Ettore trat forsch den Rückweg an, nahm seine Tochter am Arm, zog sie hinter der Kasse hervor und schob sie neben ihn. »Geh mit ihr was trinken und bestell dir auch was. Sag Berardo, er soll es anschreiben, du bist eingeladen!«, befahl er und schob die beiden vor die Tür. »Ich gebe inzwischen der Backstube Bescheid und sage, dass du die nächste Lieferung zehn Minuten später bringst, weil ich was verschusselt habe.«

Kaum standen sie draußen auf dem Bürgersteig, drehte sich Stelvio Ansaldo abrupt um. »Der Mantel! Signor Ettore! Soll das Mädel etwa erfrieren?« Instinktiv hatte er Marisa bereits den Arm um die Schultern gelegt, ganz behutsam, um sie vor dem kalten Januarwind zu schützen.

Ettore blieb einen Augenblick verdattert in der Tür stehen und sah sie beide an. Um dann schleunigst den Mantel seiner Tochter zu holen. Stelvio half ihr hinein, damit sie es gleich warm hatte.

Während die beiden Richtung Milchbar Berardo gingen, ließ Ettore sie nicht aus den Augen. Er lächelte.

Marisa wusste ganz genau, warum Berardos Frau sie so anstarrte, als sie mit Stelvio Ansaldo an einem der Tischchen saß.

Sie hatten zwei Milchkaffee bestellt, und er hatte darauf bestanden, dass sie noch eine Brioche mit Marmelade aß. Sie schwiegen verlegen, ein jeder starrte auf sein Glas. Marisa war froh, dass die Milchbar zu dieser Stunde noch leer war, weitere Blicke hätte sie nicht ertragen.

»Stört es Sie, dass Ihr Vater mich eingestellt hat?«, fragte er plötzlich.

»Wieso sollte mich das stören?«

»Keine Ahnung, vielleicht hätten Sie ja lieber, dass Signor Ettore Ihrem Verlobten die Stelle anbietet.«

Bei der Vorstellung, Malpighi könnte mit Schürze hinter der Ladentheke stehen und Schinken aufschneiden, musste Marisa kurz auflachen – ob aus Nervosität oder Belustigung war schwer zu sagen. Sie seufzte leise. »Ich habe keinen Verlobten. Nicht mehr.«

Stelvio schaute auf, und sie tat es ihm gleich. »Geht es Ihnen deshalb so schlecht?« Marisa merkte, dass er aus aufrichtiger Besorgnis fragte, ganz ohne jede Sensationsgier. »Unter anderem«, gestand sie.

»Das tut mir leid«, erwiderte er sofort mit fester, freundlicher Stimme.

»So was kommt vor.«

»Aber man hätte lieber, es wäre anders, oder?«

»Allerdings.« Sie nickte mit einem traurigen Lächeln und nippte an ihrem Milchkaffee, beide Hände um das Glas gelegt. Nachdem sie kaum an ihrem Brioche geknabbert hatte, zeigte sie auf den Teller. »Möchten Sie etwas davon?«

»Essen Sie, damit Sie wieder zu Kräften kommen!« Er lächelte.

Marisa fiel sein weißes, regelmäßiges Gebiss auf. »Wieso heißen Sie eigentlich Stelvio?«, fragte sie und merkte zu spät, dass ihr Tonfall in Bezug auf den ungewöhnlichen Namen nicht gerade freundlich war.

»Mein Vater war im Ersten Weltkrieg. 1918, bei einem Gefecht in den Bergen, hat ihn eine Höhle auf dem gleichnamigen

Gebirgspass vor dem Erfrieren gerettet. Während er bibberte, schwor er der heiligen Mutter Gottes, seinen ersten Sohn Stelvio zu nennen, sollte er wieder lebend nach Hause kommen.« Er schwieg kurz, weil ihm immer noch die Stimme brach, wenn er von seinem Vater sprach. »Er hat sein Versprechen gehalten.«

Marisa legte den Kopf schräg. »Wie schön …«, murmelte sie aufrichtig gerührt.

»Tja, und dann wurde er in den Baracken unter dem Aquädukt vom Typhus dahingerafft«, sagte er und zuckte mit den Schultern.

»Das tut mir leid.« Spontan legte sie ihre Hand auf seine.

Stelvio lächelte dankbar, froh über die Nähe, obwohl sie sich kaum kannten.

»Aber jetzt muss ich wirklich los.« Marisa stand auf, um sich dem bohrenden Blick von Berardos Frau zu entziehen. »In Kürze machen wir auf.«

»Fühlen Sie sich ein wenig besser?«

Marisa überlegte, bevor sie antwortete. »Ja«, sagte sie aufrichtig und nickte.

Er bat sie, kurz zu warten, bis er bezahlt hätte, und begleitete sie dann noch zur Ladentür. Beide wünschten sich einen guten Tag, ohne noch etwas hinzuzufügen. Stelvio und Ettore verabschiedeten sich voneinander, indem sie kurz die Hand hoben.

Am nächsten Morgen fanden Marisa und ihr Vater einen durchgefrorenen Stelvio vor dem Laden vor: Er habe Angst gehabt, zu spät zu kommen, die Bushaltestelle sei nämlich recht weit von seiner Wohnung entfernt. Sie sperrten auf, und Ettore überreichte ihm feierlich einen alten, aber noch gut erhaltenen Kittel, den er einst getragen hatte, als er noch dreißig Kilo weniger wog, sowie eine Schürze. Um die Wäsche werde sich Marisa kümmern, die Schürze gelte es täglich zu wechseln, und zwar ohne Ausnahme: Morgens werde er stets eine saubere, gebügelte vorfinden. Stelvio sah Marisa entschuldigend an, weil er ihr jetzt zusätzliche Arbeit machen würde, um sich dann entsprechend umzuziehen.

Ettore wollte, dass er ihm den ganzen Vormittag folgte wie ein Schatten. Er begann, ihm die wichtigsten Grundlagen zu erklären, Augen, Nase und Tastsinn seien sein wichtigstes Arbeitswerkzeug. Er warnte ihn, dass das Zeit brauche und man in einem solchen Laden einfach Erfahrung benötige. Stelvio nickte wortlos. Er war gerührt, *sor* Ettore war nach dem Tod der Eltern der Erste, der ihn anleitete wie ein Vater. Bei den Priestern hatte er Schreinern und Obst- und Gemüseanbau gelernt. Weil er kräftig gebaut war, hatte er lange beim Ein- und Ausladen auf dem Großmarkt geholfen. Aber das hier im Laden der Balestrieris war etwas ganz anderes. Allein schon die Ordnung und Sauberkeit, der angenehme Duft nach frischen, erstklassigen Lebensmitteln, die Waren, die Signorina Marisa mit weiblichem Geschick und einem Blick für Farben im Schaufenster und in den Regalen arrangierte, die Dosen einheitlich ausgerichtet, die Preisschilder schön beschriftet. Und dann die nach Rosen duftende Signorina Marisa selbst, gleich rechts von ihm.

Als der Laden um zwölf zumachte, bestand Ettore darauf, dass Stelvio mit ihnen zu Mittag aß. Der lehnte verlegen ab, meinte, das sei doch nicht nötig, er könne auch woanders eine Kleinigkeit zu sich nehmen. Doch Ettore wollte nichts davon wissen. Er schickte Marisa, die Letizia Bescheid geben sollte, ein Gedeck mehr hinzustellen, und um Viertel nach eins saßen sie gemeinsam um den Esstisch der Balestrieris. Die Frauen stumm, den Blick auf den Teller gerichtet, Ettore fröhlich plaudernd. Er erzählte, wie ihn sein erster Chef, ein gewisser Peppe Carpi, im Alter von acht Jahren in seinem Feinkostladen in San Giovanni als Laufbursche eingestellt hatte, und wie er schon bald die Kundschaft bedient hatte, wobei er auf einem Podest hinter der Ladentheke stand, weil er noch so kein war. Er hatte fünfzehn Stunden am Tag gearbeitet, sich regelrecht krummgeschuftet und fast zweimal den Finger abgesäbelt. Aber schon mit achtzehn besaß er ein eigenes Geschäft, in dem die Kunden brav und geduldig Schlange standen, da sie nur bei ihm kaufen wollten. Stolz zeigte er den Zeigefinger seiner rechten Hand, der von dicken Narben übersät und sogar etwas krumm war: Sein Laden sei sein Ein und Alles, verkündete er stolz. Hätte es die beiden Weltkriege nicht gegeben, hätte er inzwischen zehn Läden. Im Ersten Weltkrieg sei er an der Front beinahe gestorben, weil er eine Kugel in den Rücken bekommen habe. Der Zweite Weltkrieg habe ihm dann fast alles genommen, was er sich in dreißig entbehrungsreichen Jahren zusammengespart hatte. Dennoch sei er nicht pleitegegangen, unumstößlich wie ein Fels. Stelvio sah ihn voller Bewunderung an, mit der für ihn typischen Schüchternheit lobte er Letizia für das köstliche Essen. Die murmelte ein Dankeschön, begleitet von einer Geste, die eher Gereiztheit statt Freude vermuten ließ.

Als zwei Tage später Ruggero mit Brot aus der Backstube Camastra kam, wirkte Stelvio Ansaldo bereits so, als wäre er in diesem Laden aufgewachsen. Er nahm die Körbe und leerte sie im hinteren Ladenbereich, beanstandete, dass mindestens ein halbes Kilo *Ciriole* fehlte, was Ruggero auf dem Lieferschein vermerken musste. Mit Ettores Anweisungen im Kopf entbeinte er selbständig einen Schinken, wie es sich gehörte. Und da tat Ettore Balestrieri etwas, was er in fünfundvierzig Jahren als Feinkosthändler noch nie getan hatte: Noch während der Laden geöffnet hatte, legte er die Schürze ab und gönnte sich einen Espresso bei Berardo. Stolzerfüllt sah Stelvio ihm nach, während gerade Signora Cavani für ihre Donnerstagseinkäufe hereinkam, weil an diesem Tag ihr Sohn zum Abendessen kam.

»Das ist eine ganz besondere Kundin, Stelvio, behandle sie gut!«, sagte Ettore und grüßte die Dame feierlich.

Stelvio nickte, sagte freundlich guten Tag und strahlte sie an.

Erstaunt sah Marisa, wie ihr Vater, die Hände in den Kitteltaschen, zufrieden verschwand. Dann fiel ihr Blick mit einem lauten Seufzen auf Stelvio Ansaldo.

Im Lauf der nächsten zwei Wochen, in Erwartung, dass sich in Ladennähe eine günstige Wohnmöglichkeit fand, wurde Stelvios Anwesenheit beim Mittagessen der Balestrieris bereits zur Gewohnheit. Während Letizia und Marisa die Küche aufräumten, legte sich Ettore nebenan ein Stündchen hin, während Stelvio auf sein Drängen hin im Sessel Platz nahm und Zeitung las. Da er spürte, dass Signora Letizia wenig begeistert von seiner Anwesenheit war, nahm Stelvio diese Freundlichkeiten stets verlegen entgegen. Nur um nicht so unhöflich zu sein, Signor Ettores Einladung zurückzuweisen, kam er zu den Balestrieris und versuchte, dort möglichst wenig Umstände zu machen. Nach dem Essen verzog er sich still in den Sessel, manchmal kam es sogar vor, dass er kurz einschlief, schließlich musste er morgens schon sehr früh aufstehen. Um Punkt halb vier stand Ettore wieder im Esszimmer, belegte den anderen Sessel und wartete, bis seine Frau den Espresso servierte. Zu Stelvios großer Freude bekam er seinen Kaffee immer von Marisa serviert. Manchmal glaubte er, nach wie vor zu träumen.

Eines Abends Ende Januar, als Marisa gerade saubere Wäsche in ihre Kommode räumte, kam ihre Mutter herein und machte die Tür hinter sich zu. Die beiden wechselten kaum noch ein Wort. Mittags war Stelvio da, da musste vertrauliches Plaudern natürlich ausbleiben, und abends beschlossen sie mehr oder weniger stumm zu bleiben, da jedes Wort unendlich schwer wog. Sonntags ließen sich die Balestrieris nicht mehr in der Kirche blicken und auch nicht mehr bei Emma, die zwar von Letizia informiert worden war, sich aber nicht bei Marisa gemeldet hatte. Die litt sehr darunter, nie hätte sie gedacht, dass ihre eigene Schwester sie so im Stich lassen würde. Letizia und Emma hingegen sprachen sich täglich ausgiebig – Gespräche, die zu dem Entschluss geführt hatten, den ihr die Mutter jetzt mitteilte.

»Hör zu«, begann sie, »ich habe nicht das Gefühl, dass du hier Fortschritte machst. Aber die Zeit drängt.«

Marisa fuhr damit fort, seidene Unterkleider zusammenzulegen.

»Dein Vater hat Ansaldo ins Haus geholt. Was soll er denn noch für dich tun?«

Ganz so, als wendete die Tochter bewusst den Blick ab, stützte sich Letizia auf die Kommode und beugte sich vor. »Hast du es immer noch nicht kapiert? Diese Sache musst du selbst wieder in Ordnung bringen!«

»Und wie soll ich das bitte schön anstellen?«, platzte es aus Marisa heraus.

»Du könntest dich von ihm ausführen lassen! Ihn irgendwie ermutigen!«, warf sie ihr voller Groll vor.

»Das ist ein anständiger junger Mann«, protestierte sie.

»Ja und? Passt dir das etwa nicht?«

»Wieso soll ich sein Leben ruinieren?«

»Ruinieren?« Letizia lachte gereizt auf. »Der Kerl hat rein gar nichts! Dein Vater gibt ihm Arbeit und Würde!«

»Und ein uneheliches Kind!« Marisa schaute sie provozierend an. »Wenn das eine mit deinem Sohn machen würde – fändest du das etwa gut?«

Letizia unterdrückte ihre Wut und seufzte laut. Abrupt schloss sie die Schublade und klemmte ihrer Tochter dabei fast die Finger ein. »Jetzt hörst du mir mal gut zu.« Sie sah Marisa eindringlich an und sagte leise: »Ich habe Stelvio mitgeteilt, dass er mich am Sonntagnachmittag nach Grottaferrata fahren muss, damit ich die Stoffe abholen kann, mit denen ich das Sofa neu beziehen lassen will. Wir haben uns darauf geeinigt, den Lieferwagen deines Vaters zu nehmen. Emma weiß Bescheid, die Villa ist leer, bis Montag hat sie auch den Hausmeister fortgeschickt.« Sie machte eine vielsagende Pause. »Ich sage dann im letzten Moment, dass mir nicht gut ist und du an meiner Stelle mitfahren wirst.«

Marisa starrte sie mit offenem Mund an.

»Mach, was du willst, mach es auf deine Art, aber komm mir nicht ohne Verlobten wieder aus Grottaferrata zurück. Haben wir uns verstanden?«

»Ach, und jetzt interessiert dich auf einmal nicht mehr, was die Leute reden?«

»Die Leute reden ohnehin schon: Angeblich ist Francesco Malpighi draufgekommen, dass du ihm mit Ansaldo Hörner aufgesetzt hast. Deshalb hat er dich verlassen.« Sie nickte triumphierend und sagte kurz vor Verlassen des Zimmers noch mit einem spöttischen Lächeln zu ihr: »Du kannst dich glücklich schätzen.«

Am Sonntag war es eiskalt, aber die Sonne stand gleißend am Himmel. Marisa machte sich ohne besondere Sorgfalt fertig, sie zog sich warm an, bestimmt war es in Grottaferrata noch kälter als in Rom. Zu Mittag aß sie nur wenig und lustlos, sie hatte Kopfweh. Die Schwangerschaft hatte sie nicht etwa zu-, sondern abnehmen lassen. Sie konnte froh sein, dass ihr Bauch bis auf die leichte weiche Rundung weiter unten, die sie schon immer gehabt hatte, noch flach war. Dafür war ihr Busen voller, ja fast schon schwer geworden, was aber nicht weiter auffiel. Sie hatte lange überlegt, wie sie sich am Sonntagnachmittag verhalten, wie sie Stelvio Ansaldo zu einer Hochzeit bewegen sollte, um mit einem Heiratsversprechen nach Hause zu kommen. Als Gefühlsmensch hatte sie dafür noch keine Lösung, denn hier war Vernunft gefragt. Sie musste Stelvios Schwachstellen herausfinden, sich verführerische Worte und Gesten einfallen lassen. Aber sie war, was Männer anbelangte, stets spontan gewesen, frech und dreist, wie ihre Mutter gesagt hatte, und zwar auch schon vor Francesco. Wenn sie wollte, dass ihr jemand den Hof machte, hatte sie ihm das umstandslos ohne jede Heuchelei zu verstehen gegeben. Francesco hatte sie mit ihrem schönsten Lächeln und Hüftschwung erobert. Und dass sie ihn begehrte, hatte sie ihm ohne jede falsche Scham mit den Augen gesagt. Aber Stelvio? Sie empfand rein gar nichts für diesen jungen Mann. Sie achtete ihn, das schon, weil er so freundlich und ehrlich war. Aber das allein konnte unmöglich genügen. Als sie den Lieferwagen ihres Vaters draußen auf der Straße zweimal hupen hörte, trug sie einen Hauch von Lippenstift auf und sagte sich, dass das genügen *musste*.

Als Marisa ihm mitteilte, ihrer Mutter gehe es nicht gut, stattdessen werde sie mitfahren, sagte Stelvio aufrichtig, wie leid es ihm für Letizia tue. Während sie in den cremefarbenen Fiat 615 ihres Vaters stieg, sah er sie irgendwie seltsam an und versicherte ihr, dass es nicht lange dauern werde, höchstens ein paar Stunden. So als würde er sich für die Zeit, die sie an ihn verschwenden musste, entschuldigen. Auf einmal bereute Marisa, mit welcher Gleichgültigkeit sie seine aufrichtige Sorge um sie in den letzten Wochen abgetan hatte. Gern hätte sie etwas Nettes zu ihm gesagt, ihn wissen lassen, dass sie sich über die Aussicht auf einen gemeinsamen Nachmittag freue. Stattdessen blieb sie stumm und schaute aus dem Fenster, während sie auf die Via Tuscolana einbogen. Ungefähr auf halber Strecke fragte ihn Marisa, ob er schon mal in Grottaferrata gewesen sei, um das verlegene Schweigen zu brechen. Wie sich herausstellte, kannte er es gut, er hatte enge Freunde dort, und wenn das Wetter schön war, fuhr er manchmal mit seiner alten Vespa hinauf, um mit ihnen ein Glas Wein zu trinken. Er strahlte regelrecht, als er ihr von seinen Freunden erzählte: Da er keine Eltern und keine Geschwister mehr habe, seien sie so etwas wie seine Familie.

»Wieso? Hattest du denn Geschwister?«, fragte Marisa neugierig.

»Einen kleinen Bruder. Er ist bei der Bombardierung von San Lorenzo ums Leben gekommen«, erwiderte er mit einem wehmütig-zärtlichen Lächeln beim Gedanken an dieses Kind mit den dünnen Beinchen, das ihm auf Schritt und Tritt gefolgt war.

Beide verfielen in ein bedrücktes Schweigen, das nur vom tiefen Brummen des gleichmäßig dahinfahrenden Lieferwagens durchbrochen wurde.

Bevor sie ankamen, schwärmte Marisa Stelvio von der Villa an den Hängen des Tuscolo-Hügels vor. Sie erzählte ihm, dass

Emanuele das Anwesen von den Großeltern väterlicherseits geerbt habe, die alles getan hätten, um Besitz und Familie vor dem Faschismus zu retten. Dort gebe es sämtliche Annehmlichkeiten, jede Menge Zimmer, Gemälde und Skulpturen. Emma und ihr Mann würden aber nur im Sommer dort leben, um der Schwüle in der Stadt zu entfliehen. Sie wundere sich, dass sie nicht öfter das Bedürfnis hatten, auf der riesigen Terrasse mit Blick auf Rom zu sitzen und den Sonnenuntergang zu bewundern. Andererseits liebten sie die Arbeit und das mondäne Stadtleben, die bessere Gesellschaft, die angesagten Lokale und hatten vermutlich einen anderen Sinn für Romantik. Auch sie, Marisa, möge natürlich Bälle, Kino-, manchmal auch Theaterbesuche, sehne sich aber im Grunde nach einem ruhigen Alltag. Sie komme nicht ohne Familienrituale aus, die würden sie beruhigen. Stelvio hörte ihr zu und nickte, da er genauso dachte wie sie.

Obwohl ihn Marisa darauf vorbereitet hatte, verschlug es ihm förmlich den Atem, als er in der Ferne die von einem riesigen Park umgebene Villa Estherina entdeckte. Während der Lieferwagen die Serpentinen erklomm, kam ihm das weiße, dreistöckige Gebäude fast imposanter vor als das Denkmal für Viktor Emanuel II. In Wahrheit war es eher eine schlichte neoklassizistische Villa, aber für jemanden, der in Baracken unter einem Aquädukt aufgewachsen war, war sie ein Schloss.

Sein kindliches Staunen, als er den Kopf in den Nacken legte, um das Gebäude besser betrachten zu können, entlockte Marisa ein fröhliches Lachen. Er sah sie an und lachte mit ihr über sich, schließlich war er über Gaeta, wo er seinen Militärdienst gemacht hatte, nie herausgekommen. Um ihn noch mehr zu beeindrucken, erzählte ihm Marisa, dass sich im Souterrain, wo die Truhen standen, die sie abholen sollten, noch ein Stück der alten Römerstraße befinde. Keiner habe es gewagt, daran zu rühren, nicht einmal bei der Modernisierung der Villa.

Als sie vor dem Seiteneingang hielten, von dem aus man direkt ins Souterrain gelangte, hatte sich der Wind gelegt und es war milder geworden. Sie setzten sich auf die Marmorbänke, die den Garten säumten, bewunderten die jahrhundertealten Bäume und lauschten auf das Rauschen ihrer Blätter. Es duftete nach Harz.

»Dieses einsame Haus macht mich ganz traurig«, gestand sie ihm.

»Es ist nicht einsam ..., sondern voller Erinnerungen«, erwiderte er tröstend. »Überlegen Sie doch mal, was es schon alles erlebt hat!«

Marisa folgte seiner Aufforderung, dachte an all das, was sich innerhalb dieser Wände ereignet hatte, in diesem Garten, unten im Park. Was sich wohl heute Nachmittag zwischen ihnen ereignen würde? Sie bräuchte nur die Hand auszustrecken, um seine zu berühren, bräuchte nur ihre von der Kälte ausgetrockneten Lippen auf seine zu pressen, so als folgte sie einem spontanen Impuls, nachdem sie auf der langen Fahrt etwas vertrauter miteinander geworden waren. Um dann verlegen Verwirrung vorzutäuschen, ein derart forsches Verhalten mit ihrer Einsamkeit zu erklären, mit ihrem gebrochenen Herzen, wofür sie nichts konnte. Später könnte sie sich ihm dann innerhalb dieser verschwiegenen Mauern unter dem Vorwand an den Hals werfen, ein wenig Trost in seinen starken Armen zu suchen. Um anschließend darauf zu vertrauen, dass sein Gefühl für Ehre und Anstand schon das Übrige tun würde. *Wie kann man nur so dumm sein* – in den letzten Wochen hatte sie das immer wieder gedacht. *Wie unverschämt*, dachte sie jetzt bei seinem arglosen Blick, der genauso ungetrübt war wie der Himmel über ihren Köpfen.

Abrupt stand sie auf. »Los, gehen wir, bald ist es dunkel.« Rasch strebte sie der Tür zum Souterrain entgegen und zog den Schlüssel aus der Manteltasche.

»Und was ist mit dem Sonnenuntergang?«, scherzte er. »Wollen wir den etwa verpassen?«

»Mal sehen«, erwiderte sie kurz angebunden und sperrte auf. Nachdem sie Licht gemacht hatte, ging sie hastig und mit laut klappernden Absätzen die Treppe hinunter.

»Vorsicht, sonst brechen Sie sich noch den Hals, Signorina Marisa!«

Auf halber Treppe drehte sie sich nach ihm um. »Nenn mich Marisa. Sollten wir uns nicht endlich duzen?«

Stelvio starrte sie verblüfft an. »Und wenn Signor Ettore was dagegen hat?«

Marisa ignorierte seinen Einwand. »Darf ich dich Stelvio nennen?«

»Wie willst du mich sonst nennen?«

»Na ja, ein anderer Name hätte mir besser gefallen«, sagte sie lachend und ging weiter die Treppe hinunter.

Auch Stelvio lachte, da er inzwischen begriffen hatte, dass sie mit dem Namen nicht viel anfangen konnte.

Als sie im Abstellraum standen, umgeben von alten Möbeln und Truhen, fanden sie die drei Holztruhen mit Stoffen, zwei große und eine kleinere. Stelvio hob die erste mühelos hoch, ging dann die Treppe hinauf, um keine Minute später zurückzukehren und die nächste zu holen. Als er sie gut gegriffen hatte und Richtung Treppe ging, sah er aus den Augenwinkeln, wie sich Marisa nach der kleinen, leichtesten Truhe mit den Posamenten bückte.

»Was machst du denn da, Marisa?!« Mit einem dumpfen

Knall ließ er seine Truhe fallen und packte sie blitzschnell am Arm, um sie daran zu hindern.

Verwirrt und erschreckt vom Lärm zuckte sie zusammen.

»So was Schweres die Treppe hochtragen …«, warf er ihr vor. Er zögerte. »Ich glaube nicht, dass das eine gute Idee ist.«

Aus irgendeinem Grund fiel Marisa wieder ein, wie Francesco sie damals am Arm gepackt hatte, als er sie zwingen wollte, das Geld anzunehmen, um sich anschließend aus dem Staub machen zu können, wie er ihr die Adresse einer Engelmacherin zugesteckt hatte. Francesco hatte sie am Arm gepackt, um sie aufs Schlimmste zu erniedrigen. Stelvio Ansaldo hingegen hielt sie fest, weil er sich Sorgen um sie machte. Übertriebene Sorgen.

Sie starrte ihn an. Sie schämte sich der Worte, die ihr auf der Zunge lagen, weil sie die Antwort bereits kannte. »Du weißt also Bescheid?«, murmelte sie und forschte nach seinem Blick, den er fest auf die Überreste der altrömischen Straße unter ihren Füßen gerichtet hielt.

Stelvio beschränkte sich auf ein Nicken.

»Seit wann?«

»Ich hab gehört, wie Signor Camastra es Ruggero am Telefon erzählt hat.«

Marisa ließ sich auf die Treppe sinken: Das bedeutete, das man bis Acqua Santa über ihren Zustand Bescheid wusste. Bei dem Gedanken versagten ihr die Beine.

»Aber ich erzähl es nicht weiter«, versicherte er ihr und setzte sich in gebührendem Abstand neben sie.

Marisa zuckte nur mit den Schultern, ein verbittertes Lächeln im Gesicht. »Egal, inzwischen dürfte es kaum noch jemanden geben, der nicht Bescheid weiß.«

Stelvio schwieg. Er wollte sie nicht anlügen, nur um sie zu trösten.

»Dabei hab ich mich bloß Maria Elena anvertraut«, rechtfertigte sie sich.

»Das ist doch nur verständlich …« Stelvio nickte bekräftigend, da er wie sie an echte Freundschaft glaubte. Den Rest sagte er ganz leise und behutsam, mit wildem Herzklopfen, schließlich war die Frage mehr als indiskret. »Besteht denn noch Hoffnung, dass ihr euch wieder versöhnt, dein Verlobter und du?«

Marisa schüttelte den Kopf. »Für mich ist der gestorben.« Sie sagte es nachdrücklich, aber ohne jeden Groll. Sie war keine Frau, die so einem Nichtsnutz lange hinterhertrauerte: Wenn überhaupt bereute sie, dass sie so naiv gewesen war und sich einen so unwürdigen Vater für ihr Kind ausgesucht hatte.

»Und was hast du jetzt vor?«

Marisa erwiderte Stelvios Blick, in dem aufrichtige Besorgnis stand. Seit dieser ganzen Geschichte hatte sie noch niemand so angeschaut. »Meine Eltern wollen, dass du mich heiratest«, beichtete sie und konnte sich ein Grinsen nicht verkneifen – vielleicht um ihre Verlegenheit zu überspielen, vielleicht auch weil die Situation allzu absurd war.

»Ich und dich heiraten?«, echote er und legte die Hand aufs Herz. Er hatte die Augen weit aufgerissen, die Brauen erstaunt hochgezogen.

Marisa nickte.

»Und warum ausgerechnet ich?« Er breitete hilflos die Arme aus, um zu zeigen, dass das alles war: Stelvio Ansaldo, sechsundzwanzig Jahre alt, ohne besondere Fähigkeiten, der gerade mal das Nötigste zum Überleben verdiente und eine unzuverlässige Vespa besaß. Was konnte er ihr schon für eine Zukunft bieten? Doch dann dämmerte ihm, der zwar nie gut in der Schule gewesen, aber eben auch nicht doof war, dass es bei all dem Klatsch, der bereits in der Welt war, nicht leicht sein dürfte, eine rasche Lösung zu finden. Weil Marisa in anderen Umständen war, drängte die Zeit. Er dachte an die phantastische Stelle, die ihm Signor Ettore gegeben hatte, an die Mittagessen bei den Balestrieris, an den Espresso, der ihm stets nur von Marisa serviert worden war. Und auf einmal war ihm alles klar.

»Es tut mir leid«, brachte sie nur hervor, als sie merkte, dass er sich seine Frage selbst beantwortet hatte. Dann mied sie seinen Blick und eilte die Treppe hinauf an die frische Luft.

Stelvio lud die Truhen in den Lieferwagen und wusch sich am weißen Marmorbrunnen in der Mitte des Gartens den Staub von den Händen. Er sah, dass Marisa zur Terrasse hinaufgegangen war, auf die man über eine breite Außentreppe gelangte, und folgte ihr.

Bald würde die Sonne untergehen.

Er stellte sich neben sie, und gemeinsam schwiegen sie, die Ellbogen auf die Brüstung gestützt.

»Was für ein Panorama«, sagte sie heiser vor Ehrfurcht, während die Sonne den Horizont rot färbte und einen goldenen Schweif hinter sich herzog wie eine Schleppe. Er kannte keinen Luxus, hätte er ihn jedoch beschreiben sollen – er hätte genau so etwas geschildert. Natürlich hatte er schon andere Sonnenuntergänge erlebt, aber der hier war etwas ganz Besonderes. »Und, was hältst du von der Idee, mich zu heiraten?«, fragte er plötzlich, ohne den Blick von der Halbkugel zu lösen, die langsam hinter der Stadt unterging.

Marisa sah ihn verblüfft an. »Ich weiß es nicht«, sagte sie

überrumpelt. Und beschloss dann, absolut ehrlich zu ihm zu sein. »Ich halte es einfach nicht für fair.«

»Aber wenn ich dich richtig verstehe, hast du keine andere Lösung.«

»Du klingst wie meine Mutter.« Sie lächelte.

Stelvio löste sich von der Brüstung und drehte sich zu ihr um. Er wollte bei den nun folgenden Worten aufrecht vor ihr stehen. »Hören Sie, Marisa, ich hege Gefühle für Sie. Das dürfte auch Ihnen nicht entgangen sein, hab ich recht?« Er siezte sie lieber wieder, um nicht zu unverschämt zu klingen.

Marisa nickte. »Nun, eine gewisse Sympathie ist mir nicht entgangen.«

»Nein, nein, ich rede hier wirklich von echten Gefühlen«, korrigierte er sie.

»Selbst jetzt noch, wo du Bescheid weißt?«

»Diese Gefühle hatte ich schon vorher. Und daran hat sich nichts geändert.«

»Nach allem, was ich dir gesagt habe, würdest du mich immer noch heiraten?«

Stelvio musste keine Sekunde überlegen. »Wenn du das auch möchtest, ja.«

Marisa drehte sich um, lehnte sich an die Brüstung. In ihr brodelte es, und sie verschränkte schützend die Arme. Sein erwartungsvoller Blick machte sie verlegen, denn so fiel es schwer, aufrichtig zu sein. »Stelvio, nur weil ich Malpighi nicht mehr will, heißt das noch lange nicht, dass ich mit dir zusammen sein möchte. Kannst du das verstehen?« Sie fragte sich, ob sie ihm das nicht auch etwas weniger brutal hätte beibringen können, spürte aber, dass Stelvio Ansaldo Ehrlichkeit verdient hatte, mehr als jeder andere in ihrem Leben.

»Natürlich verstehe ich das«, erwiderte er leise.

»Ich respektiere dich … und finde dich auch sympathisch.« Hilflos suchte sie nach weiteren Worten.

»Vielleicht genügt uns das ja?«, wagte er sich vor, während er ihr leicht den Kopf zuwandte.

Marisa sah ihm tief in die Augen, wünschte sich, dass er ihre Anspielung begriff und sie nicht vulgär werden musste. »Aber in einer Ehe sind auch noch andere Dinge wichtig«, murmelte sie.

»Ich weiß, aber dafür ist immer noch genug Zeit. Während jetzt kaum noch Zeit ist«, erwiderte er sachlich.

Sie schüttelte ungläubig den Kopf. »Wieso nimmst du meinetwegen so viel auf dich?«

»Weil ich Gefühle für dich hege«, wiederholte er.

»Gefühle für eine Frau, die sich einem Nichtsnutz hingegeben hat?«

»Am Anfang habe ich mich in dich verguckt wie in eine Leinwanddiva«, erklärte er verlegen. »Aber dann hat mir gefallen, wie du mit Menschen und Dingen umgehst, wie du dich um den Laden kümmerst, wie sehr du deinen Vater liebst. Familie scheint dir genauso wichtig zu sein wie mir.«

»Dabei bin ich kein bisschen so schön wie eine Leinwanddiva«, wehrte sie ab.

»Sogar noch viel schöner«, murmelte er und wagte nicht, ihr ins Gesicht zu schauen.

Marisa staunte, dass sie bei seinem Kompliment errötete. Es weckte eine weibliche Eitelkeit in ihr, die sie längst verloren geglaubt hatte.

»Wenn du ja sagst, werde ich mich um dich und das Kind kümmern. Aber nur du kannst wissen, ob dir das reicht.« Er versteckte die leeren Hände in den Manteltaschen, was hatte er ihr schon zu geben?

Instinktiv strich sie ihm über die kalte, leicht raue Wange. Sie hätte sich gern bei ihm bedankt, aber das erschien ihr angesichts von so viel Großzügigkeit banal. Sie staunte über ihr kleinliches Herz, ohne Not hatte es sich einem Nichtsnutz verschrieben und machte es ihr jetzt so schwer, Stelvio Ansaldos Gefühle zu erwidern. Doch auf einmal überkam sie eine unglaubliche Ruhe. Sie fühlte sich nicht mehr so verloren und allein, er bot ihr Halt und schenkte ihrem Sohn eine Zukunft, würde ihm sicherlich ein guter Vater sein.

»Wollen wir auf der Rückfahrt nach Rom irgendwo halten und eine Kleinigkeit essen?«, schlug sie mit ihrem schönsten Lächeln vor, während sie seine Hand nahm.

»Gern! Du bist so dünn … Wenn du so weitermachst, heirate ich dich nicht mehr!«, scherzte er unerwartet vertraulich.

Während sie sich der Treppe zuwandten, lachte Marisa und merkte gar nicht, dass sie fast so etwas wie Freude empfand.

Nachdem sie den Wagen in der Nähe der Balestrieris geparkt hatten, bestand Stelvio darauf, sie nach oben zu begleiten und bei Signor Ettore um die Hand seiner Tochter anzuhalten. Obwohl Marisa lachend erwiderte, das sei nun wirklich nicht nötig, sie würde ihren Eltern schon alles erklären – sie würden überglücklich sein.

Und so kam es, dass Stelvio Ansaldo im Flur stehen blieb, weil er zu später Stunde nicht stören wollte, und Ettore Balestrieri um Erlaubnis bat, seine Tochter heiraten zu dürfen. Nicht ohne Herzklopfen, da seine Gefühle für sie aufrichtig waren.

Letizia, die am Esszimmertisch saß und lauschte, stand kurz davor, vor lauter Erleichterung zu weinen.

Ettore erteilte ihm mit einem gerührten Nicken die Erlaubnis und begleitete ihn, nachdem er ihm liebevoll auf die Schulter geklopft hatte, hinaus – nicht ohne ihn aufzufordern, mit dem Lieferwagen nach Hause zu fahren, schließlich würde er am nächsten Morgen ohnehin wiederkommen. Er solle die Schlüssel doch gleich behalten, das Abholen der Ware bei den Lieferanten sei ohnehin was für junge Leute, bei ihm selbst mache sich Müdigkeit bemerkbar. Dann rief er seine Tochter herbei, die schweigend vor ihrer Mutter gesessen hatte, und forderte sie auf, ihren Verlobten zur Haustür zu bringen, um sich dort von ihm zu verabschieden. »Aber nur fünf Minuten!«, mahnte er.

Marisa zog den Mantel an und ging mit Stelvio die Treppe hinunter. Alle strahlten.

Am nächsten Tag beim Mittagessen, wurden die Einzelheiten geklärt. Letizia war schon frühmorgens bei Don Mario gewesen, um den Hochzeitstermin für den 15. Februar festzulegen. Beide Töchter der Balestrieris hatten von den Eltern eine Wohnung überschrieben bekommen, aber die eine war vermietet, und bis die Mieter auszogen, dauerte es noch. Bis dahin sollten Stelvio und Marisa bei den Balestrieris wohnen, in ihrem Zimmer, das mehr als groß genug für ein Paar war. Emma und Emanuele hatten bereits versprochen, dem Brautpaar ein Ehebett und die Hochzeitskleidung zu schenken. Ohne Einwände gelten zu lassen, bestand Ettore darauf, Stelvio einen mehrmonatigen Lohnvorschuss zu geben, damit er die auf ihn zukommenden Auslagen bewältigen konnte. Der willigte verlegen ein. Doch sobald er das Geld in der Hand hatte, ging er zu einem kleinen Juwelier an der Piazza Vittorio Emanuele und kaufte einen Verlobungsring. Als er Marisa am nächsten Tag, kaum dass der Laden geöffnet hatte, mit dem Ring am Finger an der Kasse sitzen sah, schwoll ihm die Brust vor Stolz. Er war dermaßen gerührt, dass er sich in den Zeigefinger schnitt.

Dann fiel 1956 der erste Schnee.

Die Kinder im Viertel Appio Latino waren außer sich vor Freude. Von einem Tag auf den anderen schienen sie noch mehr zu sein als sonst, so laut war das Lachen und ohrenbetäubende Geschrei, so sehr rannten sie, wilde Haken schlagend, mit ihren bunten Schals und Kapuzen durcheinander. Die Erwachsenen hingegen bestaunten mit großen Augen die Stadt, die noch schöner geworden war – mit diesem makellos weißen Feenmantel, der in der Morgensonne funkelte. Überall jubelte man sich zu – auf den Bürgersteigen, von einem Fenster, von einem Balkon zum anderen. Auf der Straße wurde den Nachbarn von gegenüber haargenau beschrieben, wer was gesehen hatte, wer wo vorbeigekommen war, man wetteiferte um die sensationellste Geschichte, die aufregendste Anekdote. Sogar wer sich wegen einstiger Zerwürfnisse schon lange nicht mehr gegrüßt hatte, wechselte wieder ein paar Worte.

Von dieser Schönheit hätte auch Stelvio Ansaldo so einiges erzählen können, der zu Fuß hergekommen war, obwohl ihm der Schnee bis zur Mitte der Schienbeine reichte. Das wunderbare Schauspiel stand ihm ins Gesicht geschrieben. Dennoch machte er sich Sorgen wegen der Verspätung. Es war schon fast halb neun! Aber Signor Ettore würde das bestimmt verstehen, der Lieferwagen steckte fest, und Busse fuhren auch keine. Trotzdem beschleunigte er seine Schritte und reagierte kaum auf die Begrüßungen der Leute, die guten Tag riefen und freudig winkten.

Als er um die Ecke bog und sah, dass der Laden geschlossen hatte, war er einen Moment lang verblüfft. Er erstarrte, die Arme reglos am Körper, und runzelte die Stirn. Er traute seinen Augen nicht und ging zur Ladentür.

»Heute Morgen war noch niemand hier«, krächzte eine Stimme über seinem Kopf.

Er schaute zu der alten Frau hinauf, die, in eine dunkle Stola gehüllt, aus dem Fenster im ersten Stock schaute. Er erinnerte sich, sie schon ein paarmal im Laden gesehen zu haben und wusste noch, dass sie hinkte.

»Einem der Balestrieris soll es nicht gut gehen«, fuhr sie fort. »Heute Morgen um sechs kam sogar Dr. Gualazzi, er ist schon seit zwei Stunden bei ihnen in der Wohnung und bisher nicht wieder herausgekommen.«

Wortlos hastete Stelvio zum Hauseingang und rannte die drei Stockwerke nach oben, wobei er mit seinen Stiefeln mehr als nur einmal beinahe auf dem nassen Marmor ausgerutscht wäre. Er klopfte energisch, damit man ihm sofort aufmachte. Das Herz schlug ihm bis zum Hals: Wenn der Laden geschlossen blieb, musste es was Ernstes sein. Als die Tür geöffnet wurde und er das Gesicht der Nachbarin erblickte, stockte ihm der Atem.

»Was ist passiert?«, fragte er kaum hörbar.

Die Frau trat beiseite, um ihn hereinzulassen, und schloss dann leise die Tür. »Marisa«, murmelte sie.

»Was hat sie denn?« Er tat sich schwer, nicht laut zu werden.

»Sie hat vierzig Grad Fieber, vielleicht sogar mehr und kommt einfach nicht wieder zu Bewusstsein …« Sie sah ihn verweint an. »Der Arzt sagt, es ist ernst, aber bei diesem Schnee kommt kein Krankenwagen … und ein Auto kann man dann auch nicht nehmen.« Hilflos breitete sie die Arme aus und zog dann ihre Wollstola enger, so als wollte sie sich eher daran festhalten als sich aufzuwärmen.

Vom Flur aus sah Stelvio Signor Ettore am Esszimmertisch sitzen, die Ellbogen aufgestützt und die Hände vors Gesicht geschlagen. Er näherte sich leise, angsterfüllt. »Signor Ettore …«, flüsterte er.

Ettore schaute auf und schien ihn im ersten Moment gar nicht zu erkennen. »Meine Tochter stirbt mir unter den Händen weg«, stöhnte er. »Wenn kein Krankenwagen kommt, stirbt sie.«

Stelvio ging zu Marisas Zimmer. Dort blieb er in der Tür stehen, sah Letizia bei ihrer Tochter sitzen. Sie hielt ihr die Hand und liebkoste sie mit der anderen zärtlich, als wäre sie ein kleines Kind. Immer wieder flüsterte sie ihren Namen. Er sah, dass man sie mit Schnee bedeckt hatte, der nach und nach schmolz und auf den Boden tropfte, wo sich bereits eine riesige Pfütze gebildet hatte. Der Arzt stand stumm in einer Zimmerecke, mit versteinerter, angespannter Miene.

Signora Letizia drehte abrupt den Kopf, und er befürchtete schon, sie würde ihn fortschicken. Er wollte gerade etwas sagen, sie bitten, nur kurz näher kommen zu dürfen, als sie aufsprang und ihm die Arme um den Hals schlang. Kurz darauf brach sie in verzweifeltes Schluchzen aus und flüsterte ihm wie bei der Beichte immer wieder ins Ohr: »Ich bekomme sie einfach nicht wach! Ich bekomme sie einfach nicht wach!« Er drückte sie, strich ihr über das Haar, das er zum ersten Mal unfrisiert sah. Den Arm nach wie vor um ihre Taille gelegt, näherte er sich dem Bett. Marisa war leichenblass, unter ihren geschlossenen Augen lagen dunkle Schatten. Sie roch nach dem Alkohol, mit dem man sie vergeblich eingerieben hatte.

»Die Atmung ist schwach«, erklärte ihm der Arzt. »Ihr Puls kaum noch spürbar.«

»Aber was hat sie denn?« Stelvio wagte es nicht, sie anzufassen, so zerbrechlich kam sie ihm vor.

»Vielleicht ein Infekt …«, erwiderte der Arzt zweifelnd. »Kein Medikament wirkt! Das Fieber ist nicht mal mehr zu messen, so hoch ist es.«

»Aber es ging ihr doch gut! Sie hatte gestern Abend bloß ein wenig Bauchweh«, schluchzte Letizia. »Sie wollte nichts essen und hat sich hingelegt …« Sie biss sich in die Fingerknöchel, das Weinen allein genügte nicht mehr als Ventil. »Und heute Morgen konnte ich sie einfach nicht wecken!«

Stelvio nahm all seinen Mut zusammen und strich Marisa zärtlich über das Gesicht. Sie glühte, trotz des vielen Schnees. *Sie stirbt mir unter den Händen weg*, sagte er sich. Er sah den Arzt an. »Was können wir tun?«

»Wir brauchen Sauerstoff, Blutwerte, Röntgenaufnahmen …« Er zeigte auf den offenen Arztkoffer auf dem Stuhl, auf die überall herumliegenden Instrumente. »Alles, was ich tun konnte, habe ich getan.«

»Signora Letizia, helfen Sie mir, sie warm einzumummeln, wickeln wir sie in eine trockene Wolldecke.«

Letizia sah ihn mit weit aufgerissenen Augen an. »Was hast du vor?«

»Ich bring sie ins Krankenhaus.«

»Ja, wie denn? Sie kann nicht laufen.«

»Ich werde sie tragen!«

»Bis ins Krankenhaus?«, fragte sie zweifelnd.

»Bis dahin sind es drei Kilometer, vielleicht auch weniger …« Um sie zu beruhigen, sah er ihr direkt in die Augen, bevor er hinzufügte: »Ich schaffe das, Signora Letizia!«

Letizia sah sich hilfesuchend nach Dr. Gualazzi um.

Der zögerte einen winzigen Moment, um dann zustimmend zu nicken. »Schaffen wir sie hier raus, Signora Balestrieri. Es gilt keine Zeit mehr zu verlieren.«

Die diensthabenden Pfleger in der Notaufnahme von San Giovanni sollten jahrelang nicht nur von dem heftigen Schnee-einbruch 1956 erzählen, sondern auch von dem gutaussehenden, hochgewachsenen jungen Mann, der mit einer halbtoten Frau im Arm angerannt gekommen war. Kaum hatte er sie auf die bereitstehende Liege gebettet, ging er in die Knie und röchelte wegen der eiskalten Luft in seiner Lunge wie ein Sterbender. »Retten Sie sie, ich flehe Sie an!«, sagte er dermaßen keuchend, dass man ihn kaum verstand.

Sie mussten ihm wieder aufhelfen und hineinführen, während die Kranke eiligst fortgebracht wurde. Sie ließen ihn Platz nehmen und konnten ihn mit Müh und Not überreden, zur Erholung einen heißen Tee zu trinken. Doch er beharrte darauf, dass es ihm gut ging und flehte sie wiederholt an, sich ausschließlich um Marisa zu kümmern.

Stelvio blieb sitzen, die Ellbogen auf die Oberschenkel gestützt und den Kopf in den Händen. Er war verzweifelt, weil er es nicht schneller geschafft hatte. Irgendwann hatten ihn die Erschöpfung und das Gewicht in die Knie gezwungen, obwohl die Via Appia Nuova vom Schnee befreit worden war. Er hatte das Gefühl gehabt, Marisas Atmung an seinem Hals wäre zum Stillstand gekommen. Er hatte nur noch ihre Wärme gespürt, als er sie so fest wie möglich an sich zog und darum betete, der Tod möge sie ihm nicht entreißen. Vergeblich war er hinter einem Streifenwagen hergerannt, damit man ihm half, aber die Polizisten hatten nichts davon mitbekommen.

Eine Ewigkeit verging, zumindest kam es ihm so vor, bis ein Arzt kam und fragte, wer die junge Frau gebracht habe. Stelvio sprang auf und ging auf den älteren Mann mit Brille zu, dessen Kittel sorgfältig zugeknöpft war.

»Ihr Zustand ist ernst«, verkündete dieser umstandslos.

Stelvio war erleichtert, dass sie überhaupt noch am Leben war.

»Eine Peritonitis«, fuhr der Arzt fort. Als er Stelvios verständnislose Miene sah, erklärte er in einfacheren Worten: »Eine Bauchfellentzündung. Wir müssen operieren, um zu gucken, was sie ausgelöst hat.«

»Operieren?«, echote er mit weit aufgerissenen Augen.

»Ja, aber das Beunruhigendste ist, dass sie bereits eine Blutvergiftung hat. Ich befürchte, dass sie die Operation nicht überstehen wird. Aber ich sehe auch keine Alternative.«

»Was soll das heißen?« Stelvio hatte durchaus begriffen, aber ihm war egal, ob er dümmlich wirkte: Er brauchte einfach Zeit, um die schlechte Nachricht zu verarbeiten.

»Ich bezweifle, dass sie den OP lebend verlassen wird. Andererseits ist die Patientin noch jung, wir könnten es versuchen.«

Stelvio senkte den Kopf. »Ich muss erst mit der Familie sprechen«, murmelte er.

»Dafür ist keine Zeit.«

Wieder schaute er dem Arzt in die Augen. »Dann operieren Sie.« Er atmete tief durch. »Marisa ist allerdings in anderen Umständen …«, fuhr er fort, als äußerte er die x-te Bitte.

»Es grenzt schon an ein Wunder, wenn nur die junge Frau überlebt«, erwiderte der Arzt, bevor er wortlos durch die Glastür verschwand.

Als Ettore und Letizia Balestrieri endlich eintrafen, erklärte ihnen Stelvio die Lage, so gut er konnte. Verweint wiederholte er die Worte des Arztes und entschuldigte sich mit brüchiger Stimme dafür, dass er an ihrer Stelle über das Schicksal der Tochter entschieden habe. Als sie das hörten, mussten sich die Balestrieris setzen. Sie krümmten sich vor Verzweiflung, trösteten sich mit Umarmungen, bei denen Letizia ihr Schluchzen unterdrückte und Ettore seinen leeren Blick verbarg.

Eine sympathische Krankenschwester notierte Marisas Patientendaten und begleitete die Gruppe in den Warteraum der Chirurgie. Dort saßen sie und übten sich in Geduld, stumm und reglos. In regelmäßigen Abständen sang irgendjemand irgendwo ein Volkslied, von so viel Leid ungerührt – aber vielleicht auch nur, um einen Kranken zu trösten. Letizias Blick war fest auf eine Madonnenstatue gerichtet, ununterbrochen sprach sie stumme Gebete und umklammerte die Hand ihres Mannes.

Es war bereits Nachmittag, als die Tür zum Warteraum aufging und ein Arzt mittleren Alters hereinkam, er sah aus wie der Sohn desjenigen, der am Morgen mit Stelvio gesprochen hatte.

»Balestrieri?«

Schon bei seinem Anblick waren sie alle aufgesprungen. Ettore trat zwei Schritte vor, denn jetzt hatte er die Aufgabe, sich den Nachrichten zu stellen.

»Die Signora hat den Eingriff gut überstanden«, berichtete der Chirurg und nickte langsam, um das Positive zu unterstreichen. »Sie ist natürlich sehr schwach, sie ist noch nicht außer Gefahr, aber es gibt Grund zur Hoffnung.« Sein kaum merkliches Lächeln entging ihnen nicht, ihr eindringlicher Wunsch nach Hoffnung machte diese winzige Geste so unverzichtbar wie das Atmen.

»Aber Sie machen sie wieder gesund, oder?«, sagte Letizia wie ein kleines Kind.

Der Arzt drehte die Handflächen nach oben. »Mal schauen, wie sie auf die Antibiotika reagiert, aber das Fieber ist gesunken, ihr Herz stark und gesund.« Er seufzte, denn von nun an war sein Berufsstand machtlos. »Wir müssen auf Gott vertrauen.«

»Aber was hatte sie nur? Was hat das ausgelöst?« Ettore schüttelte den Kopf, noch immer konnte er kaum glauben, dass das hier gerade tatsächlich geschah.

Der Chirurg suchte nach einer unkomplizierten Formulierung. Instinktiv huschte sein Blick zu Stelvio. »Das Kind ...« Er zögerte, es war schließlich eine heikle Sache. »Es hatte sich im Eileiter eingenistet, also außerhalb der Gebärmutter«, setzte er schnell nach.

Letizia schlug ungläubig die Hand vor den Mund.

»Es tut mir leid«, sagte der Chirurg, bevor er sich verabschiedete.

Ihr Gottvertrauen sollten die Balestrieris allerdings auch brauchen, denn Marisa schien in einen langen Schlaf gefallen zu sein. Die Ärzte hatten Schwierigkeiten, das zu erklären, da sich ihr sonstiger Zustand verbesserte. Aber sie hatte lange hohes Fieber gehabt, und vielleicht waren die Schäden durch die Blutvergiftung schlimmer als anfangs gedacht. Emma bat die besten Ärzte um Rat, aber die Antwort war immer die gleiche: Es war schwer zu sagen, wann und in welcher Verfassung sie wieder aufwachen würde. Die Optimistischsten unter ihnen behaupteten, Marisas Körper befinde sich gerade in einer Art Erholungsphase.

Wenn Letizia nicht gerade am Kopfende von Marisas Bett saß, suchte sie Trost in langen Gesprächen mit Don Mario. Ettore hingegen zog sich eher zurück. Jeden Morgen begleitete er seine Frau ins Krankenhaus, aber mitansehen zu müssen, wie seine geliebte Tochter dalag wie eine Tote, war einfach zu viel für ihn. Wenn seine Frau in der Kirche war, wartete er draußen auf der Parkbank auf sie, beobachtete traurig die strahlenden jungen Mütter, die sich direkt neben den Karussells um ihren Nachwuchs in den Kinderwagen kümmerten. Das Kind von diesem Malpighi hatte jetzt vielleicht seine Marisa auf dem Gewissen, dachte er bei sich und bereute bitterlich das Schweigen, mit dem er sie bestraft hatte, als klar war, dass sie sich von einem Schuft ein Kind hatte andrehen lassen.

Die ersten beiden Tage hatte Stelvio Ansaldo die beiden noch zum Krankenhaus begleitet, dann hatte er begriffen, dass Marisa es nicht gutheißen würde, wenn er dort saß und die Hände in den Schoß legte, sie anstarrte wie eine Heiligenstatue. Deshalb hatte er die Ladenschlüssel genommen und aufgesperrt, ganz ohne die Balestrieris um Erlaubnis zu bitten. Signor Ettore ließ ihn gewähren, ohne nachzufragen: Zum ersten Mal in seinem Leben war ihm der Laden völlig egal. Stelvio zerriss sich schier: Er holte die Waren, bediente an der Theke, machte die Kasse, ja, lieferte sogar in der Mittagspause Bestellungen aus. Er merkte, dass es ihm guttat, beschäftigt zu sein. Die Kunden waren nett, geduldiger als sonst, und gaben ihm Ratschläge: *Sor Ettore hat das immer so gemacht, er hat das dahin gelegt.* Oder: *Marisa hat stets gesagt, dass das der beste Ort dafür ist! Schauen Sie, sie hat den Reis immer links hingestellt …* Sie schlossen ihn ins Herz und kamen häufiger, um zu sehen, wie es ihm erging. Abends, nach Ladenschluss, schaute er dann bei den Balestrieris vorbei, um ihnen einen Umschlag mit den Einnahmen und die Abrechnung zu bringen, in der Hoffnung, dass Signor Ettore einen Blick darauf werfen würde. Letizia bestand zaghaft darauf, dass er zum Essen blieb, aber unter dem Vorwand, müde zu sein, ging er gleich wieder. Sofort nahm er den Lieferwagen und fuhr ins Krankenhaus San Giovanni, wo er mit Suor Bertilla einen Pakt geschlossen hatte. Er brachte Bonbons und Honig für die Kinder, und im Gegenzug erlaubte sie, dass er sich jeden Abend einen Stuhl nahm und sich zehn Minuten hinter dem Paravent zu Marisa ans Bett setzte. »Aber nur zehn Minuten!«, beharrte die Nonne mit gespielter Strenge, schließlich war eigentlich gar keine Besuchszeit. Er setzte sich zu Marisa, strich ihr übers Haar, das nicht mehr so schön war wie zuvor. Er merkte, wie egal ihm ihr Aussehen war – jetzt, da sie krank war. Er wollte sie endlich nur wieder lachen hören.

Eines Mittwochnachmittags eilte der kleine Nachbarsohn der Balestrieris zu ihm und meinte, er werde oben erwartet, es sei dringend, er solle sich beeilen.

Als man ihm aufmachte, standen die strahlenden Balestrieris vor ihm, die bereits im Mantel waren und Anstalten machten, die Wohnung zu verlassen.

»Sie ist aufgewacht!«, rief Signora Letizia, schlang ihm die Arme um den Hals und küsste ihn fest auf beide Wangen.

»Das Krankenhaus hat angerufen«, sagte Signor Ettore ganz heiser vor Aufregung und setzte seinen Hut auf. »Zieh die Schürze aus und komm mit!« Er packte ihn derart energisch am Arm, wie man es nur unter Verwandten tut.

Stelvio brach in freudiges Gelächter aus und gehorchte.

Es dauerte, bis Marisa wirklich gesund wurde. Doch wie von Stelvio erhofft, empfing sie ihn lächelnd, ohne wegen der anhaltenden Schwäche und der Narbe vom Bauch bis zur Scham den Mut zu verlieren. Anfangs schmerzte sie jede noch so kleine Bewegung. Auch zu essen oder ein paar Schritte zu machen, war mühsam. Rückenschmerzen hielten sie fast die ganze Nacht wach. Die Mutter wich ihr kaum von der Seite, während der Vater und Stelvio sich im Laden abwechselten, um sie zwischendurch kurz zu besuchen oder ihr die eine oder andere Delikatesse aus der Pasticceria zu bringen, um ihr wieder Appetit zu machen. Ihre guten Freundinnen kamen oft, um ihr ein wenig Gesellschaft zu leisten, wobei sie sich hüteten, die verhängnisvolle Bauchfellentzündung auch nur zu erwähnen, die ihren Ruf gründlicher wiederhergestellt hatte als Stelvio Ansaldo. Auch aus diesem Grund war Suor Bertilla die Einzige, mit der Marisa ihren Schmerz über das nie geborene Kind teilen konnte. Dieses uneheliche Kind, dessen Schicksal von Anfang an besiegelt gewesen war, ließ sie schluchzen, sobald sie eine ruhige Ecke im Flur fand, denn sie hatte dieses Kind, von dem jetzt niemand mehr sprach, wirklich geliebt. Suor Bertilla schien diese traurigen Momente spüren zu können, denn sie war dann immer für sie da, sagte ihr zum Trost, dass Gott ihr und Stelvio weitere gesunde Kinder schenken werde, wenn sie sich erst mal erholt hätte. Als sie das Lügen leid war, gestand ihr Marisa eines Tages die Wahrheit. Sie erzählte von Malpighi, von der geplanten Vernunftehe mit Stelvio, den sie an einem Februartag, den alle verdrängt hatten, hätte heiraten sollen. Suor Bertilla hörte schweigend zu, strich ihr wie immer zärtlich über die Hand und kam erst wieder auf das Thema zurück, als Marisa endlich entlassen wurde. Sie umarmten sich in der Medikamentenausgabe und versprachen, sich bald wiederzusehen.

Während sie Marisas Mantel schloss, damit die sich nicht erkältete, lächelte sie und sagte: »Weißt du, Marisa, wenn ich in deinem Alter einem so tollen Mann wie Stelvio begegnet wäre, wäre ich heute vielleicht nicht Suor Bertilla.«

Auch Marisa lächelte, als sie sich in die Augen sahen. Dann umarmte sie die Nonne noch ein letztes Mal, bevor sie das Krankenhaus verließ.

Nach Marisas Entlassung im Frühling befand man, dass sie es auf dem Tuscolo-Hügel ruhiger haben würde, auch die Luft war dort besser. Deshalb würde es ihr bestimmt guttun, eine Weile in der Villa Estherina zu leben, wo sie sämtliche Annehmlichkeiten hatte und auch die Spaziergänge machen konnte, die die Ärzte empfahlen. Letizia sollte sie begleiten, während Ettore eine zuverlässige Haushaltshilfe bekommen würde, die ihm Emma für ein paar Stunden am Tag vorbeischickte, damit diese sich um Wohnung und Mahlzeiten kümmerte. Ettore protestierte, da er noch nie Dienstboten gehabt hatte, aber die Frauen der Familie wollten nichts davon wissen.

Stelvio und Ettore verbrachten mehr Zeit zusammen denn je. Stelvio stand im Laden mal hinter der Kasse, mal hinter der Theke. Mittags und abends drängte ihn Ettore, mit ihm zu essen – einerseits, weil er nicht alleine sein wollte, andererseits weil ihn diese fremde Frau im Haus verlegen machte. Stelvio sollte sich bei ihm ganz wie zu Hause fühlen.

Während Marisa im Krankenhaus gelegen hatte, hatte Stelvio ein schönes möbliertes Zimmer bei einem Stammkunden von Signor Balestrieri gefunden. Der pensionierte Professor konnte das Geld gut gebrauchen, um einen kinderreichen Sohn zu unterstützen. Die Wohnung war keine hundert Meter vom Laden entfernt, so dass Stelvio nur noch kurze Wege hatte. Während Marisas Krankheit war keine Zeit zum Nachdenken gewesen, aber jetzt, da es ihr besser ging, quälten ihn Zweifel und Fragen, die er nicht zu stellen wagte.

Bei seinen Besuchen im Krankenhaus waren Marisa und er nur selten allein gewesen. Sie hatten sich stets gut unterhalten, und sie wollte gar nicht damit aufhören, ihm zu danken, ihm zu versichern, er bräuchte sich nicht so viel Mühe machen und solle sich endlich ausruhen. Man sah, dass sie sich über seine Anwesenheit freute, dankbar war für all das, was man ihr nach dem Aufwachen erzählt hatte. Letizia und Ettore behandelten ihn, als wäre es nicht zwangsweise zur Verlobung gekommen. Trotzdem wusste Stelvio, dass sich ohne Malpighis Kind so einiges geändert hatte.

Am ersten Sonntag nach Marisas Entlassung aus dem Krankenhaus fuhren Signor Ettore und er nach Grottaferrata, um mit der ganzen Familie Mittag zu essen. Emma und Emanuele waren auch da, mit ihrem Sohn Donato, einem blonden, verzogenen Jungen, der mehr als nur einmal vom Opa gerügt wurde. Auf den ersten Blick störte sich niemand an Stelvios Anwesenheit, so als wäre nur ihm aufgefallen, dass sie, obwohl längst auf dem Weg der Besserung, keinen Verlobungsring mehr trug. Ihm war klar, dass er inzwischen so in die Familie Balestrieri integriert war, dass niemand mehr seine Anwesenheit in Frage stellte – vielleicht mit Ausnahme von Marisa. Von der geplatzten Hochzeit sprach niemand mehr, es wurden auch keine neuen Pläne geschmiedet: Alle waren so froh über die wiedergefundene Unbeschwertheit, dass keiner wagte, mehr zu verlangen.

Ausgerechnet Marisa half ihm aus der Verlegenheit, als sie ihm am zweiten Sonntag, seit sie in Grottaferrata lebte, vorschlug, nach dem Mittagessen einen Spaziergang im Pinienwäldchen neben der Villa zu machen. Es war ein schöner Tag im Mai, ein wenig kühl, aber sonnig. Sie liefen nebeneinander über den leicht feuchten Boden, der unter ihren Füßen knackte wie ein leise knisterndes Feuer. Die Sonne fiel zwischen den mächtigen Bäumen hindurch, und die Luft war von Duft erfüllt.

»Stelvio, ich weiß selbst nicht mehr, was ich will«, begann Marisa ohne zu zögern. Sie hatte erfahren, dass das Leben viel zu kurz war, um sich mit langen Vorreden aufzuhalten. Sie schaute ihn mit einem leicht melancholischen Lächeln an und zog die Strickjacke enger, noch war die Sonne zu schwach, um wirklich zu wärmen.

»Das verstehe ich«, erwiderte er, so etwas hatte er sich bereits gedacht.

»Als wir uns verlobt haben, wollte ich dich eigentlich gar nicht …«

Stelvio reagierte mit einem Lächeln auf ihre freimütige Art, die er schon immer geschätzt hatte. Außerdem war es kein Geheimnis, dass sie ihn keines Blickes gewürdigt hätte, wenn Malpighi sie nicht hätte sitzen lassen.

»Aber ich hatte einfach keine andere Wahl. Und das hatten wir ja auch besprochen, nicht wahr?«

Stelvio nickte.

»Aber jetzt ist es anders. Jetzt will ich dich.« Marisa blieb stehen und machte eine Pause, da sie die komplizierten Gedanken, die ihr ständig durch den Kopf gingen, seit sich ihr Gesundheitszustand verbessert hatte, in verständliche Worte fassen wollte. »Aber erst muss ich verstehen, warum das so ist.«

Er schaute sie an, ohne recht zu wissen, ob das nun eine gute oder eine schlechte Nachricht war. »Du willst mich?«, echote er mit leichtem Erstaunen.

»Kann man sich jemand Besseren wünschen als dich?« Ihr entschlüpfte ein Lächeln.

Er lachte leise. »Kann es sein, dass du noch wegen deiner Krankheit wirres Zeug redest, Mari?«

»Quatsch!«, erwiderte sie belustigt. »Aber verrate mir eines: Warum warst du nicht längst verlobt, als wir uns kennenlernten?«

Er steckte die Hände in die Sakkotaschen und zuckte nur mit den Schultern. »Einige Monate bevor wir uns begegnet sind, war ich mit einer Frau aus Primavalle zusammen. Aber die Eltern haben sich daran gestört, dass ich keine Familie habe«, erzählte er. »Ich hätte sozusagen keine Referenzen, hat sie mir erklärt. Mit anderen Worten: Es war ihnen nicht recht.«

»Und deswegen hat sie dich verlassen?«, konterte sie empört.

»Na ja, das allein dürfte es nicht gewesen sein.« Er seufzte. »Wenn man bedenkt, dass ich nur Hauptschulabschluss habe und bei den Priestern im Heim war, immer nur schlecht bezahlte Jobs hatte … Es war schwer, eine gute Stelle zu finden – ich hatte einfach nicht das Geld zum Heiraten.«

»Und hast du sehr darunter gelitten?« Sie merkte, dass sie fast so etwas wie Eifersucht verspürte, als sie ihm diese Frage stellte.

»Gelitten nicht, aber bedauert habe ich es schon.« Er überlegte kurz. »Bei dir ist das anders.«

»Sei froh, dass du diese Frau los bist«, murmelte sie, während ihr beim Spazierengehen klarwurde, dass die Balestrieris anfangs genauso über Stelvio gedacht hatten. Vielleicht war ihr Opportunismus sogar noch verlogener gewesen.

Sie setzten sich auf eine sonnenbeschienene, einsame Bank und schwiegen eine Weile. Dann konnte er sich einfach nicht mehr zurückhalten. »Und jetzt?«, fragte er.

Marisa stieß einen tiefen Seufzer aus. »Gib mir Zeit, Stelvio.« Sie sah ihn flehend an. »Geht das?«

»Aber natürlich.« Er nickte.

»Und du bist wirklich nicht böse?«

»Nein.« Er setzte ein schüchternes Lächeln auf. »Ich bin froh. Ich hatte schon Angst, du willst mir den Ring zurückgeben.« Er zeigte auf ihre schmucklose Hand.

Beim Blick auf ihren Finger entwischte ihr ein Lachen. »Er ist mir zu weit geworden, weil ich so abgenommen habe. Deshalb habe ich ihn nicht wiederangesteckt. Ich habe Angst, ihn zu verlieren.«

»Ich darf also hoffen? Dich auch weiterhin besuchen?«

»Du musst es sogar!«, rief sie spontan, um dann abrupt den Blick zu senken. »Aber da ist noch etwas, was ich dir sagen muss …« Sie seufzte bedrückt und wagte es nicht, ihn anzuschauen, weil sie sich schämte. »Der Arzt hat mir gesagt, dass man nicht weiß, ob ich noch Kinder kriegen kann. Es ist zwar nicht ausgeschlossen, aber schwierig.«

Sanft hob er ihr Kinn. »Als ich bei den Priestern im Heim war – weißt du, wie viele Kinder es dort gab, die sich über eine Mutter wie dich gefreut hätten?«

Gerührt fing Marisa seinen Blick auf. Sie sahen sich lange schweigend an, bevor sie den Rückweg antraten.

Zu Beginn des Herbstes hatte sich Marisa wieder vollständig erholt. Sie arbeitete erneut im Laden, und die vertraute Alltagsroutine tröstete sie. Die Leute waren es leid, hinter ihrem Rücken über sie zu reden. Ihre Verlobung mit Stelvio Ansaldo, den die Balestrieris inzwischen behandelten wie einen eigenen Sohn, war etwas, worüber keiner mehr herziehen wollte. Manchmal wurde noch was gemunkelt, und es gab Gerüchte, aber schon bald wurde es den Klatschbasen langweilig, die lange Krankheit hatte den Skandal abklingen lassen, so manche zogen ihn sogar in Zweifel. Letztlich konnte man Marisa höchstens vorwerfen, den Verlobten gewechselt zu haben. Und war Stelvio nicht ein anständiger Kerl? War er nicht tausendmal ehrlicher als dieser Frauenheld Malpighi? So manch junger Kunde im heiratsfähigen Alter dachte sich sogar: Schade, dass mir Marisa nicht früher aufgefallen ist!

Ettore Balestrieri sprach das Thema Heiraten immer mal wieder an, doch Marisa ließ sich Zeit und antwortete ausweichend. Letizia, die die Unschlüssigkeit ihrer Tochter spürte, versuchte, diskret nachzuforschen. Doch Marisa verschloss sich, sie wurde aus ihrem Gefühlschaos einfach nicht schlau. Dass die Liebe zu Malpighi erkaltet war, weil er sie verlassen hatte, hatte sie die mit ihm erlebte Leidenschaft nicht vergessen lassen. Dieses Begehren, die Erinnerung daran, wie es ihr den Atem verschlagen hatte, sobald er leise ihren Namen sagte, die Wärme seiner Lippen auf ihren. Bei ihm hatte sie sich als Frau gefühlt, von einer gemeinsamen Zukunft geträumt. Auch wenn sich alles als Lüge, als Irrtum herausgestellt hatte, auf den sie aus jugendlicher Naivität hereingefallen war, war es für sie doch real gewesen. Und Stelvio? Ja, der war wirklich real und aufrichtig – eine solch sichere Zuflucht, dass jedes Herzflattern im Keim erstickt wurde. Sie waren sich seelisch nähergekommen, durch die Ereignisse unauflöslich miteinander verbunden. Er ließ ihr freie Wahl, selbst die, die Verlobung zu beenden, so großzügig war er. Weil er sie liebte. Und sie? Konnte sie Stelvio lieben? Ja, sie liebte ihn. Sie liebte ihn wegen seiner Gefühle, denen er nicht Ausdruck verleihen konnte – sei es aus Scham oder sei es, weil er nicht die passenden Worte fand. Sie liebte ihn, weil er ein Gefährte, ein echter Freund war, weil er ihr Schweigen respektierte und verstand. Sie liebte ihn, weil sie sich, wenn sie sich mit der zukünftigen Familie zum Mittagessen trafen, manchmal vorstellte, mit der Familie Ansaldo um einen Tisch zu sitzen. Aber würde das genügen, um glücklich zu sein? Die Monate vergingen, ohne dass sie eine Antwort auf diese Frage gefunden hätte. Sie musste sich entscheiden, ob sie wegen dieser Zweifel auf alles verzichten oder ihn heiraten, eine Ehe ohne Leidenschaft riskieren wollte.

Bis Stelvio sie eines Sonntagnachmittags im November zu einem Stadtbummel einlud. Sie machte sich sorgfältig vor dem Spiegel zurecht, denn seine freundlichen Komplimente taten ihr gut – vor allem jetzt, da sie immer noch dürr war und kurze Haare hatte, womit sie sich so gar nicht hübsch fand. Während ihrer Krankheit hatte sie sie abschneiden müssen, sie waren brüchig und strohig geworden. Doch in Stelvios Augen war sie schön, das sah man. Sie öffnete die Schmuckschatulle auf der Kommode, um nach einem Kettchen zu suchen und fand den Verlobungsring. Sie probierte ihn an und stellte staunend fest, dass er eng genug saß, um nicht vom Ringfinger zu gleiten. Sie lächelte zufrieden, betrachtete dann nachdenklich ihre Hand und spürte, dass sie diesen Ring nicht mehr ablegen wollte. Das war die einfachste Antwort überhaupt. Und auf einmal war sie glücklich.

Während sie danach nebeneinanderher schritten, sagte sie die Worte, auf die Stelvio Ansaldo so geduldig gewartet hatte.

»Ich will dich heiraten. Lass uns heiraten, Ste!«

Unter dem Handschuh hatte sie seinen Ring schon den ganzen Nachmittag getragen – wohl wissend, dass von nun an ein neues Leben begonnen hatte.

Sie heirateten am 15. Februar im Jahr darauf, in der Basilika San Giovanni Battista, in kleinstem Kreis. Emma nähte Marisa ein cremefarbenes Kostüm mit tailliertem Jackett und bauschigem Rock, schenkte ihr ihre schönste Nerzstola und wollte keine Widerrede hören. Stelvio fragte Signor Ettore wegen dem Hochzeitsanzug um Rat, der allerdings so gar nichts davon verstand, fand dann aber einen Schneider, der ihn für den Gang zum Altar so elegant einkleidete, dass Marisa vor lauter Staunen beinahe den Brautstrauß hätte fallen lassen. Als Signor Ettore seine Tochter zum Altar führte, lächelte er unter seinem Schnurrbart glücklich in sich hinein. Die Hochzeitsreise wurde auf eine schönere Jahreszeit verschoben, sie wollten nämlich für ein paar Tage ans Meer fahren. Die erste körperliche Nähe genossen sie in der Wohnung in der Via Ilia, die vor Jahren für die zweitgeborene Balestrieri gekauft worden und nach Auszug der Mieter frisch renoviert und neu eingerichtet worden war. Achtundvierzig Stunden nach der Hochzeit munkelte man im Viertel Alberone, man habe gesehen, wie eine strahlende Marisa Ansaldo bei *sor* Federico, dem Metzger ihres Vertrauens, dicke Steaks für ihren Mann kaufte und sich nur die besten geben ließ. Böse Klatschmäuler sollten später erzählen, dass er im ersten Ehejahr ihretwegen mindestens zehn Kilo zugenommen habe, so sehr verwöhne sie ihn mit Leckerbissen.

Zwei Jahre später kam das erste Kind der Ansaldos zur Welt: Ettore. Als Marisa ihn im Krankenhaus San Giovanni zur Welt brachte, musste Suor Bertilla ihre Hand halten. Während der Wehen mussten alle versprechen, den heiß ersehnten Sohn zuerst ihrem Mann zu zeigen. Als alles vorbei war und sich Marisa für vorzeigbar hielt, ließ man Stelvio zu ihr, dessen Stimme und Hände zitterten vor lauter Rührung. Sie hatte das Kind im Arm.

Kaum stand er vor ihr, schob Marisa die von der Oma gestrickte Decke ein Stück beiseite und zeigte das Kind seinem Vater, der nur so strotzte vor Stolz.

»Es ist ein Junge«, flüsterte sie, um den Kleinen nicht zu wecken. »Sieht er nicht aus wie ein kleiner Engel?«

Daraufhin brachte Stelvio nur ein »Noch viel schöner!« hervor.

1964 kam Elisabetta zur Welt. Ein kleines rosiges Mädchen, bei dessen Anblick Stelvio restlos dahinschmolz. Weder Emmas Tochter Miriam noch Elisabetta, die alle nur Betta nannten, sollten ihren Großvater je kennenlernen, der wenige Meter von seiner Wohnung entfernt von einem Taxi überfahren wurde, als er heimlich ein Geschenk abholen wollte, das er seiner Frau zum Hochzeitstag bestellt hatte. Ein Schicksalsschlag, von dem sich Letizia nie mehr erholen sollte. Sogar der Schlaganfall, der zu einer halbseitigen Lähmung führte, war ihr völlig egal. Viel mehr litt sie darunter, dass sie ihrem verstorbenen Mann noch nicht hatte nachfolgen dürfen. Der Verlust Ettores raubte ihr jeden Lebenswillen.

Als Betta sechs wurde, diagnostizierte Dr. Gualazzi Asthma bei ihr und empfahl gesunde Meeresluft. Marisa, Stelvio und Letizia, die inzwischen bei ihnen lebte, beschlossen gemeinsam, zum Wohle des Kindes ein Haus am Meer zu kaufen. Mit dem Geld von der Versicherung, das nach Ettores Unfall ausgezahlt worden war, und mit Hilfe eines kleinen Darlehens von den Bassevi kauften sie ein zweistöckiges Haus mit schönem Garten in Torre Domizia. In jenem Sommer ging es Betta gleich deutlich besser, und alle waren sehr erleichtert.

Zehn Jahre später sollte das Leben davor ausgerechnet in Torre Domizia, an einem Augustmorgen für immer vorbei sein.

II
Zwischen Sonnenaufgang und Sonnenuntergang

Am letzten Tag des Lebens davor, am 10. August 1980, ließ Marisa ihren Mann schlafen und schloss leise die Tür, damit er ungestört blieb. Dann ging sie nach unten in die Küche. Trotz der Hitze hatte sie Lust, einen Ringkuchen mit Zitronenglasur zu backen – vielleicht auch, um die unbefriedigt gebliebenen erotischen Anwandlungen etwas zu kompensieren. Wenn sie rasch in der Bar der Pezzotta vorbeischaute, um Milch und Butter zu kaufen, konnte der Kuchen zum Frühstück fertig sein. Die restlichen Zutaten hatte sie bereits, da Stelvio das Auto vor der Fahrt ans Meer stets mit Eiern, Mehl, Konserven, Nudeln und Dosenwaren füllte. Zum Leidwesen Bettas, weil dann weniger Platz fürs Gepäck blieb. Aber wenn er etwas nicht ausstehen konnte, dann sich von den Ladeninhabern in Torre Domizia ausnehmen zu lassen. Das war eine Berufskrankheit, und wenn er ausnahmsweise mal einen der Lebensmittelläden im Ort betrat, riss er angesichts der Preise die Augen auf und presste die Lippen zu einem schmalen Strich zusammen: zwanzig, ja, dreißig Prozent mehr als angemessen. Er würde sich schämen, solche Preise zu verlangen!

Marisa hantierte gerade mit Streichhölzern am Herd, als auf einmal ihre zierliche Nichte Miriam in T-Shirt und kurzer Hose in der Tür stand.

»Nanu, schon wach?«, begrüßte sie sie mit einem erstaunten Lächeln, während das Zündholz gerade entflammte.

Ihr Lächeln wurde schüchtern erwidert. »Ich stehe immer früh auf ...«

Marisa hörte den entschuldigenden Tonfall und war ganz gerührt.

Miriam und Betta waren gleich alt, doch es war erstaunlich, wie unterschiedlich sie sich entwickelt hatten: Miriam wirkte noch kindlich, sowohl vom Aussehen als auch von ihrem Verhalten her, während Betta mit sechzehn schon wie eine Frau wirkte. Die beiden Cousinen sahen sich nur selten, denn Miriam besuchte ein Internat in Lugano und kehrte nur zu Feiertagen oder für die Sommerferien zurück. Emma hatte das so entschieden, weil es sie nervös machte, Kinder und Kindermädchen um sich zu haben. Nach vielen Arbeitsstunden im Atelier brauchte sie ihre Ruhe. Marisa fand es absurd, sich der Freude zu berauben, die Tochter aufwachsen zu sehen, aber ihre Schwester und sie hatten nun mal ganz unterschiedliche Vorstellungen vom Muttersein. Vom Äußeren und ihrer inneren Haltung her ähnelte die hochgewachsene feingliedrige Emma mit dem eleganten Auftreten eher der Mutter. Deren Familiensinn hingegen hatte ausschließlich Marisa geerbt.

Miriam war beweglich, zierlich und hübsch. Dennoch konnte es Emma kaum erwarten, ihr die etwas breitere Lücke zwischen den Schneidezähnen richten zu lassen – ein kleiner Makel, den der Zahnarzt als »Diastem« bezeichnete und der sich beheben lasse, sobald sie ihre Weisheitszähne bekommen hätte. Ein Makel, der die Schwester dermaßen störte, dass sie Miriam anwies, auf Familienfotos nur mit geschlossenem Mund zu lächeln.

In diesem Sommer hatten Emma und Emanuele beschlossen,

eine Kreuzfahrt zu den norwegischen Fjorden zu unternehmen. Deshalb hatten sie Miriam erlaubt, die letzte Ferienwoche mit Onkel, Tante und Cousine am Meer zu verbringen. Anschließend würde sie der Chauffeur der Familie wieder abholen, damit sie packen und in die Schweiz zurückkehren konnte – schließlich begann dort bald erneut die Schule. Emma war stolz auf die Unabhängigkeit ihrer Kinder, während Marisa immer noch unter der Trennung von ihrem Sohn Ettore litt, der schon seit Jahren für Konzerte um die ganze Welt tourte. Manchmal wünschte sie sich sogar, Ettores Klavierbegabung wäre nie entdeckt worden, nur um ihn weiterhin in ihrer Nähe haben zu können. Aber immer, wenn sie sah, mit welcher Leidenschaft er die Entbehrungen auf sich nahm, wusste sie, dass ihre Muttergefühle hinter dem Glück des Sohnes zurückstehen mussten.

In gewisser Weise hatten Emma und ihr Mann über Ettores Zukunft entschieden.

Als die Kinder noch klein waren und man gemeinsam bei den Bassevis aß, klimperte Donato irgendwelche Katzenmusik, um sie zu unterhalten und das wenige zu zeigen, das er von seinem Musiklehrer gelernt hatte. Ettore war neugierig und wollte das auch lernen, fasziniert sah er ihm zu. Bis er sich eines Heiligabends, als die Erwachsenen gerade nicht aufpassten, ans Klavier setzte und drauflos spielte, als hätte er noch nie etwas anderes getan. Alle erstarrten und hörten fast schon beunruhigt zu. Als Ettore fertig gespielt hatte, sah Emanuele nur Stelvio und sie an und fragte: »Ist das Bach?« Eine rhetorische Frage, denn von Bach kannten sie gerade mal den Namen. Besser gesagt, den Nachnamen. Zwei Tage später bestanden Emma und Emanuele darauf, dass Ettore Donatos Musiklehrer vorspielte, Professor Carracci. Nachdem der ihn angehört hatte, willigte er nicht nur ein, ihn zu unterrichten, sondern bestand auch noch darauf, das gratis zu tun. Noch ehe er auf der berühmten Musikakademie Santa Cecilia seinen Abschluss machte, tourte Ettore bereits als Solist durch Europa, begleitet von seinem Musiklehrer, der die Konzerte organisierte. Auf diese Weise hatte die Welt einen Pianisten dazugewonnen, während Stelvio und sie weit vor der Zeit einen leeren Platz am gemeinsamen Tisch vorfanden. Das Klavier im Wohnzimmer spielte niemand mehr.

Auch deshalb galt ihre ganze Aufmerksamkeit Betta, die so ganz anders war als ihr Bruder, extrovertiert, laut, nicht sehr an der Schule interessiert, frech und unbekümmert. Aber anders als Marisa damals besaß Betta die Unbekümmertheit ihrer Generation. Vor allem Stelvio störte sich an ihrem Benehmen. Allerdings tat er sich schwer mit Strenge, denn das war einfach nicht seine Art. Daher blieben seine Strafen mehr oder weniger wirkungslos. Marisa war da konsequenter, dennoch endeten auch ihre Auseinandersetzungen immer mit Umarmungen und gegenseitigen Entschuldigungen. Trotz dieser Gegensätze waren die Ansaldos eine sehr liebevolle Familie.

Jetzt, bei Miriams schüchternem Gesicht, konnte Marisa erst recht nicht verstehen, warum sich Emma ihrer Kinder freiwillig entledigte.

Während der Ofen vorheizte, sagte sie: »Hast du Lust, mir zu helfen?«

»Natürlich.« Miriam nickte.

»Prima!« Marisa holte ihre Geldbörse und gab sie ihr. »Nimm Bettas Fahrrad, das rote unter den Arkaden, und hol Butter und Milch.« Sie erklärte ihr den Weg: Die einzige Bar, die frühmorgens und sogar sonntags aufhabe, liege nur ein paar hundert

Meter entfernt auf der rechten Seite, sie könne sie unmöglich verfehlen.

Marisa fiel auf, dass Miriam sie vor dem Aufbrechen fröhlich anlächelte, ohne sich Gedanken um ihre Zahnlücke zu machen.

Bis zu ihrem sechzehnten Lebensjahr hatte Miriam Bassevi nur eine einzige Schwäche, nämlich zu glauben, dass das Glück zum Greifen nah wäre. Je mehr sie es begehrte, desto näher schien es zu rücken.

Während sie gedankenverloren dahinfuhr und immer mal wieder zum verlassenen Strand hinüberschaute, dachte sie, dass das Glück letztlich nicht viel anders ist als eine dieser Mücken, die sich an Sommerabenden auf die klebrige Haut setzen. Es genügt eine schnelle, entschiedene Geste, und schon hat man sie erwischt. In Wahrheit machte sie so etwas nie. Zum einen, weil es sich nicht gehörte, zum anderen, weil der damit verbundene Schmerz und Ekel sie davon abhielten. Was dazu führte, dass sie sie viel zu spät verscheuchte und sich einen juckenden Stich einfing.

Betta war das genaue Gegenteil, sie war extrem geschickt darin, und gemeinsam lachten sie darüber. Betta erwischte jede Mücke.

Während Miriam an den ordentlich aufgereihten blauen Sonnenschirmen vorbeiradelte, überlegte Miriam, warum sie das Glück mit einer Mücke und nicht mit einem Schmetterling verglich. Aber ein Schmetterling sollte ja davonflattern! So gesehen fand sie den Vergleich mit einer Mücke passender. Nicht umsonst sagte ihr Betta immer, sie sei echt seltsam mit ihren ständigen Grübeleien, die sie nicht nachvollziehen könne. Einmal hatte ihr die Cousine sogar lachend gesagt, Intelligenz müsse wirklich anstrengend sein. Ganz so, als hielte sie sich für dumm. Dabei war Miriam fest davon überzeugt, dass auch Betta intelligent war, sie war nur lieber mit anderen Dingen als Grübeln beschäftigt. Außerdem war sie witzig und schlagfertig. Die wenige Zeit, die sie zusammen verbrachten, war nie langweilig. Betta erzählte ihr von den Klassenausflügen, von ihren Freundinnen, von ihrem Leben auf dem Gymnasium, das so ganz anders war als ihre Schule. Wenn Miriam dann vom Internat sprach, machte Betta nur ein angewidertes Gesicht und meinte: »Im Ernst, ich würde mich umbringen!« Doch Miriam war dieses Leben gewöhnt und hätte nicht mit Betta tauschen mögen. Auch wenn sie gern so gewesen wäre wie sie: so fröhlich, wunderschön und *strahlend*. Ob ihre Mutter lieber so eine Tochter wie Betta hätte? Doch mit zunehmendem Alter gelangte Miriam zu dem Schluss, dass Emma Bassevi einfach nur nicht besonders gern Mutter war. Sie war nicht so wie Tante Marisa, bei der schon die kleinste Geste von Liebe sprach. Oder wie Onkel Stelvio, der nur halbherzig protestierte, wenn Betta ihn stürmisch wie ein junges Fohlen umarmte, weil es ihm nämlich in Wahrheit gefiel. Was ihre Mutter wohl sagen würde, wenn sie wüsste, dass ihre Nichte in Torre Domizia nur *Elisa-Tetta* genannt wurde, wegen ihrer großen Brüste, die sie kein bisschen verhüllte. Und Elisabetta amüsierte es köstlich, so genannt zu werden.

Während Miriam vor der Bar Pezzotta vom Rad stieg, musste sie beim Gedanken daran laut lachen.

Betta kam in die Küche, so wie sie aufgestanden war, mit kurzer Schlafanzughose und einem dünnen, engen Hemdchen, bei dessen Anblick die Großmutter die Nase rümpfte. Letizia saß in einer Ecke, beide Hände elegant auf den Stock gelegt, als wäre sie eine Filmdiva aus den zwanziger Jahren.

In der Tischmitte thronte der Ringkuchen mit einer Glasur, die nach Zitronen aus dem eigenem Garten duftete. Betta beugte sich vor und atmete tief ein, mit geschlossenen Augen ließ sie sich davon berauschen. Die ein oder andere Locke löste sich aus dem Haargummi, das ihre goldene Mähne auf dem Kopf zusammenhielt, so dass sie beinahe den Kuchen berührt hätte. Abrupt zog sich Betta lächelnd zurück und protestierte, die vielen Süßigkeiten würden sie bloß dick machen. Es entspann sich ein kurzer Wortwechsel, denn Marisa, die gerade die Kuchenform spülte, meinte, es sei ja niemand gezwungen, sie zu essen. Betta umarmte sie von hinten und wünschte ihr guten Morgen, dann gab sie ihrer Oma einen Kuss, der jedoch nicht erwidert wurde.

Gemeinsam frühstückten sie unter den Arkaden. Die sich jeden Sommer einfindende Katze bekam als Stammgast ihre Schüssel mit Trockenfutter. In der Hoffnung, sie wie jedes Jahr vorzufinden, hatte Marisa das extra von zu Hause mitgebracht. Nachdem sich das Tier sorgfältig geputzt hatte, streckte es sich in der noch kühlen Sonne aus, es war schließlich erst acht Uhr.

Sie unterhielten sich mal mehr, mal weniger, und während die Mädchen ihr Strandzeug packten, werkelte Stelvio im Garten, der unter ihrer langen Abwesenheit deutlich gelitten hatte. Die ganzjährig hier lebende Nachbarin tat einmal die Woche das Nötigste, aber jetzt galt es, Unkraut zu jäten und Hecken zu schneiden. Marisa setzte Nudelsauce auf, während Letizia am Küchenfenster saß und an die Ferien zu Beginn ihrer Ehejahre zurückdachte, als die Kinder noch klein waren und spielend im Sand knieten, während Ettore neben ihr sein Nickerchen hielt.

An diesem Tag gingen nur Miriam und Betta ans Meer. Begeistert half ihnen ein junger Mann beim Aufstellen des Sonnenschirms und machte Betta sofort den Hof. Sie tat so, als merkte sie nichts, verabschiedete sich lächelnd von ihm und rannte dann unter wildem Gespritze und Gequietsche ins Wasser, weil es so kalt war. Laut rief sie nach Miriam, dann blieben die beiden bibbernd so lange im Wasser, bis die Wellen angenehmer wurden, und begannen zu plaudern. Betta erzählte ihr von den Lagerfeuern, die die Jungs hier an den Wochenenden im Urlaub und an Mariä Himmelfahrt machten, – am einen Kilometer entfernten Strand Torre Fratino. Dort trafen sie sich am späten Abend und ließen Feuer zum Himmel lodern, die so groß waren, dass sie sogar noch den alten Turm erhellten, der zig Meter vom Ufer entfernt aus dem Meer ragte. Das Ganze sei einfach phantastisch: Manche würden Gitarre spielen, andere singen, wieder andere tanzen. Oder aber man knutschte oder verschwand, um Sex zu haben. Als Betta sah, wie Miriam erstaunt die Augen aufriss, musste sie lachen. Sie gestand ihrer Cousine, dass sie heimlich zu diesen Lagerfeuern gehe, seit sie dreizehn war. Sie schleiche sich dann nachts durch die Terrassentür und laufe den Strand entlang, um ungesehen bis zum Torre Fratino zu kommen. Im Morgengrauen kehre sie dann wieder zurück, da ihre Mutter bereits früh aufstehe. Stolz meinte sie, sie sei noch nie erwischt worden.

»Und dann machst du all diese Sachen?«, fragte Miriam mit verlegener Neugier.

»Aber natürlich!« Betta lachte so laut, dass ihre Cousine zusammenzuckte. »Soll ich etwa danebenstehen und zusehen?«

Da musste auch Miriam lachen. Wieder dachte sie daran, dass man das Glück erwischen musste wie eine Mücke.

»Heute ist Sonntag«, überlegte sie laut. »Gehst du hin?«

Betta drehte sich auf den Rücken und schwamm ein paar Züge. »Ich weiß nicht, ich denke nicht. Wir sind gerade erst angekommen, ich weiß nicht mal, wer da ist …« Sie richtete sich auf. »Warum fragst du?«

»Nur so …« Miriam zuckte mit den Achseln.

Betta sah sie schräg von der Seite an. »Hättest du denn Lust hinzugehen?«

»Nein«, erwiderte sie rasch, leicht rot im Gesicht. »Du weißt doch, dass ich mich da nur schäme.«

»Wofür denn?«, zog Betta sie auf. »Gott bewahre, dass du da mit irgendeinem Typen rummachst, was Miriam?«

Miriam schüttelte verlegen den Kopf. »Sei nicht albern«, murmelte sie und schwamm mit eleganten Zügen davon.

Betta tummelte sich weiter in den Wellen und ließ sich von der Augustsonne küssen, die Augen geschlossen und die blonden Locken ganz nass, die funkelten wie in einem Diamantenregen.

Um Stelvio eine Freude zu machen, kochte Marisa mit Reis gefüllte Tomaten, dazu gab es eine Soße, die nach dem frischen Basilikum schmeckte, das ihr die Nachbarin zur Begrüßung geschenkt hatte. Sie aßen genüsslich und plauderten beschwingt an diesem ersten Ferientag am Meer. Alle waren gut gelaunt, nur Letizia nicht, die sich schon seit Jahren einbildete, keine Freude mehr empfinden zu dürfen. Sie aß schweigend und schimpfte höchstens über Bettas Ausdrucksweise oder über die scherzhaften Bemerkungen, die Marisa und Stelvio mit einer Vertrautheit austauschten, die die Einsamkeit für sie noch spürbarer machte.

Nachmittags sahen die Mädchen fern, während Stelvio sich auf dem Sofa ausruhte und Letizia im Obergeschoss. Anschließend ging es erneut an den Strand.

Nicht so Marisa, die spülte das Geschirr und brachte das Haus in Ordnung. Am Vorabend waren sie erst spät angekommen, so dass sie vor dem Schlafengehen nur das Nötigste getan hatte. Jetzt wischte sie Staub, räumte die Regale aus und wieder ein, wobei sie das Verfallsdatum der Vorräte vom Vorjahr kontrollierte, und wischte sorgfältig die Böden. Als Stelvio wach wurde, setzte sie Kaffee auf, und gesellte sich erschöpft zu ihm unter die Arkaden, um ihn zu trinken. Er rügte sie zärtlich, sie strenge sich viel zu sehr an, müsse immer mehr machen als notwendig. Deshalb beschloss er, dass sie am Abend alle zusammen essen gehen würden, in die Pizzeria Frattali, und zwar ohne Widerrede. Marisa lächelte. Nachdem sie ihn auf die Wange geküsst hatte, duschte sie lange, um sich zu erfrischen, und machte sich dann die Haare. Gegen sieben kamen die Mädchen zurück, die Haut gerötet von der Sonne und die Augen glänzend vom Meer. Als sie nach oben gingen, hinterließen sie kaum wahrnehmbare Sandspuren, doch Marisa schimpfte nicht. Sie freute sich, dass sie so fröhlich und redselig waren. Rasch fegte sie den Sand weg, bevor sie sich zum Essen umzog. Sie legte eine Halskette an und trug Lippenstift auf, um sich für Stelvio schön zu machen.

Als sie vom Essen nach Hause kamen, nachdem sie sich auf der Piazza noch ein Eis gegönnt hatten, war es schon dunkel. Während sie am Tisch gesessen und darauf gewartet hatten, bedient zu werden, war die Sonne an einem dunklen, von Wolkenfetzen durchsetzten Himmel untergegangen. Letizia meinte, es werde bestimmt bald regnen, während Stelvio den Mädchen jeweils zwei Fingerbreit Bier aus seiner Flasche gönnte. Nachdem sie sich auf dem Treppenabsatz »Gute Nacht« gewünscht hatten, gingen alle sofort ins Bett, ein ereignisreicher Tag lag hinter ihnen. Schon kurz nach elf war Ruhe in das Haus am Meer eingekehrt. Von den Bars und Lokalen am Strand wehte Musik, lautes Gelächter und hin und wieder Fahrradgeklingel herüber. Letizia lauschte im Dunkeln auf das Treiben und verwünschte es, weil es ihr den Schlaf raubte, ihren einzigen Trost. Stelvio ließ sich von der leisen Atmung seiner Frau in den Schlaf wiegen, die neben ihm sofort weggenickt war.

Der letzte Tag des Lebens davor war vorbei.

Miriam wachte abrupt auf, bestimmt hatte sie einen Albtraum gehabt. Sie machte die kleine Nachttischlampe an und sah sich verwirrt in dem Zimmer um, das einmal ihrem Cousin gehört hatte. Von ihm fehlte mehr oder weniger jede Spur. Alles, was an ihn erinnerte, waren ein paar alte Bücher auf dem Schreibtisch und ein Poster von Elvis Presley. Sie fand es seltsam, dass sich ein Pianist ein Poster von Elvis Presley an die Tür hängt, der doch Gitarre spielte. Andererseits wusste sie so wenig von Ettore, dass sie sich nicht gewundert hätte, wenn er gar nicht so langweilig war wie gedacht.

Noch ganz benommen blieb Miriam reglos liegen. Sie konnte einfach nicht wieder einschlafen, verzweifelt versuchte sie, sich an den Albtraum zu erinnern, der sie aufgeschreckt hatte. Dann war Elvis auf einmal verschwunden und Betta stand vor ihr, den Finger an die Lippen gelegt, zum Zeichen, keinen Lärm zu machen. Miriam setzte sich auf, während die Cousine leise die Tür schloss und sich aufs Bett sinken ließ.

»Ich kann einfach nicht einschlafen! Lass uns zu den Lagerfeuern gehen«, meinte sie fröhlich.

Miriam machte große Augen. »Zu den Lagerfeuern?«, erwiderte sie heiser. »Spinnst du?« Sie warf einen Blick auf die

Armbanduhr, die sie vor dem Schlafengehen auf den Nachttisch gelegt hatte. »Es ist schon nach zwei!«

»Na und? Ich hab Freunde, die bis um vier dortbleiben, andere übernachten am Strand.« Sie warf ihr einen herausfordernden Blick zu und grinste. »Erst jetzt hat man so richtig Spaß!«

»Nein!« Miriam schüttelte energisch den Kopf. »Ich komm nicht mit.«

»Aber warum denn nicht?«, flehte die Cousine.

»Es ist mitten in der Nacht. Ich habe Angst.« Miriam zog die Schultern an. »Außerdem finde ich es gegenüber Onkel und Tante nicht fair.«

»Die kriegen doch gar nichts davon mit! Papa schnarcht wie ein Walross, und Mama schläft wie ein Stein, vor sechs steht die bestimmt nicht auf.« Betta sah sie vielsagend an. »Die Oma ist sowieso taub ...«

Miriam zögerte. Sie stellte sich den Torre del Fratino vor, die Lagerfeuer, dazu Gitarrenklänge unter einem Himmel voller Sterne. Vielleicht würde ja einer von Bettas Freunden Gefallen an ihr finden und sie auf einen Spaziergang einladen, während jemand *Sabato pomeriggio* spielte. Sie errötete bei dem kitschigen Gedanken, sagte sich aber, dass sie ihren Freundinnen in Lugano dann vielleicht endlich mal was Spannendes zu erzählen hätte.

»Nein.« Sie ertappte sich dabei, energisch den Kopf zu schütteln.

Betta schnaubte verächtlich. »Mann, bist du eine Langweilerin!«

Miriam legte sich wieder hin, um gar nicht erst in Versuchung zu kommen, während Betta enttäuscht aufstand.

»Aber du gehst hin?«, fragte Miriam, das Kopfkissen umarmend.

Betta überlegte kurz, und zuckte dann mit den Schultern, als hätte ihr die Abfuhr sämtliche Freude verdorben. »Nein … Ich hätte dir bloß gern die Lagerfeuer gezeigt. Geh ich halt nächsten Sonntag«, flüsterte sie.

Während die Cousine behutsam die Tür öffnete, dachte Miriam an den nächsten Sonntag, an dem sie allein mit dem Hausmädchen in der Villa Estherina sein würde, um auf den Montag zu warten, an dem es wieder in die Schweiz zurückging.

»Na gut!« Sie lachte leise, war auf einmal ganz euphorisch. Ihre Augen funkelten vor Aufregung.

Ein zufriedenes Lächeln breitete sich auf Bettas Gesicht aus. »In zehn Minuten bin ich wieder da, zieh dich an und nimm dir eine Jacke mit, die Luft draußen ist feucht!« Sie wollte schon gehen, drehte sich aber noch mal um, sah sie kurz an und lehnte die Tür an. »Miriam?«

Die Cousine sah sie erwartungsvoll an.

»Lass dir die Zahnlücke nie richten«, flüsterte sie wie einer plötzlichen Eingebung folgend.

»Warum?«, fragte die mit einem erstaunten Lächeln bei diesen unerwarteten Worten.

Betta legte den Kopf schräg und sah sie liebevoll an: »Weil du wunderschön bist, so wie du bist.« Dann fügte sie bewusst provozierend hinzu: »Das sieht total sexy aus!« Sie lachte leise, um dann rasch im Flur zu verschwinden.

III
Die entscheidende Nacht

So dunkel hatte sich das Miriam am Strand nicht vorgestellt.

Sie waren durch die Terrassentür geschlüpft, Betta hatte sie angelehnt gelassen und ein Stück Holz eingeklemmt, damit sie nicht zufallen konnte. Dann hatte sie ihr bedeutet, ihr zu folgen, um rasch die schmale asphaltierte Straße zu überqueren und hinunter zum Strand zu gehen. Miriam war ihr hinterhergetaumelt, sofort hatten sich ihre Espadrilles, die sie dummerweise angezogen hatte, mit Sand gefüllt. Sie hatte die Augen weit aufgerissen, aus Angst, ihre Cousine aus dem Blick zu verlieren, die mit der Finsternis vertraut war wie Mogli mit seinem Dschungel, während das hier für sie alles fremdes Terrain war.

Irgendwann blieb Betta stehen. Miriam konnte ihr Gesicht nicht genau erkennen, wusste aber, dass sie lächelte, während die nächtliche Brise ihr den orangefarbenen Rock hochwehte, der ihr nicht mal bis zur Mitte des Oberschenkels reichte. Über dem Bikinioberteil trug sie nur eine langärmelige Bluse, deren oberste Knöpfe sie offen gelassen und die sie in der Taille geknotet hatte.

Miriam war ganz außer Atem vom vielen Rennen und der Aufregung. Sie trug eine viel zu dicke Jeansjacke und schwitzte jetzt schon. »He, warte doch auf mich!«, protestierte sie.

Betta lachte nur und nahm sie an der Hand. In der anderen hielt sie ihre Holzpantinen.

So traten sie den langen Weg nach Torre del Fratino an.

Aus den Discobars hinter den Bretterzäunen der verlassenen Strandbäder waren Musik und ferne Stimmen zu hören, manchmal auch aufgeregte Schreie und laute Lachsalven. Nur ein schwacher Lichtschein erhellte den ein oder anderen Strandabschnitt.

Miriam schaute nach oben und sah den Mond hinter schwarzgrauen Schlieren, die seine Umrisse verzerrten. Es war, als säße das Licht in der Falle. Es war ein gefangener, trauriger Mond.

Sie drückte die Hand ihrer Cousine, beide beschleunigten ihre Schritte. Sie bewegten sich lautlos, nur ihr leises Keuchen und das Rascheln ihrer leichten Kleidung in der nächtlichen Brise waren zu hören.

Miriam lächelte, während die Anspannung zunehmend einer kindlichen Abenteuerlust wich. Weil sie merkte, dass ihr die Stoffschuhe voller Sand das Vorwärtskommen erschwerten, bat sie Betta, kurz zu warten. Rasch bückte sie sich, um sie einhändig auszuziehen, da sie die Hand ihrer Cousine nicht loslassen wollte.

Vielleicht lag es am hartnäckigen Rauschen des Windes oder an den sich träge, aber regelmäßig am Strand brechenden Wellen, dass weder sie noch Betta das Geringste bemerkten … bis ihnen fremde Hände den Mund zuhielten. Miriam erstarrte, wenn auch eher überrascht als entsetzt. Bettas Hand entglitt ihr, und sie griff ins Leere, als sie von einer Kraft, der sie nichts entgegenzusetzen hatte, fortgerissen wurde. Miriam grub die Fingernägel in den Arm, der sie umklammerte, versuchte, sich aus dem Würgegriff zu befreien. Sie schrie, aber kein Hauch, kein Laut drang hinter der Hand hervor. Sie stieß ein gedämpftes Stöhnen aus, spürte, wie sie der Fremde einfach hochhob und davontrug. Sie trat und schlug um sich, wand sich zappelnd, aber neben der Hand, der ihr den Mund zuhielt, nahm sie ein Arm auf Taillenhöhe dermaßen in die Zange, dass sie gezwungen war sich zu krümmen. Ein Lachen explodierte in ihrem Ohr. »*Erwischt!*«, sagte jemand. Das Lachen roch wie die zwei Fingerbreit Bier, die sie Onkel Stelvio erstmals hatte kosten lassen, nur viel intensiver. Suchend sah sie sich nach Betta um, die Augen weit aufgerissen, um im Dunkeln irgendetwas zu erkennen. Sie sah, dass zwei Männer bei ihr waren. Die zogen sie zum Lattenzaun des Strandbads, an dem sie soeben vorbeigekommen waren. Einer hielt ihre Beine fest, der andere Kopf und Oberkörper, während die Cousine sich genauso vergeblich wehrte wie sie. Sie lachten. Neben ordinärem gegenseitigem Aufstacheln und unverständlichem Gemurmel nahm sie die erstickten Schreie ihrer Cousine wahr. Laute Schreie, lauter als ihre, aber genauso stimmlos. Sie blieben ihr in der Kehle stecken, dennoch hörte sie nicht damit auf. Bettas waren nicht nur lauter, sie versuchte auch, etwas zu sagen. Vielleicht ein Flehen, aber da war noch etwas anderes. Was sagte sie? Dann war sie vermutlich zu weit weg, dass Miriam sie noch hätte sehen können, vielleicht war auch der Blickwinkel ein anderer, schließlich trug sie der Fremde dorthin, wo es ihm gefiel, so als wäre sie nicht mehr als ein zappelndes Insekt. Jetzt hörte sie nur noch die Stimme der Cousine, erstickt von Händen wie denen, die auch ihr die Luft nahmen. Suchend eilten ihre Pupillen hin und her, durchbohrten das bisschen Licht, das die Dunkelheit erhellte. Sie rief nach Betta, doch ihr entwich nur ein Laut, der nichts mit dem Namen ihrer Cousine zu tun hatte. Da versuchte sie, um Hilfe zu rufen, merkte aber schnell, wie sinnlos das war.

Der Unbekannte warf sie mit dem Gesicht nach unten in den

Sand wie einen Sack Mehl, nahm die Hand von ihrem Mund, um ihr Gesicht gleich darauf mit aller Kraft in den feuchten Sand zu drücken. Er hatte sie im Nacken gepackt und drückte so fest, dass ihr das Atmen noch schwerer fiel. Miriam hörte auf, um Hilfe zu rufen, und rang nach Luft. Dank des winzigen Bewegungsspielraums, den ihr die Hand ließ, die ihre Haare gepackt hatte, grub sie mit der Nase eine kleine Vertiefung in den Sand, stützte die Stirn auf und holte genug Luft, um sich aufbäumen zu können. Die Reaktion bestand in einem dumpfen Schlag auf den Rücken, der sie erneut zu Boden streckte. Bei dem heftigen Aufprall auf dem harten Sand, spürte sie ein Stechen zwischen den Rippen, das ihr unwillkürlich einen erneuten, vom Sand erstickten Schrei entlockte. Reglos blieb sie liegen, rang wieder nach Luft und drehte verzweifelt das Gesicht im Sand. Als das klappte, holte sie begierig Luft. Dann verlangsamte sie die Bewegungen, weil der Schmerz zwischen den Rippen bei jedem Atemzug für Übelkeit sorgte und sie fast wahninnig wurde. Als sie spürte, wie ihr der Unbekannte einhändig Hose und Bikinihose herunterriss, konzentrierte sie sich nur noch darauf, nicht zu ersticken. Sie ließ zu, dass er sie wie eine ausgehungerte Bestie überall begrapschte, und als er gewaltsam in sie eindrang, nahm sie diesen fremden, neuen Schmerz, den er ihr zufügte, kaum noch wahr. Sie wusste, was da passierte, natürlich wusste sie das. Dennoch überstieg die Brutalität dieses Akts ihre schlimmsten Erwartungen. Sie leistete keinerlei Widerstand, tat nicht das Geringste, um sich zu wehren. Sie kam erst wieder zu sich, als sich derjenige, der in ihren Körper eindrang, im Gewaltrausch mit seinem ganzen Gewicht auf ihren Rücken fallen ließ. Der Schmerz gab ihr den Rest, so dass auch noch ihr letzter Klagelaut erstarb.

Auf einmal war sie restlos erschöpft von ihrem Schmerz, dem sinnlosen Zappeln, den obsessiven, bestialischen Stößen. Sie kapitulierte. Während sie sich willkommener Bewusstlosigkeit überließ, trug ihr der Wind, vielleicht auch nur die Einbildung, einen weiteren unterdrückten Schrei Bettas zu, der jedoch deutlich schwächer war als vorher. Sie schien nach ihrer Mutter zu rufen. Aber flehen? Flehen tat sie nicht. Es war ein schmerzerfüllter, aber zugleich wütender Schrei. Und bevor endgültig alles schwarz wurde, begriff sie: Betta hatte die ganze Zeit versucht, ihren Namen zu rufen: *Miriam.*

Dicke, eiskalte Regentropfen weckten sie. Sie spürte sie auf ihrem halbnackten Körper, auf ihrem Kopf.

Als Miriam nur ganz kurz die Augen aufmachte, erkannte sie, dass es nicht mehr Nacht, aber auch noch nicht Tag war. Sie lauschte auf die Stille. Keine Stimmen, keine Geräusche mehr. Die Musik war verstummt. Niemand lachte. Niemand schrie. Alles schwieg, bis auf das Meer und den Regen, der nach und nach immer heftiger auf ihre Haut und den Sand einprasselte. Langsam drehte sie den Kopf wie eine uralte Schildkröte, ihr Körper war so starr und schwer wie ein Panzer. Die Lider nur einen Spaltbreit geöffnet, erblickte sie tiefhängende Wolken und einen bleigrauen Himmel. Ein schmaler Lichtstreif am Horizont näherte sich übers Meer, entrollte sich wie ein glitzernder Teppich, der die Welt erneut zum Vorschein brachte. Eine neue Welt. Die Aggressoren waren verschwunden.

Sie zog die Arme an, die lange reglos gewesen waren und jetzt kribbelten, presste die Hände in den Sand, um sich aufzustützen, während sie die Beine anwinkelte. Der Schmerz zwischen den Rippen traf sie wie ein Fausthieb, so dass sie stöhnend zusammensackte, doch diesmal hatte sie eine Stimme. Sie zwang sich, die Stille zu durchbrechen und nach Betta zu rufen, brachte aber nur einen schwachen Laut hervor, der klang wie von einem kaputten Gegenstand. Sie nahm sich einen Moment Zeit, um sich an diesen Schmerz zu gewöhnen, der bei Reglosigkeit nachließ und erträglich wurde, nur um sie bei jeder Bewegung erneut zu zerreißen. Mit starrem Oberkörper hielt sie die Luft an und setzte sich ächzend auf. In dieser Position mit seitlich angewinkelten Beinen blieb sie reglos sitzen, den Blick aufs Meer gerichtet, genau wie die Kleine Meerjungfrau, die sie an einem schönen Sommertag am Hafen von Kopenhagen gesehen hatte.

Gedankenverloren starrte sie auf die Hose aus türkisfarbener Baumwolle und die Bikinihose, die ihr um die Knöchel hingen, bevor sie langsam ihre Blöße bedeckte, sich eher instinktiv als aus Scham wieder anzog. Dabei lernte sie den Schmerz zwischen den Rippen zu kontrollieren, auf die Atmung, die Bewegungen und die Muskelanspannung zu achten. Mit der Zunge fuhr sie sich über die Lippen voller Sand, über die Wunden, die ihre Zähne im Mund hinterlassen hatten. Sie schluckte eine Mischung aus Spucke, Blut und Sandkörnern, die ihr zwischen den Zähnen knirschten. Dann stellte sie die Knie auf, blieb kurz auf allen vieren und beugte sich vor, um den Strand abzusuchen. Wegen des Regens war er mit kleinen Dellen übersät. Und endlich sah sie Betta. Ihre schmerzenden Lippen verzogen sich zu einem vorsichtigen Lächeln, denn sie war gar nicht so weit von ihr entfernt, wie sie im Dunkeln gedacht hatte. Sie war erleichtert, dass sie noch da war.

Betta lag auf dem Rücken, gleich beim blauen Lattenzaun des Strandbads.

Miriam stand auf, krümmte sich aber beim Gehen, da sie in

dieser Haltung überall Schmerzen hatte. Arme, Beine und Nacken taten ihr weh, zwischen den Schenkeln spürte sie ein derart starkes Brennen und Stechen, dass sie instinktiv sämtliche Unterleibsmuskeln anspannte. Trotzdem beschleunigte sie ihre Schritte, während es immer stärker regnete. Kurz bevor sie Betta erreichte, blieb sie verwirrt stehen und kniff die Augen zusammen, um besser sehen zu können. Bei näherer Betrachtung lag Betta nicht wirklich auf dem Rücken. Sie schaute in den Himmel wie eine Ballerina, das linke Bein angezogen, so dass sein Fuß zum rechten Knie zeigte; ein Arm war über den Kopf gehoben und elegant angewinkelt, während sich der andere hinter ihrem Rücken befand. Dadurch wurde ihr Körper seltsam angehoben, was diese Pirouettenhaltung noch absurder erscheinen ließ. Wo doch Betta mit ihren einssiebzig und ihren ausgeprägten Kurven sonst so gar nichts von einer Ballerina hatte. Auch sie war von der Taille abwärts nackt, ihr orangefarbener Rock war hochgeschoben und das Bikinihöschen ausgezogen. Die Brüste unter der geöffneten Bluse waren aus dem Bikinioberteil gerutscht. Miriam kniete sich neben sie, ohne den Schmerz überhaupt noch wahrzunehmen.

»Betta?«, murmelte sie, um sie behutsam zu wecken. »Betta?«, wiederholte sie leise.

Sie betrachtete den Körper im bläulichen Licht, das dem Sonnenaufgang vorausgeht, und war froh, dass ihre Cousine nicht allzu mitgenommen aussah. Betta war so schön wie immer. Sie zog ihren orangefarbenen Rock nach unten und knotete ihr sorgfältig die Bluse zu.

»Gehen wir, Betta?«, flüsterte sie flehend, aber auch ungeduldig. Ihr war kalt, und Betta ging es bestimmt ähnlich. Sie positionierte sich so, dass sie nach der Hand ihrer Cousine greifen konnte. Doch die war eiskalt und längst nicht mehr so weich wie noch vor Stunden, als sie Richtung Torre del Fratino gegangen waren.

Dann schaute sie ihr ins Gesicht. Bei dem wenigen Licht zu dieser frühen Stunde zwang sich Miriam, Betta in die Augen zu schauen, die blind in den Himmel starrten. In deren halb offenem Mund sah sie Sand an der Innenseite der Lippen, an Zähnen und Zunge kleben. Der Regen prasselte auf ihren reglosen Körper, trotzdem blieben die Augen starr, Betta ließ sich ohne Gegenwehr nassregnen. Als Miriam ihr zärtlich über das blonde Haar strich, das ganz schwer war von Sand und Regen, begriff sie, dass Betta nie mehr Schmerzen spüren würde.

Betta wollte lieber hierbleiben, einfach in Ruhe gelassen werden. Im Grunde eine gute Entscheidung, fand Miriam. Sie leistete ihr noch ein wenig Gesellschaft, und als sie so weit war, beschloss sie zu gehen.

Im Regen, der jetzt regelrecht herabrauschte und ihr den Sand und das Blut abwusch, lief sie barfuß über den Holzsteg des Strandbads und brachte jede Menge liegen gelassene Bierflaschen zum Klirren. Sie erreichte die Straße und ging dann auf das nur wenige Minuten entfernte Ferienhaus der Ansaldos zu. Sie staunte, wie kurz der Weg war, den sie zurückgelegt hatten, wie weit sie noch von Torre del Fratino und den Lagerfeuern entfernt gewesen waren.

Niemand bemerkte Miriam, denn während Betta Ansaldo am Strand in den Himmel starrte, lag Torre Domizia noch sorglos in tiefem Schlaf.

Sie ging durchs Gartentor, ließ es offen stehen und nahm dann die Terrassentür, die sie wegen des Regens hinter sich schloss. Sich aufs Geländer stützend ging sie die Treppe nach oben und lehnte die Zimmertür an wie vorher. Patschnass vom Regen und ganz vorsichtig, um nicht zu starke Schmerzen zu haben, legte sie sich aufs Bett. Während ein Zittern ihren Körper erfasste, dachte sie an den Albtraum in dieser Nacht zurück, der ihr nicht mehr hatte einfallen wollen. Sie schloss die Augen, und auf einmal war ihr alles dermaßen klar, dass sie fast getröstet war. Noch während sie wegdämmerte, gelangte sie zu dem Schluss, gar nicht erst aufgewacht zu sein.

Als Stelvio Ansaldo die Augen aufschlug, staunte er, dass seine Frau kurz vor sieben immer noch tief schlief. Es kam selten vor, dass Marisa ihn nicht mit einem heißen Espresso und einer zärtlichen Berührung an der Schulter weckte. Doch gegen Morgen hatte das Gewitter angenehme Abkühlung gebracht, so dass sie sich in die Laken gekuschelt und das Aufstehen vielleicht unbewusst noch ein wenig hinausgeschoben hatte. Um sie nicht zu wecken, stand er vorsichtig auf und zog Socken und Unterhemd an, dann ging er nach unten und freute sich bei dem Gedanken, sich an diesem Morgen endlich mal bei ihr revanchieren zu können. In der Küche fand er die Schwiegermutter vor, die bereits Wasser aufgesetzt hatte, um sich einen Tee zu kochen. Er wünschte ihr einen »Guten Morgen«. Letizia, die sich wunderte, dass ihre Tochter noch im Bett lag, fragte, ob mit Marisa alles in Ordnung sei. Stelvio lächelte. »Sie schläft«, flüsterte er, so als wäre sie ganz in der Nähe. Dann machte er Kaffee.

Während Stelvio Ansaldo sorgfältig den Siebeinsatz der alten Espressokanne füllte, überquerte Mauro Sattaflora die Straße, die ihn vom familieneigenen Strandband, dem Lido Le Dune, trennte. Er war noch verschlafen, weil er mit den anderen noch bis spät nachts beim Torre Fratino gewesen war. Er hatte gehofft, das Gewitter würde den ganzen Vormittag dauern, um ausschlafen zu können. Von wegen! Es klarte bereits auf, und der Vater hatte ihn aus dem Bett geworfen, damit er die Sonnenschirme aufstellte, während dieser die Bar öffnete. Mauro fragte sich, wann er endlich mal richtig Ferien haben würde. In seinen zwanzig Lebensjahren hatte er bisher sämtliche Sommer hier verbracht – in der Bar oder am Strand, wo er sich zwischen Klappstühlen, Liegen, Sonnenschirmen und Tretbooten von morgens bis abends krummlegte. Sein Vater behauptete, ihm so eine Zukunft zu sichern, doch währenddessen raubte er ihm die Gegenwart. Er nahm die Holzstufen und verfluchte die Arschlöcher, die hier nachts soffen und kifften, jede Menge Müll zurückließen. Er wollte gerade hinter die Bar gehen und einen Müllsack holen, als er etwas so Bizarres sah, dass er wie gelähmt stehen blieb und beide Beine fest in den Sand stemmte.

Reglos starrte er darauf.

Rechts neben dem Lattenzaun, der den Lido abgrenzte und den er erst vor drei Monaten blau angestrichen hatte, lag eine Frau. Sie schien sich komplett angezogen zu sonnen, obwohl gar keine Sonne schien, im Gegenteil! Der Himmel riss zwar kurz auf, war aber gleich wieder bedeckt. Wenn man ihn fragte, würde es an diesem Tag nicht besonders schön werden.

Irgendetwas an dieser Frau kam ihm bekannt vor, auch wenn das aus der Entfernung schwer zu sagen war. Langsam näherte er sich und reckte neugierig den Hals. Vier, fünf Schritte genügten, um Betta Ansaldo zu erkennen. Was Betta anbelangte, war eine Verwechslung ausgeschlossen. Denn hatte man sie erst mal zu Gesicht bekommen, ging sie einem nicht mehr aus dem Kopf, verfolgte einen bis in den Schlaf und ließ einen dümmlich grinsen, selbst wenn man allein war und sich ausmalte, sie wenigstens auf eine Cola einzuladen. Rasch ging er auf sie zu. Bei jeder anderen hätte er gedacht, sie hätte sich betrunken und schliefe gerade ihren Rausch aus, aber dafür war Betta nicht der Typ. Wirklich seltsam.

Wenige Meter von ihr entfernt erstarrte er erneut, ein eisiger Schauer durchrieselte ihn, den er nie mehr vergessen sollte. Er taumelte rückwärts wie von einer Ohrfeige.

In all den Jahren am Strand hatte er zwei Ertrunkene gesehen. Was er von diesen haarsträubenden Szenen noch in Erinnerung hatte, genügte um zu wissen, dass Betta Ansaldo nicht ertrunken war. Aber tot war sie. Während er sich hilflos an den Kopf fasste, entwichen ihm zig Stoßgebete zu sämtlichen Heiligen, Madonnen, Märtyrern und Jesuskindern. Warum musste das ausgerechnet ihm passieren? Was hatte er nur getan? Er hatte heute Morgen doch bloß ausschlafen wollen! Hilfesuchend schaute er sich um. Nicht wegen Betta, für sie kam jede Hilfe zu spät. Sondern seinetwegen. Was sollte er jetzt tun? Er rief nach seinem Vater, aber die Barbeleuchtung war noch ausgeschaltet, und ihm fiel wieder ein, dass die Eltern noch im Esszimmer gestritten hatten, als er gegangen war. Verwirrt trat er den Rückweg an und unterdrückte ein Schluchzen, dann fiel ihm ein, dass er die Polizei, vielleicht auch einen Krankenwagen rufen, die Behörden informieren sollte. Irgendwann tat er, was er für das Nächstliegende hielt, ganz außer Atem rannte er zum Haus der Ansaldos, um Signor Stelvio zu sagen, dass seine Tochter dort beim Lido lag. Er rannte und rief dabei bereits instinktiv dessen Namen und weckte ganz Torre Domizia mit seinem Geschrei.

Das Gartentor stand offen, also rannte er weiter, warf sich gegen die Tür, hämmerte wie ein Verrückter mit beiden Handflächen dagegen wie jemand, der irgendwo raus statt rein will. So laut er konnte rief er nach Signor Stelvio. Er klopfte und schrie, veranstaltete einen Riesenlärm.

Stelvio Ansaldo machte ihm auf, die Augen weit aufgerissen. Es roch intensiv nach Kaffee.

»Mauro«, rief er stirnrunzelnd, als würde er vor einem stehen, der den Verstand verloren hatte.

Doch auf einmal fehlten Mauro die Worte. Er schwieg und starrte ihn nur an, merkte, dass das, was er zu sagen hatte, unsagbar für ihn war.

»Betta!«, murmelte er. Bis zu diesem Moment hatte er geschrien, doch mit einem Mal war seine Stimme ganz schwach.

»Betta?«, echote Stelvio. »Was willst du von Betta?« Er war eher neugierig als verstimmt.

Mauro sah ihm direkt in die Augen, zeigte fuchtelnd hinter sich Richtung Straße. »Sie ist beim Lido Le Dune. Sie ist beim Lido Le Dune.« Ihm versagte die Stimme.

Marisa, die oben auf dem Treppenabsatz alles mitgehört hatte, eilte zu Bettas Zimmer und riss die Tür auf. Als sie das leere Bett sah, schlug sie die Hände vor den Mund, um einen Aufschrei zu ersticken.

Stelvio folgte Mauro ohne weitere Fragen. Er ließ die Haustür offen, auf deren Schwelle eine stumme, reglose Letizia zurückblieb.

So schnell er konnte, rannte er hinter Mauro her. So wie er war, in Socken, Unterhemd und Schlappen. Er machte so lange Schritte, wie es ihm bei seiner Statur möglich war. Die viel zu heftig eingeatmete Luft brannte ihm in der Lunge, trotzdem strengte er sich, die Hände zu Fäusten geballt und die angewinkelten Arme eng am Körper, noch mehr an. Er konnte keinen klaren Gedanken fassen, sah wieder die Wettläufe mit seinem kleinen Bruder vor sich, bei denen er absichtlich verlor, um ihm eine Freude zu machen. Er erinnerte sich daran, wie er einst mit der kleinen Betta vom Sonnenschirm ins Wasser gerannt war, nur um ihr Lachen zu hören, während sie sich mit ihren kleinen Händen an seinen Schultern festhielt. All die Male, die er in seinem Leben gerannt war, zogen an seinem inneren Auge vorbei, als wäre er ein Sterbender, der auf sein Leben zurückblickt.

Als sie den Lido erreichten, nahm Mauro die ersten beiden Holzstufen auf einmal, um dann wie vom Blitz getroffen stehen zu bleiben. Er drehte sich zu Stelvio um. Erst in diesem Moment begriff er, was für eine Riesendummheit er da begangen hatte, nämlich einen Vater zu holen, damit der zu seiner toten Tochter eilte. Instinktiv legte er ihm beide Hände auf die Brust, so als wollte er ihn zurück, wieder nach Hause schicken.

»Signor Stelvio«, stöhnte er auf einmal zerknirscht. »Vielleicht sollten Sie lieber doch nicht ...« Seine Augen füllten sich mit Tränen.

Vom Strand war bereits Lärm zu hören, man hatte seine Schreie gehört, und einige waren schon gekommen, um zu gucken, was los war. Die Stimme seiner Mutter drang zu ihm, sie flehte die Heilige Mutter Gottes an, ganz heiser vor ungläubiger Verzweiflung.

Stelvio stieß Mauro dermaßen heftig beiseite, dass er ins Taumeln geriet. Er rannte an ihm vorbei und setzte seinen Weg fort. Jetzt musste ihm niemand mehr den Weg weisen, er wusste, dass er nur den Stimmen zu folgen brauchte. Rasch eilte er Richtung Wasser und blieb erst stehen, als er die Menschenmenge wenige Meter vom Lattenzaun des Lidos bemerkte. Er sah seine Tochter im Sand liegen. Reglos, begafft von all diesen Leuten, die erschüttert Distanz hielten. Irgendjemand entdeckte ihn, und auf einmal verstummten alle. Ein paar vielsagende Blicke hatten genügt, um seine Ankunft anzukündigen. Er kam langsam näher, ihn hatte alle Kraft verlassen, seine Beine waren schwer wie Zement.

Giulio Sattaflora eilte ihm entgegen, mit ausgestrecktem Arm, um ihn aufzuhalten. »Nicht, Stelvio!«, sagte er. »Nicht!«

Stelvio ging um ihn herum, weiter zu seiner Tochter. Wortlos teilte sich die Menge, um ihm Platz zu machen.

Und dann sah er sie, sein Kind.

Während er sich neben seiner Tochter auf die Knie fallen ließ, dachte er verbittert, dass alle sie anstarrten, ohne ihr zu helfen, ohne ein Wort des Trostes.

»Papa kümmert sich um dich«, flüsterte er ihr zu. Langsam, ganz langsam streckte er das angewinkelte Bein, legte die Arme neben ihren Körper und wischte ihr das ein oder andere Sandkorn aus dem Gesicht.

Dann begriff er, dass sonst nichts mehr zu machen war. Noch während er ihre Armhaltung korrigierte, hörte er hinter sich ein mehrstimmiges, schmerzerfülltes *Nein! Nein!* Doch keiner wagte es, sich zu rühren. Sattafloras Frau schluchzte.

Stelvio hob seine Tochter hoch und krümmte sich vor Anstrengung. In diesem Moment begriff er, wie lange er sie schon nicht mehr getragen hatte, viel zu lange. Sie war zu einer Frau herangewachsen, und er hatte nichts davon bemerkt. Als Kind war sie ein Leichtgewicht gewesen, aber jetzt schien er sie kaum halten zu können. Da musste er wieder daran denken, wie er Marisa ins Krankenhaus getragen hatte, um sie zu retten. Mit einem sanften Ruck lehnte er Bettas Gesicht an seine Schulter und neigte den Kopf, um es dort zu halten. Er drehte sich um die eigene Achse und wankte über den Sand, wobei er immer wieder aus dem Gleichgewicht geriet.

Mauro trat neben ihn. »Signor Stelvio …« Er legte ihm eine Hand auf den Arm. »Wo wollen Sie denn hin?«, fragte er behutsam, während ihm die Tränen nur so über das gebräunte Gesicht liefen.

»Nach Hause«, erwiderte Stelvio, den Blick fest auf die Straße gerichtet. »Ich bringe sie nach Hause!«

»Das geht doch nicht«, flehte Mauro, denn er kannte die Bestimmungen.

Doch Stelvio antwortete nicht. Er lief auf die Böschung zu.

Auf einmal tauchte eine keuchende Marisa auf der obersten Stufe auf. Sie trug noch ihr Nachthemd, war barfuß und ihr Haar zerzaust vom wieder aufgefrischten Wind.

Sie sahen sich an.

Sie schüttelte nur heftig den Kopf, die Augen weit aufgerissen. Sofort war sie bei ihm, wie ein Raubtier, das auf seine Beute herabstößt. Sie versuchte, Bettas Gesicht zu drehen, doch Stelvio entwand sich ihr und lief wieder Richtung Wasser. Da packte sie Betta, um sie ihm wegzunehmen, während er sie nur noch fester an sich presste.

»Gib sie mir!«, schrie sie aus Leibeskräften. »Gib sie mir!«

Stelvio umklammerte sie stumm, mit zusammengekniffenen Augen, um seine Frau nicht ansehen zu müssen.

»Du musst sie ins Krankenhaus bringen!«, schrie sie dermaßen laut, dass es alle Welt mitbekam. »Du musst sie retten!«

Er ging in die Knie, seelisch gebrochen. Denn all seine Liebe konnte hier nichts mehr ausrichten.

»Steh auf!« Marisa packte seine Arme in dem absurden Versuch, ihn hochzuziehen, wollte dann erneut nach der Tochter greifen. »Steh auf!« Vor lauter Verzweiflung hatte sie eine ganz fremde, schrille Stimme. Sie kniete sich vor ihren Mann und starrte ihn mit verzerrtem Gesicht an.

Stelvio machte die Augen wieder auf. »Wir können sie nicht retten«, murmelte er und presste das Gesicht der Tochter noch fester an seinen Hals. Dann gab er auf und ließ sie vorsichtig in den Sand sinken, stützte dabei ihren Kopf mit dem Arm.

Marisa grub sich die Fingernägel ins Gesicht und öffnete den Mund zu einem Schrei. Doch kein Laut drang daraus hervor, nur ein stockender Atemzug. Sie verharrte so, das Inbild einer Verzweiflung, die sich nicht in Worte fassen ließ.

In Torre Domizia, so hieß es später, hätten die Leute, bevor sie einschritten, lange nur entgeistert zugeschaut, als hielten sie Andacht vor einer seltsamen Weihnachtskrippe.

Als gegen acht Maresciallo Nardulli erschien, hatte Sattafloras Frau Betta Ansaldo bereits mit einem weißen eigenhändig bestickten Leintuch zugedeckt. Es war für die Aussteuer der Tochter gedacht gewesen, die sie nie bekommen hatte. Sie hatte Betta von klein auf gekannt und es war, als machte sie ihr ein letztes Geschenk

Marisa Ansaldo war zusammengebrochen, und jemand hatte gebrüllt, man solle den Krankenwagen rufen. Genau in diesem Moment kam allerdings Giovanni Di Lillo vorbei, ein Hausarzt, der seit mehr als zwanzig Jahren in Rente war und morgens lange Strandspaziergänge zu machen pflegte. Der betagte Arzt fühlte Marisa den Puls und befahl, sie ins Auto zu setzen und nach Hause zu fahren: für Marisas Verzweiflung gebe es kein Heilmittel. Man solle sie einfach in Frieden lassen, murmelte er noch, bevor er nach Hause ging wie jemand, der kein Leid mehr mitansehen kann. Da halfen ihr Mauro und dessen Vater auf, setzten sie ins Auto und fuhren sie nach Hause. In der sperrangelweit offen stehenden Tür stand Signora Letizia. Als sie ihre Tochter, die sich kaum noch auf den Beinen halten konnte und wirres Zeug murmelte, in diesem Zustand sah, riss sie die von Krankheit und Alter wässrigen Augen auf.

»Was ist passiert?«, fragte sie kaum vernehmlich.

Mauro und Giulio Sattaflora sahen sich zögernd an, aus Angst, sie könnte einen Infarkt bekommen, dann nahm Giulio all seinen Mut zusammen. »Betta ist etwas Schreckliches zugestoßen, Signora«, erwiderte er ganz leise mit angehaltenem Atem. »Es tut mir sehr leid.«

Doch anders als befürchtet, schob Letizia nur das Kinn vor und presste die Lippen zusammen. »Legt sie bitte aufs Sofa«, murmelte sie und ging ihnen am Stock voraus. Dann verabschiedete sie diejenigen, die unablässig Hilfsangebote machten und ihr Beileid bekundeten, mit einem brüsken »Danke«.

Stelvio war neben seiner Tochter im Sand sitzen geblieben. Hin und wieder wagte sich ein ganz besonders Mutiger vor und fragte, ob er irgendetwas brauche, vielleicht ein Glas Wasser. Doch er schüttelte nur den Kopf, den Blick ins Leere gerichtet.

Für Maresciallo Nardulli war es ein Drama, dass die junge Tote ausgerechnet die Tochter von Stelvio Ansaldo war, mit dem er seit zehn Jahren Boccia spielte. Eine tote junge Frau war natürlich immer eine Tragödie, aber seinen Freund neben diesem weißen Leintuch sitzen zu sehen, war kaum zu ertragen. An diesem Morgen trug er Uniform, da er später noch zu einer Gedenkfeier nach Civitavecchia musste. Unter dem Vorwand, ihm sei zu heiß, zog er ungehalten die Uniformjacke aus und reichte sie dem Gefreiten Carrozza, damit er sie ins Auto legte. Dann erlaubte er sich sogar, die Krawatte zu lockern – nicht ohne herausfordernde Miene, sollte es jemand wagen, sein Verhalten zu kritisieren. Ohne seine beiden Untergebenen begab er sich zu Ansaldo und dessen Tochter an den Strand. Langsam umrundete er das Leintuch, ohne den Mut aufzubringen, es anzuheben. Dann ging er neben Stelvio in die Hocke und legte ihm den Arm um die Schulter. Er rang vergeblich nach Worten, bevor er sich der undankbaren Aufgabe widmete, auch unter diesen Umständen sein Amt als Carabiniere auszuüben.

Nach dem Eintreffen von Bazzi und Faragna, erhob er sich und befahl, die Spuren zu sichern. Dann ging er zu den Gaffern, die sich unter die Pergola der Bar versammelt hatten, denn die Sonne war trotz des bedeckten Himmels zu spüren.

»Wer hat sie gefunden?«, fragte er.

Mauro Sattaflora, der inzwischen zurückgekehrt war, hob die Hand wie ein folgsamer Schüler.

»Los, erzähl«, befahl er und tupfte sich mit einem Taschentuch den Hals ab.

»Sie lag da.« Er zeigte Richtung Lattenzaun.

Nardulli schaute erst zum Zaun und dann zum Leintuch. »Ihr habt ihre Position also verändert?«, fragte er eher erstaunt als verärgert.

»Der Vater«, beeilte sich Giulio Sattaflora zu erklären.

Nardulli zog die dichten Augenbrauen zusammen und schaute aufs Meer. »Und wie ist sie neben dem Zaun gelandet?«

»Ich glaube nicht, dass sie ertrunken ist, Maresciа«, sagte Mauro wissend.

»Was soll das heißen, sie ist nicht ertrunken?« Der Maresciallo drehte sich zum Leintuch, als sähe er es zum ersten Mal. Bazzi hob es mit zwei Fingern an und musterte die Leiche. Vor einer halben Stunde hatte ihm der Gefreite Carrozza berichtet, eine Frau, die gegenüber wohne, habe den Notruf gewählt und wie verrückt geschrien, eine junge Frau sei ins Wasser gegangen, ihre Leiche liege am Strand.

Nardulli fasste sich an den Kopf, als er sah, wie Faragna rasch auf ihn zukam, ohne sich um den Sand zu kümmern, der ihm in die Polizeistiefel rieselte.

Faragna nahm ihn beiseite und flüsterte ihm ins Ohr. »Die ist mitnichten ertrunken, Maresciallo«, zischte er.

Sie tauschten einen vielsagenden Blick.

Nardulli schaute erneut zu Stelvio Ansaldo. »Ich ruf den Untersuchungsrichter«, sagte er aschfahl im Gesicht. »Und ihr sorgt dafür, dass diese Leute verschwinden. Auch der Vater.«

In sich hineinfluchend kletterte er die Böschung zur Straße hinauf und verließ den kontaminiertesten Tatort, der ihm je untergekommen war.

Als die Leiche schließlich abtransportiert werden durfte, war sich der Rechtsmediziner absolut sicher, dass Betta Ansaldo nicht ertrunken war. Er beschwerte sich beim Untersuchungsrichter: Nur ein Haufen Idioten wie die in der Kaserne von Torre Domizia könne die Worte einer hysterischen Frau am Telefon für bare Münze nehmen. Bis die Obduktion abgeschlossen sei, dauere es mindestens eine Woche, aber er könne ihm jetzt schon sagen, das Ganze sei eine hässliche Geschichte: Elisabetta Ansaldo sei mit Sicherheit nach Mitternacht gestorben, vielleicht so gegen zwei, drei Uhr früh. Wegen des Regens und des Temperatursturzes in dieser Nacht werde es schwer sein, das genauer zu bestimmen. Ihr Körper weise eindeutige Gewaltspuren auf, die Todesursache könne er jedoch erst nach weiteren Untersuchungen feststellen. Er gehe von Tod durch Ersticken aus, allerdings gebe es Hinweise, die ihn noch vor ein Rätsel stellten. Wenn der Untersuchungsrichter seine Ferien nicht damit verbringen wolle, das dafür verantwortliche Schwein zur Strecke zu bringen, solle er sich schleunigst gründlich an die Arbeit machen.

Verwertbare Spuren fanden die Carabinieri nur wenige, denn nach dem Fund der Leiche war halb Torre Domizia über diesen Strandabschnitt getrampelt. Im Sand neben dem Lattenzaun fanden sie nur das Bikinihöschen, und sie erkannten es auch nur deshalb, weil es zum Oberteil passte, mit dem das Opfer nach wie vor bekleidet war. Zwischen dem Wasser und dem öffentlichen Strand, zehn Meter vom Lattenzaun des Lidos entfernt, entdeckten sie noch ein Paar Strandlatschen. Und jede Menge Müll, Eisstiele, Einwickelpapier, Zigarettenkippen. Blutspuren fanden sie keine, die hatte der Regen weggespült.

Den Müll auf den Holzstufen hatte Giulio Sattaflora noch rasch entsorgt. Dadurch wollte er vermeiden, dass das nächtliche Kiffen in seinem Lido bekannt wurde.

Keiner bemerkte das Paar Espadrilles, das die Flut erst gepackt und dann zurück an den Strand geworfen hatte, beide Schuhe ganz nah nebeneinander. Am nächsten Tag nahm sie ein rothaariges Mädchen mit, weil sie so hübsch und noch dazu von einer begehrten Marke waren. Es wusch sie sorgfältig, ließ sie trocknen und führte sie dann stolz aus.

Die Strandbesucher kannten die Worte des Rechtsmediziners gegenüber dem Untersuchungsrichter natürlich nicht und erzählten sich weiterhin ihre Version von Betta Ansaldos tragischem Tod. Kurz nach ihrer Ankunft sei sie völlig verzweifelt gewesen: Sie habe nämlich erfahren müssen, dass Rocco, der

Sohn der Bäckerin Fausta, sich mit einer sympathischen jungen Frau aus Santa Severa verlobt habe. In den Sommern davor war er mehr als nur einmal mit Betta gesehen worden, und bekanntlich verliere man in diesem Alter schon mal den Kopf und lasse sich zu unüberlegtem Handeln hinreißen. Unter unzähligen Seufzern und mit viel Kopfschütteln kehrte man erst am Nachmittag unter die Sonnenschirme zurück. Nur die Kunden des Lido Le Dune nicht, die sich anderweitig behelfen mussten, als Sattaflora auf das Absperrband des Untersuchungsrichters zeigte. Dieser Lido musste erst noch freigegeben werden. Vergeblich versuchten Mauro und Giulio, ihre Bekannten davon zu überzeugen, dass Betta Ansaldo keineswegs ertrunken war. Erst zogen die Leute sie deswegen auf, dann sahen sie sie feindselig an: In Torre Domizia war so einiges denkbar, aber kein Mord an einer Sechzehnjährigen.

Als Maresciallo Nardulli Stelvio Ansaldo nach Hause brachte, war es fast Mittag.

Marisa lag auf dem Sofa, bewacht von ihrer Mutter, die neben ihr auf einem Stuhl saß. Letizia hatte sie mit einer Decke zudecken müssen, denn sie zitterte wie Espenlaub. Der herbeigerufene Notarzt meinte nur, das sei normal, das liege am Schock, und hatte ihr ein fiebersenkendes Mittel und Beruhigungstropfen gegeben.

Stelvio schlurfte näher, beugte sich vor, um ihr mit leerem Blick zärtlich übers Haar zu streichen. Dann ließ er sich in einen Sessel fallen.

Nardulli erkundigte sich bei Letizia, ob er irgendetwas tun könne, doch die schüttelte nur langsam den Kopf.

»Ich schau heute Abend noch mal nach euch«, sagte er zu Stelvio und lege ihm die Hand auf die Schulter.

»Wann bekommen wir sie zurück?«, fragte der mit brüchiger Stimme.

Der Maresciallo breitete hilflos die Arme aus, wie sollte er ihm begreiflich machen, dass er damit nur wenig Erfahrung hatte. »In ein paar Tagen. Der Rechtsmediziner muss erst noch alle möglichen Untersuchungen vornehmen …«

Seit ihrer Begegnung heute Morgen sah Stelvio ihm erstmals direkt in die Augen. »Die haben mir meine Tochter umgebracht«, flüsterte er.

Nardulli blieb nichts anderes übrig als langsam zu nicken.

Nachdem sich Maresciallo Nardulli verabschiedet hatte und sie allein mit Marisa und Stelvio im kleinen Wohnzimmer zurückgeblieben war, stellte Letizia Balestrieri ihren Stock in den Schirmständer, um von nun an ohne zurechtzukommen. Nicht, dass sie durch diese Tragödie eine Wunderheilung erfahren hätte, aber dieser neue Schmerz befreite sie von der Scham über ihr Hinken – eine Folge der halbseitigen Lähmung vor einigen Jahren. Von nun an bewegte sie sich so fort, ohne dass ihr die mitleidigen Blicke, weil sie sich so schwer mit dem Laufen tat, weil ihre linke Hand verkrampft und daher mehr oder weniger nutzlos war, ihr noch etwas ausgemacht hätten. Das Mitleid der anderen würde sie ohnehin für den Rest ihres Lebens begleiten. Sie nahm den Kalender aus Marisas Handtasche und rief bei den Bassevis an. Das vor kurzem angestellte Hausmädchen verkündete freundlich, die Gouvernante sei in ihre Heimat, ins Salento zurückgekehrt, um dort Urlaub zu machen. Letizia ließ sich die Nummer geben und rief dort an. Signora Rosaria, die etwa ihr Alter hatte, aber bei deutlich besserer Gesundheit war, nahm die Nachricht verstört auf. Sie versprach Letizia, sofort das

Hafenamt von Genua zu benachrichtigen, damit es Kontakt zu den Bassevis auf dem Kreuzfahrtschiff aufnähme und diese baldmöglichst zurückkehren konnten. Dann erkundigte sie sich nach Miriam, und Letizia erwiderte ein wenig verwirrt, dass sie noch in ihrem Zimmer sein müsse. Durch die auf den Garten hinausgehende Terrassentür hatte sie bestimmt alles mitbekommen, da war es nicht weiter verwunderlich, dass sie vor lauter Erschütterung oben blieb. Signora Rosaria hielt es für das Beste, wenn das arme Mädchen gleich abreiste. Da der Chauffeur der Familie noch bis Freitag in Urlaub sei, werde sie den Hausmeister der Villa Estherina bitten, Miriam abzuholen. In nur wenigen Stunden könne er in Torre Domizia sein. Sie versicherte Letizia, dass sich das Hausmädchen um Miriam kümmern würde, bis die Eltern zurück seien. So leid es ihr tue, aber sie könne diese Woche leider nicht weg, da sie an der Reihe sei, sich um die bettlägerige Mutter zu kümmern.

»Ich verstehe. Danke, Signora Rosaria«, murmelte Letizia.

»Mein herzliches Beileid«, erwiderte diese tief erschüttert und verabschiedete sich.

Als Nächstes wählte Letizia die Nummer des Hotels, in dem sich Ettore gerade in Australien aufhielt. Marisa hatte sich wie immer alles fein säuberlich notiert, und auch wenn der Fremde am anderen Ende der Leitung nichts verstand, gelang es ihr irgendwann, sich auf sein Zimmer durchstellen zu lassen. Zum Glück nahm er sofort ab, seine schöne Stimme war hell und freundlich.

»Mein lieber Ettore, ich bin's, die Oma«, sagte sie atemlos zu ihrem Lieblingsenkel.

Der erstarrte, denn diese Begrüßung, so schlicht sie auch war, kündigte bereits eine Tragödie an. »Oma!«, brachte er nur hervor.

»Es geht um deine Schwester, Ettore. Um deine Schwester. Du musst sofort nach Hause kommen.« Mehr brachte Letizia nicht heraus.

Nachdem sie den Kalender erneut in Marisas Handtasche verstaut hatte, ging Letizia mühsam, die Hand am Geländer, ins Obergeschoss. Sie drückte die angelehnte Tür auf und sah Miriam angezogen auf der Bettkante sitzen, die Hände im Schoß einer zerknitterten Hose. Ihre Blässe betonte das Rot ihrer Lippen und ihr leerer Blick, ihre dunklen Augenringe sagten ihr, dass es keiner weiteren Erklärung bedurfte.

»Du wirst in Kürze abgeholt und nach Hause gebracht.«

Miriam nickte langsam.

In diesem Moment begriff Letizia, dass sie nicht mehr in der Lage war, Trost zu spenden. »Brauchst du irgendwas?«

Miriam schüttelte den Kopf, ohne sie anzuschauen.

Wie bereits von Signora Rosaria angekündigt, stand der Hausmeister der Villa Estherina keine zwei Stunden später mit dem Auto vor dem Gartentor der Ansaldos. Er hupte zweimal, weil er von der Katastrophe erfahren hatte und es für unangebracht hielt zu klingeln.

Langsam ging Miriam die Treppe hinunter, die Hand am Geländer. Niemandem fiel auf, dass sie ihre Sachen gar nicht dabeihatte, in einer schlampigen Aufmachung und ungekämmt war und so steif ging, als könnte sie sich nur mit Mühe auf den Beinen halten. Dass ihre Turnschuhe nicht zugebunden waren. Sie betrat das Wohnzimmer, in dem Letizia fast alle Fensterläden geschlossen hatte, um weder Licht noch neugierige Blicke hereinzulassen. Onkel Stelvio saß im Sessel und starrte ins Leere, während die Oma gerade dem Fahrer Bescheid gab, dass sie gleich kommen werde.

Miriam ging zu Marisa. Die Beruhigungstropfen, die ihr der Notarzt gegeben hatte, hatten sie in einen seltsamen Halbschlaf versetzt, in ihrem friedlichen Delirium murmelte sie unzusammenhängende Worte. In regelmäßigen Abständen wurde sie von einem Zucken erfasst. Miriam zog ihre Decke zurecht. Nachdem sie ihr einen Kuss auf die heiße Schläfe gedrückt hatte, brachte sie ihren Mund ganz nah an ihr Ohr, damit nur Marisa sie hören konnte.

»Hab keine Angst, Tante«, flüsterte sie. »Irgendwann wachen wir wieder auf.«

Um anschließend ins grelle Tageslicht hinauszutreten.

IV
Die Konsequenzen

Am nächsten Tag erschien im Lokalteil der Zeitung ein gerade mal fünfzeiliger Artikel, darunter das Kürzel M.R. Der Verfasser berichtete, dass am Strand des kleinen Badeorts Torre Domizia die Leiche einer Sechzehnjährigen (E. A.) gefunden worden sei. Vermutlich Selbstmord, der Obduktionsbericht stehe allerdings noch aus.

Der Untersuchungsrichter, Ludovico Castagnoli, dessen Schwiegereltern zwei kleine Hotels in Torre Domizia besaßen, hielt es nicht für notwendig, die Presse darüber zu informieren, dass Elisabetta Ansaldo vor ihrem Tod nachweislich vergewaltigt worden und mitnichten ertrunken war. Er drückte sich davor – in der Hoffnung, die erste offizielle Mitteilung erst nach Ferragosto herausgeben zu müssen. Die Leute waren ohnehin noch traumatisiert vom Bombenattentat am Bahnhof von Bologna: Jetzt brauchten alle erst mal eine Verschnaufpause. Torre Domizia war ein Familienurlaubsort, dort fuhr man hin, um sich von einem Jahr Arbeit zu erholen: Eine solche Nachricht würde die Urlauber bloß verstören, Gaffer, ja die Sensationspresse anlocken. Dann drohten Stornierungen und die Badesaison war frühzeitig beendet. Und wozu das Ganze? Ein kurzes Gespräch mit dem Bürgermeister hatte genügt, um zu erfahren, dass die Ansaldo ein frühreifes Ding gewesen war, mit zweifelhaftem Benehmen. Sie war mitten in der Nacht an den Strand gegangen, während die Eltern annahmen, sie schliefe in ihrem Bett.

Maresciallo Nardulli nervte ihn mit seinen ständigen Anrufen. Er fand, die Leute müssten wissen, dass er und sein Team zu einem Sexualverbrechen, in einem Mordfall ermittelten. Besser, die Familien seien etwas auf der Hut. In Torre Domizia wimmele es nur so von jungen Mädchen im Alter des Opfers: Was, wenn ihnen Gefahr drohte? Doch Dottor Castignoli verwies ihn in seine Schranken, indem er ihn auf die schlechte Arbeit aufmerksam machte, die er und seine Leute geleistet hätten. Wenn das herauskäme, müssten sie auch erklären, warum man am Fundort der Leiche fast Imbiss- und Verkaufsstände hätte erwarten können, so viele Leute waren dort herumgetrampelt. Da wagte es Nardulli nicht mehr zu widersprechen, natürlich wusste er genau, dass unverzeihliche Fehler gemacht worden waren. In Torre Domizia hatte man es bis dahin höchstens mal mit einer Schlägerei unter Betrunkenen oder Nachbarschaftsstreitigkeiten zu tun gehabt.

Also stellte der Maresciallo diskret Nachforschungen an, plauderte mit Lidobetreibern, mit Leuten, die Betta Ansaldo gekannt hatten, um zu erfahren, ob sie vielleicht mit jemandem geredet hatte, der aufgefallen war. Aber Betta war diesen Sommer noch gar nicht gesichtet worden, weder auf der Piazza noch am Strand von Fratino, sie war ja gerade erst eingetroffen. Am Vorabend ihres Todes war sie mit der ganzen Familie in der Pizzeria Frattali essen gewesen. Die Zeugen wussten indes zu berichten, dass sie anschließend mit nach Hause zurückgekehrt war und die gehbehinderte Großmutter gestützt hatte. Und dass sie noch schöner ausgesehen hatte als im Jahr davor.

Nach Dienstschluss besuchte Nardulli die Familie Ansaldo. Er wollte nur kurz informell vorbeischauen, der Untersuchungsrichter hatte ihm eingeschärft, vorerst keine Details herauszugeben. Stelvio dankte ihm für seinen Besuch und kehrte dann wieder zu seiner Frau zurück.

Er hatte Marisa nach oben ins Bett gebracht, damit sie dort mehr Ruhe hatte, und wich kaum von ihrer Seite. Letizia hingegen saß unten am Fenster, spähte durch die Ritzen der Fensterläden und machte auf, wenn jemand kam. Die Nachbarn brachten jede Menge Essen vorbei. Sie bedankte sich höflich und stellte es auf dem Tisch ab, ohne auch nur einen Blick in die Behälter zu werfen. Zwei Tage lang wurden im Hause Ansaldo keinerlei Speisen angerührt. Als der Hunger zu groß wurde, aßen Stelvio und die Schwiegermutter schweigend etwas. Anschließend gab er einen Schöpflöffel Reissalat auf einen Teller und ging damit nach oben zu seiner Frau, die von den Tropfen betäubt nur noch schlief. Er half ihr, sich aufzusetzen, während sie schwach protestierte, überredete sie mühsam, ein paar Gabeln zu essen und etwas zu trinken.

Nachdem er das Glas wieder auf den Nachttisch gestellt hatte, packte ihn Marisa in einem ihrer seltenen klaren Momente am Handgelenk.

»Wo ist sie? Wo ist sie jetzt?«, murmelte sie.

Stelvio sah sie verständnislos an. Was wollte seine Frau jetzt hören? Dann antwortete er, was er mit Sicherheit wusste. »In der Rechtsmedizin.«

Marisa legte den Kopf schräg. »Ich will dorthin, ich will zu ihr.«

»Das geht nicht.« Er seufzte.

»Nein?« Sie klang wie ein verwirrtes Kind.

»Nein, das geht nicht.«

Sie ließ sich in die Kissen zurücksinken, schloss die Augen und wartete darauf, erneut in Tiefschlaf zu fallen.

Als Maresciallo Nardulli nach dem Mittagessen in der Bar, unweit vom Haus der Ansaldos, einen Espresso trank, bekam er zufällig mit, wie sich ein blonder junger Mann bei seinen Freunden damit brüstete, Betta Ansaldo noch am Tag vor ihrem Tod am öffentlichen Strand gesehen zu haben. Er habe ihr sogar dabei geholfen, den Sonnenschirm aufzustellen! Er habe sie bei dieser Gelegenheit zum ersten Mal gesehen, sie aber auf der Stelle erkannt: Ein Bekannter hatte ihm im Vorjahr ein Foto von ihr gezeigt. Sie hätten sich innige Blicke zugeworfen und angestrahlt, behauptete er, und sie habe wirklich kein bisschen traurig gewirkt – im Gegenteil! Er verstehe einfach nicht, was da passiert sei. Keine vierundzwanzig Stunden davor sei sie völlig unbeschwert gewesen.

Nardulli rief ihn mit einer Kopfbewegung zu sich und fragte nach seinen Personalien. Der junge Mann empörte sich.

»Na, hören Sie, ich kannte sie nicht mal!«, verteidigte er sich, den Blick starr auf die khakifarbene Uniform gerichtet, und gab dann an, er heiße Lollo, Lorenzo Calbiati, und wohne mit seinen Eltern in der Pension Sant'Elena in der Via Matera.

»Ich hab bereits mitgekriegt, dass du sie nicht kanntest«, erwiderte der Maresciallo genervt. »Ich will nur wissen, ob sie allein war oder jemanden dabeihatte.«

»Sie war mit einer etwas jüngeren Freundin da. Flach wie ein Bügelbrett.«

»Und kanntest du die?«

»Noch nie gesehen.«

»Bist du dir sicher?« Er schaute ihn forschend an. »Denk gut nach.«

Da gab es nichts nachzudenken. »Nie gesehen«, wiederholte er. Um dann plötzlich zu strahlen und aufgeregt hinzuzufügen: »Miriam! Ich habe gehört, wie Betta sie Miriam genannt hat.«

Nardulli machte sich eine Notiz. »Gut. Wie lange bleibst du?«

»Bis zum Monatsende.«

»Halte dich zur Verfügung.« Er entließ ihn mit einer entsprechenden Geste und zahlte seinen Espresso.

Als er bei den Ansaldos klingelte, machte ihm Signora Letizia auf – die Einzige, mit der man anscheinend noch ein paar Worte wechseln konnte, denn Stelvio war stets oben bei seiner Frau. Sie nahmen in der Küche Platz, und sie bot an, ihm einen Espresso zu machen, aber Nardulli meinte, er komme gerade aus der Bar. Irgendwann ließ er sich zu einer *orzata* überreden, auch wenn er es irgendwie respektlos fand, unter diesen Umständen an einem Erfrischungsgetränk zu nippen.

»Signora Letizia, kennen Sie eine Freundin Ihrer Enkelin, die Miriam heißt?«

Die alte Dame erstarrte. Dem Maresciallo fiel auf, wie die Finger ihrer gesunden Hand stärker zitterten als sonst, als sie aufstand und den Obstkorb vom Tisch nahm, zur Spüle ging, um dort Birnen und Pfirsiche mit faulen Stellen auszusortieren.

»Denken Sie gut nach«, ermutigte er sie, den Blick auf ihren hageren Rücken gerichtet, der durch die Behinderung ganz krumm war. Wieso diese plötzliche Anspannung?

Mit Hilfe der beeinträchtigten Hand schnitt sie die befallenen Stellen aus dem Obst und legte, was nicht mehr verwertbar war, beiseite, um irgendwann alles in den Müll zu werfen: Das Obst war einfach nicht mehr zu retten.

Nardulli wartete geduldig.

»Miriam ist meine andere Enkelin«, erwiderte sie ohne ihn anzusehen.

Nardulli zuckte regelrecht zusammen. »Und ist sie hier? Wir können mit ihr reden?«

Letizia drehte sich um und sah ihn feindselig an. »Wieso denn das? Was hat Miriam damit zu tun?«

»Na, was wohl!« Er lächelte ungläubig. »Vielleicht hat sie ja jemanden gesehen. Vielleicht hat Betta ihr von einer Beziehung, einer Verabredung erzählt …«

»Miriam stammt aus einer bekannten Familie. Sie hat nicht viel mit ihrer Cousine zu tun«, unterbrach sie ihn. »Außerdem ist sie bereits abgereist.«

»Wohin denn?«

»Wie bereits gesagt, sie stammt aus einer bekannten Familie.« Nachdem sie die Obstschale sorgfältig gespült und abgetrocknet hatte, stellte sie sie wieder auf den Tisch. Sie setzte sich, atmete tief durch und sah ihm direkt in die Augen. »Meine Enkelin Miriam lasst gefälligst in Frieden. Sie ist nicht so wie Betta, sondern ein sehr schüchternes Mädchen.«

»Aber verstehen Sie doch, Signora Letizia, dass –«

»Nein. Sie müssen verstehen, Maresciallo«, unterbrach sie ihn. »Miriam darf auf keinen Fall in diese Sache hineingezogen werden. Ich bin mir sicher, dass meine Tochter Emma das genauso sieht.« Sie warf ihm einen vielsagenden Blick zu. »Lassen Sie sie also bitte in Frieden.«

»Aber wir müssen herausfinden, wer Betta das angetan hat!« Nardulli suchte nach Worten, um sich besser verständlich zu machen. »Wir stellen ihr nur ein paar Fragen … im Beisein der Eltern natürlich.«

»Es ist unsere Pflicht, sie zu schützen«, erwiderte sie knapp.

»Schützen … wovor denn?«

»Vor Klatsch!«, entgegnete sie kühl.

Nardulli stand auf, ohne die *orzata* auszutrinken. Auf einmal wehte ihn der süßlich-faulige Geruch verdorbenen Obsts an. Obwohl der Obstkorb die ganze Zeit vor ihm auf dem Tisch gestanden hatte, hatte er ihn, bevor sie sich an seinem Inhalt zu schaffen gemacht hatte, gar nicht wahrgenommen, genauso wenig wie den Schwarm Obstfliegen, der sich jetzt zum Mülleimer begeben hatte. Ihm fiel auch auf, wie seltsam wohl sich Signora Letizia in diesem Halbdunkel zu fühlen schien, das er als bedrückend empfand. In Gedanken versunken ging er in den Flur.

»Grüßen Sie Stelvio und Marisa von mir«, sagte er, während sie ihn hinkend zur Haustür begleitete, langsam, aber energisch.

»Ich werde es ausrichten«, verabschiedete sie ihn distanziert.

Noch am selben Nachmittag rief Nardulli den Untersuchungsrichter in Civitavecchia an und erzählte ihm von der Cousine, die Torre Domizia bereits verlassen hatte und vielleicht etwas Ermittlungsrelevantes zu berichten hatte. Man wisse schließlich nie, junge Mädchen vertrauten sich so einiges an … Vielleicht habe diese Miriam ja Informationen über einen abgewiesenen Verehrer, über einen Spanner, der das Opfer belästigt hatte. Der Besitzer der Pizzeria Frattali hatte ihm bestätigt, dass die junge Frau am Vorabend der Tragödie mit der ganzen Familie bei ihm gegessen hatte. Die beiden Cousinen hätten trotz ihrer Unterschiedlichkeit sehr vertraut miteinander gewirkt. Der Maresciallo bat Castagnoli offiziell um Erlaubnis, diese Emma, Betta Ansaldos Tante, zu kontaktieren und die Erlaubnis zu einem Gespräch mit der Tochter zu erwirken. Castagnoli, der sich gerade einen halben Tag am Pool sonnen wollte, meinte genervt, er werde darüber nachdenken. Bei minderjährigen Zeugen müsse man vorsichtig sein, außerdem sei es mehr als fraglich, wie zuverlässig die Angaben eines solch jungen Mädchens seien. Bevor er auflegte, warf er ihm noch vor, wie immer nur oberflächlich vorzugehen.

Nardulli entschuldigte sich. »Darf ich Sie dann morgen noch mal stören?«, fragte er außergewöhnlich hartnäckig.

»Ich rufe Sie an, Nardulli«, beendete der andere das Gespräch.

Am nächsten Tag wartete Nardulli vergeblich auf den Anruf vom Untersuchungsrichter.

Gegen Mittag bekam Ludovico Castagnoli jedoch einen Anruf von einem guten Freund, vom Anwalt Custureri, Inhaber der gleichnamigen Großkanzlei in Roms elegantem Viertel Prati. Gemeinsam ließen sie die schöne Studienzeit Revue passieren, den Segelurlaub mit der Familie vor Elba und bedauerten, sich in den letzten Monaten etwas aus den Augen verloren zu haben: die viele Arbeit, die Hektik heutzutage, klagten sie. Dann entschuldigte sich Ennio Custureri bei seinem Freund. Er rufe nämlich nicht zum Plaudern an, was eigentlich angebracht wäre, sondern aus beruflichen Gründen. Eine wichtige Mandantin, Emma Bassevi, habe ihn angerufen und damit beauftragt, sich um die heiklen Todesumstände ihrer Nichte Elisabetta in Torre Domizia zu kümmern.

»Emma Bassevi, die Modedesignerin?«, fragte Castagnoli beeindruckt, da seine Frau einen Großteil des Geldes, das er ihr für den persönlichen Bedarf überließ, in deren Boutiquen ausgab.

Custureri legte sogar noch nach. »Ja, die Ehefrau von Emanuele Bassevi.«

»Verstehe.«

»Ludovico, ich kenne deine Lage, aber wenn du mir ein paar Informationen mehr geben könntest ... Die Dame bricht gerade ihre Kreuzfahrt ab, sie ist nicht nur am Boden zerstört, sondern auch hochbesorgt. Die Sache stand in der Zeitung, und die Familie legt großen Wert auf Diskretion.«

Ächzend lehnte sich Castagnoli in seinem Schreibtischledersessel zurück, in dem sein massiger Körper tief versank. »Was soll ich sagen? Viel ist es nicht. Eine scheußliche Geschichte, jedenfalls. Schlimmer, als man auf den ersten Blick meinen könnte, Ennio. Ich warte noch auf den Obduktionsbericht des Rechtsmediziners, aber es sieht nicht gut aus.« Er sprach leiser als zuvor. »Nach Bologna hat mir das gerade noch gefehlt ...«

Custureri schwieg lange. »Wie schlimm ist es denn?«

»So schlimm, dass es für landesweite Schlagzeilen und Sondersendungen im ganzen Land sorgen wird.« Der Richter seufzte vielsagend, um dann hinzuzufügen: »Wir lassen uns Zeit. Die Ermittlungen gestalten sich schwierig, es gibt kaum Spuren. Aber ich kann dir versichern, dass wir mit vollem Einsatz dabei sind, Ennio.« Er zog die Schublade auf, suchte in seinem Kalender nach der Nummer dieses Idioten Nardulli, der nicht einmal wusste, zu wem er da ermittelte.

»Natürlich. Ich weiß, wie du arbeitest.« Custureri nahm sich Zeit, die richtigen Worte zu finden, bevor er fortfuhr: »Hör zu, Ludovico, mir ist klar, dass ich dich da um einen Riesengefallen bitte, aber angesichts der heiklen Situation ... Wie schaffen wir es, die Sache möglichst klein zu halten?«

Der Richter runzelte die Stirn. »Klein zu halten?«

»Das sind Leute, die sehr auf ihre Privatsphäre bedacht sind«, erklärte er.

»Ennio, das ist eine von den Geschichten, auf die sich die

Presse nur so stürzen wird, leider.« Obwohl er allein war, gestikulierte Castagnoli, um das, was auf dem Spiel stand, zu unterstreichen.

»Aber wenn wir die Sache etwas herunterspielen könnten …«

»Was willst du da herunterspielen? Wir haben es mit einer schweren Straftat zu tun.« Er wand sich in seinem Sessel, nun ebenfalls genervt vom Unausweichlichen. »Vergiss nicht, mein Lieber, es steht auch der Ruf von Torre Domizia auf dem Spiel. Die reinste Tragödie.«

»Allerdings. Wir alle wollen Gerechtigkeit. Aber deswegen muss man doch nicht anständige Leute den Geiern zum Fraß vorwerfen.«

»Custureri, sobald der Obduktionsbericht raus ist, wird hier eine Bombe explodieren, verstehst du? Ich habe bereits mit dem Rechtsmediziner gesprochen. Eine echt scheußliche Geschichte«, wiederholte er.

»Aber du bist der Untersuchungsrichter. Wie und wann was an die Öffentlichkeit gelangt, entscheidest du allein«, entgegnete Custureri halb bewundernd, halb mahnend.

Castagnoli verdrehte die Augen, weil er spürte, dass ihm der Freund unter diesem Vorwand die ganze Verantwortung aufbürdete. »Na gut, ich tu, was ich kann«, versprach er, denn auch ihm war nicht daran gelegen, in dieses Wespennest zu stechen.

»Danke. Ich kann Signora Bassevi also in Bezug auf ihre Tochter Miriam beruhigen?«

Castagnoli zögerte verblüfft. Es war eine Sache, diesen erbärmlichen Nardulli hinzuhalten, aber eine ganz andere, eine potenziell wichtige Zeugin zu ignorieren. »Aber es könnte doch hilfreich sein, mit dem Mädchen zu sprechen …«, murmelte er.

»Ja, aber dieses Mädchen hatte kaum etwas mit ihrer Cousine

zu tun. Sie wird seit jeher in Watte gepackt. Wir wollen ihr doch keine Angst einjagen? Die Großmutter hat bereits mit ihr gesprochen: Sie weiß nichts.«

Castagnoli hob ergeben die Hände. »Na gut.« Er strich sich über die Rundung seines Bauches, die darauf liegende Krawatte.

Während des restlichen Telefonats planten sie ein Wiedersehen auf Elba, um der guten alten Zeiten willen. Nachdem Anwalt Custureri aufgelegt hatte, rief er sofort Signora Letizia Balestrieri an, die ihn am Vortag im Namen ihrer Tochter Emma kontaktiert hatte. Er erzählte ihr von seinem Gespräch und versuchte, sie nach Kräften zu beruhigen.

Ettore Ansaldo hätte den Weg vom Flughafen nach Torre Domizia auch mit dem Taxi oder einem Mietwagen zurücklegen können, doch er nahm lieber den Zug. Die unendlich vielen Reiseetappen von Melbourne nach Fiumicino hatten nicht gereicht, um ihn auf das vorzubereiten, was ihn zu Hause erwartete. Er versuchte es immer wieder, doch so sehr er sich auch bemühte: Er war einfach noch nicht so weit. Wie sollte er zusätzlich zu seinem eigenen Leid auch noch das seiner Mutter ertragen? Was sollte er seinem Vater sagen? Und dann die Großmutter, die schon genug unter dem Verlust ihres Mannes und der Krankheit litt. Alle warteten darauf, dass er sich in ihren Schmerz einreihte, von dem er gehofft hatte, er würde ihm erspart bleiben. Und dann war da noch die Lücke, die Betta gerissen hatte. Das Fehlen der überschwänglichen Lebensfreude, mit der sie ihn bei jeder Heimkehr überwältigte. Fast immer hatte er diesen Ansturm der Gefühle eher abgewehrt. Für seine Schwester war es eine spontane Reaktion, ihn so leidenschaftlich zu begrüßen, während er sich zu Hause von Jahr zu Jahr fremder fühlte. Und jetzt würde sie nicht da sein. Nie mehr. Er nahm die belebte Allee, die vom Bahnhof zur Strandpromenade führte und versuchte, sich klarzumachen, dass Betta tatsächlich *tot* war – ausgerechnet sie, die Lebendigste von allen. In einer einzigen Sommernacht war sie aus ihrer aller Leben verschwunden. Allein bei dem Gedanken daran verstummte die Musik in seinem Kopf, so als wäre es unmöglich, in einer Welt, in der so schreckliche Dinge geschahen, zu Harmonie zurückzufinden. Die ganze Reise über hatte er immer wieder verzweifelt die Tasten seines Walkmans gedrückt, um ein Stück zu finden, das sein inneres Chaos besänftigen konnte: ohne jeden Erfolg. Zum ersten Mal in seinem Leben schenkte ihm Musik keinen Trost. Der Schmerz war stärker. Die Seelenqualen seiner Mutter, die so eng mit ihr verbunden gewesen war, dass er sich oft unbeachtet gefühlt hatte und eifersüchtig geworden war, vermochte er sich gar nicht erst vorzustellen. Denn mit seinem Vater hatte er nur wenig gemeinsam. Im Grunde war er in dieser Leere der Einzige, der das, was von seiner Familie noch übrig war, zusammenhalten konnte. Als Ettore das Haus erreicht hatte, musste er all seinen Mut zusammennehmen. Vor dem Gartentor, im Schein der Laterne, blieb er stehen. Und hörte auf einmal den Schlüssel im Schloss, sah, wie sich die Haustür öffnete. Er betrat den Garten und eilte rasch den Weg entlang, um sich in die Arme seiner Großmutter zu werfen.

In der Küche suchten der Vater und er dann in einer Umarmung aneinander Halt. Tränen flossen keine, angesichts der ungeheuerlichen Ereignisse blieben die Augen trocken. Stelvio und sein Sohn sahen sich an, suchten im Blick des jeweils anderen die Antwort auf die Frage, ob es tatsächlich wahr war. Dass es Betta nicht mehr gab. Ettore hatte Mühe, seinen Vater wiederzuerkennen, unrasiert, mit dunklen Augenringen und leerem Blick. Seine sonst so tiefe, männliche Stimme, war schwach und heiser. Als sie um den Küchentisch saßen, erzählte Stelvio seinem Sohn das wenige, was er über Bettas Tod wusste: Sie hatte sich mitten in der Nacht davongeschlichen, vermutlich mal wieder einer ihrer Streiche, um jemanden zu treffen, und der hatte ihr Gewalt angetan. Ein wenig konfus referierte er, dass es laut Maresciallo Nardulli bislang keine Verdächtigen gebe, dass die Ermittlungen kompliziert seien, da in Torre Domizia an den Wochenenden besonders viel los sei. Viele junge Leute würden nachts mit ihren Autos, ihren Mopeds herumfahren. Sie kämen aus San Giorgio, aus Tarquinia, um vielleicht bis Santa Marinella zu gelangen. Sie tourten durch die Diskotheken, zogen von einer Bar zur nächsten und tranken. Schwer zu sagen, ob Betta dieses Monster gekannt hatte.

Seine Großmutter hörte mit versteinertem Gesicht zu.

Ettore war drauf und dran zu fragen, wie seine Schwester genau ermordet worden sei, doch dazu fehlte ihm die Kraft. Er war noch nicht so weit, allein sich vorzustellen, wie die letzten Momente im Leben seiner Schwester ausgesehen hatten … Ob er je dazu in der Lage sein würde? Er fand nur den Mut, leise zu fragen: »Und Mama?«

Stelvio schaute auf seine verschränkten Hände vor ihm auf dem Tisch. »Mama geht es schlecht«, murmelte er.

Ettore spürte, wie sich das Leid seines Vaters verschlimmerte. Er sah es an seinem Blick, an den sich verkrampfenden Fingern, an der ins Stocken geratenen Atmung. »Ich sage ihr kurz hallo«, meinte er und stand auf.

»Kann sein, dass sie schläft«, warnte ihn Stelvio. »Sie bekommt Beruhigungsmittel.«

Ettore nickte und ging mit dem Vater im Schlepptau zur Treppe. Die Großmutter blieb unten.

Als er das Schlafzimmer betrat, in dem die Nachttischlampe brannte, sah er sie dämmern, auf drei Kissen gebettet: eines in der Mitte und die anderen beiden leicht aufgestellt daneben, wie man es bei Kindern tut, damit sie sich nicht verletzen. Ihr Haar war ungekämmt, ein Nachthemdträger von der Schulter gerutscht. Als er näher kam, nahm er zu seinem Erstaunen stechenden Schweißgeruch wahr. In seinem ganzen bisherigen dreiundzwanzigjährigen Leben hätte er sich nie träumen lassen, dass seine Mutter so riechen könnte. Ihm drehte sich der Magen um – nicht aus Ekel, sondern weil es ihm so weh tat, sie in diesem Zustand zu sehen.

Behutsam setzte er sich zu ihr ans Bett und strich ihr zärtlich übers Haar. »Mama?«, flüsterte er. Aber das genügte nicht. »Mama?«

Stelvio beugte sich über sie und rüttelte sie sanft an der nackten Schulter. »Marisa, Ettore ist da«, sagte er wehmütig-feierlich. »Siehst du ihn?«

Marisa öffnete ganz langsam die Augen und nahm die beiden in den Blick. Dann setzte sich sie vorsichtig auf, stützte die Ellbogen in die Kissen. »Ettore?«, fragte sie kaum hörbar.

Der schloss sie in die Arme, als wäre sie ein kleines Kind, und sie grub ihm die Finger in die Schultern. »Ettore«, seufzte sie freudig.

»Mama!«, wiederholte er und drückte ihr einen Kuss aufs zerzauste Haar.

»Du bist gekommen!« Sie drückte ihn noch fester, soweit es ihre Kräfte zuließen.

»Natürlich. Ich bleibe vorerst bei dir«, versicherte er ihr.

Marisa löste sich von ihm und sah ihm in die Augen. »Betta ist tot«, murmelte sie und angesichts dieser Erkenntnis, die sie bei jedem Aufwachen erneut überkam, war alle Wiedersehensfreude sofort verpufft.

»Ich weiß.« Ettore konnte sie nur mit einer liebevollen Geste trösten.

»Sie ist tot«, wiederholte sie und ließ sich erneut in die Kissen sinken, die Arme um den Oberkörper geschlungen, als wollte sie die nicht mehr vorhandene Tochter umarmen. »Betta ist tot«, sagte sie, während sie die Augen schloss.

Als der Vater ihn überreden konnte, das Zimmer zu verlassen, in dem die Mutter in tiefen Schlaf gefallen war, ertappte Ettore die Großmutter dabei, ihm sein Zimmer für die Nacht vorzubereiten. Sie kam ihm düster, grüblerisch vor. Sie hielt die Bettwäsche, in der Miriam geschlafen hatte in der Hand, fegte hastig den auf dem Boden verteilten Sand auf, ganz so als wäre die Cousine gleich nach dem Strand ins Bett gegangen, ohne sich zu waschen oder umzuziehen. Letizia bezog ihm das Bett neu und versprach, am nächsten Tag wegzuräumen, was Miriam zurückgelassen hatte. Nervös entschuldigte sie sich, dass sie nicht daran gedacht hatte, das Zimmer aufzuräumen, aber sie habe einfach zu viel um die Ohren gehabt.

Ettore beruhigte sie, meinte, er brauche nichts, sie solle sich seinetwegen nicht so viel Mühe machen. Sie bot an, ihm etwas zu essen zuzubereiten, aber er versicherte ihr, bereits im Flugzeug gegessen zu haben. Er wolle sich einfach bloß ausruhen.

Während Letizia sich anschickte, mit der schmutzigen Bettwäsche das Zimmer zu verlassen, musterte er die Mädchen-Accessoires, die seine Cousine fein säuberlich auf dem Schreibtisch angeordnet hatte, als wäre er ein kleiner Schminktisch. Auf einem Stuhl stand eine offene Reisetasche voll bunter Kleider.

»Und wo ist Miriam jetzt?«, fragte er.

Während sie die Tür hinter sich zuzog, sagte seine Großmutter ohne ihn anzusehen:

»Miriam ist abgereist.« Mehr nicht.

Serenella Bonsanto hatte nicht viel Erfahrung als Hausmädchen bei feinen Leuten, aber Signora Bassevi hatte sie trotzdem kurzfristig eingestellt, bevor sie zu den Fjorden abgereist war. Ihre Vorgängerin, eine Peruanerin, hatte beschlossen, in ihre Heimat zurückzukehren, so dass Signora Rosaria, eine gute Freundin ihrer Mutter, sie empfohlen hatte. Sie hatte auch für ihre Diskretion gebürgt. Die Hausherrin, die der alten Gouvernante blind vertraute, hatte sie ohne zu zögern genommen. Und so kam es, dass Serenella im August ganz allein auf die Villa der Bassevi in Olgiata aufpasste, zusammen mit den Wärtern und einem scharfen Hund mit eingedrücktem Gesicht im hinteren Garten, der knurrte und sabberte, sobald sie aus dem Haus oder auf die Terrasse trat.

Doch obwohl das Haus leer war, wusste Serenella bereits alles, was es über die Familie Bassevi zu wissen gab. Sie war schließlich eine aufgeweckte junge Frau und sah gleich, dass man sich hier nicht umeinander kümmerte. Donato lebte das ganze Jahr über in Mailand, weil er dort an der Bocconi studierte. Das Ehepaar Bassevi hatte getrennte Schlafzimmer. Und die Tochter war eine hochnäsige Trulla. Als sie nach der Katastrophe mit ihrer Cousine vom Meer zurückgekommen war, hatte Serenella versucht, nett zu ihr zu sein, ihr etwas Trost zu schenken. Doch sie reagierte kaum darauf. Sie schloss sich in ihrem Zimmer ein, schlief und kümmerte sich ausschließlich um ihre eigenen Angelegenheiten. Sie hatte sie nicht eine Träne vergießen sehen. Mehr als nur einmal hatte sie ihr angeboten, ein Bad einzulassen, denn sie lief herum wie eine Pennerin, barfuß, mit dieser zerknitterten Hose und diesem zerknitterten Jäckchen. Aber Miriam meinte stets, sie mache das schon selbst – ohne ein Wort des Dankes. Sie wollte nicht mal was zum Mittagessen. Zum Frühstück. Zum Abendessen. Rein gar nichts. Ihr Zimmer räumte sie selbst auf, zumindest vermutete Serenella das. Am Tag nach ihrer Ankunft war Miriam nach unten in die Küche gegangen, hatte sich eine Flasche Wasser und eine Packung Weißbrot geschnappt und war wieder verschwunden. Serenella befürchtete schon, dass sie auf ihrem Zimmer Drogen nahm. Sie war so dürr, bleich und verhärmt, dass sie aussah wie eine Heroinabhängige, konnte sich kaum auf den Beinen halten. Sie wunderte sich, dass Rosaria ihr gar nichts davon gesagt hatte, aber ihr dickes Gehalt samt Kost und Logis bekam sie eben auch, weil sie diskret war. So gesehen kümmerte sie sich lieber um ihre eigenen Angelegenheiten.

Mit ihrer Mutter sprach Miriam zwei Tage, nachdem sie vom Meer zurückgekehrt war. Es war Serenella, die den Anruf entgegennahm, die Signora sagte, sie sei in einem Hotel am anderen Ende der Welt und warte noch auf einen Flug in die Heimat. Ihre Stimme war ganz heiser vor Erschöpfung. Sie frage nach ihrer Tochter, und Serenella ging nach oben, um zu sagen, dass sie den Anruf auf ihrem Zimmer entgegennehmen könne. Da die Zimmertür offen blieb, lauschte sie. Miriam behauptete, es ginge ihr gut, die Mutter solle sich keine Sorgen machen. Sie ruhe sich nur aus, sie sei müde. Dann redete Signora Emma offenbar lange auf sie ein, denn Miriam blieb stumm. Erst ganz am Schluss meinte sie: »Einverstanden.« Dann wollte die Signora erneut mit Serenella sprechen, die nach unten ging, um den Anruf im Esszimmer anzunehmen. Die Signora teilte ihr mit, dass Miriam früher als geplant nach Lugano ins Internat zurückkehren werde. Das tue ihr bestimmt gut, Sommerkurse und Mitschülerinnen würden sie auf andere Gedanken bringen. Na klar, dachte sich Serenella, es ist ja auch bloß ihre Cousine gestorben. Soll sie doch Klavier und Tennis spielen, um drüber wegzukommen. Schon bei dem Gedanken daran verzog sie verächtlich den Mund. Signora Bassevi meinte, der Chauffeur der Familie sei so nett, ein paar Tage früher aus dem Urlaub zurückzukommen, um sie in die Schweiz zu fahren. Dann dankte sie ihr und legte auf.

Keine achtundvierzig Stunden später reiste Miriam ab. Serenella sah, wie sie grußlos das Haus verließ – immerhin gewaschen, in frischer Kleidung und gekämmt. Sie hatte keinerlei Gepäck dabei, nur eine Umhängetasche. Als Serenella ihr Zimmer betrat, um dort endlich Ordnung zu machen, wurde ihr ganz schlecht, so sehr stank es darin nach Schweiß und Urin. Sie riss Fenster und Fensterläden auf, um gründlich durchzulüften, und obwohl sie sich im Obergeschoss befand, sprang der Köter hoch, als er sie sah, und bellte geifernd. Serenella zuckte zurück und verfluchte ihn, weil er sie so erschreckt hatte. Sie drehte sich wieder Richtung Zimmer und schaute sich bei Tageslicht darin um. Alles war perfekt aufgeräumt, nur das Bett war ungemacht und die noch halbvolle Tüte mit Weißbrot lag auf dem Teppich. Die Tür zum Bad stand offen und gab den Blick auf einen Haufen gebrauchter Handtücher frei, die auf dem Fußboden lagen.

Es war, als hätten zwei ganz unterschiedliche Mädchen in diesem Zimmer gewohnt.

Auf einmal erfasste sie ein solches Unwohlsein, dass sie das

Zimmer verlassen musste, den Grund dafür konnte sie sich nicht erklären.

Zwei Tage später verfasste Serenella Bonsanto ein Kündigungsschreiben und verließ sofort das Haus: Sie wollte keinen Fuß mehr in Miriam Bassevis Zimmer setzen.

V
Goldblonde Locken

Obwohl die Ergebnisse der toxikologischen Untersuchungen erst später eintreffen würden, legte der Rechtsmediziner seinen Obduktionsbericht einen Tag vor Ferragosto vor. Er traf sich kurz mit Untersuchungsrichter Castagnoli und Maresciallo Nardulli, um einige komplexere Dinge zu besprechen und versprach, ihnen so bald wie möglich mitzuteilen, ob das Mädchen irgendwelche Substanzen im Blut gehabt hatte. Schon morgen könne man der Familie die Leiche zur Beerdigung übergeben.

Nach dem Treffen mit dem Rechtsmediziner kehrte Nardulli erschüttert in die Kaserne zurück. Er schloss sich in seinem verstaubten Büro ein und ließ die Jalousien unten. Die Vorstellung, grelle Sonne könnte den schrecklichen Befund von Dottor Frasca ins Licht rücken, bereitete ihm Unbehagen. Der hatte ihm alles erklärt, als ginge es um einen Unfall zwischen einem Motorrad und einem Sattelschlepper, verpackt in reichlich Fachvokabular, statt einfach zu sagen, was tatsächlich passiert war, nämlich dass eine Sechzehnjährige von zwei, drei Personen gepackt, festgehalten und abwechselnd vergewaltigt worden war, während sie langsam erstickte. Für ihn, der zu den Carabinieri gegangen war, um der Arbeitslosigkeit in Kampanien zu entfliehen, überstieg das wirklich jedes Vorstellungsvermögen. Castagnoli hatte ihn gebeten, die Eltern über die Obduktionsergebnisse *in Kenntnis zu setzen*. Wie sollte er Stelvio Ansaldo nur sagen, dass seine Tochter von hinten gepackt worden war? Dass ihr ganze Haarbüschel herausgerissen worden waren, dass man unter ihren Fingernägel Hautfetzen von diesen Bestien gefunden hatte und dass ihre Haut Bisspuren zeigte? Wie sollte er ihn davon in Kenntnis setzen, dass sie mit dem Gesicht nach unten gestorben war, während … während sie sich an ihr vergangen hatten wie tollwütige Hunde. Wie sollte er ihm das von Mann zu Mann beibringen?

Aber es gab noch mehr. Und auch das war nicht leicht zu vermitteln. Der Rechtsmediziner hatte sie als *Aggressoren* bezeichnet, da er nicht befugt war, sie Mörder zu nennen. Das würden erst die Sachverständigen und Untersuchungsrichter im Gerichtssaal entscheiden. Elisabetta Ansaldo hatte zwar ein großes Hämatom auf Herzhöhe – vom Trauma durch ein Knie, das sie zu Boden gedrückt hatte, während sich jemand mit ihr amüsierte. Und es traf auch zu, dass dieser Druck und die auf den Rücken gedrehten Arme zu *Hypoxie* geführt hatten. Aber Elisabetta Ansaldos Atemwege waren vor allem durch einen heftigen Asthmaanfall verengt worden. Mit anderen Worten: Sie war an ihrem eigenen Speichel erstickt. Jemand hatte sie vermutlich sterbend liegen lassen, während sie mit letzter Kraft nach Sauerstoff gerungen hatte. Die Aggressoren. Dass sie Vergewaltiger waren, stand außer Frage, aber ob sie auch Mörder waren, musste sich erst noch herausstellen. »Aber natürlich sind sie das!«, hatte Nardulli spontan mit einem Blick auf Castagnoli und den Rechtsmediziner gesagt, so als wäre das doch sonnenklar. Aber die beiden hatten sich nur wissend angesehen, offenbar kannten sie sich bestens mit den unendlichen Schlupflöchern für Ungerechtigkeiten, Spitzfindigkeiten und Zweifeln aus. Daraufhin hatte er sich ganz klein und dumm gefühlt.

Mal ganz abgesehen davon, gab es so gut wie keine verwertbaren Spuren, um den Aggressoren auf die Spur zu kommen. Ein paar Hautfetzen, Körperflüssigkeiten, die Blutgruppe – Beweise, die man natürlich später abgleichen konnte. Aber in diesen Tagen war in Torre Domizia die Hölle los. In der besagten Nacht hatte niemand etwas gesehen oder gehört. Viele junge Leute feierten beim Torre del Fratino, andere tanzten in den Lokalen und tranken in Bars. Ein paar Leute waren auch am Strand gewesen, aber der Tatort war abgelegen, beim letzten Lido, nahe der Flussmündung. Außerdem durfte man die Verschwiegenheit und Solidarität unter Machomännern nicht unterschätzen. Er war schon seit Tagen damit beschäftigt, Fragen zu stellen. Betta Ansaldo war weithin bekannt, aber nur wenige wussten, dass sie bereits in Torre Domizia angekommen war, so gut wie niemand hatte sie zu Gesicht bekommen. Die Frauen antworteten nur widerwillig auf seine Fragen, sie wollten nicht schlecht über eine Tote reden. Die Männer gaben sich erschüttert, auskunftsbereit. Dennoch waren ihre Worte manchmal von einem wissenden Blick oder Grinsen begleitet, denn dass Betta *leicht zu haben* war, war allseits bekannt.

Nardulli hatte auch mit seinem Sohn Maurizio gesprochen, der nur wenige Jahre älter als Betta war. Er kannte sie bloß vom Sehen, berichtete aber genau wie andere, dass sie sich eher mit Älteren abgab. Er erzählte ihm, dass sie sich im Vorjahr mit einem Zwei- oder Dreiundzwanzigjährigen zusammengetan hatte, der sie manchmal mit dem Auto bis nach Bracciano mitgenommen hatte, wo seine Familie ein Haus besaß. Ein schönes Mädchen, meinte er, wenn auch nicht sein Typ. Nardulli hatte zufrieden gelächelt, offenbar hatte sein Sohn denselben Frauengeschmack wie er: Ihm gefielen eher die schüchternen

Dunkelhaarigen. Betta hingegen war von der umwerfenden Schönheit, die schüchterne Menschen verunsichert. Fest stand, dass er bei seinen Ermittlungen im Dunkeln tappte. Nicht nur er, sondern auch der Rechtsmediziner und der Untersuchungsrichter waren fest davon überzeugt, dass sie die Aggressoren gekannt hatte. Sie interpretierten das Ausmaß an Gewalt als Racheakt, als Erniedrigung einer Frau, der man nicht verzeiht, einfach *überwältigend* zu sein. Aber wie viele Männer in Torre Domizia hatten Gefühle für eine wie Betta Ansaldo gehegt? Unzählige.

Um all das zu verdauen, musste Maresciallo Nardulli erst mal nach Hause gehen und sich heimlich zwei Fingerbreit Whiskey genehmigen. Zum Glück war seine Frau gerade unterwegs, auch die Jungs waren woanders, am Strand vielleicht, so dass er im halbdunklen Wohnzimmer daran nippen konnte. Er saß in seinem Sessel und versuchte vergeblich, sich die richtigen Worte zurechtzulegen. Wenn er sich sonst ein Gläschen gönnte, ließ er sich gern vom Rattern der vorbeifahrenden Züge einlullen, doch an diesem Tag machte es ihn eher nervös. Seit Bettas Leiche gefunden worden war, machten ihn alle undefinierbaren Geräusche aus der Ferne nervös: Alles Laute, aus denen er nicht schlau wurde, die er nicht deuten konnte. Noch nie hatte er sich so unzulänglich gefühlt wie in diesem Moment. Irgendwann riss er sich zusammen, duschte, weil ihm vor lauter Schwüle das Hemd am Rücken klebte, und machte dann einen ausgedehnten Spaziergang zum Haus der Ansaldos, das eigentlich nur wenige Kilometer entfernt lag.

Diesmal öffnete ihm der älteste Sohn, Ettore, ein hochgewachsener, dunkelhaariger junger Mann von schlanker Statur, der weder seiner Schwester noch seinen Eltern ähnelte. Er bat ihn betont förmlich herein, was so gar nicht zu seinem jugendlichen Alter passen wollte. Sofort tauchte Letizia auf und fragte, ob er etwas trinken wolle. Nardulli lehnte höflich ab und erkundigte sich nach Stelvio, er müsse mit ihm reden. Dieser kam kurz darauf herunter, wie immer blass und mit grauen Bartstoppeln, die seine Gesichtszüge verbargen. Sein T-Shirt saß deutlich weiter als noch vor einer Woche. Nardulli und er umarmten sich kurz, bevor sie sich an den Küchentisch setzten. Bevor der Maresciallo das Wort ergriff, sah er erst Letizia und dann Stelvio und Ettore an, wie um zu fragen, ob die alte Dame wirklich dabeibleiben solle.

Letizia begriff sofort und sagte nur: »Bitte, Maresciallo.«

Sie war die Einzige, die stehen blieb, während Nardulli ihnen so behutsam wie möglich beibrachte, was er wusste. Die Ansaldos würden später ohnehin Einblick in die Ermittlungsakten bekommen, er wollte vermeiden, dass sie die schlimmsten Details aus seinem Munde hörten. Er *setzte in Kenntnis*, so wie es Castagnoli von ihm verlangt hatte: Betta sei festgehalten und von mindestens zwei, vielleicht sogar drei Personen missbraucht worden. Mit gesenktem Blick sagte er, dass ihr Körper eindeutige Gewaltspuren aufweise. Dann erklärte er die Todesursache – ein unglückliches Zusammentreffen mehrerer Umstände. Er berichtete von dem Asthmaanfall, den verengten Atemwegen und fragte, ob Betta so etwas öfter gehabt habe.

»Als Kind«, erwiderte Stelvio ebenso verzweifelt wie zärtlich. »Aber die Meeresluft hat sie geheilt«, fügte er leise hinzu.

Als alles gesagt war, schauten sie sich lange an wie gelähmt.

Zuerst brach Ettore zusammen, aus Scham schlug er die Hände vors Gesicht und überließ sich dem Schluchzen, das bisher ausgeblieben war. Die Großmutter tröstete ihn, indem sie ihm die Hand in den Nacken legte und mit dem Daumen seinen Haaransatz liebkoste. Sie hielt den Blick gesenkt, presste die Lippen zusammen, um sich ihren Schmerz nicht anmerken zu lassen. Ihr hagerer Körper zitterte kaum merklich.

Nardulli warf einen Blick auf Stelvio, der wie erstarrt war. Kein Wunder, er war am Ende, hatte er doch in einer einzigen Nacht seine Tochter, sein sorgloses Leben, das Urvertrauen eines Mannes in gesicherten Lebensumständen verloren. Nicht auszudenken, was ihm gerade durch den Kopf ging, außerdem musste er sich auch noch um seine am Boden zerstörte Frau kümmern. Wie war das wohl, sich durch dieses Haus zu schleppen, in dem es nie mehr Tag wurde, in dem nur noch geflüstert wurde, um die empfindliche Ruhe nicht zu stören? Nardulli konnte es sich nicht ansatzweise vorstellen. Keine Ahnung, wie man sich fühlt, wenn die eigene Tochter dermaßen bestialisch vergewaltigt worden ist, dass sie solche Verletzungen davongetragen hat. Allein die Vorstellung, dass sie erstickt war, dass ihr der Brustkorb zusammengedrückt wurde, sie vergeblich nach Luft rang … Dabei hatte er nicht mal eine Tochter.

»Stelvio«, murmelte er und nahm freundschaftlich dessen Hand. Er musste die richtigen Worte finden, irgendetwas von sich geben, egal was. Dann sagte er mit brüchiger Stimme: »Sie hat sich gewehrt wie eine Löwin, und zwar bis zum Schluss.«

Da füllten sich Stelvio Ansaldos Augen mit Tränen des Stolzes. Seit Tagen quälte ihn die Vorstellung, dass seine Tochter ermordet worden war, während er seelenruhig in seinem Bett geschlafen hatte. Er ließ zu, dass sich ihm ein viel zu lange unterdrücktes Schluchzen entrang. Irgendwann weinte er gefasster, die Hände auf die Oberschenkel gelegt. Er weinte beim

Gedanken daran, dass seine Tochter sich erst im Tod ergeben hatte, mit dem Schatten eines Lächelns auf den Lippen.

Die Mitglieder der Familie Ansaldo kehrten am Tag nach Ferragosto nach Rom zurück. Ettore fuhr die Familienlimousine, kurz vor dem Bestattungswagen, der Bettas weißen Sarg transportierte. Marisa drehte sich fortwährend um und fragte ihren Mann flüsternd: »Ist Betta wirklich da drin?« Und jedes Mal nickte er stumm.

Kaum war Emma wieder in Italien, beauftragte sie eine Agentur damit, die Beerdigung für den darauffolgenden Dienstag zu organisieren. Um ihrer Schwester die schmerzhafte Aufgabe zu ersparen, ging sie spätabends in ihr Atelier, um ein Kleid für ihre Nichte auszusuchen. Sie ließ ihr von einer Friseurin die Haare machen. Nachdem die Betta frisiert hatte, weinte sie bittere Tränen: In ihrer gesamten dreißigjährigen Laufbahn hatte sie noch nie so schöne Locken gesehen.

Um Schaulustige fernzuhalten, beschloss Emma, dass Betta nicht aufgebahrt würde. Sie engagierte Sicherheitspersonal. Das würde dafür sorgen, dass nur geladene Gäste Zutritt zur Kirche San Giovanni Battista haben würden. Obwohl Anwalt Custureri ständig Druck auf den Untersuchungsrichter ausübte, damit der für größtmögliche Diskretion sorgte, hatte sie unglaubliche Angst, die Presse könnte sich auf sie stürzen – jetzt wo immer mehr Details nach außen drangen.

Ihre Schwester besuchte sie erst am Abend vor der Beerdigung. Sie hatte zwar häufig mit Letizia telefoniert, einen Besuch unter dem Vorwand, die Formalitäten erledigen zu wollen, aber immer wieder hinausgeschoben. Sie litt, und eine persönliche Begegnung war ihr unangenehm.

In den letzten Jahren hatten sich Marisa und sie immer mehr auseinandergelebt. An gegenseitiger Zuneigung fehlte es nicht, aber sie führten so ein unterschiedliches Leben und trafen sich nur zu Familienanlässen. Marisa hatte sich für ein bequemes Leben in ihrem heimischen Nest entschieden, das Emma als einengend und erdrückend empfand, an der Seite eines zwar anständigen, aber doch sehr gewöhnlichen Mannes. Anders als ihre eigene Ehe war die von Marisa immerhin glücklich. Die beiden liebten sich zweifellos. Und dennoch verstand sie nicht, wie ihre Schwester in diesem eintönigen, langweiligen Leben, das reinste Mittelmaß, Erfüllung finden konnte. Das tragische Ereignis hatte Marisa aus diesem Leben gerissen, und Emma wollten einfach keine tröstenden Worte einfallen – weder als Schwester noch als Mutter. Durch Bettas Tod hatte sich ein Abgrund vor Marisa aufgetan: Es war, als müsste man ohnmächtig mitansehen, wie ein Spatzennest von Raubvögeln zerstört wird.

Ihre Mutter hatte ihr am Telefon von Marisas Nervenzusammenbruch erzählt, die nun dank der Medikamente nur noch vor sich hindämmerte. Und obwohl sie glaubte, innerlich gewappnet zu sein, war sie tief erschüttert von der Verfassung der Schwester, die man an ihrem beunruhigend starren Blick ablesen konnte. Der an ihrem Bett sitzende Stelvio wirkte im Schein der Nachttischlampe wie ein Toter, so bleich war er. Nachdem sie sich nur mit einem festen Händedruck begrüßt hatten, stand er mit Tränen in den Augen auf, um die Schwestern allein zu lassen. Emma setzte sich an die Bettkante und strich Marisa übers Haar, wie sie es als Kinder getan hatten, um sich bei Rückschlägen und Ungerechtigkeiten, die bisweilen ihr behütetes Leben erschütterten, gegenseitig zu trösten. Ihre Schwester war zwar wach, vermied es aber, sie anzusehen. Schwer zu sagen, ob sie ihre

Anwesenheit überhaupt bemerkte. Leise sagte Emma ihren Namen, strich ihr eine zerzauste Strähne hinters Ohr und knöpfte ihr das billige Nachthemd zu, das so gar keine Ähnlichkeit mit denen hatte, die sie ihr zu verschiedenen Anlässen geschenkt hatte. Ob Marisa die raffinierten Dessous, ebenfalls Geschenke von ihr, jemals getragen hatte? Sie fand es schade, dass ihre noch junge Schwester vergessen hatte, wie attraktiv sie war, auch wenn sie an den Hüften und am üppigen Busen ein paar Kilo zugelegt hatte. Dennoch hatte Marisa stets zufrieden auf sie gewirkt, vielleicht auch weil sie sich sicher sein konnte, dass ihr Mann nur Augen für sie hatte. Das war bei Emma anders. Aber ihr war das egal: Sollte Emanuele doch tun und lassen, was er wollte, Hauptsache, er gab ihr die Freiheit, so zu leben, wie sie sich das wünschte. Und das bedeutete, ganz in ihrem Atelier aufzugehen, das ihr Ein und Alles war, in ihren raschelnden, lichtverwöhnten Stoffen. Ganz anders Marisa: Für sie stand stets die Familie im Mittelpunkt. Beim Gedanken an Betta zog sich Emmas Herz schmerzhaft zusammen.

In Wahrheit hatte sie für diese extrovertierte, laute, natürlich-sinnliche Nichte nie besonders viel übriggehabt: Sie hatte sie stets derb gefunden mit ihrer direkten Art, in ihren Augen die Folge von schlechter Erziehung. Dann die Gerüchte über sie, das Gerede, dem Marisa und Stelvio stets zu wenig Aufmerksamkeit geschenkt hatten. Die viel zu vielen Jungs, die stets ein- und ausgegangen waren, einfach unpassend bei einem so jungen Mädchen. So taktvoll wie nötig hatte sie ihre Schwester darauf angesprochen. Die hatte nur erstaunt lächelnd gesagt: »Soll sie doch ihre Erfahrungen machen. Solange sie aufpasst …« Dabei war mehr als offensichtlich, dass Betta gar nicht in der Lage war aufzupassen. Anwalt Custureri hatte den Obduktionsbericht mit Sachverständigen durchgenommen und ihr, ohne näher ins Detail zu gehen, Dinge erzählt, die so schrecklich waren, dass Emma hoffte, es würde nie einen Prozess geben, damit sie diese nicht noch einmal hören oder schlimmer noch in der Zeitung lesen musste. Sie wollte Marisa nicht die Schuld an dem geben, was passiert war, genauso wenig Betta, die ihre Naivität als Sechzehnjährige mit dem Leben hatte bezahlen müssen.

Dennoch hatte sich ihre Nichte genauso verhalten wie Goldlöckchen im Wald. Wie die Heldin des Märchens, das Miriam als Kind gelesen hatte, hatte Betta unbekümmert Grenzen überschritten. Mit grausamen Konsequenzen. Gut möglich, dass es einfach so hatte ausgehen müssen. Vielleicht hatte Marisa ja als Mutter versagt? Und nicht nur Betta, sie alle mussten dafür bezahlen. Die Ereignisse dieser tragischen Nacht schwebten wie eine dunkle Wolke über ihren Köpfen, dazu der Schmutz, den die Zeitungen, die Klatschzeitschriften verbreiten, all das, was die Leute in Erinnerung behalten würden. Natürlich, das Opfer war Betta, aber ihr Tod hatte auch ihre Missachtung aller Regeln zum Vorschein gebracht, allgemeiner Anstandsregeln. Untersuchungsrichter Castagnoli hatte Custureri erzählt, dass sie sich bestimmt schon seit drei Jahren nachts heimlich zum Torre del Fratino schlich. Man hatte sie dort trinken, Gras rauchen, sich absondern sehen. Irgendjemand hatte sogar erzählt, mehrere Jungs hätten sie letzten Sommer gepackt, zu Boden gedrückt und abwechselnd einen Sexualakt vorgetäuscht und sie begrapscht. Und sie hatte hemmungslos mit ihnen gelacht. Die Jungen waren identifiziert worden, hatten sich aber als unschuldig herausgestellt. Doch wie viele andere waren durch ihr Mitwirken an diesem Spiel ermutigt worden?

Während sie ihren Gedanken nachhing und zärtlich über das

fettige Haar ihrer Schwester strich, schien Marisa sie auf einmal wahrzunehmen. Sie sahen sich an, und Emma schenkte ihr ein trauriges, aber tröstendes Lächeln, so als wäre sie ein kleines Kind.

»Emma«, murmelte Marisa mit belegter Stimme und hob ein wenig den Kopf.

»Ich bin hier, meine Liebe.« Sie nahm ihre Hand.

»Betta ist tot«, sagte Marisa tonlos.

Die Schwester beschränkte sich drauf zu nicken, während ihr Tränen des Mitgefühls in die Augen schossen.

»Sie ist am Strand gestorben.« Marisa hing ihren Gedanken nach. »Sie hatte überall blaue Flecken an den Oberschenkeln.«

Emmas Magen zog sich schmerzhaft zusammen, auf einmal bekam sie ein schlechtes Gewissen, weil sie ihre Nichte gerade so verurteilt hatte. »Quäl dich nicht, Marisa.«

Doch sie hörte nicht auf sie. »Sie ist mutterseelenallein beim Lido Le Dune gestorben.«

»Ich weiß.«

»Man hat sie mir umgebracht«, endete sie und ließ erneut den Kopf in die Kissen sinken.

»Du musst jetzt stark sein. Betta würde dich nicht so sehen wollen.« Emma drückte ihr die Hand.

Marisa zog die Brauen hoch. »Was weißt du schon, was Betta wollen würde«, fragte sie mit aufrichtigem Erstaunen, nicht ohne Feindseligkeit. »Du kennst sie kein bisschen, ja, du kennst nicht mal deine eigene Tochter.«

Emma senkte den Blick. Diese aus Verzweiflung geborenen Worte hatten durchaus einen wahren Kern. »Betta hat dich sehr geliebt. So viel weiß ich«, murmelte sie.

Marisa setzte sich mühsam auf und starrte die Schwester an,

die ihrer Mutter so ähnlich sah, als diese in diesem Alter gewesen war. Nur dass die Schönheitsbehandlungen sie deutlich jünger wirken ließen. Marisa wusste genau, dass Emma sich mehr oder weniger von Pillen ernährte. Von Pillen zum Abnehmen, zum Schlafen, zum Arbeiten. Von Pillen, die sie in dem Glauben ließen, nur die anderen würden altern. Vielleicht besaß sie sogar Pillen, die in der Lage waren, den Schmerz über den Tod der eigenen Tochter zu betäuben. Auch ihr gab der Arzt jede Menge Pillen, doch die schwächten sie bloß. Sie hinderten den Schmerz daran, ihre Eingeweide zu zerfressen. Ihre Pillen verlängerten den Schmerz nur, hinderten ihn daran, ihr endgültig den Rest zu geben und verdammten sie zu einem langen Todeskampf.

»Dir hätte das passieren müssen«, sagte sie plötzlich und sah sie an, als wären diese Worte das Ergebnis gründlichen Nachdenkens.

Emma zuckte insgeheim zusammen. Sie lockerte den Griff um die Hand ihrer Schwester.

»Warum ist dir das nicht passiert?«, fragte Marisa erneut gedankenverloren. »Dir bedeuten deine Kinder nicht das Geringste.«

»Das ist nicht dein Ernst«, murmelte Emma, die Augen voller Tränen.

Da musste Marisa an Miriam denken. Plötzlich sah sie sie wieder in der Tür ihrer Küche in Torre Domizia stehen, mit ihren dünnen, aus der kurzen Hose ragenden Beinen, dem grün geringelten T-Shirt. »Ich stehe immer früh auf«, hatte sie gesagt. Marisa führte die Hand zum Mund und biss sich in die Fingerknöchel, erstickte ein Schluchzen und war entsetzt über das, was sie da gerade gesagt hatte.

Emma strich ihr zärtlich über das Gesicht. Sie wusste, dass

ihre Schwester ein großes Herz hatte, das nicht einmal in tiefster Verzweiflung so grausam sein konnte. »Nein«, wiederholte sie energisch an Marisas Stelle. »Das ist nicht dein Ernst.«

Marisa schüttelte heftig den Kopf und stieß schluchzende Laute aus wie eine Taubstumme, die gerade das Sprechen lernt.

Emma drückte sie an sich.

Am Tag der Beerdigung ihres zweitgeborenen Kindes stand Marisa Ansaldo bereits bei Tagesanbruch auf. Am Vorabend hatte ihre Mutter Letizia die Dosierung der Tropfen auf Anraten des Arztes so weit reduziert, dass sie das Haus verlassen und in die Kirche gehen konnte. Dementsprechend klarer im Kopf, schaffte sie es, aufzustehen und ins Bad zu gehen. Alles tat ihr weh. Die Knochen, die Muskeln, die Haut. Es war, als hätte sie ständig Fieber. Mühsam beugte sie sich übers Waschbecken und wusch sich das Gesicht wie am letzten Tag ihres Lebens davor. Dann musterte sie ihre Frisur. Ihre Mutter und Stelvio hatten sie am Abend, nachdem sie Torre Domizia verlassen hatten, gebadet, aber jetzt klebte ihr das Haar erneut fettig am Kopf. Sie griff zur Bürste und fuhr damit durchs Haar wie am letzten Tag ihres Lebens davor. Wie an dem Morgen, an dem Betta friedlich in ihrem Zimmer schlief und darauf wartete, von Ringkuchen mit Zitronenglasur geweckt zu werden. Betta hatte noch protestiert, aus Angst um ihre Bikinifigur, um sich dann doch eine dicke Scheibe zu gönnen, strahlend und sich den Guss von den Händen leckend wie ein kleines Kind. Für sie war alles nur ein Spiel, ein lustiges Wortgeplänkel, Provokation und Rückzug. Sie erkundete die Welt ohne jede falsche Scham, diese Tochter ohne Hintergedanken, die sich genau so mochte, wie sie war: schön, schlagfertig, geliebt und *glücklich*. Warum hätte sie auch nicht glücklich sein sollen, wo ihr das Leben alles geschenkt hatte? Barfuß schleppte sich Marisa ins Zimmer ihrer Tochter, das aufgeräumt war, weil sie wie immer verlangt hatte, dass Betta es in Ordnung brachte, bevor sie an den Strand ging. Jetzt bereute sie, dass dieses Zimmer kaum noch Spuren von ihr trug – so ganz ohne Haufen schmutziger, sauberer, alter, neuer, sommerlicher und winterlicher Kleidung, alles wild durcheinander. Denn für Betta war tatsächlich alles ein Spiel: Sie zog sich an und wieder aus wie ihre Barbiepuppen – so lange, bis sie sich gefiel. Dann der leere Schreibtisch ohne die Bücher des vergangenen Schuljahrs, der noch auf die des neuen Schuljahrs wartete, das nie mehr für sie anbrechen sollte. Marisa setzte sich aufs ordentlich gemachte Bett mit der glatt gezogenen Tagesdecke, darauf das herzförmige Plüschkissen, das ihr erster Freund ihr zum zwölften Geburtstag geschenkt hatte. Sie waren nicht lang zusammen gewesen, aber Betta wachte zärtlich über das Kissen. Marisa betrachtete die Schallplatten im Regal, die ihre Tochter nie mehr anhören würde, wenn sie sich die Fuß- und Fingernägel lackierte und den Lack zigmal entfernte und neu auftrug, weil sie nie zufrieden war. Um dann irgendwann laut nach ihr zu rufen, damit sie ihr die Nägel der rechten Hand machte. Woraufhin Marisa sich den Sitzhocker schnappte, mit Aceton beseitigte, was ihre Tochter angerichtet hatte, und dann beim Lackieren mit ihr plauderte. Betta hatte ihr immer alles anvertraut. Nur ihre nächtlichen Fluchten zum Torre del Fratino nicht. Die nicht. Die hatte ihr Betta verschwiegen. Was noch? Wen hatte sie in dieser Nacht am Strand treffen wollen? War sie auf dem Weg zum Torre Fratino gewesen? Oder woandershin? Am liebsten hätte Marisa sie jetzt verhört, um sie anschließend so fest sie konnte zu ohrfeigen, sie an den Haaren zu packen und schreiend vor Wut zu schütteln. Erst dann würde sie sie an sich ziehen, ihr vergeben und sie um Verzeihung bitten. Dafür, dass sie so blind und unaufmerksam gewesen war. Abwesend. Wo war sie gewesen, als Betta gestorben war? Der bevorstehende Regen hatte für Abkühlung gesorgt, und sie hatte tief und fest geschlafen. Während ihre Tochter starb, vielleicht laut nach ihr rief wie immer, wenn sie sie brauchte. Nur dass ihre Mutter nie gekommen war. Sie hatte sie dort liegen lassen, unter dem violetten Himmel, bis es zu spät war. Und jetzt hatten sie einander für immer verloren. Betta, das Kind, das sie ausgetragen, als kleines Bündel im Arm gehalten, Hand in Hand zum Kindergarten begleitet und beim nachmittäglichen Shopping untergehakt hatte, gab es nicht mehr. Ein viel zu kurzes Leben, von dem nicht mehr blieb als ein leeres, ungewöhnlich aufgeräumtes Zimmer mit Postern an den Wänden und dem Duft von Vanilleparfüm, der sich jedoch bald verflüchtigen würde.

Ettore erschien in der Tür, noch in der Schlafanzughose und mit nacktem Oberkörper. Er sah seine Mutter an und wagte es nicht, näher zu kommen. Marisa musterte ihn lange, den Sohn, den sie sich inbrünstig gewünscht hatte und der so früh aus dem Haus gegangen war. Dann streckte sie die Hand aus, bedeutete ihm, sich neben sie zu setzen. Ettore ging langsam auf sie zu, nahm neben ihr Platz und griff nach ihrer Hand. Schweigend dachten beide an Betta in diesem Zimmer, an das Echo ihrer Stimme darin. Sie war immer noch wie gefangen zwischen diesen vier Wänden, Betta war überall, in der Luft, in den Nippesfiguren, den Kinderzeichnungen, die vermutlich bald abgehängt worden wären, um Neuem Platz zu machen. Doch noch war es nicht so weit gewesen, denn eigentlich war sie dem Kindesalter gerade erst entwachsen.

In Wahrheit existierte sie nur noch in der Erinnerung, ansonsten blieb alles stumm. Die Stille in diesem Zimmer war fast schon grausam unnatürlich. Das spürten auch Ettore und Marisa, als sie nervös auf Betta, auf Lebenszeichen von ihr innerhalb dieser vier Wände lauschten. Schon jetzt überwog das Nichts, alle Erinnerung schien bereits in weite Ferne zu rücken und an Schärfe zu verlieren.

»Wann reist du ab?«, fragte Marisa. Zum ersten Mal seit dem Tod ihrer Tochter sagte sie etwas zu ihm, das Sinn ergab.

Ettore nahm sich Zeit, bevor er antwortete. »Ich warte noch auf Nachricht von meinem Professor am Konservatorium.«

Sie sah ihn verständnislos an.

»Vielleicht findet er ja für dieses Jahr eine Dozentenstelle für mich.«

»Und die Tournee?« Marisa legte den Kopf schräg.

Er wich ihrem Blick aus. »Mir ist jetzt nicht danach. Ich möchte gern bei dir und Papa bleiben.«

»Um was zu tun? Eine Tote zu beweinen?«, bemerkte Marisa nüchtern.

»Nein, Mama. Ich war lange weg. Wenn wir hier zusammenhalten, wird uns das helfen«, erwiderte Ettore übertrieben nachdrücklich. Weil er log. Dieses Haus, das nur von Tod kündete, trieb ihn in den Wahnsinn: Nicht nur seine Schwester war gestorben. Alles und alle wirkten wie tot. Die Musik in seinem Kopf klang unzusammenhängend und schrill, sie ließ ihm keine Ruhe. Und seine Mutter wusste das, weil sie ihn besser kannte als jeder andere – vielleicht sogar besser als er sich selbst.

Marisa erhob sich mühsam und ging zur Tür. Bevor sie den Raum verließ, drehte sie sich noch einmal um.

»Morgen nimmst du den nächsten Flug und verschwindest. Ich will dich hier nicht mehr sehen.«

Er wollte schon widersprechen, doch sie gab ihm keine Gelegenheit dazu.

»Verschwinde«, wiederholte sie, als spräche sie mit einem aufdringlichen Hund, bevor sie im dunklen Flur verschwand.

Als Stelvio aufwachte, sah er sie im Sesel sitzen und aus dem Fenster schauen. »Hallo«, sagte er, denn es wäre absurd gewesen, sich einen guten Morgen zu wünschen. Er brachte ihr eine Tasse Malzkaffee und zwei Kekse. Marisa trank und aß schweigend. Dann ging Stelvio duschen und rasierte sich sorgfältig. Er zog den dunklen Anzug und die Krawatte an, die er im Vorjahr für Bettas Firmung gekauft hatte. Nur seine Frau würde wissen, dass er ihn deshalb trug, weil seine Tochter ihm an diesem Tag stolz gesagt hatte, wie gut ihm der elegante Aufzug stehe. Sie hatte auf einem gemeinsamen Foto bestanden, das jetzt in seinem Zimmer auf dem Nachttisch stand – in einem Stoffbilderrahmen im selben Orange wie der kurze Rock, den sie an ihrem Todestag getragen hatte.

Als er fertig war, öffnete er erneut den Schrank und legte die Kleidung für Marisa heraus. Er ging zu ihr und nahm ihr den Frühstücksteller aus der Hand.

»Komm«, sagte er. »Ich helf dir beim Anziehen.«

»Ich komm nicht mit«, erwiderte sie energisch und starrte weiterhin auf die Straße, wo hin und wieder jemand vorbeikam.

»Was soll das heißen, du kommst nicht mit, Marisa?«, sagte er, als wollte er ein launisches Kind zur Räson bringen.

»Wozu?«

»Weil wir heute für Betta da sein müssen.«

»Wir hätten für sie da sein müssen, als sie ermordet wurde. Jetzt ist es zu spät.«

»Soll bei ihrer Beerdigung etwa die Mutter fehlen?«

Marisa rang sich ein verbittertes Lächeln ab. »Das ist nun wirklich der letzte Anlass, bei dem sie mich hätte dabeihaben wollen.«

Stelvio nickte geduldig. »Trotzdem: Heute können wir für sie da sein.«

»Geh du hin. Ich komm nicht mit.« Wieder starrte sie nach draußen, das Gespräch war für sie beendet.

Stelvio redete auf sie ein, bis ihm die Worte ausgingen, und versuchte, sie mit allen erdenklichen Argumenten zu überzeugen. Dann kam Letizia und schlug weniger freundliche Töne an, sie könne bei der Beerdigung ihrer Tochter unmöglich fehlen. Ausnahmsweise war es ihr völlig egal, was die Leute denken könnten. Marisa werde es irgendwann bereuen, Betta am Ende nicht zur Seite gestanden zu haben, wenn ihre Lieben von ihr Abschied nahmen. Das sei keine Frage des Glaubens oder des Anlasses, das sei eine Liebesgeste. Doch Marisa hörte ihr kaum zu, während sie beobachtete, wie gegenüber Valerio, der Polsterer, seine Werkstatt betrat, um kurz etwas zu erledigen und dann wieder zu gehen, denn er hatte gerade wegen Urlaub geschlossen. Die Stadt war leer und lag noch in tiefem Schlaf, so wie frühmorgens an einem Sonntag. Dabei war heute welcher Wochentag? Montag? Dienstag? Sie hatte komplett den Überblick verloren. Aber was spielte das schon für eine Rolle. Alle hatten Angst gehabt, das Ausschleichen der Beruhigungsmittel könnte dazu führen, dass sie vor lauter Schmerz den Verstand verlor. Dass sie wieder abwechselnd hysterisch werden und wirres Zeug reden würde wie ganz am Anfang. Stattdessen war sie aufgewacht und hatte sich innerlich lediglich leer gefühlt, vollkommen gleichgültig.

Während sie vor sich hingedämmert hatte, schien das Leid sie innerlich immer mehr ausgehöhlt und ihr jedes Gefühl genommen zu haben, ohne dass sie es merkte. Ohne dass es irgendjemand bemerkt hätte. Sie war innerlich tot. Sie war ganz ruhig, meilenweit weg.

Weil Stelvio sich keinen Rat mehr wusste, bat er die Frau um Hilfe, die in den letzten fünfundzwanzig Jahren Marisas beste Freundin gewesen war. Marisa sagte immer, dass das Jahr 1956 ihr ein Kind genommen, ihr aber dafür die beiden besten Menschen, die ihr je begegnet seien, geschenkt hätte: ihn und Schwester Bertilla.

Als er die alte Nonne anrief, wollte diese gerade zur Beerdigung aufbrechen. Inzwischen arbeitete sie nicht mehr im Krankenhaus, sondern lebte mit ihren Mitschwestern unweit der Via Appia Pignatelli. Doch sonntags hatte Marisa noch oft bei ihr vorbeigeschaut. Dann führten sie lange, intensive Gespräche und machten sich kleine Geschenke. Sie komme gleich, sagte Schwester Bertilla am Telefon und bat Schwester Caterina, ihre jüngere Mitschwester, die sie begleiten wollte, sich zu beeilen.

Als Stelvio ihr aufmachte, nahm sie sein Gesicht wortlos in ihre beiden knochigen Hände wie bei einem geliebten Sohn. Er schloss die Augen und überließ sich ihr wie der Mutter, die er viel zu früh verloren hatte. Auch er schwieg.

Schwester Bertilla fand Marisa genau dort vor, wo ihr Mann und die Mutter sie zurückgelassen hatten. Mit leerem Blick starrte sie aus dem Fenster. Die Schwester ließ sich von Stelvio einen Stuhl bringen, nahm ihr gegenüber Platz und bat ihn, sie beide allein zu lassen und die Tür zu schließen. Stelvio gehorchte.

»Marisa, du musst dich anziehen«, befahl sie freundlich, aber bestimmt.

Die schaute sie nicht mal an. »Du weißt, was dein Gott getan hat, Bertilla?«

»Das war nicht Gott.«

»Wo war er bitte schön?«

»Dort, wo er auch war, als sein eigener Sohn am Kreuz starb«, murmelte sie.

»Ihr behauptet, er wäre allmächtig, dabei hat er sie mutterseelenallein beim Lido Le Dune sterben lassen.«

»Nein. Sie war nicht allein. Er hat sie in die Arme genommen, als sie diese Welt verließ – genauso liebevoll, wie du das immer getan hast.«

Marisa würdigte sie erstmals eines Blickes. »Arme Bertilla«, flüsterte sie mitleidig. »Das glaubst doch nicht einmal du.«

Schwester Bertilla blieb weiterhin bei ihr, beide schauten nach draußen. Die Morgensonne stand bereits hoch am Himmel, drang durch die halb geöffneten Fensterläden und erwärmte die Luft.

»Weißt du, Bertilla …« Marisa suchte nach den richtigen Worten. »Ich habe mich heute Morgen im Spiegel betrachtet.« Ihr Blick sagte, dass es ihr auf die Worte ankam und sie verstanden werden wollte. »Und da habe ich bemerkt, dass ich *normal* wirke.« Sie beugte sich leicht vor. »Von Malpighis Sohn ist mir eine Wunde geblieben, die fast bis zur Mitte der Brust reicht.« Langsam fuhr sie über dem leichten Baumwollnachthemd, das an ihrem verschwitzten Körper klebte, über die Narbe. »Ich habe ihn verloren und die Spuren sieht man bis heute. Man hat mich entstellt, und damals kam mir das ganz logisch vor, weil ich mich genau so gefühlt habe: entstellt.« Kurz überließ sie sich der Erinnerung an die Leere, die dieses nie geborene Kind zurückgelassen hatte, von dem sie nie sprach. »Aber jetzt bei Betta? Wenn dein Kind stirbt, müsste der Schmerz doch auch den eigenen Körper verkrüppeln. Man müsste sich fühlen wie ausgeweidet.« Sie breitete die Arme aus, um ihr zu zeigen, wie heil sie aussah. »All dieser Schmerz ... Doch stattdessen ...« Ihre Worte erstarben.

Schwester Bertilla nahm ihre Hände. Instinktiv zog Marisa sie zurück. Aber die andere ließ einfach nicht locker. »Ich sehe deinen Schmerz«, sagte sie zum Trost, in dem Versuch, der Verzweiflung gerecht zu werden. Sie drückte ihre Finger. »Erinnerst du dich noch an Bettas Geburt? Ich war dabei. Da hab ich dir auch so die Hände gehalten.« Sie senkte den Blick. »›So helfen Sie mir doch, Schwester Bertilla!‹, hast du gerufen«, sagte sie wie eine Mutter.

Auf Marisas Gesicht erschien der Schatten eines Lächelns.

»Ich war dabei«, fuhr die Nonne fort, »habe Elisabetta noch vor dir in den Armen gehalten.«

Marisa erinnerte sich. Das stimmte. Bertilla hatte sie ihr an die Brust gelegt, genau wie Ettore.

»Ich muss mich von Betta verabschieden«, sagte sie mit erstickter Stimme, die einen ganz ähnlichen Schmerz verriet.

»Ich will nicht«, erwiderte Marisa leise.

»Hilf mir, Marisa.« Schwester Bertilla drückte ihr die Hände so fest, dass es weh tat. »Ohne dich schaffe ich das nicht.« Sie machte eine vielsagende Pause. »Hilf mir, denn mein Glaube wankt, und ohne meinen Glauben habe ich mein Leben dem Nichts geweiht.«

Marisa betrachtete ihre Hände, die einander so fest umklammert hielten, dass die Knöchel weiß hervortraten.

»Also gut, gehen wir«, versprach sie der Nonne. »Helfen wir uns gegenseitig.«

Sie hielten sich an der Hand, während Don Mario, der so altersschwach war, dass er sich kaum noch auf den Beinen halten konnte, von Gottes Vorsehung sprach, die über das menschliche Fassungsvermögen hinausgehe, von der Grausamkeit der Gottlosen, die sich eines Tages für ihre Taten vor dem HERRN rechtfertigen müssten. Er sprach von Buße und Vergebung, rief allen ins Gedächtnis, dass der Mensch aus Staub ist und wieder zu Staub werden wird, und dass Elisabetta, die heiß geliebte Tochter und Schwester, in ihrem kurzen Leben viel Liebe und Freude geschenkt habe. Anscheinend fand er seine Worte ungenügend, und so versicherte er den Anwesenden, dass sie sich eines Tages alle im Paradies wiederfinden würden.

Marisa, die zwischen Stelvio und Bertilla saß, betrachtete das an den Sarg gelehnte Foto von Betta. Das offene Haar fiel ihr auf die gebräunten Schultern, zwischen den beiden Grübchen, die sie noch kindlich wirken ließen, lag ihr offenes Lächeln. Ihr Blick strahlte, auch wenn die kleinen goldenen Einsprengsel in ihren kastanienbraunen Augen auf dem Foto kaum zu erkennen waren. Sie schien ihre Mutter, inmitten eines Blumenmeers, anzusehen. Jeder Kranz trug eine weiße Schleife, und Emma hatte es an nichts fehlen lassen: rosarote und weiße Rosen von den Eltern, weiße Rosen, Lilien und Chrysanthemen von Tante und Onkel, bunte Blumen von Cousin und Cousine, Nelken, Gerbera und Sonnenblumen von Ettore, ausschließlich weiße Rosen von der Großmutter. Und dann noch unzählige große und kleine bunte Blumensträuße. Weitere bescheidenere mit einer Karte zwischen den Blättern. Doch Marisa starrte unaufhörlich auf ein Arrangement aus roten Rosen und weißen Orchideen ohne Schleife. Es war das größte Gebinde von allen, und sie hatte die Blumen gleich wiedererkannt. Einen identischen Strauß, atemberaubend üppig, hatte sie an ihrem einundzwanzigsten Geburtstag erhalten, ein livrierter Bote hatte ihn ihr überreicht. »Für Signorina Balestrieri«, hatte er höflich gesagt, während sie mit wild klopfendem Herzen nach Trinkgeld gesucht hatte.

»Der ist von Malpighi«, flüsterte sie leise Schwester Bertilla zu und zeigte kaum merklich mit dem Kinn darauf.

Schwester Bertilla musterte das Arrangement ohne Schleife und ohne Karte. Schweigend lauschte sie weiterhin Don Marios Worten.

Marisa hingegen gab sich wehmütig der Erinnerung an jenen Tag vor so vielen Jahren hin, als sie diesen Blumenstrauß in der naiven Überzeugung, dass ein glückliches Leben auf sie wartete, an sich gedrückt hatte. Und im Grunde hatte ihr Malpighi tatsächlich ein glückliches Leben geschenkt. Weil er sie verlassen hatte, weil er ihr ein Kind geschenkt hatte, das nie geboren worden war, war sie mit Stelvio Ansaldo zusammengekommen. Doch plötzlich war es Nacht geworden und all das war vorbei – nur diesmal konnte er nichts dafür. In diesem Moment konnte sie Francesco Malpighi aufrichtig vergeben, denn angesichts des weißen Sarges ihrer Tochter kam ihr das, was er ihr angetan hatte, wie eine Lappalie vor. Allein diese Geste gegenüber ihrer Tochter rechtfertigte Vergebung: Damit erwies er nicht etwa einer Toten die letzte Ehre, sondern machte einer jungen, viel zu früh verstorbenen Frau ein galantes Geschenk. Er hatte keine Karte hinzufügen müssen, weil er ganz genau wusste, dass ihre Mutter schon verstehen würde, und das hatte ihm genügt.

Sie stand auf und ging zum Sarg. Mit einem Lächeln auf den Lippen nahm sie Malpighis Strauß, um ihn vor das Foto ihrer Tochter zu stellen, die zu Lebzeiten noch nie so einen bekommen hatte. Die Anwesenden sahen mitleidig zu.

Weil sie so schwach war, taumelte sie leicht. Stelvio ging zu ihr, legte ihr behutsam den Arm um die Taille und half ihr, die Blumen wie gewünscht zu arrangieren, bevor er sie zu ihrem Platz zurückführte.

Am Tag von Elisabetta Ansaldos Beerdigung verließ Gaspare Mannino schon früh das Haus. Er nahm den Bus vom Marktplatz nach Genzano und setzt sich ganz hinten hin. Er war der einzige Fahrgast.

Der Buschauffeur sang *Porta Portese*, wurde von Strophe zu Strophe lauter und fröhlicher, weil am nächsten Tag seine Ferien begannen.

Gaspare platzte schier der Kopf. Er konnte sich nicht mehr erinnern, wann er das letzte Mal geschlafen hatte. Vielleicht vor zwei Tagen, aber in Wahrheit wusste er nicht mehr, ob Tag oder Nacht, ob es kalt oder heiß war. Immer wieder nickte er erschöpft ein, nur um wenige Minuten später mit Herzrasen aufzuwachen, während sich sein Magen schmerzhaft verkrampfte und das bisschen, was er heruntergebracht hatte, wieder von sich gab. Seiner Mutter, die noch für ein paar Tage in Torre Domizia geblieben war, hatte er gesagt, er habe die Grippe. Sie war traurig, dass er nicht wie versprochen den ganzen Monat blieb, freute sich aber, dass er eine Stelle im Tourismusbüro bekommen hatte. Sie hatte gar nicht mehr darauf zu hoffen gewagt, denn er hatte keinen Abschluss machen wollen. Aber offensichtlich hatte sein Vater, Gott hab ihn selig, von oben seine Hand im Spiel gehabt. In Wahrheit hatte er das Tourismusbüro nie angerufen, aber Signora Somma, verwitwete Mannino, sollte erst später von der Lüge ihres Sohnes erfahren

Gaspare warf einen Blick auf die Quarzuhr, die seine Mutter ihm zum achtzehnten Geburtstag geschenkt hatte. Sie hatte ein Vermögen gekostet, aber sie meinte, er habe sie verdient, im Grunde sei er ein guter Junge, auch wenn er ihr manchmal Sorgen mache wie alle Kinder. Seit ein paar Tagen trug er sie nicht mehr am Handgelenk, sondern in der geschlossenen Faust mit sich herum. Nachdem er sie stundenlang unter fließendem Wasser geschrubbt hatte, war sie stehen geblieben. Sie war ein für allemal ruiniert. Und völlig umsonst, denn es war ihm nicht einmal gelungen, die blonden Locken aus den Gliedern des Armbands zu befreien. Sie schienen mit dem Metall verschmolzen zu sein, und je mehr er schrubbte, desto deutlicher hoben sie sich golden vom Edelstahl ab. Er hatte daran gekratzt, aber sie waren nicht gerissen, so fest hatten sie sich verwickelt. An diesem Morgen kam es ihm sogar so vor, als wären es mehr geworden. Am liebsten wäre er auf den Marktplatz gegangen und hätte laut geschrien: »Aus meiner Uhr wachsen Haare, seht ihr?« Er stellte sich vor, wie er Passanten und Freunden nachlief, um ihnen das Phänomen zu zeigen. Aber das war natürlich ausgeschlossen. Die Sache mit den goldenen Locken, die aus dem Metallarmband sprossen, musste er für sich behalten. Es gab so viel, was er für sich behalten musste. Zu viel.

Als er ausstieg, sang der Busfahrer immer noch *Porta Portese*. Schon jetzt herrschte eine unerträgliche Hitze, dabei war es noch nicht mal acht, doch er spürte sie kaum, trotz des langärmeligen Hemds, das die Spuren von Betta Ansaldos Fingernägeln verbergen sollte. Er nahm die Via Pometo. Kein einziges Auto kam vorbei, keine Menschenseele war zu sehen. In der Stille knirschten die Steinchen unter seinen Turnschuhen auf dem Asphalt. Diese Steinwüste machte ihm Angst. Es war, als wäre er der letzte Überlebende, bis eine streunende Hündin mit goldblondem Fell neben ihm auftauchte und ihn zusammenzucken ließ. Sie hob die junge, lebhafte Schnauze und nickte, lief ihm voraus. Gaspare folgte ihr bis zur großen Brücke, wegen der er hier war. Als sie stehen blieben, streckte er die Hand aus, um ihr über den Kopf zu streichen, doch die Hündin wich misstrauisch zurück und klemmte den Schwanz zwischen die Beine, als hätte sie ihn durchschaut. Dann trollte sie sich.

Er war jung und sportlich und kletterte mühelos auf die breite Brüstung. Erst ging er in die Knie, dann richtete er sich auf und holte tief Luft. Er spürte eine leichte Brise, bevor er sich mit einem erleichterten Lächeln ins Leere fallen ließ.

Sein Körper landete mit einem dumpfen Knall siebzig Meter weiter unten im grünen Dickicht.

VI
Alltag

Elisabetta Ansaldo wurde auf dem Verano-Friedhof begraben, im Familiengrab der Balestrieris, neben ihrem Großvater. Es war eine kleine Kapelle, die Ettore Balestrieri unter großen Opfern erworben hatte, denn eines Tages wollte er mit all seinen Lieben wiedervereint sein. Nie im Leben hätte er gedacht, dass seine Enkelin, die er nie kennengelernt hatte, die Erste sein würde.

Am ersten Montag im September stand Stelvio früh auf, um den Laden wieder aufzusperren. Er ließ Marisa im Bett zurück, ohne zu wissen, ob sie noch schlief oder einfach nur dalag und wartete, dass auch dieser Tag irgendwie verging.

Die Kunden stellten sich zögernd, fast schüchtern, sofort wieder ein. Sie baten um Erlaubnis, stellten keine großen Ansprüche. Wenn sie zahlen wollten, warteten sie geduldig, bis Stelvio an die Kasse kommen konnte. Nur ein paar wenige brachten die Frage heraus: »Wie geht es Signora Marisa?« Dann nickte er langsam, ohne sie anzuschauen. »Besser. Besser. Danke«, log er jedes Mal. Niemand erwähnte Betta auch nur mit einem Wort. Niemand traute sich. Schon der Verlust einer so jungen Tochter war niederschmetternd genug, aber angesichts dessen, was sie in der Zeitung gelesen hatten, fehlten allen die Worte. Im Viertel hüllte man sich in Schweigen, keinerlei Bemerkung – sogar innerhalb der eigenen vier Wände. Diese Tragödie flößte sogar den schlimmsten Klatschbasen Respekt ein.

In den ersten Wochen kümmerte sich ausschließlich Letizia um die Wohnung, soweit es ihre Kräfte zuließen. Bis Marisa eines Tages aufstand, sich anzog und begann, Ordnung zu schaffen. Um die Einkäufe kümmerte sich Stelvio. Er brachte das Nötigste mit, und sie kochte das Nötigste: Nudeln, Soße, Salat, Gemüse, Huhn, Kartoffeln. Eine Küche ohne große Umstände, ohne Raffinesse, die nur dazu diente, etwas auf den Tisch zu bringen, mittags und abends den mäßigen Appetit zu stillen. Sie aßen, während das Klappern des Bestecks ihr Schweigen zusätzlich betonte. Marisa interessierte sich nicht mehr für die Außenwelt, und Stelvio war einsilbig und in sich gekehrt. Sonntags begleitete er die Schwiegermutter zum Gottesdienst, hörte dem Priester nur mit halbem Ohr zu und ging dann mit ihr auf den Friedhof, um frische Blumen zu bringen und die Kapelle zu pflegen. Sie wechselten ein paar Worte über den Marmor, der sich an einer Ecke gelb verfärbt hatte, über die vielleicht zu weit heruntergebrannte Kerze, über den Flugrost am eisernen Eingangstor. Und jedes Mal versprach Stelvio, sich bald darum zu kümmern.

Marisa hingegen blieb zu Hause. Seit dem Tag der Beerdigung hatte sie keinen Fuß mehr vor die Tür gesetzt. Sie stand morgens nie vor acht auf, obwohl sie ständig wach lag. Tagsüber nickte sie hin und wieder im Sessel vor dem Fernseher ein. Oder zehn Minuten mit dem Kopf auf der Sofaarmlehne, während Stelvio Nachrichten schaute. Ein kurzes Wegdämmern im Dunkel der Nacht, die kein Ende nehmen wollte. Immer wieder ging sie in Bettas Zimmer und streckte sich auf deren Bett aus, schlief ein, um mit einem Ruck wieder hochzuschrecken, weil sie zu hören glaubte, wie ihre Tochter hereinkam, den Schrank öffnete, lustlos in einem Buch auf dem Schreibtisch blätterte, weil sie nicht lernen wollte. Der Schmerz beim Aufwachen war immer derselbe, ja fast noch schlimmer, weil sie sich stets aufs Neue sagen musste: *Betta ist tot.*

Die Monate vergingen, ohne dass Marisa zur Ruhe kam, bis sie merkte, dass ihre Frisur herausgewachsen war und sich jede Menge Silberfäden ins Haar geschlichen hatten. Da nahm sie die Schere und schnitt alles ab, was von dem inzwischen stumpf gewordenen goldenen Kastanienton übrig war. Sie schnitt sich die Haare kurz, so wie sie es bei ihrer Freundin Clelia, der Friseuse, in den letzten vierzig Jahren gesehen hatte, und kämmte sich die wenigen noch verbliebenen Naturwellen.

Als Stelvio mittags aus dem Laden kam, sah er sie kurz verwirrt an. Dann schenkte er ihr ein trauriges Lächeln. »Das steht dir gut«, sagte er nur.

Kurz vor Weihnachten verkündete Letizia, sie wolle etwas Zeit mit Emma und den Enkeln verbringen, wenn diese aus den Ferien zurückkehrten. Nur zu, meinte Marisa. Die Mutter packte ihre Sachen und ging zu ihrer Tochter in die Küche, die gerade Kartoffeln fürs Mittagessen schälte. Bald würde sie der Chauffeur der Bassevis abholen.

»Bist du dir sicher, dass du mich nicht brauchen wirst?«, fragte sie.

»Was willst du schon tun? Geh ruhig. Hier gibt es keine Enkel.«

»Aber Ettore kommt doch?«

»Das wissen wir noch nicht. Er hat Proben für das Neujahrskonzert in Deutschland.«

»Und ihr wollt wirklich nicht mit zu Emma kommen?«

»Nein.«

Letizia setzte sich, in letzter Zeit war sie nur noch müde. »Marisa, eines Tages wird Ettore eine Familie gründen«, tröstete sie sie. »Deine Enkel werden dir wieder etwas Freude schenken.«

Marisa hielt beim Kartoffelschälen inne und lachte ihr nur höhnisch ins Gesicht. »Ettore?« Sie starrte sie an. »Hast du's immer noch nicht begriffen?«

Ihre Mutter schaute sie verwirrt an. »Was begriffen?«

»Ettore interessiert sich nicht für Frauen, Mama«, meinte sie vielsagend.

Letizia saß da wie versteinert.

Marisa schaute sie gedankenverloren an. »Du hast es wirklich nicht gewusst … Deshalb warst du immer so zuckersüß zu ihm.« Sie lächelte, so als fände sie unverhofften Trost in dieser Enthüllung.

»Das kann doch nicht sein!«, murmelte Letizia.

»Und ob!«, erwiderte die Tochter und kehrte ihr den Rücken zu, um die Kartoffeln zu waschen.

»Hat er dir das gesagt?«

»Ich bin seine Mutter. Das war nicht nötig.«

Jetzt war es Letizia, die höhnisch lachte »So als würdest du deine Kinder kennen!«

Marisa wirbelte herum. »Wage es ja nicht!«

»Es ist doch offensichtlich, dass du sie nicht richtig erzogen hast. Betta hast du immer mehr durchgehen lassen als angemessen gewesen wäre.« Sie atmete tief durch, bevor sie vielsagend hinzufügte: »Und das, was du ihr nicht erlaubt hast, hat sie sich einfach selbst erlaubt.«

Die Tochter sah sie an. »Du wirst Betta mir gegenüber nie wieder erwähnen!«, sagte sie mit einer Wut, die ihr fast die Stimme verschlug.

»Warum denn? Weil ich die Wahrheit sage? Du hast geerntet, was du gesät hast.«

Marisa schüttelte ungläubig den Kopf.

»Wäre sie zu Hause geblieben wie ein anständiges Mädchen, würde sie heute noch leben«, fuhr Letizia fort. »Alle denken das, auch wenn keiner den Mut hat, es dir ins Gesicht zu sagen.« Sie stützte sich auf den gesunden Arm und erhob sich.

Marisa musterte sie ungläubig. Sie konnte einfach nicht fassen, dass ihre Mutter diese Worte gerade wirklich gesagt hatte. »Du glaubst also, dass sie selbst an ihrem Schicksal schuld ist …« Das war keine Frage, sondern eine Feststellung, die ihr den Atem verschlug.

»Das habe ich so nicht gesagt.«

»Aber du denkst es. Hast es immer gedacht.« Die Kälte, die sie verspürte, hinderte sie daran, weiterzusprechen.

Letizia Balestrieri sagte darauf lieber nichts mehr. Sie kehrte in ihr Zimmer zurück und wartete auf den Chauffeur der Bassevis, um dann aufzubrechen, ohne sich noch einmal von ihrer Tochter zu verabschieden.

Als Stelvio an dem Abend nach Hause kam, erkundigte er sich nach der Schwiegermutter, und seine Frau meinte, die sei zu Emma gezogen. Ohne ein Wort der Erklärung fügte sie noch hinzu, dass sie nicht wieder zurückkehren werde. Anhand von Marisas Gesichtsausdruck begriff er, dass Letizia ihre Zunge nicht hatte im Zaum halten können, nicht einmal angesichts der Trauer einer Mutter. Er wusste, was die Leute über Betta dachten. Er hatte es in den Augen von Emma, von Emanuele, vom Anwalt gesehen. Als er mit ihnen in Custureris Kanzlei gewesen war, um sich über den Stand der Ermittlungen zu informieren, hatte ihm der Anwalt zu verstehen gegeben, dass Betta nachweislich Bekanntschaften mit *vielen* jungen Männern gepflegt hatte. Was eindeutig nach *zu vielen* jungen Männern klang. In zahlreichen Fällen hätte es sich auch nicht nur um platonische Bekanntschaften gehandelt. Und auch das klang nach *zu vielen* solcher Bekanntschaften. Gleichzeitig hatte Stelvio begriffen, dass niemand recht wusste, wer diese jungen Männer waren. Nur wenige waren beim Namen genannt worden, und das waren alles anständige junge Leute, die nicht unter Verdacht standen. In Torre Domizia gab es mit Sicherheit nur anständige junge Männer. Wo war da also das Problem, wenn Betta sich gern nachts draußen herumtrieb? Warum beharrte Custureri darauf, Betta sei unvorsichtig gewesen? Wenn alle anständig waren, was hatte Betta dann groß zu befürchten gehabt?

Custureri hatte sich auf seinem Ledersessel gewunden. »Nun, Signor Ansaldo, der Untersuchungsrichter ist fest davon überzeugt, dass die Täter von außerhalb, aus schlechten Kreisen, kamen … Sie kennen die Ermittlungen zum Bombenattentat von Bologna? Da hat sich die Büchse der Pandora geöffnet.« Er warf ihm einen vielsagenden Blick zu. »Auch hier an der Küste ist das organisierte Verbrechen aktiv, wie Sie wissen …«

»Aber hatten Sie nicht gesagt, Betta hätte eine Verabredung gehabt?«

»Möglich wäre es, möglich wäre es …« Der Anwalt nickte rasch.

»Und wann soll sie sich bitte schön mit Leuten aus dem *organisierten Verbrechen* verabredet haben? Am Vortag war sie mit ihrer Cousine am Meer, und die sagt, dass sie mit niemandem geredet hat.« Er drehte sich zu Emma, damit diese Miriams Worte bestätigte.

»Vielleicht in der Bar, als sie was getrunken hat. Vielleicht hat sie ja heimlich jemanden angerufen. Sie wissen doch, wie junge Leute heute so sind … Die nehmen alles auf die leichte Schulter, ohne an die Konsequenzen zu denken.« Wieder dieser vielsagende Blick. »Vielleicht hat sie sich in ihrer Naivität mit irgendeinem finsteren Kerl eingelassen.«

Stelvio atmete tief durch, er trug schwer an seiner Trauer und hatte kaum noch Kraft zum Reden. »Hören Sie, wird hier darüber geurteilt, ob meine Tochter naiv war, oder suchen wir nach diesen Schweinen?« Kaum merklich hatte er sich vorgebeugt. »Das ist mir nämlich nicht so ganz klar.«

»Natürlich suchen wir nach den Tätern, das wäre ja noch schöner!«

»Warum versteift sich der Untersuchungsrichter dann so auf Betta?« Er schloss kurz die Augen. »Betta war Betta, aber dumm war sie mit Sicherheit nicht. Sie hatte überall Freunde, alle hatten sie ins Herz geschlossen, sie ging gern ins Kino und zum Tanzen, gelernt hat sie eher ungern. Ihre Mutter und ich haben sie mit Worten und Strafen ermahnt, zur Not auch mal mit einem Klaps. Doch selbst wenn sie mit ganz Torre Domizia ein Verhältnis gehabt hätte – und Marisa und ich wissen genau, dass das nicht stimmt –, was hat das mit ihrem schrecklichen Ende zu tun?«

»Man muss sich die Dynamiken anschauen, um an die Täter zu kommen«, erwiderte der Anwalt mit weit aufgerissenen Augen angesichts dieser naiven Frage, als hätte er es mit einem armen Idioten zu tun.

»Was denn für Dynamiken?« Stelvio erhob seine Stimme, denn langsam wurde er wütend. »Meine Tochter wurde umgebracht, schlimmer, als man einen Hund umbringt, und dann hat man sie tot liegen lassen.« Ihm brach die Stimme, und er brauchte eine Weile, um sich zu fangen. »Während wir hier darüber reden, ob sie anständig war oder nicht … Was spielt das schon für eine Rolle? Was geht Sie das überhaupt an?« Emanuele Bassevi, der zu seiner Rechten saß, legte ihm beschwichtigend eine Hand auf den Arm, doch er fügte noch hinzu: »Ich will Gerechtigkeit für meine Tochter!« Seine erstickte Stimme klang wie ein Schrei.

»Aber gewiss doch, gewiss!« Custureri gestikulierte beschwichtigend, denn dieser Mann mit den dunklen Augenringen, den zitternden Händen, der heiseren Stimme, schien kurz vor dem Wahnsinn zu stehen. Hilfesuchend sah er sich nach Emma Bassevi um.

Die saß zu seiner Linken und schaltete sich sofort ein. »Stelvio: Custureri und seine Anwälte tun, was sie nur können, um herauszufinden, wer Betta all das angetan hat.«

»Ja, aber was tun sie denn? Selbst wenn meine Tochter sich verkauft hätte – und ihre Mutter und ich wissen genau, dass dem nicht so war –, was geht euch das überhaupt an?«, brach es aus ihm heraus. »Sagt gefälligst dem Untersuchungsrichter, dass er ganz Torre Domizia auf den Kopf stellen soll, denn wenn hier ein fremdes Auto auftaucht, wissen alle davon!«

»Beruhige dich, Stelvio!«, flüsterte Emma.

»Die Bar des Strandbands Le Dune hatte bereits zu. Die Haare meiner Tochter haben nach Bier gestunken, sie selbst hatte aber nicht das Geringste getrunken, das hat der Rechtsmediziner selbst gesagt!« Er schlug auf den Schreibtisch, und Custureri zuckte zusammen. »Wer hat diesen Monstern das Bier verkauft? Wo hatten sie das her, diese Leute von außerhalb, wie ihr behauptet?«

»So geht das nicht!«, beschwerte sich der Anwalt und sah Emma kopfschüttelnd an.

»Ich möchte einen anderen Anwalt!« Stelvio stand auf.

Custureri breitete ergeben die Arme aus.

»Wozu, Stelvio? Damit du dich skrupellosen Winkeladvokaten anvertraust, die sich an Betta dumm und dämlich verdienen wollen?« Emma ging ihm nach, als er zur Tür schritt.

»Ich will, dass diese Monster hinter Gitter kommen!« Stelvio öffnete die Tür. Bevor er ging, drehte er sich noch einmal zu Custureri um. »Bevor ich sie selbst finde und eigenhändig umbringe!«

Draußen überzeugte ihn Emanuele dann von Vater zu Vater, dass er Custureri seine Arbeit machen lassen solle. Der und seine Anwälte seien die besten und hätten die besten Gutachter und Sachverständigen an der Hand. Er könne seine Wut ja verstehen, denn hätte man Miriam dasselbe angetan wie Betta, würde er ganz genauso reagieren. Aber man müsse Vernunft walten lassen und sorgfältig rekonstruieren, was in dieser Nacht passiert sei, um herauszufinden, ob Betta ihre Peiniger gekannt hatte. Denn wie er selbst gesagt hatte: Betta hatte überall Freunde. Da sah ihm Stelvio in die Augen und begriff, dass Emanuele Bassevi keine Ahnung davon hatte, wie es ihm ging. Ganz einfach, weil er felsenfest davon überzeugt war, seiner Tochter könnte so etwas nie und nimmer zustoßen.

Marisa, die nur einmal kurz vernommen worden war, erkundigte sich nie bei ihrem Mann nach den Gesprächen mit den Anwälten, mit dem Untersuchungsrichter Castagnoli, nach den Telefonaten mit Nardulli, der nicht abstritt, dass sich diese Monster tatsächlich in Luft aufgelöst zu haben schienen. Noch vor Ende des Sommers sei in Torre Domizia wieder alles beim Alten gewesen, hatte er Stelvio berichtet. Die Urlauber seien in der festen Überzeugung abgereist, dass niemand aus dem Ort diese entsetzlichen Taten begangen hatte. Ganz so, als wären die Monster übers Meer gekommen und auch übers Meer wieder verschwunden. Je mehr Zeit verging, desto sicherer wurde sich Stelvio, dass man die Mörder seiner Tochter niemals finden würde, weil man nie wirklich nach ihnen gesucht hatte. Oder aber, wie der brave Nardulli, einfach nicht dazu in der Lage gewesen war. Sogar die Zeitungen berichteten immer seltener und resignierter darüber. Aus dem Mord in Torre Domizia war im Nu der Fall Ansaldo geworden. Schon gehörte er zu den Verbrechen, über die sich nur sagen ließ: ein Opfer, aber kein Täter. Ergebnislose Ermittlungen. So was kam vor. Vielleicht war das auch der Grund für das Schweigen seiner Frau, für ihre scheinbare Gleichgültigkeit. Sie hatte als Erste begriffen, wie ohnmächtig sie alle angesichts der Nacht waren, die ihnen alles genommen und die geschändete Leiche Bettas wie Unrat zurückgelassen hatte.

Nach der Nacht, die ihnen die Tochter genommen hatte, nahm ihnen das Schweigen im Alltag auch noch alles andere. Unter der Woche war Stelvio im Laden, und abends nach dem Essen wünschte ihm Marisa gute Nacht und ging zu Bett, wohlwissend, dass sie kein Auge zutun würde. Morgens hatten sie nichts anderes zu sagen, als dass er doch bitte den Müll mit rausnehmen solle, dass diese und jene Rechnungen noch bezahlt werden müssten, und welches Fleisch, Gemüse, Obst er ihr mitbringen solle. Er kümmerte sich um den Alltag außerhalb der Wohnung, sie sich um den Alltag innerhalb der Wohnung, die sie in eine Festung verwandelt hatte. Sie putzte, bügelte, kochte. Aber das Telefon klingelte so gut wie nie, und niemand läutete mehr an der Wohnungstür. Alles, was sich jenseits davon befand, existierte nicht mehr für sie.

Nachdem Letizia ausgezogen war, ging Stelvio sonntags nicht

mehr zur Kirche, dafür jede Woche zu Betta auf den Friedhof. Marisa begleitete ihn nie dabei. Nach der Beerdigung war sie nicht mehr am Grab ihrer Tochter gewesen. Er nahm nachmittags den Bus, kaufte jedes Mal einen anderen Blumenstrauß am Kiosk neben dem Eingang. Nach einem langen Spaziergang über den Friedhof verbrachte er ein wenig Zeit am Grabmal der Balestrieris. Er sprach laut mit seiner Tochter über alles Mögliche, arrangierte sorgfältig die neuen Blumen und entschuldigte gleichzeitig das Fehlen der Mutter, es gehe ihr nicht gut. Aber sie denke immer an sie, immer. Jede Sekunde. Wenn die Trauer zu groß wurde, fragte er Betta um Rat: »Was soll ich nur tun? Wie kann ich deiner Mutter helfen?« Die Tochter lächelte ihn vom Foto stumm an. Was konnte sie mit ihren sechzehn Jahren schon wissen? Da wandte sich Stelvio mit Tränen in den Augen an Ettore: »Was soll ich nur tun? Ich bin nicht so stark wie du!« Die überwältigende Stille führte nur dazu, dass er sich noch einsamer und von allen im Stich gelassen fühlte.

Dann kam Bettas siebzehnter Geburtstag im Februar. An diesem Morgen verlor keiner von ihnen ein Wort darüber, der Schmerz verschlug beiden die Sprache, während sie in der Küche im Stehen einen Espresso tranken, der noch nie so bitter geschmeckt hatte. Bevor er den Laden aufsperrte, fragte Stelvio, ob sie in der Mittagspause mit ihm auf den Friedhof gehen wolle. Er hatte nicht die Kraft, den Namen der Tochter auszusprechen. Marisa verneinte und ging dann ins Bad, um eine Ladung Wäsche in die Maschine zu stecken.

Als er am Abend wieder nach Hause kam, sah er, dass Marisa ihm das Essen im Ofen warm gehalten hatte. Er suchte nach ihr und fand sie in Bettas Zimmer vor. Sie lag auf dem Bett und hatte eine Decke über sich gebreitet. Seine Frau teilte ihm mit, dass sie heute keinen Hunger habe, er solle ohne sie essen. Stelvio kam näher, er wollte den Schmerz ansprechen, sie bitten zu überlegen, ob er sich gemeinsam nicht leichter tragen ließ. Doch er hatte nicht den Mut dazu, so wie ein Arzt, der angesichts eines hoffnungslos Kranken aufgibt.

Auf dem Weg zur Küche fiel sein Blick auf den alten Flügel. Langsam ging er darauf zu. Schon seit Jahren hatten sie den Hocker weggenommen, das Instrument war seit Ettores Weggang ein Möbel wie jedes andere geworden. Doch jetzt schmerzte ihn sogar das Fehlen des Hockers. Mit der Zeit hatte er sich an die Distanz zwischen ihm und seinem Sohn gewöhnt, aber jetzt verstärkte sie seine Qualen. Marisa hatte den Sohn verscheucht, damit er weiterhin am Leben teilnehmen, sich retten konnte. Und das war auch ganz richtig gewesen. Stelvio spürte, dass sein Bedürfnis, ihn bei sich zu haben, und sei es nur für einen tröstenden Blick, egoistisch und Ausdruck eigener Schwäche war. Hauptsache, Ettore machte seinen Weg, trotz der quälenden Telefonate, der seltenen Heimatbesuche, wo ihn keine fröhliche Betta mehr begrüßte.

Er klappte den Deckel hoch und schlug eine beliebige Taste an. Ein schriller, verstörender Ton hallte durch den Raum. Vorsichtig schloss er den Deckel wieder, um keinen weiteren Lärm zu machen.

Er ging in die Küche und aß, sogar auf die Fernsehnachrichten verzichtete er. Er brachte kaum einen Bissen hinunter, so sehr setzte ihm der Tag zu, der einst ein Festtag gewesen war. Er nahm eine Flasche Wein aus dem Regal, die schon seit einer Ewigkeit dort stand. Und ausgerechnet er, der stets nur wenig getrunken hatte, spülte jetzt jeden einzelnen Bissen mit ein, zwei Schluck Wein hinunter. Als die Flasche halbleer war, ging es ihm besser. Er konnte wieder durchatmen. Der Schmerz war gedämpft, er nahm ihn kaum noch wahr. Stattdessen war er angenehm schläfrig. Er spülte den schmutzigen Teller und ging ins Bett, wo er sofort einschlief.

Am nächsten Tag teilte ihm Marisa mit, sie werde auch in Zukunft in Bettas Zimmer übernachten, um ihn mit ihrer Schlaflosigkeit nicht zu stören. Stelvio erwiderte, die habe ihn noch nie gestört, sie könne die Nachttischlampe brennen lassen, so lange sie wolle. Er ließ nicht locker, doch sie beschied, es sei besser so, denn wenn sie keinen Schlaf finde, könne sie einfach aufstehen. Sie legte sich nicht mehr ins gemeinsame Ehebett. Er versuchte erneut, mit ihr zu reden, Worte für die Einsamkeit zu finden, in die sich Marisa, ihn völlig außen vor lassend, zurückgezogen hatte. Vergeblich. Seine Frau begegnete seinen Worten mit einer Gleichgültigkeit, die er zwar als unverdient empfand, aufgrund ihrer Verzweiflung aber verstehen konnte. Trost fand er fortan in der Flasche, die er von nun an jeden Abend aus seinem Laden mit nach Hause brachte – nicht ohne sie brav bezahlt zu haben, denn trotz seiner Sucht blieb Stelvio Ansaldo ein ehrlicher Mann. Jetzt, da ein Tag genauso sinnlos war wie der andere, freute er sich allabendlich auf diese Flasche Wein, die er sich zu seinen einsamen Abendessen gönnte. Als sich der Todestag der Tochter das erste Mal jährte, ging er allein auf den Friedhof und weinte Tränen des Schmerzes und der Scham: Um zu überleben, war er zum Trinker geworden.

Wie sehr sich ihre Tochter verändert hatte, merkte Emma Bassevi erst, als sie diese aus dem Wagen steigen sah. Der Chauffeur hatte sie vom Flughafen abgeholt und zur Villa Estherina gebracht, wo sie die Feiertage verbringen würde. Am frühen Nachmittag des Vierundzwanzigsten traf sie ein. In den Monaten nach Bettas Tod hatten sie mindestens einmal die Woche telefoniert, doch Miriam war stets kurz angebunden, ausweichend gewesen. Nie schien irgendetwas von Bedeutung zu passieren, alles war gleich wichtig oder auch unwichtig. In der Schule waren ihre Noten so gut wie eh und je, das hatten ihr die Lehrer versichert. Doch an außerschulischen Aktivitäten nahm sie nur noch selten teil, unternahm kaum etwas mit Mitschülerinnen und wirkte oft müde. Nachdem sie im Sportunterricht einen kurzen Schwächeanfall erlitten hatte, hatte der Schularzt festgestellt, dass sie kaum noch etwas aß und an Schlaflosigkeit litt. Mit Erlaubnis der Eltern hatte er ihr Vitamine und homöopathische Tropfen für eine bessere Nachtruhe verschrieben. Alle sahen darin eine normale Reaktion auf das Trauma, ihre Cousine verloren zu haben. Weder Emma noch Emanuele hielten es für notwendig, ihre Tochter zu einem Psychotherapeuten zu schicken, den der Arzt wärmstens empfahl.

Als Emma sah, wie sich Miriam, in einen cremefarbenen Mantel gehüllt, im Hof der Villa Estherina zu ihr umdrehte, hatte sie das Gefühl, einer Wildfremden gegenüberzustehen. Miriams Gesicht war fast zur Gänze hinter einem dicken Schal verborgen, der nur die Augen freiließ. Emma spürte besorgt, dass es die Augen einer Erwachsenen waren. Sie hatten das Leuchten der Jugend verloren, so als wären seit ihrer letzten Begegnung zwanzig Jahre vergangen. Und wie dünn sie war! Es grenzte schon an ein Wunder, dass der kalte Dezemberwind sie nicht fortwehte, so zart und durchscheinend war sie.

»Mein Schatz!« Emma strahlte sie an und breitete auf der Schwelle die Arme aus, um sie zu begrüßen.

Miriam erwiderte die Umarmung emotionslos. Sie streifte

ihren Schal ab und küsste sie flüchtig auf die Wange. »Mama …« An ihr vorbei ging sie ins Haus.

Während Miriams gesamtem Aufenthalt in der Villa Estherina fühlte sich die Familie unwohl. Sie war freundlich wie immer, lächelte aber kaum. Sie hörte den Tischgesprächen zu, ohne selbst das Wort zu ergreifen. Und wenn sie in eine Unterhaltung verwickelt wurde, gab sie nur Satzfetzen von sich, die rasch untergingen. Es war, als hätte man einen gelangweilten Gast, der lieber eigenen Gedanken nachhängt. Die meiste Zeit verbrachte sie auf ihrem Zimmer, und Donatos Einladungen in ein angesagtes Lokal, jetzt, wo sie reifer geworden war, lehnte sie ab. Emma vertraute sich ihrer Mutter an, doch Letizia spielte ihre Sorgen herunter. Sie rief ihr in Erinnerung, dass Miriam schon immer ein stilles Mädchen gewesen war: Es gebe ganz andere Dinge, über die man sich Sorgen machen müsse, meinte sie vielsagend.

Eines Nachmittags, als die Sonne hoch am Himmel stand und es ungewöhnlich heiß für die Jahreszeit war, überredete Emma ihre Tochter, ein paar Schritte durch den Park zu machen. Miriam war wenig begeistert, willigte aber ein.

»Der Direktor hat mir gesagt, dass du nicht mehr reitest«, sagte Emma, nachdem sie lange schweigend nebeneinander hergegangen waren. Die Tochter war stets eine ausgezeichnete Reiterin gewesen und hatte im Vorjahr bei sämtlichen Turnieren, an denen sie teilgenommen hatte, renommierte Preise gewonnen.

»Ich konzentriere mich lieber aufs Lernen.«

»Aber du hast das Reiten doch geliebt!« Emma ließ nicht so schnell locker.

»Aber jetzt nicht mehr.«

»Du solltest mehr essen. Du bist ja nur noch Haut und Knochen.«

»Es geht mir gut.«

»Helfen dir die Vitamine?«

»Sehr.«

Schweigend gingen sie weiter, bis Emma es wagte, sie zu fragen: »Fehlt dir deine Cousine?«

Miriam tat so, als hätte sie nichts gehört. Wortlos lief sie weiter.

»Wir haben nie darüber geredet«, beharrte Emma verlegen. Sie hasste es, dieses Thema der Tochter gegenüber ansprechen zu müssen. Vergeblich wartete sie auf irgendeine Reaktion. »Miriam?«

Miriam blieb stehen und schaute sie über ihren Schal hinweg an, mit so großen Rehaugen, dass sie erneut ganz kindlich wirkte. »Was gibt es da zu sagen?«, meinte sie, als wäre Betta nur noch eine ferne Erinnerung.

Als Emma das hörte, zitterte sie innerlich, als hätte sie in diesem Moment erfahren, dass in einer Parallelwelt nicht die Nichte, sondern ihre eigene Tochter an diesem Strand gestorben war. Sie sah zu, wie Miriam ihren Weg fortsetzte, die Hände in den Taschen der knallrosafarbenen Jacke, die sie ihr geschenkt hatte und aus der Storchenbeine hervorragten. Ihr sonst wenig ausgeprägter Mutterinstinkt sagte ihr, dass sie weiterfragen musste, wenn sie aus ihr schlau werde wollte. Aber sie schwieg. Sie beendeten ihren Spaziergang und kehrten ins Haus zurück.

In den darauffolgenden Monaten wurde Emma das Gefühl nicht los, dass mit ihrer Tochter etwas nicht stimmte.

Anfangs versuchte sie, sie öfter anzurufen, aber die förmliche Höflichkeit ihrer Gespräche bereitete ihr Unbehagen. Sie konnte nicht mal die Genervtheit heraushören, die ihre Telefonate mit

Donato schon seit Jahren prägten. Miriam war gleichgültig. Sie versteckte sich hinter Floskeln, speiste sie mit Banalitäten ab wie sie ihrerseits wichtige, aber anstrengende Kunden. Miriams Verhalten tat ihr selbstverständlich weh, vor allem aber machte es ihr Angst. Diese erwachsene Distanz passte so gar nicht zu der Miriam vor Bettas Tod. Nach der Tragödie hatte Emma sie instinktiv ins schützende Internat zurückgeschickt, so weit weg wie möglich, in der festen Überzeugung, sie könne so nicht in die Sache mit ihrer Cousine hineingezogen werden. Sie hatte es für die beste Lösung gehalten zu schweigen, ja, die Sache zu ignorieren. Ganz einfach, weil sie nicht gewusst hätte, wie sie ihrer noch so unschuldigen Tochter die brutale Gewalt hätte erklären sollen, der Betta zum Opfer gefallen war, ihr schreckliches Ende. Und trotzdem wusste Miriam Bescheid. Was hatte Sattafloras Sohn gesagt, als er an besagtem Morgen an die Tür geklopft hatte? Letizia bestand darauf, dass ihre Tochter in Ettores Zimmer kaum etwas beziehungsweise gar nichts mitbekommen habe. Was hatte die verzweifelte Marisa gebrüllt? Und vor allem, was hatte Miriam in ihrer Phantasie aus all dem Ungesagten gemacht? Letizia blieb dabei, dass ihre Enkelin in Ettores Zimmer so gut wie nichts mitbekommen hatte. Gereizt meinte sie, sie solle Miriam in Ruhe lassen, in ihrem Alter sei man ohnehin launisch. Sie wisse, wovon sie rede, sie habe schließlich zwei Töchter großgezogen. Je mehr Emma nachbohrte, desto nervöser wurde die Mutter und befahl, ihre Enkelin in Ruhe zu lassen, sie nicht länger zu quälen. Emanuele schlug sich auf die Seite der Schwiegermutter und warf seiner Frau vor, regelrecht besessen zu sein. Manchmal überlegte Emma, Marisa um Hilfe zu bitten, doch sie fand es grausam, sie wegen einer noch lebenden Tochter um Rat zu fragen, während die andere den Tod der ihren zu beklagen hatte. Schon beim Gedanken daran fühlte sie sich schuldig. Sie schämte sich zutiefst, keine gute Mutter zu sein, und das trotz des Privilegs, miterleben zu dürfen, wie ihr Kind zur Frau heranwuchs.

Als sie sich zu Beginn des Frühlings von einem anstrengenden Arbeitstag erholte, hatte Emma eine Idee, für die sie sich fast kindlich begeisterte. Sie schaute sich gerade eine Fotostrecke mit den neuesten Reitmodetrends an und musste an ein Turnier denken, an dem Miriam vor zwei Jahren teilgenommen hatte. Zu diesem Anlass hatte ein Züchter ihrer Tochter ein selten schönes englisches Vollblut gezeigt, und Miriam war hin und weg davon gewesen. Ausgiebig hatte sie seinen schmalen, wohlgeformten Kopf gestreichelt und das schwarze im Morgenlicht glänzende Fell. Nie zuvor hatte Emma so ein Leuchten in den Augen ihrer Tochter gesehen. Widerwillig, aber ohne sich zu sträuben, hatte sich Miriam davon getrennt, wie ein Kind, dem man die heiß ersehnte Puppe wegnimmt. Emanuele und sie hatten gerührt gelächelt … und die Sache gleich wieder vergessen.

Mit Hilfe von Miriams Reitlehrer verhandelte Emma zwei Wochen lang über das junge Vollblut. Der Verkäufer wollte es nicht hergeben, er glaubte, das Pferd sei von unschätzbarem Wert. Es war ein prächtiges Tier und hatte sich schon auf internationalen Turnieren bewährt. Es sei sein Ein und Alles. Am Ende konnte Emma ihn überzeugen und das Pferd für einen schwindelerregend hohen Preis erwerben. Doch wenn Emanuele ein Vermögen für seine vulgäre Schlampe ausgeben konnte, war es dann nicht ihr gutes Recht, der Tochter – koste es, was es wolle – ihr Traumpferd zu kaufen?

Als Miriam nach dem Abitur im Juni endgültig nach Hause

zurückkehrte, traf sie auf eine ungewöhnlich gut gelaunte Mutter. Emma spürte die Feindseligkeit der Tochter und befürchtete, wie immer alles falsch gemacht zu haben. Miriam hatte nach eigenen Worten ja eigentlich gar keine Lust mehr zum Reiten gehabt, wie immer hatte sie ihr mal wieder nur mit halbem Ohr zugehört. Auf einmal hasste sie sich und dieses Vollblut, dessen Erwerb aufs Neue bewies, dass sie ihrer Rolle als Mutter nicht gerecht wurde.

Doch einen Tag nach der Ankunft ihrer Tochter beschloss sie, diese unter einem Vorwand in den Stall zu locken. Nach wie vor hoffte sie immer noch darauf, das Geschenk würde ihre Tochter zugänglicher machen. Miriam folgte ihr widerwillig und rief ihrer Mutter ihr Desinteresse am Reiten erneut in Erinnerung. Die Mutter bat sie vorwurfsvoll, doch ein wenig Geduld zu haben. Beim Stall gab sich der Betriebsleiter förmlich und ging ihnen voraus, lächelte Emma aber mehrmals verschwörerisch zu, denn er hatte die Bedeutung der Situation begriffen.

Dann sah Miriam das Pferd im ersten warmen Frühlingslicht grasen.

»Indira!«, murmelte sie sofort verzückt angesichts einer Erinnerung, die ihr das Leben davor zurückbrachte.

»Sie gehört dir, Miriam.« Emma war kurz hinter ihr stehen geblieben.

Miriam näherte sich behutsam, und Indira hob den Kopf. Langsam umschlang sie den Hals des Pferdes, und das Vollblut ließ es geschehen. Dann löste sie sich kurz von dem Tier, sah die Mutter mit tränenerfülltem Blick an und formte ein stummes »Danke« mit den Lippen.

Emma nickte. Sie weinte – vor Freude, wie sie glaubte, doch in Wahrheit war es aus tiefer Trauer.

Emma hatte den Eindruck, dass mit Indira wieder so etwas wie Normalität in das Leben ihrer Tochter eingekehrt war, und das beruhigte sie. Miriam wollte zwar keine Turniere mehr reiten, verbrachte ihre Tage aber in der Manege. Weil sie viel an der frischen Luft war, hatte sie wieder einen etwas gesünderen Teint, und die langen Ausritte hellten ihren Blick auf. Sie war nach wie vor nicht gesprächig, aber nicht mehr ganz so in ihrer eigenen Welt versunken wie vorher. Der Mutter fiel auf, dass keine Freundinnen vom Internat anriefen oder sie einluden. Sie erkundigte sich danach, und Miriam meinte, sie wolle eher neue Leute kennenlernen. Mit ihren einstigen Mitschülerinnen verbinde sie nicht mehr viel: Sie seien zwar gemeinsam erwachsen geworden, doch nun müsse jede ihren eigenen Weg gehen. Von neuen Leuten war allerdings weit und breit nichts zu sehen, geschweige denn von einem Freund, obwohl Miriam doch so hübsch war. Als sie eines Tages gemeinsam auf der Veranda frühstückten, schlug die Mutter ihr erneut vor, zum Zahnarzt der Familie zu gehen, um die Lücke zwischen den Schneidezähnen beseitigen zu lassen. Miriam zuckte förmlich zusammen. Sie schaute von ihrer Tasse auf, als hörte sie aus weiter Ferne eine Stimme. Sofort verdüsterte sich ihr Blick.

»Nein«, erwiderte sie.

Und das so energisch, dass Emma ganz verwirrt war.

»Wieso denn das? Es ist wirklich kein großer Eingriff …«

»Ich habe nein gesagt!«, erwiderte sie und nippte erneut an ihren Tee.

Emma musterte ihre Tochter und fand, dass Miriams Diät nicht mehr nur mit weiblicher Eitelkeit zu erklären war. Sie nahm von allem nur winzige Bissen, Süßigkeiten lehnte sie generell ab. Emma beschloss, den Arzt ihres Vertrauens zu konsultieren, einen Psychiater, der ihr seit Jahren bei *Wehwehchen* half.

»Gut«, seufzte Emma bereitwillig und riss sich aus ihren Gedanken, die sie nervös machten. »Die Lücke ist inzwischen so schmal geworden ... Und sie steht dir auch irgendwie, weißt du? Recht hast du ... Vielleicht ist es sogar eine gute Idee, sie so zu lassen.«

Miriam stand abrupt auf, schob den Stuhl mit einem lauten Quietschen zurück. »Ich würde dieses Thema gerne für immer beenden«, fuhr sie ihr über den Mund und ging wieder nach oben.

In diesem Sommer halfen Dr. Agostino Mineo und Indira Miriam dabei, ihr Gewicht zu halten.

Indira sorgte dafür, dass Miriam nicht mehr so einsam war, und Dr. Mineo verschrieb ihr Barbiturate.

Genau wie Emma hielt Agostino Mineo eine Psychoanalyse für bloße Zeitverschwendung, sie diene nur dazu, den Voyeurismus gewisser Schwätzer zu befriedigen, die nicht das Zeug zu einem richtigen Arzt hätten. Entsprechend reagierte er auf Emma Bassevis Sorgen mit freundlich-beruhigenden Worten. Es bringe nichts, in ihrem Leid herumzustochern, das eindeutig auf den Verlust ihrer Cousine zurückgehe. Wozu daran rühren? Es gehe schlichtweg darum, dafür zu sorgen, dass sie sich besser fühle. Er wolle ihr gerne helfen.

Emma musste Miriam zu einem Besuch förmlich drängen. Deren extreme Magerkeit und sichtliche Erschöpfung bereiteten ihr von Tag zu Tag mehr Sorge, aber die Tochter weigerte sich hartnäckig und schloss sich tagelang in ihrem Zimmer ein, um ihr aus dem Weg zu gehen. Nach unzähligem vergeblichem

Flehen drohte Emma ihr damit, Indira abzuschaffen, wenn sie nicht auf sie höre.

Miriam gab unter der Bedingung nach, dass man sie fortan in Ruhe ließ.

An einem schwülen Nachmittag ging sie allein ins Viertel Fleming, wo sie der Spezialist in einer Wohnung im letzten Stock eines eleganten Hauses empfing. Als Arzthelferin fungierte seine alte Mutter, denn Dr. Agostino Mineo finanzierte mit seinen Honoraren jede Menge Laster – junge Frauen, Glückspiel und teure Whiskeysorten. Dafür verschrieb er Damen aus der feinen römischen Gesellschaft unterschiedlichste Medikamente. Seine Patientinnen verehrten ihn, er sah ihnen ihre Schwächen ebenso großzügig nach wie sie die seinen. Die Rezepte stellte er mit der Diskretion eines Gentlemans vom alten Schlag aus. Sie lächelten und zahlten dankbar, denn diese Pillen waren unverzichtbar, um in Form zu bleiben, gut zu schlafen, sich über einen untreuen Ehemann hinwegzutrösten und an einem Abend mit Freunden Charme zu versprühen.

Dr. Mineo befand Miriam eindeutig für blass und untergewichtig. Dennoch machte die kleine Bassevi einen unbeschwerten Eindruck auf ihn. Sie war vielleicht etwas lethargisch und hatte kein Interesse, am Sozialleben teilzuhaben oder an den zweifelhaften Vergnügungen Gleichaltriger, aber das konnte man ihr schlecht vorwerfen. Im Gegenteil, er fand sie außergewöhnlich reizend, diese junge Frau mit dem ausgesuchten Benehmen, deren kaum entwickelter Körper regelrecht ätherisch wirkte, da konnte man regelrecht schwach werden. Als Miriam ihm erklärte, sie leide unter Schlaflosigkeit, wusste Dr. Mineo sofort, dass sie schon bald eine dauerhafte Freundschaft verbinden würde. Es war offensichtlich, dass ihr die fehlende

Nachtruhe alle Energie raubte und sie apathisch machte. Bei guter Nachtruhe würde sie aufblühen wie eine Rose. Mineo erahnte ihren Duft fast schon, während er sie mit einem breiten zufriedenen Lächeln unter schweren Lidern musterte.

Eigentlich war die kleine Bassevi noch zu jung für das Medikament, doch der Psychiater griff für sie eigens auf Spezialvorräte eines Schlafmittels zurück, das seine nervösen Patientinnen ganz besonders schätzten. Er begann mit einer Wochendosis, genug, damit sie seine positive Wirkung schätzen lernte und wiederkam. Er schenkte ihr das Medikament unter der Bedingung, dass sie niemandem davon verriet, dass sie regelmäßiger aß. Zum Spaß sagte er, dass er bei jedem Treffen ihren kleinen Finger betasten werde, so wie die Hexe in *Hänsel und Gretel*, um sicherzustellen, dass sie ein wenig zunahm.

Miriam enthielt sich eines Lächelns.

An diesem Abend enthüllten ihr Dr. Mineos Pillen das Geheimnis des Vergessens.

Vergessen. Die Zeit verging, und genau dieses Vergessen war es, das Marisa Ansaldo so quälte. Die Momente, in denen der Schmerz nicht mehr so spürbar war und so etwas wie Normalität durchließ wie Licht durch das Gewebe eines Stoffes. Die spontane Freude über den Duft eines frisch aus dem Ofen geholten Brotes. Der Trost, an einem kalten Herbstmorgen ein heißes Getränk in Händen zu halten. Eine unbewusst gesungene Melodie. Das Aufhängen der Wäsche im Hof bei Frühlingssonne. Das Lächeln, mit dem sie Ettores Anrufe entgegennahm. Das Leben, das nach ihr rief. Und wenn sie dann spontan reagierte, bekam sie gleich darauf furchtbare Schuldgefühle. Weil sie beschlossen hatte, ihr Kind zu überleben, das gerade zu Staub wurde. Um diesem Vergessen zu entfliehen, verbarrikadierte sie sich und verbrachte ihr Leben innerhalb der eigenen vier Wände, die die Erinnerung an Betta wachhielten. Die Vorstellung, sie auch nur kurz zu verdrängen, quälte sie. Es war, als würde sie ihre Tochter im Stich lassen.

Wenn sie ihren Mann manchmal verstohlen musterte, schien dieses Vergessen für ihn längst nicht so schrecklich zu sein wie für sie. Sie sah, wie er sich sonntagnachmittags Fußballspiele im Fernsehen anschaute, sich über ein verschossenes Tor aufregte und fluchte. Ohne dass seine Tochter danebengesessen hätte wie im Leben davor. In solchen Momenten hasste sie ihn, denn aus ihrer Sicht gab es nichts Schlimmeres als zu vergessen.

Beide ließen sie zu, dass der Alltag langsam wieder Besitz von ihnen ergriff. Die Distanz, die sie zu Stelvio hielt, und ihr Schweigen ihm gegenüber waren alles, was sie tun konnte, um dem schlimmen Verlust, der ihr Leben zerstört hatte, Rechnung zu tragen.

Aber auch Stelvio hatte mit dem Vergessen zu kämpfen. Wenn er sich über einen alten Stammkunden freute, der sich von einer Krankheit erholt hatte. Wenn er über den Scherz des Lieferjungen lachte, der die Milchprodukte brachte. Wenn er einem im Kinderwagen quengelnden Kleinkind ein Stück Pizzabrot schenkte, während die in der Schlange wartende Mutter erfreut zusah. Es quälte ihn genauso. Und bei ihm kam noch der Schmerz hinzu, miterleben zu müssen, wie ihm seine Frau durch ihr abweisendes Verhalten von Tag zu Tag fremder wurde. Er hatte Betta nicht retten können, und jetzt konnte er seine Ehe nicht retten, denn für Marisa war alles unwichtig geworden, ohne die Tochter. Auch er.

VII
Das Mädchen mit dem Diadem

Miriam Bassevi hingegen wollte unbedingt vergessen.

Für sie waren die Erinnerungen eine endlose Qual. Sie verfolgten sie, wenn sie nicht aufpasste, rissen sie mit Bildern aus dem Schlaf, die immer deutlicher und unmittelbarer wurden, statt mit der Zeit zu verblassen. Die heisere Stimme eines Fremden, ein Geruch, ein plötzlicher Lichtblitz, ein plötzlich laufender Sommerhit: All das genügte, um sie an den Strand, unter einen finsteren Himmel zurückzuversetzen. Ganz unabhängig davon, wo sie in diesem Moment war – sie fühlte sich an jenen Ort, in jene Nacht zurückversetzt. Alle Luft entwich aus ihrer Lunge, als sie zu Boden gedrückt wurde. Alles wurde schwarz. Immer wieder stieß der Aggressor in sie hinein, immer wieder starrte Betta in ihrer Ballerinahaltung in den Himmel. All das geschah nur in ihrem Kopf, trotzdem ging sie auch körperlich vollkommen erschöpft aus diesen Momenten hervor. Wer dann in ihrer Nähe war, bemerkte nur eine kurze Unaufmerksamkeit, einen Moment des Desinteresses. Während sie jedes Mal darum kämpfte, ihren Dämonen nicht zu erliegen.

Die Erste, die begriff, dass Miriam Bassevi nicht einfach nur eine arrogante Kuh war, war Cristiana Massiroli, und zwar im Winter 1982. Sie besuchte dieselbe Designhochschule an der Piazza Colonna, doch bisher hatten sie kein einziges Wort miteinander gewechselt. Miriam blieb für sich, kam oft in der eleganten, von der Mutter entworfenen Reitkleidung zum Unterricht, machte sich Notizen und zeichnete dermaßen lustlos, dass klar war, dass sie nur kam, um es anderen recht zu machen. Außerdem war sie eindeutig magersüchtig. Cristiana, Tochter zweier Ärzte, war das auf den ersten Blick klar. Eines Morgens beobachtete sie, wie Miriam in der Cafeteria versuchte, einen Tee zu trinken. Ihre Hände zitterten so stark, dass das Getränk überschwappte. Cristiana Massiroli sah zu, wie sie die Tasse auf den Unterteller stellte und den kochend heißen Tee vom Handrücken tupfte, bevor sie sich unbarmherzig den Hals massierte. Sie war extrem blass und hatte dunkle Ringe unter den geröteten Augen wie jemand, der schon seit Tagen nicht mehr zur Ruhe kommt.

Aus Mitgefühl heraus setzte sich Cristiana Massiroli ungefragt zu ihr an den Tisch und ließ sie zusammenzucken. »Was brauchst du?«

Miriam starrte sie an, als sähe sie sie zum ersten Mal, und vielleicht war dem ja auch so. »Wie bitte?«

Die andere zündete sich eine Zigarette an. »Amphetamine?«

Miriam öffnete empört den Mund, als wollte sie dieser Fremden, die ihr da gerade Drogen anbot, gehörig die Meinung sagen. »Fentanyl«, sagte sie dann zu ihrem Erstaunen kein bisschen feindselig.

Cristiana Massiroli riss die Augen auf. »Fentanyl?«

Miriam nickte eifrig. In der Woche zuvor hatte Dr. Mineo einen Herzinfarkt gehabt, der ihn fast umgebracht und anschließend ins Koma versetzt hatte, so dass sie von jetzt auf gleich ohne Pillen und ohne Rezept dastand. Angesichts schwindender Vorräte hatte sie es mit der Angst bekommen und war zu einem anderen Spezialisten gegangen. Der hatte sich jedoch strikt geweigert, ihr das einzige Mittel zu verschreiben, das ihr half und sie wenigstens für ein paar Stunden schlafen ließ. Stattdessen hatte er ihr lachhafte Alternativen vorgeschlagen. Was wusste er schon von den Albträumen, die sie quälten? Sie hatte versucht, die noch verbliebenen Pillen zu rationieren, bis sie eine andere Lösung gefunden hätte, doch mittlerweile litt sie an Entzugserscheinungen und war ratlos. Noch zwölf Stunden, und sie würde endgültig durchdrehen.

»Kennst du jemanden, der so was verkauft?«, flehte sie möglichst freundlich.

Cristiana Massiroli zuckte mit den Schultern. »Offen gestanden, nein. Leo vielleicht.«

»Wo finde ich den? Hier an der Hochschule?«

»Leo?« Lachend stieß sie Rauch aus. »Wie kommst du denn auf die Idee?«

»Wo dann?«

»Freitags steht er immer vor dem Blue Alien an der Via Aurelia. Dort befindet sich ein Melonenstand, der im Winter geschlossen hat. Normalerweise ist er von Mitternacht bis zwei, drei dort anzutreffen.«

»Und woran erkenne ich ihn?«

»Na hör mal, wie viele Deppen kennst du, die an einem geschlossenen Melonenstand rumhängen?«

Miriam starrte sie an. Sie musterte die Fremde und kam sich vor wie von einem anderen Stern. Sie konnte ihr und ihrem Sarkasmus kaum folgen. Erst jetzt sah sie, dass sie einen Nasenring mit einem Kettchen trug, das zum linken Ohr führte. Ihr wilder schwarzer Haarschopf mit den gebleichten blauen Spitzen ließ sie aggressiv wirken, aber ihre Züge waren fein und mädchenhaft.

»Kennst du den gut, diesen Leo?«, fragte sie.

»Er hat mir Gras verkauft. Aber ich weiß, dass er jetzt auch mit anderen Dingen handelt.«

»Ist er vertrauenswürdig?«

»Er dealt«, erwiderte sie mit einem Schulterzucken, wie um die Absurdität dieser Frage zu unterstreichen.

»Wo an der Aurelia?« Miriam wühlte in ihrer Handtasche nach einem Stift.

»Auf der Höhe von Montespaccato. Du musst nur nach ihm fragen, den kennen alle.«

Cristiana Massiroli schaute sie mitfühlend an. »Aber komm bloß nicht so in den Unterricht«, riet sie ihr.

Miriam senkte den Blick. »Okay.«

»Willst du etwas Gras?«

Sie schüttelte den Kopf und stand auf. Der Tee stand noch dort, die Tasse auf dem überschwemmten Unterteller. Sie hängte sich ihre Tasche um und sah sie dankbar an. »Bis bald.«

Die andere blieb sitzen und aß die Kekse, die zum Tee serviert wurden und die Miriam nicht angerührt hatte. »Bis bald«, sagte sie und schaute ihr nach.

Miriam ging nach Hause, suchte sofort das Bad auf und spuckte von Krämpfen geschüttelt Galle. Dann zog sie rasch alles aus, was sie am Leib trug und stellte sich unter die eiskalte Dusche. Das tat sie immer, wenn sie keine Luft mehr bekam: Das eiskalte Wasser ließ alle Luft aus ihrer Lunge entweichen, so dass sie gezwungen war, nach Sauerstoff zu ringen. Langsam ließ sie sich sinken, zog die Knie an und blieb so sitzen, nackt und zitternd.

Seit sie in der Wohnung in der Via Barberini lebte, hatte sich ihr Zustand rapide verschlechtert. Als sie noch bei der Familie gewohnt hatte, war sie gezwungen gewesen, sich zusammenzureißen. Auch wenn die Mutter inzwischen zwischen Rom und New York hin und her pendelte und der Vater längst woanders wohnte – der wachsame Blick der Großmutter und der Bediensteten verfolgte sie auf Schritt und Tritt. Doch jetzt war sie überwiegend allein. Die Wohnung, die den Bassevis seit den 1950er Jahren gehörte, war im Vorjahr frei geworden, und Miriam hatte die Erlaubnis bekommen, dort einzuziehen. Da sie keinen Führerschein machen wollte, kam sie so leichter zur Hochschule im Zentrum. Die Eltern zahlten die Studiengebühren und zahlten ihr einen großzügig bemessenen monatlichen Unterhalt und riefen an, um sich nach ihr zu erkundigen. Miriam musste sich also nur noch ums Überleben kümmern.

In den letzten Monaten hatte sich Miriam oft gefragt, wozu eigentlich. Bis auf die Zeit im Reitstall, wenn sie denn körperlich dazu in der Lage war, wurde ihr Leben von Tag zu Tag unerträglicher. Sie hatte gehofft, dass es ihr mit der Zeit besser gehen würde, dass ihre Panikattacken, ihre Albträume nachlassen würden. Aber das genaue Gegenteil war eingetreten: Es war, als versuchte sie verzweifelt, ans Ufer zu schwimmen, nur um zu sehen, wie dieses in immer weitere Ferne rückte, während Arme und Beine ermüdeten und ihr die Anstrengung den Atem nahm. Sie hatte sich an diesen letzten Rest Leben geklammert, aber jetzt wusste sie nicht mehr, warum. Oder vielleicht doch. Sie blieb am Leben, weil sie sich vor dem Tod ebenso fürchtete wie vor dem Leben. Am liebsten wäre sie einfach verschwunden statt zu sterben. Denn dem Tod hatte sie bereits in die Augen geschaut, sie hatte in den Abgrund, das Nichts geschaut, das er im Blick hinterlässt, und allein beim Gedanken daran wollte sie laut schreien. Doch was, wenn der Tod nicht nur nichts war?

Nicht einmal auf den Tod konnte man sich verlassen. Ihr fehlte jede Zuflucht.

Sie drehte das Wasser ab, verließ die Dusche und ging ins Bett, wo sie sich, ohne sich abzutrocknen, in die Bettdeckte hüllte. Es schüttelte sie. Ich werde auch heute nicht sterben, dachte sie, während sie nicht langsam wegdämmerte, sondern ihr Bewusstsein schlagartig ausgeknipst wurde. Vielleicht war sie, erschöpft von den vorausgegangenen schlaflosen Nächten, abrupt in den Schlaf gefallen, vielleicht aber auch ohnmächtig geworden. In dem bereits vor ihrem Einzug elegant eingerichteten Apartment war ihre Anwesenheit nicht mehr wahrzunehmen. Kein Atemzug. Genau das war aus Miriam Bassevi geworden – jemand, der so zerbrechlich war, dass er zwischen Leben und Tod schwebte.

Als sie wieder zu sich kam, setzte sie sich abrupt auf, rang gurgelnd nach Luft, so als hätte sie länger den Atem angehalten und wäre soeben wieder an die Wasseroberfläche gelangt. Vielleicht auch, als hätte man sie mit dem Gesicht nach unten in den Sand gedrückt, um sie am Schreien zu hindern. Es war dunkel, und sie wusste nicht, wo sie war. Verzweifelt ertastete sie ihre Umgebung und spürte die feuchten Sandkörner neben ihrem nackten Körper. Sie drehte sich um, wollte fliehen, aber der Sand besaß Tentakel, die sie nicht mehr losließen. Gelähmt vor Angst, riss sie die Augen auf. Sie versuchte zu schreien, doch kein Laut kam aus ihrer Kehle. Genauso wenig wie aus Bettas. Sie wand sich und fiel ins Nichts. Der Schmerz in Ellbogen und Stirn beim Aufprall gab ihr die Kraft zu stöhnen, holte sie ins Hier und Jetzt zurück.

Sie befreite sich von den Decken und blieb auf dem Teppich sitzen. Die Augen, die sich wieder an die Dunkelheit gewöhnt hatten, ließen sie die vertrauten Konturen des Schlafzimmers erkennen. Nachdem sie all ihre Kräfte zusammengenommen hatte, stand sie auf und trotzte dem Schwindel, um sich anzuziehen. Sie zog ihren Slip, Tennissocken, eine Jeans und ein Sweatshirt an. Als sie alles Bargeld, das sie im Haus hatte, zusammengesucht und das ein oder andere Schmuckstück eingesteckt hatte, rief sie ein Taxi und zog sich warm an, bevor sie das Haus verließ.

Miriam befahl dem Taxifahrer, vor dem Melonenstand zu halten.

Der untersetzte, glatzköpfige Mann um die sechzig gehorchte.

Sie zahlte ihm die Fahrt und gab ein üppiges Trinkgeld. »Warten Sie hier bitte auf mich, in zehn Minuten bin ich zurück.«

»Nein, meine Liebe, für heute mach ich Schluss«, meinte der und steckte das Geld zu dem Bündel, das er aus seiner Hosentasche gezogen hatte.

»Bitte! Ich bezahle Sie auch fürs Warten.« Miriam beugte sich zwischen den Sitzen vor und sah ihn verzweifelt an.

»Ja, was denkst denn du, ich hab auch ein Zuhause!«

»Aber wie soll ich hier um diese Uhrzeit noch ein Taxi finden?«, erwiderte sie genervt.

»Ist das vielleicht mein Problem?« Er zeigte mit dem Kinn auf die Jungs neben dem Melonenstand. »Schau, einer von denen wird dich bestimmt nach Hause bringen.«

»Aber es sind doch gerade mal zehn Minuten!«

»Ich wohne hier ganz in der Nähe. Bis in die Via Barberini fahr ich bestimmt nicht zurück.« Er zeigte auf die Tür. »Los, steig aus, Mädel.«

Miriam seufzte genervt und gehorchte. Der Fahrer ließ den Motor an und war innerhalb weniger Sekunden verschwunden.

Reglos blieb sie stehen. Aus der Fabrikhalle wummerten Bässe, die Musik darin musste ohrenbetäubend laut sein. Auf dem asphaltierten Platz davor wimmelte es von jungen Leuten. Autotüren wurden zugeschlagen, Motorräder heulten auf, dazu lautes Stimmengewirr, durchbrochen von Kreischen und schrillem Gelächter. Ihr wurde dermaßen schwindlig, dass sie ins Taumeln geriet. Als sie sich wieder stabil genug fühlte, ging sie auf wackligen Beinen zum Stand, der, anders als der hell erleuchtete Platz, im Schatten lag. Davor wurde Schlange gestanden, wenn auch chaotisch, an deren Ende sich ein junger Mann befand: dunkles Haar, an den Seiten kurzgeschoren und oben auf dem Kopf etwas länger. Er trotzte der nächtlichen Kälte mit einem leichten Blouson und einem Sweatshirt mit gefälschtem Markenlogo. In regelmäßigen Abständen wurde er laut, um die Leute zu bremsen, wenn sie ihn zu sehr bedrängten. Dann reagierten auch andere Wartende und gaben lauthals oder mit Gesten zu verstehen, dass man bitte ruhig bleiben solle, damit der Typ da vorn nicht die Geduld verlor. Miriam blieb anfangs auf Distanz, doch als sie merkte, dass sie von beiden Seiten überholt wurde, stellte sie sich an. Als sie an der Reihe war, spürte sie, dass ihr der Typ hinter ihr vor Ungeduld förmlich an den Fersen klebte.

Sie brachte den Mund nicht auf und trat vor lauter Nervosität beiseite. Niemand sagte ein Wort: Man trat heran, drückte ihm einen oder mehrere Scheine in die Hand, woraufhin er in seine Tasche griff und dem Wartenden das, was er in der Hand hielt, zusteckte, woraufhin dieser mit geschlossener Hand eilig das Weite suchte. Die Prozedur wirkte fest eingespielt, doch Miriam wusste nicht, wie sie sich einklinken sollte. Sie sah noch eine Weile zu, zitternd trotz ihres Anoraks, ihres Schals und ihrer Wollmütze, und begriff, dass sie am falschen Ort war. Sie wusste nur nicht, wie sie jetzt wieder nach Hause kommen sollte. Sie entfernte sich von dem Stand und setzte sich im Schein einer Laterne auf den Bürgersteig. Sie hatte Muskelkrämpfe am ganzen Körper. Ihr pochte der Kopf wie ein Riesenabszess und ihr war speiübel. Vor allem der Ellbogen, den sie sich beim Aufwachen geprellt hatte, tat ihr wahnsinnig weh. Sie sog die kalte Luft tief in ihre Lunge ein, um die Übelkeit zu vertreiben, aber das verschlimmerte nur ihr Brennen im Hals. Am liebsten hätte sie sich an Ort und Stelle ausgestreckt, die Augen zugemacht und sich nie mehr gerührt wie ein Stein, bloß um nichts spüren, nichts sehen zu müssen. Sie sackte in sich zusammen und verharrte so, bis sie eine plötzliche Unruhe abrupt aufspringen ließ. Sie marschierte los, ohne jedes Ziel. Vielleicht würde sie es ja bis nach Hause schaffen, vielleicht hatte sie ja gar keine so weite Strecke zurückgelegt wie gedacht. Nachdem sie den Schein der Laterne verlassen hatte, stand sie neben dem Melonenstand und sah, dass nur noch der Typ mit dem gefälschten Sweatshirt übriggeblieben war. Sie trat näher.

»Bist du Leo?«

Er schaute von seinen ebenfalls gefälschten Schuhen auf. »Was geht dich das an?«

»Hast du Fentanyl?«, fragte sie kaum hörbar.

Er starrte sie lange mit zusammengekniffenen Augen an. »Mit dem Zeug handle ich nicht.«

»Und wer verkauft so was?«

»Du kannst es bei Carrozza versuchen, beim Drogenumschlagplatz in San Giovanni, gleich bei der Madonnenstatue.«

»Und was verkaufst du?«

»Sonst noch was?«, moserte er. »Und wenn du Fentanyl suchst: Das ist nichts für dich.«

Miriam verkroch sich in ihrem Anorak. Sie wollte etwas sagen, etwas fragen. Nach etwas, das ihr vielleicht irgendwie weiterhelfen konnte. Aber ihr konnte nichts mehr helfen. Sie war umsonst hergekommen. Sie drehte sich um und setzte ihren Weg auf dem dunklen Bürgersteig fort, lief mal langsamer, mal schneller. Kurz verwechselte sie die Straße mit der, die in Torre Domizia zur Flussmündung führte, zum Haus von Onkel und Tante. Vielleicht war das gar nicht mal so weit weg. Irgendwann hörte der Bürgersteig auf, und sie lief am Straßenrand weiter, auf der festgestampften Erde. In regelmäßigen Abständen wurde sie von den Scheinwerfern der ihr entgegenkommenden Autos geblendet. Sie kniff die Augen zusammen, geriet ins Taumeln und beschleunigte ihre Schritte. Sie geriet ins Stolpern, fiel mehrmals auf die Knie und rappelte sich wieder auf. Die Scheinwerfer eines größeren Fahrzeugs blendeten sie. Sie legte schützend die Hand vor Augen, um anschließend erneut von Dunkelheit verschluckt zu werden.

Als sie wieder zu sich kam, schmerzte sie das Licht dermaßen in den Pupillen, dass sie erneut die Augen zukniff, laut aufstöhnte und instinktiv die Hände vors Gesicht schlug.

»Wie geht es dir?«, fragte eine Stimme aus der Dunkelheit.

»Gut«, murmelte sie. Sie wusste nicht recht, ob sie lag oder stand, dann roch sie staubige Erde und wurde von Husten geschüttelt.

»Von wegen! Du hast geschleimt wie eine Schnecke.«

Sie zwang sich, die Auge zu öffnen und nahm eine über sie gebeugte Gestalt war. Es war der Typ mit dem gefälschten Sweatshirt, der neben ihr kauerte. Und das Licht, das sie so blendete, stammte von einem hinter ihm abgestellten Auto.

»Du hattest Krämpfe«, murmelte er und wischte ihr mit ihrem Schal den Mund ab. »Bist du denn völlig verrückt geworden, hier rumzulaufen?«

Miriam versuchte vergeblich, sich seinen Händen zu entziehen und murmelte wirres Zeug. Ganz langsam gelang es ihr, die Augen zu öffnen, während er behutsam ihren Kopf hob und ihr eine kühle Glasflasche an die Lippen hielt. »Trink.«

Mühsam würgte Miriam ein paar Schlucke hinunter. Jetzt hatte sie noch mehr Halsschmerzen als vorher. Sie wich aus. »Ich will kein Mineralwasser«, protestierte sie.

»Tut mir leid, aber das Rosenwasser ist gerade alle«, spottete er.

Langsam setzte sie sich auf und spürte, wie er ihr den Dreck von Schultern und Kapuze klopfte. »Ich möchte nach Hause«, murmelte sie.

»Zu Befehl.«

Miriam sah ihn verständnislos an. »Kannst du mir ein Taxi rufen?«

»Glaubst du, wir sind hier am Bahnhof Termini?« Er half ihr beim Aufstehen, und sie fiel mehrmals wieder hin, bis sie es schaffte, sich auf den Beinen zu halten.

»Dann geh ich eben zu Fuß.«

»So kommst du höchstens auf den Friedhof.« Er führte sie zum Auto, stützte nur ihren dünnen Arm und öffnete die Wagentür.

»Nein, bei dir fahr ich nicht mit.« Sie versuchte, sich zu befreien, fuchtelte wild mit den Armen.

»Und wie willst du dann nach Hause kommen? Kennst du jemanden da drin?« Er zeigte mit dem Kinn auf die riesige Fabrikhalle, auf das Blue Alien. »Dann hol ich ihn dir.«

»Nein, ich kenne niemanden.« Sie wich noch weiter zurück. »Ich geh allein nach Hause.«

Er trank den Rest Wasser in der Flasche und warf sie weit

weg. Als sie auf den Boden prallte, splitterte sie irgendwo in der Dunkelheit. »Ganz wie du willst«, erwiderte er ungeduldig.

Ohne die Wagentür zu schließen, umrundete er das Auto und stieg ein.

»Und? Was ist jetzt?«, fragte er.

Miriam sah sich um. Die Fabrikhalle war weit weg, der Platz davor inzwischen halbleer, und es kamen so gut wie keine Autos mehr vorbei. Vor ihr lag nichts als Dunkelheit. Sie gab es auf, alles machte ihr gleichermaßen Angst. Sie stieg ein, hatte aber nicht genug Kraft, die Wagentür richtig zuzuziehen. Er seufzte genervt, stieg wieder aus, knallte sie zu und setzte sich hinters Steuer. Er sah, dass sie sich in der Ecke zusammengekauert hatte, direkt an der Tür. Flach atmend starrte sie ihn an.

»Ich will dich ja nicht beleidigen, aber abgesehen von allem anderen bist du auch noch ziemlich hässlich«, versicherte er ihr, bevor er den Motor anließ.

Da entspannte sie sich ein wenig. Sie wartete einen Moment und fragte dann: »Wo, hast du gesagt, finde ich den Typen, der vielleicht Fentanyl hat?«

»Du musst in die Notaufnahme von San Giovanni, nicht zu Carrozza«, erwiderte er, ohne den Blick von der Straße zu nehmen. »Wenn du wieder so einen Anfall bekommst, sieht es schlecht aus, hast du mich verstanden?« Er sprach wie jemand, der sehr reif ist für sein Alter, fast väterlich.

Miriam griff in die Innentasche ihres Anoraks und zog ein paar Hunderttausend-Lire-Scheine, zwei Kettchen und einen Armreif mit filigranen Verzierungen heraus. »Ich flehe dich an«, sie öffnete die Hand. »Ohne geht es mir schlecht.«

Er schüttelte den Kopf.

»Bitte«, bettelte sie und streckte den Arm aus.

Den Rest der Strecke legten sie schweigend zurück. Miriams Hand ruhte geöffnet in ihrem Schoß, darin das Geld und der Schmuck.

»Wie heißt du?«, fragte er.

»Miriam«, erwiderte sie nach langem Zögern.

Er warf ihr einen kurzen Seitenblick zu. »Bist du Ausländerin?«

»Wieso Ausländerin?«, erwiderte sie leicht empört. »Das ist ein jüdischer Name, dasselbe wie Maria.«

Er lachte amüsiert. »Maria?« wiederholte er.

»Was gibt es denn da zu lachen?«

»Ich heiße Leo De Maria.« Er zwinkerte ihr vielsagend zu. »Das war also eindeutig Schicksal …«

Hinter ihrem Schal verzog die nach wie vor benommene Miriam den Mund zu einem kaum merklichen Lächeln.

Leo De Maria legte eine lange Strecke zurück und brachte sie in eine Gegend, die aussah wie in einem apokalyptischen Comic. In eine Gegend, die sie sich offen gestanden, nie hätte vorstellen können. An Straßen voller Schlaglöcher, die wegen der meist kaputten oder funzeligen Laternen kaum beleuchtet waren, ragten Hochhäuser auf, die alle gleich aussahen, und zwar so als hätte sie ein phantasieloses Kind aus Legosteinen zusammengebaut. Sie, die nur die Kunst und Schönheit ihres Viertels kannte, fühlte sich wie in eines ihrer beklemmenden Albtraumszenarios katapultiert.

»Wo sind wir?«, fragte sie und spähte nervös durch die Windschutzscheibe.

»Im Paradies«, erwiderte er sarkastisch und fuhr rechts ran. Dann schnappte er sich alles, was Miriam in der Hand liegen hatte. Sie protestierte nicht. Leo suchte ihren Blick, um sich zu vergewissern, dass sie es ernst meinte. »Du bleibst jetzt hier und rührst dich nicht von der Stelle. Verriegle die Türen, und wenn jemand kommt, lässt du das Fenster nicht runter.«

»Und wohin gehst du?«, fragte sie angespannt.

»Ich suche nach Fentanyl.«

Miriam zögerte, um dann tief einzuatmen. »Okay«, flüsterte sie.

Leo stieg aus und schloss ab, bedeutete ihr, auch ihre Tür zu verriegeln.

Miriam gehorchte. Sie lehnte die Stirn an die kalte Scheibe und schaute ihm nach, bis er in der dunklen Öffnung eines dieser riesigen Gebäude verschwand, in denen nur wenige Fenster erhellt waren. So weit weg von ihrer Familie hatte sie sich noch nie gefühlt. Nicht einmal am Strand. Doch in dieser Stille, eingesperrt in dem Auto, zu dem nur Leo De Maria den Schlüssel hatte, war ihre Angst anders. Wie genau, hätte sie nicht sagen können. Trotz ihrer Orientierungslosigkeit und Panik, die keine Sekunde nachließ, wusste sie, ohne eine rationale Erklärung dafür zu haben, eines ganz genau: Vor Leo hatte sie keine Angst. Sie schmiegte sich in den Schal, der noch ganz feucht von ihrem Speichel war und schloss die Augen. Das hier war der Anfang vom Ende. Schuld daran war nicht ihr übler Psychiater, der seinen Patienten, einschließlich ihrer Mutter, alles Mögliche verschrieb. Miriam war schließlich nicht dumm. Sie hatte von Anfang an gewusst, dass sie die Abhängigkeit nicht überleben würde, dass sie die Mittel, die ihr Erleichterung verschafften, eines Tages umbringen würden. Ihre Sehnsucht nach Erlösung würde irgendwann größer sein als ihre Angst vor dem Tod. Diese Sehnsucht würde sie von dem Seil stoßen, auf dem sie balancierte, wie eine unverhoffte Berührung an der Schulter. Das wäre dann das Ende. Was ihr nur recht war. Trotzdem ertappte sie sich dabei, in ihren schmutzigen Schal zu schluchzen, während ihr Körper von Schmerzen gemartert wurde. Heiße Tränen liefen ihr über die Wangen, denn sie war noch keine neunzehn Jahre alt und einmal ein ganz normales Mädchen gewesen, das einen Strand entlanggeradelt war und davon geträumt hatte, glücklich zu werden.

Genau so, schlafend, und mit dem Schal vor dem Gesicht, fand Leo sie vor. Aus Angst, sie könnte ausgerechnet hier, in seinem Auto, gestorben sein, schüttelte er sie an der Schulter.

Miriam fuhr hoch, und der Schal gab ihr Gesicht frei.

Er zeigte ihr ein kleines zusammengefaltetes Stück Seidenpapier. »Ich hab das hier. Einer, den ich gut kenne, hat gesagt, das ist dasselbe.«

Sie nahm es und entfaltete es mühsam, so sehr zitterten ihr die Finger. »Meine haben eine andere Farbe«, bemerkte sie beim Anblick der Pillen.

»Was anderes hab ich nicht«, erwiderte er. Dann sah er, wie sie zwei zum Mund führte. »Warte kurz.« Er griff hinter sich und zauberte eine weitere kleine Wasserflasche hervor. Er öffnete den Kronkorken mit dem Schlüssel und reichte sie ihr.

Miriam nahm die Pillen, und diesmal trank sie die Flasche zur Hälfte leer.

»Du, das ist echt teures Wasser, das klau ich in der Trattoria, in der ich arbeite«, bemerkte er grinsend.

Miriam wischte sich mit dem Handrücken über den Mund. »Wenn du einen Job hast, warum dealst du dann?«

Leo sah sie mitleidig an und schüttelte nur den Kopf.

Doch so schnell gab sie nicht auf. »Reicht dir das Geld nicht, das du dort verdienst?«

»Ich kann den Hals einfach nicht vollkriegen«, schnitt er ihr sarkastisch das Wort ab.

Miriam verbarg erneut das Gesicht hinter ihrem Schal und gab ihm die Flasche zurück. Genau wie vorhin trank er den Rest, öffnete das Fenster und warf sie hinaus, woraufhin es klirrte.

»Es gibt Mülleimer«, rief sie ihm in Erinnerung.

»Willst du mir jetzt Lektionen erteilen?«, meinte er nur und ließ den Motor an.

Miriam starrte schweigend aus dem Seitenfenster.

»Wo wohnst du?«, fragte er.

»Via Barberini.«

Leo zog beeindruckt die Brauen hoch, bevor er ans andere Ende der Stadt fuhr.

Endlich konnte sich Miriam einem tiefen, traumlosen Schlaf überlassen. Jeder körperliche und seelische Schmerz löste sich in Luft auf, und das monotone Motorengeräusch lullte sie ein. Als Leo De Maria bald darauf in der Via del Tritone hielt und fragte, wo genau er sie absetzen solle, erwiderte sie nach langem Drängen nur, dass sie ein Stein sein wolle. Fluchend sagte Leo, das sei ihm egal, er brauche nur die Hausnummer, denn auch er sei jetzt müde. Doch Miriam stieß ihn nur genervt weg und schlief seelenruhig weiter. Die ideale Nacht zum Sterben, wie sie fand.

Leo musste mit der Schuhspitze anklopfen, weil er Miriam in den Armen hielt. Die wog zwar kaum etwas, aber so kam er nicht an die Hausschlüssel in seiner Jeanstasche.

Corallina brauchte ein wenig, um aufzumachen. Als sie beiseitetrat, um ihn hereinzulassen, rief sie überrascht: »Was ist denn passiert?«

»Ach, nichts. Eine Freundin von mir, die zu viel getrunken hat.«

»Und wo soll die jetzt hin?« Sie schritt die gesamte Vierzigquadratmeterwohnung ab, die fast zur Hälfte von dem ausklappbaren Sofa, auf dem Leo schlief, eingenommen wurde.

»Ich leg sie in mein Bett. Wir haben dort beide Platz«, beruhigte er sie.

Corallina schlug die Decke zurück und half ihm, sie abzulegen. Sie zogen ihr Schuhe, Mütze, Schal und Anorak aus.

»Was ist denn das für ein Skelett!«, sagte sie und sah ihren Bruder ungläubig an. »Und dieser blaue Fleck an der Stirn?«

»Die hat Probleme, Coralli«, sagte er nur.

Corallina deckte sie gut zu. »Na dann, herzlich willkommen«, sagte sie mit einem traurigen Seufzer.

Als Miriam die Augen aufschlug, war es bereits Morgen. Alles war still. Rechts von ihr ließ ein kleines Doppelfenster mit weißen Gardinen Sonne ins Zimmer. Noch ganz benommen ließ sie den Blick schweifen. Das Bett, in dem sie in eine alte verfilzte Wolldecke gehüllt lag, stand in einem winzigen Wohnzimmer mit Kochzeile, deren vergilbte weiße Fliesen blaue Blümchen schmückten. Gegenüber führte ein von einem bunten Vorhang verschlossener Türbogen zum Rest der Wohnung. Die Wände waren in einem verblichenen Aquamarinblau gestrichen, an einigen Stellen platzte der Putz ab, und überall hingen mit Temperafarbe in fast kindlichen Pinselstrichen gemalte Blumenbilder. Dann war da noch Leo De Maria, der neben ihr im Tiefschlaf lag, das Gesicht fast gänzlich vom Kissen verborgen. Er war ihr so nah, dass sie seine Atmung hören konnte. Sie wusste nicht, wann sie jemandem so nahe gewesen war. Oder vielleicht doch.

Sie konnte sich auch nicht mehr daran erinnern, wie und warum sie in dieser Wohnung gelandet war, nur dass sie, gleich nachdem sie die Pillen genommen hatte, in einen tiefen Schlaf gefallen war. Während sie schlief, hatte er sie also gepackt und hierhergebracht. Das unerklärliche Vertrauen von vorhin war auf einmal wie weggeblasen: Sie hatte zugelassen, dass Leo sie gepackt hatte. Auf der Stelle wurde ihr schlecht, und sie wollte nur noch weg. Zurück nach Hause. Sie schlüpfte aus dem Bett und suchte taumelnd nach ihren Sachen, die ordentlich zusammengefaltet auf einem Stuhl lagen. Sie zog sie an, kämpfte mit ihren steifen Gelenken, die jede Bewegung erschwerten, öffnete dann leise die Tür und betete darum, dass er nicht aufwachte, wenn sie den Riegel zurückschob. Um nicht zu viel Lärm zu machen, ließ sie die Tür einfach angelehnt.

Kurz darauf stand sie draußen auf der Straße, in einer ihr fremden Welt. Sie fand sich zwischen baufälligen Häusern mit kleinen Gärtchen und vernachlässigten Beeten wieder. Sie lief ein paar Meter, sah sich das Straßenschild an und ging zu einer Bushaltestelle – in der Hoffnung zu verstehen, wo sie sich befand. Aber alles war ihr vollkommen unbekannt. Orientierungslos lief sie, so weit sie ihre Beine trugen. Dann nahm sie einen beliebigen Bus, woraufhin ihr einfiel, dass sie kein Geld mehr hatte, weil Leo ihr alles abgenommen hatte, einschließlich des Goldschmucks. Egal! Sie brauchte zwei Stunden, einen langen Fußmarsch und drei verschiedene Busse, bis sie zu Hause war. Kaum hatte sie einen Fuß in ihre Wohnung gesetzt, zog sie sich aus, eilte unter die Dusche und wusch sich rein von dem Gedanken an Leo De Marias Hände, die sie im Schlaf berührt hatten. Tief in ihrem Innern wusste sie genau, dass er sie nicht angefasst hatte, doch das spielte keine Rolle. Ihre Phantasie war schlimmer als die Realität. Sie hörte ihn ganz in ihrer Nähe atmen. Sie lehnte die Stirn an die Fliesen und wartete vergeblich darauf, dass das Wasser sie von einem eingebildeten Gestank befreite.

Noch am selben Abend suchte Miriam nach dem Ort unweit des Krankenhauses, von dem Leo ihr erzählt hatte. Die Wirkung der Pillen, die er ihr besorgt hatte, war schon seit Stunden vorbei. Sie wusste nicht mehr, wie der Typ hieß, den er ihr genannt hatte, deshalb sah sie sich suchend um und fragte alle, die wenig vertrauenswürdig aussahen, wo man Arzneimittel ohne Rezept bekomme, fragte einen Fremden, der wie ein Junkie aussah, nach Betäubungsmitteln und der bot ihr hartnäckig Methadon an. Sie zögerte und lehnte schließlich ab, weil sie diesen Namen noch nie gehört hatte. Um elf nahm sie von der Piazza San Giovanni ein Taxi zurück zum Blue Alien, doch von Leo fehlte jede Spur. Mit demselben Taxi kehrte sie dorthin zurück, wo sie den Typen mit dem Methadon getroffen hatte, aber nicht einmal der war noch da. Erst mitten in der Nacht kam sie wieder nach Hause, erschöpft und mit leeren Händen. Sie wusste genau, dass die Schmerzen sie in wenigen Stunden in den Wahnsinn treiben würden, dass ihr Kopf explodieren, das Gedankenkarussell nicht mehr anhalten würde. Voller Verzweiflung ließ sie sich auf den Wohnzimmerteppich sinken.

Um drei Uhr morgens, nach wenigen Stunden unruhigen Schlafs, wachte Miriam schlagartig auf, mit Leos Adresse im Kopf. Sie hatte keine Ahnung, wie das kam, aber sie war ihr in dem ganzen Chaos wieder eingefallen, zusammen mit dem Vers eines Gedichts, das sie in der Grundschule auswendig gelernt hatte und das ihr unablässig durch den Kopf ging. Sie rief ein Taxi und verließ erneut das Haus. Sie ließ sich irgendwo in der

Straße absetzen und irrte lange herum, weil sie die Hausnummer nicht wusste. Mühsam entzifferte sie die Namen auf den Klingelschildern, die fast alle beschmiert und oft unlesbar waren. Als sie die Hoffnung fast schon aufgegeben hatte, fand sie einen De Maria, Apartmentnummer 12 unter der Hausnummer 26. Sie erkannte das Treppenhaus und ging sofort nach oben, da das Haustürschloss kaputt war. Von den Wänden bröckelte der Putz, sie waren von Graffiti und obszönen Zeichnungen bedeckt. In der Ecke eines schwach erhellten Treppenabsatzes stand eine vertrocknete Pflanze, die Uringestank verströmte. Inmitten all der Hässlichkeit musste sie wieder daran denken, wie gut es in Leos Wohnung gerochen hatte, und als sie vor der Tür stand, fiel ihr ein, dass sie fest davon ausgegangen war, er würde allein leben. Was verbarg sich hinter dem Türbogenvorhang? Wer hatte die naiven Blumenbilder gemalt? Die Krämpfe in Armen und Rücken ließen sie zu dem Schluss gelangen, dass das egal war. Ihr war alles egal. Sie wollte nur, dass er ihr half, Fentanyl aufzutreiben, so wie letzte Nacht. Erst klopfte sie leise, um dann übergangslos lauter zu werden. Sie musste recht lange warten, bis sie ein Geräusch hinter der Wohnungstür aus Sperrholz hörte. Sie war so leicht und hohl, dass sie ihr Klopfen verstärkt hatte. Sie nahm eine Bewegung hinter dem Spion wahr, dann blieb die Tür kurz angelehnt, bis sie sich vollständig öffnete.

Instinktiv riss Miriam die Augen auf und starrte auf den Seidenturban mit exotischem Muster, der den Kopf eines bestimmt über dreißigjährigen Mannes zierte, dessen Wangen von juveniler Akne vernarbt waren. Die komplett abrasierten Augenbrauen und der dunkle, frühmorgendliche Bartschatten ergaben ein seltsames Gesamtbild. Der schmale, aber kräftig gebaute Körper war in einen leichten Morgenmantel mit Blumendessin gehüllt, der ein tiefes Dekolleté freiließ und bis zur Wadenmitte reichte.

»Entschuldigen Sie. Ich habe mich in der Tür geirrt. Entschuldigen Sie«, sagte Miriam, die vor Verblüffung wie angewurzelt stehen blieb.

»Du bist Miriam!« Die Stimme war tief, ein wenig heiser, wurde aber von einem erstaunten Lächeln begleitet. »Was willst du denn hier um diese Zeit?«

»Ich suche Leo«, erwiderte sie entschuldigend und machte einen Schritt zurück.

»Leo ist noch nicht da. Der arbeitet nachts.« Es klang, als sollte sie nicht unbedingt darüber informiert, sondern eher daran erinnert werden.

»Das stimmt.« Miriam wich noch einen Schritt zurück.

»Willst du reinkommen?«

Sie schüttelte energisch den Kopf. »Nein.«

Sie sahen sich noch eine Weile an, bevor Miriam sich umdrehte und weitere Entschuldigungen murmelnd die Treppe nehmen wollte.

»Ich bin Corallina, Leos Schwester«, sagte die Person mit höherer Stimme, nicht ohne Traurigkeit. Ihre Worte klangen wie ein langer Seufzer.

Miriam blieb stehen und schaute sie erneut an. Corallina musterte sie, den Kopf leicht geneigt, während ihre Hand mit den rot lackierten Fingernägeln den Bademantel zusammenhielt.

»Entschuldigen Sie, ich wollte nicht stören. Wirklich nicht«, wiederholte sie.

»Los, komm rein, ich mach dir ein heißes Getränk, während du auf Leo wartest.«

Miriam zögerte.

»Keine Angst«, versicherte ihr Corallina mit einem undefinierbaren Lächeln. »Du kannst mich auch gerne duzen, so alt bin ich auch wieder nicht.«

Miriam schleppte sich auf müden Beinen in die Wohnung.

Nicht das Gespött verletzte Corallina. Nicht mehr. Und auch nicht das Misstrauen, das manchmal verständlich war. Woran sich Corallina niemals gewöhnen würde, war das Unbehagen in den Augen der Fremden. Weil es eine erschreckende Ähnlichkeit mit dem ihren hatte, wenn ihr Blick manchmal gedankenverloren auf einen Spiegel oder ein Schaufenster fiel und sie daraufhin zusammenzuckte. Ganz einfach, weil sie diese Gestalt nicht wiedererkannte, ja, sie sogar als befremdlich empfand. Sie hatte so gar nichts mit der Corallina in ihrem Kopf zu tun, damit wie sie sich selbst sah, wenn sie auf hohen Absätzen und mit flatterndem Rock draußen herumlief. Der ihr so fremde Körper stand ihr dann direkt vor Augen, sie spürte ihn unter den Kleidern, unter ihren bunten Turbanen, die ihre Geheimratsecken verbargen. Und ohne den Filter der Phantasie nahm sogar sie sich in all ihrer grotesken Hässlichkeit wahr. So gesehen, hatte Miriams Reaktion sie nicht verletzt, sondern nur kurz traurig gemacht. Aber woher hätte die es auch anders wissen sollen? Sie, die trotz ihres vom vielen Fasten ausgemergelten Körpers dennoch eine Frau mit all ihrer raffinierten Schönheit war? Während sie ihr einen Platz anbot, nahm Corallina sehnsüchtig die schmale Taille wahr, die der zweireihige Wollmantel noch betonte, der oben eng anlag, um dann trapezförmig auszulaufen. Ihr entschlüpfte sogar ein Seufzer angesichts der blaugrauen Farbe, so dass sie ganz zu fragen vergaß, ob sie ihn nicht ablegen wolle.

»Soll ich dir einen Milchkaffee machen?«, fragte sie.

Miriam setzte sich steif an den Küchentisch und legte die Hände in den Schoß. »Nein, danke.«

Corallina glaubte zu erkennen, dass sie leicht zitterte. »Ist dir kalt?«

»Es geht mir gut.« Sie senkte den Blick.

»Weißt du was? Ich mach mir auf jeden Fall eine heiße Milch.« Sie lächelte, ohne sie anzuschauen. »Vielleicht überlegst du dir es ja noch anders. Seit neuestem habe ich so einen dummen Husten, vor allem nachts.« Sie trommelte sanft auf ihre flache Brust. »Wenn ich was Heißes trinke, geht es mir gleich besser.«

Corallina machte sich schweigend am Herd zu schaffen. Dieses Mädchen erinnerte sie an die verwaisten Tiere, die Leo schon von klein auf mit nach Hause zu bringen pflegte. Einmal eine Schwalbe, dann eine Taube, eine halbtote Katze, sogar einen Igel. Er behielt sie jedoch nur so lange, bis es ihnen wieder besser ging, weil ihre Eltern von Tieren nichts wissen wollten. Als Kind hatte Leo immer gesagt, er wolle mal Tierarzt werden. Doch dann war so viel passiert …, dachte Corallina bedauernd.

Wortlos stellte sie dem Mädchen ein Glas mit heißer Milch hin, daneben die Zuckerdose und setzte sich, um die ihre zu trinken. Eine ganze Weile sagte keine von beiden etwas. Doch Miriam schien sich nicht länger unwohl zu fühlen, auch wenn sie sich in undurchdringliches Schweigen hüllte. Corallina spürte ihre ganze misstrauische Verletzlichkeit. Sie brauchte die Fremde nur anzusehen, um vieles an ihr wahrzunehmen. Denn so war sie nun mal: Sie saugte das Leid anderer förmlich auf, auch wenn die es ihr gar nicht mit Worten erzählten. Vielleicht weil sie selbst schon so viel gelitten hatte.

»Weißt du eigentlich, was für tolle Haare du hast?«

Miriam schaute kaum auf.

»Und wenn ich das sage, ist das auch so, ich bin schließlich nicht umsonst seit zwanzig Jahren Friseurin!« Sie tippte sich an den Seidenturban, unter dem sich in ihrer Phantasie weizenblondes Haar verbarg, so lang wie das von Farrah Fawcett. »Aber wenn ich mir die Bemerkung erlauben darf … du pflegst sie nicht so, wie du solltest«, ermahnte sie Miriam freundlich. »Weil ihnen Vitamine fehlen, haben sie jeden Glanz verloren.«

Miriam blieb stumm, sie hätte nicht gewusst, was sie darauf antworten sollte.

»Schau nur, wie dick und zugleich leicht sie sind … Du hast Milliarden Seidenfäden!« Sie seufzte entzückt. »Und dieser Pagenkopf! Wie charmant! Wer hat dir den geschnitten?«

Miriam zögerte. Dann neigte sie leicht den Kopf. »Weiß ich nicht mehr. Der Friseur meiner Mutter.«

»Was für ein Schnitt! So ein Pagenkopf ist nämlich echt schwierig …« Sie gestikulierte, um anzudeuten, was beim Schneiden eines Pagenkopfs alles schiefgehen konnte. Behutsam schob sie ihr das Glas Milch hin. »Trink einen Schluck, bevor sie kalt wird.«

Miriam griff nach dem Glas, umklammerte es fest, um das Zittern zu unterdrücken, und führte es dann behutsam an die Lippen. Inzwischen war die Milch nur noch lauwarm.

Corallina nickte langsam, schweigend, während sie innerlich jubelte.

»Leo war gestern morgen ganz traurig, dass du ohne zu frühstücken verschwunden bist«, gestand sie ihr leise, als würde sie der Bruder gleich wegen der Indiskretion tadeln.

Miriam trank, ohne sie anzusehen. Die ersten Schlucke waren ihr schwergefallen, aber jetzt floss ihr das Getränk durch die Kehle, ohne dass sie es überhaupt bemerkte.

»Willst du ein Stück Kuchen? Selbst gebacken.« Noch während Corallina das sagte, war sie bereits aufgestanden, um den mit einem karierten Tuch abgedeckten Teller zu holen.

»Nein«, erwiderte Miriam sofort, um dann ein höfliches »Danke« hinterherzuschicken.

»Magst du keinen?«

»Ich ess keine Süßigkeiten.« Miriam schwieg kurz. »Nicht mehr.«

Corallina war entsetzt. »Tatsächlich?«

Miriam schüttelte den Kopf.

»Warum denn das?«

Miriam schaute sie an. Diese Frage hatte sie sich nie wirklich gestellt, vielleicht weil sie die Antwort längst kannte. Die war ihr am ersten Morgen nach der Rückkehr ins Schweizer Internat gekommen, im Sommer vor zwei Jahren, als sie in der Cafeteria den Duft eines Windbeutels mit Zitronenguss aufgeschnappt hatte. Sie hatte festgestellt, dass Süßes nicht etwa tröstete, sondern ihr erst recht in Erinnerung rief, was sie alles für immer verloren hatte.

»Danach geht es mir einfach schlecht«, sagte sie kurz angebunden.

Corallina musterte sie, eine Hand in die Hüfte gestützt, die andere unter dem Teller mit dem Kuchen. »Interessant!«, murmelte sie und stellte die Süßigkeit weg. »Und wie wär's mit einem Stück Brot?«, fragte sie ermutigend.

Zu ihrer Überraschung nickte Miriam nach kurzem Zögern.

Hastig holte Corallina das Brötchen vom Vortag aus der Tüte und servierte es ihr auf dem schönsten Teller, den sie hatte, unter einer Leinenserviette, die einst einer Zeitschrift mit Rezepten beigelegen hatte. Sie stellte es ihr so vorsichtig hin, wie man einem misstrauischen Streuner einen Leckerbissen hinlegt. Dann wartete sie mit angehaltenem Atem.

Miriam griff zu dem Brötchen und nahm kleine Bissen davon, ohne es vorher zu brechen.

Bei jedem Bissen nickte Corallina kaum merklich.

Als Leo die Wohnungstür aufschloss, blieb er kurz reglos stehen und starrte die beiden an, bevor er die Tür hinter sich zuzog. Er sah erst Miriam und dann seine Schwester stirnrunzelnd an. Beide hatten sich zu ihm umgedreht. Nur Corallina lächelte.

»Was machst du denn hier?«, fragte er Miriam.

»Tut mir leid.« Sie senkte den Blick. »Ich wollte mit dir reden.«

»Um diese Uhrzeit?« Leo war sichtlich verärgert. Er sah Corallina angespannt an.

Corallina stand abrupt auf. »Ich muss jetzt wirklich ins Bett, ich brech gleich zusammen«, verkündete sie und rückte ihren Turban zurecht, bevor sie sich an Miriam wandte. »Ich darf mich entschuldigen?«

Sie nickte. »Tut mir leid für die Störung«, murmelte sie.

»Von wegen!«, erwiderte Corallina fröhlich. »Eine Frau mit einem so schönen Mantel ist bei uns jederzeit willkommen!«

Sie verschwand hinter dem Vorhang, nicht ohne sich mit einer eleganten Geste von beiden zu verabschieden.

Leo winkte sie hinaus, und sie ging mit ihm vor die Tür ins Treppenhaus. »Spinnst du, hierher zu kommen?«, fragte er mit unterdrückter Wut und lehnte behutsam die Tür an.

»Ich wusste nicht, was ich tun soll!« Miriam massierte sich die Arme und stand kurz davor zu weinen.

»Was willst du von mir?« Er tat sich schwer, leise zu bleiben. »Was hast du meiner Schwester gesagt?«

»Nichts, wirklich nicht!«, flüsterte sie traurig.

»Bist du dir sicher?«

»Ich hab nur gesagt, dass ich mit dir reden will.«

Leo schien sich ein wenig zu entspannen. »Und sie hat dich nichts gefragt?«

Miriam schüttelte den Kopf.

Seufzend lehnte er sich ans Geländer. Auf einmal hatte er ein schlechtes Gewissen, sie so schlecht behandelt zu haben, was ihn bloß noch gereizter machte. »Bei mir zu Hause hast du nichts zu suchen!«

Sie nickte eifrig.

Auch er nickte, um ihr zu verstehen zu geben, dass das eine eiserne Regel war. »Du hast heute Morgen sogar die Tür offen stehen lassen! Was hast du dir nur dabei gedacht? Dass du im Museum bist? Und wenn jemand reinspaziert wäre?«, fragte er gereizt.

»Es tut mir leid. Es tut mir so leid.« Miriam wagte es nicht, den Blick zu heben.

»Jaja, es tut mir leid …«, äffte er sie ungeduldig nach.

Miriam zog das Geld aus der Tasche, das sie am Vormittag von der Bank geholt hatte. »Kannst du mir noch mehr Fentanyl besorgen?« Flehend hielt sie ihm die Hand voller Scheine hin. »Ich bitte dich!«

»Du darfst diesen Scheiß nicht mehr nehmen!«, erwiderte er genervt.

»Ich flehe dich an!« Miriam schluchzte. »Ohne drehe ich durch. Ich schaff's einfach nicht.«

Leo steckte erst die Hände in die Hosentaschen und verdrehte dann schnaubend die Augen. Schließlich öffnete er seine Jacke und zog so ein zusammengefaltetes Stück Seidenpapier hervor wie das, das er ihr in der Nacht davor gegeben hatte. »Aber das sind die letzten, hast du verstanden?«

Miriam nahm sie ihm verblüfft aus der Hand und wischte sich mit dem Handrücken die Tränen ab. »Wieso hast du schon welche?«

»Die hab ich noch von gestern. Von dem Geld, das du mir gegeben hast, bekommt man eine ganze Apotheke. Ich hab dir nicht alle gegeben, sonst hättest du dich umgebracht, und ich hätte Probleme bekommen.«

Sie hielt ihm das Geld hin.

»Behalt es. Den Rest von dem, was du mir gestern gegeben hast, hab ich zu Hause.« Er ging in die Wohnung und kam mit dem Rest des Geldes wieder, das sie ihm am Vortag gegeben hatte. Es fehlte eine Kette mit Anhänger, was Miriam jedoch gar nicht auffiel.

»Hast du ein bisschen Wasser für mich?«, fragte sie und ließ die Pillen in ihre Hand fallen.

»Die nimmst du schön bei dir zu Hause«, erwiderte er und zeigte mit dem Kinn zur Treppe. »Und du setzt keinen Fuß mehr hierher.«

»Aber beim Drogenumschlagplatz war niemand! Wo finde ich denjenigen, den du mir genannt hast?«, fragte Miriam flehend.

Leo riss die Augen auf. »Du bist *allein* dahin gegangen?«

Sie nickte.

»Ja, spinnst du denn total? Bring dich ruhig um mit deinen Pillen, das ist bestimmt das Beste! Hau ab!« Wieder zeigte er auf die Treppe, diesmal mit ausgestrecktem Arm. Er konnte seine Wut nur mühsam unterdrücken. Sollte sie doch schauen, wie sie klarkam, wenn sie sich mit ihren Wildlederstiefelchen und dem blauen Anorak auf die Suche nach Carrozza machte. Am liebsten hätte er sie geohrfeigt, er verstand nicht, warum er sich überhaupt so über sie aufregte, schließlich kannte er sie gerade mal vierundzwanzig Stunden, in denen sie ihm nichts als Ärger gemacht und ihn um seinen kostbaren Schlaf gebracht hatte.

Miriam steckte die Pillen ein und stammelte einen Abschiedsgruß, gefolgt von einer weiteren Entschuldigung. Langsam ging sie die Treppe hinunter, stützte sich dabei an der Wand mit dem abblätternden Putz ab. Das Brötchen und die Milch von Corallina hatten sie zwar etwas gestärkt, aber ihr war nach wie vor schwindlig und ihr zitterten die Beine.

Leo verdrehte die Augen. »Wohin willst du denn? Komm her«, murmelte er auf einmal hinter ihr, nach wie vor ungeduldig, aber in einem Ton, der besagte, dass er für sie da war und sie nicht im Stich lassen würde.

Miriam drehte sich zu ihm um. Sie spürte, dass ihr diese barschen Worte guttaten. Genau wie das Brötchen und die Milch von Corallina.

Sie ging die Stufen wieder hoch, und er führte sie in die Wohnung, legte ihr den Arm um die Taille, um sie zu stützen, denn er merkte, wie schwach sie war.

Es war fast sechs, als Leo sie nach einem langen Krampf überredete, sich in einem Trainingsanzug, der ihm nicht mehr passte, hinzulegen. Miriam zog sich in dem kleinen Bad um, das gleich hinter dem bunten Vorhang war, und legte sich dann in ihre Hälfte des Bettes unter die verfilzte Wolldecke. Die Pillen begannen zu wirken, und sie hatte das Gefühl, sich an diesem Morgen ungewöhnlich gut zu fühlen. Die Benommenheit stellte sich langsam ein, während sie Leo betrachtete, der noch keinen

Schlaf gefunden hatte. Sie hatte ihn angefleht, das Licht über der Kochzeile anzulassen, sie wollte nachher nicht im Dunkeln aufwachen, und er hatte eingewilligt. Er meckerte ständig, aber letztlich war Leo schwer in Ordnung.

»Warum bist du heute Morgen einfach so abgehauen?«, fragte er plötzlich. Diesmal lag kaum noch ein Vorwurf in seiner Stimme.

Beide hatten den Kopf aufs Kissen gebettet und sahen sich an.

Miriam hätte unzählige Lügen vorschieben können. »Ich hatte Angst«, gestand sie.

»Vor was?«

»Vor dir. Ich hatte Angst, weil du mich hergebracht hattest und ich mich an nichts erinnern konnte.«

»Wohin sollte ich dich schon bringen, nachdem du einfach eingeschlafen warst? Sollte ich dich vielleicht in der Via del Tritone liegen lassen?«

Sie hüllte sich enger in die Decke. »Keine Ahnung. Ich hab einfach immer Angst.«

»Du gehst an finstere Orte, wo gedealt wird, und dann hast du ausgerechnet Angst vor mir«, zog er sie mit seinem typischen Grinsen auf.

Das von Miriam erwidert wurde. »So bin ich eben«, seufzte sie.

»Wie denn?«

»Na so halt«, wiederholte sie resigniert.

Leo sah sie lange an. Schweigend. Obwohl das Licht von der Küchenzeile nur sehr schwach war, fanden sich ihre Blicke. »Ich hab dich angelogen«, flüsterte er.

»Wie angelogen?« Neugierig geworden, rückte sie kaum merklich näher.

»Es stimmt nicht, dass du ziemlich hässlich bist.«

Miriam grinste immer noch, während sie der Schlaf einhüllte wie ein weicher Mantel. »Ist mir sowieso egal«, murmelte sie.

Als Miriam gegen Mittag aufwachte, war Leo schon weg. Corallina machte sich gerade am Herd zu schaffen. Leichtfüßig eilte sie hin und her, über einem hochgeschlossenen Wollkleid mit ausgestelltem Rock trug sie eine Schürze. Sie hatte sich geschminkt, die Brauen nachgezogen und einen anderen Turban aufgesetzt, der den Braunton des Kleides aufnahm, dazu dicke Ohrhänger. Während die Sonne durch die Vorhänge fiel, glaubte Miriam einen Blick auf ihr wahres Wesen zu erhaschen, wie damals als Kind, wenn sie die abzupausende Zeichnung durchs weiße Blatt Papier schimmern sah. Sie glaubte einen Blick auf die zierliche Silhouette, das lange blonde Haar, die samtene Haut, die filigranen Hände zu erhaschen, die auf dem kleinen quadratischen Tisch Teig kneteten. Sie lächelte, denn wenn man das Glück hatte, sie wahrzunehmen, war Corallina wunderschön anzuschauen. In diesem Moment schaute sie auf und lächelte Miriam an.

»Guten Morgen!«, begrüßte sie sie fröhlich.

»Guten Morgen!«, erwiderte Miriam und setzte sich auf. »Entschuldige, ich habe ewig geschlafen.«

»Wie ein Stein«, sagte sie lachend. »Du Glückliche!«

»Und Leo?«

»Leo ist in der Trattoria, mein Schatz. Sonntags arbeitet er.« Wieder war sie erstaunt, dass sie sich nicht daran erinnerte.

»Stimmt«, erwiderte Miriam und wandte den Blick ab.

»Du bleibst doch zum Mittagessen?«, fragte Corallina übertrieben flehend und hörte kurz auf zu kneten. »Ich backe extra Brot für dich.«

Miriam musterte sie. Corallina wollte sie mit ihrem Blick umstimmen.

»Na gut«, erwiderte sie mit einem kaum merklichen Lächeln.

Corallina machte sich wieder an die Arbeit, anmutig, aber energisch. Sie schob das Brot in den Ofen und stellte das Gas unter dem Topf mit der Soße aus, nachdem sie diese abgeschmeckt hatte. Dann wärmte sie rasch ein Glas Milch für Miriam.

»Hier.« Sie trat an ihr Bett und reichte es ihr, ganz so, als hätte Miriam geduldig auf diesen Moment gewartet.

Miriam wagte es nicht, abzulehnen. Eine so spontane, freundliche Geste erforderte eine ebenso freundliche Reaktion, auch wenn sie eigentlich gar keine Lust auf Milch hatte. »Danke«, murmelte sie.

Corallina setzte sich zu Miriam ans Bett, um ihr beim Frühstück Gesellschaft zu leisten: Einsamkeit beim Essen wiegt bekanntlich doppelt so schwer. Etwas, womit dieses Mädchen, das kaum mehr als Haut und Knochen war, ziemlich vertraut sein dürfte. Schließlich kann man in jeder Sekunde seines Lebens auf ganz unterschiedliche Art einsam sein.

Miriam nahm einen Schluck. Die Milch war ohne Zucker. Getröstet nahm sie einen weiteren Schluck.

»Warum heißt du Corallina?«, fragte sie.

Corallinas Augen leuchteten bei der Frage, die einen kostbaren Moment in ihrem Leben aufleben ließ. »Diesen Namen hat mir Leo gegeben. Ist er nicht toll?« Sie sprach leise, ihre Stimme war heiser vor Rührung.

»Das stimmt. Er ist wunderschön.«

Auf diese freundliche Geste reagierte wiederum Corallina mit Freundlichkeit, indem sie ihr die ganze Geschichte erzählte.

Nicht Corallina sein zu dürfen, war einfach schrecklich für sie gewesen. Offen gestanden, wusste sie anfangs gar nicht, wie sie genannt werden wollte – jedenfalls auf keinen Fall so, wie die Eltern sie genannt hatten, wie alle sie nannten. Dieser Name passte einfach gar nicht zu ihr. Man steckte sie in Kleider, die nicht zu ihr gehörten, und das, was sie spielen durfte, kam ihr dermaßen primitiv vor, dass sie lieber für sich blieb und ihren Gedanken nachhing. Sie war gut darin, sich alles Mögliche auszumalen. Schon früh merkte sie, dass sie das, was ihr fehlte, anderswo suchen musste. Sie ließ sich von Märchen inspirieren, die im Kindergarten erzählt wurden, von dem Modeschmuck ihrer Mitschülerinnen, von den weichen geblümten Stoffen der Röcke, die ihr nie jemand kaufen würde. Sie blieb für sich und befriedigte ihren Sinn für Schönheit so gut sie konnte, indem sie all das mit ihren Blicken verschlang. Dann begann sie damit, Fotos aus Modekatalogen auszuschneiden, sich ein Heft anzulegen, in das sie alles einklebte, was sie sich wünschte. Kleider, Handtaschen, Schuhe mit Absatz und Modeschmuck. Aus einem Heft wurden zwei, dann fünf, dann zehn. Irgendwann enthielt ihr Pappkarton ein regelrechtes Schönheitslexikon. Doch je mehr Schönheit Einzug in ihre Hefte hielt, desto öfter zeigte ihr der Spiegel ein Bild, das so primitiv war wie die Spiele, die man ihr aufzwang. Ihre Mitschülerinnen hingegen verwandelten sich in solche Schönheiten, dass es einem den Atem verschlug. Egal, ob dick, dürr, klein oder Bohnenstange – bei ihrem Anblick seufzte sie vor Neid. Sie alle hatten etwas, was ihr fehlte. Bei Leos Geburt war sie zwölf und schnell zeigte sich, dass dieser zweite Sohn vor allem für den Vater eine große Erleichterung war. Auch die Mutter war glücklich, weil sie wusste, dass Leo ihr eine zweite Chance bei ihrem Mann verschaffte: Beim ersten Sohn hatte sie versagt, aber mit dem zweiten würde alles klappen. Ausgeschlossen, dass sie gleich *zweimal* versagte. Leo war einfach ein Schatz: Er war fröhlich und vergnügt und herrlich wild, und die Eltern förderten sein ungestümes Verhalten. Auch sie war erleichtert, da sie Leo von Herzen liebte, nie hätte sie ihm gewünscht, dass die Natur sich auch mit ihm einen Scherz erlaubte, der für sie von Jahr zu Jahr grausamer wurde. Sie wuchs und wuchs, bekam breite, wuchtige Schultern, der Hals wurde kräftiger, und das Gesicht verlor Tag für Tag mehr von den zarten Zügen, die sie als Kind gehabt hatte. Sie kam in die Pubertät, und die Haare wurden störrischer und krauser, und im von Akne entstellten Gesicht sprossen ihr dicke Barthaare. Sie wehrte sich verzweifelt, achtete auf eine aufrechte Haltung, um wenigstens ein Minimum an Eleganz auszustrahlen, während die Natur ihr das Aussehen eines *Berserkers* verlieh. Sie vergoss bittere Tränen über ihren Heften, denn inzwischen reichte ihr die Phantasie einfach nicht mehr. Wenn sie jetzt mit Leo allein zu Hause war, und er fernsah oder mit Zinnsoldaten spielte, ging sie in das Zimmer der Eltern und probierte die Kleidung ihrer Mutter an, um sich zu trösten. Ein Nachthemd, einen Rock, eine Seidenstrumpfhose, auch wenn ihr alles zu klein war. Am liebsten legte sie eine Kette mit dicken Korallen an, die der Mutter jemand von einer Sorrent-Reise mitgebracht hatte. Sie wickelte sich ein Seidenhalstuch um den Kopf, legte die Kette an, trug einen Hauch roten Lippenstift auf und betrachtete sich im Spiegel. Aus irgendeinem Grund ließ diese Kette sie für einen Moment all ihr Leid wie von Zauberhand vergessen. Damit fühlte sie sich weiblicher. Sie blieb am Schminktisch sitzen, drehte den Kopf hin und her und bewunderte ihr Profil. Ein wenig träumte sie sogar davon, sich so ins Herz eines Kollegen auf der Friseurschule zu stehlen, für den sie schwärmte, ein netter blonder Kerl. Bis sie eines Tages im Spiegel sah, dass Leo sich mehr schlecht als recht hinter einem Mauervorsprung versteckt hatte und sie heimlich beobachtete. Da nahm sie hastig Turban und Kette ab. Mit wildem Herzklopfen, denn ihr Bruder war erst sechs Jahre alt und konnte nichts für sich behalten. Sie wollte ihm gerade alles Mögliche versprechen, nur damit er den Mund hielt, aber etwas in seinem Blick ließ sie innehalten.

»Die Kette steht dir gut«, sagte er, um ihr die Angst zu nehmen.

»Ach ja?« Sie lächelte eitel und war versucht, sie erneut anzulegen.

»Sehr.« Er nickte ernst.

»Danke, mein Schatz.« Ihr Herz quoll über vor Zärtlichkeit.

Leo dachte kurz nach. »Wenn du willst, nenn ich dich Corallina. Gefällt dir das?«

In diesem Moment ward Corallina geboren. Mit ihrem ganzen Körper öffnete sie sich dem Leben und zitterte vor Rührung und Glück. »Und ob!«, sagte sie, die Augen so tränenverschleiert, dass sie ihren Bruder kaum noch erkennen konnte.

»Also gut«, sagte Leo mit fester, erwachsener Stimme, als hätten sie soeben einen Pakt geschmiedet.

Corallina hielt ihn davon ab, gleich wieder zum Fernseher zurückzukehren. »Leo?« Sie wartete, bis die Tränen versiegt und ihr Blick wieder klar war, weil sie sich sicher sein wolle, dass er sie verstand. »Aber nur wenn wir allein sind, in Ordnung?«

Er nickte nur.

Miriam hatte schweigend zugehört, das inzwischen leere Glas in der Hand. Corallinas Schilderungen hatten alle vielerlei Gefühle in ihr ausgelöst, die sie zum ersten Mal seit langem von sich selbst abgelenkt hatten. Ihre Worte hatten sie in eine Welt entführt, die schwer vorstellbar war, ihr jetzt in all ihrer Komplexität aber logisch erschien. Corallina war eine in ihrem Körper gefangene Frau, dazu verurteilt, das Leben nur halb zu leben, und dennoch bereicherte sie es mit ihrer unvergleichlichen Schönheit. Miriam merkte, wie schwer es war, etwas darauf zu sagen. Selbst Mitleid war hier fehl am Platz. Im Gegenteil: Miriam bewunderte Corallina für ihre innere Stärke. Da wusste sie, was sie sagen wollte.

»Ich wäre gern so wie du«, murmelte sie.

Corallina lachte erstaunt auf. »Um Himmels willen!« Sie fasste sich an die Brust. »Was redest du denn da?«

»Im Ernst.« Miriam nickte energisch.

»Und ich wäre gern so wie du.« Die andere lächelte ihr verschwörerisch zu.

Zum ersten Mal seit langem breitete sich ein Lächeln auf Miriams Gesicht aus.

Daraufhin riss Corallina sofort die Augen auf und musterte sie ehrfürchtig. Sie presste ihre Hand noch fester auf die Brust, als müsste sie eine zu heftige Emotion unterdrücken. »Ich fass es nicht«, murmelte sie ungläubig. »Wie die Bardot!«

Miriam runzelte verwirrt die Stirn. »Wie bitte?«

Mit dem lackierten Fingernagel zeigte Corallina auf ihren Mund.

»Das hier …«

»Ach so, das Diastem.«

»Das Diadem?« Corallina machte wieder große Augen.

Miriam lachte. »Das Diastem!«, verbesserte sie sie. »Ein Diadem ist das, was Prinzessinnen aufsetzen.«

Corallina schüttelte den Kopf. »Diastem, Diadem …« Sie

winkte ab, als wollte sie sich nicht mit solchen Nebensächlichkeiten aufhalten. »Das steht dir jedenfalls phantastisch!« Sie sah sie verträumt an, bevor sie hinzufügte: »So was von charmant!«

Sie sahen sich an und mussten beide lachen, während der Duft von frisch gebackenem Brot sie tröstend umfing.

Als Leo am Nachmittag nach Hause kam, staunte er, dass Miriam noch da war. Corallina hatte sie überredet, sich die Haare waschen und legen zu lassen. Sie hatte ihnen wieder Glanz und Struktur gegeben: Das sei nicht weiter schwer gewesen, sie habe einfach von Natur aus schöne Haare. Leo enthielt sich eines Kommentars, er war kein Mann für Komplimente, aber er sah Miriam länger als nötig nach, als sie im Bad verschwand, um wieder die Sachen anzuziehen, mit denen sie in der Nacht zuvor gekommen war.

»Ist sie nicht ein Schatz?«, flüsterte ihm die Schwester zu.

Leo reagierte nur mit einem Schulterzucken, tunkte ein Stück Brot in einen Soßenrest und biss hinein.

»Ich hab sie übrigens zum Essen überredet«, brüstete sie sich. »Gib mir einen Monat Zeit. Dann krieg ich sie wieder in Form.«

»Vergiss sie, Corallina! Wie bereits gesagt: Sie hat jede Menge Probleme.«

»Na und? Ich merke doch, dass sie dir gefällt.«

»Klar«, brummte er.

Als Miriam zurückkam, griff sie nach dem Mantel an der Garderobe neben der Tür und schlüpfte hinein. »Danke für alles«, sagte sie zu Corallina.

»Wofür denn? Ich hab zu danken! Sonntags muss ich immer allein essen«, beschwerte sie sich mit einem vorwurfsvollen Blick auf ihren Bruder.

»Darf ich ein Taxi rufen?« Sie sah sich um.

»Von der Telefonzelle aus. Wir haben hier kein Telefon.« Leo kaute noch.

Corallina sah ihren Bruder ungläubig an. »Du willst sie mit dem Taxi nach Hause schicken?«

»Ein Taxi ist prima«, versicherte Miriam.

»Hast du gehört?« Leo sah seine Schwester an. »Sie fährt Taxi«, fügte er provozierend hinzu.

»Leo bringt dich nach Hause«, verfügte Corallina und reichte ihrem Bruder einen Lappen, damit er sich die Hände abwischte. »Wie isst du überhaupt! Wie ein Schwein!«, tadelte sie ihn.

Leo wischte sich genervt die Hände ab. »Heute wird es spät«, informierte er sie mit vollem Mund. Dann zog er seine Jacke wieder an und öffnete die Tür. »Prinzessin …«, frotzelte er und ließ ihr mit einer höflichen Geste den Vortritt ins Treppenhaus.

Corallina lachte und stemmte die Hände in die Hüften. »Siehst du?«, meinte sie zu Miriam.

Die sah sie nur verständnislos an.

»Wusst ich doch, dass es ein Diadem ist!« Sie zwinkerte ihr verschwörerisch zu.

Miriam schüttelte lächelnd den Kopf und folgte Leo aus der Wohnung.

Als sie draußen auf der Straße standen, sah sie zu, wie Leo die Kette aufschloss, mit der er sein Moped am Zaun neben dem Gebäude angeschlossen hatte. Wie er aufstieg und den Ständer einklappte. »Was ist?«, drängte er sie und gab mehrmals Gas, um den Motor aufzuwärmen.

»Wie, was ist?«, fragte Miriam.

»Steigst du jetzt auf oder nicht?«

»Nein!«, erwiderte sie bestürzt.

»Und wie willst du dann nach Hause kommen?«

»Wo ist das Auto?«

»Das gehört mir nicht. Das wurde mir gestern geliehen, weil ich sonst ohne fahrbaren Untersatz gewesen wäre.«

»Und jetzt müssen wir mit diesem Ding fahren?« Entsetzt betrachtete sie das verkratzte klapprige Zweirad mit den rissigen Reifen.

»Was soll ich machen? Mein Pferd ist gestorben.«

Trotz allem musste Miriam kurz auflachen, halb nervös, halb amüsiert.

»Und?«, hakte er nach. »Jetzt sag nicht, du hast Angst.«

Sie schüttelte den Kopf. »Kein bisschen«, erwiderte sie trotzig und öffnete die Mantelknöpfe von der Taille an abwärts, bevor sie hinten aufstieg.

Leo fuhr ein paar Meter und bremste dann abrupt. »Du musst dich festhalten, Schätzchen, sonst fliegst du in der nächsten Kurve runter«, rief er ihr zu.

Schüchtern legte ihm Miriam die Hände auf die Hüften.

»Was soll das werden, ein Ballett?« Leo lachte, nahm ihre Arme und schlang sie um seine Taille.

Während sie davonbrausten, schmiegte sich Miriam an Leo De Maria. Trotz der winterlichen Kälte glaubte sie plötzlich eine unglaubliche Wärme zu spüren.

Als sie ihr Haus erreicht hatten, stieg Miriam ab. Leo blieb auf dem Moped sitzen und sah sie nur an. Er wusste nicht, ob er noch etwas sagen oder einfach davonfahren sollte. Sie hingegen hatte definitiv etwas zu sagen, aber Ort und Zeitpunkt waren einfach falsch. Für einen Moment schauten sie sich einfach nur an und wandten dann den Blick ab, diese Art von Gespräch war ihnen beiden zu kompliziert.

Irgendwann ergriff Miriam das Wort. »Danke.«

»Wofür denn?«

»Dafür, dass du mir geholfen hast.«

»Das ist keine richtige Hilfe.« Er sah ihr in die Augen. »Such dir einen guten Arzt, Miriam.«

Sie seufzte laut. »Corallina ist ein toller Mensch.«

»Ich weiß«, murmelte er, den Blick auf den Lenker gerichtet.

»Schön, dass ihr ein so enges Verhältnis habt.« Sie machte eine lange Pause. »Du musst aufhören, dieses Zeug zu verkaufen, Leo. Wenn du im Gefängnis landest, überlebt sie das nicht.«

Er begann den Scheinwerfer mit dem lang gezogenen Jackenärmel zu polieren. »Glaubst du etwa, das wüsste ich nicht?«

»Na also«, sagte sie provozierend. »Hör auf damit!«

»Ich brauche Geld.«

»Aber wofür denn? Außerdem: Schau doch nur in welcher Lage du bist, obwohl du dealst!« Sie zeigte auf das alte, verkratzte Moped.

»Es können nicht alle so reich sein wie du!«, murmelte er. »Du wohnst in der Via Barberini und ich in San Basilio. Was willst du mir schon erzählen.«

Miriam schüttelte den Kopf. »Gar nichts. Ich kann mir vorstellen, wie schwierig das ist. Aber so einen Kummer hat deine Schwester einfach nicht verdient.«

»Ich tue das auch für sie. Damit sie ihren Salon wiedereröffnen kann.«

»Wieso hat sie den geschlossen?«

»Diese Arschlöcher haben ihn ihr vor drei Jahren abgefackelt. Sie hatte ihr ganzes Geld da reingesteckt, verdient in zehn

Jahren Sklavenarbeit für andere Friseure. Sie hat noch immer Schulden deswegen.«

»Das tut mir leid«, sagte sie leise.

Leo starrte auf die Straße, um die Wut zu verbergen, die ihm den Blick vernebelte.

»Hör damit auf, Leo. Ihr findet schon einen Weg. Ruinier nicht dein Leben, das würde sie niemals wollen.« Sie redete leise, aber mit einer Eindringlichkeit auf ihn ein, die selbst sie wunderte. »Was, wenn das Zeug, das du verkaufst, jemanden umbringt?«

Er zuckte mit den Schultern. »Ich hab nur leichte Drogen ...«

»Bist du sicher?«, erwiderte sie ungerührt.

Er ließ den Motor aufheulen. »Egal, ich fahr dann mal.«

Miriam trat einen Schritt zurück, ohne recht zu wissen, was sie eigentlich erwartete.

»Und, reichen dir die Pillen?«, fragte er gespielt lässig.

»Ich dürfte klarkommen«, erwiderte sie.

Er nickte mit einem schwer definierbaren Gesichtsausdruck. »Also dann ciao.«

Auch Miriam nickte, blieb aber stumm.

Sie sahen sich an, und diesmal fand Leo den Mut, das Wort zu ergreifen. »Wenn du aufhörst, hör ich auch auf«, schlug er vor, ohne zu wissen, woher dieser Einfall auf einmal kam.

Ganz entgegen ihrer Gewohnheit ertappte sie sich schon wieder bei einem Lächeln, während sie ihn ungläubig anstarrte. »Schwör es mir!«

Auch Leo setzte ein Lächeln auf und staunte über sich selbst. »Ich schwör's.«

Miriam nickte. »Abgemacht.« Das Herz schlug ihr bis zum Hals. Schon jetzt schnürte ihr Panik die Luft ab, gleichzeitig spürte sie einen Hauch von Glück.

Leo sah sie lange an, bevor er wortlos davonbrauste, und die Stille mit einem krächzenden, aber seltsam fröhlichen Mopedknattern durchbrach.

VIII
Das Mädchen mit den Korallen

An diesem Abend schlief Corallina nur schwer ein. Sie hatte einen Tee mit Baldrian und Passionsblume getrunken, aber auch in diesem Fall schien die Natur es nicht gut mit ihr zu meinen, denn sie wälzte sich unablässig und von Sorgen geplagt in ihrem Bett. Es hatte gutgetan, mit Miriam spontan über ihre Vergangenheit zu sprechen. Das hatte sie noch nie getan, sonst achtete sie sehr auf ihre Privatsphäre. Trotz der scheinbaren Distanziertheit hatte sie gespürt, wie empfindsam Miriam war, fast eine Seelenverwandte. Vielleicht war sie ja auch deshalb so unruhig, wegen dieser Seelenverwandtschaft. Miriams Schweigsamkeit, ihre Traurigkeit, ihr Misstrauen, das ständige Bedürfnis nach nonverbaler Bestätigung, erinnerte sie an eigene Symptome. Eigentlich lag das alles lange zurück, aber für sie war es immer noch wie gestern. Leider hatte alles mit dem Namen begonnen, den Leo ihr gegeben hatte. Eine andere schmerzhafte Episode aus ihrem Leben.

Sie war gerade neunzehn geworden und extrem stolz, weil eine Friseurin in Torre Maura sie als Praktikantin eingestellt hatte. Corallina war inzwischen richtig gut, ja sogar besser als die Inhaberin, trotzdem würde sie währenddessen kaum etwas verdienen. Aber sie war glücklich. Natürlich war da immer noch das Problem mit ihrem Körper, der von den falschen Hormonen zerstört worden war. Der Frust über die Kleidung, die nicht die ersehnte war. Die Frisur, bei der sie sich höchstens ein paar helle Strähnchen erlauben konnte, worüber ihr Vater die Nase rümpfte. Doch mit ein bisschen Phantasie genoss sie das Leben, wie es war. Sie tat, was ihr gefiel, und konnte es deshalb ertragen, etwas zu sein, das ihr nicht gefiel. Die Kunden verehrten sie, und manchmal, wenn sie frei hatte, wurde sie von der einen oder anderen Nachbarin gebeten, ihr zu Hause die Haare zu föhnen, eine Dauerwelle, eine neue Farbe, eine Maniküre zu machen. Dann nahm sie ihre Tasche und ging hin, denn ein kleiner Zusatzverdienst konnte nicht schaden. Auch weil sie schon seit einiger Zeit einen Plan hatte. Einen eigenen Salon und noch etwas, die Verwirklichung eines Traumes, den sie nicht mal sich selbst eingestand. Vor ein paar Monaten hatte sie erfahren, dass sie tatsächlich Corallina werden konnte, mit allem Drum und Dran. Sie hatte sogar Corallinas gesehen, und ihr Herz hatte gehüpft vor Freude. Wunderschöne Frauen waren das. Das Foto von einer hatte sie sogar ausgeschnitten und in eines ihrer Hefte geklebt.

Eines Sonntags nach dem Mittagessen hatte sie sich auf den Weg zu Signorina Garbati gemacht, eine Achtzigjährige, die sich ausschließlich von ihr die Haare machen ließ. Sie verwandle ihr graues Haar in glänzendes Silber, pflegte sie zu sagen. Im kleinen Park vor ihrem Haus standen die üblichen Idioten, die sich gegenseitig anrempelten, wenn sie vorüberging. Sie soffen schon tagsüber Bier und qualmten, was das Zeug hielt. Wenn sie vorüberging, grunzten, quietschten und grinsten sie gehässig und riefen: »Pietro, lass dich von hinten nehmen!« Dabei krümmten sie sich vor Lachen und stießen sich an wie Affen. Doch sie lief hoch erhobenen Hauptes vorbei. Von solchen Idioten ließ sie sich nicht unterkriegen. Sie bekam noch mit, wie ihre Mutter das Fenster schloss, um Ruhe vor ihnen zu haben. Sie lief schneller und hörte auf einmal leise Schritte hinter sich, dann Leos Stimme. »Corallina!« Und noch einmal: »Corallina!« Corallina drehte sich abrupt um und unterdrückte ein Seufzen. Der kleine Bruder rannte ihr mit dem Maniküretäschchen entgegen, das sie auf der Flurkommode hatte liegen lassen. Das Gelächter explodierte regelrecht. Leo blieb abrupt stehen. Er war wie gelähmt, als wäre auch in ihm etwas explodiert. Schuldbewusst, bekümmert, ja verängstigt starrte er sie mit weit aufgerissenen Augen an. Mit zitternden Lippen versuchte er, etwas zu sagen, was diesen unfreiwilligen Verrat, das gebrochene Versprechen, ungeschehen machen konnte. Doch Leo begriff, dass es zu spät war, um Verzeihung zu bitten. Corallina lief auf ihn zu und nahm ihn in den Arm. »Danke, mein Schatz! Danke!« Sie strich ihm krampfhaft übers Haar, um einen Vorwand zu haben, ihm die Ohren zuzuhalten. Ein vergeblicher Versuch, das war ihr bewusst, aber wie sonst sollte sie ihn vor so viel Gehässigkeit schützen? Sie drückte ihn fest an sich, bevor sie ihm das Maniküretäschchen abnahm.

»Stell dir vor, ich wäre ohne bei der Signorina aufgetaucht!« Sie schlug sich gegen die Stirn, um zu betonen, vor welcher Katastrophe er sie bewahrt hatte.

Leo empfand aufrichtigen Schmerz, und seine Augen füllten sich mit Tränen. Und dieser Schmerz brach Corallina schlimmer das Herz als jede Erniedrigung. »Lauf nach Hause, mein Schatz, lauf!« Sie gab ihm einen auffordernden Stups und nickte ihm beruhigend zu. »Lauf!«

Und Leo lief durch eine Menge, die er unfreiwillig zum Grölen gebracht hatte. Corallina sah seine hängenden Schultern. Sie blickte ihm nach, bis er im Hausflur verschwunden war.

Dann setzte sie ihren Weg fort, hoch erhobenen Hauptes. Als sie am Abend wieder zu Hause war, verlor niemand ein Wort über diesen Vorfall. Beim Essen herrschte Totenstille.

Am darauffolgenden Dienstag, nachdem sie den Salon zugesperrt hatte, weil die Chefin nur ihr traute, nahm Corallina den Bus und stieg wie immer an der Via Casilina aus, die Haltestelle war kaum mehr als zweihundert Meter von zu Hause entfernt. Als sie ihr Viertel erreichte, lag die Straße dunkel und verlassen da. Den blauen Lieferwagen nahm sie erst gar nicht richtig wahr. Erst als die hinteren Türen aufgerissen wurden, zuckte sie überrascht zusammen. Nicht aus Angst, denn bis zu diesem Tag hatte sie nicht geglaubt, vor irgendwas Angst haben zu müssen. Zu sechst gingen sie auf sie los. Als sie sie packten, entwickelte sie solche Bärenkräfte, die sie genauso wenig für möglich gehalten hatte wie die Hände, die sie ins Auto zerrten. Um Corallina zu überwältigen, traten sie ihr erst brutal gegen die Beine, schleiften sie an den Haaren auf die Ladefläche und setzten sich dann rittlings auf sie, um ihr Gesicht und ihren Kopf mit Fäusten zu traktieren. Corallina weinte und flehte, sie schrie vor Schmerz und fragte währenddessen immer wieder »Warum?«. Doch die anderen lachten nur und meinten, man müsse schon sehr dumm sein, um den Grund nicht zu kennen. Sie zogen sie aus, bespuckten ihre Hoden und traten dagegen, damit ihr der Schmerz in Erinnerung rief, wer sie war oder eben *nicht* war. Dann urinierten sie auf sie, damit sie niemals vergessen würde, dass sie nichts wert war. Irgendwann vergewaltigten sie sie der Reihe nach und verprügelten sie dafür, dass sie in ihren Augen eben *keine* Frau war und sie sich zu so etwas herablassen mussten.

Danach warfen sie Carollina und ihre Habseligkeiten auf den Asphalt und brausten mit quietschenden Reifen davon.

Stunden später fand man sie. Corallina lag viele Wochen im Krankenhaus. Die männlichen Mitpatienten beäugten sie misstrauisch, nur selten wechselte jemand ein Wort mit ihr. Die Eltern besuchten sie kaum, das Krankenhaus war weit weg und die Besuchszeiten vertrugen sich nicht mit ihren Arbeitszeiten. Bei den seltenen Besuchen herrschte allgemeine Verlegenheit. Irgendwann blieb der Vater ganz weg, und die Mutter tat, was verlangt wurde: Sie brachte frische Kleidung zum Wechseln, Zeitschriften, eine Packung Kekse und Mineralwasser. Leo konnte nicht kommen, weil Kinder nicht erlaubt waren. Dafür leistete ihr eine Freiwillige, Giuliana, Gesellschaft, die sie ins Herz geschlossen hatte. Sie unterhielten sich, und nachdem sich Corallina erholt hatte, machte sie ihr einen phantastischen Haarschnitt. Weil Giuliana so glücklich damit war, wollte sie sich erkenntlich zeigen. Corallina lächelte. Sie bat um eine Bluse und einen geblümten Sommerrock, einer, der einen beim Gehen umflattert wie buntes Laub. Aber Secondhand, nichts Teures.

Irgendwann im Mai verließ Corallina endlich allein das Krankenhaus: in einer Bluse, einem weißen Rock mit roten Rosen drauf und mit der Korallenkette, die Leo ihr heimlich zugesteckt hatte.

Wieder zu Hause, stellte sie fest, dass der Vater nicht nur dem Krankenhaus ferngeblieben war, sondern seine Sachen gepackt hatte und ausgezogen war, ohne eine Adresse zu hinterlassen. Als die Mutter ihre Kleidung sah, sagte sie voller Groll, alles müsse man sich als Familie nun auch nicht bieten lassen. Corallina begriff und bat um Verzeihung. Sie warf ihre Sachen und ihre geliebten Hefte in eine alte Sporttasche und ließ den Blick auf Leo ruhen, der wie gelähmt in der Tür stand und schluchzend zusah.

Sie ging zu ihm, strich ihm zärtlich über den Kopf und trocknete mit dem Chiffontuch, das sie seit Jahren heimlich aufbewahrte und sich gerade erst um den Hals geschlungen hatte, seine Tränen. »Ich ruf dich jeden Tag an, versprochen!«, versicherte sie ihm.

Leo nickte.

»Und jetzt richte ich mir eine Wohnung voller Blumen ein. Das wird ein wenig dauern.«

»Wie lange?«

»Wenn ich so weit bin, gebe ich dir Bescheid. Und du benimmst dich so lange, versprochen?«

»Versprochen«, erwiderte er und fragte sich, ob Corallina ein Versprechen von seiner Seite überhaupt noch ernst nahm.

Sie küsste ihn auf die Stirn, so liebevoll wie eine Mutter. »Es ist wunderschön, Corallina zu sein«, flüsterte sie ihm zu. »Danke, Leo.«

Leo schluchzte nur noch lauter. »Gern geschehen«, meinte er und umarmte sie zum Abschied.

Doch nicht nur das, was sie an Miriam wahrnahm, brachte Corallina um den Schlaf. Sie hatte die fixe Idee, sie schon mal irgendwo gesehen zu haben. Irgendetwas an diesem zarten Gesicht, dem kastanienbraunen Pagenkopf, der ihren Schwanenhals zur Geltung brachte, war ihr vertraut. Doch was bitte schön konnte sie mit jemandem zu tun gehabt haben, der sich derart teure Kleidung leisten konnte? An dem Abend, an dem Leo die schlafende Miriam heimgebracht hatte, hatte sie Markenkleidung für geschätzt zwei Millionen Lire getragen, wenn man allein Anorak, Jeans und Schuhe zusammenrechnete. Hinzu kam der leichte, samtweiche Kaschmirpulli mit dem Logo am Ärmelbündchen.

Sie setzte sich abrupt auf und eilte ins Wohnzimmer. Dort stand neben dem Sofa ein Zeitungsständer, in dem sie die Illustrierten, Wochenmagazine und Fotoromane aufbewahrte, mit denen ihre Kunden, wenn sie zu ihr in die Wohnung kamen, die Wartezeit überbrückten. Sie breitete ihren Inhalt auf dem Fußboden aus und setzte sich hin, um wie wild alles durchzublättern, bei jedem Heft, das sie ergebnislos zur Seite legen musste, brummte sie genervt. Dann fand sie es, das Foto, das sie wach gehalten hatte. *Bassevi-Style jetzt auch in New York* lautete die Schlagzeile. Sie hatte den Artikel vor einem Jahr mit verträumtem Blick gelesen, bei den eleganten Kreationen von Emma Bassevi bekam sie regelrecht Gänsehaut. Ja, es brach ihr fast das Herz, dass sie sich nicht mal einen reduzierten Gürtel dieser Marke würde leisten können. Doch es waren nicht die Fotos vom Show Room an der Fifth Avenue, die ihr den Schlaf geraubt hatten, und auch nicht die von der Herbst-/Winter-Kollektion, die sehr erfolgreich gewesen war. Sondern das eine Bild, das Emma Bassevi und hinter ihr die Kinder zeigte: einen untersetzten Jungen ohne jeden Charme und die achtzehnjährige Tochter Miriam, schön wie ein Schwan.

»Meine Güte!« Sie legte sich die Hand auf die Brust, um ihr wild schlagendes Herz zu beruhigen. »Meine Güte!«

Immer wieder betrachtete sie das Foto, um sich davon zu überzeugen, dass es sich nicht nur um eine zufällige Ähnlichkeit handelte. Aber nein, Irrtum ausgeschlossen. Wie hatte eine Milliardärin nur zu ihr nach San Basilio gefunden? Was hatte Leo mit diesen Kreisen zu schaffen? Die Zeitschrift noch in der Hand, schenkte sie sich ein Glas Wasser ein, um ihren nervösen Magen zu beruhigen. Sie spritzte sich auch ein wenig kaltes Wasser ins Gesicht, weil sie auf einmal Kopfweh hatte. Was trieb Leo da? Inwiefern hatte Miriam *Probleme?*

Denn dass sie Probleme hatte, war unübersehbar. Plötzlich setzte Corallinas Herz einen Schlag aus, denn vielleicht ahnte sie die Antwort bereits. Aber natürlich. Wie konnte es auch anders sein, nach dem, was man ihrer Cousine angetan hatte? Vor zwei Jahren hatte sie in der Zeitung gelesen, dass Emma Bassevis Nichte tot an einem Strand gefunden worden war, nachdem sie Schreckliches durchgemacht hatte. Sie hatte Elisabetta geheißen. Corallina hatte das Bild von diesem schönen blonden Mädchen in der Blüte ihrer Jahre nicht mehr aus dem Kopf bekommen. Der Gedanke an diese Monster, die noch immer frei herumliefen, hatte sie monatelang verfolgt. Sie wusste, was das bedeutet, und bei ihr hatte es gedauert, bis sie akzeptierte, dass sie froh sein konnte, überhaupt überlebt zu haben. Für eine so junge Frau wie Miriam musste das traumatisch sein, das Schicksal der Cousine machte ihr offensichtlich schwer zu schaffen. Corallina setzte sich mit ihrem Glas Wasser an den Küchentisch und dachte darüber nach, wie schön, aber auch wie grausam das Leben sein kann. Sie hatte jedenfalls beschlossen, trotz aller Gräuel nicht klein beizugeben. Und gleichzeitig festgestellt, wie stark sie war: Je mehr man auf ihr herumtrampelte, desto höher trug sie ihr Haupt. Lange musterte sie das Foto in der Hochglanzzeitschrift. Ganz anders Miriam. Der Schmerz hatte Miriam gebrochen, ein Blick genügte, um das festzustellen.

Als Leo nach Hause kam, war sie immer noch wach und saß am Küchentisch. Vorsichtig ging er zu ihr, um nicht auf die überall auf dem Boden verteilten Zeitschriften zu treten, und sah seine Schwester besorgt an. »Was ist passiert?«

»Komm und setz dich.« Ihre Stimme war ruhig, aber unerbittlich.

Er zog seine Jacke aus und gehorchte. Dann setzte er sich

neben sie und musterte sie weiterhin besorgt. Als Corallina nicht lächelte, begriff er, dass etwas nicht stimmte.

Sie schob ihm eine aufgeschlagene Zeitschrift hin. Leo betrachtete sie stirnrunzelnd. Er brauchte eine Weile, bis er Miriam erkannte, und vor lauter Erstaunen verschlug es ihm die Sprache.

»Und du hast nichts davon gewusst?«, fragte Corallina.

»Nein.« Er zuckte mit den Schultern, als machte das für ihn keinen großen Unterschied.

»Du hast mit so einer Frau zu tun, ohne es zu wissen?«

»Na ja, dass sie nicht aus *Torbella* stammt, war mir auch klar.«

»Und wie kommt es, dass so eine *mit Problemen*, wie du dich ausdrückst, mitten in der Nacht etwas von dir will?« Corallina sah ihn forschend an.

»Ich hatte ihr am Vortag geholfen …«

»Wobei?«

»Wie schon gesagt, ihr ist in dem Laden schlecht geworden, sie hatte zu viel getrunken.« Er log und merkte, dass Corallina ihm kein Wort glaubte.

»Aber in der Nacht darauf war sie nüchtern«, rief sie ihm ungerührt in Erinnerung, es war klar, dass Leo vermintes Gelände betrat.

Genervt schob er die Zeitschrift weg. »Du hast sie doch selbst gesehen, Coralli. Mit der stimmt was nicht.«

»Schau mich an, Leo!« Sie wartete vergeblich darauf. »Was hatte Miriam Bassevi bei uns zu suchen?«

Leos Schweigen ließ sie erstarren.

»Was gibst du ihr für ein Zeug?«, fragte sie ganz leise vor Entsetzen.

Leo sprang auf und lehnte sich an die Küchenzeile, ging instinktiv auf Abstand, bevor seine Schwester ausflippte.

»Mit was dealst du, du Wahnsinniger?« Jetzt stand auch Corallina auf und fuchtelte mit der Zeitschrift. »Was gibst du diesem armen Mädchen?«

»Nichts, Coralli! Sie hatte Krämpfe, war auf Entzug von so Pillen«, brach es schließlich aus ihm heraus. »Ich hab ihr bloß geholfen!«

»Geholfen?« Corallina glaubte, sich verhört zu haben. »Und seit wann kennst du dich mit solchen Sachen aus? Da hat eine Krämpfe, und statt sie ins Krankenhaus zu bringen, gibst du ihr irgendwelches Zeug?«

»Sie ist eine Freundin, was sollte ich tun?«

Corallina lachte hysterisch auf. »Eine Freundin? Hältst du mich etwa für blöd?«

Er schwieg mit gesenktem Kopf. Denn wieder einmal hatte er sein Wort gebrochen. Aber was wusste Corallina schon! Mit den paar Kröten, die er schwarz in der Trattoria verdiente, kam man nicht weit. Er hatte es seiner Schwester nie gesagt, aber im letzten Jahr auf der Oberschule, als er noch bei seiner Mutter mit Krebs im Endstadium gelebt hatte, hätten sie nicht mal was zu essen gehabt, wenn er nicht in der Schule mit Gras gedealt hätte. Pietro, wie die Mutter den Sohn bis zum Schluss genannt hatte, um Geld zu bitten, war für sie nicht in Frage gekommen: Sie tat so, als kämen sie zurecht, könnten die Miete und Arztrechnungen zahlen, während er seinen Schulabschluss machte. Sie lieh sich hier und dort Geld, brachte Dinge von geringem Wert ins Pfandleihhaus. Aber auch er konnte keine Wunder bewirken, denn das, was er abends beim Kellnern verdiente, war einfach lächerlich. Nach dem Tod der Mutter war er zu Corallina gezogen und hatte mit dem Dealen aufgehört, denn was er in der Trattoria verdiente, genügte ihm. Doch als der Friseursalon abgefackelt worden war, hatte sich die Situation wieder komplett gedreht.

»Wie bist du nur in diesen Kreisen gelandet?« Sie starrte ihn weiterhin ungläubig an.

Leo versuchte es ein letztes Mal. »In welchen Kreisen?«

»In Dealerkreisen!«, platzte es aus ihr heraus.

»Über einen aus Tor Sapienza, der mit mir in der Schule war. Wir haben sogar zusammen Fußball gespielt, dann hatte er kriminelle Freunde. Und als er mitbekam, dass ich mal wieder in der Scheiße sitze, hat er mir geholfen.« Er suchte verzweifelt nach Worten, um sie zu beschwichtigen. »Aber es war immer nur harmloses Zeug ... nichts für Junkies!«

Corallina musste sich setzen, denn ihr versagten die Beine.

»Ein Dealer ...«, murmelte sie ungläubig. »Ein Dealer«, wiederholte sie und starrte ins Leere.

»Ich schwör dir, ich hör damit auf!« Leo stützte die Hände auf den Tisch und beugte sich zu ihr. Am liebsten hätte er ihr eine Hand auf die Schulter gelegt, doch er hatte nicht den Mut, sie anzufassen. »Ich hab damit aufgehört, Coralli!«

»Wie konnte ich bloß so naiv sein?« Corallina war viel zu sehr mit ihren eigenen Gedanken beschäftigt, um ihm zuzuhören. Sie zerknüllte den Turban, der ihr inzwischen schief auf dem Kopf saß und die Geheimratsecken freigab. Doch das war ihr inzwischen egal. Bei so einer Enttäuschung spielte es keine Rolle mehr, ob sie nun hässlich oder kahl war.

»Und jetzt?«, sagte sie zu ihrem Bruder, führte aber in Wahrheit nach wie vor Selbstgespräche.

»Jetzt ist damit Schluss«, versprach Leo ein weiteres Mal.

»Ich sollte zur Polizei gehen. Noch auf der Stelle. Und denen sagen, dass ich einen Verbrecher zu Hause habe.« Während sie ihren Monolog fortsetzte, stand Corallina auf, um sich einen Kamillentee zu machen. Dann wirbelte sie zu ihrem Bruder herum. »Wenn du so weitermachst, landest du noch bei den richtig schweren Jungs im Knast!«, platzte es aus ihr heraus. »Du wirst schon sehen!« Ihre Stimme hatte nichts Feminin-Freundliches mehr, im Moment war sie einfach zu schwach, um sie zu dämpfen.

Leo schwieg. Er hatte nichts darauf zu sagen, sein Verhalten war unentschuldbar, daran gab es nichts zu rütteln. Er hatte sich mit üblen Leuten eingelassen, die Corallina verachtete. Er hatte sich nicht anders zu helfen gewusst: Er war eben ein gewöhnlicher Kerl ohne besondere Begabungen. Obwohl er als Kind durchaus einen gewissen Ehrgeiz besessen hatte, war er nur ein mittelmäßiger Schüler gewesen, der nach der Schule lediglich ein paar Jobs ohne jede Perspektive ergattert hatte. Er kannte Leute, die wie er ganz von unten kamen und es geschafft hatten. Im Gegensatz zu ihm. Er riskierte, im Gefängnis zu landen, und das für ein paar lächerliche Kröten. Federico Nardi hingegen war wenigstens wer in Torre Sapienza. Er konnte es sich erlauben, ihm ein *Revier* zuzuteilen – um der guten alten Zeiten willen.

»Es tut mir leid«, murmelte er. Mehr fiel ihm in diesem Moment einfach nicht ein. Dennoch fühlte er sich irgendwie befreit, es war ihm stets klar gewesen, wie erbärmlich es war, Corallina zu belügen. Er hatte ihre Liebe nicht verdient.

Während Corallina wartete, bis das Wasser kochte, sprachen beide kein Wort. Leo saß da wie jemand, der auf die Urteilsverkündung wartet. Er starrte auf seine verschränkten Hände und warf immer mal wieder einen Blick auf die Fremde in der Zeitschrift, die alles ins Wanken gebracht hatte. Er war nicht wütend auf sie, im Gegenteil. Bei dem Gedanken an die Riesenentfernung zwischen ihnen, die über die paar Kilometer deutlich hinausging, die ihre Adresse von San Basilio trennten, überkam ihn eine riesige Enttäuschung.

»Aber hübsch ist sie schon, was?«, meinte Corallina auf einmal hinter ihm, mit einer Stimme, so freundlich wie eh und je.

Er zuckte zusammen, staunte über den plötzlichen Stimmungswechsel der Schwester. »Fängst du schon wieder damit an? Vergiss es!« Er schob die Zeitschrift weg.

Sie stieß ein vielsagendes Lachen aus. »Sieh mal einer an!«, säuselte sie.

»Dieses Klappergestell?«, erwiderte er ungerührt.

»Vergiss nicht, dass du ein gutaussehender junger Mann bist«, rief ihm seine Schwester nicht ohne Stolz in Erinnerung.

Leo schüttelte belustigt den Kopf. »Du bist doch nicht ganz dicht! Gerade eben wolltest du mich noch ins Gefängnis stecken, und jetzt willst du, dass ich heirate?«

»Na und? Ich will eben beides!«, provozierte sie ihn.

Da musste er aufrichtig lachen, seine Miene hellte sich auf. »Kannst du dir vorstellen, wie die vor dem Regina-Coeli-Gefängnis ansteht, um mich zu besuchen?«

Da lachte auch Corallina herzhaft. »Nicht wirklich«, seufzte sie kopfschüttelnd und rückte ihren Turban zurecht. Sie goss das kochende Wasser in die Tasse mit den Margeriten und gab den Kamillenteebeutel hinein. Dann trug sie sie mit Unterteller zum Tisch und setzte sich wieder. »Ich fürchte, ich schaff es nicht, dich ins Gefängnis zu bringen«, meinte sie seufzend.

»Nein«, bestätigte er und drehte die Handflächen nach oben. Wegen so einer Frau konnte er unmöglich ins Gefängnis gehen.

»Du bekommst eine Bewährungsstrafe von mir«, sagte sie erneut ernst. »Ab morgen suchst du dir eine richtige Arbeit: Wenn die dir in der Trattoria nicht genug zahlen, gehst du eben auf den Bau, ins Bergwerk. Egal was!« Sie sah ihm in die Augen. »Aber versprich mir, dass …« Sie konnte den Satz nicht beenden, da ihr die Tränen kamen. Im Grunde ihres Herzens wusste sie genau, dass Leo in Ordnung war.

Er packte abrupt ihre Hand. »Bitte verzeih mir, Corallina«, murmelte er so schuldbewusst wie damals, viele Jahre zuvor.

Corallina nickte mehrmals, zum Zeichen, dass sie ihm verzieh. Sie wartete, bis der Tee fertig gezogen hatte, drückte den Beutel aus, gab Zucker hinein und nippte daran. Sie war fest davon überzeugt, dass selbst die schlimmen Dinge, die Versäumnisse im Leben, am Ende zu irgendetwas gut waren. Ansonsten müsste man endgültig verzweifeln. Vielleicht waren ja auch Leos Abwege zu etwas gut, immerhin hatten sie ihn zu Miriam geführt, bevor diese endgültig kaputtging.

»Leo, diese junge Frau braucht Hilfe«, sagte sie gedankenverloren, während sie das Foto betrachtete.

»Coralli, wenn jemand alles hat, ist er nie zufrieden«, erwiderte er schulterzuckend und warf einen vielsagenden Blick auf die Illustrierte. »Sie hat mir jedenfalls versprochen, mit dem Zeug aufzuhören«, versicherte er ihr.

»Und wie soll sie das anstellen?« Corallina schüttelte den Kopf. »Weißt du eigentlich, dass sie die Cousine von Elisabetta Ansaldo ist?«

Leo sah sie zunächst verständnislos an. Er musste kurz nachdenken, bevor er diesen Namen mit dem Foto in Verbindung brachte, das er am Kiosk auf den Titelseiten der Zeitungen gesehen hatte, direkt unter den Artikeln zum Bombenattentat von Bologna. »Von der jungen Frau, die in Torre Domizia ermordet wurde?« Er war verwirrt. »Bist du dir sicher?«

»Absolut sicher. Das war die Nichte von Emma Bassevi, Miriams Mutter. Ich habe sie auch auf den Fotos von der Beerdigung gesehen.« Sie erinnerte sich an ein aus der Ferne aufgenommenes Bild, in dem sie den Arm um die Schwester gelegt hatte, um sie zu stützen, gemeinsam mit einer Nonne.

Leo ließ sich seufzend auf seinen Stuhl zurücksinken. Damals hatte er die Sache nicht groß verfolgt, er wusste nur noch, dass es eine wirklich scheußliche Angelegenheit gewesen war. Wenn er sich nicht täuschte, war niemand dafür ins Gefängnis gekommen.

Sofort verstand er Miriam ein ganzes Stück besser. Doch abgesehen von ihrem Misstrauen, ihren fast kindlichen Ängsten, waren ihre Abwehrhaltung und ihr gleichzeitiger Hang zur Selbstzerstörung seltsam widersprüchlich. »Und du meinst, dass sie *bloß deswegen* so ist?«, fragte er skeptisch.

Während sie an ihrem heißen Kamillentee nippte, ließ sie ihren Blick lange auf dem Bruder ruhen. »Du bist eindeutig ein Mann«, murmelte sie verbittert.

Leo sah sie verständnislos an.

Corallina verzog den Mund zu einem traurigen Lächeln und nahm noch einen Schluck. »Ich sollte dir in regelmäßigen Abständen meine Korallenkette leihen.«

IX
Felsen in der Brandung

Vier Tage lang hoffte Leo De Maria vergeblich darauf, dass Miriam sich meldete. Aus kindischem Egoismus hoffte er sogar, es würde ihr so schlecht gehen, dass sie ihn aufsuchte. Nicht, dass er vorhatte, ihr wieder Pillen zu beschaffen, aber ihm gefiel die Vorstellung, für sie unentbehrlich zu sein. Doch Miriam tauchte nicht auf. Anders als er wartete Corallina voller Vertrauen, auch wenn sie das nie laut aussprach. Sie war einfach eine geborene Optimistin. Leo hingegen reagierte mit schlechter Laune auf seine wachsende Enttäuschung. Die rechtfertigte er gegenüber seiner Schwester damit, dass er sich schleunigst eine richtige Arbeit suchen musste. Fast schämte er sich für den Gedanken, so etwas wie echte, wenn auch nicht einfache Nähe könnte zwischen ihm und Miriam entstanden sein. Was das andere Geschlecht anbelangte, hatte er sich bisher hauptsächlich auf die Befriedigung körperlicher Bedürfnisse konzentriert, Gefühle machten einen nur verletzlich. Die komplizierte Interaktion mit Miriam war etwas ganz anderes, das ihn neugierig machte, aber auch abschreckte. Er fand es fast schon beunruhigend, dass er sie im Schlaf beobachtet hatte, ohne sich auch nur einmal zu fragen, ob er sie begehrte. Irgendwie hatte er das Gefühl, mit diesem fast schmächtigen, bedürftigen Körper vertraut zu sein. Gerade mal zwei Nächte hatten genügt, ihn glauben zu machen, dass sie füreinander bestimmt, wenn auch ziemlich inkompatibel waren. Eigentlich hatte er für sich beschlossen, dass es ihm egal war, ob er finanziell mithalten konnte. Er konnte Miriam nämlich das geben, was ihr fehlte. Das Geld der Bassevis machte ihm keine Angst: Miriam brauchte *ihn*.

Wenn er abends auf dem Sofa schlecht gelaunt mit Corallina fernsah, ließ er sich das alles durch den Kopf gehen und beschloss eines Abends, dass er genug gewartet hatte. Deshalb suchte er das Gebäude auf, wo er sie einige Tage zuvor abgesetzt hatte. Der Pförtner verwehrte ihm zunächst höflich den Weg, obwohl ihm dieser Typ eigentlich gefiel. Er zweifelte auch keine Sekunde daran, dass die Signorina ihn sehen wollte. Tatsächlich sagte Signorina Bassevi am Telefon, man solle ihn passieren lassen, und Leo eilte triumphierend ins Erdgeschoss. Das war jedoch so groß, dass er wieder kehrtmachen musste, um sich erklären zu lassen, wie man zum Penthouse kam. Der Pförtner führte ihn bereitwillig zum richtigen Lift. Als sich die Türen des Lifts, so groß wie die Wohnung, in der er mit Corallina lebte, öffneten, sah er sie schon in der Tür stehen. Sofort ging es ihm besser. Doch die Erleichterung war nicht von Dauer. Sie wirkte fix und fertig in ihrem viel zu weiten Jogginganzug. Die dunklen Augenringe bildeten einen starken Kontrast zu ihrer hellen Haut, die Lippen waren trocken und rissig. Sie sah ihn ernst an, mit geröteten, verquollenen Augen – entweder weil sie geweint hatte oder nicht schlafen konnte.

»Ich hab's mir anders überlegt, du bist doch ziemlich hässlich«, sagte er im Näherkommen.

Sie lächelte kaum, trotzdem sah man, dass sie sich amüsierte.

»Aber immerhin hast du keinen Schaum vor dem Mund.«

»Was willst du?« Miriam lächelte immer noch. Kaum merklich, aber immerhin.

Das war nicht die Begrüßung, die Leo sich vorgestellt hatte: Sie war zwar nicht feindselig, wollte ihn aber anscheinend auch nicht hereinbitten. Er ließ sich nicht davon entmutigen. »Sind deine Eltern da?«

»Nein. Meine Familie lebt woanders.«

»Wie geht es dir?«, fragte er leise und verbarg seine Besorgnis. Er hatte sich ihr so weit genähert, dass er sah: Es grenzte an ein Wunder, dass sie sich überhaupt auf den Beinen halten konnte.

»Es geht so.« Sie zuckte ein wenig mit den vom Sweatshirt bedeckten Schultern.

Leo sah sie forschend an. »Hast du wieder angefangen?«

»Nein. Ich hab's schließlich versprochen«, erwiderte sie leicht gereizt. »Und du?«

»Nein.«

Sie musterten sich verlegen.

Leo sah sich verstohlen um. »Willst du mich reinbitten oder empfängst du deine Gäste im Treppenhaus?«

»Lieber nicht, Leo.«

Die Enttäuschung über die Zurückweisung wurde durch das Prickeln wiederaufgewogen, dass sie ihn beim Namen nannte. »Warum denn?« Er zwang sich, gelassen zu klingen.

Sie schwieg.

»Du hast Angst …« Er nickte resigniert.

Miriam zögerte nur einen Moment. »Nein …«

Leo steckte die Hände in die Jackentaschen und wippte zufrieden auf den Fußballen. Nein, sagte er sich stumm, im selben Tonfall wie sie vorhin. Auf einmal kam er sich vor wie ein Riese.

»Warum dann?«, hakte er mit einer Freundlichkeit nach, die ihn erstaunte. »Jetzt komm schon!« Er lächelte sie gewinnend an. »Ich hab den ganzen weiten Weg aus San Basilio gemacht, und du fertigst mich einfach an der Haustür ab? Der Pförtner wird Schlechtes von mir denken. So was machen nur Pusher.«

Sie trat wenig überzeugt beiseite. »Aber nur fünf Minuten.« Sie ließ ihm gerade genug Platz zum Eintreten.

»Aber natürlich … zwei oder drei maximal«, nahm er sie auf den Arm, schlüpfte in die Wohnung und zog die Tür hinter sich zu.

Es dauerte keine Sekunde, und Leo wusste, dass Miriam hier eigentlich nicht wohnte. Ihr Name stand zwar an der Tür, die Sachen im Schrank gehörten ihr bestimmt auch, aber in der gesamten Wohnung, die so riesig war, dass sie ihm wie ein Hotel vorkam, gab es keinen einzigen persönlichen Gegenstand, kein Foto, kein Buch. Keine einzige Blume. Er, der von Corallina fast schon mit Blumen zugeschüttet wurde, hätte eigentlich erwartet, bei einer Frau immer irgendwie auf eine Blume zu stoßen. Aber nicht hier. Miriam wohnte an einem Ort, der trotz der großen Panoramascheiben mit Blick über die Dächer von Rom völlig neutral wirkte. Alles war irgendwie künstlich, wie die Zimmer in Möbelgeschäften mit den Buchattrappen. Miriam, die mit einer großen Steppdecke und einem Kissen auf einem von zwei rechtwinklig zueinanderstehenden weißen Ledersofas saß, sah aus, als wäre sie zufällig hier gelandet. Auf dem großen gläsernen Couchtisch standen Arzneifläschchen, eine Packung Milch, ein Glas und eine halbleere Packung Brot. Leo sah zu, wie sie sich in die Decke kuschelte, obwohl es fast schon zu warm in der Wohnung war. Verzweifelt begriff er, dass er nicht *genug* war, um

Miriam zu helfen. Er kam sich naiv vor, weil er sich das, wenn auch nur kurz, eingebildet hatte.

»Was ist das alles für Zeug?« Er zeigte mit dem Kinn auf die Arzneimittel.

»Die muss ich statt dem Fentanyl nehmen, bis mein Entzug vorbei ist.«

Ungläubig starrte er auf die Fläschchen. »Die alle?«

Sie nickte.

»Na, da hast du ja unheimlich viel gewonnen«, bemerkte er sarkastisch.

»Die hat mir ein Spezialist verschrieben. Die ersten zwei Tage wurden sie mir gespritzt, jetzt mach ich das selbst.«

»Und, geht es dir besser?«

Miriam überlegte. »Ich habe keine Schmerzen oder so ...« Sie zuckte mit den Schultern. »Nicht einmal Krämpfe.«

»Gut.« Er nickte.

Auch sie nickte, wenn auch wenig überzeugt.

Leo nahm vorsichtig auf dem Sofa Platz, ohne um Erlaubnis zu fragen. Sie blieb ruhig, und da fühlte er sich berechtigt, die Jacke auszuziehen, denn er begann bereits zu schwitzen. »Was hast du denn?«

»Es ist nur so, dass ...«, murmelte sie, während ihr Blick nervös hin und her huschte, »... , dass ich nicht schlafen kann.«

»Und dieser Typ, was sagt der?«

»Nur Scheiße!«

Leo riss gespielt schockiert die Augen auf. »Wie redest du denn! Zwei Tage in San Basilio, und Bambi hat sich in eine Tigerin verwandelt?«

»Hör auf, mich wie eine Zweijährige zu behandeln«, protestierte sie.

»Wieso? Wie alt bist du denn?«, provozierte er sie lachend.

»Hör auf damit!« Sie hüllte sich noch mehr in ihre Decke und ließ den verstrubbelten Kopf ins Kissen sinken, das sie auf die breite Lehne gelegt hatte.

Leo seufzte. »Miriam, du musst dir von jemandem helfen lassen, der echt gut ist.«

»Das mach ich ja.«

»Aber wenn du nicht schläfst und nicht isst, ist das kein guter Arzt. Du sollst mit dem Fentanyl aufgehört haben?« Er zeigte auf das Industriebrot auf dem Tisch. »Was ist das für ein Mist? Du willst anscheinend wirklich vor die Hunde gehen.«

»Ach, hau doch ab«, erwiderte sie genervt und stemmte den nackten Fuß gegen seinen Oberschenkel.

Leo nahm ihn behutsam in die Hand, woraufhin Miriam zurückzuckte. »Fass mich nicht an!«

»Entschuldige.« Leo hob beide Hände.

Sie legte sich wieder hin. Auf einmal schien sie so erschöpft zu sein, dass sie nicht mal mehr wütend werden konnte.

»Miriam.« Er beugte sich über sie, legte den Arm auf die Lehne. »Ich ertrage es einfach nicht, dich so zu sehen. Verstehst du das?«

Miriam schloss die Augen, ihre Atmung wurde tiefer.

»Wieso schläfst du nicht jetzt ein bisschen, wo ich da bin?«

»Ich will nicht schlafen, wenn du da bist.«

»Aber bei mir hast du geschlafen.«

»Ich hatte Pillen genommen.«

Leo schnaubte. »Na ja, aber ich war auch noch da!«, rief er ihr beleidigt in Erinnerung.

Miriam öffnete die Augen und sah ihn an. Das Nachmittagslicht war Dunkelheit gewichen. Sie streckte die Hand aus, um die Bogenlampe über dem Sofa anzumachen. In ihrem schwachen Schein sah sie, dass er erwartungsvoll die offene Hand auf die Decke gelegt hatte. Sie verstand erst nicht. Sie sahen sich an, und Leo setzte ein aufmunterndes Lächeln auf. Sie war gerührt, dass Leo sich einbildete, ihre Probleme mit dieser kindlichen Geste aus der Welt schaffen zu können. Aber aus irgendeinem Grund legte sie zögernd ihre Hand hinein. Leos Widersprüche nervten sie nicht etwa, sondern weckten ihre Neugier: Er schaffte es, richtig und falsch zugleich zu sein. Sie ließ zu, dass er ganz vorsichtig ihre Finger drückte. Seine Hand war groß und warm. Auf einmal fühlte sich Miriam ganz klein. So klein, dass sie ganz in seiner schützenden Hand Platz fand. Sie spürte, wie er ihr zärtlich mit dem Daumen erst übers Handgelenk und dann über den Handrücken strich, wobei der Druck kaum merklich zunahm. Sie wollte sich ihm entziehen, weil ihr das ein wenig Angst machte. Aber noch ehe es dazu kam, fiel sie in einen tiefen, traumlosen Schlaf.

Leo rührte sich nicht und wagte es kaum zu atmen. Auch als er schon einen steifen Hals bekam, ihm der Arm einschlief und ihm die Augen zufielen, machte er nicht die kleinste Bewegung, als hinge Miriams Leben davon ab. So, als könnte er sie nur mit dieser Hand am Leben halten, verhindern, dass sie völlig abdriftete. Er spürte, dass er keine zweite Chance bekommen würde: Wenn er ihr helfen wollte, musste er ihr beweisen, dass er wirklich etwas ausrichten konnte. Die Stunden vergingen, und er erlaubte es sich nicht, auch nur einmal kurz wegzunicken. Auch sie blieb im Schlaf vollkommen reglos. Nichts als ihre kaum wahrnehmbare, regelmäßige Atmung war zu hören. Leo stellte fest, dass er es liebte, sie so friedlich atmen zu hören, denn das war das Einzige, was er ihr geben konnte.

Im Morgengrauen schlug Miriam die Augen auf … und kniff sie instinktiv gleich wieder zu, weil sie das Licht der Lampe, so gedämpft es auch war, störte. Dann sah sie Leo an. Er war dort, wo sie ihn zuletzt gesehen hatte, bevor der Schlaf sie entführt hatte. Ganz so, als wären nicht viele Stunden vergangen. Wo war sie gewesen? Wieder schloss sie die Augen, um sich zu erinnern und wusste mit Sicherheit, dass sie nirgendwo anders als hier gewesen war. Weder am Strand noch in dieser Nacht. Weder auf der Straße, die zum Haus von Onkel und Tante führte, noch in Bettas Augen, die in den Himmel voller Regen gestarrt hatte. Sie spürte keinerlei Nachwehen von Albträumen, nur Stille und Dunkelheit, ohne jede Bedrohung, die sie ganz eingehüllt hatten.

»Du hast meine Hand gehalten«, murmelte sie und lächelte verwirrt.

Leo erwiderte es nicht ohne Stolz und nickte erschöpft.

»Wie ein Fels in der Brandung«, setzte sie nach, ohne den Blick von ihm zu lösen.

Als Miriam ins Bad huschte, reckte sich Leo und rief die Nachbarin an, damit sie Corallina ausrichtete, dass er weder tot noch im Gefängnis, sondern bei Sie-wisse-schon-Wem sei. Die schimpfte über die Störung und versprach erst nach langem Drängen, bei der Schwester zu klopfen. Leo suchte nach einem anderen Bad, er ging davon aus, dass es mindestens noch ein zweites gab. Verlegen pinkelte er möglichst geräuschlos – so ganz anders als bei sich auf der Toilette. Dieser viele Marmor und die Spiegel ließen ihn frösteln. Wie konnte man nur freiwillig so leben? Aber vielleicht konnte er mit Luxus auch deshalb nichts anfangen, weil er ihn nie kennengelernt hatte. Hätte er viel Geld gehabt, hätte er sich als Erstes eine Segelyacht gekauft wie die, die er einmal im Hafen von Anzio gesehen hatte. Aber diese

Marmorwände? Wie in einem Grab, dabei war sie doch noch am Leben! Er verstand das einfach nicht. Er wusch sich Hände und Gesicht, betrachtete sich im Spiegel und fand sich weniger gutaussehend als sonst – vielleicht wegen der Bartstoppeln, die ihm nicht standen, oder wegen der übermüdeten Augen.

»Heute musst du eben mit deinen inneren Werten punkten«, sagte er sich laut und rubbelte sich mit einem Handtuch, viel zu weich für seinen Geschmack, das Gesicht ab.

Als Miriam ins Wohnzimmer zurückkam, aß er, auf dem Boden sitzend und mit dem Rücken ans Sofa gelehnt, von ihrem Brot.

Als sie ihn sah, lachte sie.

»Was lachst du da?«, protestierte er. »Du hast nichts als Edelstahl in der Küche!« Sie war seltsam angezogen: enge Cordhose und warmer Blazer, dazu kniehohe Stiefel. »Was hast du denn vor? Auf die Fuchsjagd gehen oder was?«, fragte er kauend.

»Ich geh zum Reitstall. Heute fühl ich mich besser.«

»Und was machst du da?«, fragte er und rappelte sich auf.

»Na, was glaubst du wohl?«

»Im Ernst? Du reitest?«, sagte er halb neugierig, halb amüsiert.

Miriam drückte ihm seine Jacke in die Hand. »Danke für heute Nacht.« Sie wollte noch mehr sagen, fand aber nicht die richtigen Worte.

Leo grinste schief. »Ich kann noch mehr, versprochen!« Er streckte die Hand aus, um ihr eine Strähne hinters Ohr zu streichen. Miriam wich zurück und wehrte ihn mit dem Handrücken ab.

»Nein, Leo«, sagte sie entschieden und wurde auf einmal ernst.

Er starrte sie verlegen an. »Ich hab doch gar nichts gemacht …«

»Du darfst auch nichts machen!«, konterte sie nüchtern.

»Das war doch nur nett gemeint, Miriam!«, spielte er die Sache verwirrt herunter.

»Kann ich drauf verzichten!« Sie ging an ihm vorbei Richtung Schlafzimmer.

Leo folgte ihr verärgert, seine Jacke ließ er auf einem Sessel liegen. »Das finde ich jetzt nicht okay!« Er wurde laut. »Ich bin ein anständiger Kerl!«

Miriam holte die Reittasche aus dem Schrank, stellte sie auf die Chaiselongue am Fuß ihres Bettes und legte hinein, was sie brauchte, ohne ihn eines Blickes zu würdigen oder ihm zu antworten.

Leo stellte sich neben sie. »Hast du gehört, was ich gesagt habe?«

Sie schien ihn gar nicht zu hören, während sie den Reißverschluss zumachte, rasch in ihren Mantel schlüpfte und sich die Tasche umhängte.

Als sie zur Tür gehen wollte, packte Leo sie am Arm. »Miriam!« Er wollte ihr klarmachen, dass er mit diesen Monstern, die ihre Cousine vergewaltigt und umgebracht hatten, nichts gemein hatte. Dass sie ihm vertrauen konnte, und dass er das bewiesen hatte. Instinktiv legte er ihr die Hand in den Nacken und zwang sie, ihn anzuschauen.

Aber es war, als würde sie ein Wildfremder anfassen, als hätte er ihr nicht die ganze Nacht die Hand gehalten, während sie neben ihm geschlafen hatte. Miriam wurde zur Furie, sie befreite sich mit einem Knurren, wie ein in die Enge getriebenes Tier und schlug ihm so fest sie konnte mit der Faust ins Gesicht. Für eine so zierliche Frau besaß sie ungeheure Kraft. Der Schlag und der Schmerz in der Nase raubten Leo den Atem, er war wie gelähmt, es prasselten weitere Schläge auf ihn ein, wenn auch weniger heftig. Instinktiv umschloss er ihre Handgelenke. »Miriam!«, brüllte er, aber sie entwand sich ihm und übertönte ihn mit ihren Schreien. Die Panik in ihren Augen verstörte Leo mehr als ihre Gesten und Schreie, sie rechnete offenbar fest damit, dass er brutal zurückschlug. Da ließ er sie los und wich zurück, schützte sich mit dem Arm. Doch kaum war Miriam befreit, verschwand sie blitzschnell durch die Tür. Er rief nach ihr, wollte ihr nachrennen, doch sie ging und schloss nicht einmal die Haustür hinter sich. Er sah nur noch verschwommen, weil ihm der brennende Schmerz die Tränen in die Augen getrieben hatte. Leise fluchend rannte er ins Bad, aus einem Nasenloch strömte Blut.

Vor dem Spiegel säuberte er sich so gut er konnte, er war zutiefst erschüttert und wollte zur Ruhe kommen. Anschließend drehte er auf der Suche nach einer Waschmaschine eine Runde durch die Wohnung, er wollte das blutbefleckte Handtuch waschen. Er entdeckte ein Zimmer, das offenbar nur fürs Waschen gedacht war. Später, an den Trockner gelehnt, die Hände in den Taschen seiner Jeans, starrte er vor sich hin und dachte über den absurden Vorfall nach. Er fühlte sich elend und hatte zum ersten Mal das Gefühl, dass Miriam Bassevi ihn am liebsten nie kennengelernt hätte. Ihm war nach Weinen zumute. Er kehrte ins Wohnzimmer zurück, schlüpfte in seine Jacke und zog den Reißverschluss zu, um das blutbefleckte Sweatshirt zu verstecken. Dann verließ er die Wohnung und zog die Tür, die Miriam sperrangelweit hatte offen stehen lassen, hinter sich zu.

Als er auf dem Treppenabsatz stand und gerade den Lift rufen wollte, merkte er, dass er die Vorstellung, damit zu fahren, bedrückend fand. Deshalb nahm er lieber die Treppe. Zwischen dem vierten und dem dritten Stock sah er Miriam auf den Stufen sitzen. Ein Häuflein Elend auf der riesigen Marmortreppe. Sie kauerte an der Wand und hielt sich mit beiden Armen umfangen. Ihre Tasche war zwei Stufen tiefer gerutscht. Kurz überlegte er, doch den Lift zu nehmen, um ihr aus dem Weg zu gehen. Doch dann beschloss er zu bleiben, stieg langsam zu ihr hinunter und überlegte, was er sagen wollte. Doch als er sich seufzend neben sie setzte, war ihm immer noch nichts eingefallen.

»Ich habe einen Fehler gemacht«, sagte er leise und mit gesenktem Blick. Er wusste nicht, ob er das wirklich so meinte, aber es war immerhin ein guter Auftakt.

Durch das Glas im Treppenhaus, das Morgenlicht einließ, starrte sie auf einen unbestimmten Punkt in der Ferne.

»Entschuldige«, bekräftigte er und sah sie an.

Miriam schüttelte kaum merklich den Kopf und zupfte verzweifelt am Stoff ihres Mantels.

»Es tut mir leid, Miriam«, ließ er nicht locker.

»Du kannst nichts dafür«, murmelte sie mit kaum vernehmbarer Stimme. »Es ist meine Schuld.«

Leo atmete tief ein. Er stützte die Ellbogen auf und schaute nach draußen. Das große Fenster ging auf einen großen Innenhof hinaus, darin Bäume, gepflegte Beete, Marmorbänke und eine Art Teich. Es war ein schöner Tag, seine Laune besserte sich sofort. »Niemand ist schuld«, befand er gelassen.

Da brach Miriam in ein leises Weinen aus und wurde von heftigen Schluchzern geschüttelt.

Leo wartete ein wenig, bis sie sich ein wenig beruhigt hatte, dann beugte er sich vor, um nach der Reittasche zu greifen. Er machte sie auf, wühlte darin und fand ein Paar Baumwollsocken. Er nahm eine Socke und tupfte ihr behutsam Gesicht und Nase damit ab.

Bestürzt musterte sie seine blauviolette Nasenspitze und das Veilchen unter dem leicht zugeschwollenen rechten Auge.

»Ich hab dich noch nicht einmal normal gesehen«, beschwerte er sich schief grinsend. »Entweder du hast Schaum vor dem Mund oder Rotz vor der Nase …«

Miriam senkte den Blick und schluchzte laut auf. Kopfschüttelnd stieß sie ungeduldig die Socke weg und putzte sich die Nase. Dann warf sie ihm einen flüchtigen Blick zu und lächelte schwach, immer noch unter Tränen.

Da legte er ihr die offene Hand auf die Oberschenkel.

Miriam legte die durchweichte Socke hinein.

Leo reichte ihr die andere, saubere Socke, damit sie weinen konnte, so lange sie wollte.

Miriam griff zögernd danach, legte ihre eiskalte, leicht zitternde Hand in seine.

Leo drückte sie.

So verharrten sie eine ganze Weile, bis Leo vorschlug, in die Wohnung zurückzukehren: Die Pferde könnten heute warten. Miriam meinte deprimiert, sie habe die Schlüssel in der Wohnung liegen lassen. Dann fiel ihr ein, dass der Pförtner bestimmt einen Zweitschlüssel hatte.

»Und wenn der einfach in deine Wohnung geht?«, fragte Leo beunruhigt.

»Quatsch, das macht der nicht«, beruhigte sie ihn.

Miriam ging nach unten, um nach dem Ersatzschlüssel zu fragen, dann kehrten sie in die Wohnung zurück. Leo sah, wie sie sich Mantel und Stiefel auszog, alles verstreut auf dem Wohnzimmerteppich liegen ließ und zwei Pillen aus einem Röhrchen auf dem Glastisch ohne Wasser einwarf.

»Du hast noch nichts gegessen«, warf er ihr vor.

Sie zeigte auf seine Gesichtsprellung. »Du musst das untersuchen lassen.«

»Ach Quatsch, das ist nichts.«

Sie zwang sich, ihm in die Augen zu schauen. »Entschuldige«, murmelte sie.

Er schüttelte nur den Kopf, zum Zeichen, dass er ihr das nicht weiter übelnahm. Dann atmete er tief durch. »Corallina hat dich anhand eines Zeitschriftenfotos erkannt. Ich weiß, wer du bist. Sie hat mir auch das mit deiner Cousine erzählt«, sagte er in einem Atemzug.

Miriam schien sich nicht weiter darüber zu wundern. Ihr war bewusst, dass sie, seit sie volljährig war, in der ein oder anderen Illustrierten abgebildet war. Vor allem aber war ihr bewusst, dass sie ein Teil von Bettas Geschichte war, die inzwischen der ganzen Welt gehörte, darunter Wildfremden, Sensationsgeilen, Gelangweilten.

»Es tut mir so leid«, fügte Leo hinzu.

Sie schaute weg und machte sich an der Tüte mit dem restlichen Brot zu schaffen.

Leo suchte nach einem Anhaltspunkt, nach einem Wort, das ihr zu verstehen gab, dass er ihren Schmerz nicht lindern, aber zuhören konnte. Aber wieder fiel ihm nichts ein.

»Ich geh dann mal«, sagte er resigniert.

Sie nickte.

Er verabschiedete sich mit einem kurzen Winken, das Miriam aber nicht sah, und ging ohne ein weiteres Wort.

Um seine blauen Flecken zu erklären, erzählte Leo Corallina und anderen Bekannten, beim Fußballspielen habe es eine handfeste Auseinandersetzung gegeben. Er erhielt anerkennende Worte, denn handgreiflich zu werden, bedeutete Charakterstärke – vorausgesetzt, man stand am Schluss als Sieger da.

Leo hingegen war nicht nur als Verlierer aus der Begegnung mit Miriam hervorgegangen, sondern auch völlig am Ende. In den nächsten Tagen trödelte er herum, seiner Schwester machte er weis, er suche gerade Arbeit. Doch in Wahrheit brachte er gar nichts zustande Er wusste, dass Miriam es auch irgendwie ohne ihn schaffen würde – die Frage war nur: Wie viel Zeit hatte sie noch? Er fühlte sich machtlos, und das machte ihm zu schaffen. Wieder hoffte er vergeblich, dass sie sich meldete, diesmal war es an ihr, den ersten Schritt zu tun. Ein paarmal fuhr er in ihr Viertel und überlegte, wenigstens hallo zu sagen, ließ es dann aber bleiben. Er fühlte sich fehl am Platz in ihrem Leben, auch wenn das in seinen Augen eigentlich kein Leben war. Sie schien in einem tiefen Loch zu stecken: Manchmal konnte man einen Blick auf sie erhaschen, mit viel Glück ließ sie sogar zu, dass man sie ein Stück weit herauszog, und sie schnappte kurz nach Luft, fiel dann aber sofort wieder in die Tiefe. Und wenn man nicht aufpasste, riskierte man sogar, mitgerissen zu werden.

In San Basilio hatte sich Leo mit dem Kioskbesitzer angefreundet, zu dem ihn Corallina manchmal schickte, damit er ihr Illustrierte mitbrachte. Wenn er Zeit hatte, plauderten die beiden ein wenig miteinander. Der Mann hatte ein gewisses Alter und damit Lebenserfahrung. Deshalb fragte Leo ihn eines Donnerstagmorgens, wie man es anstellte, die Tageszeitung von vor mehreren Jahren zu lesen. Der Kioskbesitzer setzte seine Brille auf, um seine Autorität zu unterstreichen, denn mit so etwas kannte er sich aus. Er erklärte ihm, dass er zurückliegende Ausgaben bestellen könne, aber das koste Zeit und Geld. Genauso gut könne Leo aber auch in den Lesesaal der Nationalbibliothek in Castro Pretorio gehen. Leo staunte, als er erfuhr, dass es dort alle Zeitungen gab, die er brauchte, ja sogar Zeitschriften. Und das gratis. Letzteres betonte der Kioskbesitzer besonders, weil er es großartig fand, auf diese Weise noch mal in die Vergangenheit eintauchen zu können. Nur wüssten das leider viel zu wenige. Dann erzählte er Leo zum x-ten Mal mahnend vom Faschismus, weil er irgendwie immer auf dieses Thema zu sprechen kam. Leo hörte ihm pflichtbewusst zu und kehrte dann nachdenklich nach Hause zurück.

Gleich am nächsten Tag ging er in die Bibliothek. Man sagte ihm, dass er einen Ausweis brauche. Verlegen willigte er ein. Es war ihm peinlich, in seinem ganzen Leben nur *Pinocchio* und ein paar Kapitel von Manzonis *Die Verlobten* für die Schule gelesen zu haben. Er wartete, bis der Ausweis fertig war und erkundigte sich, wo man alte Zeitungen lesen könne. Die Angestellte schüttelte nur den Kopf, dafür brauche man einen Termin, er müsse ins Archiv begleitet und eingewiesen werden. Leo täuschte eine dringende Recherche für einen Universitätsprofessor vor. Ob er ein Empfehlungsschreiben von diesem Professor habe, fragte die Angestellte nach, und musterte ihn misstrauisch mit Blick auf sein Veilchen. Genau das habe er dummerweise zu Hause gelassen, er sei noch im ersten Studienjahr und kenne sich nicht so gut aus. Sie finde es wirklich bemerkenswert, dass sich ein Professor von einem Studienanfänger helfen lasse, konterte sie. Seine Unterstützung sei wirklich nicht der Rede wert, erwiderte Leo mit Augenaufschlag. Was er denn studiere. »Geschichte«, antwortete er und bekam es mit der Angst. Insgeheim flehte er darum, sie möge ihm eine Frage zum Faschismus stellen, da er darüber am besten Bescheid wusste. Die Angestellte legte seufzend den Kopf schräg und griff dann zum Telefon. Leo hielt gebannt die Luft an, in der festen Überzeugung, dass sie den Wachdienst rief, um ihn rauswerfen zu lassen und ihm in sämtlichen Bibliotheken Hausverbot zu erteilen. Aber offenbar bat sie jemanden um einen Gefallen. Nachdem sie aufgelegt hatte, erklärte sie ihm den Weg und wünschte ihm viel Erfolg bei seiner Arbeit. Sie sahen sich vielsagend an, und Leo dankte ihr, bevor er verschwand.

Leo verbrachte den ganzen Vormittag in der Bibliothek. Hätte ein Fremder gesehen, wie aufmerksam er sich über die Zeitungen beugte, wie sehr er in die Lektüre vertieft war – er hätte ihn tatsächlich für einen Studenten gehalten. Allerdings machte er sich keine Notizen. Aber das musste er auch gar nicht, weil er jedes Wort, das er las, nie mehr vergessen würde.

Elisabetta Ansaldo und Miriam hatten die gleichen Augen, das fiel ihm sofort auf. Von Elisabetta gab es nur drei Fotos, die die Zeitungen und Zeitschriften immer wieder abgedruckt hatten. Mal größer, mal kleiner, manchmal waren die Farben verändert, oder das Motiv erschien spiegelverkehrt. Er war fassungslos, verstört. Er kannte Miriam, und damit war Elisabetta nicht länger nur eine Fremde, über die er in der Zeitung las. Er entdeckte ein paar grobkörnige Fotos vom Strand, an dem man die Leiche gefunden hatte. Von dem Ferienhaus der Ansaldos. Private Details gab es kaum, der Anwalt, der die Familie vertrat, hatte aus Respekt vor den Angehörigen maximale Diskretion gefordert. Statt über Fakten zu berichten, versuchten die Artikel eher zu rekonstruieren: Der ein oder andere Journalist behauptete polemisch, die Ermittlungen seien dilettantisch gewesen. Und so war über den Mord an Betta am Ende nur wenig zu erfahren.

In den frühen Morgenstunden war eine Sechzehnjährige tot am Strand gefunden worden, aber man wusste nicht mal genau, ob das Verbrechen auch dort begangen worden war. Spuren, Beweismittel, Zeugenaussagen: alles widersprüchlich, vage, nichtssagend. Die Vergewaltigung war eindeutig festgestellt worden, aber die Anzahl der Vergewaltiger war unklar, und es ließ sich auch nicht sagen, ob das Opfer sie gekannt hatte. Niemand hatte etwas gesehen oder gehört. In Torre Domizia sprach man nur gut übereinander, die Bande musste also von außerhalb sein, daran bestand kein Zweifel. Die anständigen Jungs von Torre Domizia waren alle in Tanzlokalen unterwegs, machten Lagerfeuer an einem bei jungen Leuten beliebten Strandabschnitt oder schliefen zu Hause brav in ihren Betten. Und Elisabetta, *Betta*, Ansaldo? Die war nicht dort, wo sich anständige junge Leute in dieser Nacht aufhielten. Die Eltern wussten nicht, wann sie sich aus dem Haus geschlichen und wohin sie gewollt hatte. Die Chefredakteurin einer Wochenzeitung übte in einem Artikel heftige Kritik an der Mutter, Marisa. Die habe es versäumt oder es nicht geschafft, sich angemessen um die halbwüchsige Tochter zu kümmern, die im Sommer wohl regelmäßig zweifelhafte Orte aufgesucht hatte. Auf diese Weise sei sie Risiken eingegangen, die sie zu einem Ende verurteilt hatten, *das hätte vermieden werden können*. Die Leute im Viertel Appio Latino, wo das Opfer lebte, gaben jedoch an, Betta sei ein lebhaftes, ungezwungenes, aber nicht übertrieben freizügiges und freundliches Mädchen gewesen. Die Ansaldos seien anständige Leute, beharrten sie in Interviews.

Dann entdeckte Leo in einem Wochenmagazin, in dem die Schlagzeilen mehr Platz einnahmen als die Artikel, das Interview mit einem Pizzabäcker, einem gewissen Frattali, der die

Ansaldos wenige Stunden vor der Tragödie in seinem Restaurant bedient hatte. Er hatte sich unter dem Schild seines Lokals fotografieren lassen und berichtete, an jenem Abend sei die ganze Familie da gewesen. Betta habe mit der Cousine gelacht und gescherzt, die zum ersten Mal in Torre Domizia gewesen sei. Der Journalist erklärte, Miriam sei im Alter von Elisabetta, außerdem das jüngste Kind von Emma Bassevi, Modedesignerin und Ehefrau des bekannten Textilunternehmers. In dem Artikel war Emma Bassevi auf einem alten Foto in ihrem Atelier zu sehen und auf einem anderen am Tag der Beerdigung – grobkörnig und aus weiter Ferne aufgenommen. Die Bildunterschrift benannte auch die Mutter Marisa, eine Nonne, den Vater Stelvio, den Bruder Ettore und den Onkel Emanuele. Donato, der Cousin des Opfers, war ebenfalls zugegen und stützte seine Großmutter. Ein Grüppchen in Schmerz vereinter Menschen, hinter dem weißen Sarg im Leichenwagen, dessen Heckklappe noch offen stand. Alle waren sie da, bis auf das jüngste Kind der Bassevis. Leo suchte weiter und las andere Artikel. Zum Fall Ansaldo wurden Hypothesen und Theorien erläutert und über Ermittlungen gegen unbedeutende Mitglieder des organisierten Verbrechens berichtet, die im Zeitraum der Tat in der Gegend gesichtet worden waren. Aber zu Miriam, die wenige Stunden vor der Tragödie noch mit der Cousine gelacht und gescherzt hatte, war nichts zu finden. So, als hätte sie nie existiert. Leo fiel wieder ein, dass der Familienanwalt Respekt und Diskretion gefordert hatte – ein renommierter Anwalt mit einer gewissen Autorität, wenn er das richtig verstanden hatte.

Er zwang sich einen der wenigen Artikel, in dem stand, was Betta alles hatte erleiden müssen, genauer zu lesen. Man hatte sie vermutlich von hinten gepackt, ihr dann den Mund zugehalten, ihre Handgelenke umklammert, sie geschlagen, gebissen, sie extrem brutal vergewaltigt, worauf die tiefen Abschürfungen sowie die blauen Flecken an den Schenkeln, an Gesäß und Brust hinwiesen. Man habe sie schließlich an einem Asthmaanfall aufgrund von Luftnot krepieren lassen, verursacht durch Druck auf ihren Rücken, vermutlich durch ein Knie. Kein absichtlich herbeigeführter, aber ein in Kauf genommener Tod, wie ein Gutachter in einem Interview erklärte. Und all das mitten in der Nacht, vermutlich am dunklen Strand beim verlassenen Lido Le Dune. Unter einem pechschwarzen Himmel, weil es kurz darauf ein Gewitter gegeben hatte, das sämtliche Spuren verwischt und nur Bettas Leiche zurückgelassen hatte. Immer wieder musste Leo an den Pizzabäcker Frattali denken, der sich noch an Betta und Miriam erinnert hatte. Er stützte die Arme auf das ihm zugewiesene Pult, fuhr sich durchs dichte Haar, und ein schrecklicher Verdacht nagte an ihm. Er hätte laut hätte schreien mögen, so sehr lag dieser Gedanke auf der Hand. Und doch sagte er sich immer wieder, dass das einfach nicht sein könne.

Irgendwann stand er erschöpft auf und verließ den Lesesaal, ein ganz klares Bild im Kopf: Das Einzige, das er in keiner Zeitung gesehen hatte, das ihm aber klar und deutlich vor Augen stand, so als hätte er es selbst fotografiert: Betta und Miriam, gemeinsam an Frattalis Tisch. Sie lachten und scherzten. Doch am nächsten Tag sollte nur noch eine von ihnen am Leben sein.

Von der Bibliothek fuhr Leo mit dem Moped zum Bahnhof Termini und winkte ein paar Dealern zu, die er kannte, und dem ein oder anderen Kunden. Er fuhr bis zur Piazza Vittoria und ging zu Fuß unter den Arkaden entlang, kaufte sich ein Tramezzino, das er lustlos aß, und ein Mineralwasser. Vergeblich versuchte er, das Chaos in seinem Kopf zu ordnen, um dann am Nachmittag eine Entscheidung zu fällen. Er eilte in eine Telefonzelle und rief Federico Nardi an, den alten Freund, der ihm in schwierigen Zeiten Geld geliehen hatte. Nachdem er Miriam und Corallina versprochen hatte, mit dem Dealen aufzuhören, hatte er sich bei Nardi mit den Worten entschuldigt, er könne schwören, neulich vor dem Blue Alien einen Zivilbullen entdeckt zu haben. Daraufhin meinte Nardi, wenn er sich nicht sicher fühle, solle er lieber für eine Weile wegbleiben. Lucio, sein jüngerer Bruder, ging dran und meinte, Federico sei gerade *zu den Hunden* – eine einstige Lagerhalle draußen bei Finocchio, wo je nach Datum illegale Kämpfe zwischen Menschen oder Tieren stattfanden. Leo setzte sich wieder aufs Moped, tankte voll und raste nach Finocchio.

Dort musste er die Lagerhalle erst mehrmals umrunden, bis ihn ein heroinsüchtiger Dealer, der ihn kannte, einließ. Leo betrat sie, sah, dass heute die Hunde dran waren, und verfluchte dieses Leben, das ihm einfach keine Verschnaufpause gönnte. Er bahnte sich seinen Weg durch eine dichte Menschenmenge und Zigarettenqualm, hörte das Kläffen und Winseln hinter dem Gedränge. Beim Gestank von Sägespänen, Blut, Kot und Urin von den Hunden drehte sich ihm schier der Magen um. Ein Buchmacher näherte sich drohend, doch er gab ihm zu verstehen, dass er sich fernhalten solle. Er nahm zwei Raucher beiseite und fragte, ob sie *den Gelehrten* gesehen hätten, wie Nardi in diesen Kreisen hieß. Der eine schüttelte nur den Kopf, der andere meinte »Kann sein« und zeigte mit spitzem Kinn auf die Menge am Ende der Halle, wo die Wetten mit den höchsten Einsätzen getätigt wurden. Rempelnd bahnte er sich einen Weg durchs Gedränge und fragte dann einen Freund von Federico, den er vom Sehen kannte, ob der Gelehrte da sei. Der andere war klein und reckte den Hals, ja, hüpfte sogar ein wenig auf und ab, um nicht zu verpassen, wie sich die Hunde zerfleischten. »Der ist im Fitnessstudio, denn er hat morgen einen Kampf«, brüllte er, um den Lärm zu übertönen und zeigte auf den Bereich mit den Boxringen. Leo war froh, wieder gehen zu können, auch wenn das eine weitere Viertelstunde mit dem Moped bedeutete. So lange würde er brauchen, um das Fitnessstudio in Tor Sapienza zu erreichen, in dem Federico schon seit Jahren trainierte.

Als er das Boxing-Bo erreichte, war er fast erleichtert über den Gestank nach Schuhen und Schweiß. Er riskierte mehrmals, von schweren Boxsäcken getroffen zu werden, als er suchend den Raum ablief. Dann traf er auf einen der Trainer, einer ohne Zähne mit einem Bauch wie eine Wassermelone, und fragte nach dem Gelehrten. Der nuschelte nur, er sei bereits gegangen. Aber ein anderer, oben im Ring, meinte, er sei noch unter der Dusche. Dabei schlug er sich mehrmals mit dem Boxhandschuh in die andere Hand und ließ angeberisch die Brustmuskeln schwellen. Leo lächelte mechanisch und nickte, um zu zeigen, wie beeindruckt er war. Doch insgeheim schickte er ihn zur Hölle und ging zu den Umkleiden.

Federico Nardi freute sich, ihn zu sehen, denn beim letzten Mal hatten sie kaum miteinander reden können. Er zog sich fertig an, schlüpfte in seinen Moncler-Anorak und setzte eine Wollmütze auf den kahlgeschorenen Schädel. Während er sich die Sporttasche umhängte, verkündete er, dass er jetzt zwei Steaks, ein Bier, einen Fick und einen Joint brauche und zwar genau in dieser Reihenfolge. Auf den Fick müsse er allerdings verzichten, meinte er niedergeschlagen. Er brauche seine Geilheit noch für den Kampf am nächsten Tag. Alles andere ginge aber. Freundschaftlich legte er Leo den Arm um die Schultern und lud ihn zum Abendessen ein. Leo willigte ein.

Sie aßen in einer Trattoria, in der die Luft mit dem Qualm von Kamin, Küche und Zigaretten zum Schneiden war. Es war dermaßen laut, dass sie sich nur wenige Worte zubrüllen konnten. Nardi erzählte, er habe da eine Polin am Start, wirklich ein Goldstück. Die bringe ihm Glück, denn in letzter Zeit laufe es einfach großartig. Er lerne immer wichtigere Leute kennen, die mit ihm arbeiten wollten. In Borghesiana habe er sich ein Grundstück gekauft, dort wolle er so bald wie möglich ein Haus mit Kneipe und Bar, Billardsaal und Pokertisch bauen – genau wie in den amerikanischen Filmen. Er plane, auch eine Bühne für Nutten und Stripperinnen einzurichten. Er kippte sein zweites Bier hinunter und lachte zufrieden bei der Vorstellung. Leo lud er auf der Stelle schon mal ein, sie beide hätten schließlich Erfahrung damit, wie es war, arm zu sein – etwas, was er nie vergessen würde. Leo nahm die Einladung an und täuschte Begeisterung vor.

Nachdem sie das Lokal verlassen hatten, setzten sie sich auf die Stufen zu einem dunklen Laubengang. Hinter der Säule stank es heftig nach Katzenpisse. Ein Stück weiter hörte jemand bei weit geöffneten Autotüren Baglioni. Nardi öffnete die Sporttasche. Fluchend, weil es so dunkel war, drehte er geübt zwei Joints.

Leo nahm seinen und inhalierte tief mit geschlossenen Augen. Nach so einem Tag hatte er echt guten Stoff verdient.

Nardi musterte ihn zufrieden. »Marocchino, was hast du auf dem Herzen?«

Leo nickte und stieß den Rauch aus.

»Inzwischen handle ich nur noch mit echt gutem Stoff, Leo!«

Er nahm einen Zug. »Die klammen Zeiten sind ein für alle Mal vorbei. Heroin ist nur was für Versager, damit ist jetzt Schluss.« Er zuckte mit den Schultern, um zu betonen, wie leid er dieses Mittelmaß war. »Und jemanden wie dich könnte ich gut gebrauchen. Vertrau mir, es wird Zeit, dass auch du endlich mal einen Karrieresprung machst, Kumpel.«

Leo schwieg. Er starrte gedankenverloren vor sich hin und überlegte, wie er den Köder am besten auswarf. »Federi, kannst du dich noch an den Zivilbullen erinnern, der mir vor dem Blue Alien auf den Fersen saß?«, sagte er unvermittelt, ohne Nardi ins Gesicht zu sehen, weil er wusste, dass er kein guter Lügner war.

»Aber klar doch, wieso?«

»Die haben mich heute Morgen einbestellt.«

Nardis Hand mit dem Joint erstarrte. »Wieso denn das?«

»Die wollten wissen, wo ich in der Nacht des Mordes in Torre Domizia gewesen bin.«

»Was denn für ein Mord?«

»Elisabetta Ansaldo.«

Nardi lachte laut. »Aber das ist doch mindestens zwei Jahre her!«

»Fast.«

»Sag ich doch. Was wollen die? Und dann ausgerechnet von dir ...«

Leo musste noch einen Zug nehmen, um Zeit zu schinden. Er improvisierte und konnte sich keinen Fehler erlauben.

»Die war echt scharf«, bemerkte Nardi in Erinnerung an die Fotos, die er von ihr gesehen hatte. »Die dürfte irgendeinem notgeilen Typen zum Opfer gefallen sein.«

Leo nickte.

»Hast du die etwa gekannt?« Nardi musterte ihn neugierig.

»Quatsch!«, erwiderte Leo.

»Warum also? Warum wollen die dann was von dir?«, drang er in ihn.

»Ich habe wirklich nicht die geringste Ahnung.«

»Diese Scheißtypen!« Nardi schüttelte den Kopf und schlug sich auf die Schenkel. »Und, was hast du ihnen gesagt?«

»Dass ich mich nicht mehr erinnern kann! Was soll ich denen schon gesagt haben?«

»Natürlich! Was für Idioten!«

»Nur dass ich jetzt nicht mehr schlafen kann!«, jammerte Leo und gab sich betont beunruhigt.

»Verstehe«, meinte Nardi. »Brauchst du ein Alibi?«

»Keine Ahnung, mal schauen, was passiert.« Leo zögerte kurz und sprach dann weiter. »Deine Leute kontrollieren doch die ganze Küste, oder?«

»Nördlich von Fiumicino ist alles unser Revier«, verkündete Nardi, und ihm war deutlich anzuhören, wie stolz er darauf war, dass sich all die Anstrengungen endlich ausgezahlt und er die schlechten Zeiten endgültig überwunden hatte.

»Aber bei denen haben sich die Zivilbullen nicht gemeldet? Nur bei mir?« Besorgt nahm Leo einen raschen Zug. »Weißt du irgendwas?«

»Bei uns sind die Scheißkerle nur wegen der Bombe am Bahnhof von Bologna aufgetaucht, aber nicht wegen der ermordeten Blondine. Nicht, dass ich wüsste.«

»Siehst du? Diese Scheißkerle!«, fluchte Leo mit fast kindlichem Jähzorn. »Nur bei mir! Kannst du dir das erklären?«

»Was hast du überhaupt mit der zu schaffen?«

»Da wird irgendwer Scheiße gelabert haben. Nur um den Verdacht auf mich zu lenken.«

»Du musst cool bleiben!« Nardi klopfte ihm tröstend auf die Schulter. »Ganz gelassen!«

Leo nickte, zum Zeichen, dass er leicht reden hatte: Er war nicht derjenige, der zum Verhör musste.

Sie rauchten schweigend, niedergeschlagen, da auch Nardi wusste, dass es einen um den Schlaf bringen konnte, wenn die Bullen was von einem wollten. So sauber man auch sein mochte – die ließen einfach nicht locker.

Irgendwann seufzte er mitfühlend auf. »Ich geb dir jedenfalls noch Bescheid, ob sie auch einen von unseren Leuten wegen der Sache verhört haben«, meinte er. »Ich hör mich um«, versprach er, um noch optimistisch hinzuzufügen: »Dann kannst du ganz beruhigt sein.«

Leo setzte ein dankbares Lächeln auf und nickte vertrauensvoll. Anschließend rauchten sie ihre Joints zu Ende und verabschiedeten sich formlos.

Am nächsten Tag saß Leo in Unterhose und T-Shirt schweigend am Frühstückstisch. Er sah müde aus, weil er nur wenig geschlafen hatte, und merkte gar nicht, wie die vor ihm sitzende Corallina ihn forschend ansah – nicht nur, weil er noch nicht geduscht hatte und nach altem Fett, Zigarettenqualm und etwas stank, das noch ekliger war. Sondern auch weil klar war, dass Leo etwas quälte, das er ihr nicht anvertrauen wollte.

»Du bist aber spät nach Hause gekommen«, sagte sie vorwurfsvoll – die beiden hatten schließlich eine Abmachung.

»Ich war was mit Nardi essen«, beruhigte er sie und tauchte lustlos Kekse in Milch.

Corallina nahm einen Schluck aus ihrer Tasse. Sie mischte sich nur ungern ein, aber nach der Sache mit dem Dealen hatte sie begriffen, dass sie Leo an der kurzen Leine halten musste. Und die Geschichte von der Schlägerei beim Fußballspielen überzeugte sie kein bisschen. »Was hast du den ganzen Tag getrieben?«

Leo zuckte mit den Schultern. »Ich war unterwegs.«

»Hast du Miriam getroffen?«, fragte sie erwartungsvoll, auch wenn sie der Stimmung des Bruders entnahm, dass er sie schon seit Tagen nicht mehr gesehen hatte. Irgendwas musste schiefgelaufen sein zwischen ihnen, und sie wusste, dass Leo zu unerfahren mit Frauen war, um solche Schwierigkeiten zu meistern.

Der schüttelte den Kopf, ohne von seiner Tasse aufzuschauen.

»Habt ihr gestritten?«

»Ein bisschen.«

Corallina seufzte. In gewisser Hinsicht war Leo wirklich noch sehr unreif, ja fast ein bisschen primitiv. »Was hast du ihr angetan?«

»Gar nichts, Coralli!«, erwiderte er gereizt.

Sie legte ihm tröstend die Hand auf den Arm, denn es ging ihm eindeutig nicht gut. »Die überlegt es sich bestimmt noch anders und schaut vorbei.«

Leo trank die Milch mit den Kekskrümeln, die sich auf dem Boden der Tasse gesammelt hatten. »Das glaube ich nicht.« Er schaute skeptisch drein.

»Warum? Gefällst du ihr nicht mehr?«

»Wann soll ich ihr jemals gefallen haben? Sie war wegen der Pillen hier, nicht meinetwegen.«

Corallina sah ihn neckend an. »Aber natürlich gefällst du ihr, Leo!«

»Niemand gefällt ihr«, würgte er sie ab. »Und hör auf, mich wie ein kleines Kind zu behandeln!«, herrschte er sie im Aufstehen an.

Corallina staunte, so barsch war er ihr gegenüber noch nie gewesen. Seiner Niedergeschlagenheit entnahm sie, dass mehr dahinterstecken musste als nur Enttäuschung über unerwidertes Interesse. Leo ging ins Bad, um sich zu waschen, aber hauptsächlich, um sich dem Gespräch zu entziehen, während sie nachdenklich in der Küche hantierte. Corallina, ein von Natur aus optimistischer und romantischer Typ, glaubte tatsächlich, dass Leo Miriam aus ihrer Einsamkeit, von dieser Zerbrechlichkeit befreien konnte. Außerdem würde sie wirklich gut zu ihm passen – diese elegante, empfindsame junge Frau, die so gar nichts Ordinäres hatte. Sie würde ihm dabei helfen, seine weiche Seite zu entdecken. Leo hatte viel Liebe zu geben, aber er schämte sich dafür, weil man ihm von klein auf eingetrichtert hatte, er dürfe als Mann keine Schwäche zeigen. Corallina war fest davon überzeugt, dass jemand wie Miriam ihn von diesem Irrtum befreien und ihm so eine ganze Bandbreite an Gefühlen entlocken konnte. Aber im Augenblick war Leo so verwirrt und unsicher, so innerlich zerrissen. Und vielleicht hatte Miriam ihn nicht richtig verstanden, ihn gar nicht verstehen können, weil sie selbst so sehr litt. Doch im Grunde glaubte Corallina nach wie vor daran, dass die beiden zueinander finden würden, sie hatte ihre Blicke schließlich gesehen, die sie fast neidisch hatten werden lassen. Vielleicht, sagte sie sich mit einem spitzbübischen Lächeln, konnte sie, die zwar so eine Liebe nie kennenglernt hatte, aber um all ihre Geheimnisse wusste, ihnen ja helfen.

Als Leo frisch gekleidet, rasiert, ja sogar parfümiert in die Küche zurückkehrte, sah er, dass sie energisch Teig knetete. Verwirrt sah er sie an.

»Was machst du denn da?«

»Ich backe Brot«, verkündete sie.

Leo wusste, dass sie um diese Zeit normalerweise Kundinnen besuchte. »Jetzt?«

»Ja, ich lass den Teig gehen, und wenn er fertig ist, schiebst du ihn in den Ofen.«

»Ich?« Mit weit aufgerissenen Augen zeigte er auf sich.

»Du hast auch was davon.« Sie sah ihn vielsagend an. »Denn du wirst es Miriam bringen.«

»Vergiss es!« Er winkte energisch ab. Nervös lief er durch die Wohnung. Irgendwann lehnte er sich an die Wand, die die Kochnische vom Wohnzimmer trennte, das fast vollständig vom noch ausgezogenen Sofa vereinnahmt wurde. Corallina gab den Brotteig in eine Salatschüssel und bestrich ihn zärtlich mit Öl.

»Ich erklär dir alles«, beruhigte sie ihn.

»Was willst du mir erklären? Ich und Brot backen?«, protestierte er erneut und wackelte nervös mit den Fingern in den Hosentaschen.

»Willst du sie wiedersehen oder nicht?« Corallina sah ihn herausfordernd an, in der festen Überzeugung, am Ende recht zu behalten.

Leo verdrehte nur die Augen, während Corallina triumphierend lächelte.

Er sah zu, wie sie die Schüssel sorgfältig mit einem Geschirrtuch zudeckte und so liebevoll mit dem Teig sprach, als wäre er ein kleines Baby. Bei dem Anblick entfuhr ihm ein Lachen.

Aber Leo versagte trotz allem kläglich, denn er vertat sich mit der Backzeit. Vermutlich ließ er sich von der Farbe des Brotes täuschen, das einfach nicht so goldbraun werden wollte, wie sie ihm das beschrieben hatte. Als er es hochzufrieden aus dem Ofen holte, in dem Glauben, es wäre ganz toll geworden, brauchte er einen Moment, bis er begriff, dass es steinhart war. Er drückte mehrmals hinein, weil er es einfach nicht glauben konnte, aber es war klar, dass man hier eine Axt gebraucht hätte. Und hätte er eine Axt gehabt – er hätte die ganze Wohnung kurz und klein geschlagen. Er ließ alles stehen und liegen und warf sich schmollend aufs Bett, die Arme hinter dem Kopf verschränkt.

Er machte Miriam für seine anhaltende schlechte Laune verantwortlich. Vor ihr war er immerhin mit seinem Scheißleben zufrieden gewesen, während es ihm jetzt nur noch schlecht ging.

Irgendwann gab er es auf. Er rappelte sich hoch, zog Turnschuhe und seine Jacke an und verließ das Haus: Er brauchte keinen bescheuerten Brotlaib, um einer Frau zu sagen, dass er sie liebte.

Nie würde Leo das Gefühl vergessen, als er Miriam aus dem Gebäude an der Piazza Colonna kommen sah, in dem sie studierte – ganz so, als wären sie verabredet. Sie lächelte zwar nicht, wirkte aber auch nicht genervt.

In der Ferne bemerkte er die rauchende Punkerin Cristiana Massironi, die ihn neugierig musterte. Verlegen sah er weg. Er hatte natürlich keine Ahnung, dass ausgerechnet sie der Grund war, warum Miriam in sein Leben getreten war.

»Wie hast du mich gefunden?«

»Der Pförtner hat mir gesagt, dass du an der Uni bist. Mir ist der Name auf den Zeichenmappen bei dir zu Hause wieder eingefallen«, erklärte er.

Sie verkroch sich in ihren Mantel, denn trotz der Sonne wehte ein kalter Wind. »Schwer zu sagen, ob du ein guter Detektiv oder nur ein sturer Stalker bist.«

»Stur bin ich auf jeden Fall«, murmelte er.

Miriam entfuhr ein kindliches Lachen. »Ich habe Stalker gesagt!«

»Das hab ich schon verstanden. Glaubst du etwa, ich habe mein Abitur im Lotto gewonnen?«

Sie musterte ihn neugierig. »Und woher wusstest du, dass ich jetzt Schluss habe?«

Leo zuckte mit den Schultern. »Das wusste ich gar nicht. Ich hab einfach hier gewartet.«

Miriam schenkte ihm ein zärtliches Lächeln. »Du hast recht. Du bist wirklich stur.«

»Wenn du endlich damit fertig bist, dich über mich lustig zu machen, fahr ich dich nach Hause.« Er lächelte ebenfalls.

Leo musste sie nicht lange überreden. Mit dem Moped brachte er sie bis vor ihre Wohnung. Brummelnd stieg sie ab, weil es fast schon an ein Wunder grenzte, dass sie mit ihrer Tasche, der Zeichenmappe und dem langen Mantel die Fahrt auf diesem Ding überlebt hatte.

»Das kann dir doch egal sein«, provozierte er sie. »Dann hättest du dich nicht in Raten, sondern auf einen Schlag umgebracht.«

Doch das fand Miriam überhaupt nicht lustig. Sie senkte den Blick und umklammerte ihre Zeichenmappe. »Danke fürs Bringen.« Abschiedsworte. Doch er gab vor, das nicht zu verstehen.

Leo klappte den Mopedständer aus und holte eine zerknüllte Plastiktüte unter der Sitzbank hervor.

»Was ist denn das?«, fragte sie und nahm sie entgegen. Sie wühlte darin und sah eine Papiertüte.

»Brot. Corallina hat gemeint, das schmeckt dir.«

Sie öffnete die Tüte. »Aber das ist nicht das von Corallina.«

»Jetzt iss es halt!«, protestierte er, der immer noch sauer war, weil das Brot, wegen dem er einen ganzen Vormittag verloren hatte, steinhart geworden war. »Das schmeckt auch gut.«

Miriam gab ihm die Zeichenmappe, damit er sie so lange hielt, zog das Brötchen hervor und begann schweigend zu essen, während alle möglichen Leute hinter ihr vorbeiliefen. »Willst du auch was?«, fragte sie nach einer Weile.

Leo schüttelte nur den Kopf und konnte den Blick einfach nicht abwenden. Als er sah, wie sie aß, ging es ihm gleich besser: Offensichtlich war er genauso durchgeknallt wie seine Schwester.

Miriam nahm noch einen Bissen. »Bist du extra gekommen, um mir das Brötchen zu bringen?«

»Nein …« Er sah sie provozierend an. »Sondern weil ich verliebt bin!«

Diesmal lachte sie, schüttelte nur den Kopf und wischte sich Mehl und Krümel mit einer so kindlichen Geste von den Lippen, dass Leo der Atem stockte.

»Was gibt es da zu lachen?«, fuhr er grinsend fort, denn so fühlte er sich weniger verletzlich. »Gefall ich dir etwa nicht?«

Sie überlegte kurz. »Keine Ahnung«, erwiderte sie und zuckte kaum merklich mit den Schultern.

»Auf was für Typen stehst du denn so?«

Plötzlich wurde Miriam ganz traurig. »Phh«, meinte sie nur und aß langsam das letzte Stück Brot.

»Willst du keinen Freund?«

Diesmal zögerte sie keine Sekunde. Kaum merklich schüttelte sie den Kopf.

»Willst du etwa ins Kloster gehen?«, stichelte er.

»Kann sein«, würgte sie ihn ab, knüllte erneut die Tüte zusammen und gab sie ihm, während sie wieder ihre Zeichenmappe nahm.

»Gern geschehen …«, meinte Leo sarkastisch und verstaute die Tüte wieder unter der Sitzbank.

»Danke.« Miriam presste sich die Zeichenmappe erneut an die Brust.

Er seufzte laut. »Wie läuft's mit den Medikamenten?«

»Gut.«

»Kannst du schlafen?«

»Ein bisschen.« Sie nickte beschwichtigend. Dann zeigte sie auf das Veilchen unter seinem Auge, auch wenn die Schwellung zurückgegangen war. »Und wie geht es dir?«

»Bestens.« Er machte eine wegwerfende Geste, zum Zeichen, dass er ihr verziehen hatte. Dann zeigte er auf ihre Wohnung im obersten Stock des Gebäudes, das ihm vorkam wie der Turm der unerreichbaren Prinzessin in einem Zeichentrickfilm. »Willst du mir nicht mal einen Kaffee anbieten?«

Unschlüssig presste Miriam die Lippen zusammen. »Lieber nicht«, murmelte sie.

»Du weißt wirklich, was sich gehört, was?«, frotzelte er, um sich die x-te Enttäuschung nicht anmerken zu lassen.

Sie lächelte verbittert. »Das hat nichts mit dir zu tun, Leo …« Sie suchte nach den richtigen Worten. »Ich weiß, dass du ein anständiger Kerl bist.«

»Und warum bist du dann so zu mir?« Er sah sie vielsagend an. Er hatte es immer noch nicht wirklich verstanden. Erst jetzt dämmerte es ihm. Er wusste jedoch, dass er bereit war, sie so zu nehmen, wie sie war.

Miriam nickte mit tränenverhangenem Blick.

Leo beugte sich kaum merklich zu ihr. »Wenn sich zwei Menschen wirklich gernhaben … dann können sie ihre Probleme doch auch gemeinsam angehen.« In Wahrheit hätte er es anders ausdrücken wollen, blieb aber lieber vage. Er musste ganz behutsam vorgehen, sonst würde er sein Ziel nie erreichen.

Sie setzte ein dankbares Lächeln auf, seine Worte verliehen ihrem Leben für einen Moment den Anschein von Normalität. So, als gäbe es tatsächlich ein Mittel gegen ihr Leid. Als könnte man allein dadurch davon geheilt werden, dass jemand bei einem war, der einen *gernhatte*.

»Vergiss es, Leo«, sagte sie halb flehend, halb warnend.

»Nein. Das werde ich nicht!« Leo sah ihr in die Augen, damit sie wusste, dass er behutsam vorgehen würde. Aber Aufgeben kam nicht in Frage.

In einer Parallelwelt sah sich Miriam erst einen und dann noch einen Schritt auf ihn zugehen, den Kopf an Leos Schulter legen und begreifen, wie es ist, sich nur für einen Moment gehalten zu fühlen, in den Arm genommen zu werden. Doch sie rührte sich nicht von der Stelle, als wäre sie zur Salzsäule erstarrt. Leo spürte das und schwieg, weil er so gerührt war. Da war so eine Nähe zwischen ihnen, die über Raum und Zeit hinausging und die Welt, in der sie lebten, vergessen ließ. Als er auf einmal ihre kalten Finger an seiner Wange spürte, brauchte er ein paar Sekunden, bis er begriff, dass das hier wirklich geschah, dass Miriam doch tatsächlich *zärtlich* zu ihm war. Bevor dieser Moment wieder vorbei war, hielt er ihre Hand, so behutsam er nur konnte, schloss die Augen und drückte einen Kuss darauf, in den er seine ganze Liebe legte. Wer weiß,, ob er noch mal Gelegenheit dazu haben würde.

Sie ließ es einfach geschehen, angstfrei erlebte sie diesen kurzen, wunderschönen Augenblick, der sie erstmals wirklich vergessen ließ. Leo De Marias dunkles, von der nachmittäglichen Brise leicht zerzaustes Haar. Seine zarten warmen Lippen auf ihrer Hand. Die Finger, die ihre hielten, ohne ihr auch nur den geringsten Schmerz zuzufügen. Sie lächelte, weil ihr das Herz bis zum Hals schlug, so als wollte es sie wecken. Bis die Bitterkeit über all das, was sie verloren hatte, wieder Besitz von ihr ergriff und sie wehmütig die Hand zurückziehen ließ.

»Ciao, Leo«, sagte sie nur, bevor sie sich umdrehte und im riesigen Eingangsbereich des Gebäudes verschwand.

Er sah ihr nach, ohne zu wissen, ob er glücklich oder verzweifelt sein sollte.

Als Miriam am nächsten Tag vor der Uni stand, schaute sie instinktiv zum ovalen Brunnen in der Mitte des Platzes und fand Leo erneut dort vor. Sie ging ihm entgegen, wollte schon gegen seine hartnäckige Aufdringlichkeit protestieren, begrüßte ihn aber lächelnd. Er grüßte zurück, und das genügte, um ein für alle Mal klarzumachen, dass sie sich in etwas einig waren.

X
Das Ende des Winters

Gegen Ende dieses Winters wurde Miriam, ohne es zu ahnen, Leos feste Freundin. Und mit ihrer Hilfe machte er sich daran, die Stellenanzeigen durchzugucken, während sie beide in der lauwarmen Sonne auf Parkbänken saßen. Miriam aß das Brötchen und das frische Obst, das er ihr brachte, und las, überlegte, kritisierte und kringelte für ihn passende Anzeigen ein. Anfangs machte Leo bei den Vorstellungsgesprächen keine gute Figur, er war unbeholfen, und seine Abiturnote war recht schlecht. Aber Miriam fand immer die richtigen Worte, um ihn danach wieder aufzumuntern. Sie gab ihm das Gefühl, intelligent zu sein, ließ sich von ihm alles haarklein erzählen, erklärte ihm dann, was ihrer Meinung nach falsch gelaufen war und wurde wütend, wenn man ihn einfach so abgefertigt hatte. Irgendwann fand er eine Arbeit als Verkäufer in einem großen Sportgeschäft. Der Inhaber stellte ihn erst nur probehalber ein, übernahm ihn dann aber, weil er trotz mangelnder Erfahrung eine rasche Auffassungsgabe und ein unglaubliches Gedächtnis hatte und gut mit Kunden umgehen konnte. Er wirke sympathisch, so sein Chef. Miriam reagierte dermaßen begeistert auf die Anstellung, dass es Leo fast peinlich war, ihr erklären zu müssen, dass er nur Schuhe, Jogginganzüge und Bademoden verkaufe. Aber sie freute sich aufrichtig für ihn.

Vormittags ging Miriam weiterhin zur Uni. Sie hatte Konzentrationsschwierigkeiten, und anders als ihre Mutter war sie sich nicht sicher, ob das für sie der richtige Weg war. Aber selbst von New York aus, wo Emma inzwischen seit Monaten lebte, bestand sie darauf, dass Miriam wenigstens das erste Studienjahr abschloss. Und Miriam fiel das Studium mittlerweile nicht mehr so schwer. Deshalb war sie auch nicht mehr drauf und dran, alles hinzuwerfen. Außerdem fand Leo ihre Entwürfe schön und meinte, die ganze Welt stehe ihr offen, wenn sie sich nur richtig dahinterklemme.

Unter der Woche rief er sie jeden Abend aus der Telefonzelle bei seiner Wohnung an, selbst wenn es spät wurde. Sie plauderten, solange die paar Telefonmünzen reichten. Er brachte sie zum Lachen, vergewisserte sich, dass sie auch genug gegessen und ein wenig geschlafen hatte. Er fand es schade, dass sie sich nur so selten sahen und sagte ihr das auch. Sie erwiderte nichts darauf. Bis sie eines Tages um eins vor dem Sportgeschäft stand, das gerade über Mittag schloss. Sie hatte eine Tüte mit etwas zu essen in der einen und ihre Zeichenmappe in der anderen Hand. Er erstarrte und konnte kaum glauben, dass sie seinetwegen gekommen war. Er ging auf sie zu und umarmte sie. Miriam ließ das etwas steif zu, zeigte sich aber nicht abweisend – für Leo war das der schönste Tag in seinem bisherigen Leben.

Er selbst konnte sie nur montags von der Uni abholen, weil er an diesem Tag nicht vor vier Uhr nachmittags im Geschäft sein musste. Dann aßen sie zusammen eine Kleinigkeit, und er brachte sie mit dem Moped nach Hause, wo sie noch ein wenig vor der Haustür plauderten, bis er davonbrauste, weil er sich mit ihr wie immer verspätet hatte. Eines Montags lächelte sie ihn geheimnisvoll an, sie habe ein Geschenk für ihn. Leo reagierte aufgeregt und verlegen, weil er nichts für sie dabeihatte.

»Ich hab doch nicht Geburtstag …«, protestierte er.

»Ich weiß nicht mal, wann du Geburtstag hast«, bemerkte sie schulterzuckend.

»Und ich nicht, wann du Geburtstag hast«, rechtfertigte er sich.

Miriam steckte die Hand in die Manteltasche und reichte ihm einen Anhänger mit zwei Schlüsseln. Kurz hielt er sie für die Schlüssel zu ihrer Wohnung, was ihm gut gefallen hätte – schließlich hatte sogar der Pförtner welche. Dann begriff er, dass es sich um Autoschlüssel handelte.

Es verschlug ihm die Sprache. »Was soll denn das?«, fragte er verdattert.

Sie zeigte mit dem Kinn auf einen elfenbeinfarbenen Panda, rechts von ihm. »Das sind die Schlüssel dazu.«

Stirnrunzelnd betrachtete Leo den Wagen. »Bist du jetzt vollkommen verrückt?«, murmelte er.

»Nur ein bisschen. Aber das weißt du ja.«

Er atmete tief durch, weil er die richtigen Worte finden wollte, ohne sie zu verletzen. »Miriam, ich kann kein Auto von dir annehmen.«

»Wieso denn nicht?«

»Weil sich nur berechnende Arschlöcher von ihrer reichen Freundin ein Auto kaufen lassen«, erwiderte er, als müsste er ihr das Leben erklären.

»Zunächst einmal: Ich habe es gar nicht selbst gekauft, es wurde mir geschenkt.«

»Wie schön für dich!«

»Aber ich kann nichts damit anfangen, Leo! Ich hab nicht mal den Führerschein.«

»Na und? Dann machst du ihn halt!«

Sie schüttelte den Kopf, »Kommt nicht in Frage, Autofahren macht mich nervös.«

»Du kannst also ein Pferd steuern, aber kein Auto?«

Miriam lachte laut auf. »Ich *steuere* mein Pferd nicht.«

»Ach nein? Das läuft einfach von allein?«

»Das ist etwas völlig anderes!«

Leo sah sie lachen, und das war so schön, dass ihm fast die Luft wegblieb. »Ich finde nicht!« Er lachte ebenfalls.

»Glaub mir, das ist etwas anderes.« Langsam wurde sie wieder ernst, doch ihre Augen blitzten immer noch schalkhaft. »Der Wagen stand ein Jahr in der Tiefgarage. Niemand benutzt ihn.«

»Dann verkauf ihn halt ... oder gib ihn deinen Eltern zurück.«

»Die können sich nicht mal mehr daran erinnern, dass sie ihn mir überhaupt geschenkt haben!«

Leo seufzte, denn dass jemand vergessen konnte, ein Vermögen für ein Auto ausgegeben zu haben, ging über seine Vorstellungskraft. »Miriam ... ich kann das einfach nicht.« Mit einem Lächeln gab er ihr die Schlüssel zurück. »Trotzdem danke.«

»Ich bitte dich!«, flehte sie mit der koketten Stimme, von der Leo jedes Mal Gänsehaut bekam.

Nervös trat er von einem Bein aufs andere, denn wenn sie ihn so anflehte, wurde er weich. »Jetzt hör schon auf, Mi«, brummte er.

»Benutz es bloß ein bisschen, und wenn du dir selbst eines kaufst, gibst du es mir zurück«, schlug sie vor.

Er winkte ab.

»Jetzt, wo du einen Job hast ...«

»Bei meinem Gehalt kann ich froh sein, wenn ich mir in drei Jahren ein Moped zusammengespart habe!«

Miriam sah ihn traurig an, weil ihr angesichts von Leos Problemen immer wieder die Sprache wegblieb. Je besser sie ihn kannte, desto mehr wurde ihr bewusst, wie kompliziert das Leben ohne die Privilegien sein konnte, die für sie ganz selbstverständlich waren. Sie schaute ihn an und bekam ein schlechtes Gewissen, weil er sich so bemühte, sie zu verstehen, während sie sich bisher kaum für seine Probleme interessiert hatte.

»Ich dachte nur, so können wir uns öfter sehen.« Seufzend streckte sie die Hand nach dem Schlüsselbund aus.

Bei diesen Worten umklammerte Leo ihn instinktiv.

Sie sahen sich an.

»Du bist wirklich ein raffiniertes Biest«, murmelte er und sah sie grinsend schräg von der Seite an.

»Was hast du da gerade gesagt? Ich kann dich so schlecht verstehen.«

»Echt arschig«, legte er nach, während sie sich darum kabbelten, wer jetzt die Schlüssel behalten durfte.

»Heißt das, du nimmst das Auto?« Miriam glaubte, bereits triumphieren zu können.

»Weißt du, wie lange dieses Auto in San Basilio überleben wird? Morgen früh finde ich nicht mal mehr Felgen vor«, warnte er sie.

»Es ist versichert«, beruhigte sie ihn. »Wenn man versucht, es zu klauen, geht die Alarmanlage los.«

»Diebstahlsicherungen werden in San Basilio sofort außer Gefecht gesetzt.«

Miriam lachte erneut und ließ die Schlüssel los.

»Aber wenn wir uns trennen, nimmst du es zurück«, machte Leo ihr klar und vergaß ganz, dass sie ja gar keine Ahnung davon hatte, dass sie seine feste Freundin war.

»Einverstanden«, erwiderte Miriam. So als wäre sie ohne ihr Wissen seine feste Freundin.

Sonntags verbrachten sie am meisten Zeit zusammen. Er holte sie vormittags ab, und dann aßen sie zu Mittag, was Corallina gekocht hatte. Die empfing sie euphorisch, sie merkte, wie ihr Bruder langsam, aber sicher das Mädchen mit dem Diadem, wie sie sie nannte, eroberte. Leo wurde fast ein bisschen traurig angesichts der überschwänglichen Freude seiner Schwester. Denn das, was ihn in seiner Beziehung zu Miriam beschäftigte, wagte er nicht mal ihr gegenüber anzusprechen. Nachmittags flanierten Miriam und er dann durch die Innenstadt oder sie waren bei ihr, schauten fern, hörten Schallplatten und spielten Schach. Miriam hatte es ihm beigebracht, und er merkte nicht ohne Stolz, dass er Talent dafür hatte. Eines Sonntags wurde es später als sonst, und sie legten sich gemeinsam in Miriams Bett, unterhielten sich angeregt, die Hände ineinander verschränkt. Leo erzählte ihr von seiner schwierigen Kindheit, von der Trennung der Eltern wegen Corallina. Sie wiederum berichtete von ihrer Zeit im Internat, die gar nicht mal so schlimm gewesen war, wie er sich das immer vorgestellt hatte. Von ihrer Familie, die in den letzten Jahren zerbrochen und von der bis auf die Oma in der sonst leeren Villa in Olgiata nichts mehr geblieben war. Sie schilderte das alles recht distanziert und hatte angesichts der Ereignisse resigniert.

Da nahm Leo all seinen Mut zusammen. »Warum hast du angefangen, Fentanyl zu nehmen?«

Miriam war kurz in Gedanken woanders, bevor sie antwortete: »Um nicht mehr denken zu müssen.«

»An Elisabetta?«, murmelte er, während er so wildes Herzklopfen hatte, dass es bestimmt weithin zu hören war.

Langsam ließ sie seine Hand los und legte ihm die Finger auf die Lippen. »Betta. Bei uns hieß sie Betta«, sagte sie kaum hörbar, um dann endgültig zu verstummen, und Leo wagte es nicht mehr, das Schweigen zu durchbrechen.

Als Miriam einschlief, blieb er wach und dachte nach. Er dachte an Miriams Körper, der bis auf wenige vorsichtige Kontakte instinktiv abwehrend reagierte. So ungern er sich das auch eingestand – es war offensichtlich, dass das natürliche Begehren, das er für sie empfand, von Miriam als Bedrohung gewertet wurde. Das war ein unüberwindliches Hindernis für Leo, der sich zwar mit Sex auskannte, nicht aber wie man darüber redet. Er versuchte es immer mal wieder, aber dann verschloss sie sich sofort – seelisch wie körperlich. Leo schnitt das Thema nicht an, aus Angst, sie zu verlieren, und vielleicht auch aus einer recht begründeten Angst heraus, nie Sex mit ihr haben zu können. *Aber das war noch nicht alles.* Leo trug alles zusammen, was er über sie wusste: der tragische Tod der Cousine, bei dem noch so vieles unklar war, ihre Tablettensucht, ihre Panik, ihr schwieriges Verhältnis zum Essen und zu ihrem Körper, den sie mehr oder weniger ignorierte. Nie hatte er erlebt, dass sie sich im Spiegel betrachtete oder sorgfältig auswählte, was sie anziehen wollte: Miriam mochte sich nicht, ja sie hasste sich. In den letzten Wochen hatte sie zugenommen, und es war so etwas wie ein Busen zu erkennen, was ihr sichtlich unangenehm war. Sie versteckte ihn, quetschte ihn in viel zu enge Sporttops, die sie unter ihrer Kleidung trug, als müsste sie sich für ihre Weiblichkeit schämen. Leo bemerkte das alles und schwieg, doch Miriams Seelenqualen waren unübersehbar. Er wusste, dass der Spezialist, der sie von ihrer Fentanylsucht geheilt hatte, alles gegeben hatte, damit sie zu einem Psychotherapeuten ging. Doch sie wollte nichts davon wissen. Leo hingegen war sich sicher, dass sie früher oder später wieder zu Fentanyl greifen würde, *wenn er nicht wirklich verstand.* Und dann würde Fentanyl vielleicht sogar nicht mal mehr reichen.

Nachdem er sein erstes Gehalt bekommen hatte, beschloss Leo, sich ein Stück weiter vorzuwagen. Obwohl er sich das eigentlich gar nicht leisten konnte, weil er Rechnungen und außerdem Corallinas Schulden zu zahlen hatte, kaufte er Miriam ein Geschenk und wartete ungeduldig auf den nächsten Sonntag. Nachdem sie eine Pizza mit Mortadella ohne Tomatensauce gegessen hatten – eine Spezialität, mit der Leo sie bekannt gemacht hatte –, und nachdem er sie zweimal beim Schach besiegt hatte, überredete er sie, sich ein wenig mit ihm und einer Decke aufs Sofa zu legen und eine Platte zu hören, die ihr Bruder ihr vor ewigen Zeiten mal geschenkt und die sie noch nicht mal ausgepackt hatte. Es war eine LP von den Doors, und schon beim zweiten Song meinte Leo, die Musik sei echt geil. Da grinste Miriam und sagte, er könne sie haben.

»Danke, aber ich besitze ja nicht mal einen Plattenspieler«, meinte er lächelnd »Wo soll ich die abspielen?«

»Dann musst du sie dir eben hier anhören.«

Leo musterte sie glücklich, denn wenn sie so etwas sagte, war es, als würde sie ihm ewige Liebe schwören. »Auch ich hab ein Geschenk für dich«, verkündete er gespielt lässig.

»Ach ja?« Die Neugier stand ihr ins Gesicht geschrieben.

»Los, mach die Augen zu.«

Miriam zögerte, es war ihr unangenehm.

»Egal!«, sagte er hastig, der diese Signale zwar nicht verstand, aber dennoch wahrnahm. Er beugte sich zu seiner Jacke, die über der Sofalehne lag, und wühlte darin. »Gib mir die Hand.«

Sie gehorchte, und Leo legte etwas hinein. Als sie den Blick senkte, runzelte sie verwirrt die Stirn. Sie erkannte auf Anhieb die Kette, die sie Leo am ersten Abend gegeben hatte, damit er ihr Fentanyl besorgte. Er hatte ihr nur eine von zwei Ketten zurückgegeben, doch sie war nicht weiter darauf eingegangen. Die hier war die aus Weißgold, mit einem kleinen kursiven M als Anhänger, der mit kleinen Diamanten besetzt war. Ihre Eltern hatten sie ihr zum sechzehnten Geburtstag geschenkt. Doch jetzt baumelte neben dem M noch ein silbernes Herz. Miriam nahm es zwischen die Finger und strahlte. Es war ein volles, rundes Herz.

»Das gehört mir aber nicht«, bemerkte sie gespielt erstaunt.

»Ja, es ist nämlich meines«, erwiderte Leo und wurde sofort ganz verlegen.

»Legst du sie mir um?«, fragte sie heiser vor Rührung. Sie hatte sie schon seit einer Ewigkeit nicht mehr getragen und auch nicht vermisst. Bis jetzt.

Leo kämpfte mit dem Verschluss, weil der in seinen kräftigen Fingern so winzig war. Außerdem zitterten ihm die Hände, was sie nicht merken sollte. Ihre Gesichter kamen sich ganz nahe, und er musste sich zwingen, sie nicht anzuschauen, weil er den Drang verspürte, sie zu küssen. Aber jetzt, in diesem Moment, war ihm die Vorstellung, abgewiesen zu werden, einfach unerträglich.

Irgendwann musste sie lachen und machte es selbst und zog ihn mit seiner Ungeschicklichkeit auf. Aber Leo wusste, dass sie scherzte, um zu verbergen, wie schlecht sie sich fühlte, weil sie ihm so viel vorenthielt. Da strich er ihr zärtlich über die Wange. Das war viel, aber es war eben nicht genug, und inzwischen wusste das auch Miriam.

»Siehst du? Mit dir meine ich es ernst«, murmelte er und schüttelte kaum merklich ihr Gesicht, weil sie ihm unbedingt glauben sollte.

Sie ließ den Kopf an seiner Schulter ruhen, als wäre sie auf einmal völlig erschöpft.

»Miriam«, flüsterte er ihr ins Ohr. »Warum redest du nicht mit mir?«

Miriam umarmte ihn mit ihren dünnen Armen und zog ihn an sich, ganz steif und ungeschickt, als wäre sie seit langer Zeit gelähmt und vollkommen kraftlos. Leo zögerte, dann umarmte er sie vorsichtig, als hätte er Angst, ihr weh zu tun, weil sie so zerbrechlich war. Er schmiegte seine Wange an ihre und spürte, wie sie wie üblich stumm bittere Tränen weinte.

Leo De Maria lernte, auf Miriam einzugehen, ein prekäres Gleichgewicht zu halten. Er, der sonst komplizierte Sachen verabscheute, weil er sich dann als Versager fühlte, ließ zu, dass ihm ausgerechnet Miriams Schweigen Schritt für Schritt den Weg wies. Er erdete sie, so gut er konnte, war ihre Verbindung zu dem seltsamen Leben, in dem sich ihre Wege gekreuzt hatten. Ihre Gefühle waren intensiv und gleichzeitig anstrengend, aber die einzige Alternative zu dieser Beziehung hätte darin bestanden, sie ganz aufzugeben. Leo war sich sicher, dass sie nicht darum gekämpft hätte, sie war einfach noch nicht so weit. Aber er wusste auch, dass die Zeit nicht stehen blieb wie im Märchen. Dennoch hatte er fest vor, nicht aufzugeben, denn es gab eine Zeit vor und eine Zeit nach Miriam: Indem er sich um sie kümmerte, wuchs er förmlich über sich hinaus. Er fühlte sich verletzlich und gleichzeitig stark. Und Miriam? Miriam hatte ihn zum Dreh- und Angelpunkt ihres Lebens gemacht und blieb nur seinetwegen im seelischen Gleichgewicht. Sie sorgte für sich, weil er für sie sorgte. Er musste sich an die guten Zeiten halten, in denen er einen Blick auf das sorglose Mädchen erhaschen konnte, das sie einmal gewesen war, aber auch auf das Leid, über das sie nicht sprechen konnte. Das waren Momente, in denen sie ihn auf Distanz hielt, so als wäre er ihr ärgster Feind, jemand, der sich in ihre Probleme einmischte, die nur sie etwas angingen. Und dann stieß sie ihn weg, mit der Heftigkeit einer Verzweiflung, die sie schier zerriss. Leo steckte ihre Hiebe ein und blieb. Und das jedes Mal aufs Neue. Denn wenn Miriam ihn ansah und um Vergebung bat, sah er in ihren Augen den Mann, der er einmal werden wollte – einer, der weitaus besser war als er. Und wenn dich eine Frau so ansieht, dann liebt sie dich, machte er sich Mut.

Auf seine Art war Leo De Maria glücklich an diesem Samstagabend. Nachdem er bei Miriam vorbeigeschaut hatte, fuhr er nach Hause, aß schnell Corallinas Schnitzel und den Salat und warf sich dann erschöpft aufs Bett. Er hatte den Eindruck, dass sein Arbeitgeber zufrieden mit ihm war, denn wenn ein Kunde kam, rief er immer nach ihm, auch wenn die beiden anderen Verkäufer nichts zu tun hatten. »Kümmere du dich um ihn«, meinte er vielsagend. Und er hatte fast immer Erfolg mit seiner Kundenberatung. Auch mit Miriam lief es besser, denn sie war zugänglicher geworden. Natürlich war sie noch weit davon entfernt, die Frau zu sein, die er sich wünschte, aber zumindest erstarrte sie nicht mehr, wenn er ihr nahekam. Im Gegenteil, häufig war sie es, die Zeit mit ihm verbringen wollte. Sie schmiegte sich in seine Arme und ließ zu, dass er sie an sich zog, als müsste er sie wegen zu großer Kälte aufwärmen. Manchmal ließ sie sich sogar streicheln wie eine Katze, die zwar misstrauisch ist, aber gleichzeitig zu träge, um zu fliehen. Er hatte gelernt, sich zu beherrschen, hatte inzwischen Übung darin, nichts zu überstürzen. Er wusste, wann der Moment gekommen war, hielt seufzend inne und vertraute darauf, dass die Zeit für ihn arbeiten würde. Denn wenn er etwas glaubte, dann dass die Zeit alle Wunden heilt.

Noch Jahre später sollte sich Leo manchmal fragen, was wohl aus ihm und Miriam Bassevi geworden wäre, wenn die Dinge ihren Lauf genommen hätten, wenn ihre Beziehung Zeit gehabt hätte, sich zu entwickeln. Wenn Federico Nardi ihn nicht nach Mitternacht rausgeklingelt hätte. Fluchend zog sich Leo hastig an, während Corallina hinter dem Vorhang hervorkam und wissen wollte, was los sei. Er beruhigte sie: Es schaue nur kurz ein Freund vorbei, woraufhin sie sich an den Kopf tippte und meinte, er habe aber schräge Freunde.

Als Leo unten auf der Straße war, schaute er sich suchend um, weil er Nardi nicht entdecken konnte, bis dieser in seinem neuen Wagen kurz hupte, um auf sich aufmerksam zu machen. Beide hoben grüßend die Hand, während Leo rasch zu ihm eilte.

»Was machst du denn hier?«, fragte er.

Nardi nahm einen weiteren Zug von seiner Zigarette. »Ich muss mit dir reden.«

Leo hoffte, es ginge um irgendwelche Drogendeals, um ein gutes Geschäft, das er ihm anbieten wollte, denn selbstverständlich hatte er ihr Gespräch vor einigen Wochen nicht vergessen. Im Gegenteil! Aber jetzt hatte er eine Riesenangst, und wenn der andere deswegen hier war, wollte er es vielleicht lieber gar nicht wissen. Denn in manchen Nächten zermarterte er sich wegen eines Verdachts das Hirn – Gedanken, die ihn anflogen wie Kopfschmerzen, gegen die einfach nichts half und die erst nachließen, wenn der Schlaf stärker war als alles andere, stärker als jede Angst und sei sie auch noch so irrational.

»Wegen der Sache in Torre Domizia, Le«, sagte Nardi und bot ihm eine Zigarette an.

Leo rauchte nur selten, griff aber jetzt zu und ließ sich Feuer geben, vor diesem Gespräch brauchte er einen tiefen Zug. »Hast du was rausgekriegt?«

»Tja. Eine seltsame Geschichte.«

»Was soll das heißen?«

»Kennst du einen gewissen Mannino? Gaspare Mannino.«

Leo dachte nach und schüttelte den Kopf. »Nie gehört.«

»Ganz sicher?«

»Ganz sicher«, erwiderte er und zwang sich, gelassen zu wirken.

»Dieser Mannino hat immer bei einem unserer Leute, *Pariglia* in Fiumicino, Stoff für seine Freundin besorgt. Um dann auf einmal von der Bildfläche zu verschwinden. Monatelang. Vermutlich weil sie sich getrennt haben oder sie ihn sitzengelassen hat.« Er betonte die Trennung, indem er die flache Hand durch die Luft sausen ließ, als wollte er etwas zerteilen. »Und dann taucht Mannino um Ferragosto herum wieder auf. Er ist völlig am Ende, redet wirres Zeug und bittet unseren Mann, ob der ihm was geben kann, ihm würde der Kopf platzen. Er hat aber null Geld dabei. Er versucht sogar, eine kaputte Uhr einzutauschen. Wertloses Zeug.« Nardi drückte seine Zigarette aus und zündete sich gleich eine neue an. »Aber *Pariglia* geht nicht darauf ein, sondern sagt, dass er ihm nicht auf den Sack gehen soll.«

»Und dann?« Leo starrte ihn stirnrunzelnd an.

»Dann dreht Mannino irgendwann durch und sagt, dass er zu den Bullen gehen will, weil er sonst noch verrückt wird. Und weißt du, was ich erfahren habe?« Er legte eine vielsagende Pause ein. »Dass er einer von denen ist, die sich Elisabetta Ansaldo geschnappt haben!«

Leo starrte ihn wie gelähmt an. Er ließ kurz das Fenster herunter und warf seine Kippe hinaus. »Mannino?«, fragte er atemlos.

»Genau«, erwiderte Nardi stolz. »Aber das ist noch nicht alles: Er meinte, sie wären zu dritt gewesen. Er und einer aus Torre Domizia hätten alles Mögliche mit der Blondine veranstaltet, allerdings ohne sie umbringen zu wollen …« Er senkte die Stimme, um anzudeuten, dass es jetzt heikel wurde. »Anscheinend war der andere, der aus Torre Domizia, der Einzige, der die Blondine kannte. Aber dem kann man nichts anhaben …«, meinte er vielsagend.

»Und wer ist dieser Typ?«

»Keine Ahnung. Auf jeden Fall einer, der laut Mannino unverwundbar ist. Pariglia hat er sogar erzählt, dass er Angst hat, zu den Bullen zu gehen.«

»Und der Dritte?«

»Achtung, jetzt kommt's, weshalb ich auch glaube, dass dieser Mannino nicht ganz dicht war: Er nennt einen Namen, einen gewissen Leonardo, ein Freund von ihm.«

»Leonardo?«, echote er.

»Leonardo«, bestätigte Nardi. »Komisch oder? Meiner Meinung nach wurdest du deshalb vorgeladen.«

»Aber ich heiße Leo. Bloß Leo«, meinte er genervt.

»Ja, das stimmt, aber wie bereits gesagt: Dieser Mannino war nicht ganz dicht.« Er tippte sich gegen die Schläfe. »Er hat darauf bestanden, dass die Tussis in dieser Nacht zu zweit waren: Elisabetta und eine Brünette, die sich dieser Leonardo geschnappt hat. Zwei haben sich auf die Blondine gestürzt und nur einer auf die andere, weil die wohl so dürr war.«

Leo stockte der Atem, was Nardi aber nicht mitbekam.

»Doch Mannino ist fest davon überzeugt, dass die auch tot ist, weil dieser Leonardo echt brutal war. Und am nächsten Morgen war niemand mehr dort am Strand, wo sie sie zurückgelassen haben. Sie war einfach verschwunden. Aber niemand verschwindet doch einfach so? Mannino jedenfalls hat *Pariglia* erzählt, dass sie das Meer mitgenommen haben muss, weil sie näher am Wasser lag.«

Leo starrte ihn nur ausdruckslos an.

»Seltsam, diese Geschichte, oder?«, meinte Nardi ganz stolz auf das Ergebnis seiner Nachforschungen, um dann fortzufahren. »Vielleicht hat Mannino ja irgendwann mit den Bullen geredet oder sie angerufen, weshalb sie nach diesem Leonardo suchen. Und deswegen gehen sie jetzt dir auf den Sack. Vielleicht wissen sie ja von dem Gras, das du früher in Ostia vertickt hast.«

Leo bewegte die Lippen, brauchte aber einen Moment, bis er etwas herausbrachte. »Und wo ist dieser Mannino jetzt?«, flüsterte er.

»Der ist gar nicht mehr. Der hat sich eine Woche später vom Ponte Ariccia gestürzt.«

»Und *Pariglia* hat niemandem was davon erzählt?«

»Was hätte er schon erzählen sollen? Mir hat er's verraten, weil er wusste, dass ich mich für einen Freund erkundige. Du glaubst doch nicht, dass der zu den Bullen geht und redet?« Er lachte ungläubig auf. »Und wie bereits gesagt, dieser Mannino war nicht ganz dicht. Kann gut sein, dass der sich das alles bloß ausgedacht hat. Vielleicht war er inzwischen selbst süchtig ...«

Leo starrte wie gelähmt in die Ferne, auf einen Punkt jenseits des Laternenlichts, das die Dunkelheit kaum erhellte.

»Aber mach dir keine Sorgen, Kumpel.« Nardi tätschelte ihm das Knie. »Wenn die wirklich was gegen dich in der Hand hätten, wären sie längst wieder aufgetaucht.«

Leo nickte und öffnete die Autotür. »Danke.«

»Da nich für! Und meld dich mal, ich hab so einiges vor mit dir«, meinte er aufmunternd, weil er ihm so bedrückt vorkam.

»Klar.« Leo stieg aus und warf den Wagenschlag zu, ohne Nardis Gruß zu erwidern.

Auf dem Weg von Nardis Auto zu sich nach Hause wurde Leo De Maria auf einen Schlag erwachsen. Mit zweiundzwanzig hatte er sich eingebildet, ein Mann zu sein. Weil er arbeitete, Corallina beim Abzahlen der Schulden half und sich um seine komplizierte Freundin kümmerte. Aber da hatte er sich getäuscht. Bis zu diesem Moment hatte er die volle Härte des Lebens noch nicht kennengelernt. Noch nie einen Schmerz gespürt, der einen so zu Boden drückt, dass man glaubt, er wäre nicht zu schultern. Er hatte es überlebt, dass sein Vater abgehauen und seine Mutter gestorben war. Er hatte mitansehen müssen, wie Corallina gelitten hatte, der das Leben viel genommen, aber wenig geschenkt hatte. Doch das hier war etwas ganz anderes. Er war nicht mehr der Mann, der vorhin mit offenen Schnürsenkeln und einer über dem T-Shirt offenen Jacke das Haus verlassen hatte. Mit gesenktem Blick kehrte er nach Hause zurück, die Arme um den Oberkörper gelegt, weil er zitterte vor Kälte. Er kämpfte mit den Tränen, denn ein Erwachsener durfte nicht weinen, durfte nicht einknicken, sondern musste sich seinem Schmerz stellen, Entscheidungen fällen. *In Aktion treten.* Doch er wusste nicht, was er tun sollte.

Er nahm immer zwei Stufen auf einmal, bis er das Gefühl hatte, keine Kraft mehr in den Beinen zu haben. Er setzte sich auf einen Treppenabsatz, stützte die Arme auf die Oberschenkel, schlug die Hände vors Gesicht und raufte sich die seitlich kurzgeschorenen Haare, die ihm Corallina immer so schnitt, weil sie meinte, das sehe besser aus. Irgendwann begann er zu schluchzen.

Als er in die Wohnung zurückkehrte, bemühte er sich, leise zu sein, um Corallina nicht zu wecken. Doch die tauchte sofort im Türbogen auf. Ohne ihren Turban, denn etwas an Leos Schritten hatte ihr Angst gemacht, weshalb sie so, wie sie war, aus ihrem Zimmer gekommen war und alle Eitelkeit vergessen hatte. Sie hatte ein Gespür für ihren Bruder und dieses Gespür sagte ihr, dass etwas nicht stimmte. Lange sahen sie sich wortlos an. Corallina wartete mitten im kleinen Wohnzimmer, bis er wieder sprechen konnte.

»Miriam war in besagter Nacht mit ihrer Cousine am Strand«, sagte er heiser.

Corallina schloss ungläubig die Augen, vielleicht auch weil sie die Bedeutung dieser Worte nicht wahrhaben wollte. »Hat sie dir das erzählt?«

Leo schüttelte den Kopf.

»Wer dann?«

»Nardi.«

»Was weiß der denn darüber?« In Corallinas Bestürzung mischte sich Angst.

»Er hat mit einem Bekannten gesprochen.«

»Mit einem *Bekannten*?« Vor lauter Fassungslosigkeit zitterte ihre Stimme. »Mit was für Leuten hast du dich da nur eingelassen?«

Leo setzte sich auf sein zerwühltes Bett und ließ den Kopf hängen.

»Wie kann der nur so etwas behaupten?« Corallina baute sich vor ihm auf. »Ich habe nichts dergleichen gelesen, geschweige denn in den Nachrichten gehört. Das wüsste ich, wenn Miriam mit ihrer Cousine zusammen gewesen wäre …«

»Davon steht auch nichts in den Zeitungen«, murmelte Leo. Er war sich sicher, weil er Stunden in der Bibliothek gesessen und sie durchforstet hatte. »Miriam kommt in dieser Geschichte nicht vor.«

»Woher willst du dann wissen, ob das überhaupt stimmt?«

Leo schwieg lange, weil das eine schmerzhafte Antwort war. Dafür hätte er ihr das Foto von Miriam und Betta in der Pizzeria Frattali beschreiben müssen, das ihm deutlich vor Augen stand und wegen dem er sich unzählige Male gefragt hatte, *warum* Elisabetta in jener Nacht bloß alleine losgezogen war. Vielleicht war sie ja tatsächlich alleine losgezogen. Weil sie jemanden treffen, Zeit mit ihm in den Dünen verbringen wollte. Aber vielleicht hatte sie Miriam auch gebeten, sie zu begleiten – nicht umsonst hatten sie in der Pizzeria zusammen gelacht und gescherzt. Und dann? Was war dann passiert?

»Ich weiß es einfach«, sagte er nur. Denn abgesehen von irgendwelchen Beweisen und Artikeln war da dieses Gefühl.

»Aber Miriam hat dir nie was davon erzählt?«, fragte Corallina ratlos.

Leo schüttelte den Kopf. »Nein.« Er senkte die Stimme. »Aber ich hab sie nie angefasst, Coralli«, gestand er ohne sie anzuschauen. Denn manchmal genügten nur wenige Worte, um die kompliziertesten Dinge zu erklären.

Corallina starrte ihn betroffen an.

»Nie. Nicht mal ein Kuss. Miriam fasst man nicht an.« Leo sagte das traurig resigniert.

Corallina holte sich ein Glas Wasser. Sie trank es in kleinen Schlucken, ihre Kehle war wie zugeschnürt. Denn abgesehen von irgendwelchen Beweisen war da dieses Gefühl. Und das hatte ihr schon immer gesagt, dass sich hinter Miriams Zerbrechlichkeit ein Leid verbarg, das ihr vertraut war. Miriam wirkte wie jemand, dem man Gewalt angetan, den man erniedrigt hatte und auf dem man herumgetrampelt war. Jemand, der jetzt versuchte, vor all dem Horror zu fliehen. Und vor sich selbst. Corallina kannte das nur zu gut.

»Und was willst du jetzt machen?«, fragte sie.

»Keine Ahnung.« Die Frage hatte sich Leo auch schon gestellt.

»Du musst mit ihr darüber reden.«

Leo schwieg, während sich Corallina zu ihm setzte. »Du musst herausfinden, was passiert ist, Leo. Denn sonst kannst du ihr nicht helfen.«

»Sie redet nicht darüber, Coralli.«

Ganz vorsichtig legte sie ihm eine Hand auf den Arm. »Miriam redet nicht darüber, weil Miriam eure Beziehung nicht damit belasten will.«

»Aber warum?« Leo sah sie an. Er hatte Miriam alles gegeben, aber das hatte nichts genutzt: Er hatte die Wahrheit von Nardi erfahren müssen.

Seine Schwester sah ihn zärtlich an, weil er so naiv war. »Aus Angst, aus Wut …« Sie senkte den Blick. »Aus Scham!«

Und wieder gingen Leo Nardis Worte durch den Kopf: *Zwei haben sich auf die Blondine gestürzt und nur einer auf die andere, weil die wohl so dürr war.* Sofort wurde ihm wieder so schlecht wie vorhin, als er die Worte zum ersten Mal hörte. *Und nur einer auf die andere*. Seine Miriam war überwältigt worden, ohne auch nur den Hauch einer Chance zu haben. *Weil dieser Leonardo echt brutal war*, wie Mannino gesagt hatte. Vor seinem geistigen Auge spielte sich die Szene ab, und er musste die Augen schließen, sich schütteln, um nicht durchzudrehen.

»Und diese Schweine sind nach wie vor auf freiem Fuß«, sagte er, als führte er Selbstgespräche. Seine Stimme zitterte vor Wut.

»Was sind das nur für Leute?«

»Einer hat sich vom Ponte Ariccia gestürzt. Ein anderer stammt aus Torre Domizia.« Er brauchte einen Moment, bevor er sagte: »Und dann gibt es da noch jemanden, der Leonardo heißt.«

»Und warum sind die nicht im Gefängnis?«

»Weil niemand nach ihnen sucht!«, brach es aus Leo hervor. Er stand abrupt auf und massierte sich den Nacken, von der inneren Anspannung hatte er heftige Kopfschmerzen. »Diese ganzen Anwälte, Richter und Carabinieri … was haben die eigentlich bis heute getan?«

Corallina schüttelte ungläubig den Kopf. »Und warum wurde Miriam nie erwähnt?«

»Keine Ahnung … Vielleicht hat die Familie sie beschützt.«

»Dabei ist sie doch ständig allein!«, wandte Corallina ein.

Leo dachte an die kurzen Telefonate zwischen Miriam und ihrer Mutter zurück, an ihre seltenen Besuche bei der Großmutter in Olgiata, an das Schweigen ihres Vaters. Nur ihr Bruder meldete sich öfter, aber die Gespräche, die er mitbekommen hatte, waren rein oberflächlich und Miriam bemühte sich immer, gelassen zu klingen.

Corallina seufzte. »Erwähnt sie jemals Elisabettas Eltern?«

»Mit keinem Wort.«

»Es gibt so vieles, was ich nicht verstehe«, meinte sie gedankenverloren.

»Ja. Und das kann mir nur Miriam erklären«, beschied Leo. Bei der Vorstellung, sie darauf ansprechen zu müssen, verschlug es ihm schier den Atem vor Angst. »Gaspare Mannino hat nicht gewusst, dass die andere Miriam war. Vielleicht wissen es nicht mal die beiden anderen. Was für Schweine! Aber wenn nicht rauskommt, was Mannino erzählt hat, landen die nie im Gefängnis.«

Corallina starrte ihn lange an, unfähig, ihn zu trösten. »Rede mit ihr«, sagte sie schließlich. Ihr Tonfall war genau so behutsam wie der, den ihr Bruder hoffentlich gegenüber Miriam anschlug.

Leo nickte zustimmend, mit finsterem Blick, weil er kurz davor stand, die Fassung zu verlieren. »Zuerst rede ich mit ihr«, erwiderte er. »Und dann finde ich sie und schlitze ihnen den Bauch auf.«

Am Sonntag ging Leo schon früh zu Miriam, viel früher als sonst. Er hatte kaum geschlafen, nur ein paar Stunden kurz vor Tagesanbruch. Zum ersten Mal erlebte er so etwas wie die Albträume, die sie quälten. Er hatte Brot von Corallina dabei, die sie an diesem Tag nicht wie sonst mittags bekochen würde. Die Schwester hatte ihn vor dem Gehen fest umarmt, sie war so nervös, als zöge er in den Krieg. Gesagt hatte sie nichts, denn in diesem Fall konnte sie ihm nichts raten.

Miriam freute sich, dass er so früh da war, normalerweise kam er nie vor zehn. Sofort fiel ihr auf, wie müde er wirkte. Sie strich ihm zärtlich übers Gesicht und tadelte ihn, nicht genug geschlafen zu haben, ja, er habe sich nicht einmal rasiert. Doch dann meinte sie, seine Schwester habe recht: Er sei trotzdem schön. Leo rang sich ein Lächeln ab und schwieg, während sie mit der Brottüte in der Küche verschwand, um den Frühstückstisch zu decken.

Während Miriam Milch warm machte und für ihn Kekse auf einen Teller legte, überlegte Leo, ob es nicht besser wäre, alles so zu lassen, wie es war. Weiterhin darauf zu hoffen, dass die Zeit alle Wunden heilt und ihre Beziehung nicht damit zu belasten. Weil Miriam das nicht wollte, wie Corallina gesagt hatte. Und er im Grunde auch nicht. Doch dann überkam ihn eine tiefe Bitterkeit, als er sich eingestand, dass diese Tragödie schon immer zwischen ihnen gestanden hatte. Er schnitt das goldbraune duftende Brot auf – eine Aufgabe, die stets er erledigte –, und sie setzten sich nebeneinander an den rechteckigen Tisch, den der endlich angebrochene Frühling in Sonnenlicht tauchte.

Er wartete, bis sie ihre Scheibe Brot gegessen hatte, voller Angst, was nun geschehen würde. Miriams Wangen hatten ihre fast durchsichtige Blässe verloren, ihre Lippen waren rosig und voll, ihr Lächeln war weniger zurückhaltend. Und dann waren da noch ihre Augen, die zwar manchmal stumpf wurden, aber irgendwann immer wieder vertrauensvoll zu ihm schauten. Für solche Blicke hatte Leo gekämpft wie ein Löwe – in dem Glauben, das Schlimmste läge bereits hinter ihnen. Dabei würden sie noch mal von vorn anfangen müssen. Er fühlte sich völlig erschöpft.

»Wieso bist du heute so still?«, bemerkte sie und schluckte den letzten Bissen hinunter. Sie hatte die ganz Scheibe verspeist, weil sie wusste, dass ihn das glücklich machte. Leo hingegen hatte seine Kekse nicht mal angerührt, sondern nur einen Schluck von seiner Milch genommen. »Was hast du denn?« Sie musterte ihn forschend, nicht ohne Besorgnis, sie war es nicht gewohnt, ihn so zu sehen.

»Ich denke an all die Sachen, die ich dir nie erzählt habe«, erwiderte er.

»Und sind das viele?«

»Nein. Aber einige davon sind wichtig.«

»Zum Beispiel?«

Leo sah ihr in die Augen. »Zum Beispiel habe ich dir noch nie gesagt, dass ich dich liebe. Weil ich mich dafür geschämt habe.«

Miriam war verblüfft, das traf sie völlig unvorbereitet. Sie schaute weg und ordnete die Kekse auf ihrem Teller kreisförmig an. Leo sah, dass ihre Hände leicht zitterten.

»Ich hab dir gerade was Schönes gesagt, Miriam«, meinte er, als müsste er ihr eine neue Sprache beibringen, die auch er erst vor kurzem gelernt hatte.

Sie nickte kaum merklich, stand auf und spülte ihre inzwischen leere Tasse, um sich Leos Blick zu entziehen. Dieser war mittlerweile stur auf ihren Rücken gerichtet. Energisch schrubbte sie die Tasse von allen Seiten. Um Zeit zu gewinnen und der eigenen Überforderung zu entfliehen, begann sie wieder von vorn.

Er stand auf und stellte sich neben sie.

»Miriam, Schönes muss man aussprechen.« Er schwieg lange. »Aber auch Schlimmes. Denn wenn sich zwei Menschen dafür entscheiden zusammenzubleiben, geht es nicht anders.« Er sprach zu ihr wie zu einem kleinen Kind.

»Okay«, erwiderte sie distanziert, ließ die Tasse in der Spüle stehen, drehte den Wasserhahn zu und trocknete sich hastig die Hände ab.

Bevor sie verschwinden konnte, packte Leo sie am Arm. Diesmal konnte er sie nicht gehen lassen, sie konnten einfach nicht länger voreinander davonlaufen.

Er holte tief Luft. »Ich weiß, dass du dabei warst, als Betta gestorben ist.« Er sprach ohne zu zögern und staunte, wie fest seine Stimme klang.

Miriam sah ihn mit großen Augen an, sie waren fast unnatürlich weit aufgerissen.

»Ihr wart zusammen am Strand.«

Ein ungläubiges Lächeln verriet ihre Bestürzung. »Nein!«, murmelte sie und schüttelte kaum merklich den Kopf, während sie kraftlos versuchte, ihm den Arm zu entziehen.

»Sie haben euch einfach dort liegen lassen, nachdem …« Das letzte Wort wurde von einem erstickten Laut begleitet, weil es ihn schier innerlich zerriss.

»Nein!«, wiederholte sie empört, als hätte er ihr gerade zu Unrecht etwas vorgeworfen.

Leo sah sie mit zusammengekniffenen Augen an, um dieses heftige Leugnen zu verstehen. »Warum hast du mir nie davon erzählt? Warum dieses Schweigen?«

»Weil es nicht wahr ist!«, schimpfte sie. »Ich war in Ettores Zimmer! Ich hab geschlafen!«

Leo packte auch ihren anderen Arm. Statt sich zu wehren, blieb sie reglos stehen. Sie starrte ihn verängstigt an, als wäre er ein Wildfremder.

»Ich weiß nicht, was du erzählt hast, Miriam, was du der Polizei gesagt hast …« Er sprach ganz leise, weil er sah, dass sie Angst hatte. »Vielleicht hatte all das Schweigen für die Familie einen Sinn, aber wenigstens wir sollten uns die Wahrheit sagen!«

»Die Wahrheit?«, flüsterte sie und neigte kaum merklich den Kopf.

»Die Wahrheit, Miriam«, wiederholte er, denn das Wort genügte.

»Ich sage die Wahrheit«, beharrte sie.

»Das stimmt nicht, und das weißt du genau.«

Sie starrte auf die Hände, die sie festhielten. Nach einem kurzen Moment des Schweigens murmelte sie: »Lass mich los!«

Zögernd gehorchte Leo. Er ging davon aus, dass sie gleich verschwinden würde. Stattdessen blieb sie vor ihm stehen, die Arme schlaff neben dem Körper. Sie sah ihn an wie noch nie zuvor: empört, distanziert.

»Was weißt du schon von der Wahrheit.«

»Ich weiß, was eines von diesen Monstern gesagt hat, Miriam.« Instinktiv senkte er den Blick, als Nardis Sätze ihm wieder durch den Kopf gingen.

Sie starrte ihn entgeistert an. Der Aggressor hatte also geredet. Diese Geschichte von Übergriffigkeit, Gewalt und Tod war nicht länger Bettas und ihr Geheimnis. Nicht einmal das wurde ihr zugestanden. Verbittert verzog sie das Gesicht. »Du hast sie dir mit Gewalt genommen, die Wahrheit, die ich dir verschwiegen habe. Und jetzt?«, sagte sie provozierend. »Du hast in meinem Leben gewühlt, das Unterste zuoberst gekehrt …« Sie verstummte einen Augenblick, um dann hinzuzufügen: »Genau wie dieser Typ. Ihr seid doch alle gleich.«

Leo zuckte instinktiv zurück, wie um sich vor der Brutalität dieser Worte zu schützen. »Wie kannst du nur so etwas sagen?« Seine Stimme zitterte.

»Du wolltest Bescheid wissen?« Sie breitete die Arme aus. »Da bin ich, jetzt weißt du's!«

»Miriam, ich möchte dir helfen.«

»Du hast bloß alles kaputtgemacht!«, schrie sie, die Augen

voller Tränen. »Merkst du das denn nicht? Schau dich doch nur an! Du bist nicht mehr du selbst.«

Leo war verwirrt.

»So wie du mich ansiehst … wie du mit mir sprichst … Hast du dir überhaupt zugehört? Du schaffst es nicht mal, mir ins Gesicht zu sehen!«

»Was redest du denn da?«

»Ich sage nur, dass du jetzt nicht mehr *mich* siehst!«, brüllte sie. »Sondern mich und diesen widerlichen Kerl, der auf mir gelegen hat.«

Er versuchte erneut, sie zu packen. »Das stimmt doch gar nicht!«, stöhnte er, während sie sich ihm entwand.

Miriam hob die Hände. »Fass mich nicht an.«

»Ich möchte doch nur, dass wir das Problem gemeinsam angehen.«

»Das haben wir doch!«

»Nein!«, erwiderte er erschöpft. »Probleme löst man nicht, indem man sie ignoriert.«

»Lösen?« Miriam lachte ungläubig auf. »Du willst meine Probleme lösen, in Luft auflösen? Was bitte schön? Die Schläge? Das Entsetzen, als ich mitansehen musste, wie sie Betta fortgeschleppt haben, während ich allein zurückblieb? Die Hände von dem Kerl, der mir überall weh getan hat? Den Ekel, als ich ihn in mir gespürt habe und er einfach nicht genug kriegen konnte?« Auf einmal versagte ihr die Stimme. »Willst du den Sand in Bettas Mund in Luft auflösen? Ihre tote Hand? Ihren leeren Blick?« Sie starrte ihn an. »Kannst du das?«

Leo sah sie nur stumm an.

Sie schüttelte den Kopf. »Das kannst du nicht. Niemand kann das.«

Ohne dass er es merkte, liefen ihm Tränen über das Gesicht. Miriam hingegen war vollkommen cool. Von ihrer einstigen Verletzlichkeit war nichts mehr zu sehen.

»Ich finde die Kerle und lasse sie dafür büßen, das versprech ich dir«, murmelte Leo.

»Und du glaubst, das würde mich noch interessieren?« Sie zuckte kaum merklich mit den Schultern.

Leo fuhr sich durchs Haar, ihm platzte schier der Schädel. »Miriam, du kannst sie vielleicht identifizieren.« Er rang nach Luft, hatte das Gefühl zu ersticken. »Die sind immer noch auf freiem Fuß ...«

»Aber ich will *vergessen*, Leo!«

»Das geht nicht! Die müssen zur Rechenschaft gezogen werden für das, was sie dir und Betta angetan haben ... Was, wenn sie einer anderen dasselbe antun?«, provozierte er sie. »Hast du daran schon mal gedacht?«

»Und wenn ich dir doch sage, dass mich das nicht interessiert!«

»Das glaub ich dir nicht.«

Miriam presste die Lippen zu einem schmalen Strich zusammen und sah ihn hasserfüllt an. »Ich will nicht, dass du mit irgendjemandem über diese Sache redest. Niemals! Ich will, dass du verschwindest. Lass mich mein Leben leben, Leo.«

»Welches Leben denn?«

»Hau ab und komm nie mehr zurück!« Sie zeigte energisch auf die Tür.

»Ich will aber nicht ohne dich leben.«

»Es wäre ohnehin irgendwann vorbei gewesen«, meinte sie eiskalt, bevor sie sich umdrehte und die Küche verließ.

Kurz darauf hörte Leo, wie die Schlafzimmertür zugeworfen

wurde. Er setzte sich an den Tisch, konnte sich nicht mehr auf den Beinen halten. Er stützte die Arme auf und schlug die Hände vors Gesicht. Er hatte soeben eine Wand eingerissen und feststellen müssen, dass sich dahinter ein riesiger Abgrund verbarg.

Leo wusste nicht, wie viel Zeit vergangen war, als er ohne anzuklopfen das Schlafzimmer betrat. Mittlerweile gab es neue Hindernisse. Das Sich-Abschotten, der vorenthaltene Körperkontakt, die nie gegebenen Küsse waren gar nichts im Vergleich zu diesem krassen Bruch, den er selbst hervorgerufen hatte.

Miriam lag zusammengerollt in ihrer Betthälfte, das Gesicht teilweise unter dem Kissen verborgen. Seit einiger Zeit hatte jeder seine Seite im gemeinsamen Bett, doch diesmal kehrte sie ihm den Rücken zu wie nie zuvor, so, als wäre er komplett unwichtig. Als spielte nichts mehr eine Rolle. Er streckte sich neben ihr aus, legte ihr behutsam eine Hand auf die Schulter. Sie entzog sich nicht. Sie hatte aufgegeben, hatte einfach keine Kraft mehr, um sich zu wehren. Da umarmte er sie vorsichtig von hinten, zog sie an sich und vergrub das Gesicht in ihrem Haar: Er hatte ohnehin nichts mehr zu verlieren. Er wollte sie halten, da er sie vielleicht für immer verlieren würde – dieses kaputte Geschöpf, das er nicht hatte heilen können.

»Miriam«, flüsterte er. »Es tut mir leid.«

Sie sagte nichts darauf.

»Es stimmt nicht, dass ich dich jetzt mit anderen Augen sehe. Ich fühle mich anders, weil das etwas ist, was mich überfordert. Allein die Vorstellung, du könntest glauben, ich wäre so wie die, bringt mich fast um, verstehst du das?«

»Lass mich in Frieden.« Sie wandte den Kopf ab und presste das Gesicht noch tiefer ins Kissen.

»Wenn du willst, reden wir nie mehr darüber, das schwöre ich bei Gott!« Er wartete vergeblich auf eine Reaktion, irgendeine Regung. »Wir machen es so, wie du willst. Alles, was du willst.« Er schmiegte die Wange an ihr Haar und lauschte ihrer Atmung. »Miriam, ich flehe dich an.«

»Ich möchte jetzt gerne allein sein.«

»Aber wozu denn? Willst du versuchen, dich umzubringen so wie vorher?«

»Ich wollte einfach nur vergessen«, erwiderte sie mit tiefem Bedauern darüber, dass die Momente des Vergessens, die er ihr geschenkt hatte, jetzt für immer vorbei waren. »Es ist endgültig aus.«

»Nichts ist aus ... Du musst endlich erwachsen werden, Miriam. Wir sind schließlich keine Kinder mehr ... Was willst du vergessen? Du hast es selbst gesagt: Es gibt keine Lösung. Was passiert ist, ist passiert. Aber gemeinsam können wir es schaffen.« Er drückte sie fester, so fest, wie er es noch nie gewagt hatte. »Wir lassen uns Zeit. Ein Jahr, zehn Jahre, hundert Jahre: Ich bin hier.« Er küsste sie so zärtlich wie möglich aufs Haar. »Ich bin hier bei dir.«

Sie verschloss sich noch mehr – ein vergeblicher Versuch, sich ihm zu entziehen, um dann verzweifelt zu weinen. Sie zitterte und schluchzte, während Leo sie mühsam um Fassung ringend im Arm hielt: So viel Leid konnte er kaum ertragen. Er hielt sie fest, aus Angst, sie könnte an ihren Schluchzern zerbrechen, hier in seinen Armen. Dann zwang er sie, sich umzudrehen und drückte sie, ohne darauf zu achten, ob er ihr weh tat oder nicht. Auf einmal fiel sie ihm um den Hals und zog ihn mit einer Kraft an sich, die er dieser zierlichen Gestalt niemals zugetraut hätte.

»Wir schaffen das ...«, sagte Leo optimistisch, flüsterte es ihr leise ins Ohr, als vertraute er ihr ein Geheimnis an. »Wir zwei beide, Miriam, das versprech ich dir.«

Sie nickte, das Gesicht eng an seinen Hals geschmiegt und voller Dankbarkeit, weil er sie trotz allem wieder einmal nicht hatte gehen lassen.

XI
Die unangenehme Wahrheit

Früh am nächsten Morgen hörte Corallina, wie ihr Bruder nach Hause kam. Sie wartete noch ein wenig, bis sie aufstand, lauschte auf die Geräusche im Nebenzimmer, auf seine leisen Schritte, als er ins Bad ging, duschte und sich anschließend rasierte. Sie versuchte zu ergründen, wie es in ihm aussah, denn wenn es Leo gut ging, lärmte er gedankenlos. Doch jetzt schien er extrem drauf bedacht zu sein, sie nicht zu wecken – er konnte ja nicht ahnen, dass sie kein Auge zugetan hatte. Als Leo ins Wohnzimmer zurückkehrte, um sich anzuziehen, machte sie Frühstück und fragte, ob er bereits etwas gegessen habe. Er verneinte, meinte aber, er habe keinen Hunger. Vergeblich wartete Corallina darauf, dass er sich ihr anvertraute. Sein Gesichtsausdruck war nicht zu entschlüsseln, und schon, dass er nichts sagte, war kein gutes Zeichen.

»Wie geht es Miriam?«

Leo mied ihren Blick und fuhr damit fort, sich das Hemd zuzuknöpfen. »Es war eine schlimme Nacht, Coralli.«

Seinem Tonfall war zu entnehmen, dass er sie abwimmeln wollte, und das machte ihr Sorgen. »Es stimmt also, was Mannino gesagt hat?«

Er nickte.

»Die Ärmste«, murmelte Corallina nur und senkte mitfühlend den Blick. »Und was wollt ihr jetzt tun?«

»Nichts.« Leo setzte sich auf das Bett, das seine Schwester ihm am Vorabend gemacht hatte, das aber unbenutzt geblieben war. Er zog die Schuhe an.

»Wie, nichts? Hast du ihr gesagt, was du erfahren hast?«

»Miriam will das nicht. Sie ist damals nach Hause gerannt, und niemand hat was gemerkt.«

Corallina kam näher und sah ihn ungläubig an. »Soll das heißen, ihre Familie weiß nichts davon?«

Leo schüttelte den Kopf. »Niemand.« Energisch band er sich die Schuhe – eine Geste, die seine Wut verriet.

»Aber wie kann das sein?«, fragte sie kaum hörbar.

»Als sie erfahren haben, dass man Betta am Strand gefunden hatte, haben sie gar nichts mehr verstanden. Und Miriam hat geschwiegen – nicht nur an diesem Morgen, sondern auch die ganze Zeit danach.«

Corallina musste sich setzen. »Ich fass es einfach nicht … Eine junge Frau, die all das durchmachen musste … ganz allein!!«

»So hat sie sich geschützt«, erklärte er. In seinem Tonfall schwangen all die Gräuel mit, die Miriam durchgemacht hatte, alles, was danach gekommen war. Mittlerweile kannte auch er unzusammenhängende Bruchstücke dieses Albtraums, und die genügten, dass man den Verstand verlor. Deshalb kam ihm Miriams Schweigen, mit dem sie die Ereignisse leugnete, doch nicht mehr so unbegreiflich vor. Mit finsterer Miene schlüpfte er in seine Jacke.

»Und was wollt ihr jetzt machen? Denn das, was dir Nardi erzählt hat, musst du der Polizei sagen, Leo.«

»Nein. Miriam möchte nicht über die Sache reden.«

Corallina riss die Augen auf. »Aber so bleiben die Mörder auf freiem Fuß!«

»Ich hab es ihr versprochen«, erwiderte er knapp.

»Und Elisabetta? Hat sie nicht auch ein wenig Gerechtigkeit verdient?«, fragte sie fassungslos, und sagte dann mit so etwas wie einem erstickten Schrei: »Du musst Miriam zur Vernunft bringen, Leo!«

Da schaute er sie zum ersten Mal an, seit er das Zimmer betreten hatte. »Über diese Sache dürfen nicht einmal wir noch reden, Coralli.«

Die entdeckte etwas im Blick ihres Bruders, von dem sie Gänsehaut bekam. Sie sah seinen Schmerz, seine Seelenqualen bei dem Gedanken, dass seine Freundin in einer Sommernacht geschlagen, vergewaltigt und mit der toten Cousine am Strand liegen gelassen worden war. Bei dem Gedanken, dass ihr Leben zerstört war. Aber sie sah auch eine unfassbare Wut, die seine kastanienbraunen Augen fast schwarz wirken ließ.

Sie sah, wie er die Tür öffnete und verstummte angesichts einer schrecklichen Vorahnung, die sie zutiefst erschütterte. Doch dann fand sie die Kraft zu fragen: »Wohin gehst du, Leo?«

»Zur Arbeit«, meinte er nur und knallte die Tür ohne ein Wort des Abschieds hinter sich zu.

Da musste sich Corallina setzen, denn sie drohte den Boden unter den Füßen zu verlieren. Das Sportgeschäft hatte Montagvormittags geschlossen, Leo hatte also gelogen. Es gab vieles an ihrem Bruder, das sie noch nicht durchschaut hatte. Aber auch so manches, das sie verstand und das ihr Angst machte.

Auch Marisa Ansaldo war ungewöhnlich früh aufgestanden. Normalerweise blieb sie nach dem Aufwachen immer noch eine Weile im Bett liegen. In Bettas Zimmer lauschte sie dann auf Stelvio, der gemächlich Kaffee kochte. Als Nächstes nahm sie das Brodeln der Espressokanne wahr, Kaffeeduft empfand sie jedoch als störend. Sie wusste, wann er ihn schluckweise trank, denn dann wurde es erneut still in der Wohnung. Sie hörte ihn Tasse und Kanne unter fließendem Wasser abspülen. Bevor er ging, sah sie noch seinen Schatten in der Tür, machte aber sofort die Augen zu, um seinen Abschiedsgruß nicht erwidern zu müssen. In dem Glauben, sie schliefe noch, verließ er wortlos das Haus.

An diesem Morgen fand Stelvio sie bereits in der Küche vor: Sie machte sich gerade einen Tee. Überrascht blieb er kurz in der Tür stehen, um ihr einen guten Morgen zu wünschen. Marisa antwortete ohne ihn anzuschauen und setzte Kaffee für ihn auf.

»Hast du nicht geschlafen?«, fragte er.

»Doch, aber der kleine Frattini macht seit sechs Uhr früh solchen Lärm …«, log sie, da sie ihm nicht sagen wollte, dass sie eine seltsame Unruhe dazu gezwungen hatte, früher als sonst aufzustehen.

»Tja.« Stelvio nickte verständnisvoll. Kinder machten Lärm. Für Ettore mochte das weniger gegolten haben, für Betta jedoch um so mehr. Sie hatte stets jede Menge Lärm gemacht.

Schweigend frühstückten sie, Marisa am Tisch, die Hände um die heiße Tasse gelegt, Stelvio am Fenster, wo er seinen Kaffee trank. Er schaute hinaus auf die Straße, auf der immer mehr Verkehr herrschte. Für den Laden war das nicht schlecht, aber ihm fehlte die einstige Ruhe, als man hier nur ein paar grauhaarige Frühaufsteher gesehen hatte, die schweigend von hier nach da gingen, sich höchstens kurz grüßten oder mit dem Straßenkehrer plauderten, wenn der auf seinen Besen gestützt eine Pause machte.

»Heute dürfte es schön werden«, bemerkte er nach einem Blick in den Himmel.

Marisa nickte zerstreut. Sie staunte, dass Stelvio immer noch glaubte, das hätte auch nur die geringste Bedeutung für sie. Dabei konnte sie sich nicht mal mehr erinnern, wann sie das letzte Mal einen Fuß vor die Tür gesetzt hatte. Vielleicht vor ein paar Monaten, als er vergessen hatte, den Müll mit runterzunehmen, was sie gleich darauf erledigt hatte.

In den Laden hatte sie keinen Fuß mehr gesetzt, weshalb Stelvio eine Kassiererin, Maria Grazia, eingestellt hatte. Sie sei eine Witwe mit zwei kleinen Kindern und suche Arbeit, um über die Runden zu kommen, hatte er ihr damals erzählt. Morgens brachte Maria Grazia die Kleinen erst in den Kindergarten beziehungsweise die Schule, und kam dann in den Laden. Nachmittags ließ sie sie bei einer Nachbarin, und Stelvio erlaubte ihr, um sechs zu gehen, damit sie sie abholen und mit ihnen essen konnte. Marisa schätzte das Verständnis ihres Mannes sehr. In letzter Zeit machte er allerdings einen recht erschöpften Eindruck auf sie. Die Kundschaft war riesig, und es war schwer, alles allein zu machen, wenn die Kassiererin nur wenige Stunden am Tag aushalf. Er hatte abgenommen. Fünfzehn Kilo, vielleicht auch mehr. Er sah wieder aus wie damals, als sie sich kennengelernt hatten, und auch sie hatte die Rundungen verloren, die sie mit dem Alter bekommen hatte. Sie war sogar schlanker als damals als junges Mädchen. Inzwischen aßen sie nur noch lustlos, ohne das gemeinsame sinnliche Vergnügen, das ihre Körper mit den Jahren immer voller und weicher gemacht hatte: Teller mit bergeweise Pasta, immer jede Menge Brot auf dem Tisch, dann der gemeinsame Nachtisch zum Kaffee nach dem Essen, den sie plaudernd verspeist hatten. Ihr Glück hatte nicht zuletzt in unbedeutenden Details bestanden, auch wenn ihnen das damals nicht bewusst gewesen war. Jetzt gehörte all das zum Leben von einst. Marisa sah ihren Mann an, sein kurzes Haar war weiß, aber er besaß die Figur eines jungen Mannes. Der Schmerz, der an ihm zehrte, machte ihn attraktiver. Bei ihr war das anders: Wenn sie sich überhaupt mal im Spiegel betrachtete, hatte sie Mühe, sich wiederzuerkennen, so sehr war sie von ihrem Schicksal gezeichnet.

Während sie ihren Tee trank, sah sie zu, wie ihr Mann die leere Tasse und Kanne spülte, wie er gespielt lässig die Flasche Wein in den Müll gab, die er wie immer am Vorabend getrunken hatte, wenn er sie schlafend in Bettas Zimmer vermutete. Sie schaute schon lange weg, wenn es um Stelvios Alkoholkonsum ging und fragte sich mit plötzlicher Bitterkeit, wann der auch anderen auffallen würde.

»Ciao, Mari«, sagte er.

»Ciao«, entgegnete sie.

Kurz darauf fiel die Haustür ins Schloss, und es kehrte wieder Stille in der Wohnung ein.

Für Marisa Ansaldo brach ein weiterer sinnloser Tag an.

Leo De Maria war noch nie zuvor in Torre Domizia gewesen. Wenn er Zeit hatte, fuhr er mit Freunden nach Ostia ans Meer – die übliche Clique, die am öffentlichen Strand herumtobte, während die Schirmnachbarn flehten und drohten, weil sie ihre Ruhe haben wollten. Als sie noch jünger gewesen waren, hatten sie sich auf die Schultern der jeweils anderen gestellt und waren von dort aus ins Wasser gesprungen, bis Luca Malerba sich durch einen unglücklichen Aufprall das Genick gebrochen hatte. Einige von ihnen hatten damals begriffen, dass man für solch einen Unsinn teuer bezahlen musste. Andere hatten jedoch damit weitergemacht und sich auf immer gefährlichere Wagnisse eingelassen. Corallina hatte ihm damals erklärt, das sei typisch Mann: Das Gehirn sitze zwischen den Beinen, und bis das in den Kopf wandere, dauere es einfach zu lange.

Als er Torre Domizia erreicht hatte, parkte Leo am Ende der zentralen Allee. Sofort sah er, dass es hier anders war als in Ostia: Die Häuser am Meer waren niedrig und hatten einen Garten, die Geschäfte waren klein, mit schön gestalteten Schaufenstern. Plätze waren mit Beeten und Bänken versehen, in ihrer Mitte Brunnen mit Tritonen – ein Wort, das ihm Miriam beigebracht hatte –, die Fontänen zur Muschel in der Mitte spuckten. Schon morgens um neun trafen sich hier Rentner zum Plaudern.

Die vielen Strandbänder wurden nur kurz von freien Strandabschnitten unterbrochen. An den Zugängen standen halbkreisförmige Marmorbänke. Darauf konnte man Platz nehmen und aufs Meer schauen, das an diesem Tag knallblau unter einem klaren Himmel lag. Der Strand war noch verwaist, die Bars der Lidos hatten fast alle bereits geöffnet, waren aber noch ohne Gäste. Die Musik aus Radio oder Fernseher hallte von Wänden und Scheiben wider. Es war ein verschlafenes, ja fast lethargisches Nest, das auf die Sommersaison wartete, wenn hier wieder Leben Einzug halten würde.

Leo nahm einen der Zugänge zum Strand und ging Richtung Süden. Er lief den Strand entlang, den Reißverschluss seiner Jacke bis obenhin zugezogen, die Sweatshirtkapuze aufgesetzt und die Hände in den Hosentaschen. Direkt am Spülsaum. Immer wieder wich er brandenden Wellen aus und atmete tief durch, weil er wissen wollte, ob in dieser frischen Aprilluft etwas Fauliges, Verderbtes mitschwang. Doch nichts dergleichen: Die Brise duftete angenehm. Diese Gewaltorgie, die Schreie, die Angst, der Tod – eine andere Welt. Er war gekommen, um die Monster aufzuspüren, und was fand er vor? Eine Oase des Friedens. Er lief am Meer entlang bis zur Flussmündung, die wegen der Regenknappheit fast ausgetrocknet war. Hier ging es nicht weiter, weshalb er die Böschung zur Straße hochlief und den Rückweg antrat. Rechts, auf der anderen Straßenseite, erkannte er das zweistöckige Ferienhaus der Ansaldos, das er auf einem Foto in der Zeitung gesehen hatte. Aus Respekt ging er nicht näher, betrachtete aber die geschlossenen Fensterläden, den von Unkraut überwucherten Garten aus der Ferne. Sein Blick blieb an den Fenstern hängen, die auf den Balkon im ersten Stock hinausgingen. Welches wohl Bettas Zimmer gewesen war, in dem sie ihre letzte Nacht verbracht hatte? Und welches *Ettores Zimmer*, in dem Miriam ihre letzte sorglose Nacht verbracht hatte? Er passierte das Haus und entdeckte zu seiner Linken ein geschlossenes Strandbad, das ganz offensichtlich nicht mehr in Betrieb war. Gedankenverloren ging er ein paar Schritte weiter und kam an einem weiteren Zugang zum öffentlichen Strand vorbei, an hölzernen Stufen voller Müll sowie an noch einem geschlossenen Lido mit einem verblichenen Zettel, der von innen an der Glastür befestigt war. »Zu verpachten«, stand dort. Leo ließ den Blick schweifen, las das von der salzigen Meeresluft verwitterte Schild an der blassblauen Wand … und sein Herz setzte einen Schlag aus. Le Dune. Instinktiv machte er kehrt, ging bis zu den Holzstufen und schaute zum goldenen Sandstrand hinunter. Die Wellen schwappten harmlosschäumend an Land, darüber stieg eine blasse Sonne auf. Er war vorhin *hier* vorbeigelaufen und hatte es nicht mal gemerkt. Er fühlte sich unbedeutend und ohnmächtig, ein ungeheures Verbrechen hatte Leben in ein Davor und Danach geteilt, und hier waren kaum Spuren davon geblieben.

Er lief noch etwa fünfzig Meter weiter, setzte seine Sweatshirtkapuze ab und betrat die Bar *Il Pirata*. Dort putzte gerade ein Barista seines Alters einen Gefrierschrank für konfektioniertes Eis und wippte mit dem Kopf zur Techno-Musik, die aus Lautsprechern direkt vor der Bar dröhnte.

»Was kann ich für dich tun?«, begrüßte ihn Mauro Sattaflora freundlich und wischte sich die Hände an einem Geschirrtuch ab. »Was darf ich dir anbieten?«

»Einen Cappuccino. Und ein Cornetto.«

»Welches möchtest du?« Er zeigte auf vier trocken gewordene Gebäckstücke unter einer Plastikabdeckung.

Leo tat so, als müsste er noch überlegen. »Ohne Füllung bitte.«

Mauro nickte zufrieden, als wollte er ihn zu seiner Wahl beglückwünschen und gab ihm das mit dem meisten Zuckerguss. Dann machte er sich an der Kaffeemaschine zu schaffen, um den ersten Cappuccino des Tages zuzubereiten. »Ganz schön kalt, was?«, bemerkte er angesichts der frischen Brise aus dem Westen.

»Allerdings. Ich habe nur einen kurzen Spaziergang gemacht, bin aber schon völlig durchgefroren.«

»Hast du heute frei?«

»Nein … ich bin unterwegs nach Civitavecchia und hab bloß kurz haltgemacht, weil ich als Kind öfter hier war.«

Da wirbelte Mauro abrupt herum und musterte ihn mit zusammengekniffenen Augen, suchte in seinem unfehlbaren fotografischen Gedächtnis. »Hier?« Er musterte ihn zweifelnd.

»Nein, nein, mehr Richtung Turm. Meine Eltern hatten dort eine Ferienwohnung gemietet.«

»Ach so.« Mauro nickte erleichtert, denn diejenigen, die in den letzten zwanzig Jahren im Le Dune gewesen waren, kannte er alle. »Das will ich meinen.«

»Nur manchmal bin ich bis hierhergekommen, weil ich da ein paar Freunde hatte.«

»Los, erzähl«, meinte Mauro, während er heiße, schäumende Milch in eine Tasse goss. »Wer war das denn?«

»Ich war recht eng mit einem Gaspare befreundet.«

Mauro schob ihm den Cappuccino hin. »Gaspare?«, echote er stirnrunzelnd. Er dachte nach, sichtlich verärgert, weil er sich nicht an ihn erinnern konnte. »Wie sah der denn aus, dieser Gaspare?«

Leo ließ sich Zeit, nahm einen Schluck aus seiner Tasse. »Das war einer, der so …«

»Moment!« Mauro hob die Hand, weil er den Namen ohne weitere Tipps erraten wollte. »Du meinst doch nicht etwa den Mannino?«

Leo gab vor zu zögern. »Doch, ich glaube … Kann sein.« Er nickte.

Mauro seufzte laut und stemmte die Hände in die Hüften. In einer baumelte der schmutzig weiße Lappen, mit dem er die gespülten Tassen abtrocknete. »Ich kannte ihn bloß vom Sehen«, sagte er auf einmal ganz ernst. »Ich weiß nur, dass er aus Genzano war. Seine Mutter hat sich hier jedes Jahr eingemietet. Aber er ist immer in den Lido Florida gegangen, nie hierher«, präzisierte er.

Leo stellte die Tasse ab. »Vielleicht hab ich das auch falsch in Erinnerung.«

»Bestimmt. Aber weißt du das denn nicht, von dem Mannino?«, fragte Mauro vorsichtig.

»Was denn?«

»Er ist vor zwei Jahren gestorben. Es heißt, dass er unter dem Ponte Ariccia gefunden wurde, von Wildschweinen angenagt.«

»Was du nicht sagst!« Leo fasste sich in den Nacken, um eine Bestürzung zu zeigen, die er nur mühsam simulieren konnte. »Tatsächlich? Der arme Gasparino!«

»Na ja ...« Mauro wackelte mit dem Kopf. »In dem damaligen Sommer ... was soll ich sagen. Vergiss es.« Er fuhr damit fort, die Tassen abzutrocknen, denn immer wenn er an diesen Sommer dachte, wurde er nicht nur traurig, sondern auch gereizt. »Erst Betta, dann Gaspare, dann drei Freunde von mir, die sich auf der Via Aurelia überschlagen haben. Das reinste Massaker.« Er zeigte mit dem Kinn mal da, mal dorthin, je nachdem wo es sich zugetragen hatte.

Leo wäre beinahe zusammengezuckt. »Ach so ja ... Betta Ansaldo.«

Mauro nickte. »In meinem Lido. Und stell dir mal vor, ich hab sie gefunden!« Die gute Laune, mit der er ihn empfangen hatte, war wie weggeblasen.

»Ich dachte, das war weiter südlich ...«

»In den Dünen.« Er nickte. »Dann mussten wir wegen der Ermittlungen schließen, und im Jahr darauf wollte niemand mehr kommen. Nur manchmal hat jemand eine Blume am Zaun abgelegt und blöde Fragen gestellt.« Er zog eine Grimasse. »Aber auch ich hab es nicht mehr ausgehalten. Ständig hab ich sie vor mir gesehen. Auch Mama stand immer am Fenster und weinte, ich kann dir sagen ... Also haben Papa und ich zugemacht. Schluss, aus, vorbei. Alles umsonst.«

»Das tut mir leid«, erwiderte Leo ausnahmsweise mal aufrichtig.

»Und jetzt bin ich hier, muss unter einem anderen Chef arbeiten und das auch noch schwarz, verstehst du, was ich meine?« Mauro dachte wehmütig an die Zeiten zurück, in denen er sich bei seinem Vater darüber beschwert hatte, dass der ihn im Sommer aus dem Bett scheuchte, damit er das Strandbad öffnete.

»Hast du Betta gekannt?«

»Wieso, du etwa nicht?« Er musterte ihn erstaunt. »Jeder, der Betta auch nur einmal gesehen hat, hat sie nie mehr vergessen.« Bei dem Gedanken an sie bekam er einen ganz verträumten Gesichtsausdruck. »Die reinste Prinzessin!«, seufzte er. »Weißt du, wie oft ich ihr gesagt habe, dass sie nicht unten am Strand zu den Lagerfeuern gehen soll? Im Jahr davor hab ich sie dabei erwischt, wie sie heimlich am Strand entlanglief, damit man sie nicht sieht. ›Betta‹, hab ich noch gesagt, ›das ist gefährlich, das ist kein Spiel.‹« Er schüttelte den Kopf. »Nichts zu machen. Die hat immer nur gemacht was sie wollte, diese Betta!«

»Sie ging also in dieser Nacht zu den Lagerfeuern ...«

»Ich denke ja«, meinte Mauro energisch »Das hab ich auch dem Maresciallo gesagt.«

Leo griff wieder zu seiner Tasse und nahm einen Schluck. »Hast du eine Ahnung, wer das gewesen sein könnte?«

Mauro breitete die Arme aus. »Was soll ich sagen?« Er zuckte mit den Schultern. »Hier leben anständige Leute, wie du weißt. Es kann schon mal passieren, dass man sich bei einem Mädel im Ton vergreift, ihr einen Klaps auf den Po gibt. Aber dann taucht gleich der Bruder oder Freund auf, und es gibt Ärger ...« Er verstummte bekümmert, machte ein angewidertes Gesicht. »Aber gewisse Dinge tut man einfach nicht.«

»Allerdings«, meinte Leo. »Kannst du mir das Cornetto in eine Tüte tun? Ich nehm es mit.« Er zückte Geld zum Zahlen.

Mauro gehorchte sofort. Er fand es nicht weiter verwunderlich, dass einem nach bestimmten Themen der Appetit vergeht.

»Und, kennst du noch einen gewissen Leonardo?«, fragte Leo wie nebenbei.

Der andere grinste. »Ich kenne zweihundert Leonardos! Leonardo wie noch?«

»Das weiß ich nicht mehr ... Der steckte damals immer mit Mannino zusammen.«

»Dann frag den Zeitungshändler an der Allee. Da hat der Mannino immer rumgehangen.«

Leo nickte dankbar. »Bis zum nächsten Mal!«

»Kann sein, dass du mich dann nicht mehr hier vorfindest«, meinte Mauro inzwischen wieder fröhlich. »Vielleicht geh ich im Juni nach Folonica und mach mit meiner Freundin, die von dort stammt, was Eigenes auf.«

»Dann alles Gute!«, verabschiedete sich Leo nicht ohne Neid auf seine Unbeschwertheit.

»Dir auch!« Als er sich umsah, winkte ihm Mauro Sattaflora auf Wiedersehen oder aber adieu.

Leo blieb stehen, um eine beliebige Zeitung beim Zeitungshändler an der großen Allee zu kaufen. Und während er auf sein Wechselgeld wartete, nutzte er die Gelegenheit, sich nach einem gewissen Leonardo zu erkundigen, ein guter Freund von Gaspare Mannino, dem armen Kerl aus Genzano. Der kurzatmige, aber redselige Zeitungshändler hatte Gaspare schon von klein auf gekannt, weil die Mutter jeden Sommer direkt gegenüber eine Wohnung im zweiten Stock gemietet hatte. Als er von dessen Tod in der Zeitung gelesen habe, erzählte er, und auch davon, in welchem Zustand man ihn gefunden habe, habe er den Kleinen wieder vor sich gesehen, und es sei ihm fast schlecht geworden. Die Mutter, Silvana, sei nie mehr hier aufgetaucht, fügte er enttäuscht hinzu, vielleicht sei die Ärmste ja am gebrochenen Herzen gestorben. Gaspare solle sich von der Brücke gestürzt haben und so was verkrafte man nicht so leicht, zumal die Frau ihn ganz allein großgezogen habe, mit nichts als ihrem kleinen Gehalt als Hilfskraft an einer Schule. Leo ließ nicht locker, er müsse diesen Leonardo unbedingt finden, aber dem Zeitungshändler fiel niemand mit diesem Namen ein. Außerdem kämen jedes Jahr neue Leute, er kenne nur die Stammkunden. Seufzend betonte er, dass er zwar nicht mehr der Jüngste sei, aber eines wisse er genau: Er stehe schon seit fünfzig Jahren hier, und wenn er sich nicht erinnere, dann heiße das, dass dieser Leo kein Stammgast von Torre Domizia sei. So viel könne er ihm mit Sicherheit sagen.

Gegen elf befand sich Leo schon wieder auf dem Heimweg. Er war enttäuscht, aber nicht zu sehr, denn er hatte von Anfang an gewusst, dass es nicht leicht sein würde. Immerhin wusste er jetzt mehr über Mannino, vor allem dass er dessen Mutter in Genzano finden musste. Dieser Leonardo mochte zwar eine Nadel im Heuhaufen sein, aber sein Instinkt sagte ihm, dass man eine Gruppenvergewaltigung nur mit Leuten macht, die einem nahestehen und mit denen einen mehr verbindet als ein bisschen Quatschen und Biertrinken an einem lauen Sommerabend. Das musste jemand sein, dem man eine Schwäche gestanden und der einem seinerseits etwas anvertraut hatte. Gut möglich, dass Signora Mannino der Name bekannt vorkam. Er musste nur noch einen Weg finden, sie anzusprechen und sich erzählen zu lassen, mit wem sich ihr Sohn in seinem letzten Sommer rumgetrieben hatte. Vielleicht erinnerte sich die Signora ja, vielleicht hatte ihn an besagtem Abend jemand abgeholt? Gut möglich, denn wenn jemand starb, den man liebte, merkte man sich sämtliche Details, weil die letzten gemeinsamen Tage kostbar waren. Man dachte immer wieder daran zurück. Vielleicht hatte Gaspare vor dem Ausgehen ja lächelnd gesagt, sie solle nicht auf ihn warten, er werde an den Strand gehen und sich Sternschnuppen ansehen. Während er sich in Wahrheit mit zwei engen Freunden ausgemalt hatte, was sie alles mit einem schönen Mädchen veranstalten würden, sollten sie es in die Finger kriegen. Und dann war Betta aufgetaucht. Eine Prinzessin, die man sogar im Dunkeln wiedererkannte, denn hatte man sie einmal gesehen, vergaß man sie nie mehr. Konnte man sich so eine entgehen lassen? Natürlich nicht, denn die war vielleicht der Wunsch, den eine Sternschnuppe einem erfüllt hatte. Leonardo würde sich mit der weniger auffälligen zufriedengeben, mit der dürren, die er allein bezwingen konnte. Gaspare und der andere hingegen würden sich Betta schnappen, denn bei der musste man zu zweit sein. Mal abgesehen davon, dass sie immer noch tauschen konnten, wenn genug Zeit und Lust blieb. Das reinste Freudenfest … hätte Betta Ansaldo nicht die Frechheit besessen zu sterben. Leo musste einen Rastplatz ansteuern. Er schloss die Augen, legte die verschränkten Arme aufs Lenkrad und atmete zur Beruhigung tief durch. Er spürte, wie sich die ganze Verzweiflung der letzten Tage zu einem heißen Knoten ballte, zu einer unbändigen Energie. Deshalb mahlten seine Kiefer unablässig. Immer wieder ballte er die Fäuste und grub sich die Fingernägel in die Handballen. Das hier war mehr als bloße Wut, denn die kannte er, die hatte er schon öfter verspürt. Das hier war etwas ganz anderes, das war Gewalt pur.

Er schaute kurz zu Hause vorbei, um zu duschen und sich wieder zu beruhigen: Miriam gegenüber wollte er gelassen bleiben. Er hatte ihr versprochen, dass sich nichts ändern würde zwischen ihnen, deshalb musste er sich zusammenreißen und normal wirken. Doch in Wahrheit war nichts mehr so wie zuvor – genau wie sie gesagt hatte. Das zuzugeben, hätte aber bedeutet, ihre Beziehung zu gefährden und sie wahrscheinlich zu verlieren. Er stand grübelnd unter dem lauwarmen Duschstrahl und hätte ewig so stehen bleiben können. Seine Phantasie beschwor quälende Bilder von jener Nacht herauf. Er verspürte die Raserei eines Mannes, dem die Frau weggenommen wird. Ein primitives Gefühl, für das er sich zutiefst schämte. Was sollte dieses Gefühl mit der zärtlichen Liebe für seine Freundin zu tun haben? Je intensiver er an diesen Unbekannten dachte, der sie mit Gewalt genommen hatte, desto unerträglicher wurde ihm die Vorstellung, sie niemals zu besitzen. Die Vorstellung, dass er, der sie liebte, das eigene Begehren nicht zulassen durfte, weil sich irgendwer vor ihm gewaltsam genommen hatte, was eigentlich ihm vorbehalten war, machte ihn schier wahnsinnig. Hinzu kamen Schuldgefühle, denn er hatte Miriam versprochen, so lange zu warten wie nötig, während ihn diese Wartezeit in Wahrheit frustrierte. Und dann noch die Lüge, dass er bereit sei zu vergessen, die Wahrheit, die wie verrückt an ihm nagte, ruhen zu lassen. Ein Ding der Unmöglichkeit. Wie ein ausgehungertes Tier seine Beute würde er die beiden, die noch auf freiem Fuß waren, verfolgen. Unaussprechliches ging ihm durch den Kopf, wenn er sich ausmalte, er könnte auch nur einen von ihnen erwischen. Er ertappte sich dabei, ebenfalls zum Monster zu werden, und die Gewissheit, dass Miriam so jemanden niemals würde lieben können, ließ ihn verzweifeln. Er duschte, bis das heiße Wasser in dem alten Boiler aufgebraucht war und blieb weiter unter dem Strahl stehen, in der vergeblichen Hoffnung, das eiskalte Wasser könnte die schrecklichen Gedanken wenigstens vorübergehend fortwaschen.

An diesem Morgen war Miriam nicht zur Uni gegangen. Sie war zu Hause geblieben, hatte sich in eine Decke gehüllt und vergeblich auf Schlaf gehofft. Sie vermisste die Pillen mehr denn je – die von früher, die einen echt ausknockten, die alles verschwinden ließen. Monatelang hatte sie mit ihrer Hilfe überlebt, denn um vergessen zu können, musste sie ein wenig sterben. Dann war Leo gekommen, der es geschafft hatte, sie ihren Dämonen zu entreißen: durch ein Wort, ein Lächeln, einen zärtlichen Blick, eine Liebkosung. Erst hatte sie sich das nicht erklären können, bis sie begriff, dass er, anders als sein Äußeres vermuten ließ, eine wirklich reine Seele besaß, der sämtliche Zumutungen des Lebens nichts hatten anhaben können. Er war unverdorben. Leo glaubte tatsächlich, dass ein Sonnentag einen mit allem Frieden schließen lässt. Dass lauwarme Pizza mit Mortadella sämtliche Sorgen vertreibt. Dass Verletzlichkeit etwas Schönes ist, weil es ohne sie keine Liebe gibt. Er floss schier über vor Liebe, und damit es ihm gut ging, brauchte er jede Menge davon, so als könnte ihn dieser schlichte Zirkelschluss am Leben halten. Aber Leo war auch deswegen süchtig nach Liebe, weil er aus irgendeinem Grund fest davon überzeugt war, sie nicht zu verdienen. Er merkte gar nicht, was für ein reines Herz er hatte, nahm die Zärtlichkeit seiner Worte gar nicht wahr und bat deshalb ständig um Verzeihung: Er glaubte, noch viel weniger verdient zu haben als das bisschen, das sie ihm gab.

Doch jetzt hatte die Wahrheit alles durcheinandergewirbelt,

und damit hatte auch Leo De Maria seine Unschuld verloren. Diese Reinheit, die das harte Leben am Rand der Gesellschaft überlebt hatte, die Erniedrigungen, denen Corallina ausgesetzt war, die Hässlichkeit der Drogenumschlagplätze – sie war innerhalb weniger Stunden kontaminiert worden. Da halfen auch seine verzweifelten Versprechungen nichts, da konnte er ihr versichern, was er wollte: Miriam spürte, dass sie ihm das Schönste genommen hatte. Leo hatte recht gehabt, als er sagte, Vergessen sei unmöglich. Miriam hatte das immer schon gewusst, was bedeutete, dass sie ihn nun mit in den Abgrund reißen würde, mit ihrem Ballast, von dem sie sich niemals würde befreien können. Sie hatte das Gefühl, ihn umgebracht zu haben, so wie sie schon Betta umgebracht hatte. Sie hatte ihn an sich gezogen, um ihn zu halten, so wie sie in jener Nacht die Cousine zurückgezogen hatte, die schon drauf und dran gewesen war, sich enttäuscht schlafen zu legen, weil sie sich geweigert hatte, sie zum Strand zu begleiten. *Ich hätte dir bloß gern die Lagerfeuer gezeigt. Geh ich halt nächsten Sonntag*, hatte Betta gesagt. Immer wieder hörte Miriam ihre Worte, hatte das brennende Bedürfnis, die Zeit zurückzudrehen und einfach nur »Gute Nacht, schlaf gut« zu sagen. Und dann die Augen zu schließen, bis zum nächsten Tag, Kuchen mit Zitronenguss zu frühstücken und gemeinsam einem weiteren Sonnentag am Meer entgegenzueilen.

Als Corallina mittags nach Hause kam, traf sie Leo, der zu Miriam wollte, gerade noch an. Er grüßte sie hastig, mit gesenktem Blick und ohne zu lächeln, um dann im Treppenhaus zu verschwinden. Sie betrat die Wohnung und stellte ihre Tasche neben der Tür ab. Sie war nur gekommen, um eine Kleinigkeit zu essen, bevor sie nachmittags zu weiteren Terminen aufbrechen musste. Trotzdem zog sie ihren Mantel aus und ließ sich kurz ins alte Sofa sinken. Sie lehnte den Kopf an und kniff die Augen zusammen. Ein Sonnenstrahl, in dem winzige Staubteilchen schwebten, fiel auf den Boden mit den angestoßenen Terrakottafliesen. Plötzlich entdeckte sie schwache Spuren von feinem Sand, die bis zum geblümten Vorhang, unter dem Türbogen hindurch zum Bad führten. Ihr stockte der Atem. Aber in diesem Moment war ihr klar, dass Unheil bevorstand.

Sie sprang auf, griff zu Besen und Schaufel und fegte wie besessen den Sand auf. Der bestätigte ihre schlimmsten Befürchtungen. Nervös lief sie auf und ab und rieb sich die Arme, wie um sich zu trösten. Sie hätte gern jemandem um Rat gefragt, statt sich etwas zusammenzureimen. Aber so wie Leo vorhin die Treppe hinuntergestürmt war, hatte sie keine Zeit zu verlieren. Deshalb eilte sie zu ihrer Nachbarin Antonia und klopfte hartnäckig, bis diese murrend aufmachte. Corallina trat ungefragt ein und bat, einen Blick in ihr Telefonbuch werfen zu dürfen. Die andere meinte nur, das sei alt, bevor sie wieder in ihre Küche zurückkehrte. Antonia hatte Corallina nie wirklich ins Herz geschlossen, tolerierte sie aber, weil diese ihr gratis die Haare machte.

Corallina schlug unter A nach. Mit dem Zeigefinger fuhr sie die Spalte entlang, Name für Name, bis sie mit einem Seufzer der Erleichterung den Eintrag fand, nach dem sie suchte. Vielleicht war Antonias altes Telefonbuch sogar die Rettung gewesen, denn bestimmt hatte die Familie Ansaldo nach dem Tod der Tochter versucht, sich vor Neugierigen zu schützen. Corallina notierte sich Nummer und Adresse und dankte ihrer Nachbarin. Sie kehrte in ihre Wohnung zurück und machte sich mit zittrigen Händen zurecht. Dann betrachtete sie sich im Wandspiegel, rückte den lavendelfarbenen Turban gerade und strich den Chenille-Rolli sowie den langen Rock glatt. Sie atmete tief durch und reckte das Kinn. Anschließend nahm sie die braune Ledertasche aus dem Schrank, die farblich am besten zum Mantel passte. Wieder betrachtete sie sich im Spiegel und erstarrte. Kurz sah sie die verhasste Corallina mit dem kantigen Kinn, dem breiten Hals, die künstlich aufgemalten dunklen geschwungenen Brauen und das Make-up, das den Bart durchscheinen ließ, den sie erst am Morgen rasiert hatte. Sie musterte sich traurig und brach in Tränen aus wie ein tief beschämtes Kind. Mit der Hand verdeckte sie das Spiegelbild, das sie nicht ertrug. Schluchzend nahm sie die Wasserfallohrringe aus Strass ab, die sie so sehr liebte. Sie zog sich komplett aus, tröstete sich aber damit, dass Leo wichtiger war als alles andere.

Als Leo mittags zu Miriam kam, fand er eine ungewöhnlich strahlende Freundin vor. Sie kochte ihm Pasta all'amatriciana aus einem Kochbuch, das sie in einer Buchhandlung gefunden hatte. Sie hatte die Zutaten eingekauft und zum ersten Mal in ihrem Leben gekocht. Leo zog sie wie üblich auf, trotzdem war ihm anzumerken, dass ihn die halbgaren Nudeln und die verkleisterte Soße rührten. Er setzte sich an den Tisch und aß alles bis zum letzten Bissen auf, obwohl sie ihn verlegen anflehte, das Essen stehen zu lassen, es schmecke schrecklich. Er gab ihr recht und zog sie lachend an sich. Sie überspielten ihre Verlegenheit mit Zärtlichkeiten. Nach dem Essen machten sie schweigend einen kurzen Spaziergang zum Trevi-Brunnen. Anschließend begleitete Miriam ihn zum Auto, denn um vier Uhr öffnete das Geschäft. Sie sagte, dass sie am Abend zu ihren Eltern fahren wolle, um der Oma Gesellschaft zu leisten: Es gehe ihr nicht gut, sie werde auch dort übernachten. Leo bemerkte ihre Lüge nicht und bot an, sie zu fahren. Miriam meinte ironisch, das sei nicht nötig, Familien wie die ihre hätten einen Chauffeur.

Bevor er ins Auto stieg, betrachtete sie Leo lange mit einem schwer zu deutenden Lächeln. »Das heißt also, dass ich heute Abend nichts von dir höre und sehe«, bemerkte er. »Das ist das erste Mal, seit wir zusammen sind.«

Miriam lachte kurz auf. »Seit wann sind wir bitte schön zusammen?«

»Na ja, ich kann mir solche Jahrestage nicht merken. Das ist eher was für Frauen.«

Sie schaute ihn an und stellte sich vor, wie es wäre, wenn sie Leo in einer Sommernacht am Lagerfeuer kennengelernt hätte, während jemand auf der Gitarre Baglioni-Songs spielte. Aber vermutlich hätte er sie ohnehin keines Blickes gewürdigt, weil mit Sicherheit schönere Mädchen da gewesen wären. Bestimmt hätte er sich für Betta interessiert wie alle anderen auch. Sie hingegen hätte bei Leo De Maria auf Anhieb Schmetterlinge im Bauch gehabt.

»Weißt du, du bist einfach mein Typ«, gestand sie ihm.

Diesmal musste er lachen. »Klar!«

»Im Ernst.« Miriam nickte eifrig.

Leo kniff die Augen zusammen. »Im Ernst?«, meinte er mit skeptischem Grinsen.

»Ich schwör's!« Miriam umarmte ihn fest. Sie liebte seinen Duft.

»Weißt du überhaupt, wie sehr du mir heute Abend fehlen wirst, du Klappergestell?«, flüsterte er ihr ins Ohr.

»Du mir auch.« Sie atmete tief durch. »Gute Nacht und träum

was Schönes«, sagte sie leise und löste sich von ihm, um ihn anzusehen.

Leo nickte. »Das wünsch ich dir auch.« Er zwinkerte ihr zum Abschied zu und stieg in den Wagen.

Miriam blieb auf dem Bürgersteig stehen und sah ihm nach. Leo war das Schönste, was ihr das Leben geschenkt hatte. Aber Leo war auch das Schönste, was ihr das Leben genommen hatte.

Marisa Ansaldo war an diesem Nachmittag bereits um drei Uhr allein zu Hause. Stelvio war für einen Einkauf zum Großhandel gefahren, um vier Uhr würde er dann den Laden aufsperren. Gerade hatte sie die Küche in Ordnung gebracht, während im Hintergrund eine Fernsehsendung mit Gewinnspielen lief. Jetzt bügelte und faltete sie Wäsche und verfolgte dabei mit einem Auge die Sendung. Als sie plötzlich die Klingel hörte, öffnete sie, in Gedanken noch halb beim Fernsehen, die Haustür.

Der Mann, der vor ihr stand, war ihr allerdings unbekannt, und so drückte sie die Tür bis auf einen kleinen Spalt zu und legte die Sicherheitskette vor.

»Ja?« Sie musterte den Fremden misstrauisch. Er war dünn, aber groß mit breiten Schultern. Er trug einen Kapuzenpulli, jugendliche Turnschuhe, aber einen braunen Mantel, der links geknöpft wurde, wie es eigentlich nur bei Damen üblich ist. Leicht verstört bemerkte sie auch, dass er sich die Augenbrauen abrasiert hatte.

»Signora«, flötete er verlegen mit verstellter Männerstimme. »Ich heiße Pietro De Maria.«

Marisa starrte ihn an. »Danke, wir brauchen nichts«, fertigte sie ihn ab und wollte schon die Tür schließen. Doch er hinderte sie daran, indem er abrupt das Türblatt packte.

»Ich bitte Sie, ich muss Ihnen etwas Wichtiges sagen!«, flehte er sie an und zog die Hand gleich wieder zurück, um sie nicht noch mehr zu erschrecken. »Es geht um eine etwas heikle Angelegenheit.«

»Worum denn?«, fragte sie verärgert.

Er zögerte. »Um etwas, was ihre Tochter betrifft.«

»Was seid ihr nur alle für Widerlinge«, flüsterte sie heiser vor Wut und knallte ihm abrupt die Tür vor der Nase zu.

»Ich bitte Sie!« Verzweifelt hämmerte Pietro De Maria gegen den Türstock. »Signora, Sie müssen mich anhören!«

»Gehen Sie, sonst rufe ich die Polizei«, drohte Marisa aus der Wohnung.

»Es geht um Elisabetta und Miriam«, versuchte er es erneut, weil er zwar reden wollte, aber nicht hier, im Treppenhaus. »Ich habe wichtige Informationen, Signora Ansaldo, aber wir müssen reden. Ich flehe sie an!«

Nach wenigen Sekunden öffnete sich die Tür einen winzigen Spalt. »Was hat denn meine Nichte damit zu tun?«

Pietro schaute sich besorgt um und beugte sich dann vor zu ihr. »Ich weiß, dass Miriam in dieser schrecklichen Nacht mit Ihrer Tochter am Strand war«, flüsterte er mit zitternder Stimme.

»Sie sind doch verrückt«, erwiderte Marisa ungläubig.

»Und wenn ich Ihnen sage, dass sie beide da waren?«, beharrte er kaum vernehmlich. »Miriam hat niemandem was davon erzählt.«

»Aber Ihnen, Ihnen hat sie es erzählt, ja?«, spottete sie.

»Nein, nicht mir, aber meinem Bruder Leo. Er ist ihr Freund, und sie lieben sich«, fügte er unerwartet zärtlich hinzu.

Marisa musterte ihn stumm.

»Seit Leo das erfahren hat, ist er wie ausgewechselt. Er will die

Typen umbringen. Wenn die Polizei sie nicht vorher verhaftet, ruiniert sich mein Bruder das ganze Leben, Signora Ansaldo! Sie müssen mir helfen!«

»Von diesem Leo hab ich noch nie gehört.«

»Seit wann haben Sie Ihre Nichte schon nicht mehr gesehen? Leo hat rausgefunden, dass eines von diesen Schweinen Mannino hieß, und jetzt sucht er wie besessen nach ihm und den anderen.« Pietro De Maria gab sich alle Mühe, nicht laut zu werden. Aber in seiner Verzweiflung war es ihm eigentlich inzwischen egal, ob man ihn hörte.

Marisa sah ihn verächtlich an. »Hier waren schon Hellseher, Wahrsager, Magier … Irgendjemand hat was herausbekommen, geträumt … Ihr widert mich ausnahmslos an, ihr habt so gar keinen Respekt.« Wieder schloss sie die Tür, ohne dass er noch etwas hätte entgegnen können.

Wieder klopfte er und schlug mit der offenen Hand gegen die Tür. »Signora Ansaldo!«, rief er und konnte seine Tränen nur mühsam zurückhalten.

Aus der Wohnung drang kein Laut, selbst der Fernseher war verstummt.

»Ich bitte Sie«, flehte Pietro De Maria. »Wenn Sie nicht irgendwas tun, ist das Leben meines Bruders zerstört.«

Marisa Ansaldo schwieg nach wie vor gleichgültig.

»Gleich morgen früh geh ich zur Polizei! Ich werde reden!« Bei dem Gedanken, wie lange man in der Kaserne wohl brauchen würde, bis man einem Transvestiten aus San Basilio Glauben schenkte, unterdrückte er ein Schluchzen.

Da öffnete sich hinter ihm eine Tür, und er hörte eine verärgerte, leicht verschlafene Stimme.

»Wenn du hier nicht verschwindest, ruf ich die Polizei!«

Pietro De Maria drehte sich um und sah den Oberkörper eines korpulenten Mannes, der ihn knallrot vor Wut anstarrte. Er wartete mit gesenktem Kopf, bis dieser die Tür wieder geschlossen hatte. Dann schob er ein bereits vorbereitetes Blatt Papier mit seiner Adresse unter dem Türspalt hindurch. Die erste Zeile lautete: »Corallina (Pietro) De Maria.«

Marisa stöpselte das Bügeleisen aus und ließ alles stehen und liegen.

Sie ging in Bettas einstiges Zimmer und legte sich aufs Bett. Ihr war ganz schlecht vor lauter Wut, und ihr platzte der Kopf. Sie atmete tief durch und schloss die Augen. Inzwischen war es schon Monate her, dass schamlose, infame Personen am Telefon, an der Tür aufgetaucht waren, die versuchten, Informationen zu verkaufen. Die schworen, gesehen, gehört, erfahren, geträumt zu haben, dass … Ohne jegliches Mitgefühl angesichts der Trauer einer Mutter, eines Vaters. Irgendwann hatte ihnen Custureri, der Anwalt, geraten, die Nummer zu ändern, sich aus dem Telefonbuch streichen zu lassen und sämtliche Schmierfinken an seine Kanzlei zu verweisen. Als es daraufhin Anzeigen hagelte, hatten diese unerwünschten Besuche aufgehört. Aber dieser seltsame Mensch, der mit einer echten Verzweiflung im Blick auf sie eingeredet hatte, ließ sie nicht unberührt. Denn unter ihrem Zorn spürte Marisa eine ungewohnte innere Unruhe, ja eine Kälte, die ihr durch Mark und Bein ging. Inzwischen klang in ihren Ohren so gut wie alles falsch und hinterfotzig, doch aus irgendeinem Grund begriff sie instinktiv, dass die Worte dieses Mannes *ein Fünkchen* Wahrheit enthielten. Miriam. Was war das denn für ein Quatsch? Wer konnte so pervers sein, sich vorzustellen, Miriam könnte etwas mit dieser Tragödie zu tun haben?

Marisa hatte letztes Weihnachten ein wenig länger mit Emma telefoniert. Die Schwester sorgte sich um ihre Tochter, weil die zu introvertiert sei. Emanuele und sie hätten ihrer Bitte entsprochen und ihr die Wohnung in der Via Barberini überlassen, unter der Bedingung, dass sie zur Uni gehe. Dennoch wirke sie nach wie vor gleichgültig, lustlos. *Seit Betta* sei Miriam nie mehr die Alte gewesen, so Emma. Andererseits gelte das für alle in der Familie. Marisa hatte angesichts ihrer eigenen Lage ohne großes Mitgefühl zugehört. Doch nun hatten die seltsamen Behauptungen jenes Mannes etwas in ihr in Bewegung gesetzt. Die Sätze hallten in ihren Ohren wider und ließen sie nicht zur Ruhe kommen. *Und jetzt sucht er wie besessen nach ihm und den anderen*, hatte der Mann über seinen Bruder gesagt. Je mehr sie darüber nachdachte, desto mehr war sie von der Richtigkeit seiner Aussagen überzeugt.

Abrupt setzte sie sich auf, eilte in den Flur, tauschte ihre Pantoffeln gegen Straßenschuhe und schlüpfte in ihren Mantel. Bevor sie die Wohnung verließ, sah sie das Blatt auf dem Boden. Nach kurzem Zögern griff sie danach und steckte es gefaltet in ihre Tasche.

Rasch ging sie die Stufen hinunter. Das Herz schlug ihr bis zum Hals, als wäre sie nach langer Zeit aufgewacht – hoffentlich noch rechtzeitig.

Als Marisa den Laden betrat, in den sie seit ihrem letzten Arbeitstag im August 1980 keinen Fuß mehr gesetzt hatte, erstarrte sie erst kurz auf der Schwelle und sah zu, wie Stelvio ein etwa drei- oder vierjähriges Kind auf dem Arm hielt, dem er einen der Lollis neben der Kasse gegeben hatte. Er lächelte und lobte es wegen irgendwas, im Beisein einer glücklichen Maria Grazia –

die Kassiererin, die sie nie kennengelernt hatte. Marisa hatte sich nicht mal die Mühe gemacht, sich deren Aussehen vorzustellen, es war ihr vollkommen egal gewesen. Aber jetzt kam sie ihr wunderschön vor und deutlich jünger als gedacht, obwohl sie bereits zwei Kinder hatte.

»Signora Ansaldo!«, begrüßte die sie mit großen Augen, kaum dass sie sie erkannt hatte. Denn Maria Grazia wusste sehr wohl, wie sie aussah.

Stelvio wirbelte herum, und sein Lächeln erlosch sofort. »Was ist passiert, Mari?«

»Du musst mich zu meiner Mutter fahren«, erwiderte sie. »Jetzt, sofort.«

»Geht es ihr schlecht?« Besorgt setzte er das Kind ab.

»Nein. Ich muss sie etwas Wichtiges fragen. Bitte, Ste«, flehte sie.

Stelvio warf einen Blick auf den weißen Kittel, den er gerade erst angezogen hatte. »Natürlich, natürlich!«, beruhigte er sie und knöpfte ihn hastig auf, während er sich verwirrt umschaute.

»Geh nur, Stelvio. Ich kümmere mich schon um den Laden, ich krieg das schon hin«, schaltete sich Maria Grazia ein und erhob sich von ihrem Hocker hinter der Kasse.

Stelvio nickte und schlüpfte hastig aus dem Kittel, während Marisa Maria Grazia anstarrte, die rasch soeben ausgepackte Konserven einräumte.

Die ersten zehn Minuten im Auto schwieg Stelvio in der vergeblichen Hoffnung, dass seine Frau ihn auf der Fahrt nach Olgiata einweihen würde. Stattdessen wirkte sie distanziert und schaute besorgt aus dem Fenster.

»Aber was ist denn passiert?«, fragte er schließlich. Seine Frau hatte die Wohnung schließlich seit anderthalb Jahren nicht mehr verlassen. Für den überstürzten Besuch bei der Mutter, mit der sie nach einem Streit, dessen Gründe er nie erfahren hatte, kein Wort mehr gewechselt hatte, musste es einen triftigen Grund geben.

»Ich muss sie etwas fragen.«

»Und das hättest du nicht auch am Telefon tun können?«

Marisa schüttelte den Kopf. »Nein. Ich möchte ihr dabei ins Gesicht sehen.« Wieder verstummte sie.

Der Pförtner der Villa Bassevi machte ihnen sofort auf und begrüßte sie strahlend. Für Stelvio Ansaldo hegte er ohnehin Sympathien. Marisa stieg aus dem Auto und eilte zur Freitreppe. Stelvio sah, wie sie klopfte, und gleich darauf öffnete ihr eine Hausangestellte. Marisa schlüpfte ins Haus, während die Angestellte auch ihm die Tür aufhielt und seiner Frau erstaunt nachsah, die nicht mal gegrüßt hatte.

Als Marisa in das Schlafzimmer stürmte, in dem Letizia seit einem Oberschenkelhalsbruch schon seit Wochen lag, war Stelvio nur wenige Schritte hinter ihr. In ihrem Rollstuhl, der ans Fenster zum Garten geschoben worden war, zuckte Letizia wegen des Lärms, aber auch beim Anblick ihrer Tochter zusammen. Die Krankenpflegerin sprang so hastig auf, dass das Buch, in dem sie gerade las, zu Boden fiel.

»Gehen Sie vor die Tür«, befahl Marisa, ohne ihre Mutter aus den Augen zu lassen.

»Signora!«, wehrte sich die Krankenschwester verärgert.

»Geh ruhig, Giovanna«, schaltete sich Letizia ein. »Ich lasse nach dir rufen, wenn wir hier fertig sind.«

Giovanna nahm ihr Buch und verließ hoch erhobenen Hauptes den Raum.

Stelvio lehnte sich von innen gegen die Tür, die Hände in den Hosentaschen, und verfolgte die Szene.

Langsam ging Marisa auf ihre Mutter zu, ohne sie auch nur eine Sekunde aus den Augen zu lassen.

Sie starrten einander an.

»Was willst du?«, fragte Letizia unfreundlich.

Die Tochter blieb direkt vor ihr stehen und musterte sie von oben herab. Sie sah ihr forschend in die Augen. Würde Letizia die Wahrheit sagen oder sich weiter hinter einer Fassade aus Ungerührtheit verschanzen?

»An dem Morgen, an dem Betta gefunden wurde, – wo war Miriam da eigentlich?«

Stelvio zuckte zusammen.

Letizia blieb ungerührt. »In Ettores Zimmer.«

»Und wie hat sie reagiert, als Mauro Sattaflora kam?«

»Gar nicht.«

»Gar nicht?« Marisa legte den Kopf schräg. »Sie hat das Zimmer nicht verlassen? Sie hat keine Fragen gestellt?«

»Nein.« Letizia wandte den Blick ab und schaute nach draußen.

»Und das ist dir nicht komisch vorgekommen?«

»Wieso sollte es? Vom Balkon aus konnte man alles sehen und hören. Was gab es schon zu sagen?«

»Sie ist nicht runtergekommen, um nachzufragen, zu schauen, nicht einmal als die Sattafloras mich nach Hause gebracht haben?«

Die Mutter schwieg lange, als kramte sie in Erinnerungen. »Nein«, sagte sie mit fester Stimme.

»Und das fandst du normal ...« Das war keine Frage. Sondern eine ungläubige Feststellung.

Letizia zuckte nur mit den knochigen Schultern. Sie war erschöpft. »Miriam war schon immer sehr zurückhaltend. Sie war traurig, mitgenommen, aber …«

Marisa legte die Hand auf die Messingkugel am Fußende des Bettes, denn auf einmal drohten ihr die Beine wegzusacken. »Miriam war ein hochsensibles Mädchen … Und dass sie so auf den Tod ihrer Cousine reagiert, fandst du … *normal*?«

»Wieso denn nicht? Jeder geht anders mit seinem Schmerz um.«

»Aber Miriam war erst sechzehn«, rief Marisa.

»Sie war schon immer sehr gefasst.«

»Gefasst?«, echote Marisa. »Ihre Cousine ist unter solch schrecklichen Umständen ums Leben gekommen, und du findest es normal, dass sie *gefasst* ist?«

Letizia erwiderte ihren Blick. »Ja«, antwortete sie fast stolz.

»Wie ging es ihr, als sie Torre Domizia verlassen hat?«

»Sie war blass, müde.« Letizia verzog die Lippen, weil sie sich noch an viel mehr erinnerte. »Mitgenommen«, gestand sie.

»Inwiefern?«

»Ihre Cousine war gestorben«, rief ihr Letizia nicht ohne Sarkasmus wieder ins Gedächtnis.

»Spiel keine Spielchen mit mir!«, herrschte Marisa sie an.

»Dann rede und frag, was du wissen willst!«, gab die Mutter bissig zurück.

»Seit wann weißt du, dass Miriam in dieser Nacht mit am Strand war?«, platzte es aus der Tochter heraus.

Stelvio ließ sich fassungslos auf den Samthocker zwischen Tür und Schrank fallen.

»Gemerkt habe ich es, als ich das Zimmer für Ettore aufgeräumt habe.«

»Woran?«, fragte Marisa lauter.

»Da war Sand auf dem Fußboden, im Bett … und Blut … Da waren Haare auf dem Kissen.« Sie verstummte, zum ersten Mal wirkte sie verstört. »Viele Haare«, fuhr sie fort und schloss die Augen.

Marisa ließ sich langsam und schwer aufs Bett sinken. Sie schlug die Hände vors Gesicht, kniff die Augen zu und unterdrückte ein Wimmern. Sie spürte, wie Stelvio ihr die Hand auf die Schulter legte und griff instinktiv danach wie nach einem Rettungsanker.

»Warum?«, stöhnte sie. »Warum hast du geschwiegen?«

»Weil ich bereits eine Enkelin verloren hatte und die andere nicht ruinieren wollte«, erwiderte Letizia mit fester Stimme.

»Ruinieren?« Marisa starrte sie ungläubig an, die Augen groß wie Untertassen.

»Was da passiert ist, war nicht ihre Schuld! Das hat ihr alles Betta eingebrockt! Miriam war ein anständiges Mädchen«, erwiderte sie gereizt. »Glaubst du etwa, die Leute verstehen das und können unterscheiden?«

Ihre Tochter hörte wie versteinert zu.

»In Miriams Kreisen vergisst man gewisse Dinge einfach nicht! Da kann man aus einer noch so guten Familie stammen – die Schande bleibt an einem kleben!« Letizia ging die Luft aus und ihre Stimme wurde leiser. »Wäre es etwa besser gewesen, sie zum Gegenstand von Klatsch und Mitleid werden zu lassen?«

»Du bist ja krank …« Marisa schüttelte entgeistert den Kopf.

»Ich weiß doch, wie das läuft! Für die anderen zählt nur die Fassade!«

Marisa zog die Brauen hoch. »Allerdings«, erwiderte sie ungerührt. »Du hast dein Leben lang die Dame gegeben, warst aber eine Riesenschlampe. Und Papà hat das erkannt. Deswegen hat er dich auch geheiratet, weil er das Leben zu genießen wusste. Mit einer echten Frömmlerin hätte er sich nie zusammengetan.«

»Wie kannst du es wagen …«

»Du warst eine solche Schlampe, dass du dich noch heute dafür schämst!«, schrie ihr Marisa ins Gesicht.

Stelvio packte sie an den Schultern. »Gehen wir, Mari.«

Sie entwand sich ihm schwach. »Du hast ein junges Mädchen allein gelassen, ohne jede Hilfe, ohne jeden Trost!«

»Sie hat sich wieder erholt. Miriam ist stark! Sie hat das verstanden«, erwiderte sie stolz.

»Du hast sie innerlich krepieren lassen!«, brüllte Marisa. »Dir war nur wichtig, dass sie nach außen hin unversehrt wirkt!« Sie zitterte vor Kummer und Wut »Und was ist mit Emma? An Emma hast du nicht gedacht?«

»Emma hätte genau dasselbe getan!«

Marisa wollte sich auf sie stürzen, und Stelvio konnte sie gerade noch rechtzeitig daran hindern, ihr an die Gurgel zu gehen. »Du widerliches Monster!«

»Und du? Du warst als Mutter so unfähig, dass deine Tochter gestorben ist. Wo warst du denn in all der Zeit, als deine Nichte dich gebraucht hat«, sagte sie provozierend. »Nicht mal als Ehefrau hast du was getaugt!«

»Leti, es reicht«, donnerte Stelvio. »Kein Wort mehr. Das verbitt' ich mir!«

Er packte seine Frau am Arm und zog sie mit sich.

Marisa drehte sich noch ein letztes Mal zu ihrer Mutter um. »Papà hätte dir das niemals verziehen! Du hättest ihn genauso angewidert wie mich!«, schrie sie, während ihr Mann sie fortzerrte.

Als die Villa Bassevi in sicherer Entfernung lag, fuhr Stelvio rechts ran. Schweigend stützte er die Ellbogen aufs Armaturenbrett und dann den Kopf in die Hände. Auch er musste einen klaren Kopf bekommen und sich beruhigen, bevor er die Fahrt fortsetzte. Der Wortwechsel zwischen Letizia und seiner Frau hatte den ganzen Schmerz wieder an die Oberfläche gebracht. Am liebsten hätte er sich jetzt mit einer Flasche Wein getröstet. Marisa saß neben ihm und wusste nicht, wohin mit ihrem Leid. Tage, Monate, Jahre vergingen, doch alles kreiste immer nur um dasselbe Elend. Und jetzt kam zu dem Drama um Betta auch noch das um Miriam hinzu.

»Wie hast du es erfahren?«, fragte er.

»Ein gewisser De Mario hat bei uns geklingelt. Ich habe ihn zunächst für einen der üblichen Schmierfinken gehalten.«

»Aber dann?«

»Dann hat er behauptet, der Bruder eines gewissen Leo zu sein, der Miriams Freund ist. Er hat mich um Hilfe gebeten. Er hat verzweifelt gewirkt.«

»Weshalb denn?«

»Er meint, Leo hätte was über die Mörder herausgefunden und würde auf eigene Faust nach ihnen suchen.«

Stelvio hielt die Luft an. »Und du glaubst, dass das stimmt?«

»Der Mann will zu den Carabinieri gehen und reden, bevor der Bruder sein Leben zerstört.«

»Dann fahren wir doch zu diesem Leo«, sagte Stelvio energisch. »Bringen wir ihn zu Nardulli, zu Custureri.«

»Ich möchte nur mit Miriam reden«, erwiderte Marisa. »Soll der diese Monster ruhig umbringen.«

»Warum nur hat Miriam bloß nie mit uns geredet?« Stelvio seufzte.

»Weil wir sie vergessen haben«, erwiderte Marisa mit erstickter Stimme, weil sie so ein schlechtes Gewissen hatte. »Wir alle haben sie vergessen.«

Stelvio spürte, dass er nichts Tröstendes sagen konnte. Ganz einfach, weil Marisa recht hatte. Die Verzweiflung nach Bettas Tod hatte sie völlig vereinnahmt, von allem anderen abgeschnitten, sie hatten sich nur noch um ihr eigenes Leid gekümmert. Für etwas anderes, ja für andere, war da kein Platz mehr gewesen. Für niemanden.

»Willst du zu ihr?«

Marisa nickte.

Als sie das Gebäude in der Via Barberini erreichten, in dem Marisa vor vielen Jahren nur ein einziges Mal gewesen war, sagte der Pförtner, die Signorina sei erst vor kurzem mit dem Taxi weggefahren. Er wisse nicht, wann sie wiederkomme. Marisa und Stelvio bedankten sich und blieben ratlos mitten auf dem Bürgersteig stehen. Sie waren wie betäubt von dem hektischen Treiben, und es schien eine Ewigkeit her zu sein, seit sie als junge Verlobte voller Zuversicht durch diese Straßen flaniert waren. Wegen der Kinder und des Ladens waren diese Spaziergänge immer seltener geworden. Sie hatten ihnen allerdings auch nie gefehlt, ja, damals hatten sie nicht mal gemerkt, wie schnell die Zeit verging, wie schnell sich das Leben änderte. Ihr Glück wandelte sich, war zur tröstenden Umarmung fast immer gleicher, aber dennoch einzigartiger Tage geworden. Ohne es zu merken, hatten sie im Paradies gelebt. Das war ihnen erst im Nachhinein klargeworden, als sie mit Wehmut darauf zurückblickten.

»Lass uns einen Espresso trinken gehen, Mari«, schlug Stelvio vor. »Warten wir auf Miriam.«

Marisa betrachtete die große Bar gegenüber, mit ihren schönen gusseisernen Tischchen und den eleganten Pralinenschachteln in der Auslage. Sie schüttelte den Kopf und zog das Blatt Papier aus der Tasche, das sie mitgenommen hatte.

»Bring mich bitte dorthin.« Sie zeigte es ihm.

Stelvio nickte. »Einverstanden.«

Leo hatte gleich am Morgen seinen Chef angerufen, es gehe ihm nicht gut, er wolle einen halben Tag freinehmen. Nach einigem Hin und Her hatte sich der Chef schließlich einverstanden erklärt.

Als Leo nachmittags die Via Appia Richtung Castelli nahm, wurde ihm bewusst, wie schwer ihm das Lügen fiel. Anders als damals, als er Corallina seine Dealerei verheimlichte, hatte er diesmal ein Versprechen gebrochen. Er, der Staus normalerweise hasste, blieb in der Schlange vor der Abzweigung nach Albano gelassen. Wie gern wäre er mit seiner Freundin eines Tages an den Albaner See gefahren, um die Enten zu beobachten, in einer der Gaststätten ein Panino mit Porchetta zu essen und vielleicht einen Spaziergang zu machen! Doch das würde wahrscheinlich ein Wunschtraum bleiben: Der See würde ihr die traumatischen Erlebnisse bloß in Erinnerung rufen. Der Gedanke bestärkte ihn in seinem Vorsatz, die Monster vom Strand zur Strecke zu bringen.

In Genzano parkte er in der Nähe der Piazza IV Novembre und folgte seinem Plan. In einer Bar erkundigte er sich unter dem Vorwand eines Umzugs in das Städtchen nach den örtlichen Schulen. Die junge Kassiererin informierte ihn bereitwillig und zeigte ihm, wo der Kindergarten und die Grundschulen lagen. Die Schulen hatten um diese Uhrzeit zwar geschlossen, aber Signora Mannino sollte in den nahe gelegenen Geschäften bekannt sein. Er entschied sich für eine Bäckerei, kaufte ein Viertel Brot, plauderte kurz mit der hübschen Verkäuferin und fragte nach Silvana, der Schulkraft. Er sei ein Freund ihres Sohnes. Die hübsche Verkäuferin wusste nur, dass Silvana in der Altstadt wohnte und sich stets über die vielen Steigungen beschwerte. Leo bedankte sich lächelnd und verließ den Laden Richtung Altstadt.

Er betrat eine Kirche und wartete das Ende der Sechs-Uhr-Messe ab. Geduldig saß er in der letzten Bankreihe, ging dann zum Priester und fragte, wo er Silvana Mannino finden könne. Der musterte ihn nicht ohne Misstrauen, und Leo erklärte, er sei ein Freund des Sohnes gewesen, gerade vorübergehend in Genzano und wolle kurz bei ihr vorbeischauen, um ihr ein paar tröstende Worte zu sagen. Der Priester nickte und bedeutete ihm zu folgen. Rasch ging er quer durchs Kirchenschiff bis zum Ausgang, und von der Schwelle des Portals aus erklärte er ihm, wo er sie finden könne: im Erdgeschoss eines gelblichen Gebäudes, oben auf dem Hügel. Als Leo sich bedankte und zum Gehen wandte, segnete er ihn noch.

Langsam erklomm er die kopfsteingepflasterten Stufen und blieb irgendwann stehen, um in der untergehenden Sonne die Arme aufs Geländer zu legen und seine Gedanken zu ordnen. Er spürte eine Bewegung neben seinem Bein und schaute nach unten, einer Hündin mit langem, goldenen Fell in die Augen.

Instinktiv strahlte er. »Ciao Bella!« Er streichelte sie.

Die Hündin wedelte elegant mit dem Schwanz und schnupperte an seiner Hand. Sie ließ sich den Kopf und den gereckten Hals kraulen.

»Hast du Hunger?« Leo zeigte ihr die Brottüte, und das

Wedeln wurde energischer. Er zog das Brot hervor und hielt es ihr zweifelnd hin. »Magst du das?«

Die Hündin legte den Kopf schräg. Vorsichtig nahm sie das Brot zwischen die Zähne und zog es ihm aus der Hand. »Aber das ist doch viel zu viel!« Leo lachte. Als Reaktion darauf wedelte die Hündin fröhlich.

Wieder streichelte er sie. »Na gut. Dann friss, meine Schöne«, meinte er liebevoll, knüllte die Papiertüte zusammen und warf sie in den nächsten Abfalleimer.

Sie ging die Stufen nach oben, ihre Beute fest zwischen den Zähnen, und Leo folgte ihr.

Vor der Erdgeschosswohnung des gelben Gebäudes blieb die Hündin stehen und sah ihn vielsagend an. Leo hätte schwören können, dass sie mit der Schnauze darauf zeigte, so als wollte sie sagen: *Hier ist es*. Er ging zu ihr und sah, dass an der Tür kein Name stand. Die Vorhänge hinter dem vergitterten Fenster waren zugezogen, auf der Fensterbank stand eine vertrocknete Pflanze. Leo zögerte. Bevor er klingelte, schaute er sich noch einmal um, doch von der Hündin fehlte jede Spur.

Als Silvana Mannino durch den Spalt des kaum geöffneten Fensters spähte, war Leos erster Gedanke, dass ihm die Frau irgendwie bekannt vorkam. Das kantige, eingefallene, von tiefen Falten gezeichnete Gesicht, die schlampig zurückgebundenen Haare, der Blick, der jede Freundlichkeit verloren hatte, weil das Leben ihr schlimm mitgespielt hatte. Das alles hatte er an seiner Mutter gesehen, vor allem in ihren letzten Lebensjahren.

»Was willst du?«, fragte die Frau barsch.

»Ich heiße Leo, Signora.« Er zögerte kurz, bei ihr fiel es ihm schwer, etwas vorzutäuschen. »Ich war ein Freund von Gaspare.«

»Ja und?«, erwiderte sie. Ihrem Tonfall entnahm er, dass Gaspare wohl eher keine Freunde gehabt hatte.

»Ich habe von dem Unglück gehört. Und da dachte ich, ich schau kurz mal vorbei.« Er machte eine Pause, rechnete schon damit, dass sie das Fenster wieder schließen würde. »Wir haben als Kinder in Torre Domizia zusammen gespielt.«

Sie kniff die Augen zusammen. »An dich kann ich mich gar nicht erinnern.«

»Wir verändern uns, Signora.« Er breitete die Arme aus. »Doch an Sie im Lido Florida kann ich mich noch gut erinnern.«

Das Fenster ging wieder zu, aber langsam: Gleich würde sie ihm aufmachen.

Silvana Mannino öffnete die Tür nur so weit, dass er eintreten konnte. Man stand sofort im Wohnzimmer, genau wie bei ihm und Corallina. Die Küchenzeile befand sich am Ende des Raumes, hinter einem viereckigen Tisch mit nur zwei Stühlen. Einer war eng daran geschoben, man sah, dass dort schon lange niemand mehr gesessen hatte.

»Wer hat dir das von Gaspare erzählt?«, fragte sie.

»Ein Barista aus Torre Domizia, der wusste, dass ich ihn kannte.«

»Verstehe.« Signora Mannino nickte wehmütig. Sie zeigte auf den kleinen Tisch und zog ihre ausgeleierte Strickjacke enger. »Möchtest du einen Espresso?«

»Gern. Heute Abend ist es ganz schön kalt.« Leo rieb sich die Hände und ging hinter ihr zwischen zwei eng nebeneinanderstehenden Sesseln und einem alten Fernseher hindurch. Dort liefen, leicht flackernd, die Nachrichten, der Ton war leise gedreht. Auf einem der beiden Sessel lag ein Strickzeug, mit dem sich die Signora wohl gerade beschäftigt hatte.

Sie schob ihm den Stuhl hin und bedeutete ihm, Platz zu nehmen. »Und wie heißt deine Mutter?«, fragte sie, während sie langsam die Espressokanne über der Spüle zusammenschraubte.

»Nadia.«

Signora Mannino überlegte kurz und ließ dann die Mundwinkel hängen, weil ihr der Name nichts sagte. »Ich bin wirklich alt geworden. Früher konnte ich mich an alle erinnern.«

»Mama war eher zurückhaltend.«

»Und wie geht es ihr?« Auch wenn sie sich nicht mehr an sie erinnerte, dürften sie einst unterm Sonnenschirm miteinander geplaudert haben.

Leo zögerte. »Sie ist vor ein paar Jahren gestorben. An einem Tumor.«

»Ah ...« Der Löffel mit dem gemahlenen Kaffee erstarrte in der Luft. »Das tut mir aufrichtig leid«, sagte sie traurig, so als wüsste sie wieder, wer die Frau gewesen war: die mit dem geblümten Badeanzug, diejenige, die sich ständig ihren tobenden Sohn schnappte und ihm zur Not auch mal ein paar Ohrfeigen verpasste. Sie hingegen hatte Gaspare verzärtelt, weil er vaterlos war. Und wenn er wieder mal was angestellt hatte, nahm sie ihn in Schutz – vielleicht zu oft. »Und was machst du jetzt?«

»Ich arbeite als Verkäufer in einem Geschäft.«

»Sehr gut.« Sie nickte eifrig. »Hast du eine Freundin?«

»Ja.« Leo musste unbewusst lächeln.

»Ist sie ein anständiges Mädchen?«

»Sehr.«

Signora Mannino nickte immer noch. »Sehr gut«, wiederholte sie. »Denn das ist wichtig. Mein Gaspare hatte eine, die nichts taugte, die ihn nur schwer in die Bredouille gebracht hat.«

»Eine von hier?«

»Nein, die war aus Marina di San Giorgio. Wär sie doch nur von hier gewesen!«, erwiderte sie verbittert, weil eine aus Genzano mit Sicherheit Anstand besessen hätte. »Gaspare war eng mit ihrem Cousin befreundet. Auch so ein Idiot. Aber mein Sohn hat ihn geliebt wie einen Bruder. Wehe, man hat irgendwas gegen ihn gesagt! Und dann ist dieser Mistkerl nicht mal zu seiner Beerdigung gekommen. Das muss man sich mal vorstellen!«

»Aber wie ist es eigentlich zu diesem … Unglück gekommen?«, fragte Leo leise.

Die Signora straffte die Schultern und presste das Kaffeepulver leicht in den Siebeinsatz. »Keiner weiß das so genau«, sagte sie seufzend. »Angeblich soll er sich von der Brücke gestürzt haben, aber ich glaube nicht daran. Warum hätte er sich umbringen sollen? Gaspare war glücklich. Diese Frau, die nichts taugte, hatte er im Mai verlassen … im Juni … Weil die ihn ständig bedrängt hat und Geld wollte. Dabei war sie wirklich nicht aus schlechtem Hause … Sie hat ihn bloß ausgenutzt«, sagte sie resigniert. »Ihrer Familie gehören die Karussells in Marina di San Giorgio, weißt du noch?«

»Sind das Zigeuner?«

»Wie, Zigeuner? Das sind Hurensöhne, keine Zigeuner!«

»Und Gaspare hatte sich wegen der Cousine mit ihm zerstritten? Könnte es nicht sein, dass der …«

»Nein, Leonardo interessiert sich nicht für Menschen. Der will bloß Party machen, die Welt der Karussells ist ihm zu klein, der will hoch hinaus.« Sie zeigte nach oben. »Aber er ist ein Nichtsnutz. Wie bereits gesagt: Er war sich sogar zu schade, Gaspare die letzte Ehre zu erweisen.«

Leo brauchte ein wenig, sich von diesem Namen zu erholen. Von dieser Gestalt, die langsam Form annahm, während die Wut einsickerte wie ein Gift. Er zwang sich, sich zu schütteln. »Und sie? Das Mädchen?«

»Sie schon.« Sie nickte ohne jede Anerkennung, während sie darauf wartete, dass der Kaffee kochte.

Signora Mannino servierte ihn im Glas, nahm auf dem anderen Stuhl Platz und erzählte ihm, wie schlimm die letzten Wochen gewesen waren, als Gaspare, nachdem er Torre Domizia aus unerfindlichen Gründen verlassen hatte, wie vom Erdboden verschluckt war. Die Sache mit dem Tourismusbüro hatte sich ja im Nachhinein als Lüge herausgestellt. Sie sei sogar bei Maresciallo Nardulli gewesen, um ihm zu sagen, dass ihr Sohn verschwunden sei, und der sei so nett gewesen, sich bei den Kollegen zu erkundigen, ob es irgendwelche Unfälle gegeben habe. Doch Gaspare sei einfach verschwunden geblieben. »Die Nachbarin«, Signora Mannino zeigte mit dem Kinn nach nebenan, »hat behauptet, ihn nie mehr hier gesehen zu haben. Nicht ein Geräusch, nicht ein brennendes Licht.« Dabei hatte Silvana Mannino noch bis zum Vorabend seines Verschwindens mit ihm aus Torre Domizia telefoniert. Sie wusste noch, dass er irgendwie seltsam gewesen sei, wegen einer Erkältung, er habe so eine heisere, nasale Stimme gehabt – wie jemand, der keinen Schlaf findet. Dann hatte sie monatelang nichts mehr gehört, Verzweiflung pur. Die Carabinieri hatten nicht mal nach Gaspare gesucht, denn er war schließlich volljährig. Sie hatte nie daran geglaubt, dass ihr Sohn einfach so gegangen war, ohne Geld, ohne Papiere, ohne ein einziges Wort der Erklärung. Als sich dann im November eine Fünfzehnjährige vom Ponte Ariccia gestürzt hatte, hatte man in wenigen Metern Entfernung auch Gaspare gefunden. Sein Tod hatte sie da schon nicht mehr überrascht, sie hatte längst gespürt, dass er tot war. Aber dass ein Sohn einem so was antut und sich umbringt – darüber kam sie nicht hinweg.

»Vielleicht hat ihn etwas gequält, von dem ich nichts wusste«, gestand sie unvermittelt, nachdem sie ihren Gedanken lange nachgehangen hatte.

»Vielleicht.« Leo nickte, er hatte spontan Mitleid mit dieser Frau, die ohne ihr Wissen ein Monster herangezogen hatte. Er hätte gern so etwas wie Groll empfunden, doch es gelang ihm nicht.

»Ich denke immer wieder darüber nach … aber ich versteh es einfach nicht.« Resigniert schüttelte sie den Kopf.

»Manchmal weiß man einfach nicht, was im anderen vorgeht«, sagte er tröstend.

Silvana Mannino schaute ihm forschend ins Gesicht, als suchte sie in Leos Zügen etwas, was sie an Gaspare erinnerte. »Kümmere dich gut um die Menschen, die dir wichtig sind. Lass sie nie im Stich!«, murmelte sie flehend, drückte seine Hand und schüttelte sie ein wenig. »Dann wird alles gut. Man muss sich nur gernhaben, dann schafft man alles.«

Leo nickte eifrig. »Wenn ich irgendetwas für Sie tun kann, Signora …«

»Vielleicht schaust du mal wieder vorbei?«, meinte sie nur. »Du kannst gern deine Freundin mitbringen und sie mir vorstellen.«

Leo wandte den Blick ab und stand auf. »Ich muss jetzt gehen, es ist schon spät.«

»Geh! Geh ruhig, die Straße ist gefährlich wegen der vielen Kurven, und es ist schon dunkel.«

Silvana Mannino brachte ihn zur Tür und passte auf, dass er seine Jacke gut zumachte. Sie verabschiedeten sich, und trotz des nasskalten Windes blieb sie noch auf der Schwelle stehen. Sie schmiegte sich in ihre Strickjacke und sah Leo nach, der langsam die Stufen hinunterging, die Hände in den Hosentaschen und die Kapuze auf dem Kopf. Kurz stellte sie sich vor, er wäre Gaspare, der runter zur Piazza ging, um ein paar Freunde zu treffen. Unwillkürlich musste sie lächeln. Dann ging sie wieder in ihre Wohnung, um weiter auf den Sohn zu warten, der nie mehr zurückkehren würde.

XII
Der Sturm

Luigi Scansino, genannt Rolli, der einstige Held der Junkies, war wegen einer Querschnittlähmung mit fünfundzwanzig im Rollstuhl gelandet. Die Ärzte hatten ihm gleich gesagt, dass er mit dem Heroin aufhören müsse, wenn er nicht von dort im Grab landen wolle. Nach unendlichen Qualen und Rückfällen hatte er endlich akzeptiert, dass er den Freuden eines Schusses entsagen musste, verkehrte aber weiterhin in einschlägigen Kreisen. Dank seiner Erfahrungen, seines Netzwerks und eines natürlichen Instinkts für die Bedürfnisse der Kunden besaß er große Autorität. Er gab die richtigen Tipps und verkaufte ordentliche Qualität, damit die jungen Leute nicht krepierten, denn das hätte ihm nichts als Ärger eingebracht. An guten Tagen fühlte er sich unter der Madonnenstatue hinter San Giovanni wie ein Dirigent, der die Symphonie des perfekten Rausches aufführt. Vielleicht würde er sich eines Tages den Schuss seines Lebens setzen. Die Vorstellung, mit diesen nutzlosen Beinen bis an sein Lebensende auf seinem dürren Arsch zu sitzen, so runzlig wie eine getrocknete Pflaume, widerte ihn an.

Doch an diesem Abend, bei dem neuen Mädel, verschätzte er sich grob.

»Bist du der Rolli?«, fragte sie. Sie war viel zu dünn, aber ansonsten okay, außerdem trug sie eine Daunenjacke für so viel

Geld, dass einer seiner bitterarmen Junkies ein ganzes Jahr davon hätte leben können. Ein echter Glückstag!

»Na, was glaubst du?« Er lachte laut und schlug mit der flachen Hand auf die Armlehnen.

»Hast du Fentanyl?«

Er schüttelte heftig den Kopf. »Was willst du?« Er sah sie vielsagend an.

»Ich will einfach nur ein bisschen runterkommen.« Sie starrte ihn an, die Hände in den Manteltaschen.

»Dann gönn dir einen Fick.«

Sie ließ den Blick über seinen Rollstuhl schweifen. »Du willst mich ficken?«, provozierte sie ihn knapp.

Luigi reagierte alles andere als beleidigt – im Gegenteil! Er nickte fast schon zufrieden, geheucheltes Mitleid war ihm zuwider.

»Ein andermal«, erwiderte er ironisch.

»Was hast du für mich?«

»Das hängt ganz von deiner Kohle ab.«

Sie zückte drei zweimal gefaltete Hunderttausend-Lire-Scheine.

»Damit kommst du für eine ganze Woche runter«, versicherte er ihr und streckte die Hand danach aus.

Rasch zog sie ihre zurück. »Zuerst den Stoff.«

»Mann, bist du misstrauisch …« Er lachte sarkastisch und winkte einen seiner Laufburschen herbei. Wenn eine Kontrolle kam, konnten sie davonrennen, während er stets sauber und hilfsbereit war. Der eilte sofort herbei, und Luigi flüsterte ihm was ins Ohr. Sie tauschten bedeutungsvolle Blicke, dann verschwand der Typ um die Ecke.

»Hast du dir schon mal einen Schuss gesetzt?«, fragte er.

»Das ist nichts für mich«, wehrte sie ab.

Er seufzte traurig. »Wie heißt du eigentlich?«

Sie antwortete nicht, schaute nach wie vor dorthin, wo der andere verschwunden war.

»Wer hat dich geschickt?«

»Jemand, den ich im Blue Alien kennengelernt habe.«

»Da hab ich so einige Freunde.« Er nickte zufrieden.

Der Typ kam zurück und ging mit raschen Schritten auf sie zu, eine Papiertüte in der Hand, wie sie normalerweise für Brot benutzt werden. Luigi nahm sie ihm ab und winkte ihn weiter.

Sie gab ihm das Geld und schnappte sich gleichzeitig die Tüte. Ohne sie aufzumachen.

»Anderthalb Pillen mit etwas Wasser. Aber nicht mehr. Das knockt dich für zwölf, vielleicht sogar für sechzehn Stunden aus, weil du so schmächtig bist. Mit dem Zeug kommst du meilenweit – bis über den Pazifik«, versprach er ihr. »Bin gespannt, was du sagst«, verabschiedete er sie.

Sie steckte die Tüte in die Jacke, zog abrupt den Reißverschluss zu, steckte die Hände in die Taschen und drehte sich wortlos um.

Corallina verlangsamte ihre Schritte, als sie die Ansaldos vor der Gegensprechanlage ihres Hauses entdeckte. Kurz war sie versucht, auf dem Absatz kehrtzumachen und die Flucht zu ergreifen. Nach dem schwierigen Gespräch mit Marisa vorhin war sie nach Hause zurückgeeilt – völlig erschöpft und fest entschlossen, sich bis zum nächsten Morgen unter der Bettdecke zu verkriechen. Aber dann hatte sie sich gezwungen, sich richtig anzuziehen und einer jungen Frau aus der Nachbarschaft für die erste Verabredung mit ihrem Schwarm eine Dauerwelle zu legen. Das

Gespräch über eine neue Liebe hatte ihre Stimmung deutlich gebessert. Es war ihre Art, Romantik zu erleben, wenigstens indirekt. Am Ende hatte sie nicht mal Geld verlangt.

Aber dann merkte Corallina, dass sie sich nicht drücken konnte, ja, dass die Anwesenheit der Ansaldos im Grunde ein gutes Zeichen war. Sie ging näher, die Tasche mit ihren Utensilien fest vor ihren Beinen umklammernd. Auf diese Weise konnte sie den langen Rock und die Stiefel mit den hohen Absätzen unter dem Mantel wenigstens ein bisschen kaschieren.

»Guten Abend«, sagte sie schüchtern und ging zur Tür.

Marisa und Stelvio schauten gleichzeitig auf. Stelvio grüßte höflich zurück und wandte sofort den Blick ab, während Marisa sie stumm anstarrte.

»Darf ich Sie hinaufbitten?«, fragte Corallina freundlich und zückte ihre Hausschüssel.

»Danke, gern«, erwiderte Marisa nicht ohne Anspannung.

Verwirrt schaute ihr Mann erst die Fremde mit dem weinroten Turban an, die vom schwachen Licht im Hausflur kaum erhellt wurde, und dann seine Frau.

»Signora Corallina«, erklärte Marisa und sah ihren Mann an wie früher, wenn er etwas tun sollte, ohne Fragen zu stellen. Später würde sie ihm dann alles erklären.

»Signorina Corallina«, korrigierte Corallina mit einem verschmitzten Lächeln.

»Signorina«, verbesserte sie sich.

Corallina ging voran, durch den heruntergekommenen Eingangsbereich und dann die Treppe hinauf.

Kaum waren sie in der Wohnung, stellte Corallina ihre Tasche ab, schlüpfte aus dem Mantel und machte im Wohnzimmer und über der Küchenzeile Licht. Sie entschuldigte sich für das alte, unbequeme Sofa und schlug vor, sich an den Küchentisch zu setzen. Sie bot an, ihnen die Mäntel abzunehmen, aber Stelvio und Marisa behielten sie an und nahmen Platz. Sie musste als Erstes dafür sorgen, dass die beiden sich wohlfühlten. Und so ging Corallina zum Regal, griff nach dem silbernen Fotorahmen, polierte instinktiv das Glas an ihrem vom ausgestopften BH ausgefüllten Pulli und zeigte ihnen eine Aufnahme von Leo und Miriam, die bei einem der sonntäglichen Essen gemacht worden war.

»Das ist mein Bruder«, sagte sie beschwichtigend, um ihnen zu beweisen, dass sie Marisa nicht angelogen hatte, als sie mit ihr über Miriam gesprochen hatte.

Marisa und Stelvio betrachteten es stumm, Leo war wirklich ein gutaussehender junger Mann. Nur Miriam hatte so gut wie nichts mehr mit der strahlenden jungen Frau gemein, die sie kannten.

Corallina stellte das Foto auf den Tisch und betrachtete es liebevoll.

»Wie blass Miriam ist«, bemerkte Marisa kaum hörbar.

»Miriam hat unglaublich gelitten, Signora Ansaldo.« Corallina schaute ihr unverwandt in die Augen.

»Nenn mich Marisa«, erwiderte sie.

Corallina nickte. »Leo hat sie in einer schwierigen Phase kennengelernt.«

»Hat meine Nichte ihm von Torre Domizia erzählt?«, fragte Stelvio.

»Nein. Was Ihrer Tochter zugestoßen ist, weiß er von mir, weil ich es aus der Presse wusste und auch wusste, wer Miriam ist. Leo hat versucht, mehr aus ihr herauszubekommen, doch ohne Erfolg ...« Corallina suchte nach den richtigen Worten, denn es war nicht leicht, die Sache zu erklären, ohne drastisch zu werden.

»Er hat jedoch gespürt, wie schlecht es ihr geht. Sie hat sich in sich zurückgezogen, einen Nervenzusammenbruch erlitten, und es war nichts mehr aus ihr herauszubekommen.« Sie seufzte. »Da hat sich Leo was in den Kopf gesetzt. Er fing an, sich in dubiosen Kreisen umzuhören, die er noch aus der Zeit kannte, in der er die falschen Freunde hatte.« Abrupt hob sie die Hand, damit keine falschen Schlüsse gezogen würden. »Doch jetzt ist alles in Ordnung, das ist Geschichte, das kann ich Ihnen versichern. Er arbeitet fleißig und denkt nur an Miriam«, schickte sie rasch hinterher. »Leo hat einfach nur Pech gehabt. Er war ein braver Junge und ist bloß meinetwegen vom rechten Weg abgekommen.«

»Aber diese Namen ...« Marisa wurde ungeduldig. »Woher hatte er die? Was sind das für Leute, nach denen er sucht?«

Corallina atmete tief durch und schaute beide nacheinander eindringlich an. »Ich sage Ihnen alles, was ich weiß. Aber ich bitte Sie, ja, ich flehe Sie an ...« Mit Tränen in den Augen legte sie die Hände zusammen. »Sorgen Sie dafür, dass mein Leo da außen vor bleibt.«

Marisa schaute sie unverwandt an. »Raus mit der Sprache, Corallina«, befahl sie mit einer Ruhe, hinter der sich ein erstickter Hilfeschrei verbarg – fast wie von Mutter zu Mutter.

Da erzählte Corallina alles, was sie wusste, und begann mit der Nacht, als Leo mit einem Geschöpf in den Armen hier aufgetaucht war, so federleicht wie ein Vögelchen.

Leo hatte sofort die Via Aurelia nach Marina di San Giorgio genommen, er wollte auf keinen Fall bis zum nächsten Morgen warten. Er wollte die Karussells finden und sich dann in Bars umhören, ja an Türen klopfen und auf Klingeln drücken, wenn es nötig würde. In einem Badeort, in dem im Winter nur eine Handvoll Menschen lebte, konnte es nicht weiter schwer sein, diesen Leonardo zu finden – den aus der Familie mit den Karussells. Seine Gedanken überschlugen sich, während er kräftiger als erlaubt aufs Gaspedal trat. Er wusste genau, wie er ihn zu sich ins Auto locken würde, diesen Leonardo. Warum hieß der ausgerechnet so ähnlich wie er. Er wusste, wo er ihn hinbringen, wie er ihm den Namen des Dritten im Bunde entreißen würde. In einer einzigen Nacht würde er sie beide verschwinden lassen. Er würde nicht eher ruhen, bis er sich sicher war, dass von diesen Bestien nicht das Geringste übrig blieb. Je mehr Zeit verging, desto weniger interessierte ihn das Danach. Sollten sie ihn doch verhaften. Sollten sie ihn doch lebenslänglich ins Gefängnis stecken. Ihm war das alles egal. Denn nur so würde er seinen Frieden finden, davon war er fest überzeugt. In der inzwischen hereingebrochenen Dunkelheit starrte Leo in den Lichtkegel der Scheinwerfer. Auf der Rückfahrt würde nichts mehr so sein wie zuvor – aber das war es im Grunde schon seit jener Nacht, als er Miriam am Straßenrand aufgelesen hatte.

Und dann ging alles ganz schnell. Eine plötzliche Bewegung vor den Scheinwerfern, eine undeutliche Gestalt auf der Fahrbahn, keine zehn Meter entfernt. Viel zu wenige, um bei der Geschwindigkeit bremsen zu können. Trotzdem trat Leo instinktiv aufs Pedal und lenkte abrupt nach rechts, um auszuweichen. Eine irrationale Bewegung. Dann drehte sich das Auto, als wäre es in einen Strudel gezogen worden. Leo stieß sich mehrmals rasch hintereinander den Kopf, ohne überhaupt zu wissen, woran, bevor er den Hals steif machte und sich mit geschlossenen Augen auf den Aufprall vorbereitete, der all dem Kreiseln ein Ende bereiten würde. Alles kam ihm vor wie in Zeitlupe, er nahm jeden

Augenblick, der sein letzter sein konnte, bewusst wahr. Der Gedanke, irgendwo hier an der Küstenstraße zu sterben, machte ihm keine Angst, aber inmitten des Lärms vom quietschenden Fahrzeug, das sich um seine eigene Achse drehte, gingen ihm immer wieder die Worte von Silvana Mannino durch den Kopf: *Kümmere dich gut um sie, um die Menschen, die dir wichtig sind.* Da wurde er ganz wehmütig. In dieser gedehnten Zeit dachte er an Corallina, an Miriam. Dann an seinen Vater, der ihn, als er noch klein war, immer sonntags zu einem verlassenen Parkplatz im Viertel Alessandrino mitgenommen hatte, um ihn dort Auto fahren zu lassen, einen echten Mann aus ihm zu machen. Als kleiner Junge hatte er selbst davon geträumt, Rennfahrer zu werden, und so setzte er sich hinters Steuer und zeigte ihm, wie man abrupt bremst, ausweicht, kontrolliert schleudert wie ein Verrückter. Und wenn er die Kontrolle über den Wagen verlor, lachte er nur und sagte: »Gegenlenken und Gas geben, Le!« Irgendwann vibrierte der Wagen und machte einen Satz, als wollte er sich überschlagen, beschrieb noch eine halbe Drehung, um dann stehen zu bleiben. Der Motor erstarb. Nichts als das Klappern der im Zündschloss steckenden hin und her pendelnden Autoschlüssel war zu hören. Leo fasste sich an den Kopf, weniger aus Schmerz, sondern aus Fassungslosigkeit.

Er öffnete die Autotür, stieg aus und konnte sich vor Zittern kaum auf den Beinen halten. Er machte zwei, drei Schritte und merkte dann, dass er in die Richtung ging, aus der er gekommen war. Er machte kehrt und stützte die Ellbogen auf das noch intakte Dach des Panda. Er atmete tief durch, in seinem Kopf kullerte alles wild durcheinander wie Murmeln in einem Murmelsack, und er hatte ein lautes Pfeifen in den Ohren. Etwas streifte seine Beine. Er schaute nach unten und sah die Hündin mit dem goldenen Fell. Er war dermaßen verwirrt, dass er sich keine Sekunde fragte, wie sie aus Genzano hierhergekommen war. Sein einziger Gedanke war, dass er sie beinahe überfahren hätte.

»Was machst du nur für einen Scheiß!«, murmelte er. »Ist dir eigentlich klar, dass du mich fast umgebracht hättest?« Die Hündin wedelte unbeeindruckt. Leo streckte die Hand aus, um sie zu streicheln und unterdrückte ein Stöhnen, weil ihm der Hals so weh tat. »Bist du verletzt?«, fragte er. Sie bewegte erneut den Schwanz, als wollte sie ihn beruhigen und hielt ihm den Kopf hin. »Verdammt nochmal!«, murmelte er und musste fast lachen – vor lauter Freude, noch am Leben zu sein. Corallina und Miriam würde er nicht mehr im Stich lassen.

Plötzlich hörte er eine Stimme hinter sich. »He du! Alles okay?« Er drehte sich um und sah einen etwa gleichaltrigen Mann, der seinen Lieferwagen rechts rangefahren hatte, ausgestiegen war und nun besorgt auf ihn zukam.

Leo nickte. »Ja … alles okay.«

»Meine Güte, ich hab dich von der Überführung aus gesehen und mir nur gedacht: Der rast sich zu Tode! Du bist ganz schön ins Schleudern geraten!«

»Ich bin gerast«, gestand Leo. »Und dann ist mir der Hund vors Auto gelaufen …«

»Ich habe keinen Hund gesehen«, meinte der andere.

Leo schaute nach unten, nach rechts und nach links. Er suchte die Straße ab, die Dunkelheit hinter sich. Doch von der Hündin fehlte jede Spur. »Bestimmt ist sie abgehauen«, murmelte er verstört.

»Ich denke ja. Schau mal, ob das Auto noch fährt, sonst schick ich dir den Abschleppwagen.«

Leo atmete tief durch und setzte sich bei offener Wagentür ans Steuer. Er drehte den Schlüssel im Zündschloss, und der Motor hustete mehrmals. Beim dritten Versuch heulte er auf, als wäre nicht das Geringste passiert. Problemlos fuhr er an den Straßenrand.

»Passt!«, befand der andere. »Aber du musst die Spur einstellen lassen.«

»Keine Sorge, für die Heimfahrt reicht's.« Leo stieg wieder aus.

»Bist du sicher?«

»Ja. Danke noch mal.« Er reichte ihm die Hand, die der andere drückte. »Leo«, stellte er sich vor.

»Gianluca.«

»Danke, Gianlu.«

»Da nicht für! Aber jetzt schau, dass du heimkommst, deine Glückssträhne dürfte für heute zu Ende sein«, scherzte er.

Leo nickte eifrig. Dann verabschiedeten sie sich brüderlich, und Leo sah dem anderen nach, sah, wie er wieder einstieg und ihn hupend überholte, bevor er aus seinem Blickfeld verschwand.

Als er wieder allein war, fühlte er sich, als wäre er soeben von einem heftigen Fieber genesen – von einem, bei dem einem der Kopf platzt, die Haut brennt und einem ganz schwindelig ist, weil es so viel Kraft kostet. Die Wut war noch da, aber dieser rotglühende Zorn war auf einmal verflogen. Nichts war ihm mehr so klar wie vorher, als er geglaubt hatte, es gäbe nur eine Lösung. Besser gesagt, die Folgen waren ihm nicht länger egal. Inwiefern würde es Miriam helfen, wenn ihn ihre Tragödie zum Mörder gemacht hätte? Und was sollte dann aus Corallina werden? Jetzt erkannte er, wie egoistisch sein primitives Bedürfnis nach sofortiger, kompromissloser Rache gewesen war. Auf einmal fragte er sich, was mutiger war: weiter nach Marina di San Giorgio zu fahren oder kehrtzumachen, Miriam ins Gesicht zu sehen und ihr zu zeigen, wer er wirklich war: jemand, der bereit gewesen war, einen Mord zu begehen, jemand, der sie jetzt brauchte, um einen anderen Weg, einen Mittelweg, einzuschlagen. Er musste ihr klarmachen, dass das Schweigen einen Preis hatte, den zu zahlen er nicht bereit war, weil er sich dann für die schrecklichen Taten mitverantwortlich fühlte, zum Komplizen wurde. Er musste einen Weg finden, und wenn Miriam ihn wirklich liebte, würde sie verstehen, dass man Menschen, die man liebt, nicht im Stich lässt.

Er ließ das Fenster herunter und schaute sich erneut suchend um, spähte in die Dunkelheit und pfiff laut. Vergeblich wartete er darauf, dass die Hündin mit dem goldfarbenen Fell wiederauftauchte und zweifelte schon daran, sie überhaupt jemals gesehen zu haben. Er fasste sich an den Kopf, und seine Finger wurden feucht von Blut, das aus einer bislang unbemerkten Wunde unter den Haaren sickerte. Er öffnete das Handschuhfach, wischte sich die Hände an ein paar Papierservietten ab, die er dort aufbewahrte, und tupfte sich so gut er konnte das Blut ab.

Er fuhr mit mäßiger Geschwindigkeit weiter und suchte nach der nächsten Ausfahrt, um wenden zu können.

Signor Duilio, der Pförtner, empfing Leo mit dem üblichen Lächeln, das jedoch gefror, als er die Wunde über dem linken Ohr sah, das verkrustete Blut.

»Was haben Sie denn angestellt?«

»Gar nichts … Das ist harmlos«, spielte er die Sache herunter. »Könnten Sie mir vielleicht Miriams Nummer in Olgiata geben?«

Duilio breitete betrübt die Arme aus. »So verstehen Sie doch ... das darf ich nicht.«

»Und warum nicht?« Leo sah ihn nur verständnislos an.

Der andere geriet kurz ins Wanken. Der junge Mann war ihm sympathisch, brachte ihn aber häufig mit seinem unorthodoxen Verhalten in Schwierigkeiten. »Das ist eine Frage der Privatsphäre«, erklärte er ein wenig verlegen.

»Von wessen Privatsphäre bitte schön? Ich bin ständig hier. Sie wissen doch, dass ich Miriam kenne.«

Der andere breitete erneut die Arme aus, als wollte er seinen makellosen Anzug präsentieren. »Dann fragen Sie doch die Signorina danach«, riet er.

»Und wie soll ich das bitte schön tun, wenn sie gerade in Olgiata ist?«, erwiderte er geduldig.

Duilio seufzte erleichtert. »Nein, die Signorina ist vor einer halben Stunde zurückgekommen.«

Leo sah ihn erstaunt an. »Das kann nicht sein.«

Der Pförtner nickte langsam, aber energisch, denn seine Professionalität stand außer Frage. »O doch.«

Da strahlte ihn Leo so breit an, dass Duilio das Lächeln spontan erwiderte. Da konnte man einfach nichts machen – ihm gefiel der junge Mann an der Seite von Signorina Bassevi.

Leo dankte ihm und rannte durch den Flur.

»Lassen Sie sich verarzten!«, mahnte Duilio, während er zum Hörer griff, um Leo der Signorina anzukündigen.

Der nahm ausnahmsweise mal den Lift, weil er so erledigt war. Es grenzte an ein Wunder, dass er sich überhaupt auf den Beinen halten konnte. Er schoss aus dem Aufzug, stürzte sich auf die Klingel und läutete Sturm, obwohl er ganz genau wusste, dass Miriam das nicht mochte. Er war müde, alles tat ihm weh, aber er freute sich schon darauf, sie zu sehen. Er wollte sich nur kurz waschen und dann mit ihr reden. Bis zum nächsten Morgen, wenn es sein musste: Sollte sie ruhig weinen, er war auch bereit, erneut Prügel zu kassieren. Doch irgendwann würde sie begreifen müssen, dass er recht hatte. Dass sie gemeinsam das Richtige tun konnten, weil er sie *nie* im Stich lassen würde.

Er klingelte und klingelte – ohne jede Reaktion. Er versuchte es mit energischem Klopfen und rief ihren Namen. Er wartete lange, dann stöhnte er genervt auf und fuhr wieder nach unten.

»Sie ist nicht da«, verkündete er.

»Ich bin mir sicher, dass ich sie gesehen habe«, erwiderte der Pförtner.

Leo starrte besorgt darauf. »Sie haben es die ganze Zeit klingeln lassen?«

Duilio bemühte sich, seine Beunruhigung zu verbergen. »Ja«, erwiderte er leise, um gleich darauf hinzuzufügen: »Vielleicht schläft die Signorina ja? Oder sie ist unter der Dusche …«

Einen Augenblick war Leo wie gelähmt. »Geben Sie mir den Ersatzschlüssel«, befahl er flüsternd.

»Das darf ich nicht«, sagte der andere entschuldigend.

»Geben Sie mir den Schlüssel!«, brüllte er so laut, dass seine Stimme von den Marmorwänden widerhallte.

»So verstehen Sie doch …«

»Was soll ich verstehen, he? Was soll ich da verstehen?« Leo war komplett außer sich. Er betrat die Pförtnerloge und stürzte sich auf die Wand mit den Schlüsseln. Duilio packte ihn energisch am Arm und wollte ihm drohen. Doch dann sah er seinen Blick und setzte seine seit vierzig Jahren makellose Karriere aufs Spiel, indem er ihm den Schlüssel zu Wohnung Nummer achtundzwanzig aushändigte.

Diesmal eilte Leo zu Fuß nach oben, denn kein Lift der Welt war ihm schnell genug. Er nahm immer zwei, drei Stufen auf einmal, und seine Lunge brannte. Nachdem er den Schlüssel ins Schlüsselloch gesteckt und die Tür entriegelt hatte, zögerte er einen kurzen Moment. Zum ersten Mal hatte er wirklich Angst. Ihm fiel wieder ein, wie sie ihn angeschaut hatte, als sie sich vor wenigen Stunden *Gute Nacht* und *Träum schön* gesagt hatten. Träum schön. Abrupt stieß er die Tür auf. Die Wohnung war dunkel, nur im Wohnzimmer war das gedämpfte Licht der Bogenlampe über dem Sofa zu erkennen. Er entdeckte sie sofort – auf dem Teppich zwischen Sofa und Couchtisch. Ein lebloser Körper, komplett bekleidet. Nicht einmal die Schuhe, die Daunenjacke mit Kapuze, hatte sie ausgezogen.

Er eilte zu ihr, schob den Couchtisch beiseite, um Platz zu schaffen. Er kniete sich hin und zog sie hoch, stützte ihren Nacken. »Miriam!«, rief er und schüttelte sie. »Miriam, bleib wach!« Er rannte hin und her, bis er in einer Sofaecke eine offene Brottüte sah, daneben ein Fläschchen und eine Blisterfolie – beides leer. Er packte das Fläschchen, schnupperte daran und leckte an der Öffnung, verzog dann das Gesicht wegen des bitteren Geschmacks. Er fluchte und flehte zu Gott, schüttelte sie erneut und rief ihren Namen. Dann sah er ein weiteres, halbleeres Fläschchen, das ihr vielleicht aus der Hand gefallen war. Er befühlte den Teppich, um sich ein Bild zu machen, ob sie die fehlende Flüssigkeit getrunken oder verschüttet hatte. Doch alles war trocken. Er hielt ihr Kinn und schüttelte sie noch mal, drehte sie anschließend auf die Seite und steckte ihr zwei Finger in den Rachen, betete darum, sie möge sich erbrechen, merkte aber schnell, dass das keinen Sinn hatte, weil sie bereits keine Reflexe mehr hatte. Immer wieder rief er ihren Namen, rief seine verstorbene Mutter an, sie möge ihm helfen und Miriam wieder wach werden lassen. Doch dann begriff er, dass er auf diese Weise nur kostbare Zeit verlor.

Duilio, der besorgt neben seiner Pförtnerloge stand, sah wie Leo mit einer bewusstlosen Miriam in den Armen aus dem Treppenhaus gerannt kam.

»Wo ist die nächste Notaufnahme?«, brüllte Leo.

»Im Isola Tiberina«, erwiderte er sofort.

»Rufen Sie dort an und sagen Sie, dass ich gleich mit einer dort auftauche, die sich mit Methadon vollgepumpt hat!«

Duilio zuckte zusammen.

»Methadon und Codein. Sagen Sie, ich bin in fünf Minuten dort!« Leo verschwand durch die Tür.

Duilio stürzte zum Telefonbuch. Wie besessen murmelte er *Methadon* und *Codein* vor sich hin, Worte, die er noch nie in seinem Leben gehört hatte. Sie durften ihm auf keinen Fall entfallen.

Leo De Maria brauchte tatsächlich nur fünf Minuten. Mit seiner Kopfwunde und nach wie vor mitgenommen von dem Unfall, raste er zur Notaufnahme und flehte Miriam unterdessen an, wach zu werden. »Warum nur?«, fragte er sie ständig. »Warum?« Warum hatte sie das bloß getan. In der Notaufnahme standen, von Duilio vorgewarnt, bereits Sanitäter und ein Rollbett bereit.

»Ich hab die Fläschchen dabei«, sagte Leo und gab sie dem jungen Arzt. Dann fügte er kaum hörbar hinzu: »Ich glaube, sie hat aufgehört zu atmen.« Er zwang sich, es lauter zu wiederholen, aber die Worte erstarben ihm auf den Lippen und das Rollbett war bereits hinter einer Schwingtür verschwunden.

Eine Viertelstunde später kam eine Krankenschwester und sah, dass er noch immer am gleichen Fleck stand. Man habe Miriam wiederbelebt, aber ihr Zustand sei äußerst kritisch. Man wolle die Angehörigen benachrichtigen. Ohne sie anzusehen, meinte Leo, die Nummer habe er nicht.

»Wer bist du eigentlich?«, fragte die Krankenschwester freundlich.

Er schüttelte langsam den Kopf. »Ich weiß nicht.«

Sie warf einen Blick auf seine Wunde. »Was hast du denn da am Kopf?«

»Nichts.«

Behutsam nahm ihn die Krankenschwester am Arm und brachte ihn zum Chirurgen, damit er genäht wurde. Dann bat sie den Wachmann am Eingang, die Polizei zu rufen.

Marisa und Stelvio Ansaldo saßen noch bei Corallina am Tisch, als Antonia klingelte und sagte, Leo habe angerufen und lasse ausrichten, die junge Frau liege in kritischem Zustand im Fatebenefratelli-Krankenhaus. Sie sollten sich beeilen, weil ihn nachher die Polizei mitnehmen werde. Die drei schauten sich entsetzt an, während die Nachbarin ungerührt berichtete. Als sie eine halbe Stunde später die Notaufnahme betraten, sah Stelvio Ansaldo einen jungen dunkelhaarigen Mann allein auf einer Bank sitzen. Er wirkte erschöpft, und sein Blick war leer. Irgendwie kam ihm die Szene bekannt vor, aber er war dermaßen erschüttert, dass er nicht mehr wusste, woher.

Corallina eilte zu ihrem Bruder und wollte ihn umarmen, sah dann aber den Verband an seiner Schläfe und schlug sich die Hand vor den Mund.

»Was hast du gemacht? Hattet ihr einen Unfall?« Ihre Augen waren vom Weinen verquollen: Die Ansaldos waren so nett gewesen, sie mitzunehmen.

»Nein, Coralli«, erwiderte er.

»Was ist denn passiert?«, fragte Marisa, sie war bleich und ihre Unterlippe zitterte.

Leo schaute auf. Er erkannte sie sofort von den Fotos in der Presse. »Sie hat zwei Fläschchen Methadon getrunken.«

»Hat sie das von dir?«, fragte sie zornig.

»Nein«, erwiderte er tonlos, denn ihm war egal, ob sie ihm glaubte.

Stelvio sah erst Leo, dann seine Frau und dann Corallina an. »Nimmt Miriam Drogen?«, fragte er ungläubig, denn dass aus seiner schüchternen, braven Nichte ein Junkie geworden war, sprengte seine Vorstellungskraft.

»Sie hatte Probleme mit Schlaftabletten«, erklärte Corallina. »Aber dann hat sie sich Hilfe gesucht«, fügte sie wütend hinzu. »Es ging ihr besser!«

»Sie wollte sich umbringen, Coralli. Es ging ihr nicht besser.« Leo starrte auf eine Wölbung im himmelblauen Linoleum.

Marisa musste sich setzen, was Stelvio sofort bemerkte. Er nahm sie am Arm und führte sie zu einem Stuhl. Er selbst blieb stehen.

Corallina sah ihren Bruder an. »Und wie geht es ihr jetzt?«

»Sie liegt im Koma. Sie wurde an ein Beatmungsgerät angeschlossen.«

»Und was sagen die Ärzte?«, meinte sie an Leo und dann an die Ansaldos gewandt, als suchte sie bei ihnen Trost. »Sie wacht doch wieder auf, oder?«

»Die Frage ist nicht nur, ob sie wieder aufwacht.« Leo atmete tief durch und starrte auf seine verschränkten, zitternden Hände. »Sondern auch *wie*.«

Alle schwiegen, während jeder für sich versuchte, die Tragweite seiner Worte zu erfassen. Stelvio starrte Leo De Maria an und erkannte in ihm seine einstige Verzweiflung, als er Marisa um ein Haar verloren hätte. »Sie wird wieder aufwachen«, sagte er mit fester Stimme. Er glaubte nicht schnell an Wunder, aber damals hatte er eines erleben dürfen. »Sie wird wieder aufwachen, Leo«, sagte er erneut. Leo De Maria schaute auf und begegnete dem Blick von Stelvio Ansaldo, der ihm ermutigend zunickte. Da brach er in den Armen seiner Schwester in Tränen aus wie ein kleines Kind.

Marisa Ansaldo telefonierte gerade mit Emma in Amerika, als zwei Polizisten im Warteraum auftauchten. Der Wachmann, der sie hereingeführt hatte, zeigte nur kurz auf Leo, den Rest hatte er bereits am Telefon erzählt. Die beiden nickten und bedeuteten ihm zu gehen: Von nun an würden sie den Fall übernehmen. Als sie näher kamen, erstarrte Corallina, das Herz schlug ihr bis zum Hals.

»Die Ausweise, bitte«, sagten die Polizisten und schauten beide an.

Sofort griff Corallina zu ihrer Handtasche.

Leo schaute unbeeindruckt auf. »Wieso fragen Sie ausgerechnet sie?«

»Zeigen Sie uns die Ausweise und mischen Sie sich da nicht ein«, meinte einer der beiden gereizt.

Corallina drückte den Arm des Bruders und sah ihn flehend an, damit er ruhig blieb. Sie wühlte in ihren Sachen.

Die Polizisten nahmen beide Ausweise, schlugen sie auf und

musterten das Foto von Corallina, die den Blick gesenkt hielt. Dann ging einer von ihnen nach draußen, um über Funk Informationen einzuholen.

»Kennst du diese Miriam?«, fragte der noch verbliebene Polizist schon etwas weniger formell mit hörbar neapolitanischem Akzent.

Er nickte.

»In welcher Beziehung steht ihr zueinander?«

»Wir sind ein Paar.«

»Woher hat sie das Methadon?«

»Keine Ahnung.«

Der Polizist gab sich erstaunt. »Wie das? Ihr seid ein Paar, und du weißt nicht, woher deine Freundin das Methadon bezieht?«

»Miriam ist kein Junkie!«, schrie ihm Leo ins Gesicht und stand abrupt auf.

Der Polizist wich einen Schritt zurück. »Beruhige dich, sonst nehm ich dich mit aufs Revier«, drohte er.

Leo reckte herausfordernd das Kinn. »Dann nimm mich doch mit aufs Revier. Denn genau da will ich hin!«

Der Polizist musterte ihn verwirrt.

»Bring mich hin, dann sag ich dir alles. Aber ich werde nur mit Untersuchungsrichter Castagnoli reden.«

»Castagnoli?« Er sah ihn stirnrunzelnd an. »Wer soll das sein, Castagnoli?«

Leo sah ihm direkt ins Gesicht, denn jetzt hatte er nichts mehr zu befürchten. »Derjenige, der sich um den Fall Ansaldo kümmert.«

Der Polizist erstarrte. »Und was hast du mit dem Fall Ansaldo zu tun?«, murmelte er, denn so langsam wurde ihm unheimlich.

Leo sah zu Stelvio Ansaldo hinüber, der ihn erwartungsvoll

anschaute, vielleicht gab es ja doch noch Gerechtigkeit auf dieser Welt. »Bring mich zu Castagnoli, dann sag ich alles, was ich weiß«, sprudelte es aus ihm hervor.

Ludovico Castagnoli war im September 1981 in der festen Überzeugung in Pension gegangen, dass ihm der Fall Ansaldo nichts als Unglück gebracht hatte. Seine Frau hatte ihn verlassen und forderte großzügigen Unterhalt. Die Partei, für die er bei den nächsten Parlamentswahlen hatte kandidieren wollen, hatte ihn abgesägt. Und in der Presse gab es bis heute immer wieder Seitenhiebe, wie schlampig in Torre Domizia ermittelt worden sei, was cinc Karriere beschädigte, die aus seiner Sicht makellos war.

So kam es, dass Untersuchungsrichterin Anita Perrillo, eine energische und ebenfalls kurz vor der Pensionierung stehende Frau, nach einigem Hin und Her im Februar 1982 im Gericht von Civitavecchia vor drei Kartons und einem Stapel Ordner saß, in denen ihr Vorgänger sämtliche Unterlagen zum Fall Ansaldo abgelegt hatte. Ohne allzu große Begeisterung blätterte sie darin, las, unterstrich hier und da etwas mit dem Bleistift und sah sich Fotos an. Irgendwann gelangte sie mit der für sie typischen Nüchternheit zu dem Schluss, dass es tatsächlich drei Kartons und vier Aktenordner gebraucht hatte, nur um den Tod von Elisabetta Ansaldo festzustellen. Empört berief sie Maresciallo Nardulli ein, um sich die vielen Versäumnisse und katastrophalen Ermittlungen erklären zu lassen. Doch der erwiderte seelenruhig, dass alles getan worden sei, was man damals habe tun können. Da sah ihn Anita Perrillo nur erstaunt an: »Und was man tun muss – wann wolltet ihr das tun?« Nardulli zog geknickt von dannen, da er sich jetzt auch noch für Castagnolis Trägheit verantworten musste. Daraufhin ordnete die Richterin Perrillo weitere Ermittlungen an, aber die ließen sich nur schwer wieder in Gang bringen: Keiner hatte mehr Lust, sich mit diesem Fall zu beschäftigen. Die Fakten lägen auf dem Tisch, und inzwischen sei auch recht viel Zeit vergangen so ihre Untergebenen. Daraufhin legte sie sich mit allen an: mit dem Polizeipräsidenten, mit dem Kommissar, ja, sogar mit ihrem eigenen Ehemann, der ihr riet, sich nicht damit aufzureiben. Sie gehe schließlich im Juni in Pension, dann könne sie endlich den Garten in Ischia und ihre Enkel genießen. Sie jedoch fand, dass sie den Eltern und deren Tochter, die ihnen keine Enkel mehr hatte schenken können, eine Wiederaufnahme des Falls schuldig war. Bis sie eines Morgens um sechs, als sie gerade aus dem Fenster auf den Hafen von Civitavecchia schaute und an ihrem heißen Espresso nippte, zu Hause den Anruf erhielt, der die Wende im Fall Ansaldo bringen sollte.

Sie fuhr sofort nach Rom, wo man ihr bei Gericht einen Raum zur Verfügung stellte, in dem sie diesen Leo De Maria vernehmen konnte, zweiundzwanzig Jahre alt, ohne Vorstrafen, der behauptete, Informationen zum Fall Ansaldo zu haben. Als sie aus dem Fonds ihres Dienstwagens stieg, wurde sie von Giovanni Bassi, einem alten Kollegen, in Empfang genommen. Während er voranging, teilte er ihr fast schon entschuldigend mit, dass dieser De Maria sich geweigert habe, seine Fragen zu beantworten. Er wolle ausschließlich mit dem Untersuchungsrichter sprechen. Er könne nur hoffen, dass das kein Spinner sei, weil er nur ungern ihre Zeit mit so was verschwende, doch sie sagte, sie sei froh, verständigt worden zu sein. Als sie den Raum betrat, sah Leo sie misstrauisch an, niemand hatte ihm gesagt, dass Ludovico Castagnoli in Pension war. Perrillo setzte sich, beschwichtigte ihn und erklärte, sie leite jetzt die Ermittlungen.

Mit einem vielsagenden Blick gab sie ihm zu verstehen, dass jetzt ein anderer Wind wehte. Sie fragte, ob er ein Glas Wasser, einen Espresso wolle. Leo schüttelte den Kopf.

»Gut, ich höre«, sagte sie in beruhigendem Tonfall, denn etwas in den Augen dieses mitgenommenen jungen Mannes ließ sie neue Hoffnung schöpfen.

Er erzählte ihr von dem Abend im Januar, als eine Fremde ihn nach Fentanyl gefragt hatte, während er vor dem Melonenstand dealte.

Marisa, die Emanuele Bassevi gegenübersaß, schwieg. Sie befanden sich im Nebenraum der Intensivstation. Stelvio hatte Maria Grazia angerufen und ihr gesagt, der Laden bleibe geschlossen, sie solle nach Möglichkeit ein Schild am Rollgitter anbringen. Emma war auf dem Weg nach Rom, getrieben von einer Verzweiflung, die nur Marisa wirklich nachempfinden konnte. Die hatte ihrer Schwester versprochen, keine Sekunde von Miriams Seite zu weichen, doch die Krankenschwestern hatten sie nur kurz durch eine Scheibe schauen lassen. Das genügte, um zu sehen, in welch schlechtem Zustand sie war. Sie war kaum zu erkennen zwischen all den Schläuchen und lauten Apparaten, die sie am Leben hielten. Die Ärzte hatten Stelvio und ihr erklärt, dass es nicht viel Hoffnung gab, sie müssten sich auf das Schlimmste gefasst machen. Doch die beiden wussten genau, dass das manchmal die eigenen Kräfte übersteigt. Marisa dachte, dass die De-Maria-Brüder ihr die Wahrheit zu einem Zeitpunkt gesagt hatten, als es zu spät und alles längst passiert war – welch grausame Ironie des Schicksals. Für Miriam war das seelische Leid unerträglich geworden. Sie hatte aufgegeben, bevor sie ihre Nichte in die Arme hatte schließen, sie um Verzeihung hatte bitten können, sie so lange allein, ja, im Stich gelassen zu haben. Miriam hatte einfach nicht die Worte gefunden, um andere um Hilfe zu bitten. Sie hatte geschwiegen, weil niemand von ihnen nachempfinden konnte, was diese schreckliche Nacht bei ihr ausgelöst hatte. Marisas Lippen verzogen sich zu einem schwachen Lächeln, als ihr eine Marotte Bettas wieder einfiel, die als Kind nichts hatte wegwerfen wollen. Wenn ihr ein Spielzeug kaputtging, machte sie sich hartnäckig daran, es zu reparieren. Und sie war gut darin, so, als hätte sie magische Hände: Sie klebte, heftete, steckte und fügte wieder zusammen, um ihr dann stolz ihr Werk zu zeigen. *Betta, die alles wieder heil macht,* nannte Marisa sie immer.

»Kümmere du dich um sie, Betta«, murmelte sie leise. »Mach du sie wieder heil.«

Emanuele schaute auf, er verstand sie sofort. Dann schloss er die Augen und wiederholte immer wieder dasselbe Stoßgebet.

Eine Woche nach der spontanen Aussage von Leo De Maria stellte Untersuchungsrichterin Perrillo einen Haftbefehl für Leonardo Dagnone aus, fünfundzwanzig Jahre, Mitinhaber und Betreiber des Vergnügungsparks von Marina di San Giorgio. Eine gründliche Überprüfung der Zeugenaussagen, die Maresciallo Nardulli nach dem Verbrechen protokolliert hatte, ergab, dass Adelina Campisi in der Nacht vom zehnten auf den elften August von ihrem Balkon aus einen Fiat 127 beim Lido Le Dune hatte stehen sehen. Der war ihr aufgefallen, weil keine anderen Wagen dort geparkt hatten, schließlich hatte die Bar der Sattaflora bereits geschlossen. Außerdem hatte er eine ungewöhnliche Farbe und schwarze Streifen an den Seiten gehabt. Es dauerte nicht lange, um festzustellen, dass auf Dagnone nach wie vor ein orangeroter Fiat 127 mit schwarzen Sportstreifen angemeldet war. In genau einen solchen Wagen hatte auch Silvana Mannino ihren Sohn Gaspare steigen sehen, um nach Genzano zu fahren. Und die Geschichte, die Gaspare Mannino dem Dealer Cristiano Cavallari, Spitzname Pariglia, erzählte, hatte dieser eine Stunde nach seiner Verhaftung (er war beim Dealen auf frischer Tat ertappt worden) vollumfänglich bestätigt.

Zu Anfang des Verhörs schwor Leonardo Dagnone Stein und Bein, an besagtem Abend nicht in Torre Domizia gewesen zu sein. Das wiederholte er trotz der schriftlichen Zeugenaussage von Mario Spassi, der einen Lebensmittelladen am Hauptplatz betrieb und angegeben hatte, am Abend des zehnten August sechs Flaschen Bier an Gaspare Mannino, den er von klein auf kenne, verkauft zu haben. Angesichts des Fotos vom Fiat 127 Sport fiel Spassi wieder ein, dass er ihn genau in jenen Wagen mit den Streifen hatte steigen sehen. Das war ihm deshalb im Gedächtnis geblieben, weil Gaspare nach diesem Abend nie mehr aufgetaucht war. Später hatte er dann von seinem Tod erfahren.

Während sie auf den Anwalt warteten, gab Dagnone sich spöttisch: Man wolle ihn wegen eines Autos verhaften, von dem es unzählige gebe, nur aufgrund der Aussage eines Verrückten, der sich vom Ponte Ariccia gestürzt hatte? Er zappelte auf seinem Stuhl herum und schüttelte gelassen den Kopf, aber Anita Perrillo ging nicht darauf ein. Stattdessen bat sie ihn, sich genau zu erinnern, wo er in jener Nacht gewesen sei. Er erwiderte nur grinsend, er sei in Bologna gewesen, um die Bombe zu platzieren. Sie bräuchten sich bloß zu erkundigen, dann würde sie bestimmt erfahren, dass da ein Fiat 127 Sport vor dem Bahnhof geparkt war. Das fand die Untersuchungsrichterin allerdings gar nicht lustig.

»Dagnone, das ist nicht der Moment, um Witze zu machen.«

»Sie machen hier Witze, nicht ich«, erwiderte er und sah sich Applaus heischend um.

»Sie stecken ziemlich in der Klemme«, warnte sie ihn.

Dagnone starrte sie übertrieben selbstbewusst an. »Ach ja?«, provozierte er sie und hob den Zeigefinger. »Dann sagen Sie mir doch, ob auch nur ein Indiz an Betta Ansaldo beweist, dass ich vor Ort war.«

Die Untersuchungsrichterin Perrillo schenkte ihm ein gutmütiges Lächeln. »Nein, nicht an Betta«, gab sie bereitwillig zu, um ihn dann vielsagend anzuschauen. »Aber an der anderen schon …«

Da verging Dagnone der Hochmut.

Er setzte sich kerzengerade hin und hielt die Ellbogen dicht am Körper, überlegte, ob er sich besser erstaunt geben oder schweigen sollte. Er atmete tief durch, wich gespielt lässig dem Blick der Perrillo aus.

»Keine Sorge, der Anwalt kommt gleich, er steht bestimmt im Stau«, beruhigte sie ihn und setzte die Brille auf, um die Akte vor ihr auf dem Schreibtisch zu studieren. Freundlich bat sie den Gefreiten Marini um einen Espresso und fragte, ob Dagnone auch etwas wolle.

Der schüttelte den Kopf.

Nach einigen Minuten sah ihn Anita Perrillo über ihre Brille hinweg an. »Eigentlich dürfte ich Ihnen das gar nicht sagen, aber Ihre Lage könnte ein wenig besser sein als die der anderen beiden … Es liegt auf der Hand, dass Mannino sich von der Brücke gestürzt hat, weil er eingesehen hat, was er verbrochen hat.«

»Ich weiß nicht, wovon Sie reden«, erwiderte Dagnone.

»Das Strafmaß für Vergewaltigung unterscheidet sich stark

von dem für Vergewaltigung mit anschließendem Mord. Für Ersteres bekommt man wenige Jahre, für Zweiteres lebenslänglich, das ist Ihnen hoffentlich klar?« Dagnone mied ihren Blick, doch sie wusste, dass er ihr sehr genau zuhörte. »Wir wissen, dass ihr euch aufgeteilt habt.« Sie legte das Blatt zurück und sortierte zerstreut die Seiten. »Nur dass die ihre, Leonardo, noch gelebt hat, als ihr von ihr abgelassen habt, während Betta Ansaldo ...« Sie endete mit einem Seufzen.

Marini kam mit dem Espresso, und Anita Perrillo nippte gelassen daran. Sie sah, wie sich Dagnone die feuchten Hände an seiner Jeans abwischte.

»Sollen wir die Fenster aufmachen?«, fragte sie zuvorkommend.

Er wollte verärgert den Kopf schütteln, ertappte sich aber dabei zu nicken.

Marini leistete der Aufforderung sofort Folge und ging dann.

Um die Zeit totzuschlagen, plauderte die Untersuchungsrichterin Perrillo mit Commissario Fassi und seinen Kollegen: Wie schön diese Apriltage doch seien, wenn auch seltsamerweise frischer als im Vorjahr. Sie erzählte, dass sie im Sommer nach Ischia fahren werde, um das Meer, gegrillten Fisch und Blätterteigtaschen mit Ricottafüllung zu genießen. Sie tauschten Erinnerungen an den Urlaub aus, an legendäre Essen, und Anita Perrillo versprach, sie nach Aufklärung des Falls alle zu sich auf Spaghetti mit Meeresfrüchten, ihre Spezialität, einzuladen. Sie schwärmte regelrecht davon, als stünde das Essen kurz bevor, als würde sie demnächst beim Fischhändler ihres Vertrauens Venusmuscheln und kleine Tintenfische bestellen.

»Ich hab die nicht mal gekannt!«, brach es plötzlich aus Leonardo Dagnone hervor.

Sie zuckte zusammen, so als hätte sie seine Anwesenheit ganz vergessen. Dann sah sie ihn an.

»Es war Mizio, der uns da mitreingezogen hat!«, brüllte er ganz rot im Gesicht, als schnürte man ihm die Luft ab. »Er war ganz besessen von der und konnte sich nicht beherrschen!«

Die Richterin hatte auf Anhieb tausend Fragen, musste aber die wichtigste auswählen. Einer von dem Trio fehlte noch, nur noch einer. »Wer ist denn dieser Mizio?«, fragte sie ganz ruhig, um ihn nicht einzuschüchtern und betete darum, die Tür möge nicht ausgerechnet jetzt aufgehen, um Marini hereinzulassen, der den Anwalt Ferrari ankündigte.

Dagnone zögerte, legte die Hände auf die Knie, schloss die Augen und atmete tief durch. »Maurizio«, sagte er resigniert.

»Ist er aus Torre Domizia?«

Dagnone nickte und ließ dann die Bombe platzen: »Er ist der Sohn des Maresciallo.«

Obwohl es an diesem Abend schüttete, war Maresciallo Nardulli zufrieden. Er hatte seine Frau nach Tarquinia gefahren, die für ein paar Tage ihre betagte Mutter besuchen wollte. Gerade kehrte er nach Hause zurück. Er hatte noch kurz angehalten, um in der sizilianischen Pasticceria frittierte Reisbällchen zu kaufen und freute sich schon auf einen Abend mit den Söhnen vor dem Fernseher, um Fußball zu schauen. Zu Hause würde er in Ruhe duschen und dann Maurizio vom Bahnhof abholen, damit der bei dem Regen nicht nach Hause laufen musste, auch wenn es nicht weit war. Es war schon anstrengend genug für ihn, tagtäglich zur Universität zu pendeln. Nardulli wusste, dass sein Sohn gern ein Zimmer in Rom gehabt hätte, aber dort waren die Mieten hoch, und neben den Raten für das Haus und für das

Auto war das ausgeschlossen, die wenigen Rücklagen waren für Notfälle gedacht. Aber vielleicht würde er in der Lage sein, ihm ein günstiges Auto zu schenken.

Er parkte direkt vor dem Gartentor. Die bereits gelesene Zeitung über den Kopf haltend, eilte er mit den frittierten Reisbällchen ins Haus. Er wollte gerade den Schlüssel ins Schloss stecken, als ihm der jüngere Sohn die Tür öffnete: Er hatte ihn vom Fenster aus gesehen.

»Hallo, Luchi«, begrüßte er ihn und gab ihm die frittierten Reisbällchen, während er die durchweichte Zeitung entsorgte. »Hast du schon Hausaufgaben gemacht?«

Luca sah zum Wohnzimmer hinüber. In der Tür standen zwei Kollegen, die Nardulli nicht kannte.

»Sie haben gesagt, sie kommen aus Rom«, murmelte der Sohn, während hinter ihnen ein weiterer Carabiniere auftauchte.

»Ist was passiert?«, fragte er bestürzt.

Der Maresciallo und die beiden Brigadieri kamen ernst auf ihn zu. »Tommaso Nardulli?«

Nardulli fand, dass sein Name ohne die Nennung seines Dienstgrads irgendwie verstörend klang. »Ist Maurizio was zugestoßen?«

»Nein«, beruhigte er ihn. »Wo befindet sich Ihr Sohn?«

»Maurizio?«, fragte er verständnislos.

»Ja, Maurizio«, wiederholte der andere.

»Der kommt um halb acht mit dem Zug. Wieso?« Er schaute ihnen verständnislos ins Gesicht.

»Können Sie Ihren jüngeren Sohn bei irgendjemandem lassen?« Der Brigadiere sah rasch zu Luca hinüber.

Nardulli starrte auf seinen Sohn, als wäre er ein Fremder. »Ihn? Wieso sollte ich ihn alleine lassen?«

»Wann kommt Ihre Frau nach Hause?«

»Die übernachtet heute bei ihren Eltern.«

Der Maresciallo seufzte. »Können wir Sie kurz privat sprechen?«

Da begriff Nardulli, ohne wirklich etwas zu begreifen. Er schaute seinen Sohn an und legte ihm die Hand auf die Schulter. »Geh auf dein Zimmer, Luchi. Und nimm die Reisbällchen mit.«

Luca wollte protestieren.

»Geh, Luca«, befahl ihm der Vater.

Nardulli wartete, bis sein Sohn die Treppe hinauf verschwunden war, bis dessen Zimmertür dumpf zufiel. »Was ist passiert?«, fragte er kaum hörbar.

»Wir haben einen Haftbefehl für Ihren Sohn.«

Nardullis Verwirrung äußerte sich, indem er auflachte. »Maurizio? Das soll wohl ein Scherz sein!«

»Es geht um den Fall Ansaldo«, erwiderte der Maresciallo, um ihm zu verstehen zu geben, dass das alles andere als ein Scherz war.

»Was hat denn mein Sohn damit zu tun?«

»Sagen Sie es uns, Nardulli. Was hat Ihr Sohn damit zu tun?« Der Brigadiere sah ihn unverwandt an.

»In diesem Fall habe ich selbst für Richter Castagnoli ermittelt!«

»Von Ihren Ermittlungen können Sie später Richterin Perrillo berichten. Es wurde bereits ein Verfahren gegen Sie eingeleitet. Sie sind mit sofortiger Wirkung vom Dienst suspendiert.«

Nardulli brauchte ein wenig, um sich von diesem Schlag zu erholen. In der Stille hörte er den Schnellzug aus Pisa vorbeirasen. »Und was wird mir vorgeworfen?«

»Ihrem Sohn Vergewaltigung und Mord. Ihnen Begünstigung«, erwiderte der Maresciallo.

Er sah sie alle drei an. »Sie kennen meinen Sohn doch gar nicht ... « Er streckte die Arme aus, als wäre Maurizio noch ein Kleinkind, als wollte er ihn an den Schultern packen, zu ihnen herumdrehen, damit sie sahen, was für ein Goldstück er war.

»Vielleicht kennen Sie ihn ja selbst nicht so genau«, erwiderte der Maresciallo seufzend.

»Ach ja?«, wehrte sich Nardulli, aber nicht unhöflich: Die Kollegen hatten schließlich keine Ahnung von Maurizio.

»Sollte er unschuldig sein, wird er Gelegenheit bekommen, das zu beweisen«, sagte der andere wenig überzeugt.

Nardulli strich sich über das feuchte Haar und sah sich suchend um wie jemand, der etwas verloren hat. Dann schaute er zu den Kollegen, die ihn mit einer Distanziertheit behandelten, die weh tat – für ihn waren die Carabinieri so etwas wie eine Familie. »Ich kann gern dabei sein, wenn ... « Er schaffte es nicht, seinen Satz zu beenden.

Der Maresciallo schüttelte den Kopf. »Draußen wartet der Wagen, der Sie zur Untersuchungsrichterin bringen wird.«

»Und ich darf nicht mit meinem Sohn sprechen?«

»Noch nicht. Aber Sie können einen Anwalt verständigen.«

Nardulli breitete verstört die Arme aus. »Im Moment wüsste ich nicht, wen ich da ... «

»Dann rufen Sie vom Gericht aus an, vielleicht fällt Ihnen bis dahin ja jemand ein.«

Während er sich innerlich darauf vorbereitete, ihnen zu folgen, vollkommen neben sich wie ein Betrunkener, rief Nardulli die Nachbarin an, eine Witwe, die seine Söhne von klein auf kannte, um zu fragen, ob er Luca für ein paar Stunden zu ihr schicken dürfe, er müsse kurz in einer dringenden familiären Angelegenheit weg. Die sagte, sie freue sich. Seine Frau verständigte er nicht, er hätte nicht gewusst, was er ihr sagen sollte. Er würde sich auf der Autofahrt überlegen, wie er ihr das beibringen konnte. Er würde ihr erzählen, dass so was schon mal passieren könne: Da genüge ein böses Gerücht, der Scherz eines Häftlings, der mal für ein paar Stunden raus wolle – und schon gerate man in eine unangenehme Situation. Vielleicht wollte sich ja jemand rächen, dem er oder Maurizio unrecht getan hatte? Kein Grund zur Besorgnis, würde er ihr sagen. Die Sache werde sich gewiss rasch aufklären.

Irgendwie verloren sie Zeit, so dass letztlich beide Autos, die aus Rom gekommen waren, vor dem kleinen Bahnhof von Torre Domizia hielten und darauf warteten, gemeinsam nach Civitavecchia aufbrechen zu können. Es hatte aufgehört zu regnen. Nardulli saß auf dem Rücksitz des Streifenwagens, der vor der Bushaltestelle parkte, während der, der seinen Sohn mitnehmen würde, ein Stück weiter vorn stand. Er konnte sie zwar nicht sehen, stellte sich aber vor, wie die Männer am Gleis darauf warteten, dass Maurizio ausstieg. Sie hatten sich sein Foto genau angeschaut, um ihn sofort herauspicken zu können. Es tat ihm leid, dass sein Sohn das alles allein durchstehen musste.

Der Bahnhofslautsprecher kündigte die Einfahrt des Neunzehn-Uhr-dreißig-Regionalzugs von Rom, Termini, nach Civitavecchia an, und ihm stockte der Atem.

Eine gefühlte Ewigkeit verging, bis er sie sah: vier Carabinieri, einer rechts, einer links und zwei dahinter. In ihrer Mitte Maurizio, den sie untergehakt hatten, während alle forsch ausschritten. Der Sohn hatte seine Kapuze tief ins Gesicht gezogen, um es so gut er konnte zu verhüllen. Er lief mit gesenktem Kopf, den Blick stur auf die Füße gerichtet, und ließ sich führen, als wäre es weitaus wichtiger, nicht erkannt zu werden, als zu gucken, wohin er lief.

Als sie an ihm vorbeikamen, klopfte Nardulli instinktiv gegen die Scheibe, um seine Aufmerksamkeit zu erregen, um ihn zu beruhigen. Maurizio schien ihn gehört zu haben, er sah kurz herüber, ja, er schien sogar seine Schritte zu verlangsamen. Doch dann schaute er wieder nach unten und hielt den Kopf noch gesenkter als vorher. Nardulli klopfte, trotz der Ermahnungen des Carabiniere am Steuer, gegen das Fenster, bis er seinen Sohn im anderen Wagen verschwinden sah. Kurz darauf nahm der Vicebrigadiere, der Maurizio begleitet hatte, auf dem Beifahrersitz ihres Autos Platz. Er keuchte und fluchte, lockerte seine Krawatte.

»Der hat sogar versucht abzuhauen«, sagte er zu seinem Kollegen.

Nardulli ließ sich gegen die Rücklehne sinken und wurde ganz still.

In diesem Moment ging ohne jede Vorwarnung ein Platzregen auf Torre Domizia nieder.

Maurizio Nardulli sagte die ganze Nacht über kein Wort – auch nicht, als um zwei Uhr früh der vom Vater hinzugezogene Anwalt eintraf. Richterin Perrillo fragte, zeigte, drohte, beschwichtigte – alles vergeblich. Sein Jungengesicht unter dem blonden Haarschopf blieb ungerührt, ausdruckslos, die blauen Augen waren stur auf die Schreibtischkante vor ihm gerichtet. Er schien sein Leben lang dort sitzen bleiben zu wollen, ohne zu schlafen, zu essen oder zu trinken. Anita Perrillo begriff, dass er eine harte Nuss war, deutlich schwerer zu knacken als Dagnone. Sie wusste, dass die reinen Indizien anfechtbar waren, hatte aber die Aussagen von Dagnone, Cavallari, den Fluchtversuch am Bahnhof und sämtliche Gutachten: alles, was der Körper von Elisabetta Ansaldo über die Aggressoren verriet. Sie würde Zeit und Durchhaltevermögen brauchen. Ohne Geständnis würde es sicherlich ein langer Prozess werden. Sie hatte auch Angst, dass die Beweise durch unzählige Hände gehen würden, davor, dass viele den bescheidenen Kollegen Maresciallo Nardulli durchaus zu schätzen wussten. Aber sie würde diesen jungen Mann für lange Zeit hinter Gitter bringen, selbst wenn das bedeutete, ihren Pensionseintritt zu verschieben. Das war sie Elisabetta und dieser armen jungen Frau, die im Krankenhaus zwischen Leben und Tod schwebte, schuldig.

Tommaso Nardulli, der unter seiner Jacke nur ein Hemd trug, weil ihn die Kollegen gebeten hatten, die Uniform abzulegen und die Dienstpistole abzugeben, hörte sich schweigend an, was ihm Anita Perrillo zu sagen hatte. Nach all den Zeugenaussagen und Beweisen, die innerhalb weniger Tage gesammelt worden waren, hatte man die vielen Akten, die Castagnoli und er in über einem Jahr Ermittlungen produziert hatten, durch zwei fein säuberliche Schreibmaschinenseiten ersetzt, bei denen einfach alles passte. Wenn man von der angeblichen Beteiligung seines Sohnes absah, erkannte auch Nardulli, dass Perrillos Version wasserdicht war.

Gegen acht Uhr abends am 10. August 1980 steigt Gaspare Mannino aus dem Fiat 127 Sport von Leonardo Dagnone und betritt den Lebensmittelladen von Mario Spassi, um sechs große Flaschen Bier zu kaufen, die er auf seine Mutter Silvana anschreiben lässt. Dann steigt er wieder ins Auto. Dagnone und

Mannino gehen in einem günstigen Lokal eines Freundes in Maccarese etwas essen. Nach dem Essen versuchen sie dann, mit zwei nicht näher identifizierten einheimischen jungen Frauen anzubandeln, die erst darauf einzugehen scheinen, sich dann aber unter einem Vorwand verabschieden. Mannino lässt nicht locker, weil ihm eine der beiden richtig gut gefällt, aber die wird nervös und schubst ihn weg. Irgendwann nehmen Mannino und Dagnone mit dem Fiat 127 Sport wieder die Via Aurelia zurück nach Torre Domizia, wo sie sich an einem etwas abgelegenen Ort mit Maurizio Nardulli verabredet haben. Der konnte für einen guten Preis einige Gramm Haschisch ergattern, die er mit ihnen teilen will. Als Mannino und Dagnone am verabredeten Ort auftauchen, sprich bei den Holzstufen des Lido Le Dune, ist Nardulli bereits dort, er ist gerade eben mit dem Fahrrad angekommen. Er ist aufgebracht, erzählt, dass sich der Vater vor zwei Tagen vorm Pool des Segelclubs das brandneue Moped hat klauen lassen, das er ihm geliehen hatte. Es ist ungefähr Mitternacht und absolut ruhig, weil die Bar des Lido Le Dune bereits um zweiundzwanzig Uhr geschlossen hat und das letzte Strandbad vor der Flussmündung, die Bandiera Gialla, seit einigen Monaten wegen Steuerrückständen zusperren musste.

Sie trinken das von Mannino besorgte Bier und rauchen Nardullis Hasch, kabbeln sich über die letzte Fußballmeisterschaft, bis Mannino verärgert gesteht, dass ihn die Sache mit der jungen Frau in Maccarese vorhin echt geärgert hat. Nardulli lässt sich alles genau erzählen und tröstet ihn damit, dass er die Fremde obszön beschimpft. Anschließend reden sie über »Weiber«: anfangs über Mädchen, die sich zieren, die *einen hinhalten*. Dann über die verfügbaren, *die leicht zu haben sind*. Sie machen sich gewagte Geständnisse, ohne ein Blatt vor den Mund zu nehmen. Bier und Hasch haben die Zungen gelöst, und da man in Wahrheit wenig zu berichten hat, phantasiert man eben. Es gibt einige, die man mal richtig rannehmen sollte, darin sind sie sich einig. Männer sollten wieder Männer sein dürfen. Und sie erzählen sich, wie man einer Tussi, die einem gefällt, am besten beibringt, dass man es ihr so richtig schön besorgen kann. Irgendwann malen sie sich nicht einvernehmlichen Sex aus, es fällt der Name Elisabetta Ansaldo, von der Nardulli ganz besessen ist, die er sich aber nicht traut anzusprechen. Er hat sie erst vor wenigen Stunden auf dem Hauptplatz gesehen und ist so scharf auf sie, dass es ihm körperlich weh tut. Er ist frustriert, dass die erst Sechzehnjährige schon Erfahrung hat, während er noch ganz am Anfang steht. Er fühlt sich ihr nicht gewachsen, fürchtet sich vor einem Korb, weil sie eher auf Ältere steht. Dagnone und Mannino kennen sie nicht, deshalb soll er sie ihnen beschreiben. Nardulli zieht sie mit Worten aus, beschreibt vulgär ihre körperlichen Vorzüge. Sie beschreiben einander, was sie alles mit ihr machen würden, wenn sie sie nur zu fassen kriegten. Lachend stacheln sie sich gegenseitig auf und sind sich einig, dass man auf sie, die schon Erfahrung hat, nicht groß Rücksicht zu nehmen brauche. Im Gegenteil!, so Nardulli. Einer wie Betta genüge ein Mann allein bestimmt gar nicht. Die Atmosphäre ist aufgeladen, und irgendwann meint Nardulli, er müsse gehen. Er atmet schwer. Auch Dagnone und Nardulli sind angespannt, nachdem sie so viel über Elisabetta phantasiert haben. Nardulli verabschiedet sich hastig und fährt mit dem Fahrrad davon, Richtung Flussmündung, vielleicht macht er aber auch auf der Einbahnstraße kehrt und fährt nach Hause.

Dagnone und Mannino trinken schweigend ihr Bier aus und rauchen noch ein paar Zigaretten. Wolken ziehen auf, und es wird dunkler. Vom Meer her ist nur die stärker werdende Brandung zu hören. Als sie gehen wollen, sehen sie, dass Nardulli zurückgerast kommt. Er springt hastig vom Rad und rennt auf sie zu. Die Augen quellen ihm förmlich aus dem Kopf.

»Ich hab sie aus dem Haus schleichen sehen«, sagt er heiser. »Sie ist runter zum Strand, kurz vor der Flussmündung. Sie geht zu den Lagerfeuern. Das hat sie letztes Jahr auch schon gemacht.«

»Wer?«, fragen die beiden anderen.

»Betta.«

Es bleibt keine Zeit zum Nachdenken. Wie gelähmt starren sie Richtung Strand und Flussmündung, aber das Mondlicht ist schwach, der Himmel bewölkt. Betta sehen sie erst, als sie in etwa zwanzig Metern Entfernung an ihnen vorbeiläuft, und auch das nur, weil dieser Strandabschnitt von der Lichterkette der Bar etwas erhellt wird.

Doch sie ist nicht allein, sondern geht Hand in Hand mit einer, die jünger wirkt.

»Die nehme ich«, sagt Dagnone.

Sie nicken sich verschwörerisch zu, beobachten, wie die jungen Frauen den Lido passieren und dann langsamer werden. Sie verlieren keine Zeit, sie stürzen sich in die Dunkelheit und packen sie von hinten.

Dagnone wirft sich auf die Schmächtige, die ihn anfangs trotzdem heiß macht. Irgendwann gibt sie auf und lässt ihn einfach machen. Mannino und Nardulli hingegen schnappen sich Betta, zu zweit schaffen sie es, sie festzuhalten. Sie ist groß und kräftig, tritt um sich wie ein wild gewordenes Fohlen. Die beiden stacheln sich gegenseitig an, denn die Anstrengung, sie im Zaum zu halten, erregt sie noch mehr.

Als Dagnone mit seiner fertig ist, die unter ihm ohnmächtig geworden ist, eilt er rasch zu ihnen, er möchte zuschauen.

Auf Betta, die mit dem Gesicht nach unten liegt, ist gerade Mannino. Nardulli hat die Hose runtergelassen und hält sie fest, indem er ihr die Ellbogen in den Rücken presst. Aber Dagnone sieht, dass sich Betta nicht mehr regt. Dass sie auf einmal so stumm und gefügig ist, kommt ihm seltsam vor. Ist sie ebenfalls ohnmächtig geworden? Er hat etwas wie eine plötzliche Eingebung. Er schubst Nardulli beiseite und zerrt Mannino mit aller Kraft von ihr herunter. Der protestiert, ist so betrunken, dass er Schwierigkeiten hat zu kommen, und stößt rücksichtslos in sie hinein.

Dagnone packt Betta an der Schulter und dreht sie um.

Er kann nicht erkennen, ob sie tot oder lebendig ist, aber, dass sie abhauen müssen und zwar sofort, begreift er gleich.

Dagnone und Mannino fahren mit ausgeschalteten Scheinwerfern davon, im Fiat 127 Sport, Nardulli nimmt sein Rad und fährt rasch gegen die Einbahnstraße nach Hause, durch die Gassen des Ortes. Am nächsten Morgen findet Mauro Sattaflora gleich neben dem Zaun den leblosen Körper von Betta Ansaldo.

Nachdem Anita Perrillo die Tatsachen für ihn rekonstruiert hatte, starrte Tommaso Nardulli ins Leere

»Es fällt mir nicht leicht«, sagte die Untersuchungsrichterin und sah ihn an. »Es fällt mir nicht leicht zu glauben, dass sie nie den Hauch eines Verdachts hatten, nicht einen Hinweis gefunden haben.«

Da schaute er auf. »Haben Sie Kinder, Frau Richterin?«

Nach kurzem Zögern nickte Anita Perrillo.

»Dann dürfte Ihnen das nicht mehr so schwerfallen.«

»Bringen Sie ihn zu einem Geständnis, Nardulli«, sagte sie nicht ohne Nachsicht. »Zum Wohle aller«, fügte sie noch hinzu.

Nardulli schaute aus dem Fenster. Es war dunkel und regnete. Immer noch.

Gegen vier Uhr früh veranlasste die Richterin eine Hausdurchsuchung bei den Nardullis und sorgte dafür, dass nicht nur der Sohn, sondern auch Tommaso Nardulli in Untersuchungshaft kam: Es bestehe die berechtigte Gefahr, dass Spuren verwischt würden. Als der Maresciallo davon erfuhr, wunderte er sich nicht. Er saß schon seit Stunden in einem Raum und dachte nach. Er wusste, dass bei so einer schweren Straftat auf Begünstigung Gefängnis stand. Immer wieder war der Gefreite Marino gekommen, ein alter Bekannter aus ihrer gemeinsamen Zeit in Cerveteri, um ihn zu fragen, ob er irgendetwas brauche. Man sah, wie unwohl er sich dabei fühlte. Und als Nardulli von ihm wissen wollte, wie es seinem Sohn gehe, meinte er nur, dazu dürfe er nichts sagen. Ganz ohne Bedauern. Wie jemand, der fest davon überzeugt war, dass sein Sohn und er dort waren, wo sie hingehörten. Er staunte auch nicht, dass Maurizio zu ihm in den Raum gebracht wurde, wo sie unter den wachsamen Blicken des Vicebrigadiere Todaro, der barsch verkündet hatte, ein Gespräch sei nicht gestattet, darauf warteten, ins Gefängnis gebracht zu werden.

Maresciallo Nardulli betrachtete schweigend seinen neben ihm sitzenden Sohn. Ihm fiel auf, dass er einen leichten Bartschatten hatte. Seine einst so strahlend blauen Augen waren trüb. Maurizio war in den letzten anderthalb Jahren zum Mann geworden. Körperlich eher weniger, da wirkte er trotz seiner stattlichen Figur nach wie vor kindlich und daher jünger. Aber was sein Verhalten betraf: Etwas daran war anders. Er war selbstsicherer, lässiger geworden, vor allem Frauen gegenüber. Jedes Wochenende ging er mit einer anderen aus. Man merkte ihm an, dass er seine Erfahrungen machte. Er war ein schüchterner Teenager gewesen, doch jetzt hatte er seine Schüchternheit gegenüber Frauen verloren, obwohl er nach wie vor mit einem alten Moped durch Torre Domizia kurvte und jeden Morgen früh um sechs mit dem Zug zur Universität fahren musste. In den letzten Monaten hatte Nardulli all diese Veränderungen mit einem gewissen väterlichen Stolz beobachtet. Er selbst war immer nur mit seiner Frau zusammen gewesen, die beiden waren seit dreißig Jahren verheiratet. Ganz anders Maurizio: Der hatte sich anders entwickelt, so viel stand fest.

Auch als die Richterin dringend nach Vicebrigadiere Todaro rief, der beim Gehen die Tür offen stehen ließ, wunderte sich Nardulli nicht. Er atmete tief durch, stützte den Ellbogen auf die Lehne des Metallstuhls, auf dem er die Nacht verbracht hatte, und beugte sich zu seinem Sohn hinüber.

»Als Gaspare Mannino verschwand, hab ich dich beim Abendessen gefragt, ob du ihn gekannt hast. Du hast nein gesagt, weißt du noch?«

»Ich kannte ihn ja auch nicht«, erwiderte der Sohn, ohne ihn anzusehen.

»Dann wurde er tot aufgefunden, in der Kirchenzeitung standen zwei Zeilen und ein Foto, das vom Fußballturnier im Sommer, das Don Tonino auf dem Platz der Pfarrgemeinde organisiert hatte, weißt du noch? Er hatte die Mannschaften nach den Strandbädern benannt: Il Pirata, La Vela, Il Florida … Il Florida hat zwei Jahre hintereinander gewonnen, 1977 und '78.« Er nickte gedankenverloren, denn er war sich sicher, dass das genau in diesen Jahren passiert war. »Mannino und du wart in der Verteidigung. Auf diesem Foto wart ihr beide mit dem T-Shirt zu sehen, darauf die Nummer, ja, sogar der Name. Ihr hattet euch die Arme um die Schultern gelegt, standet ganz nah beieinander und habt gestrahlt. Don Tonino hat damals von mir und deiner Mutter fünftausend Lire für dieses T-Shirt gewollt. Deine Mutter war richtig sauer, weil sie es so teuer fand.«

Maurizio schaute ihn nur schweigend an.

»In dieser Zeitung habe ich während der Messe geblättert, weil Don Tonino an dem Sonntag einfach kein Ende fand. Und da dachte ich mir, das kann doch nicht sein, dass du dich nicht mehr an Gaspare erinnerst.« Bei dem Gedanken daran schüttelte er den Kopf. »Aber dann hab ich es wieder vergessen.« Er tippte sich an die Schläfe. »Du weißt ja, wie das ist …«

»Und, was willst du mir jetzt damit sagen?«, meinte der Sohn gereizt.

»Hab ich dir jemals erzählt, dass ich eigentlich Eisenbahner werden wollte, Mauri?« Nardulli lächelte wehmütig. »Aber nach dem Militärdienst wollte ich deine Mutter heiraten, und sie hat mich überredet, bei der Armee zu bleiben.«

Maurizio starrte ihn an.

»Ich bin kein guter Carabiniere. Mein Platz wäre bei der Bahn gewesen.« Er hob den Zeigefinger. »Darin wäre ich gut gewesen.«

»Du bist ein guter Vater«, sagte Maurizio unvermittelt, weil er das Gefühl hatte, ihn trösten zu müssen, und wandte den Blick ab.

»Das stimmt.« Nardulli nickte energisch. »Die ganze Nacht hab ich mich gefragt, was ich falsch gemacht habe.« Er verstummte. »Und weißt du, zu welchem Schluss ich gelangt bin?«

Der Sohn regte sich nicht, er hatte die Arme auf die Oberschenkel gestützt und starrte zu Boden.

»Dass ich nichts falsch gemacht habe. Und deine Mutter auch nicht.«

Sie schwiegen. Der Vicebrigadiere Todaro schien sich in Luft aufgelöst zu haben, und das Gerichtsgebäude wirkte leer.

»Ich möchte nur eines wissen …« Nardulli tippte sich an die Stirn zum Zeichen, dass ihm das keine Ruhe ließ. »Die Bisse.« Er verstummte, dieses Wort flößte ihm am meisten Entsetzen ein. »Hast du Betta gebissen? Oder die anderen?« Er wartete vergeblich auf eine Antwort. »Wenn es deine Bisse waren, wird man das so oder so herausfinden. Sag du es mir, Mauri.«

Maurizio hob ein wenig den Kopf, starrte aber weiterhin geradeaus. Er wusste, dass ihn sein Vater bis ans Ende seiner Tage keines Blickes mehr würdigen würde. »Als ich sie in die Finger bekommen habe, habe ich jede Beherrschung verloren«, sagte er tonlos, aber ohne eine Spur von Reue. Würde er sie erneut in die Finger bekommen, würde er es wieder tun. Das sprach er zwar nicht laut aus, aber Nardulli begriff es als sein Vater auch so.

Tommaso Nardulli schloss die Augen.

Er stellte sich den Schrei seiner Frau vor, wenn sie das mitangehört hätte – sie, die ihn ausgetragen, gestillt, gewiegt, gefüttert und ordentlich gekämmt hatte, bevor sie ihn pünktlich zur Schule schickte. Sie, die ihn vor dem Schlafengehen auf die Stirn geküsst hatte wie erst neulich noch.

Er brauchte ein wenig, um wieder zu Kräften zu kommen. Er war erschöpft nach dieser letzten halben Stunde im Dienst, in der er besser gewesen war als während seiner gesamten Laufbahn. Dann stand er auf und verließ den Raum. Langsam lief er durch den Flur, und als er die Hälfte zurückgelegt hatte, kam ihm Vicebrigadiere Todaro entgegen. »Können wir jetzt fahren?«, fragte er.

Todaro nickte, trat neben ihn und packte ihn sanft am Arm. »Die Perrillo lässt ausrichten, wie dankbar sie Ihnen ist, und wie leid ihr das alles tut«, flüsterte er.

»Ich habe nur meine Pflicht getan«, erwiderte Nardulli.

Anita Perrillo konnte sich nicht erinnern, wann sie das letzte Mal etwas Schlaf bekommen hatte. Sie staunte, dass sie sich in ihrem Alter immer noch auf den Beinen halten konnte, nach wie vor einen klaren Kopf hatte. Sie fühlte sich energiegeladen, wie elektrisiert – ja, irgendwie euphorisch. Denn innerhalb einer einzigen Nacht hatte sie Licht in das Dunkel gebracht, in das der Fall Ansaldo, jetzt bedauerlicherweise der Fall Ansaldo-Bassevi, fast zwei Jahre lang gehüllt gewesen war. Noch immer war sie fassungslos darüber, wie all die Erwachsenen im Umfeld von Miriam Bassevi deren Trauma hatten übersehen können. Weil deren Tragödie von einer noch größeren überschattet worden war.

Am nächsten Morgen, gleich nachdem Maurizio Nardulli sein Geständnis unterschrieben hatte, bestellte sie das Ehepaar Ansaldo ein. Das erschien Punkt acht bei Gericht. Sie bat den Gefreiten Marino, die beiden in ihr Büro zu führen, und begrüßte sie mit einem warmen Händedruck. Sie erkundigte sich nach dem Gesundheitszustand der Nichte, doch die beiden schüttelten nur verzweifelt den Kopf: Es gab keine guten Neuigkeiten, und jeder Tag, den Miriam länger in diesem Zustand verbrachte, machte eine Genesung unwahrscheinlicher. Insgeheim nahm sich Perrillo vor, das seelische Trauma zu den Anklagepunkten hinzuzufügen. Dagnone und Nardulli sollten auch dafür büßen, und sie würde ihren Stuhl nicht verlassen, bevor das Urteil gefällt war …

Sie ließ die Ansaldos auf dem Sofa neben dem Fenster Platz nehmen und setzte sich in den Sessel, denn das Folgende war nichts, was man hinter einem Schreibtisch thronend erzählt.

Bevor sie das Wort ergriff, lächelte sie kurz. Was sie zu sagen hatte, war bitter, aber sie hatte zumindest auch eine freudige Nachricht. »Wir haben sie gefasst, Signori Ansaldo.«

Marisa unterdrückte geistesgegenwärtig ein Schluchzen, indem sie die Hand vor den Mund schlug. Stelvio legte den Arm um sie, während ein Leuchten in seinen Augen aufglomm, so als würden sie langsam wieder zum Leben erweckt. Die Ansaldos starrten sie ungläubig an.

»Wir stehen noch ganz am Anfang«, schickte sie rasch hinterher. »Es wird ein langer, schmerzhafter Weg.« Sie sah sie direkt an. »Sie werden schreckliche Dinge zu hören bekommen«, sagte sie warnend. »Aber Sie …« Sie zögerte. »*Wir* geben Betta jetzt eine Stimme und sollten uns durch nichts aufhalten lassen!«

Marisa nickte und weinte stumm.

»Sie heißen Leonardo Dagnone und Maurizio Nardulli«, fuhr sie fort. »Nardulli und Mannino, der inzwischen tot ist, haben sich Betta geschnappt, woraufhin passiert ist, was passiert ist.« Sie holte tief Luft. »Dagnone wiederum ist für den Übergriff auf Miriam verantwortlich.«

Stelvio starrte sie verwirrt an. »Nardulli wie der Maresciallo?«, fragte er.

Die Richterin nickte bedächtig. »Sein ältester Sohn.«

Marisa und er tauschten einen verstörten Blick. »Wie ist das bloß möglich?« Stelvio war wie gelähmt.

Anita Perrillo seufzte laut. »Der Maresciallo ist der Begünstigung angeklagt, aber wenn Sie meine Meinung hören wollen: Er hat nie Verdacht geschöpft.«

Stelvio schüttelte den Kopf, er konnte es einfach nicht fassen. Er hatte mit dem Vater des zukünftigen Mörders seiner Tochter Boccia gespielt, hatte sich in den ersten, so schmerzhaften Tagen ausgerechnet von ihm trösten lassen. Er hatte ihm und seinen Ermittlungen blind vertraut.

»Reden wir Klartext, Signori Ansaldo: Hätte es Leo De Maria nicht gegeben, hätten wir dieses Knäuel vermutlich nie entwirrt. Oder aber Monate, wenn nicht Jahre dafür gebraucht. Und je mehr Zeit vergeht, desto mehr Spuren gehen verloren, auch die Erinnerung lässt nach ...«

Marisa nickte zum Zeichen, dass sie verstand.

Die Richterin senkte kurz den Blick, denn das, was sie jetzt sagen musste, belastete sie. »Ich werde mich für die absolute Höchststrafe einsetzen, aber die Rechtsprechung ist etwas anderes als das Rechtsempfinden von Eltern. Darauf sollten Sie vorbereitet sein.«

Die Ansaldos nickten, weil sie auch das verstanden.

»Und was wird jetzt aus Leo De Maria?«, fragte Stelvio.

»Wegen des Rauschgifthandels haben wir einen Deal mit ihm gemacht. Der zuständige Strafrechtskollege hat die ganze Situation berücksichtigt, die mildernden Umstände, den erheblichen Beitrag, den er zu diesem Fall geleistet hat ...« Sie wiegte zufrieden den Kopf. »Er kommt mit der Mindeststrafe davon.«

Da nickten die Ansaldos beide, weil sie wussten, dass Leo De Maria auf seine Art aus Liebe und Tapferkeit gehandelt hatte.

»Dieser junge Mann hat übrigens eine phantastische Anwältin. Eine energische Strafrechtspezialistin, die wirklich was kann.« Sie rutschte in ihrem Sessel hin und her und ließ sich Zeit, weil sie die richtigen Worte finden musste. Aus ethischen Gründen durfte sie nämlich keinen Anwalt empfehlen. »Wissen Sie …, wenn es ums Verhandeln geht, genügt ein guter Mediator. Aber wenn man in eine Schlacht zieht, braucht man einen General.« Sie lächelte.

Dankbar erwiderten die Ansaldos ihr Lächeln.

Trotz heftigen Regens ließ sich Anita Perrillo mit dem Streifenwagen zur Strafanstalt in Civitavecchia fahren, bevor sie endlich für eine verdiente Ruhepause nach Hause zurückkehren würde. Sie musste ein wenig warten, da eigentlich keine Besuche erlaubt waren und der Direktor sie länger hinhielt als nötig, um seiner Verärgerung Ausdruck zu verleihen.

Sie setzte sich an den Metalltisch und wartete, bis Leo De Maria erschien, eine offene Trainingsjacke über dem weißen T-Shirt wie jemand, der sich bereits mit dem Gefängnis abgefunden hat.

»Wie geht es Ihnen, De Maria?«, begrüßte sie ihn.

Er zuckte mit den Schultern. »Alles nette Leute.«

Sie bedeutete ihm, sich zu setzen. Dieser junge Mann war ihr von Anfang an sympathisch gewesen. Abgesehen von seiner harmlosen Rolle als Kleinkrimineller hatten sie sein Mut, seine Sensibilität und sein Instinkt berührt. Die seltene Empfindsamkeit hinter dem Panzer, der durch ein einziges Wort Risse bekommen kann – vorausgesetzt, es ist aufrichtig. Wäre er nicht vorbestraft, hätte ein phantastischer Untersuchungsrichter aus ihm werden können, davon war sie fest überzeugt. Und dann diese Liebesfähigkeit, die ihn dazu gebracht hatte, auszupacken, ohne auch nur das Geringste zu verheimlichen, kein noch so kleines Detail, um seine Aussage nicht angreifbar zu machen. Dass Miriam Bassevi Gerechtigkeit geschah, hatte er mit seiner

Freiheit bezahlt – als geständiger Kleinkrimineller, ohne zu zögern, fast schon freimütig. Antikes Heldentum fiel ihr zu dieser Haltung ein. Der Chefarzt der Intensivstation hatte ihr anvertraut, dass der junge Mann vollen Einsatz geleistet hatte, als er Miriam gerade noch rechtzeitig einlieferte. Wenn diese junge Frau überhaupt noch eine Chance hatte, so winzig sie auch sein mochte, dann einzig und allein dank Leo De Maria.

»Wir haben Dagnone und Nardulli verhaftet«, sagte sie mit einem anerkennenden Lächeln, denn indem sie den Plural benutzte, zollte sie ihm die Anerkennung, die ihm gebührte.

Leo legte die Hände in den Nacken, atmete tief durch und erwiderte ihr Lächeln, als wäre eine schwere Last von ihm abgefallen. Er blieb stumm und ließ ihre Worte genüsslich nachhallen.

»Mal sehen, ob Sie aussagen müssen.«

»Wer ›sie‹?«

»Sie, De Maria.«

»Sie siezen mich?« Er lachte laut auf.

»Es wird Zeit, dass Sie erwachsen werden, De Maria«, ermahnte ihn die Richterin, wobei sie ihre Belustigung nicht verbergen konnte.

»Besser, ich bekomm die gar nicht erst zu sehen«, warnte er, erneut ernst geworden.

Richterin Perrillo atmete tief durch. »De Maria, als Sie kehrtgemacht haben und nach Rom zurückgefahren sind, anstatt Dagnone in Marina di San Giorgio umzubringen, haben Sie eine Entscheidung getroffen. Die einzig richtige, um sich und Miriam zu schützen.«

Bei diesem Namen änderte sich sein Gesichtsausdruck. Trauer überschattete seine Züge, während er die Hände an den Oberschenkeln rieb, als wollte er den inneren Schmerz wegstreicheln.

»Immer noch keine Neuigkeiten?«, fragte er mühsam gefasst.

Sie schüttelte den Kopf. »Heute Morgen habe ich die Ansaldos getroffen. Noch gibt es nichts Neues.«

Leo nickte langsam, wollte die Hoffnung nicht aufgeben, dass Miriam durchhalten würde. Wenn sie nicht aufgab, musste das etwas zu bedeuten haben. Um nicht durchzudrehen, wiederholte er innerlich wie ein Mantra, dass sie es sich kurz zuvor vielleicht doch noch anders überlegt hatte. Dass sie, als er sie in den Armen hielt, seine Nähe gespürt und begriffen hatte: Es lohnt sich zu leben. Und doch überfielen ihn hin und wieder Zweifel. Mitunter redete er sich sogar ein, dass ihm egal war, ob sie starb oder überlebte.

»Eine gute Nachricht habe ich jedenfalls«, verkündete die Richterin nicht ohne Genugtuung.

»Ach ja?«, meinte er skeptisch.

»Bignola hat Ihnen heute Hausarrest gewährt. Schon morgen dürfen Sie wieder heim.«

Leo entwich ein ungläubiges Lachen. »Das glaub ich nicht!«

»Sehen Sie?«

»Und dann?«

»Sie werden Ihre Strafe zu Hause verbüßen. Richter Bignola ist ein vernünftiger Mann, und die Anwältin Moroni kennt sich aus. Wenn Sie sich ordentlich benehmen, sind Sie in wenigen Monaten frei.«

Anita sah einen Rest Bitterkeit in seinem Blick. Und verstand, dass es ihm auch irgendwie Angst machte, wieder frei zu sein. Vor allem wenn das *ohne Miriam* bedeutete.

»Einen Schritt nach dem anderen, De Maria«, munterte sie ihn auf, als wäre er ihr Sohn.

Er nickte wenig überzeugt.

Ganz langsam kam sie wieder zu Bewusstsein, indem sie träumte.

Sie war am Strand, aber nicht beim Lido Le Dune. Die Sonne stand hoch am Himmel, und die Luft war warm und windstill. Miriam betrachtete das spiegelglatte Meer und drehte sich dann langsam um die eigene Achse. Sie war allein, hatte aber keinerlei Angst. Sie wusste nicht, wohin, und machte einen Schritt in eine beliebige Richtung, kehrte wieder um. Eine Weile lief sie ziellos umher, bis eine junge Hündin mit goldenem Fell auftauchte, die wedelte und sie auffordernd anschaute. Die Hündin lief ihr voraus nach Norden und drehte sich in regelmäßigen Abständen zu ihr um, um sich zu vergewissern, dass sie ihr noch folgte. Miriam marschierte ihr nach. Langsam, ohne Eile. Als sie den Turm bemerkte, wusste sie, dass sie am Ziel waren. Aber das war nicht der Torre del Fratino aus Bettas Erzählungen. Sondern der mittelalterliche Turm ihres Schachspiels, nur riesengroß wie in *Alice im Wunderland*. Sie lächelte erfreut.

»Sind wir am Leuchtturm?«, fragte sie.

Die Hündin wedelte zustimmend und zeigte dann mit der Schnauze auf den Turm, als wollte sie sagen: *Da!*

Miriam sah, dass sich das Meer zurückgezogen hatte, der Weg bis zur geöffneten Tür konnte also trockenen Fußes zurückgelegt werden.

Du kannst horizontal oder vertikal ziehen, hatte sie Leo erklärt. Ob er der Herr dieses Turms war? Sie beschloss, darauf zuzueilen, lief immer geradeaus, doch die Füße versanken im feuchten Sand. Sie hatte Angst, vollends zu versinken und drehte sich abrupt um, um den Rückweg anzutreten. Sie hatte das Gefühl, nur wenige Schritte gemacht zu haben, doch der Strand lag bereits weit hinter ihr.

Aus der Ferne schaute die Hündin sie eindringlich an. Ihr

Fell glitzerte in der Sonne, als wäre es mit winzigen Diamanten übersät. Sie wedelte zum Abschied.

Auf einmal überkam Miriam eine große Traurigkeit.

Da sagten die Augen der Hündin aufmunternd.

Daraufhin winkte sie ihr lange zu und drehte sich um. Sie ging noch ein Stück durch den immer weicheren Sand, der sie manchmal verschlucken wollte. Bei jedem Schritt bildeten sich immer größere Pfützen um ihre Füße. Sie schaute aufs Meer und sah, wie es langsam auf sie zukam, es kam ihr entgegen, bereit, sie zu überfluten. Auf einmal verdunkelte sich der Himmel, und sie rannte so schnell, dass sie den weichen Grund kaum berührte. Fast flog sie, leicht flatternd wie ein Schmetterling.

Bis zum Turm. Sie ging durch die Tür und war gerettet.

Sie warf einen Blick zurück auf den verlassenen Strand. Dann machte sie sich auf die Suche nach dem Herrscher des Turms.

Rasch eilte sie die Wendeltreppe empor bis ganz nach oben und rief nach Leo – ihre Stimme hallte von den dicken Mauern wider. Auf einmal neigte sich der Turm leicht, und sie klammerte sich überrascht an die Fensterbank eines kleinen Bogenfensters, um nicht zu stürzen.

Sie schaute hinaus.

Himmel, Meer und Strand waren verschwunden.

Sofort begriff sie, dass sie sich in Leos Hand befand, und lächelte erleichtert.

Eine plötzliche Müdigkeit überkam sie. Sie schloss die Augen und machte sie nur ganz kurz auf, dann noch einmal. Jetzt kam es ihr so vor, als würde sie hinter einer großen Scheibe ihre Mutter und daneben Tante Marisa erkennen, die ihre Schwester fest an der Hand hielt, sie an ihre Brust gezogen hatte. Wie um ihr zu sagen, dass sie gemeinsam für sie da waren.

Miriam schlief erneut ein, denn sie brauchte noch viel Ruhe.

Gegen Mitternacht schrak Marisa hoch. Nachdem sie eine Kleinigkeit gegessen hatte, hatte sie sich noch angezogen auf Bettas Bett fallen lassen und war sofort eingeschlafen. Stelvio und sie waren vollkommen erschöpft nach Hause gekommen. Vormittags hatten sie sich mit der Richterin Perrillo getroffen, die ihnen die Namen dieser Monster genannt hatte. Es war ein unglaublicher Schock gewesen, dass ausgerechnet Nardullis Sohn, der blonde Junge, dem sie im Lauf der Jahre oft mit seinen Eltern in der Kirche oder auf dem Hauptplatz begegnet waren, Bettas Leben beendet hatte. Stelvio erinnerte sich sogar noch, ihn bei einem Fußballspiel gesehen zu haben, an einem Sonntag, als er Ettore überredet hatte mitzukommen. Er erinnerte sich, wie der Maresciallo ganz stolz auf die Pässe seines Sohnes am Spielfeldrand gesessen hatte. Ein wenig hatte er ihn sogar beneidet. Auf der Rückfahrt von Civitavecchia gestand Stelvio seiner Frau mit einem Kloß im Hals, dass er, der einen Sohn hatte, der in der Carnegie Hall Klavierkonzerte gab, den Vater eines Monsters beneidet hatte. Pässe auf einem staubigen Fußballfeld der Pfarrei zu spielen, war ihm eben vertraut. Damit kannte er sich aus, da wusste er, ob sie saßen oder nicht. Marisa reagierte zunächst empört, verstand dann aber.

Später besuchten sie dann noch Corallina, die weinte, weil ihr Bruder im Gefängnis saß: Leo sei schließlich ein lieber Kerl und habe diese Strafe nicht verdient, auch wenn er Fehler gemacht hätte. Sie weinte auch um Miriam, deren Zustand sich nicht bessern wollte und die an all den gruseligen Geräten hing. Sie war dankbar, dass Signora Emma erlaubte, Miriam hinter der Glasscheibe zuzuwinken – auch im Namen ihres Bruders. Die Bassevis waren sehr nett zu ihr, wirklich feine Leute. Sie wollten sich sogar persönlich bei Leo bedanken, sobald man ihn im Gefängnis besuchen durfte. In ihren Augen hatte er mehr für Miriam getan als sie in ihrem ganzen Leben. Corallina schluchzte immer noch beim Gedanken an diese großzügigen Worte von der von Gewissensbissen geplagten Signora Emma. Corallina hatte versucht, sie zu trösten. Aber Miriams Mutter hatte einfach ein zu schlechtes Gewissen und das Gefühl, ihr Egoismus, ihre fehlende Opferbereitschaft habe die Tochter überhaupt erst in dieses Krankenhausbett gebracht. Ohne Opferbereitschaft gebe es nun mal keine richtige Liebe, hatte sie ihr schluchzend gesagt wie jemand, der erst viel zu spät begriffen hat.

Stelvio und Marisa mussten sie trösten. Mal brachten sie ihr ein Glas Wasser, mal ein sauberes Taschentuch, strichen ihr liebevoll über die Schulter oder murmelten beruhigende Worte. Irgendwann beruhigte sie sich, und dann erzählten sie ihr von ihrem Gespräch mit der Richterin Perrillo. Da musste sie wieder weinen – diesmal vor Freude.

Sie fragten nach Leos Anwältin, die die Richterin so gelobt hatte, und Corallina erzählte stolz, das sei eine gute Freundin, die sie vor vielen Jahren kennengelernt habe, als sie unter unglücklichen Umständen im Krankenhaus gelandet sei. Damals habe die Frau noch studiert und sie als Ehrenamtliche regelmäßig besucht. Sie heiße Giuliana Moroni und sei tausendmal besser als diese Fernsehrichter: Sie lasse sich von niemandem einschüchtern, so Corallina stolz. Und Leo verteidige sie sogar gratis, fügte sie voller Dankbarkeit hinzu, was für ihren Bruder und sie wirklich viel bedeute.

Als sie von Corallinas Nachbarin, Signora Antonia, in der Kanzlei der Anwältin Moroni anriefen, empfing diese sie noch am selben Nachmittag. Weil sie Freunde von Corallina seien, meinte sie nur. Und weil sie sich glücklich schätze, die Ansaldos vertreten zu dürfen.

In Moronis Kanzlei hatte sich Stelvio auf Anhieb wohler gefühlt als in den luxuriösen Räumlichkeiten Custureris. Man sah, dass sich die Moroni mit ihren Akten umgab, als wären es Kinder, die man beaufsichtigen, denen man zuhören und die man in die Schranken verweisen muss, wenn sie nicht machten, was sich gehört. Bei ihr gab es überall Kartons, Ordner und Mappen: auf Stühlen, auf dem Tisch, in den Regalen, ja sogar auf dem Sofa, so, als handelte es sich um Ehrengäste. Nicht im Traum hätte sie daran gedacht, sie schnell abzufertigen, um Platz für wichtigere Mandanten zu machen. Ihr zur Hand gingen zwei höfliche, lächelnde Studentinnen, nur wenig älter als Betta heute gewesen wäre. Außerdem leisteten ihr mehrere Katzen Gesellschaft, die abwechselnd über die Aktenstapel wachten.

Giuliana Moroni ließ sie Platz nehmen, zog ihre Kostümjacke aus, setzte sich an den ausladenden Schreibtisch und legte die flachen Hände darauf wie jemand, der sich auf eine Schlacht vorbereitet.

Sie sah sie mit einem aufmunternden Lächeln an, die Augen hinter einer runden Brille, um dann erst mal nur freundlich zu sagen: »Erzählen Sie mir von Elisabetta, Signori Ansaldo.«

Marisa war ganz gerührt. Diese Frau mit dem intelligenten Gesicht, den dunklen, ihr auf die Schulter fallenden widerspenstigen Locken, hätte Betta bestimmt gefallen, sie hatte Menschen gemocht, die authentisch waren.

Abends hatten Stelvio und sie dann noch im Krankenhaus bei Miriam vorbeigeschaut. Emma war wie immer dort. Sie wartete darauf, dass man sie mit Schutzkittel und Schutzmaske auf die Intensivstation ließ, und sei es nur für einen Augenblick. Sie hätte sich auch ein Hotelzimmer in der Nähe nehmen können, wollte aber ihrer Tochter nicht von der Seite weichen. Deshalb hatte man ihr ein Bett auf der Kinderstation ein Stock tiefer gegeben, so wie anderen Müttern auch. Als sie all die besorgten Mütter neben ihren kranken Kindern sah, litt sie sehr darunter, ihren eigenen nicht dieselbe Aufmerksamkeit gewidmet zu haben.

Marisa und Stelvio teilten ihr mit, dass sie Anwalt Custureri das Mandat entziehen würden, und erstaunlicherweise sagte sie, das könne sie verstehen. Sie interessierte sich sogar für die Anwältin Moroni und meinte, sie werde das mit Emanuele besprechen: Miriam und Betta würden schließlich für dasselbe kämpfen, und gemeinsam wären sie stärker. Da konnte Marisa ein Weinen nicht länger unterdrücken, und die beiden Schwestern umarmten sich so fest wie noch nie: Eine jede hatte für sich im Dunkeln getappt, doch jetzt hatten sie einander wiedergefunden und kämpften gemeinsam, unterstützten einander, um nicht an dem Schmerz, der sie miteinander verband, zugrunde zu gehen. Sie baten sich gegenseitig um Verzeihung, dafür dass sie sooft nicht füreinander da gewesen waren und legten Streitereien bei.

Gemeinsam standen sie eine ganze Weile hinter der Scheibe und betrachteten Miriam, damit die wusste, dass sie immerhin *jetzt* für sie da waren – als Mutter, als Tante und als Frau. Sie würden sie auffangen.

Sich mehr schlecht als recht vor den Wassermassen schützend, die jeden Schirm überflüssig machten, waren Stelvio und sie gegen zehn nach Hause zurückgekehrt. Sie aß rasch etwas Brot mit Schinken, ein paar Löffel Kartoffelsuppe, die noch vom Vortag übrig geblieben war, und einen Apfel. Sie sagte Stelvio gute Nacht, der noch am Tisch saß, und ging in Bettas Zimmer, wo die Müdigkeit sie dazu zwang, sich auszustrecken, ohne auch nur die Kleidung abzulegen. Nur ganz kurz!, sagte sie sich, wurde dann aber vom Schlaf übermannt.

Als sie aufschrak, sah sie Licht aus der Küche auf den Flurboden fallen. Langsam stand sie auf. Ihr war ein wenig schwindlig vor Müdigkeit. Sie trat ans Fenster und zog den Vorhang beiseite, würde dieses tosende Unwetter je wieder aufhören?

Barfuß ging sie in die Küche. Stelvio hörte sie nicht hereinkommen, er saß vor dem leeren Teller am Tisch und trank den Rest Wein, der noch in der Flasche war. Über seine Sucht hatten sie niemals ein Wort verloren, und ihr war sie auch immer gleichgültig gewesen. Was war schon schlimm daran, wenn ihr Mann trank – wenn die Tochter, ihr eigen Fleisch und Blut, tot war? Ganz selten war sie wütend geworden: Sie empfand es als Mangel an Respekt, dass er diesen Verlust mit einer Sucht betäubte. Wie konnte er nur? Wie konnte er es wagen, sich angesichts ihrer Tragödie zu betrinken? Es ekelte sie, wenn sie die Bettwäsche wechselte und sein Kissenbezug nach Wein stank. Doch mit einem Mal spürte sie fast so etwas wie Zärtlichkeit angesichts dieses einsamen Mannes vor der Flasche. Stelvio gab sich der Illusion hin, er könnte die Seelenkälte durch die Wärme des Weines lindern. Er brauchte den Halt des Alkohols, die Flasche war so etwas wie eine Krücke, schließlich musste er sich auch ihr zuliebe zusammenreißen, wenn sie nicht beide untergehen wollten.

Marisa kam näher, und er zuckte schuldbewusst zusammen wie ein kleiner Junge, stellte nur langsam das Glas ab ohne ihr ins Gesicht zu sehen. Marisa ging an ihm vorbei zur Spüle, schenkte sich Wasser ein und trank es in kleinen Schlucken, um Zeit zu gewinnen. Er wartete sichtlich darauf, dass sie so wie immer wieder ging, um sich in Bettas Zimmer hinzulegen.

Marisa dachte daran zurück, wie Letizia ihr bei dem Streit in der Villa Bassevi vorgeworfen hatte, nicht mal als Ehefrau etwas zu taugen. Nur dass Stelvio sie klar und entschieden verteidigt hatte: *Kein Wort mehr. Das verbitt' ich mir,* hatte er zu Letizia gesagt. Stelvio hatte sich rausgehalten, hatte zu allem geschwiegen – aber nicht zu dieser Beleidigung, die sie in gleich mehrfacher Hinsicht gezielt verletzt hatte. Sie schaute ihn an, er nahm es hin, wenn sie ihr Leid an ihm ausließ, er nahm die Einsamkeit, die Gleichgültigkeit, ihre Abweisung hin.

Der Besuch von Pietro De Maria hatte sie dazu gebracht, ihre Wohnung zu verlassen, die sie so lange vom Rest der Welt isoliert hatte – nur, um sie in eine neue Krise zu stürzen. Eine schwierige, intensive Zeit, die weitere Schmerzen gebracht hatte, aber auch neue Hoffnung. Auch weil Stelvio und sie die Sache jetzt *gemeinsam* angingen. Sie hatten einander angeschaut und wahrgenommen, miteinander geredet, einvernehmlich geschwiegen und sich wieder so gut verstanden wie vor dieser tragischen Nacht im August. Marisa lächelte wehmütig. Beide hatten sie ein Leben genossen, das Stelvio und sie sich gemeinsam aufgebaut hatten, Jahr für Jahr, von großer Liebe getragen. In der Stille ihrer Küche, in der sie, wenn sie alle gemeinsam um den Tisch saßen, ihre schönsten Momente erlebt hatten, gestand sie sich ein, dass die Liebe zu ihrem Mann die Lücke nicht schmälerte, die der Tod der Tochter gerissen hatte, dass der Trost, den ihr die Nähe ihres Mannes gab, den Schmerz nicht verwässerte.

Sie ging zu ihm, nahm die fast leere Flasche und das halbleere Glas und goss den Wein in die Spüle. Sie ließ das Wasser lange laufen, damit nicht der kleinste Geruch zurückblieb. Sorgfältiger als nötig trocknete sie sich die Hände ab, um all ihren Mut zusammenzunehmen. Und als sie so weit war, umarmte sie Stelvio von hinten inniglich, beugte sich vor, um ihm die Arme um die Schultern zu legen. Mit geschlossenen Augen schmiegte sie ihre Wange an seine. Je mehr Zeit verging, desto fester drückte sie ihn, so, als flößte ihr das neue Kraft ein. Anfangs blieb er noch starr, als wäre er vor Staunen wie gelähmt. Dann packte er ihre Hand und zog sie an sich, um ihre Wärme an seiner Wange zu spüren. Mit angehaltenem Atem und solchem Herzklopfen wie bei ihrer ersten Umarmung.

»Verzeih mir, Ste ...«, murmelte sie traurig. Das war ihr einfach so rausgerutscht.

Er lachte kurz, um seine Verlegenheit zu überspielen. »Was denn, mein Schatz?«, fragte er, während er ihr übers Haar strich. »Was denn, Mari?«

Marisa konnte nur den Kopf schütteln.

Sie verharrten eine Weile so, sagten sich alles ohne Worte, erinnerten sich an die Zeit des Schweigens, die alles noch schlimmer gemacht, dafür gesorgt hatte, dass sie sich immer weiter voneinander entfernt hatten. Wenn hier überhaupt irgendjemand Schuld traf, vergaben sie sich während dieses Schweigens. Das genügte, um sich gemeinsam wieder aufzurappeln – mit dem bisschen Energie, die ihnen zum Überleben geblieben war.

»Lass uns ins Bett gehen«, sagte sie nur und richtete sich auf, entzog sich nur ungern der Berührung, die ihr ein längst vergessenes Wohlbehagen geschenkt hatte. »Ich bin wirklich erschöpft.«

Stelvio stand auf und drehte sich zu ihr um. »Ja, ich bin auch vollkommen erledigt.«

Marisa liebkoste sein faltiges Gesicht. »Aber das mit dem Wein hört jetzt auf, verstanden?«, ermahnte sie ihn mit nachsichtigem Lächeln. »Wir können uns Unterstützung suchen, wenn nötig.«

Stelvio nickte.

In diesem Moment verloren sie die Angst vor dem Vergessen, denn kein Erinnern würde die von Betta hinterlassene Lücke jemals füllen.

So wie sie waren, legten sie sich ins Bett, komplett angezogen. Sie breiteten nur eine Decke über sich und hielten sich fest in den Armen.

Kurz sahen sie sich in die Augen, bevor sie in tiefen Schlaf fielen.

Das Unwetter war vorbei.

Eine Woche später schaute Leo De Maria gerade in ein Schachbuch, das Miriam ihm vor einiger Zeit geschenkt hatte und das er eigentlich nie hatte lesen wollen. Bis er sich bei seinem Hausarrest zu Tode langweilte. Da hörte er Signora Antonia aus ihrem Küchenfenster brüllen. Wenn sie ihnen was ausrichten musste, tat die Nachbarin das inzwischen nur noch so, denn sie bildete sich ein, wegen seines Hausarrests nicht mehr klingeln zu dürfen.

Leo trat ans Fenster. »Was hast du gesagt, Anto?«

»Eine gewisse Emma hat angerufen!«

Fast wäre er ohnmächtig geworden. »Was hat sie gesagt?«

»Dass Miriam aufgewacht ist. Sie atmet selbständig. Sie hat sogar geredet.« Während sie sich wieder zurückzog, ätzte sie noch: »Puh, war das anstrengend.«

Von der Fensterbank ließ sich Leo ganz langsam zu Boden sinken, die Beine waren ihm schwach geworden. Er blieb eine Weile so sitzen. Hatte er richtig verstanden? Kurz überlegte er, noch mal nach Antonia zu rufen, sie zu bitten, das zu wiederholen. Und zwar immer wieder.

Als er sich sicher war, richtig gehört zu haben, schlug er die Hände vors Gesicht und lachte und weinte gleichzeitig.

Miriam hatte es geschafft.

XIII
Ein weiterer Sommer

Für Miriam Bassevi und Leo De Maria begann eine Zeit des Schweigens.

Leo blieb in der kleinen Wohnung, um seine Strafe zu verbüßen und Miriam in der Rehaklinik, um die Folgen ihrer Verzweiflungstat nach und nach zu überwinden. Was die beiden miteinander verband, war die Gewissheit, es zu schaffen, aber auch die Ungewissheit in Bezug auf ihre Beziehung – jetzt, da nichts mehr so war wie zuvor. Als Miriam aus ihrem Koma erwacht war, hatte sie feststellen müssen, dass der so verzweifelt verheimlichte Horror sich überall verbreitet und einfach *alles* infiziert hatte. Es gab nur eine Wahrheit, und die gehörte jetzt nicht mehr nur ihr allein, das sah sie in den Augen eines jeden, der sie anschaute: Jegliche Schutzbarriere zwischen ihren Dämonen und dem Alltag war weg. Sie hasste Leo aus tiefstem Herzen – dafür, dass er alles, was Betta und ihr in jener Nacht zugestoßen war, der Allgemeinheit zum Fraß vorgeworfen hatte. Dass die *Aggressoren* jetzt seinetwegen einen Namen, ja sogar ein Gesicht und eine Stimme hatten, die sie zu ihrem Entsetzten auch noch vor Wildfremden identifizieren sollte. Die baten sie, sich genauer an das zu erinnern, das sie doch nur hatte vergessen wollen – selbst wenn es ihren Tod bedeutete. Sie verwünschte Leo De Maria dafür – ja, sogar dafür, dass er ihr das Leben gerettet hatte, das jetzt noch quälender war. Denn weiter zu vergessen, war jetzt ausgeschlossen.

Die Wochen vergingen wie in Zeitlupe. Und sie stellte fest, dass sich die Albträume zurückzogen wie ein Fluss, der, nachdem er alles überschwemmt und mitgerissen hat, wieder in sein Bett zurückkehrt. Der Horror jener Nacht war so gegenwärtig wie immer, schaffte es aber nicht mehr, sämtliche Dämme zu brechen. Er war nach wie vor bedrohlich, doch wenn sie sich bemühte, konnte sie ihn bändigen. Immer wenn die Panik zuzuschlagen drohte, merkte sie, dass sie gar nicht mehr so schwach war – eben *weil* sie mit diesem Horror nicht länger allein war. Dass die Dämme hielten, lag auch am Blick ihrer Mutter. Am Händedruck von Tante Marisa. An der unbeholfenen Umarmung von Onkel Stelvio. An der langstieligen Rose, die ihr der Vater gebracht hatte, damit etwas Schönes auf dem Nachttisch stand. An Ettores Musik, der extra für sie Klavierstücke aufgenommen hatte. An Donato, der sich während ihrer Abwesenheit um Indira kümmerte. An Corallinas Briefen, die mit roten Lippenstiftabdrücken signiert waren. Oft schaute die Anwältin Giuliana nur zum Plaudern vorbei, nachdem sie gemerkt hatte, dass Miriam es noch nicht schaffte, offen über alles zu reden. Sie war es auch, die sie auf den Gedanken brachte, dass sie sich im Grunde glücklich schätzen konnte. Nicht viele in ihrer Position hatten jemanden, der ihnen half, der sie rette. Als sie einmal besonders untröstlich war, erzählte ihr Giuliana vom »Haus der Schmetterlinge«, von einem Ort mitten im Grünen bei Varese, in dem Betroffene Zuflucht suchen konnten, um wieder zu genesen. Dort gab es Fachpersonal, Ärzte ohne weißen Kittel, mit denen man reden konnte, junge und ältere Frauen, die sich ein Zimmer, denselben Schmerz, dieselbe

Verlorenheit teilten. Die die Angst kannten, die Last der Scham, ja, sogar die Schuldgefühle der Überlebenden. Bei diesen Worten hatte Miriam erstmals aus Mitgefühl statt aus Selbstmitleid geweint.

Die Zeit verging, und Miriam begann ohne Hass an Leo zu denken. Eines Tages gestand sie sich sogar ein, dass sie ihn nie wirklich gehasst hatte. Wieso auch? Er hatte auf seine Weise versucht, ihr krankes Leben zu retten, alles aufs Spiel gesetzt, was er hatte, einschließlich seiner Freiheit. Wenn er in ihrer Beziehung etwas falsch gemacht hatte – wobei sie zunehmend zu dem Schluss gelangte, dass er gar nichts falsch gemacht hatte –, dann nur weil sie ihm wichtig war. Deshalb begann ihr Leos Schweigen, der sich seit dem Abend, an dem er ihr das Leben gerettet hatte, nie mehr gemeldet hatte, stark zuzusetzen.

Eines Nachmittags fand Tante Marisa sie in einer Ecke des Klinikparks vor, als sie gerade in ein Leinentaschentuch weinte, das mit Blümchen und ihren Initialen bestickt war. Corallina, die gerade Sticken lernte, hatte es ihr geschickt und Miriam glaubte, den Duft von Leo daran wahrzunehmen, der ihr einfach schrecklich fehlte.

Marisa setzte sich neben sie und strich ihr tröstend übers Haar. »Was hast du denn, mein Schatz?«, fragte sie mit Tränen in den Augen, weil es ihr weh tat, sie so zu sehen.

»Ich hab solche Sehnsucht nach Leo«, jammerte sie wie ein kleines Kind.

Obwohl Marisa aufrichtig gerührt war, musste sie doch kurz auflachen. »Ja und? Sobald du hier raus bist, schnappst du ihn dir«, meinte sie weiblich-verschwörerisch.

Miriam sah sie verzweifelt an. »Was habe ich ihm schon zu bieten, Tante?«

Natürlich verstand Marisa. Und zog sie so fest an sich, wie sie es mit ihrer Betta getan hätte.

Als die Ärzte Miriam einen Monat später erlaubten, nach Hause zurückzukehren, rief sie strahlend ihre Eltern an und meinte, sie wolle ins »Haus der Schmetterlinge« ziehen.

Je mehr Wochen vergingen und je besser sich Miriam fühlte, desto *wütender* wurde hingegen Leo auf sie. Jetzt, da er keine Angst mehr hatte, dass sie sterben könnte, fiel es ihm leicht, während seines Hausarrests seine Energie darauf zu verwenden, stocksauer zu sein – auf seine Freundin, die ihm gute Nacht gewünscht hatte, um sich gleich darauf mit Methadon vollzupumpen und Selbstmord zu begehen. Dass sie das laut Corallina nur getan hatte, weil sie nicht wollte, dass ihre Tragödie auch sein Leben zerstörte, war ihm vollkommen egal. Leo wusste nur, dass man diejenigen, die man liebt, nicht im Stich lässt. Deshalb hörte er auch nicht zu, wenn seine Schwester ihm Miriams Briefe vorlas – zumal er in keinem davon erwähnt wurde. Nicht einmal ein Gruß an ihn fand sich darin, nicht einmal der Wunsch, er möge in diesem Loch von einem Apartment krepieren, in dem er eine Strafe absaß, die er sich bloß ihretwegen eingehandelt hatte. Als er noch gedealt hatte, war er nicht ein einziges Mal in eine Ausweiskontrolle geraten. Doch jetzt hatte er seine Arbeit verloren, hatte Hausarrest und war vorbestraft. Sollte Nardi je erfahren, dass er den Bullen alles gesteckt hatte, würde er sich vielleicht auch noch eine Kugel einfangen. Richterin Perrillo hatte ihm allen nur erdenklichen Schutz garantiert, sein Name stehe ausschließlich in nicht einsehbaren Akten, doch er hatte seinen Seelenfrieden verloren. Und wofür das Ganze? Für eine, die jetzt, wo es ihr wieder besser ging, bestimmt nicht mit einem Vorstadttypen zum Sonntagsessen bei den Bassevis aufkreuzen wollte.

Abends, wenn Corallina schlafen ging und er allein zurückblieb, packte ihn jedoch regelmäßig die Wehmut. Dann saß er auf dem Bett, starrte in die Luft und spielte in Gedanken die Schachpartien nach, bei denen er Miriam besiegt hatte. Er dachte gern daran zurück, wie sie sich darüber geärgert hatte, aber auch beeindruckt von seinen raschen Fortschritten gewesen war – schließlich hatte er, bevor er sie kennenlernte, nicht mal gewusst, was Schach überhaupt war. Sie hatte ihn ein Genie genannt und all die Leute aufgezählt, die Weltmeisterschaften gewonnen hatten. Aber ihm waren die russischen und amerikanischen Weltmeister egal, für ihn war nur wichtig, dass Miriam ihn in irgendetwas gut fand. Schließlich hatte er die Frau seines Lebens bereits gefunden, was wollte er mehr?

Eines Morgens im Juli, als Corallina gerade Frühstück machte und Leo versuchte, noch ein wenig zu schlafen, um nicht so viel Zeit wach totschlagen zu müssen, wurde draußen mehrmals gehupt. Er grunzte und steckte den Kopf unters Kissen. Keine dreißig Sekunden später ging das Gehupe wieder los, weil die Klingeln kaputt waren. Alle Welt rannte ans Fenster, um zu gucken, wer da solchen Lärm machte. Corallina hingegen ließ es sein, solange Leo Hausarrest hatte, durfte er keinen Besuch empfangen.

Vor dem Gebäude wurde es laut, jemand lachte, dann riefen mehrere Stimmen nach Leo. Der kam noch ganz verschlafen unter dem Kissen hervor und schaute kurz zu Corallina hinüber, die ihn jedoch ihrerseits fragend ansah.

Er stand rasch auf und trat so wie er war, in Boxerhorts und mit nacktem Oberkörper, ans Fenster, das wegen der Hitze sperrangelweit aufstand.

Noch ehe er sie sah, ertönte auch schon Bertos übermütige Stimme aus dem zweiten Stock, der ebenfalls Hausarrest hatte. »He, Le! Deine Freundin ist da!«

Leo schaute nach unten, und da stand sie. Vom vierten Stock aus wirkte sie winzig klein in ihrem blauen Trägerkleid. Sie hatte die Haare zum Pferdeschwanz gebunden und strahlte. Er fand, dass sie aussah wie eine Göttin. Das Herz schlug ihm bis zum Hals.

»Ach du meine Güte, das ist ja Miriam!«, quietschte Corallina neben ihm und legte ihm beruhigend den Arm um die Schultern.

Emanuele Bassevi stieg aus dem Wagen und umfing die schmale Taille seiner Tochter, aus Angst, ihre zarte Gesundheit und die Aufregung könnten ihr bei der Hitze einen bösen Streich spielen.

Doch inzwischen hatten Miriam und er nur noch Augen füreinander.

Sie starrten sich aus der Ferne an, grinsten ein wenig verlegen. Sie hatten beide nicht daran geglaubt, dass dieser Moment noch kommen würde. Jetzt standen sie einfach nur da und verschlangen einander mit den Blicken – wie ausgehungert, weil so viel, zu viel Zeit vergangen war. Und diese Blicke sagten mehr als tausend Worte.

»Was wird das hier? Romeo und Julia, aber mit Happy End?«, sagte Antonia lachend, doch auch ihr war die Rührung anzumerken.

»Ja, aber gebt dieser Julia endlich mal ordentlich was zu essen«, brummte jemand weiter oben.

»Damit sie so fett wird wie deine Frau?«, meinte jemand von weiter unten.

»Singt sie denn nicht?«, fragte der alte Baldino, ein Musicalfan, amüsiert.

»Wer ist der feine Herr?«, fragte Baldinos Frau angesichts von Emanuele Bassevi.

»Schön, was?«, schaltete sich eine aus dem letzten Stockwerk ein. »Der sieht aus wie ein Filmschauspieler!«

»Der könnte mir auch gefallen«, meinte Baldinos Ehefrau seufzend.

»Wieso, was fehlt dir denn?«, erwiderte Baldino empört und strich sich über sein Unterhemd, das den Bauch fast sprengte.

»Das Auto, Baldi, nur das Auto«, scherzte einer aus dem ersten Stock, der einen guten Blick auf Bassevis BMW in Graumetallic hatte.

»Wieso geht sie denn nicht rauf?«, fragte die Alte von nebenan.

»Es ging ihr nicht gut, das sind zu viele Treppen«, erklärte Corallina.

»Dann soll er halt runterkommen!«, entgegnete dieselbe Frau unwirsch.

»Er hat Hausarrest«, mischte sich Antonia ein. »Wenn er die Wohnung verlässt, muss er zurück in den Knast.«

Die andere winkte ungeduldig ab. »Meine Güte!«

»Los, geh runter, wir sagen nichts!«, rief jemand Leo zu. »Wir haben schließlich ein Herz!«

Miriam schüttelte energisch den Kopf, damit Leo ja keinen Unsinn machte. Sie schickte ihm Luftküsse, um ihm zu verstehen zu geben, dass sie wieder fuhr.

Corallina packte ihren Bruder an der Schulter. »Sie ist gekommen, um sich zu verabschieden. Sie zieht nach Varese«, murmelte sie. »Dort wird sie eine Weile mit anderen jungen Frauen zusammenleben, die durchgemacht haben, was sie durchgemacht hat.« Ihr kamen die Tränen. »Sie hofft, dass man ihr dort helfen wird … und damit auch dir«, fügte sie leise hinzu.

Leo nickte, ohne den Blick von Miriam abwenden zu können.

Dann ging alles ganz schnell.

Er wirbelte herum, zog sich T-Shirt und Jogginghose über und sauste unter Corallinas lautem Protest barfuß die Treppe hinunter. Unten auf der Straße nahm er den Applaus der Mitbewohner und Miriams Umarmung entgegen. Die hielt sich an seinen Schultern fest, als er sie hochhob. Sie lachte, weil sie sich so etwas Verrücktes niemals hätte träumen lassen.

Als Leo Miriam erneut in den Armen hielt, wusste er genau, dass er ihr zuliebe auch für hundert Jahre hinter Gitter gehen würde. »Für dich würde ich glatt einen Mord begehen«, flüsterte er ihr von Liebe überwältigt ins Ohr und bemühte sich, nicht vor den ganzen Leuten in Tränen auszubrechen.

»Das ist ja wie im Film«, jubelte Alberta im zweiten Stock, die verheiratete Tochter Antonias.

»Ja, was? Ich hab richtig Gänsehaut!« Eine junge Tätowierte zeigte ihren muskulösen Oberarm.

»Wo bleibt der Kuss?«, protestierte eine alte Frau ungeduldig.

»Ach, ist das schön, jung zu sein«, krächzte jemand wehmütig.

Corallina kam atemlos angerannt, stürzte sich auf Leo und zerrte ihn unter lauten Drohungen und den Stoßgebeten der Mitbewohner davon – die energischen Schritte wollten so gar nicht zu den Rüschen ihrer Küchenschürze passen.

Doch Miriam und Leo hielten einander fest umklammert und leisteten unter Applaus und anfeuernden Rufen Widerstand.

»Achtung, die Bullen kommen!«, meinte jemand von der Gemeinschaftsterrasse.

»Die Bullen kommen!«, echote jemand.

»Wer hat denn die gerufen? Der sollte sich was schämen!«, protestierte Baldino.

So fest sie konnte, drückte Miriam Leo einen Kuss auf die Lippen und stieß ihn dann unter lautem Jubel von sich.

Während er von Corallina endgültig davongezerrt wurde, sah sie ihm nach, bis er im Hausflur verschwunden war.

Emanuele Bassevi hatte die ganze Szene fassungslos mitangesehen. Und unbewusst die ganze Zeit gestrahlt.

An dem Vormittag, an dem Miriam nach Varese fuhr, voller Ängste, die so ganz anders waren als die, die ihr das Leben in den letzten beiden Jahren zur Hölle gemacht hatten, kam die Polizei tatsächlich nach San Basilio. Aber nur zur üblichen Routinestreife. Bei Leo De Maria schauten sie eigens vorbei, riefen aber nur von der Straße aus nach ihm, woraufhin er sich zeigte – zum Beweis, dass er da war und sich wie immer zu Tode langweilte. Aber eigentlich war er so durcheinander, dass ihm seine Schwester Kamillentee einflößen musste. Er kam einfach nicht zur Ruhe und lief wie im Adrenalinrausch unablässig in der Wohnung auf und ab. Nur Corallina wusste, dass man sich keine Sorgen machten musste und er lediglich außer sich war vor Glück.

Vom »Haus der Schmetterlinge« schrieb Miriam Leo ein, zwei, drei Briefe die Woche. Keine langen Briefe, und sie erzählte ihm nur wenig darüber, wie sie die Zeit verbrachte, auch wenn sie schrieb, sie sei den ganzen Tag beschäftigt. Stattdessen schrieb sie ihm lieber, was sie fühlte, was sie gerade lernte, vielleicht schon wusste, aber vergessen hatte. Jeden Tag entdeckte sie Neues an sich und stellte fest, dass der Horror, den sie durchlebt hatte, ihr wahres Wesen unversehrt gelassen hatte. Es galt, die Kraft für einen Neuanfang zu finden. Der Schlüssel zu allem war die Liebe, so viel hatte Miriam verstanden. Sie konnte einen retten und dafür sorgen, dass einen Schmerz nicht völlig zerstört. Zwischen den Zeilen gab sie Leo zu verstehen, dass er sie nicht nur einmal, sondern gleich mehrmals gerettet hatte. Immer wieder schrieb sie, wie sehr sie ihn liebe und auch seinetwegen fernbleibe. Sie könne nicht mehr die werden, die sie einmal war, aber dafür die Frau, die er sich an seiner Seite wünsche.

Leo, der sich weder mündlich noch schriftlich so gut ausdrücken konnte, schrieb deutlich prosaischer zurück: Sie fehle ihm, und er werde sie so oder so lieben, – vorausgesetzt, sie unternehme keinen Selbstmordversuch mehr.

Marisa schaute immer öfter im Laden vorbei. Und sei es nur, um zu fragen, ob Stelvio lieber Nudeln oder Reis zum Mittagessen wolle, oder um eine Überweisung zur Bank zu bringen, damit er nach Ladenschluss ohne Umweg nach Hause kommen konnte. Oft fand sie dort die Kinder von Maria Grazia vor, denn sobald sie aus der Schule kamen, wusste die nicht, wohin mit ihnen. Stelvio hatte ihnen ein kleines Tischchen hinter der Kasse zugeteilt, an dem sie brav zeichneten: Kunstwerke, die er anschließend unter vielen Komplimenten an die Tür zum Lager hängte. Maria Grazia begrüßte Marisa stets herzlich, vielleicht etwas zu herzlich, wie Marisa fand, so dass ihr manchmal der Verdacht kam, die Frau müsse sich für was entschuldigen. Wenn sie zum Gemüse- oder Fischhändler ging, spitzte sie die Ohren, vielleicht ließ eine der üblichen Klatschtanten eine Bemerkung fallen. Doch in ihrer Anwesenheit verstummten stets alle wegen ihres schweren Schicksals. Sie beschloss, Stelvio genauer zu beobachten. Jetzt, seit er nicht mehr trank, war er fröhlicher. Manchmal schenkte er ihr sogar eine neue Pflanze, um die vertrockneten auf dem Balkon zu ersetzen. Anfangs protestierte Marisa noch, weil sie keine Lust hatte, sich darum zu kümmern. Doch irgendwann gab sie klein bei und kümmerte sich um die Balkonblumen. Aber es blieb der Verdacht, dass Stelvio etwas gutzumachen hatte.

Eines Freitagnachmittags, sie war gerade beim Hausarzt, weil sie nach Bettas Tod hohen Blutdruck bekommen hatte, hörte Marisa, dass die alte Arzthelferin ganz aufgekratzt war: Sie würde bald in Rente und dann in ihr Heimatdorf zurückgehen. Da bahnte sie sich einen Weg zwischen den Klatschtanten hindurch, und fragte, wer ihre Nachfolge übernehmen werde. Die Frau zuckte nur mit den Schultern: Der Arzt habe viel zu viel um die Ohren, um sich darum kümmern zu können. Marisa sagte sofort, sie habe einen Ersatz. Man solle dem Arzt gleich Bescheid geben. Anschließend ging sie und vergaß sogar, ihr Rezept mitzunehmen.

Mittags, beim Essen, brach Marisa schon bei der zweiten Gabel das immer noch übliche Schweigen.

»Ste, hast du mir nichts zu sagen?«, fragte sie, ohne ihm ins Gesicht zu sehen.

Er zuckte leicht zusammen. »Der schmeckt gut«, sagte er nachdrücklich und kaute auf seinem Mozzarella herum.

»Quatsch …«, erwiderte sie genervt. »Das meine ich nicht.«

Stelvio sah sie besorgt an. »Was dann?«

Marisa brummte verlegen. »Maria Grazia«, meinte sie nur.

»Was ist mit ihr?«, fragte er neugierig.

Sie schaute ihn forschend an. »Ihr scheint euch ja sehr gut zu verstehen.«

Stelvio drehte die Handflächen nach oben. »Natürlich.«

»Hat sie dir was gesagt?«, fragte er.

»Wieso, was sollte sie mir denn sagen?«, gab sie provozierend zurück. »Und warum sollte ich überhaupt mit Maria Grazia reden?«

»Ich verstehe nicht.« Stelvio starrte sie mit offenem Mund an.

»Ach, du verstehst mich nicht.« Sie fuhr die Falten der Papierserviette nach. »Nun gut, wenn du mich nicht verstehst ...«

Er musterte sie weiterhin, halb ungläubig, halb amüsiert, während er die absurde Situation auf sich wirken ließ. Dann lachte er gelassen auf und schüttelte den Kopf. »Mari, ist das dein Ernst?«

»Was gibt es da zu lachen?«, gab sie gereizt zurück. »Was ist daran so witzig?«

»Machst du mir gerade eine Eifersuchtsszene?«, fragte er glucksend.

Marisa ließ die Gabel fallen und machte Anstalten aufzustehen. Er versuchte, sie am Arm zu packen, doch sie riss sich los und machte sich an der Spüle zu schaffen.

»Wie kommst du bloß auf so was?«, fragte er in ihrem Rücken und gab sich alle Mühe, ernst zu bleiben.

»Glaubst du etwa, ich merke nichts?«

»Was denn, Mari?«

Sie fuchtelte mit dem Messer herum, zu dem sie gegriffen hatte, um Paprika in Streifen zu schneiden. »Dieses ständige Lächeln ... Und wie sie die Brust vorschiebt ... Dann noch die Kinder ...«

»Aber die dürfte dreißig sein«, rief er ihr unvorsichtigerweise in Erinnerung.

»Ach so! Das Problem ist, dass sie dreißig ist, verstehe!«

Wider Willen musste Stelvio lachen. »Ich mein ja nur ... Wer soll die anschauen?«

»Wieso solltest du sie nicht anschauen?«, gab sie zurück und musterte ihn mit vorgerecktem Kinn. »Sie ist schön!«

»Wen interessiert das schon?«

»Aber sie ist schön«, wiederholte sie und fühlte sich bestätigt.

»Schön ... hässlich ...« Stelvio zuckte mit den Schultern. »Was ändert das schon?«

»Und die Kinder? Sag nicht, du hättest sie nicht ins Herz geschlossen!«

»Und was wäre daran so schlimm? Die sind reizend, gut erzogen«, sagte er und strich ihr zärtlich über den Kopf, doch Marisa entzog sich ihm.

»Merkst du denn nicht, dass ich nur für eine Frau Augen habe?«, murmelte er.

»Dieses Gesülze kannst du dir für sie aufheben!«

Stelvio lachte erneut, er konnte einfach nicht anders: In all den Ehejahren hatte er seine Frau noch nie so erlebt. Er entwand ihr das Messer »Jetzt lass doch die arme Paprika in Ruhe und komm her«, meinte er geduldig.

Als er sie umarmte, leistete sie kaum Widerstand, ließ die Arme aber eine Weile schlaff neben dem Körper hängen und wandte den Blick ab, um klarzumachen, dass sie noch nicht überzeugt war. Dann gab sie nach, legte ihm die Arme um die Taille und schaute ihm direkt, ja fast provozierend ins Gesicht.

»Ich hab ihr eine neue Stelle besorgt«, verkündete sie in einem Ton, der keine Widerrede zuließ.

Stelvios Miene blieb ungerührt.

»Bei Dr. Brosio. Der zahlt gut, besser als wir. Brosio ist unverheiratet und wohlhabend, vielleicht macht sie noch eine gute Partie«, beschied sie.

»Einverstanden.« Stelvio nickte. »Aber ich brauch eine Kassiererin.«

Marisa seufzte resigniert. »Da werde ich wohl zurückkehren müssen.«

Sie schauten sich an, den Anflug eines Lächelns im Gesicht.

»Ja, das wirst du wohl müssen«, erwiderte Stelvio.

Marisa und Stelvio nutzten die Sommerferien, um den Laden zu modernisieren. Sie kauften neue Regale, ersetzten die alte Kühltheke und die Kasse. Auf diese Weise vermieden sie auch, über die vergangenen Sommer nachzudenken. An besonders heißen Tagen machten sie Spaziergänge. Manchmal gönnten sie sich ein Eis und aßen es stumm, denn jeder Löffel machte sie traurig. Trotzdem sahen sie sich danach an und waren sich einig, dass Trauer nicht immer auch Verbitterung bedeuten müsse. Manchmal lud Emma sie ein, die Kühle in der Villa Estherina zu genießen. Doch Stelvio und Marisa blieben lieber für sich, denn sie waren miteinander vertraut und schenkten sich Trost. Marisa suchte nicht länger die Einsamkeit, sondern klammerte sich an ihren Mann wie nie zuvor. Sie staunte, dass er sich nach all dem Leid, das sie ihm zugefügt hatte, immer noch aufopferungsvoll um sie kümmerte.

Hin und wieder kam Corallina zu Besuch, um sich nach dem Prozess zu erkundigen und Vermutungen über die Briefromanze zwischen Leo und Miriam anzustellen. Dann saßen sie um den Küchentisch und plauderten bei einem Espresso – mal ernsthaft, mal leichthin. Irgendwann konnte Corallina Marisa überreden, ihr eine neue Frisur machen zu dürfen. Und so schnitt oder legte sie ihr die Haare und verweigerte stets jede Bezahlung: Von *Verwandten* nehme sie kein Geld. Marisa bedankte sich und nahm Stelvios Komplimente entgegen – ein Traum von einem Ehemann, wie Corallina schwärmte. Marisas Frisur war bald so beliebt, dass Corallina zwei Tage die Woche nur im Viertel Appio Latino zu tun hatte. Bei einem ihrer Besuche bei den Ansaldos vertraute sie ihnen an, sie habe versucht, Leo einen Job zu beschaffen. Laut Giuliana Moroni habe er nämlich das Recht, das Haus zu Arbeitszwecken zu verlassen. Doch sobald die Leute von seinem Hausarrest erfuhren, wollten sie ihn nicht mal ein Praktikum machen lassen. Corallina war dermaßen in Sorge, was die Zukunft ihres Bruders anbelangte, dass sie schon überlegt hatte, die Bassevis zu fragen, ob sie nicht etwas für ihn tun könnten. Aber Leo sei zu stolz dafür.

Eines Tages legte Marisa beim Abendessen die Gabel weg und sah ihren Mann an.

»Wieso sprichst du nicht aus, was du schon die ganze Zeit denkst?«, sagte sie.

»Was denke ich denn?« Stelvio tat so, als fiele er aus allen Wolken.

»Dass du durchaus eine Stelle für Leo hättest.«

Er zuckte mit den Schultern. »Nein, nein … ich schaff das schon. Jetzt, wo du wieder da bist …«

»Mein Vater hat auch immer gesagt, dass er das allein schafft.« Sie lächelte bei dem Gedanken daran.

Auch Stelvio lächelte. »Das war eine ganz andere Situation«, rief er ihr in Erinnerung.

Marisa dachte kurz nach. »Du hast aber doch keine Personalkosten mehr für Maria Grazia … Und mir musst du ja nichts zahlen. Da könntest du dir doch eine Verstärkung gönnen.«

Er seufzte laut. »Ja«, gestand er. »Das könnte ich tatsächlich …«

»Also? Liegt es daran, dass er vorbestraft ist?«

»Aber was! Er hat seine Fehler doch eingesehen. Und jetzt, mit unserer Miriam, bleibt er sauber, du wirst schon sehen.«

Marisa nickte langsam. »Also?«

Stelvio strahlte. »Dann rufen wir morgen früh gleich Giuliana an.«

Eines Montagmorgens fand sich Leo mit dem elfenbeinfarbenen Panda, den Miriam ihm überlassen hatte, vor dem Feinkostgeschäft der Ansaldos ein – so angespannt und verlegen, als müsste er zur Musterung bei der Armee. Er war ein wenig zu früh dran, aber er wohnte weit weg und hatte nicht zu spät kommen wollen.

Marisa und Stelvio ließen ihn ein, und feierlich wie bei einer Einweihung überreichte ihm Stelvio Kittel und Schürze. Um die Wäsche werde sich Marisa kümmern, die Schürze gelte es täglich zu wechseln, und zwar ohne Ausnahme: morgens werde er eine saubere, gebügelte vorfinden. Stelvio sah Marisa entschuldigend an, weil er ihr jetzt zusätzliche Arbeit machen würde, um sich dann entsprechend umzuziehen. Aus irgendeinem Grund, den Leo erst später verstehen sollte, schaute Marisa ihren Mann vielsagend an.

Stelvio wollte, dass er ihm den ganzen Vormittag folgte wie ein Schatten. Er begann ihm die wichtigsten Grundlagen zu erklären, Augen, Nase und Tastsinn seien sein wichtigstes Arbeitswerkzeug. Er warnte ihn, in einem solchen Laden komme es auf die Erfahrung an, für die es Zeit brauche. Leo nickte wortlos. Er war gerührt, da Stelvio der Erste war, der ihn anleitete wie ein Vater. In der Schule hatte er nicht viel mitbekommen, auf der Straße nur Dinge, die ihm jetzt nichts mehr nutzten, und im Sportgeschäft hatte er vieles über Leder und den Umgang mit Kunden gelernt. Aber das hier im Feinkostgeschäft der Ansaldos war noch mal was anderes. Allein schon die Ordnung und Sauberkeit, der angenehme Duft nach frischen, erstklassigen Lebensmitteln, die Waren, die Signora Marisa mit weiblichem Geschick und einem Blick für Farben im Schaufenster und in den Regalen arrangierte, die Dosen einheitlich ausgerichtet, die Preisschilder schön beschriftet. Und dann die Art, wie Stelvio Signora Marisa anschaute, so als hätte er sie erst gestern geheiratet: In dreißig Jahren wollte er Miriam genauso anschauen.

Als der Laden um zwölf zumachte, bestand Stelvio darauf, dass Leo mit ihnen zu Mittag aß. Der lehnte verlegen ab, meinte, das sei doch nicht nötig, er könne auch woanders eine Kleinigkeit zu sich nehmen. Doch Stelvio wollte nichts davon wissen. Er schickte Marisa fort, damit sie das Mittagessen zubereitete, und um Viertel nach eins saßen sie gemeinsam um den Esstisch. Stelvio erzählte, wie *sor* Ettore, Marisas Vater, ihn eingestellt hatte, und wie geehrt er sich gefühlt hatte, weil das damals wie heute ein echter Familienbetrieb war. Leo hörte staunend zu, diese generationenübergreifende Geschichte berührte ihn. Bewundernd sah er Stelvio an, schüchtern lobte er Marisas Kochkunst. Und die murmelte ein Dankeschön – extrem gerührt, aus Gründen, die er nicht verstehen konnte.

Als zwei Tage später Danilo mit Brot aus der Backstube Camastra kam, wirkte Leo De Maria bereits so, als wäre er mit dem Laden aufgewachsen. Er nahm die Körbe und leerte sie im hinteren Ladenbereich, beanstandete, dass Vollkornbaguette fehlte, was Danilo auf dem Lieferschein vermerken musste. Mit Stelvios Anweisungen im Kopf entbeinte er selbständig einen

Schinken, wie es sich gehörte. Und da tat Stelvio Ansaldo etwas, was er in all den Jahren noch nie getan hatte: Noch während der Laden geöffnet hatte, legte er die Schürze ab und gönnte sich einen Espresso bei Berardo, ging Arm in Arm mit seiner Ehefrau hinaus. Stolzerfüllt sah Leo ihm nach.

Wenn er abends nach Hause kam, erzählte er Corallina zufrieden von seinem Tag. Das Einzige, das er ihr nicht zu gestehen wagte, war, dass er ihr den Namen einer umbrischen Wurstspezialität gegeben hatte – etwas, was Stelvio Ansaldo ihm nicht ohne zu schmunzeln erklärt hatte. Doch irgendwann erzählte Leo es ihr ganz betreten doch noch.

Corallina lächelte und strich ihm zärtlich übers Haar.

»Ich hab das immer gewusst, Leo«, erwiderte sie. »Aber es ist eher so, dass die Salami einen schönen Namen hat!«

Sobald Emma Bassevi nicht länger blind für das Trauma war, das ihre Tochter so schwer gezeichnet hatte, kehrte sie reumütig von den Wolkenkratzern New Yorks in die Stille der Villa Estherina zurück. Sie machte das hektische amerikanische Großstadtleben für ihre Blindheit verantwortlich, aber in ihrem tiefsten Innern wusste sie, dass ihre größte Schuld darin bestand, sich eingeredet zu haben, mit Miriam sei alles in Ordnung. Sie hatte zugelassen, dass ihr ein so erbärmlicher Kerl wie Dr. Mineo einreden konnte, Miriams extreme Magerkeit sei eine Folge der Eitelkeit, die sie ihr selbst vorlebe. Und sie hatte sich eingeredet, Miriams Lebensmüdigkeit beruhe auf Überdruss – inmitten eines Wohlstands, der für Emma noch eine Errungenschaft war. Aus Bequemlichkeit hatte sie sich von Letizia und ihrem Mann beeinflussen lassen, eigene Bedenken ignoriert und Miriams Krise auf die Pubertät geschoben. Emma war auf Distanz zu dem Leid ihrer Tochter gegangen, um nichts mehr damit zu tun zu haben. Sie hatte sich selbst und die anderen belogen, genau wie ihre Mutter. Deshalb war sie mit Letizia auch nicht so hart ins Gericht gegangen wie Marisa. Jetzt zahlte Letizia den Preis für ihre Fehler, saß einsam und allein in der Villa Estherina in ihrem Zimmer und wurde von einer Fremden betreut. Dort wartete sie nur noch auf den Tod. Emma ging manchmal an ihrer Tür vorbei, öffnete sie aus Mitleid und sagte »Guten Morgen, Mama« – aber ohne jede Zärtlichkeit. Zu mehr konnte sie sich einfach nicht durchringen.

Als sie miterlebt hatte, wie ihr Kind, das den Tod gesucht hatte, in einem Krankenhausbett wiedergeboren worden war – genauso verletzlich wie damals, als es zur Welt kam –, brach zum ersten Mal in ihrem Leben ihr Mutterinstinkt durch. Sie hatte Miriam tatsächlich wie eine Tochter geliebt und den Wunsch verspürt, ihren von Magersucht und Koma gezeichneten Körper zu waschen. Voller Hass auf denjenigen, der Miriams Seele zerstört hatte, hatte sie ihr den Kopf gehalten. Erst als ihre Tochter nach langer Zeit und wie durch ein Wunder endlich die Augen aufschlug, brach sie innerlich zusammen.

Fortan akzeptierte sie Miriams Kälte, die fehlende Nähe zwischen ihnen und nahm hin, dass diese zuerst mit Marisa über ihr Trauma sprach, darüber wie sehr sie es bereute, Betta an den Strand getrieben zu haben. Miriam, die in dem Elfenbeinturm aufgewachsen war, in dem die Eltern sie von klein auf eingesperrt hatten, gestand der Tante verzweifelt, dass sie an Bettas Tod schuld sei.

Doch langsam verbesserte sich das Verhältnis zwischen Mutter und Tochter. Miriam ließ sie etwas mehr an ihrem Leben teilhaben. Sie öffneten sich einander, vertrauten einander ihre

Ängste an. Emma entschuldigte sich für ihr Versagen und Miriam für ihre grausame Gleichgültigkeit. Sie sprachen auch über Leo De Maria. Noch vor wenigen Monaten hätte Emma bei der Vorstellung, ihn und seinen Transvestiten-Bruder bei sich zu empfangen, nichts als Abscheu empfunden. Jetzt sah Emma immer wieder vor sich, wie er die fast schon tote Miriam gerettet, seine persönliche Freiheit geopfert hatte, damit diese Kriminellen zur Verantwortung gezogen werden konnten. Und da konnte Emma nicht anders: Sie liebte ihn wie einen Sohn.

Sie harrte in der leeren Villa im Wald aus und wartete darauf, dass Miriam aus dem »Haus der Schmetterlinge« zurückkehrte. Miriam war sich darüber im Klaren, dass nichts mehr werden würde wie zuvor, doch Leo war nicht bereit, sie aufzugeben. Deshalb wollte Miriam nichts unversucht lassen, um einen neuen Weg ins Leben zu finden. Und Emma bewunderte sie dafür, wie resolut sie aus Liebe zu Leo handelte.

Eines Tages rief Emanuele aus Turin an und kündigte ihr für das kommende Wochenende seinen Besuch in der Villa Estherina an. Emma spürte, wie sich ihr Herz schmerzhaft zusammenzog. Es stimmte, sie hatten sich mit der Zeit immer weiter auseinandergelebt, aber die Ereignisse hatten einiges zwischen ihnen verändert. Emma hatte inzwischen über vieles nachgedacht und sich zahlreiche Fehler eingestanden, die sie auch Emanuele gegenüber zugeben wollte – sollte es denn noch Hoffnung für ihre inzwischen mehr oder weniger zerrüttete Ehe geben. Miriams Tragödie hatte sie beide verletzlich gemacht, auch an ihm war das alles nicht spurlos vorübergegangen, sie brauchten die Unterstützung des jeweils anderen. Im Schmerz waren sie erneut wie vereint.

Und so wartete Emma am Tag seiner Anreise in einem zartrosafarbenen Seidenkleid, das ihre schlanke Figur betonte, das Haar zu einem eleganten Knoten gebunden, auf der Bank im Innenhof. Vergeblich versuchte sie, sich auf einen Roman zu konzentrieren.

Als Emanuele eintraf, ging sie zum Wagen und begrüßte ihn mit einem zärtlichen Kuss auf den Mund, zog ihn sanft zur Bank und ging ins Haus, um ihm lächelnd zwei Gläser frische Limonade zu bringen. Dann setzte sie sich zu ihm und gemeinsam sahen sie zu, wie die Sonne über den Hügeln unterging. Sie erkundigte sich nach seiner Reise, danach, wie die Fahrt mit Miriam nach Varese gewesen sei. Er erzählte, er habe sie zufrieden zurückgelassen, ein bisschen schüchtern vielleicht. Doch soweit er das beurteilen könne, sei sie von den anderen jungen Frauen sehr herzlich aufgenommen worden.

Dann erzählte Emanuele, dass Miriam vor der Abreise aus Rom unbedingt zu Leo De Maria gewollt habe, in dieses Viertel am Stadtrand. Mit einem kaum merklichen Lächeln schilderte er ihr, was in dieser Straße am helllichten Tag in San Basilo passiert war. Er gestand ihr, dass er in diesem trostlosen Umfeld durchaus so etwas wie Schönheit wahrgenommen hatte. Die Bewohner hätten lebhaft Anteil genommen an den innigen Blicken zwischen Miriam und Leo – diesem jungen Mann, der so gar nicht ihren Erwartungen entsprach. Er erzählte, wie Leo atemlos die Treppe hinuntergerannt war, ohne Rücksicht auf seine Haftauflagen, nur um Miriam vor der Abreise noch einmal kurz zu umarmen.

»Glaubst du, das hält?«, fragte sie mit einem leicht wehmütigen Lächeln.

Er seufzte tief und nippte vorsichtig an seiner Limonade. »Wer weiß? Sie sind noch jung.« Langsam schüttelte er den Kopf. »Aber darum geht es gar nicht.«

Emma sah ihn abwartend an.

»Fest steht, dass ich sie beneidet habe.« So etwas wie belustigtes Staunen schwang in seiner Stimme mit. »In meinem fortgeschrittenen Alter habe ich die beiden beobachtet und insgeheim gedacht: Das muss Liebe sein.«

Sie lächelte, vielleicht würde auch ihre Liebe neu entflammen.

»Ich möchte so nicht weitermachen, Emma«, sagte Emanuele seufzend.

»Ich auch nicht«, erwiderte sie hastig, mit einem Glänzen in den Augen, das ihr Mann aber gar nicht wahrnahm.

Er suchte nach den richtigen Worten. »Ich habe Custureri angerufen und ihn nach einem guten Scheidungsanwalt gefragt«, gestand er.

Sie senkte den Blick und legte auch die andere Hand um das beschlagene Glas – aus Angst, es könnte ihr sonst entgleiten.

»Ich weiß, es ist meine Schuld, wegen Carola …«

Emma fand, er hätte ihr wenigstens ersparen können, diesen Namen erneut hören zu müssen, doch sie ließ sich nichts anmerken.

»Wenn wir die Sache einvernehmlich, ohne Rosenkrieg hinter uns bringen könnten …«, schlug Emanuele vorsichtig vor.

Emma nickte energisch. »In Ordnung«, sagte sie leise. »Ich möchte dich nur um einen Gefallen bitten.«

Er nickte kaum merklich. »Und der wäre?«

»Ich würde gern die Villa Estherina behalten.« Sie verstummte kurz, um nicht die Fassung zu verlieren. »Später werden sie dann unsere Kinder erben, das versprech ich dir. Das war es auch schon.«

»In Ordnung«, sagte er ohne zu zögern.

Emma wusste, dass er ihr noch viel mehr zugestanden hätte.

Doch ihr, die mit einem kleinen Modeatelier in der Via Pinerolo angefangen und es mit ihrem Talent so weit gebracht hatte, genügte es vollauf zu wissen, sich bei Bedarf an diesen friedlichen Ort zurückziehen zu können.

»Du bist mir sehr wichtig, Emma«, sagte er dankbar.

Sie schenkte ihm ein Lächeln.

An einem späten Sonntagnachmittag Mitte September saßen Stelvio und Leo nach einem üppigen Mittagessen, das Marisa und Corallina gemeinsam zubereitet hatten, gemeinsam bei den Ansaldos auf dem Sofa und verfolgten eine Fußballshow. Mit dem Totozettel in der Hand kommentierte Leo pikiert die Ergebnisse des ersten Spieltags um den Meistertitel und schimpfte, es sei doch immer dasselbe: Wegen einer falsch angekreuzten Wette fehlten ihm nun die Millionen, die er für den Kauf einer Wohnung gebraucht hätte. Stelvio lächelte in sich hinein und meinte, das Geld für den Schein sei besser auf einem Sparbuch angelegt.

»Du hast leicht reden«, brummte Leo. »Ich will heiraten, Ste!«

Da wechselten Marisa und Corallina, die mitgehört hatten, einen erstaunten Blick und brachen in lautes Gelächter aus.

»Weiß Miriam überhaupt schon davon?«, murmelte Marisa amüsiert.

»Ich glaube nicht«, erwiderte Corallina. »Wir müssen sie gleich vorwarnen, wenn sie wiederkommt«, scherzte sie.

Während Marisa die Küche aufräumte, schüttelte sie den Kopf: Leo überraschte immer wieder aufs Neue mit seiner Mischung aus Kindskopf und Familienvater. Im Laden schuftete er unermüdlich, er war verantwortungsbewusst und extrem korrekt, und Stelvio vertraute ihm mittlerweile blind. Aber in anderen Dingen legte er sich mit Corallina an wie ein kleiner Junge.

Diesen Tag heute hatten sie unbeschwert verbracht, denn Corallina hatte Geburtstag, und den hatte der Bruder endlich mal angemessen feiern wollen, mit allem Drum und Dran: mit Überraschungsgeschenk, Küssen, Umarmungen, Glückwunschkarte und einer Torte mit einer einzigen Kerze drauf, um Corallina nicht in ihrer Eitelkeit zu kränken.

Sie hatte sich bedankt, gelacht und geweint und abgewinkt: So viel Aufmerksamkeit habe sie gar nicht verdient.

»Danke für alles!«, wiederholte sie schüchtern. Ihre Freundschaft zu Marisa war für sie wie ein Privileg.

Marisa legte die Schürze ab und musterte Corallina nachdenklich. Jetzt war der Moment für etwas anderes gekommen.

»Komm mit, ich habe noch ein Geschenk für dich.« Corallina folgte ihr unter fröhlichem Protest, sie würde sich viel zu viele Umstände machen!

Marisa führte sie in Bettas Zimmer und machte die Tür hinter ihnen zu.

Corallina begriff sofort, wo sie war. Andächtig schweigend blieb sie in der Zimmermitte stehen. In diesem Zimmer war Bettas wunderbares Wesen nach wie vor spürbar, genauso wie die von ihr hinterlassene Lücke. In Corallinas Augen standen Tränen, als ihr Blick über die verschiedenen Gegenstände huschte, zum ersten Mal war Betta für sie wirklich gegenwärtig, wirklich *real*. Dann sah sie Marisa mit aufrichtigem Mitgefühl an: Keine Zeit der Welt würde den Schmerz darüber, dass ihre Tochter so brutal aus dem Leben gerissen worden war, lindern. Sie hätte ihr zu gerne etwas gesagt, aber ihr erstarb jedes Wort auf den Lippen.

Marisa zog eine Kommodenschublade auf, holte ein weiches, in geblümtes Geschenkpapier gewickeltes Päckchen hervor und reichte es ihr.

Corallina packte es behutsam aus. Ihr zitterten die Hände beim Auspacken.

Sie entnahm ihm ein Tuch aus Seidengeorgette: türkis mit einem Muster aus kleinen roten Korallen. Sofort begann sie zu schluchzen, ohne auch nur den Versuch zu machen, ihre Tränen zu verbergen.

»Es hat einmal Betta gehört«, sagt Marisa leise. »Ich habe es gefunden, als ich ein bisschen Ordnung in ihre Sachen gebracht habe, und finde, du solltest das haben. Ihr Vater hat es ein Jahr vor ihrem Tod einem Strandhändler abgekauft«, sagte sie mit einem wehmütigen Lächeln, ganz in ihre Erinnerungen versunken.

»Es ist wunderschön«, schluchzte Corallina.

Marisa seufzte. »Du hast einen genauso schlechten Geschmack wie meine Tochter.« Sie lachte.

Auch Corallina lachte und strich zärtlich über den Stoff.

»Damit kannst du dir einen schönen Turban binden.«

»Noch nie habe ich so etwas Schönes geschenkt bekommen.« Verträumt musterte sie die Korallen, die ein blaues Meer umarmten. Sie schwieg lange, hing unzähligen Gedanken nach, um dann tief durchzuatmen und sich mit dem Handrücken behutsam die Tränen zu trocknen. »Ich muss dir noch etwas sagen, Marisa, denn neben Giuliana bist du meine beste Freundin.«

Marisa lächelte dankbar. »Gern.« Sie bat sie, auf Bettas Bett Platz zu nehmen, damit sie in Ruhe reden konnten.

Corallina ergriff Marisas Hände. »Ich weiß jetzt schon, dass ich an Leos Hochzeit nicht da sein werde«, sprudelte es aus ihr heraus.

Marisa sah sie verblüfft an. »Wieso, wo bist du denn da?«

»Im Himmel«, erwiderte Corallina wie ein kleines Kind und setzte ein schelmisches Lächeln auf, bevor sie hinzufügte: »Das hoffe ich zumindest.«

»Was soll das heißen?«, fragte Marisa wie gelähmt.

Corallina suchte nach Worten, die ihre Freundin wenigstens ein bisschen trösten konnten. »Bald werde ich bei Betta sein«, erklärte sie.

»Nein!«, murmelte Marisa auf einmal ganz blass.

»Giuliana und du seid die Einzigen, die Bescheid wissen. Ich habe nicht den Mut, es Leo zu sagen.« Sie schwieg traurig. »Ausgerechnet jetzt, wo er so glücklich ist.«

»Aber warum denn? Was hast du?« Marisa Lippen zitterten und ihre Augen waren voller Tränen.

»Eine schlimme Krankheit … die sich auf Lunge und Leber ausgeweitet hat.« Langsam schüttelte sie den Kopf. »Man kann nichts mehr machen.«

»Aber du bist doch noch so jung!«, jammerte Marisa.

Corallina zuckte nur mit den Schultern. »Es war auch meine Schuld«, gestand sie kaum hörbar. »Vor ein paar Jahren lernte ich eine Frau kennen, die so war wie ich und Hormone genommen hat. Ich weiß nicht einmal, ob ein richtiger Arzt ihr die gegeben hat. Aber bei ihr haben sie gewirkt, und da hab ich sie auch genommen. Sie haben ein Vermögen gekostet, aber auch bei mir haben sie funktioniert. Ich hatte eine Haut …« Sie lächelte verbittert. »Nur leider hatte ich schreckliche Nebenwirkungen und musste sie wieder absetzen. Der Schaden war jedoch längst angerichtet.«

Marisa sah sie zutiefst erschüttert an.

»Und jetzt habe ich Krebs in einer nicht vorhandenen Brust.« Sie lachte kurz auf und fasste sich an den ausgestopften BH.

»O nein, Corallina!« Marisa schüttelte den Kopf. »Warum? Warum ist das Leben nur so ungerecht?«

Corallina drückte ihr noch fester die Hände. »Marisa, ich bin mit mir im Reinen. Jetzt, wo ich weiß, dass Leo eine Familie hat, dass ich ihn nicht allein zurücklasse …« Sie schaute Richtung Wohnzimmer, aus dem Stelvios und Leos Flüche kamen: Der Mittelstürmer spielte nicht zu ihrer Zufriedenheit. »Dein Mann und du habt ihn aufgenommen wie einen Sohn. Und Miriam ist ein Engel, sie liebt ihn sehr. Sogar die Bassevis haben ihn akzeptiert. Was könnte ich mir Schöneres wünschen?«

»Und du, Corallina? Hast du nichts Schöneres verdient?«, erwiderte Marisa.

Corallina dachte kurz nach und suchte nach den richtigen Worten. »Weißt du, ich glaube, die Sache hat auch was Gutes.«

Marisa starrte sie entgeistert an.

»Wenn ich eines Tages ins Jenseits komme … dorthin, wo Betta ist …«, sie lächelte zärtlich. »Vielleicht werde ich dann endlich die, die ich wirklich bin.« Sie begriff, dass das nur schwer nachvollziehbar war, weshalb sie hinzufügte: »Dieser Körper erdrückt mich. Die Vorstellung, mich davon zu befreien, macht mir längst nicht so viel Angst, wie du denkst. Natürlich wäre ich gern noch länger bei euch, bei Leo, und hätte gern seine Kinder aufwachsen sehen … Aber wenn ich schon gehen muss, dann möchte ich wenigstens glauben, dass etwas Schönes auf mich wartet.«

»Aber du bist auch hier ein wunderbarer Mensch.«

»Ich weiß«, sagte sie und reckte arrogant das Kinn vor. »Aber ich kann noch viel besser sein.«

Sie lachten, halb fröhlich, halb traurig.

Corallina betrachtete das Tuch. »Aber mit dem Tuch hier werde ich sehr charmant aussehen.«

»Betta wird dich auf Anhieb erkennen«, murmelte Marisa.

»Was soll ich ihr sagen, wenn ich sie sehe?«

Sie schauten sich lange an, drückten einander so fest die Hände, dass es weh tat.

»Dass es ihren Eltern gut geht, und dass wir sie über alle Maßen lieben.«

Miriam Bassevi lernte im »Haus der Schmetterlinge« wie alle Gäste, kleine Schmetterlinge aus buntem Garn zu häkeln. Es war eine symbolische Geste. Eine jede gestaltete ganz nach ihrem Geschmack einen Schmetterling für die, die nach ihr kommen würde. Sobald sie sich stark genug fühlten, wieder zu gehen, hefteten sie sich einen Schmetterling an, zum Zeichen, dass sie bereit waren, abzuheben. Dann würde man sie umarmen und verabschieden, ihnen alles Gute für die Zukunft wünschen und ihnen nochmals in Erinnerung rufen, dass sie trotz der Entfernung zwischen ihnen nie mehr allein sein würden.

Für einige kam dieser Zeitpunkt relativ schnell, für andere blieb er lange in weiter Ferne.

Am letzten Sommertag legte Miriam den von ihr gehäkelten Schmetterling, blau wie das Meer und mit kleinen, in der Sonne funkelnden Goldfäden, in eine Schachtel.

Sie selbst hatte einen weißen Schmetterling bekommen, der wie die Spitze eines Brautschleiers gearbeitet war.

Sie heftete ihn sich auf Herzhöhe an die Brust und rief dann Leo De Maria im Laden von Onkel und Tante an, um ihm zu sagen, dass sie nach Hause zurückkehren werde.

Epilog
Ein neuer Morgen, 1985

Marisa Ansaldo sollte sich bis an ihr Lebensende vorwerfen, dass sie Schwester Bertilla keine gute Freundin gewesen war. In der dunkelsten Phase ihres Lebens hatte sie sie beiseitegeschoben und nur noch selten an sie gedacht. Während Marisa sich damals nach der Tragödie deprimiert in ihre Wohnung zurückgezogen hatte, fragte sie sich so gut sie nie, wo sie nur blieb und warum sie so lange nichts von sich hören ließ – diese Freundin, die ihr in den schwersten Stunden ihres Lebens zur Seite gestanden hatte. Beim Verlust ihres ersten Kindes, bei der Geburt der beiden weiteren, bei der Beerdigung ihrer geliebten Betta.

Erst kurz vor Weihnachten 1983 beschloss sie, in der Wohnung im Viertel Appia Pignatelli anzurufen, in die sich die Nonne nach ihrer Pensionierung zurückgezogen hatte. Sie erfuhr, dass sie nicht mit ihr reden könne, es gehe ihr bereits seit einiger Zeit nicht gut. Daraufhin bat Marisa Stelvio, sie rasch dorthin zu fahren.

Doch Marisa traf Bertilla dort nicht mehr an.

Die Mitschwestern erklärten ihr, dass die Freundin immer vergesslicher geworden sei: Anzeichen einer Demenz, die sich nach einem heiklen Eingriff am Herzen extrem verschlimmert hatte. Sie rieten Marisa dringend von einer persönlichen Begegnung ab, sie solle die Freundin so in Erinnerung behalten, wie sie gewesen sei.

Doch Marisa wollte nichts davon wissen.

Nach langem Drängen brachte man sie zu ihr, in ein halbdunkles Zimmerchen mit einem Fenster zum Garten hinaus. Bertilla saß ohne Haube an einem Tisch und kritzelte unverständliche Zeichen in ein Heft. Die Nonne, die Marisa begleitete, erklärte, dass Bertilla, die auf einer Klosterschule gewesen sei, an manchen Tagen glaube, sie wäre noch ein kleines Kind und müsse Hausaufgaben machen. Das seien gute Tage, weil sie dann ruhig und entspannt sei.

Marisa näherte sich schweren Herzens, legte ihr sanft die Hand auf die Schulter und flüsterte: »Bertilla, meine Liebe!«

Keine Reaktion.

Da rief ihr die Mitschwester leise in Erinnerung: »Bertilla weiß nicht mehr, dass sie einmal Nonne war.«

Marisa nickte, schluckte ihre Tränen hinunter und rief sie bei ihrem Namen: »Elisabetta!«

Die Freundin schaute auf. »Mama!«, rief sie mit leuchtenden Kinderaugen.

Marisa wollte schon den Kopf schütteln, nickte dann aber nach kurzem Zögern.

Zu ihrem großen Leidwesen sollte auch Marisa Ansaldo lernen, was bei ihrer Freundin gute und was schlechte Tage waren. Sie besuchte Bertilla jede Woche und leistete ihr für ein paar Stunden Gesellschaft – auch wenn sie gereizt, aggressiv oder nervös war, wenn sie sie als Rivalin, Mörderin, Nutte beschimpfte. Aber auch wenn sie ihr in guten Momenten die Hand hielt und Bertilla oder besser gesagt Elisabetta ihr ihre Träume und Sorgen anvertraute, angesichts der bevorstehenden

Verlobung mit einem jungen Mann aus dem Nachbardorf, angesichts der noch fertigzustellenden Aussteuer. Dann entsponnen sich Gespräche über weit zurückliegende Dinge, die wieder in Bertillas Gedächtnis aufblitzten, eine Mischung aus Wirklichkeit und Phantasie. Wenn ihre Freundin dann länger schwieg, wusste Marisa, dass Bertilla müde war und sie jetzt besser ging.

Als sich Schwester Bertillas Zustand Anfang 1985 dann sehr verschlechterte, bereute Marisa, in den Monaten davor nie von sich erzählt zu haben. Sie hätte ihr noch so viel anvertrauen wollen. Doch sie hatte stets befürchtet, sie durch ein Wort, einen unbekannten Namen, eine seltsame Erinnerung zu verstören. Und so war sie einfach nur da gewesen, um ihr zuzuhören und sie zu beruhigen und ihr zu verstehen zu geben: Solange ich da bin, ist alles gut.

Jetzt, da Bertilla in ihrem Zustand kein Wort mehr sagen konnte, beschloss *sie* zu reden, wenn sie ihr Gesellschaft leistete.

Eines Nachmittags brachte sie ihr eine Schachtel voller Fotos mit. Sie zeigte ihr ein Bild nach dem anderen, auch wenn Bertillas trüber Blick verriet, dass sie mit den Gedanken ganz woanders war.

Marisa zeigte ihr Fotos von sich und Emma, als diese noch klein waren, dann von ihnen als junge Frauen. Schließlich das Hochzeitsfoto von ihr mit einem eleganten Stelvio Ansaldo. Als Nächstes legte sie ihr das Foto von Ettores Taufe hin und gleich darauf eines, das ihn auf der Bühne vor dem Klavier zeigte, während er die Hand aufs Herz gelegt, den Applaus des Publikums entgegennahm.

»Wenn er spielt«, erklärte sie, »müssen viele weinen, weißt du Bertilla? Mein Ettore hat so viel Talent ...« Stolz drückte sie das Bild an ihren Busen.

Anschließend zeigte sie ihr das Foto von Betta, die jetzt zwanzig Jahre alt gewesen wäre. »Ich habe sie nach dir benannt, weißt du noch?«, beichtete sie ihr traurig. »Wenn es mir schlecht geht, wenn ich wütend bin, aber auch wenn ich mich freue … Ständig warte ich auf ein Zeichen von ihr und manchmal glaube ich sogar, sie zu sehen.« Sie verstummte und lächelte zärtlich. »Manchmal stelle ich es mir vor … so wie du, meine Liebe.«

Dann zeigte sie ihr das Foto von Leos und Miriams Hochzeit, die rasch anberaumt worden war, damit seine schwerkranke Schwester noch dabei sein konnte. Miriam hatte sich ein schlichtes Kleid gewünscht, das ihre Schönheit erst recht betonte, und nur einen kleinen weißen Schmetterling im Haar getragen. Marisa zeigte auf Leo De Maria, den Bertilla nicht kennen konnte.

»Er ist ein guter Junge. Wenn du wüsstest, wie aufopferungsvoll er sich um den Laden und seine Familie kümmert, liebe Bertilla!« Gleich darauf zeigte sie ihr das Foto von Benedetta, die vor einem Monat zwei Jahre alt geworden war. »Ist sie nicht ein Schatz?« Sie strahlte. »Wir nennen sie alle Corallina, wegen ihrer roten Löckchen. Keine Ahnung, woher sie die hat!«

So redete Marisa und redete, jede Woche wieder aufs Neue. Sie zeigte stets dieselben Fotos, manchmal auch ein neues, erzählte ihr dieselben Geschichten, als wäre es das erste Mal und ergänzte sie um Neues. Manchmal musste sie weinen, dann lachte sie über eine Anekdote, die ihr gerade eingefallen war. Um Bertillas Leere zu füllen, betrachtete sie die Bilder ihres Lebens. Und je öfter sie mit der Schachtel in der Hand wieder ging, desto kostbarer kamen sie ihr vor.

Eines Winternachmittags betrat sie Bertillas Zimmer. Da diese schlief, zog sie ihren Mantel aus, stellte die Schachtel auf einen Hocker neben dem Nachttisch und setzte sich zu ihr. Es herrschte tiefe Stille, absolute Ruhe. Sie blieb so sitzen, um den Frieden zu genießen.

»Marisa …«, murmelte Schwester Bertilla auf einmal mit belegter Stimme wie jemand, der gerade aus dem Tiefschlaf erwacht.

Marisa zuckte zusammen. Bestimmt war sie kurz weggenickt, sie glaubte zu träumen.

Die Freundin starrte sie erstaunt an. »Was machst du denn hier?«

»Ich besuche dich«, meinte sie und nahm verwirrt ihre Hand. Ein Arzt hatte ihr erzählt, das so was manchmal vorkommt. Es bestehe die höchst unwahrscheinliche Chance, sie ganz kurz bei Verstand zu erleben. Ein kleines Wunder.

»Wie geht es dir?«, krächzte Schwester Bertilla angestrengt.

»Gut«, flüsterte sie.

»Und meiner Betta?« Auf einmal klang ihre Stimme nervös.

Marisa zögerte. Sie wollte ihr eine Antwort geben, die sowohl für sie als auch für sich geeignet war. »Sie hat ihren Frieden gefunden«, sagte sie, Zärtlichkeit im Blick.

Schwester Bertilla schien einem Gedanken nachzuhängen, eine plötzliche Eingebung zu haben. Ihr lebhafter Blick wurde ganz traurig. »Ja …« Sie nickte kaum merklich. »Sie hat ihren Frieden gefunden.«

»Und du Bertilla, wie geht es dir?«

»Ich bin müde.«

Marisa strich ihr zärtlich über das Gesicht. »Dann ruh dich aus, wenn du willst.«

»Nachher«, erwiderte die andere leise. »Aber jetzt erzähl mal von dir.«

Da erzählte Marisa. Von Ettore und seiner Musik. Von Betta,

die jetzt ihren Frieden gefunden hatte. Von ihrer Wohnung, die leer gewesen war, jetzt aber fast täglich von den Stimmen von Leo, Miriam und deren gemeinsamer Tochter widerhallte, die alle nur Corallina nannten, und die so gern in Bettas Zimmer spielte. Sie erzählte von sich und Stelvio, die sich erst verloren und dann wiedergefunden hatten, sich mehr liebten denn je – sie hatten so vieles nachzuholen.

»Wir können uns in Schmerz einschließen, Bertilla, oder beschließen, das Gute zu sehen, das uns umgibt.« Marisa legte die Hand auf die Schachtel. »Es ist nicht leicht. Aber ich *brauche* das einfach – ich muss mir vorstellen können, dass alles einen Sinn hat, den wir noch nicht begreifen. Dass uns eines Tages alles klarwerden wird, weil alles Teil eines Plans war, den wir niemals erfassen.«

Schwester Bertilla starrte sie schweigend an. Marisa wusste nicht recht, ob die Freundin überhaupt noch verstand, was sie sagte, trotzdem sprach sie weiter: »Glaubst du, dass wir Schmerz eines Tages hinter uns lassen werden? Werden wir irgendwann erfahren, dass alle Ungerechtigkeit, alles Leid unbedeutend sind im perfekten Gleichgewicht der Welt?«

Schwester Bertilla drückte ihr schwach die Hand und hauchte: »Ich weiß es nicht.«

Da begriff Marisa, dass sie etwas sagen musste, jetzt oder nie, bevor es zu spät war und das Leuchten in Bertillas Augen erneut nachließ. Sie beugte sich über sie, als würde sie der Freundin ihr größtes Geheimnis anvertrauen. »Bertilla, meine Liebe, eines solltest du wissen.« Sie schwieg, aber nur ganz kurz. »Du hast dein Leben nicht dem Nichts geweiht.« Sie lächelte aufmunternd und fügte dann energisch hinzu: »Du hast es der Hoffnung geweiht.«

Da lächelte auch Schwester Bertilla friedvoll.

»Denn was soll bitte aus uns werden, wenn wir keine Hoffnung haben?«, sagte Marisa gerade noch rechtzeitig, bevor Bertilla die Augen wieder schloss und in ihrer Umnachtung verschwand.

Während es draußen dunkel wurde, saß sie noch lange am Bett ihrer Freundin, die Schachtel mit den Fotos neben sich, bevor sie zu ihrem Mann zurückkehrte, der bereits auf sie wartete.

Danksagung

Mein erster Dank gilt meiner Agentin Laura Ceccacci, die so fest an diesen Roman geglaubt hat, und an ihre Mitarbeiter. Dank an das gesamte Rizzoli-Team für die herzliche Aufnahme, insbesondere an Federica Magro und Gemma Trevisani. Dank an meinen Lektor, Francesco Deambrogi, der immer das richtige Wort zur richtigen Zeit wusste und mir geduldig geholfen hat, Antworten auf meine zahlreichen Fragen zu finden. Dank an Claudio, Gin und Pandora, die kleinen Helden dieser unvergesslichen Reise.

Romina Casagrande
Feuer auf den Bergen

Eine mitreißende Geschichte von Heimat und Freiheit in Südtirol

Mächtig sind die Berge, hart ist das Leben hier an der Grenze zwischen Italien und Österreich. Luce lebt mit ihrem Vater und Bruder versteckt im Wald. Nachts riskieren die Männer auf alten Schmugglerpfaden ihr Leben, doch die Welt verändert sich schnell. Luce wünscht sich nichts mehr, als der Enge zu entkommen. Jahre später macht sich ein Mann auf hoch in die Berge, denn ein Kind wird vermisst. Keiner kennt sich dort oben so gut aus wie er. Doch ihm bleibt nicht viel Zeit.

Aus dem Italienischen
von Teresa Englert
432 Seiten, broschiert
978-3-596-70057-8

Weitere Informationen finden Sie auf
www.fischerverlage.de